이상 시문학의 미적 근대성과
한국 근대문학의 자장들

이상 시문학의 미적 근대성과 한국 근대문학의 자장들

이성혁

국학자료원

 필자의 첫 논문집인 이 책은 필자에겐 각별한 책이 될 듯싶다. 이 책에 실린 글들은 20~30대 청년 시절 대학원에서 진행한 문학 공부의 결과물들로, 박사 논문 이전에 발표한 논문 또는 논문적인 성격의 평론들이다. 필자는 문학에 입문한 이후 문학평론에 주력하게 되어서 논문을 많이 쓰지는 못했다. 하지만 대학원에 들어와 논문을 쓰면서야 본격적인 문학 공부를 시작했기 때문에, 논문 쓰기는 나의 평론 쓰기의 기반을 마련해주었다. 이때 형성된 문학관은 이후 많은 변화가 있었지만, 그 문학관의 골자는 현재까지도 유지하고 있다.

 특히 필자의 석사논문이자 이 책의 1부인 「이상 시문학의 미적 근대성 연구」는 필자가 쓴 글들 중 최초로 인쇄된 글이어서 각별하다. 이 논문을 쓰면서 비로소 문학 공부의 길이 열리기 시작했다.(처음 쓰는 논문이라 어떻게 써야 할지 몰라 고생했던 기억이 아직도 생생하다.) 필자는 이 논문에서 자본주의 생산양식이 낳은 근대성과 문학예술을 매개해주는 개념으로 설정한 미적 근대성 개념을 지금도 여전히 근대 문학을 투시하는 도구로 사용하고 있다. 덧붙여 말하자면, 이후 이 개념을 급진화한 '전위성' 개념에 대해 궁리하게 되었는데, 이는 박사논문인 「1920년대 한국 근대시의 전위성 연구」에서 천착했다.

 '근대성에 대응하는 한국 근대시의 양상들'이라는 제목으로 묶은 2부의 글들 중 첫 번째 글은, '산문성'이라는 개념을 축으로 삼아 한국 근대 자유시의 변화와 동요를 살펴보고자 한 논문적인 성격의 평론이다.

이 글은 시의 음악성과 산문성이라는 대극 사이의 긴장 속에서 포에지를 확보하려는 한국 근대시의 여러 시도들에 대해 논한다. 그리고 2부의 나머지 글들은 근대성에 대응하는 근대 시문학의 세 케이스로서 김소월과 이상화의 낭만주의, 노동시의 리얼리즘, 김기림의 모더니즘 시에 대해 논한다.(낭만주의, 리얼리즘, 모더니즘은 한국 근대시의 장을 형성하는 세 꼭짓점으로, 미적 근대성의 세 양상이라고 할 수 있겠다.)

3부는 비교문학 논문들을 모았다. 첫 번째 글은 문학의 대중화론에 대한 한일 프로문학의 논쟁을 비교하는 글이며, 두 번째 글은 일제 강점기 한국의 초현실주의 수용을 나름대로 꼼꼼하게 추적하고 논평한 글이다. 세 번째 글은 한국 근대소설의 명작으로 평가받는 『삼대』와 『태평천하』를 '풍자'를 축으로 비교하는 글이며 네 번째 글은 김남천의 발자크 수용을 논평하고 발자크 수용의 작품 실천적 산물인 중편 소설 「T일보사」와 발자크의 『고리오 영감』을 비교하는 글이다. 이 글들을 실은 3부에 대해 '비교문학적 자장들'이라는 제목을 붙여보았는데, 비교문학은 문학들 사이에서의 끌어당김과 배척이 이루어지는 장-이를 '자장磁場'이라고 비유해보았다-에 대한 연구이기 때문이다.

이 논문들을 한 곳에 모아 출판하는 이유는 젊은 시절 공부한 바를 정리하여 세상에 제출한다는 이유도 있지만 이 글들이 사장되는 것을 막기 위해서이기도 하다. 이 책의 글들은 '학술연구정보서비스(RISS)' 사이트에서 원문을 다운로드 받을 수 없는 글들이다. 이 글들을 실은 매체들이 주로 'RISS'에 원문 제공을 하지 않는 문학잡지거나 단행본, 필자가 다닌 학과 또는 대학원생 단체의 논문집이기 때문이다. 요즘 학술 관계자들은 대개 논문을 'RISS'에서 구해보기 때문에 이 글들을 접하기 힘들 것이다. 그래서 원문 제공이 되지 않는 글들을 모아 한 권의 책으로 엮음으로써 이 글들에 대한 접근성을 높이고 싶었다.

출판 사정이 여러모로 어려울 텐데도 불구하고, 국학자료원이 이 책의 출판을 흔쾌히 맡아주셨다. 국학자료원 정구형 대표께 감사드린다. 국학자료원의 자매 출판사인 '새미'에서 필자는 문학평론집『모더니티에 대항하는 역린』(2015)을 출간한 바 있다. 이 책의 출간으로 정구형 대표와는 두 번째 인연을 맺은 셈이다. 이 책을 만드는 데 힘을 써주신 국학자료원 관계자 분께도 감사드린다.

2021년 10월
이성혁

| 목차 |

· 서문 _ 5

^{I부} 이상 시의 미적 근대성 연구

이상 시문학의 미적 근대성 연구   13

　1. 서론 - 연구사 검토 및 문제 제기   13
　2. 근대성과 미적 근대성의 개념   22
　3. 이상 문학의 출발점과 이상의 시간의식   61
　4. 근대적 주체화(主體化)의 거부 ― 기교와 절망의 미적 근대성   88
　5. 결론   124

^{II부} 근대성에 대응하는 한국 근대시의 양상들

초창기 한국 근대시의 산문적 경향과 시적인 것   137

이상화와 김소월의 '흙의 시학' ― 시론(試論)적 고찰   172

식민지 수도 경성의 근대화와 노동시의 대응   188

『기상도』 텍스트 분석 ― 문학생산이론적 관점에서   211

^{Ⅲ부} 한국 근대문학의 비교문학적 자장들

▎한일 프로문학의 대중화 논쟁에 대하여 247

▎1930년대 한국문학의 초현실주의 시론의 수용과 전개 282

▎『삼대』, 『태평천하』의 풍자에 대한 비교 연구 339

▎김남천의 발자크 수용에 대한 고찰 384

I 부

이상 시의 미적 근대성 연구

이상 시문학의
미적 근대성 연구

1. 서론 - 연구사 검토 및 문제 제기

1930년대의 한국 모더니즘 문학의 본격화는, 식민지 근대화의 길에 들어선 한국 사회와 문화의 변화 속에서 이루어졌다. 당시 한국 사회의 변화는 일본의 식민지 정책의 변화와 밀접한 관련이 있다. 세계경제에서 상대적으로 빈약한 지위를 차지하고 있던 일본은 1929년의 대공황의 여파로 중소기업의 몰락과 농촌경제의 파경, 국제무역의 만조 등에 빠지게 되었다. 일본은 이러한 경제적 위기를 헤쳐 나가기 위해 상부구조의 파시즘화, 축적된 과잉자본의 해외진출, 그리고 이를 위한 대외팽창 정책을 시도했다. 이 과정에서 일본은 대(對) 식민지 정책의 변화를 꾀하면서 군수산업을 육성했다. 그 결과, 1920년대 일본의 대조선 정책이 산미 증식 계획(제1차:1920-25, 제2차:1926-33)을 통한 일본 자본주의의 식량기지화였음에 반해 1930년대의 정책은 식민지 쟁탈전쟁의 가속화를 위한 병참기지화 정책으로 전환했다. 그리하여 주로 군수산업과 연관된 중공업 분야의 독점자본이 식민지 조선에 급속히 이식되었으며, 이러한 독점자본의 신속한 진출로 인하여 공장 규모가 커지고 공장 수와 공업 노동자가 증가했다. 예전의 공장제 수공업 생산 방식이 기계제 대공업 생산 방식으로 전환되었던 것이다.

일본 독점자본의 이식은 조선 내부의 사회적 분업의 확대와 대중 소비자재 시장의 확장을 가져왔다.[1] 그 결과 도시 인구가 증가되었고 도시 소비문화가 등장했다. 1930년대를 전후하여 경성은 30만 명이 넘는 인구를 가지게 되었고 외형상으로나마 근대 도시의 풍모를 갖추게 되었다. 백화점과 현대식 건물에 진열된 상품들, 밤을 밝히는 화려한 전등불, 거리를 메우는 차량과 군중 등, 예전엔 볼 수 없는 도시 풍경이 경성에 나타나기 시작했다.[2] 또한 '기술복제예술'인 영화는 사람들을 극장으로 불러 모았다. 세계 곳곳에서 일어난 사건들이 사진이 곁들어져 신문을 통해 거의 실시간으로 보고되었다. 이러한 문화 변동 속에서 식민지 조선인의 경험 양식은 크게 변화했다. 그러나 이러한 도시문화의 화려한 외양상의 변화는 전 조선의 병참기지화와 통치를 일괄적으로 수행하기 위한 수도 정비의 결과[3]였다. 또한 그것은 민족 운동과 사회 운동에 대한 일본 제국주의의 탄압 속에서 이루어진 것이기도 했다. 일본 제국주의의 탄압은 문예 운동에 대해서도 가해졌다. 문예운동 단체인 카프 회원들의 두 차례에 걸친 검거(제1차:1931, 제2차:1934)는 카프 해산의 결정적 계기가 되었다. 카프의 해산으로 문예와 사회 운동의 결합이 봉쇄되었고, 문단 내에서 카프와 같은 이념 지향적인 문학의 발언권이 약화되었다.

---

1) 서울사회과학연구소 경제분과, 『한국에서 자본주의의 발전』(새길, 1991), 75-85면 참조.
2) 서준섭, 『한국 모더니즘 문학 연구』(일지사, 1988), 22-23면.
3) 임덕순, 「서울의 수도기원과 발전과정」(서울대 대학원, 1985), 94-101면 참조.

이러한 문화적·정치적 배경 속에서 1930년대에는 문학의 독자적 가치를 주장하는 시문학파와 도시적 감수성과 청신한 감각을 보여주려고 하는 모더니즘 문학이 문단에 등장하여 문단 내 발언권을 높이기 시작했다.4) 한국의 모더니즘은 병참기지화 과정으로서 식민지 조선의 본격적인 자본주의화, 사회운동에 대한 일제의 가혹한 탄압, 그로 인한 사회운동의 점차적인 쇠퇴 속에서 등장할 수 있었던 것이다. 하지만 새로이 등장한 한국의 모더니즘을 이러한 배경에 환원시켜 그 문학사적 가치를 쉽게 부정적으로 평가해 버릴 수는 없다. 특히 당시의 모더니즘은 자본주의적 근대화에 대한 새로운 경험과 밀접한 관련이 있다는 점에서 지금 살고 있는 우리들에게도 많은 것을 시사한다. 우리들의 현실도 1930년대 모더니즘 시인들이 겪었던 문화적 현실과 본질적으로 다르지 않기 때문이다. 자본 관계의 확장과 도시 문화의 난숙, 영화와 같은 기술복제예술의 범람, 그리고 사회운동의 융성과 침체를 겪고 있는 우리 시대는 바로 1930년대부터 본격적으로 시작된 것이라고 할 수 있다. 그래서 근대 도시문화에 대해 깊은 감수성을 보여 준 당시 모더니즘 시인들을 고찰한다는 것은 "그들이 생겨났던 시대 안에서 그들을 인식하는 시대를 – 이것은 곧 우리 시대이고 – 기술"5)하는 것이 될 수 있을 것이다.

---

4) 한국의 모더니즘은 자신의 발생배경에 대해 많은 관심을 기울였다. 김기림은 「인텔리의 장래」(『조선일보』 1931. 5.17 – 5.24)라는 글에서 "자본주의적 생산방법은 더욱 인텔리겐차의 성원을 프롤레타리아에 접근한 층으로 전락시"(김기림, 「인테리의 장래」, 『김기림전집 제6권』(심설당, 1988), 30면)킨다고 말한 바 있었다. 모더니스트 인텔리겐차인 김기림의 이러한 말은, 그가 자본주의와 모더니스트 지식인 자신의 운명이 깊은 연관을 지니고 있다는 것을 일찌감치 인식하고 있었음을 보여준다.
5) 발터 벤야민, 차봉희 편역, 「문학사와 문예학」, 『현대사회와 예술』(문학과지성사, 1980), 22면.

지금 우리가 살고 있는 현재에도 근대성이 관철되고 있다고 한다면, 미적 근대성 역시 문학예술에 여전히 관철되고 있다고 볼 수 있다. 그런 의미에서 1930년대 모더니즘 시의 미적 근대성을 살피는 일은 우리 시대 문학예술의 '운명성'을 살피는 일이기도 하다. 또한 미적 근대성이란 개념을 통해 1930년대 모더니즘 시를 고찰하겠다는 것은 지금까지 진행되어 온 한국 모더니즘 연구에 대해 일정한 문제를 제기하려는 시도이기도 하다. 물론, 현재(1996년)까지 한국 모더니즘에 대한 연구는 많은 성과를 낳았다. 본 논문의 문제의식도 그러한 성과 없이는 생각할 수 없는 것이다.

그간 모더니즘에 대한 연구는 A. 문학사적-비교문학적 연구[6], B. 당시의 현실 조건과 근대성, 근대 사상과 연관된 문학사상을 살피는 연구[7], C. 당시 모더니즘의 미학, 미적 자의식에 대한 연구[8], 이렇게 세

---

6) 대표적인 연구를 열거하면 다음과 같다.

백 철, 『조선 신문학 사조사, 현대편』(백양당, 1949).

김춘수, 「한국 현대시 형태론」, 『김춘수 전집 2』(문장, 1982).

조연현, 『한국 현대문학사』(성문각, 1974).

송 욱, 「한국 모더니즘 비판」, 『시학평전』(일조각, 1963).

김우창, 「한국시와 형이상」, 『궁핍한 시대의 시인』(민음사, 1977).

정한모, 「한국 현대시 연구의 반성」, 『현대시론』(보성문화사, 1986).

김용직, 「모더니즘의 시도와 실패」, 『한국 현대시 연구』(일지사, 1974).

_____, 「1930년대 한국시의 스티븐 스펜더 수용」, 『관악어문연구 4』(서울대 국어국문학과, 1979).

김종길, 「한국 현대시에 끼친 T. S 엘리어트의 영향」, 『시에 대하여』(민음사, 1986).

김윤식, 「모더니즘의 한계」, 『한국 근대 작가론고』(일지사, 1974).

_____, 「모더니즘 시운동 양상」, 『한국 현대시론 비판』(일지사, 1975).

김종철, 「1930년대의 시인들」, 『한국 근대문학사론』(한길사, 1982).

문덕수, 『한국 모더니즘 시 연구』(시문학사, 1981).

한계전, 「모더니즘 시론의 수용」, 『한국 현대 시론 연구』(일지사, 1983).

오세영, 「한국 모더니즘시의 전개와 특질」, 『예술원논문집 25』(대한민국예술원, 1986).

원명수, 『모더니즘 시연구』(계명대 출판부, 1987).

박인기, 『한국 현대시의 모더니즘 연구』(단대 출판부, 1988).

범주로 나눌 수 있다고 생각된다. 1980년대 중반까지의 주된 연구 태도라고 할 수 있는 연구 A는, 문학사적 맥락 속에서 1930년대 모더니즘 문학의 문학사적 위치를 자리메김하려는 시도로 특징지을 수 있다. 하지만 이러한 연구가 달성한 실증적인 성과에도 불구하고, 서양의 원(原)모더니즘에 한국 모더니즘을 기법이나 문학적 성숙도 등의 측면에서 대비하여 그 가치를 평가하는 경향이 적지 않았다. 그래서 후세대 연구자들의 문제제기를 낳게 되었는 바, 이에 연구 A보다 한 차원 진전된 연구를 보여준 것이 연구 B다. 연구 B는 당대 식민지 사회의 왜곡된 근대성과 이에 대응해 나가는 모더니즘의 문학 사상적 측면을 조명한다. 또한 한국 모더니즘을 서양 모더니즘과의 비교를 통해 소극적으로 평가하는 방향에서 벗어나, 당시 식민지 상황 속에서의 한국 모더니즘의 사상적·문학적 발생조건을 파악하면서 적극적으로 평가하려고 했

7) 김윤식, 「소설사의 역사철학적 해석」, 『한국 근대 소설사 연구』(을유문화사, 1986).
　　　, 「근대시사 방법론 비판」, 『한국 문학의 근대성과 이데올로기 비판』(서울대 출판부, 1987).
　　　, 「근대주의 문학사상 비판」, 『한국 근대 문학 사상사론』(일지사, 1992).
　　　, 「우리 근대 문학 연구의 한 방향성」, 김성기 편, 『모더니티란 무엇인가』(민음사, 1994).
　　서준섭, 「모더니즘과 1930년대의 서울」, 『한국학보』(일지사, 1986년 겨울).
　　　, 『한국 모더니즘 문학 연구』(일지사, 1988).
　　오세영, 「근대시와 현대시」, 『20세기 한국시 연구』(새문사, 1989).
　　권성우, 「1930년대 모더니즘 소설 연구」(서울대 대학원, 1989).
　　최학출, 「1930년대 한국 모더니즘시의 근대성과 주체의 욕망체계에 대한 연구」(서강대 대학원, 1994).
　　김유중, 「1930년대 후반기 한국 모더니즘 문학의 세계관 연구」(서울대 대학원, 1995).
　　나병철, 『근대성과 근대문학』(문예출판사, 1995).
8) 한상규, 「1930년대 모더니즘 문학에 나타난 미적 자의식 연구」(서울대 대학원, 1989).
　　　, 「예술적 지각과 그 미학적 지반」, 『한국학보』(일지사, 1991년 가을).
　　최혜실, 『한국 모더니즘 소설 연구』(민지사, 1992).
　　강상희, 「1930년대 모더니즘 소설론 연구」, 『관악어문연구 19』(서울대 국어국문학과, 1993. 12).

다. 하지만 이러한 연구 방법은 자칫 문학예술의 특수성을 간과하여 사회나 문화, 사상에 문학작품을 환원하여 살펴볼 위험이 있었다.

이런 위험에서 벗어나기 위해 연구 B는, 모더니즘의 미학적 의식을 통해 작품을 해명하려고 하는 연구 C의 성과를 받아들여 연구 B의 방법을 보완하는 방향으로 나아가고 있는 듯이 보인다. 반대로 연구 C도 연구 B의 연구 방법을 받아들여 연구 C가 가지는 일면성의 위험을 탈피하려는 듯이 보인다. 본 연구가 관심을 가지고 있는 연구는 B와 C인데, 본 연구의 중심 개념인 미적 근대성이 근대성과의 관련 속에서 문학예술의 근대적 특성을 설명하는 범주이기 때문에 더욱 그렇다. 이 미적 근대성이라는 개념 설정은 연구 B와 C에 일정한 문제 제기를 하는 것이다. 연구 B는 근대사회와 사상, 근대성 속에서 모더니즘 문학을 보았다는 점에서 연구의 깊이를 가져왔다. 나아가 연구 C의 연구 방법과 접합하여 환원론에 빠지지 않으려고 했다. 하지만 당대 사상과 사회를 통해 인과론적으로 작품을 해명하려고 한다는 기본 전제 때문에, 앞에서 언급했듯이 문학 텍스트가 주는 미적 효과를 등한시한 것이 아닌가라는 문제를 제기할 수 있다. 또한 연구 C는 당대 모더니즘의 미학과 미적 자의식을 섬세하게 드러내 주는 동시에 근대성과의 연관 속에서 그러한 미학의 의미를 해명하려고 노력했지만, 그 탐구에서 문학 텍스트가 제공하는 미적 효과와 근대성과의 긴장 관계가 명확하게 드러나지 않았다고 생각된다.

다시 말하면 연구 B의 단점이 연구 C의 장점이 되고, 연구 B의 장점이 연구 C의 단점이 되는 양면적인 결과를 기존 연구들이 보여주고 있다고 문제를 제기할 수 있다. 이러한 문제점은 근대성과 작품의 미적 효과를 매개해줄 수 있는 개념을 설정하지 않았기 때문이라고 생각한다. 즉 문학예술 작품을 작가가 가지고 있는 사상의 근대성에 환원할 수는 없지만, 한편으로 문학예술이 근대성과의 긴장 속에서 자신의 근대성을 형성한다고 본다면, 사회 현실이나 사상과 작품을 매개하는 미적 근대성이란 개념이 필요하다고 생각되는 것이다.9) 이러한 문제의식에서 본 연구는, 근대성에 대응 또는 대항하는 근대 문학예술의 특성이란 의미로 사용하는 미적 근대성이란 개념을 상세히 살펴보고, 1930년대 한국 모더니즘 문학의 미적 근대성을 가장 강렬하게 드러냈으며 지금도 여전히 문제적인 이상의 시 텍스트를 고찰할 것이다.

이상 문학에 대한 연구는 전기적 연구에서부터 다양한 해석과 주석 작업, 방법론적으로는 신비평적 관점이나 구조주의적 관점, 정신분석적 관점, 수학자의 연구 등 매우 다양하다. 여기서 그에 대한 연구사를 개관할 수는 없다. 하지만 본 연구가 이상 시에 드러난 미적 근대성을 밝히려는 연구이기 때문에, 이상과 근대성을 연관 지은 논문들10)에 대해 주목하게 된다. 하지만 이에 대한 문제제기는 모더니즘과 근대성의

---

9) 특히 본 연구가 연구사 검토 속에서 주목하고 있는 것은 연구 B가 보여준 모더니즘 문학의 근대성 해명이다. 본 논문이 취하고 있는 입장과 다른 연구자들과의 입장과의 차이는 근대성 개념에 대한 서로 다른 이해에 기인한다. 타 연구자들의 근대성에 대한 이해에 대해서는 근대성 개념을 살펴볼 2장에서 기회가 닿는 대로 간략하게 검토할 것이다.

10) 김윤식,『이상소설연구』(문학과비평사, 1988).
    _____,「근대주의 문학사상 비판」, 앞의 책.
    _____,「우리 근대 문학 연구의 한 방향성」, 김성기편,『모더니티란 무엇인가』(민음사, 1994).
    서준섭,『한국 모더니즘 문학 연구』, 앞의 책.
    권성우, 앞의 논문.
    최학출, 앞의 논문.
    김유중, 앞의 논문.
    한상규,「1930년대 모더니즘 문학의 미적 자의식 연구」, 앞의 논문.
    최혜실,「'선구적 구상'능력의 문학적 적용과 이상문학」, 앞의 책.
    서영채,「이상 소설의 수사학과 한국문학의 근대성」,『소설의 운명』(문학동네, 1996).

연관관계를 보여준 연구들에 대한 문제제기와 상통하기 때문에 여기서 재론하지는 않을 것이다. 각 논문의 근대성 개념에 대한 문제제기는 2장에서 살펴볼 것이고, 본 논문의 논지 전개에 도움을 주었던 논의들은 이상의 시작품을 검토하면서 틈틈이 밝힐 것이다.

본 연구의 논의 순서는 다음과 같다. 2장에서는 근대성과 미적 근대성의 개념을 살펴본다. 여기서 근대성의 개념은 '새로움'이라는 시간성의 문제와 밀접한 것으로서 고찰한다. 또한 새로움의 시간성에서 파생되는 동시에 그 시간성을 뒷받침해주는 주체성의 원리에 대해서 고찰한다. 그러나 근대성은 자본주의의 등장과 밀접한 연관성을 가진 것이어서, 자본주의의 모순적 측면에 의해 근대성 역시 모순적인 범주가 된다. 그리고 근대성이 모순된 범주로 드러나자 그에 대한 비판이 등장하며 문학예술에서 미적 근대성 개념 역시 등장한다. 이러한 논의들을 전개하면서, 본 논문은 지금까지 많은 혼란이 있어왔다고 판단되는 모더니즘 개념을 살펴보고, 이상의 시를 다른 한국 모더니즘 시와 다른 면모를 특화하여 생각할 수 있는 틀로서 '전위적 모더니즘'이라는 개념을 설정하고자 한다. 한편 미적 근대성이 작품과 근대성을 매개해주는 개념임을 밝히고, 나아가 미적 근대성을 통해 모더니즘이 어떻게 파악될 수 있는가도 간략히 논의해 볼 것이다. 본 논문은 한국 문학의 근대성에 대한 논의들이 논자마다의 근대성 개념에 대한 인식 차이로 말미암아 다른 결론들이 도출되었다고 본다. 그렇기 때문에, 본 논문의 입장을 명확하게 하기 위해서는 근대성 개념과 미적 근대성 개념 설정에 대해 이론적 해명을 먼저 해두는 것이 중요하다고 생각했다. 그래서 근대성과 미적 근대성의 개념 설정 논의에 많은 분량을 할애하였다.

3장에서는, 미적 근대성을 근대적 시간성에 대한 대응이자 근대적 이데올로기를 '보게' 만든다는 개념으로 정리한 2장에 따라, 이상 시가 근대적 시간성에 어떻게 대응하였고 그 결과는 무엇이었는지를 분석하면서 그의 시의 미적 근대성을 드러내고자 한다. 이에 '게으름 피우기'와 광속으로의 질주라는 이상의 근대적 시간에 대한 두 가지 대응을 살펴보면서, 이상 문학의 내적 논리가 어떻게 전개되는지 논할 것이다. 4장에서는 이상이 근대성의 한 측면인 주체성의 원리를 왜 받아들일 수 없었는가를 그의 문학의 내적 논리를 통해 살펴볼 것이다. 이 4장에서는 특히 거울 시편들과 그것의 다양한 변주를 보여주는 시편들을 검토할 것이다. 또한 그가 동일시할 수 없었던 '거울 속의 나'-그 '나'를 본 논문은 응축된 조상과 조선의 역사로 본다-에 대해서 이상이 어떤 태도를 보였는지를 살펴볼 것이다. 나아가 '거울 속의 나'와 '나' 사이의 분열을 작품화하면서 나타나는 이상 시작품의 미적 근대성에 대해서도 논의할 것이다. 끝으로 이상(以上)의 논의를 종합하면서, 이상 문학의 '절망'과 '기교'의 의미에 대해서 살펴볼 것이다.

2. 근대성과 미적 근대성의 개념

1) 근대성의 모순과 주체성의 원리

"역사상 상이한 시기에서 자신의 시대를 진단하는 방법으로서, 그리고 자기규정의 시도로서 근대성(modernity)이란 논제가 사용되어왔다"[11]고 폴 드 만이 말했듯이, '근대를 나타내는 특성'을 의미하는 '근대-성(modern- ity)'[12]은, 전대(前代)와 구별되는 자기 시대의 특성에 대한 자기규정 또는 자기의식을 나타내는 개념이다. 그런데 이러한 자기의식은 '새로움'이라는 시간 의식이 전제되지 않고서는 성립할 수 없다. '새로움'의 의식이 없다면, 전대와 현재의 시대를 날카롭게 절단하는 시대구분 개념이 등장할 수 없기 때문이다. 사회생활을 일련의 변화에 의해 형성되는 것으로 보지 않고 과거의 리드미컬한 무한 반복으로 보는 원시 사회의 시간 의식이라든지 계절의 순환에서 시간을 보는 동양과 지중해권 문화의 시간의식[13]에서는 새로움이라는 관념이 생겨나

---

11) Paul de Man, Literary History and Literary Modernity, *Blind and Insight*(Routledge, 1986), p. 143.

12) '모더니티'는 근대성이라고도 번역되기도 하고 현대성이라고 번역되기도 한다. 근대성이란 역어는 서구의 16세기 이후 등장하는 자본주의 생산양식과 함께 나타나는 의식상의 변화 - 인간 주체에 대한 관심, 계몽주의, 진보주의적 역사관 등 - 와 관련지어 고찰할 때 주로 선택되는 듯 하다. 현대성이란 역어는 19세기 이후에 나타나는 미학 상의 모더니티, 또는 현재라는 시간에 대한 하나의 태도로서의 모더니티를 지칭할 때 선택되는 듯하다. 하지만 현대성이란 역어는, (미적) 모더니티의 등장을 문화상의 자율적인 변화에 의해, 즉, 16세기 이후부터 시작되는 자본주의 생산양식과 무관하게 나타나는 변화에 의한 것으로 인식하도록 만들 위험이 있다. 그래서 본 논문에서는 근대성이란 역어를 선택한다. 이러한 역어 선택은 몇몇 다른 연구들과 본 연구와의 입장 차이를 보이는 것이기도 하다. 가령, 근대시와 현대시를 구분하는 오세영의 연구(「근대시와 현대시」, 『20세기 한국시 연구』, 9-29면)는 모더니티에 대한 이해에 있어 본 연구와 다른 입장을 보이는 것이라고 하겠다.

지 않았다. 그렇기에 우리가 쓰는 의미에서의 근대라는 개념도 생기지
않았다.

전대와 구별되는 근대라는 관념은 역사적으로 생겨난 것이다. 즉, 자
기 시대와 전대를 구별하는 관념은, 폴 드 만이 위의 문장에서 언급한
"역사상 상이한 시기" 전체를 통해 나타난 것이 아니라 특정한 역사적
시기에 등장한 것이다.[14] 바로 근대라는 시대구분이 등장했다는 것 자
체가 그 시대의 새로움을 나타내준다. 왜냐하면 '전 시대에 비해 새롭
다'는 의식 자체가전 시대와 비교해서 새로운 시간의식을 보여주고 있
기 때문이다. '새롭다'는 의식은 전과 지금이 같지 않다는 것을 전제하
고, 그러한 전제는 직선적인 시간관, '현재'는 다시 반복되지 않는다는
시간관을 전제한다. 근대에 새로움에 대한 관념이 등장했기 때문에 '근
대'라는 자기시대에 대한 의식이 등장할 수 있다.

마테이 칼리니쿠스에 의하면, 중세의 시간은 본질적으로 인간 삶이
지니고 있는 과도적 성격을 보여주는 확고한 증거로서, 그리고 죽음과
그 너머에 있는 것을 줄기차게 상기시키는 그런 개념으로서 이해되었

---

13) 옥타비오 파스, 윤호병 역, 『낭만주의에서 아방가르드까지의 현대시론』(현대미학
   사, 1995), 22-23면 참조.
14) 물론 폴 드 만은 '근대'라는 관념이 모든 시대에 나타났다고 주장하는 것은 아니다.
   그러나 그는 근대와 근대성의 개념을 엄격히 구분하고. "(니체에게 있어서-인용자)
   새로운 기원(origin)인 행동과 고의적인 망각의 결합과 상호 작용은 근대성 관념의
   완전한 힘을 달성한다."(폴 드 만, 앞의 책, p. 148.)라면서 근대성 개념을 현재 행위
   의 충실함을 위한 과거의 망각이라는 니체의 '비역사적 삶' 개념과 동일하게 본다.
   폴 드 만은 이러한 규정을 받고 있는 근대성 개념이 '역사상 상이한 시기' 전체에
   '적용'될 수 있다고 본다. 현재의 삶을 과거에 의해 간섭받지 않고 행동으로 충만할
   수 있기 위한 '고의적인 망각'이 근대성이라면, 어떤 시대에도 이러한 태도는 발견
   될 것이기 때문이다. 하지만 근대성 개념을 이렇게 설정한다고 하더라도, 그 개념
   이 왜 근대에 본격적으로 등장할 수 있었는가를 살피지 않는다면 근대와 근대성의
   연관성을 놓치게 된다. 이에 비해 필자는 근대성이란 개념이 근대에 등장했다는 것
   자체가 근대의 특성-근대성-을 드러내고 있다는 입장을 취하고 있다.

다. 서양의 중세 사회는 안정성과 정숙(靜寂)의 이상이 지배하고 있는 문화적으로 정적(靜的)인 사회이며, 전적으로 신 중심적인 관점에서 모든 세속적 가치들을 고려하는 사회였다. 또한 13세기 말 기계 시계가 발명되기 전까지는 어떤 정밀한 시간 측정도 불가능했다. 그러나 르네상스기로 접어들면 상황은 극적으로 변한다. 신학적인 시간 개념이 급격하게 사라진 것은 아니었지만, 이후 긴장이 점증하는 상황 속에서 그 개념은 실제적 시간—행위, 창조, 발견 그리고 변형의 시간—의 귀중함에 대한 새로운 자각과 공존해야만 했다.15) 이러한 시간 의식을 배경으로 우리가 사용하는 의미에서의 근대라는 개념이 나타날 수 있었다. 물론 근대(라틴어 modernus)라는 단어가 이전에 없었다는 것은 아니다. 그 단어는 5세기의 마지막 10년, 고대 로마에서부터 새로운 기독교 세계로의 이행기에 처음으로 등장했다고 한다. 그러나 그 낱말은, 그 어원적인 근원(modo – 최근에, 바로 지금이란 뜻의 부사어)에 상응하는, 현실감의 경계에 대한 기술적인 의미만을 가지고 있었다.16) 전대와 비교해 자기 시대가 '새롭다'는 의미에서의 근대 개념은 르네상스 이후에 나타난 것이다.

　전대에 없었던 근대의 시간의식이 바로 전대와 구별되는 것으로서의 특성인 근대성을 해명해준다.17) 왜냐하면 '새로움'의 시간 범주로

---

15) M. 칼리니스쿠, 이영욱 외 역, 『모더니티의 다섯 얼굴』(시각과 언어, 1993), 29-30면.
16) H. R. 야우스, 장영태 역, 「근대성, 그 문학적 전통과 오늘날의 의식」, 『도전으로서의 문학사』(문학과지성사, 1983), 21면.
17) 이러한 문제의식은 근대와 근대성 개념을 구분하면서도 밀접한 연관관계를 맺으려는 의도에서 나온 것이다. 근대는 시대 구분 개념이면서 근대화로 인한 사회적 제도적 여러 특징을 포괄하는 개념이다. 반면, 근대성 개념은 근대에서 파생된 개념이면서도 시간의식이라는 측면에서 근대의 특성을 살펴보는 것이다. 그것은 근대라는 개념이 함축하고 있는 특정한 시간관을 통해 근대성 개념을 도출하는 시도이기도 하다. 그런데 김윤식은 본 논문의 근대성 개념과 다르게 그 개념을 설정한

생각할 수 있는 근대라는 개념의 등장이야말로 전대와 다른 새로운 특성을 보여주는 것이기 때문이다. 그렇다면 새로움에 대한 새로운 의식, 시간 의식의 변화에서부터 근대성을 이야기할 수 있다. 그런데 그러한 의식은 자연발생적으로 나타난 것은 아니다. 이러한 의식 변화는, 산업화된 생산세계, 과학에서의 위대한 발견들, 인구 증가, 도시 발전, 점점 더 강력해지는 국가, 거대한 사회운동, 제도의 포괄과 관장 등의 근대화 과정18)을 통해서 가능한 것이었다. 그리고 이 근대화 과정의 심층에 자본의 전(全) 사회에 대한 지배가 관철된다.

칼 마르크스는 자본주의의 출현에 대해 이렇게 말하고 있다. "임금노동자와 함께 자본가를 탄생시킨 발전의 출발점은 노동자의 예속상태였다. 그 출발점으로부터의 전진은 그의 예속상태의 변화, 즉 봉건적 착취를 자본주의적 착취로 전환시키는데 있었다. 이 전환의 과정을 이해하기 위해서 그다지 멀리까지 소급할 필요는 전혀 없다. 자본주의적

다. 근래의 논문들에서 김윤식은, "수식으로 객관화된 이념이 진짜 세계이며 과학이고, 일상적 삶이란 한갓 가짜이거나 적어도 믿을 바 못되는 한갓 주관적인 것으로 전락되는 장면"을 "근대화의 실마리이자 근대성의 출현"으로 본다.(「우리 근대문학 연구의 한 방향성」, 『모더니티란 무엇인가』, 237-238면.) 이런 의미에서 서양의 합리적 세계관을 근대성이라고 볼 수 있다는 것인데, 이러한 근대성은 식민지 시대의 한국 문인들에게 "서양 곧 근대성"(「근대성 또는 주인과 노예의 변증법」, 『현대문학, 1991. 11.』, 71면.)이라는 등식이 성립하게 했다는 것이다. 나아가 그는 근대성을 추구한 카프문인들이 새로운 이데올로기인 파시즘 앞에 갈팡지팡하게 된 것이 "마르크시즘이라는 이데올로기와 파시즘이라는 이데올로기란 실상 동일한 것이 아닐 수 없는데, 함께 근대성에 해당하기 때문이다."(위의 글, 93면.)라고 말하기까지 한다. 이런 논의에 의하면 한국에서의 근대성 관철은 서양 합리주의 사상에 대한 지향과 같은 것이다. 하지만 근대와 근대 사상이 밀접히 연관되어 있더라도 다른 개념으로 사용되고 있듯이, 근대성과 근대 합리주의 사상도 다르게 사용되어야 할 개념이라고 생각한다.

18) 마샬 버만, 윤호병 외 역, 『현대성의 경험』(현대미학사, 1994), 13면 참조. 이 책에서는 모더니제이션(modernization)을 현대화로 옮겼으나 본 논문에서는 근대화로 고쳐 인용.

생산의 최초의 단서는 이미 14세기나 15세기의 지중해 연안의 일부 도시들에서 드문드문 볼 수 있었지만, 자본주의 시대는 16세기부터 비로서 시작된다."19) 근대개념의 전초인 르네상스라든가 종교개혁이라는 용어의 출현이 15세기를 경과하면서부터라고 할 때20), 자본주의의 출현과 새로움에 대한 '경험-의식'의 등장은 그와 비슷한 시기였다는 것을 알 수 있다. 봉건제의 해체와 자본주의의 '새로운' 등장이 아마도 자기 시대가 새롭다는 사람들의 의식을 낳게 했을 것이다.

그런데 자본주의의 출발 이후에 등장했다고 볼 수 있는 근대는, 자신을 더욱 갱신해간다는 점에서 자신의 새로운 특성을 드러낸다. 근대의 '새로움'은 '새로운 지금'을 '헌 과거'로 제쳐 놓는다. 새로움은 낡은 것을 부수고 계속 갱신해간다. 이는 자본주의의 속성과 대응하는 것이다. 자본은 잉여가치율을 높이기 위해서 일정한 한도가 있는 절대적 잉여가치를 늘리기보다는 상대적 잉여가치를 늘려야 한다. 그렇게 하지 못하는 자본은 더 이상 존재할 수 없다. 그래서 어떤 한 자본은 경쟁 자본의 제품에 비해 품질 면에서 새롭고 가격도 싼 제품을 생산해내야 하고 이를 위해 좀 더 생산성 높은 새로운 기계들을 도입해야만 한다.21) 이러한 과정을 계속해야만 하는 강박-새로운 제품을 생산하고 새로운 기계를 도입하는-에서 자본은 벗어날 수 없다. 그리하여 이러한 새로움에 대한 추구는 자본가의 무의식이 된다.22)

---

19) K. 마르크스, 김수행 역, 『자본론 I(하)』(비봉출판사, 1989), 900면.
20) 피터 오스본, 김경연 역, 「사회-역사적 범주로서의 모더니티의 이해」, 『이론 1993년 여름호』, 35면.
21) 호르스트 리히터 외, 유팔무 역, 『현대 정치경제학 I』(녹두, 1990), 97-121면 참조.
22) 하지만 이러한 새로움은 혁명적인 새로움, 근본적인 새로움은 아니다. 그것은 자본주의가 자신의 발전의 걸림돌을 제거하는, 자본주의의 한계 내에서 이루어지는 자체 갱신일 뿐이다.

이러한 자본주의 생산 양식의 내적 본질에서 강박되는 '새로움'은 사회 변화를 촉진시켰고, 철학에서도 새로운 시대라는 역사의식에 의한 역사철학적 시각을 구성하게 되었다. 시간이 점점 더 역사적 시간의 맥락과 질서 및 방향 안에서 경험되기 시작하면서, 역사적 시간은 인간의 삶이 전개되고 충족되는 유일한 매체가 되었다. 시간의 질서는 시간 안에서 발생하고 소멸하는 것들에 의해 설정되었고, 시간은 끊임없는 도전으로서 혹은 좌절의 원천으로서, 새로움과 창조라는 열린 미래를 향하거나 망각과 죽음이라는 닫힌 미래를 향해 오직 한 방향으로만 전개되기 시작했다.[23] 그리하여 시대정신은 미래는 뭔가 다를 것이라는 기대 속에서 소모되는 하나의 이행기로 현재를 특징짓기 시작했다. 당시 헤겔 같은 철학자도 '우리 시대'를 '가장 새로운 시대'로 이해했다.[24] 전 시대와 비교해서 자신의 시대가 '새롭다'는 근대의 의식은, 자기 자신의 특성에 대한 의식에 눈을 뜨게 만들었고 자기 확신에 대한 욕구가 일어나게 만들었다.

하버마스는 '자기'시대를 사상으로써 파악하려는 과제[25]를 인식하고 이에 답하려고 한 사람으로 헤겔을 들고 있다. 그에 의하면 헤겔은 '새로운 시대의 원리'로서 '주체성'을 발견했다고 한다.[26] 나아가 하버

---

23) 한스 메이어호프, 이종철 역,『문학과 시간의 만남』(자유사상사, 1994), 122-123면.
24) 하버마스, 서도식 역,「근대의 시간의식과 자기확신 욕구」, 김성기 편,『모더니티란 무엇인가』(민음사, 1994), 373면.
25) 볼프강 벨슈는 근대적 사유의 두가지 형식적 특성으로 '근본적인 새로운 시작의 파토스'와 이 새로운 출발의 근본성이라는 계기에 의해 나오는 '보편성의 요구'를 들고 있다. (볼프강 벨슈, 주은우 역,「근대, 모던, 포스트모던」, 김성기 편, 위의 책, 405-409면.
26) 하버마스는 헤겔에게서 주체성이라는 표현이 함축하는 바를 다음의 네 가지로 들고 있다. 1) 개인주의-무한히 많은 개별적 특수성의 자기요구. 2) 비판의 권리-개인이 당연하게 인정하는 것은 그의 입장에 보면 정당함. 3) 행위의 자율성-우리가 한 일에 대해 책임을 짐.4) 관념론 철학-철학은 스스로를 인식하는 이념을 파악.(하버마스, 앞의 글, 387면)

마스는 이러한 주체성의 원리가 근대 문화의 모습도 규정하게 된다고 말한다. 먼저 과학이 여기에 해당된다. 과학은 자연을 마술에서 벗어나게 하는 동시에 인식주체를 자유롭게 한다는 것. "자연에 대한 인식을 통해서만 자유롭기 때문이다." 하버마스에 따르면, 헤겔에게 근대의 도덕 개념은 개인의 주체적 자유의 인정을 의중에 두고 있다. 그것은 한편으로 개개인의 권리, 즉 자신이 행위하는 것을 타당한 것으로 인식하는 자기만의 권리에 기초를 두는데, 그것은 다른 한편으로, 각자는 특수 이익을 얻으려는 자신의 목적을 타인의 이익과 조화를 이루는 한에서만 추구해야 한다는 요구에도 기초한다. 또한 헤겔에 따르면 '근대의 예술'은 낭만주의에서 그 본질이 드러나며, 낭만주의 예술의 형식은 절대적 내면성에 의해 규정된다고 한다.[27]

이러한 논의를 받아들이면, 근대의 특성을 이루는 가장 주요한 문제 중의 하나를 '주체성', 즉 개인이 한 사람의 주체로서 자기 자신의 주인이자 자신의 행위에 책임을 지는 주체성이라고 말할 수 있다. 이 주체에 대한 의식은 근대 사회의 사상과 삶에 막대한 영향력을 끼친다. 그것은 전 사회의 인식, 윤리, 감성을 해체시키면서 근대적 성질을 띠는 과학, 법, 예술을 등장시키는 역할을 했다.

주체성의 원리는 다음과 같이 정리할 수 있을 것이다. 주체 자신이 자신의 주인으로서 자신을 통제하고 명령하기 위해서는 그 통제와 명령의 내용을 자신이 알고 있어야 한다. 이러한 통제와 명령을 이성이라고도 생각해 볼 수 있다. 자기 통제와 명령은 자신이 계속 무엇인가를 습득하고 반성하고 자기 자신을 계몽함으로써, 즉 자신을 의식화함으로써 자신에 대한 자신의 법률이 된다. 자신의 의식이 바로 자기이다.

---

27) 위의 글, 388-389면.

그렇기에 의식화된 이성은 자기 자신이 된 법률이다. 이성은 자신의 행동, 세계관, 의지의 주인이 되는 자기 자신을 형성한다. 즉 이성을 가짐으로써 그는 자신의 주인이 되며 훌륭한 주체가 된다. 이 주체는 자신의 의식과 어떤 행동에 대한 이유-무슨 일을 해야겠다고 의식한 후에 행동하기 때문에-를 언제나 안다고 생각한다. 그리고 그것들을 알고 있어야지만 자신은 자신의 주인-주체-이 될 수 있는 것이다.

그런데 이 주체성의 원리는 자본주의에 필수불가결한 원리이기도 하다. 자본의 작동메커니즘을 생각해보면 자본주의와 주체성에 대한 자기의식이 무관하지 않음을 짐작할 수 있다. 마르크스에 따르면 자본은 잉여가치 획득을 위하여 사회 제 관계를 끊임없이 변화시킨다. 자본에 의해 임노동자와 생산수단이 결합되어야만, 자본은 자본이 될 수 있다. 즉, 자본은 일할 능력을 지니고 있는 임노동자가 있어야만 존재할 수 있는 것이다. 그런데 임노동자가 자신의 능력을 자본에게 팔기 위해서는 일단 그는 자유로운 주체가 되어야만 한다. 그가 만약 농노나 노예라면, 그들은 지주나 노예 소유자에게 자신의 능력에 대한 처리권이 있기 때문에 그들 자신의 능력을 자유롭게 팔 수 없는 것이다.[28] 자본이 노동자의 노동력을 사기 위해서는, 신분적으로 자유로운 주체-자신의 노동력을 스스로가 팔 수 있는, 즉 자신의 운명을 자기가 결정할 수 있는-와 거래해야만 한다. 그런 의미에서 주체는 자본주의에 필수 불가결하다.

또한 근대의 '주체성 원리'는 근대성의 전제가 되기도 한다. 새로움에 대한 의식적, 감성적 경험 자체가 근대성을 나타내는 바, 하나의 진보를 의미하기도 하는 이 새로움은 주체라는 개념이 없으면 생각할 수

---

28) K. 마르크스, 김수행 역,『자본론 I (上)』(비봉출판사, 1989), 211-215면 참조.

없는 것이다. 새로움의 계속적인 자기 갱신-진보-은 미래가 열려 있어
야만 가능하다. 미래는 결정되어 있지 않다. 미래는 사람들이 일구는
것이다. 근대적 시간의 의미에서 미래는, "사람들이 자신의 능력 및 자
연을 '알고' '정복'해 나가면 좀 더 나은 미래를 만들 수 있다"는 주체성
과 시간의식이 전제되어 있어야만 하는 개념이다. 즉, 새로움을 계속해
서 창출해 낼 수 있는 능력을 지닌 자유로운 주체-의식하고, 그 의식에
따라 행동하고, 배우고, 반성하는, 자신이 자신의 주인인 주체-가 있어
야지만, 미래는 더 새롭고 나은 무엇으로 변할 수 있다고 생각할 수 있
다. 물론 유토피아적 미래도 있을 수 있고, 과학으로 증명되었다는 미
래도 있을 수 있다. 하지만 그것이 세속적인 의미를 띠고 있다면, 즉 신
에 의해 보증된 미래가 아니라면, 유토피아적이든 진보한 미래이든, 미
래는 언제나 현재 살고 있는 사람들이 이루는 것이라고 생각하게 된다.
그리고 이러한 논리에서 계몽주의적인 주체가 등장할 수 있었다. 그러나
19세기 후반에 들어서면 근대성의 모순이 드러나면서, 근대인들은 새로
움의 신선함과 지겨움이라는 역설적 경험에 다다르게 된다. 그와 함께
새로움의 원리에서 파생되는 주체성 자체가 의심에 부쳐지게 된다.

위에서 논의한 자본의 강박은 잉여가치 실현 및 제고에 걸림돌이 되
는 모든 것-낡은 생산력과 생산관계, 그리고 그것들에 따르는 사회관계
-을 파괴한다. 이에 대해 마르크스는 다음과 같이 말하고 있다.

> 부르조아지는 생산도구를 끊임없이 변혁시키지 않고서는, 따라
> 서 생산관계와 더 나아가 사회관계 전반을 혁신하지 않고서는 존재
> 할 수 없다. 반면에 종전의 산업에 종사하던 모든 계급들의 첫번째
> 생존조건은 낡은 생산양식을 그대로 유지하는데 있었다. 생산의 계
> 속적인 변혁, 모든 사회관계의 끊임없는 교란, 항구적인 불안과 동

요가 부르조아 시대를 그 이전의 모든 시대와 구별지어준다. 굳어지고 녹슬어 버린 모든 관계는 그에 따르는 부산물들, 즉 아주 오래전부터 존중되어 온 관념이나 견해와 함께 해체되며, 새로 발생하는 모든 것조차 미처 자리도 잡기 전에 이미 낡은 것이 되고 만다.29)

마르크스의 말을 빌려 생각한다면, 변화된 것조차도 또다시 변화시키는 자본주의의 근본 속성으로 인해 나타나는 새로움의 역설을 근대성에서 볼 수 있다. 이러한 역설은 새로움이 자본주의에서는 강박으로 작용할 수밖에 없기 때문이다.

새로움이라는 시간성의 질이 근대성 그 자체의 시간성을 구성하는 것으로 이해되기 시작하면서, 이 시기(19세기 후반)에는 새로움이라는 역사적 의식의 한 시대적 형식이 경험자체의 시간적 형식으로 일반화되었다. 그리고 어떤 대상의 오로지 새롭다는 사실에만 역사적 힘이 존재하기 시작했다. 하지만 보들레르에게서 볼 수 있듯이, 새로움은 덧없는 것으로 인식되기 시작하기도 했다. 왜냐하면 새로움은 조금만 시간이 지나면 곧 옛 것이 되기 때문이다.30) 그리하여 새로움이라는 관념이 처음 등장한 후 사람들은 낙관적인 미래관을 가질 수 있었으나, 19세기 후반에 접어들면 새로움은 언제나 새로움으로 동일화된다는 것을 느끼게 된다. 즉, 새로움은 차이를 통해 자신을 주장해야 하는데, 새로움이 결국 새로움 자체의 동일성을 가지게 된다는 역설이 나타나게 되는 것이다. 프랑스의 사상가 앙리 르페브르는 이러한 현상에 주목하여 "그리하여 생성의 이론은 반복의 수수께끼와 만난다.", "무한한 시간성, 이것이 근본적 반복을 은폐하는 것이다"31)라고 말한 바 있다.

---

29) 마르크스-엥겔스, 김재기 편역, 「공산당 선언」, 『마르크스 엥겔스 저작선』(거름, 1988), 51면.
30) 피터 오스본, 앞의 글, 38-39면.

새로움이라는 현상이 '경험 자체의 시간적 형식으로 일반화'된다는 것은 바로 일상 속으로 새로움의 현상이 일반화된다는 것으로 바꿔 말할 수 있다. 자본주의 생산양식의 특질에 의해서 근대의 새로움이 생산되는 것이라면, 그 새로움의 일반화는 자본주의 생산양식이 유럽에서 완전히 정착되고 그 생산양식의 메커니즘이 삶의 영역에까지 완전히 침투해 들어갔다는 것을 의미한다. 자본주의에 의해 변화된 삶의 경험양식이 뚜렷이 드러나기 시작한 것은, 19세기 후반의 파리 같은 대도시에서이다. 대도시에서 겪을 수 있는 경험 중 하나는, 대로(大路)의 공간을 통해 형성되는 군중들과의 만남이다. 대로에서는 서로 다른 계층 사람들이 뒤섞여 군중을 이룬다. 걸인들과 최고 재산가가 서로 거리에서 맞부딪쳐 눈빛을 교환한다. 19세기 후반, 프랑스의 나폴레옹 3세와 오스망은 파리를 근대적 도시로 정비했는데, 그 이후 나타난 현상에 대해 마샬 버만은 이렇게 말하고 있다.

> 가장 가난한 이웃들 사이에 거대한 구멍을 만들어낸 대로(大路)는 이들 가난한 사람들이 이러한 구멍을 통해서 걷고 또 파괴된 이웃들로부터 걸어 나오도록 하였으며 또 처음으로 자신들의 도시의 나머지 부분과 나머지 생활이 무엇과 같은지를 발견하도록 하였다. … 반짝이는 불빛은 잡동사니를 비추고 또 사람들의 암울한 생활의 댓가 때문에 불빛이 밝게 빛나게 되는 그런 사람들을 비춘다. … 한

---

31) 앙리 르페브르, 박정자 역, 『현대세계의 일상성』(세계일보사, 1990), 51면. 르페브르는 이러한 새로움의 생성을 모더니티(근대성)로, 그 속에서 나타나는 반복을 일상성으로 개념화하여, "일상과 현대성(모더니티-인용자))은 각기 서로를 드러내고 은폐하며 또 서로를 정당화하고 보상한다. … 일상성과 현대성은 허구만큼이나 놀라운 실체, 곧 우리가 살고 있는 이 사회의 두 측면이다. … 그들은 번갈아 시니피앙이 되고 시니피에가 된다."(같은 책, 59면)면서 그 두 개념의 엇물림을 지적하고 있다.

때는 신비롭기까지 했던 비참함은 이제 사실로 드러났다.[32]

도시의 인구 증가는 노동력을 팔려는 농민들의 도시 이주로 가능하게 된 것이었다. 노동자들이 도시에 대거 등장하자, 자본주의적 근대에 대한 또 다른 새로운 시간의식이 창출된다. 자본주의 사회에서 새로움에 대한 기대는 노동자들의 입장에서는 지겨움의 의식으로 전화된다. 자본주의가 사회에 뿌리를 내리면서 새로움은 강박적인 성질을 갖게 된다. 새로움은 무한히 반복되어야 한다. 왜 새로워야 하는지에 대한 정당성 없이 새로움을 생산해내야 한다. 새로움의 무한한 동일성을 반복해야만 하는 것이다. 이는 노동과정, 특히 19세기에 완성되는 기계제 생산의 노동과정에서 두드러지게 나타난다. 기계제 생산의 노동은 동일한 단순 노동의 반복이다. 이 생산과정은, 노동자를 자기가 생산하는 것과 완전히 소외시킨다. 그 자신이 생산하는 생산물은 자기의 손에서 벗어나 불가해한 시장 메커니즘 속으로 흡수되기 때문이다. 노동자는 동일한 일을 반복하면서 새로운 상품을, 새로움 자체를 생산한다. 자본주의가 이윤율을 높이기 위해 새 기계를 도입하고 시장에 새로운 상품들을 내놓으면 내놓을수록, 다양하고 새로운 상품에 둘러싸여 일상생활을 해나가는 노동자는 더욱 지루한 일을 반복하게 된다.

이러한 새로움의 모순과 역설은 19세기 중반 이후 유럽에서 기계제 대공업이 승리를 거두는 시기에 점점 드러나기 시작했던 것이다. 그래서 19세기 중반 파리의 보들레르는 '새로움의 덧없음'의 감수성으로 시를 쓰기 시작했다. 그것은 19세기 후반의 사상가 니체가 "죽음이 그토록 동경하던 망각을 가져오지만, 그와 동시에 그것은 현재와 현존도 앗

---

32) 마샬 버만, 앞의 책, 187면.

아간다."[33]라고 말했던 의미와도 상통된다. 새로움은 현재적 삶을 위해 과거를 망각한다. 니체에 의하면, 인간에게 그러한 망각은 동물과 달리 의지적으로 행해져야 한다. 하지만 시간이란 범주가 있는 이상, 현재는 항상 과거가 되고 결국 새로움은 헌 것이 되는 역설에 다다를 수밖에 없다. 과거의 완전한 망각은 바로 죽음이다. 그러나 역설적으로 현재를 위한 망각의 최고도인 죽음은 현재를 앗아간다. 이러한 니체의 시간 의식은 새로움의 열망 속에서도 그 덧없음을 느끼는 모순적인 의식이다. 그리고 이 감수성은 일상세계가 상품에 의해 덮이면 덮일수록 근대인의 경험양식이 된다. 발터 벤야민은 이러한 감수성에 대해 "파리의 새로운, 위로할 길 없이 쓸쓸함은 … 현대적인 것의 이미지에 섞여들고 있다"[34]고 말한다. 이 '현대적인 것'의 이미지에는, 새롭고 화려하게 변모하는 세계에 노동자들의 고통의 흔적이 스며들어 있음을 드러내며, 그래서 그 이미지의 새로움에는 덧없음과 쓸쓸함이 함께 나타난다.

이러한 이미지는 진보 개념 또한 의심에 부친다.[35] 진보 개념은 자본주의적이고 계몽주의적인 근대성의 시간 개념과 밀접히 관련되어 있다는 데서 새로움의 동일성, 즉 동질성에서 벗어나지 못한다. 진보된 것은 이전의 것과 차별적이지만, 그 차별성 또한 동질적이어서 진보의

---

33) 프리드리히 니이체, 임수길 역, 「삶에 대한 역사의 공과」, 『반시대적 고찰』(청하, 1982), 110면.

34) 발터 벤야민, 「중앙공원」, 앞의 책, 108면. 이 글 중 다음과 같은 벤야민의 언급은 지금 살펴보고 있는 주제와 연관해서 많은 시사를 준다. "유행은 새로운 것의 영원한 회귀이다."(같은 책, 123면), "상품 생산의 변증법: 생산품의 새로운 점은(수요의 자극으로서) 지금까지 알려져 있지 않은 중요성을 갖는다. 항상 동일한 것이 처음으로 대량 생산에서 눈에 띄게 나타난다."(같은 책, 127면).

35) 벤야민은 "인류의 역사적 진보라는 개념은 동질적이고 공허한 시간을 관통하는 역사적 발전과정이라는 개념"이라면서 비판한다.(발터 벤야민, 반성완 역, 「역사철학테제」, 『발터벤야민의 문예이론』(민음사, 1983), 352면.)

새로움은 공허한 시간인 것이다. 이러한 시간의 동질성은, '가장 새로운 시대'인 우리 시대의 원리를 '주체성'으로 보았던 헤겔의 '역사적 시간'에도 그 흔적이 남아있다. 알튀세르는 헤겔의 역사적 시간이 동질적 연속성과 동시성으로 분리될 수 있다고 한다.[36] 동질적 연속성은 새로움이 동질성으로 추상화되었다는 것[37]을 암시하는데, 이러한 추상화는 새로움의 반복을 통한 새로움의 동일성이 전제되어야 한다. 이에 따르면 헤겔의 낙관주의적인 시간관 역시 자본주의의 모순적인 시간을 이데올로기적으로 반영한 것에서 벗어나지 못한 것으로 보인다.

노동자들의 등장은 근대의 주체성의 원리에도 깊은 의문을 제기한다. 하버마스의 헤겔 논의에서도 보았듯이, 주체는 자유롭게 자기 자신의 행동과 생각을 결정하는 자이다. 하지만 이 주체는, 앞에서도 말했듯이 자본주의가 필요로 하는 주체와 은밀히 연결되어 있다. 자신은 자기 자신의 주인이며 앞으로 발전할 수 있는 존재라는 드라마틱한 의식은 낡은 봉건적인 사회관계 및 생산관계를 해체하는데 큰 영향을 끼쳤다. 하지만 자본주의가 발전하면서 그 주체는 결국 자본주의적 생산관계와 사회관계를 재생산하기 위한 조건으로서의 법적 주체, 즉 매매에 책임을 질 수 있는 주체로 존재하게 된다. 노동자에게 미래란, 자본의 확대재생산이라는 미래를 꿈꾸는 부르주아의 미래와는 그 성격이 다르다. 그들에게 미래는 언제나 지겨운 단순 노동의 동일함과 언제 해고

---

36) 알튀세르, 김진엽 역, 『자본론을 읽는다』(두레, 1991), 120면.

37) 코젤렉의 논의를 소개했던 피터 오스본은 이러한 근대 시간의 특성, 전 시간과 구별하는 성질로서의 차별성, 새로움의 동일성, 그리고 이러한 동일성에서 추출되는 추상성을 근대성의 질이라고 본다. 특히 "이것(모더니티)은 변화과정의 논리구조를 그 구체적인 역사적 결정인자들로부터 추상함으로써 얻어진다. 그리고 이런 추상화는 가치 저장물로서의 화폐의 발전에서 작용하는 것(추상적 노동시간)과 병행하는 추상이다"(오스본, 앞의 글, 42면.)라고 하면서, 그는 근대의 시간성, 근대성의 추상성을 자본주의의 화폐 발전과 관련시켜 사고하고 있다.

당할지 모른다는 불안으로 다가올 뿐이다. 그래서 우리 자신이 자유롭기에 미래를 창조할 주체라는 '근대적 의식'이나 주체의 의식에서 출발하여 세계를 설명하려는 '근대적 철학' 등은 부르주아 이데올로기를 반영할 뿐이라는 의심이 나타나기 시작한다.

나아가 자본주의 사회에서 자유로운 주체란 환상임이 드러난다. 자신의 노동력을 파는 주체는 노동자 자신이다. 하지만 그는 자신의 노동력을 팔지 않으면 굶어 죽는다. 그는 알 수 없는 사회의 힘에 이끌려 자신의 운명을 결정한다. 자신의 삶을 자신이 결정하지만, 생존의 필요성에 따라 어떤 타자의 보이지 않는 명령에 의해 자신의 생각과 판단을 결정한다. 자본가도 마찬가지다. 물론 노동자보다 그는 많은 자유를 가진다. 자본의 소유자인 그는 노동자의 해고, 자본의 확대나 축소, 무엇을 구입하고 생산할 것인가를 자기의 생각과 의지대로 결정한다. 하지만 그가 일단 자본가가 되면, 자신의 의지대로 사업을 할 수는 없다. 그는 자본주의의 메커니즘에 편입되어, 자신의 자본을 자본으로서 기능하도록 하기 위해 끊임없이 새로운 것을 생산해야만 한다. 자본의 메커니즘 속에선 진정한 의미로 자유로운 사람은 없다.

자본주의의 모순이 드러나고 근대성의 핵심인 '주체'란 자본주의에서 파생된 하나의 환상이 아닌지 의심되면서, 주체의 의식을 중심으로 놓는 사상 역시 비판되기 시작한다. 그 비판의 대표자로 프로이트를 손꼽을 수 있을 것이다. 그는 주체의 의식의 자명성[38]을 거부하고 주체가

---

38) 자신이 자신의 주인이며, 그러기 때문에 자신의 행위에 책임을 진다는 '주체성'은, 자기의 의식은 바로 자기이기 때문에 자기가 투명하게 알 수 있다는 의식의 자명성을 전제로 한다고 볼 수 있다. "주체성의 구조는 철학에서는 '그 자체로서', 말하자면 데카르트에서는 나는 생각한다, 따라서 나는 존재한다. cogito ergo sum에서, 칸트에서는 절대적 자기의식의 형태에서 추상적 주체성으로 파악된다. 즉 객체로서의 자기 자신으로 되굽혀 들어가 자신을 마치 거울에 비친 영상처럼 - 바로 '사변적

'만들어진다'고 봄으로써 주체성의 원리에 입각한 근대 사상에 결정적인 반론을 제시했다. 프로이트 이전까지는, 정신병 환자는 일반적으로 보통사람에서 일탈된 사람이었고, '병 든', 또는 '정신 나간' 사람이라고 인식되었을 뿐이었다. 프로이트가 활동했던 당시의 인간에 대한 일반적인 이해는 정상적인 사람의 이해에서 출발하여 이루어졌다. 하지만 이러한 일반적인 이해와는 달리 프로이트는 정신병 환자들의 사고와 행동 메커니즘이 모든 사람들이 꾸는 꿈과 본질적으로 유사하다고 논하면서 정신병자와 정상인을 연결시켰다. 정신병자의 행위와 마찬가지로, 누구나 꿈은 자신의 의지대로 꾸어지지 않는다. 왜 자신이 원한 것도 아닌데 어떤 특정한 내용의 꿈을 꾸는 것일까? 그는 억압되어 의식되지 않은 부분이 인간의 정신에 있다는 데에서 해답을 가져왔다. 그것을 그는 무의식이라고 개념화했다. 무의식은 수면 동안 억압이 느슨해지는 틈을 타서 위장된 형태로 꿈에 나타나며, 우리가 낮에 행하는 실수, 실언, 망각 등도 무의식적 의도에 의하여 이루어지는 것이라고 프로이트는 주장했다. 그는 어떤 사람이 개회를 선언하려고 했을 때 무심코 폐회를 선언하는 실언을 저질렀다면, 그것은 개회의 말을 방해하고자 하는 어떤 무의식적 의도가 작용했기 때문이라고 설명했다.[39]

으로' - 파악하는 인식 주체의 자기 지시성의 구조가 중요하다."(하버마스, 앞의 글, 390면) 데카르트의 "나는 생각한다. 고로 존재한다"는 의식의 자명성을 철학의 기초로 세우려는 시도라고 볼 수 있다. 벨슈는 데카르트와 함께 자기 확증의 원리, 즉 자신으로부터 나오는 사유의 원리가 시작되었다는 헤겔의 지적을 언급하고 있다. (벨슈, 앞의 글, 402면)

39) 프로이트, 구인식 역, 『정신분석입문』(동서문화사, 1978), 32면. 만약 어떤 사람이 결혼을 약속한 애인과의 약속시간을 잘 망각한다면, 그것은 그 사람이 의식적으로는 그 애인을 (의무감 등으로)사랑한다고 생각하지만, 무의식적으로는 그 애인에 대한 애정이 떨어졌음을 나타내는 것이라고 한다.(같은 책, 52-54면 참조) 프로이트는 "의도의 망각은 일반적으로 의도를 수행하지 않으려는 반대경향에 입각해 있다"(같은 책, 53면)라고 말한다.

프로이트는 '정상인'인 우리의 삶 밑에 무의식이 자리 잡고 있다고 주장한다. 정신병자만이 자기가 의식하지 못하는 것에 사로잡혀 있는 것이 아니라, 정상인들 역시 수면 시간만이 아니라 일상생활에서까지 자신이 의식하지 못하는 것에 지배당할 수 있다는 것이다. 이로써 주체의 동일성-'나는 나'라고 의식하는 나-이라는 근대적 사상은, 어떤 알지 못하는 '타자'-'무의식'-로 인해 동일성은 동일하지 않다는 사상에 의해 파괴된다. 이러한 프로이트의 이론은 근대적인 주체성 원리에 대하여 강한 반론을 제기할 수 있는 무기가 되었다. 그것은 주체 내부의 타자성의 존재에 대해 인식할 수 있게 해주면서, 초현실주의나 이상의 '거울'을 이해하는 데에 매우 중요한 이론을 제공할 수 있다. 본 연구는 이상의 시를 고찰할 때 프로이트의 이론에서 많은 도움을 얻을 것이다.

2) 미적 근대성의 개념

미적 근대성 개념을 통해 근대 문학의 특성을 살펴 본 논자40) 중 서

---

40) 미적 근대성이란 개념을 사용하여 한국 문학을 살펴 본 논의는 다음과 같은 것이 있다.

진정석, 「일제 말기 김동리 문학의 낭만주의적 성격에 관한 연구」, 『외국문학』(열음사, 1993년 여름호).

권성우, 「허준 소설의 '미학적 현대성' 연구」, 『한국학보』(일지사, 1993년 겨울호).

나병철, 『근대성과 근대문학』(문예출판사, 1995).

이들의 논의에 대해선 논의를 전개시켜 가면서 기회가 닿는 대로 언급하겠다. 그런데, 본 논문과 근대성이라는 주제에 대하여 같은 관심사와 접근 방법을 가지면서도 미적 근대성의 개념 설정엔 반대하는 논의가 있다. 김유중의 박사학위 논문, 「1930년대 후반기 한국 모더니즘 문학의 세계관 연구」(서울대 대학원, 1995)가 그것이다. 그는 "이 글은 모더니티의 사회과학적 용법과 미학적 용법을 근원적으로 분리한 마테이 칼리니쿠스나 위르겐 하버마스 류의 견해에 대한 비판적 입장에 있다. … 모더니티라는 용어가 사회 과학적 입장에서 사용되었다고 해서 항상 부르주아적인 가치관(계몽의 이념)과 일치한다는 것은 지나친 편견이다. 또한 미학적 모더

구에서는 하버마스가 대표적이다. 하버마스는 계몽주의의 기획으로서의 문화적 모더니티와 '시간개념의 의식의 변화'를 주요 특징으로 하는 미학적 모더니티를 구분한다.[41] 그에 의하면 미학적 모더니티의 시간의식은 아방가르드의 은유를 통하여 자신을 표현한다. 아방가르드의 미래를 향한 암중모색들, 정의되지 않은 미래에 대한 기대와 새로운 것에 대한 예찬은 사실상 현재의 고양을 의미한다.[42] 하지만 본 논문은, 하버마스의 미학적 모더니티에 대한 시간적인 차원에서의 개념화에 찬성하면서도, 아방가르드에 그 개념 설정을 한정시키는 것에는 생각이 다르다. 문학적 가치를 전통 속에서 찾으면서 변화 없는 신화적 시간을 문학 속에 구현하려고 했던 엘리엇이나, 변화하는 세계 속에서 의

니티의 경우 역시 일관되게 반 부르주아적인 노선만을 유지하는 것은 아니다. 오히려 모더니티를 그러한 양자 사이의 중간항, 즉 경제적 과정(modernization)과 문화적 비젼(modernism) 간의 어느 쪽도 아니면서, 전자를 후자에 매개해주는 역사적 경험으로 이해하고자 한 버만의 논지가 상대적인 설득력을 확보하고 있는 것으로 판단된다."(위의 논문, 17쪽)라고 하여 미적 근대성 개념 설정을 반대한다. 하지만 "모든 미적 지각, 모든 미적 체험, 모든 미적 판단은 하나의 특수한 가치 평가, 말하자면 대상의 가치를 확정하는 일종의 방식이자 방법이며, 바로 이 점에서 미적 판단은 인식론적 판단과 구별된다"(M. S. 까간, 진중권 역, 『미학 강의 I』(새길, 1989), 96면)고 할 때, 근대성에 대한 가치 평가가 개입되는 문학예술의 근대적 특성은 근대성과 연결되면서도 차별화되는 미적 근대성 개념 설정의 조명 아래 탐구될 필요성이 있다.

41) 진정석은 김동리 문학을 낭만주의와 연결시켜 유미주의적이라고 보고 이를 하버마스의 논의를 빌어 미적 근대성으로 본다.(진정석, 앞의 논문, 158-159면) 하지만 그가 미적 근대성으로서 제시하는 미적 자율성은, 하버마스에게서 과학, 도덕, 예술이 자율적 분야들로 분리되어 특징화되는 문화적 모더니티의 특성이지 미학적 모더니티를 특징짓는 개념이 아니다. 하버마스는 미학적 모더니티의 개념과 문화적 모더니티의 개념을 분리하여 사용하고 있다. 미학적 모더니티는 하버마스에 의하면 시간 개념에 대한 의식 변화와 밀접한 관련이 있다.(하버마스, 박거용 역, 「모더니티-미완성의 계획」, 정정호, 강내희 편, 『포스트모더니즘론』(터, 1989), 106-114면 참조.)

42) 하버마스, 위의 글, 108면.

식의 내면으로 침잠하여 시간을 끊임없이 유동적인 것으로 경험하려
고 했던 프루스트 같은 이들의 문학[43]을 하버마스의 미학적 모더니티
개념은 설명하지 못한다. 이에 비해 근대성을 하나의 태도로 보는 벤야
민이나 미셀 푸코의 보들레르에 대한 논의-서구의 많은 논자들이 근대
시(현대시)의 기원을 보들레르에게서 찾고 있다[44]-는 본 논문이 개념
화하려는 미적 근대성 논의에 중요한 관점을 제공해준다. 푸코는 보들
레르에서 나타나는 근대성(인용문에서는 현대성이라 번역되어 있다)
에 대해 다음과 같이 말한다.

　　… 보들레르적 현대성은 일종의 훈련입니다. 그것은 현실에 극단
적 주의를 기울임으로써 그 현실성을 존중하면서도 그것을 뒤흔들
어버리는 자유의 실천입니다. 그러나 보들레르에게 현대성은 단지
현재에 대한 관계만을 나타내는 것은 아닙니다. 그것은 또한 자기
자신에 대해 정립해야 하는 관계를 나타내는 것입니다. 사려깊은 현
대적 태도는 필연적으로 금욕주의와 결합되어 있습니다. 현대적이
된다는 것은 스스로를 스쳐 지나가는 순간들의 흐름 속에 있는 것처
럼 받아들이는 것이 아닙니다. 그것은 스스로를 복합적으로 공을 많
이 들여서 세련되게 만들어야 할 대상으로 여기는 것입니다. … 보
들레르에 따르면 현대인은 그 자신, 그의 비밀, 그의 숨은 진실 따위
를 발견하려고 하는 사람은 아닙니다. 현대인은 그 자신을 발명하려
고 애쓰는 사람입니다. 현대성은 <그 자신에만 머물러 있으려고 하

---

43) 김욱동, 「모더니즘」, 이선영 편, 『문예사조사』(민음사, 1987), 156-165면 참조.
44) 이런 입장을 보인 번역서로는,
　　휴고 프리드리히, 전광진 역, 『근대시문학론』(을유문화사, 1975),
　　마르셀 레몽, 김화영 역, 『프랑스 현대시사』(문학과 지성사, 1983),
　　미하일 함부르거, 이승욱 역, 『현대시의 변증법』(지식산업사, 1993),
　　도미니끄 렝세, 김기봉·채기병 공역, 『보들레르와 시의 현대성』(탐구당, 1987) 등
　　이 있다.

는 사람을 해방시키지 않습니다〉. 현대성은 그 자신을 생산하라는
과업을 떠맡깁니다. … 현재에 대한 역설적인 영웅화, 현실에 대한
자유로운 변형 활동, 금욕을 통해 자아를 세련되게 하는 것 - 이러한
것들이 사회 그 자체나 정치적인 신체 안에 자리 잡게 되리라고 보
들레르는 생각하지 않습니다. 그것들은 단지 또 하나의, 다른 장소
에서만 생산될 수 있습니다. 보들레르는 그 장소를 예술이라 불렀습
니다.45)

여기서 푸코는 보들레르에서 이끌어낸 근대성을 근대의 경험을 외
면하지 않고 도리어 "극단적 주의를 기울임으로써 그 현실성을 존중"
하는 태도이면서도 그것을 "뒤흔들어버릴 자유"라고 말하고 있다. 그
리고 예술이라는 장소에서 현재를 받아들이는 동시에 변형하고, 자기
자신을 예술 작품처럼 만드는 행위를 보들레르의 근대성으로 보고 있
다. 지금 마주 대하고 있는 현재 시간에서의 보들레르의 태도를 벤야민
또한 다음과 같이 말하고 있다. "보들레르에게서 〈현대적인 것(근대적
인 것-인용자)〉은 오직 그리고 감수성에만 기인하고 있지 않다. 여기
에선 최고도의 자발성이 나타나고 있다. 현대란 보들레르에게선 일종
의 정복이다. 이것은 무장을 갖추고 있다."46)

인용된 푸코와 벤야민의 글은 그들의 보들레르에 대한 이해가 매우
흡사함을 보여준다.47) 이들의 논의를 통해 보들레르가 파악한 근대성

---

45) 미셸 푸코, 장은수 역, 「계몽이란 무엇인가」, 김성기 편, 『모더니티란 무엇인가』,
354-355면.
46) 발터 벤야민, 차봉희 역, 「중앙공원」, 『현대사회와 예술』, 102면.
47) 김현, 『시칠리아의 암소』(문학과지성사, 1990), 157면 참조. 하지만 벤야민은 자본
주의 상품 사회의 시간성과 보들레르의 '근대성'을 연결시킴으로써 푸코보다 한걸
음 더 나아가고 있다. "보들레르에게선, 항상 동일한 것에서 영웅적인 태도로 노력
함으로써 획득되는 새로운 것에 강조점을 두고, 니체에게서는 인간이 영웅적인 성
향에서 예기하는, 〈항상 동일한 것〉에 그 강조점이 있다."(벤야민, 앞의 글, 117

이란 근대적인 경험을 깊은 감수성으로 받아들임과 동시에 그것에 대해 일종의 자발적인 태도를 취하는 것이라고 정의내릴 수 있을 것이다. 그것은 근대성의 시간 변증법, 새로움의 모순에 의해 생겨나는 여러 현대적인 것의 이미지를 깊이 느끼는 동시에 일종의 '무장을 갖추는' 태도이다. 이를 근대적 예술의 근대성, 즉 미적 근대성이라고 부를 수 있다. 이러한 태도가 '미적'이라고 표현될 수 있는 것은 보들레르의 상기(上記)한 '태도의 생산'이, 푸코가 해설하듯이 보들레르에게 있어서 예술이라는 장소에서만 가능하기 때문이다. 그러한 태도는 근대성의 경험을 나름대로 예술을 통해 변용해서 받아들이는 동시에 근대성에 '자발적으로' 대응한다. 그런데 그 태도는 근대성의 체험을 민감하게 받아들이는 것이 전제가 되기에 근대성에 의해 파생되었다고 할 수 있다. 보들레르는 '모더니티'를 다음과 같이 정의하고 있다.

> 일시적인 것, 우발적인 것, 즉흥적인 것으로 예술의 반이며 나머지 반은 영원적인 것과 불변적인 것이다. 그렇게도 빈번히 모습을 바꾸는 이 일시적이고 무상한 요소에 대해서 당신은 그것을 비난하거나 무시할 권리를 갖고 있지 않다. 그것을 억압한다면 당신은 처음 죄를 범한 여성의 그것처럼 추상적이고 정의할 수 없는 미의 공허함 속으로 떨어지고 말 것이다.48)

면) 푸코가 언급한 금욕주의는 벤야민에게 있어 '영웅적인 태도'라는 표현을 얻는다. 벤야민은 또한 보들레르가 예술의 영역에서 상품화에 의해 일어난, 특히 서정시적인 문학의 몰락에 맞서 단 한권의 서정시집, 그것도 기존의 시집과는 확연히 다른 감수성을 보이는 <악의 꽃>을 발표하면서 이에 대응했다는 점을 지적한다. (같은 글, 121면 참조)

48) Baudelaire, The painter of Modern Life and Other Essay, p. 13, 마테이 칼리니스쿠, 앞의 책, 60면에서 재인용.

보들레르는 "일시적이고 무상한" 근대적 시간의 모순에 예술이 등돌리지 말아야 한다고 주장한다. 그렇지만 그 일시적인 시간에 무비판적으로 편승하는 것은 아니다. 예술의 또 하나의 측면, 일시적인 시간에서 '영원함'을 찾아내는 작업이 수반되지 않으면 안 되는 것이다. 그러한 모순적인 태도는 근대성의 시간을 받아들이면서도 거부하는 역설적 결과를 낳는다.[49] 그래서 그는 예술을 위한 예술에 대해 양가적인 생각을 품었다. 그는 예술의 자율성이라는 신조를 처음으로 대변한 사람 중의 한 사람이었지만 반대로 그러한 견해를 극단적으로 반대한 사람이기도 했다.[50] 벤야민은 보들레르가 빈번이 작가를-우선 그 자신을-창녀에 비교했으며 '돈에 팔리는 시신'이라는 제목의 소네트는 이 주

---

49) 위의 책, 58-71면 참조. 칼리니스쿠는 서구 문명사의 한 단계에 속하는 모더니티와 미적 개념으로서의 모더니티 사이에 역전 불가능한 균열이 생겨났다고 지적하고 있다. 첫번째 모더니티는 근대적 관념의 역사에서 초기에 두드러진 전통들을 계승하는데, 진보의 원리, 과학과 기술의 유용한 활용가능성에 대한 신뢰, 시간(측정할 수 있는 시간, 사고 팔 수 있는, 따라서 다른 상품과 마찬가지로 돈으로 계산 가능한 등가물인 시간)에 대한 관심, 이성 숭배, 그리고 추상적 인본주의의 틀 안에서 정의된 것이지만 동시에 실용주의 내지는 행동의 숭배를 지향하는 자유 지향 등을 말한다. 그러나 미적, 문화적 모더니티는 부르주아 모더니티에 대한 철저한 거부 및 소멸적인 부정적 열정을 보인다는 것이다.(같은 책, 53-54면) 권성우는 "정치의 사이비 근대성의 세계와 짝을 이루는 미학적 근대성의 문제의식을 작품으로 보여준 소설가"로서 허준을 들고 있는데(권성우, 앞의 글, 35면), 이에 따르면 그도 미적 근대성을 칼리니쿠스와 비슷하게 이해하고 있다고 판단된다. 그러나 미적 근대성은 정치와 미묘한 관계를 가지고 있다는 점이 지적 되어야 한다. 특히 서구 모더니스트들은 부르주아 정치에 대해서 환멸을 느꼈지만, 파시즘이나 공산주의에 깊게 연루되어 들어갔다는 점에서 정치와 무관하지 않다. 특히 권성우는 허준의 미학적 현대성(근대성)을 "해방 이후의 진정한 근대 사회의 건설(근대성의 기획)을 자신의 입신을 위해 전략적으로 이용하는 사이비 근대주의자들에 대한 비판의 의미로 소설을 썼"(같은 글, 43면)다는 점에서 찾고 있는데, 이는 근대성에 대한 깊은 관심과 함께 그것을 벗어나려는 데서 생기는 모순을 통해 미적 근대성을 파악하지 않고 칼리니쿠스의 논리에 따라서만, 즉 사회적 근대성의 대칭으로서만 미적 근대성을 파악한 것이 아닌지 문제를 제기하고 싶다.

50) 미하일 함부르거, 앞의 책, 17면.

제를 다루고 있다고 지적한다.[51] 이러한 예술성과 근대성의 긴장은 예술의 미적 근대성을 나타내는 지표라고 할 수 있을 것이다.

그러나 근대성에 대한 예술적인 태도의 측면만으로 미적 근대성을 규정한다는 것은 일면적이다. 텍스트 자체에서 미적 근대성의 특성이 드러나야 하는 것이다. 보들레르는 삶에 대한 태도 뿐 아니라 실제 시에서 대도시 이미지 세계를 사실적인 것과 초현실적인 것, 현상과 관념 간의 매체로서 알레고리화 하여 서로 대립되는 시의 이해들을 종합했다.[52] 텍스트 자체에서 미적 근대성을 도출한다는 것은 텍스트의 예술성 속에서 근대적 성질을 추출하는 일이기도 하다. 그렇다면 텍스트의 예술성이란 무엇인가? 잘 알려져 있듯이, 러시아 형식주의자들은 예술이 예술이게 만드는 것-예술성-을 '낯설게 하기'라고 말한 바 있다.

> 예술은 존재하여 사람들이 생의 감각을 되찾을 수 있게 한다. 또 예술의 존재는 사람들이 사물을 느낄 수 있게 하여 돌을 <돌답게> 만들어준다. 예술의 목적은 사물에 대한 감각을 알려져 있는 대로가 아니라 지각된 대로 부여하는 것이다. 예술의 기법은 사물을 "낯설게"하고 형식을 어렵게 하며, 지각을 힘들게 하고 지각에 소요되는 시간을 연장한다. 왜냐하면 지각의 과정은 그 자체가 미학적 목적이고 따라서 되도록 연장돼야 하기 때문이다.[53]

이러한 낯설게 하기, 또는 지각을 힘들게 하기는 예술이 다만 유희적 측면에서만 그 정당성을 얻는 것이 아님을 의미한다. 이러한 정의는 예

---

51) 발터 벤야민, 황현산 역, 「보들레르의 작품에 나타난 제2제정기의 파리, 제1장」, 『세계의 문학』(민음사, 1986년 여름), 161면.
52) 미하일 함부르거, 앞의 책, 18면.
53) V. 쉬클로프스키, 문학과 사회 연구소 역, 「기술로서의 예술」, 『러시아 형식주의 문학이론』(청하, 1984), 34면.

술성 자체 내에 인식적 힘이 들어있다는 것이기 때문이다. 예술은 우리가 일상성에 파묻혀 그냥 지나쳐 버릴 일들을 다시 보게 만들고 숙고하게 만든다. 이러한 예술의 힘은 미적 근대성이 근대성과 차별화되어야 함을 알려준다. 이러한 논리에 따르면 근대적 예술은 근대성을 지각시켜 주지만 스쳐 지나가듯 지각시키는 것이 아니라 '낯설게 하여' 보여줌으로써 근대성에 대해 숙고하게 만든다고 할 수 있다.

형식주의의 이론은 문학 진화에 대해서도 새롭게 사고하게 만든다. 형식주의의 문학 진화 이론은 쉬클로프스키의 '낯설게 하기' 이론을 더욱 발전시켜, 어떤 문학 작품의 소재나 기법이 낡게 되어 사람들에게 '자동화'되면 이에 문학은 다시 소재나 기법을 바꾸어 '낯설게 하기'를 시도하면서 문학의 진화가 이루어진다고 주장한다.54) 여기서 문학은 지각의 이중적인 변이를 일으킨다. 왜냐하면 문학이 낯설게 보이도록 만드는 것은 표현의 습관적 양식들과는 거리가 있는 '현실' 뿐만 아니라 표현의 습관적 양식들 자체도 포함되기 때문이다. 문학은 현실에 대한 새로운 통찰력을 제공할 뿐만 아니라 보통 현실이라고 생각하고 있는 것을 구성하는 형식적 작용을 드러내 주기도 한다.55) 이러한 문학의 변이와 문학의 '근대성'을 연결하여 생각해보면, 문학의 근대성은 전대와 다른 '낯선' 문학 형식을 통해 근대 현실을 보여주는 동시에 그 현실을 '낯설게 만들어' 지각시키는 이중적인 변이를 일으키는 것이라고 할 수 있다.

그런데, 위의 쉬클로프스키의 정의는 미적 근대성을 논의하기에는 아직 불충분하다고 생각된다. 왜냐하면, 그의 정의는 예술성을 예술 향

---

54) 러시아 형식주의자들의 문학 진화 이론에 대해선 빅토르 어얼리치, 박거용 역,『러시아 형식주의』(문학과지성사, 1983), 322-350면 참조.
55) 토니 베네트, 임철규 역,『형식주의와 마르크스주의』(현상과 인식, 1983), 73면.

수자의 주관적인 심리에서 찾고 있기 때문이다. 근대성이란 앞에서 살펴본 바에 따르면, 자본주의 생산양식의 등장과 더불어 생겨난 시간 의식과 그에 파생되는 주체성의 원리 등을 말한다. 그러나 이러한 근대성과 예술성을 연결시킬 수 있는 개념이 쉬클로프스키의 주관적인 심리 이론에서는 찾아볼 수 없다. 근대성과 예술성을 연결시켜 논하려면 무엇을 낯설게 하는 것인가에 대한 개념, 즉 '낯설게 하기'의 대상이 개념화되어야 한다. 또한 그의 논의는 '낯설게 하기'의 방법을 통해 얻어진 난해한 인지가 자기 목적이 되는, 유미주의적인 예술 이해로 나아갈 위험이 있다.[56] 그런데 프랑스 철학자 알튀세르는, 쉬클로프스키의 '낯설게 하기'라는 예술성 정의에 나타나는 예술의 사회적 기능, 즉 감성화를 부여하는 또 다른 측면[57]을 좀 더 진전시킨다. 이에 그는 이데올로기 개념을 사용하여 '예술성'에 대한 해명을 다음과 시도한다.

> 예술이 우리로 하여금 보게 하는 것, 따라서 '보고 지각하고 느끼는' 형태로(지식의 형태가 아니라) 우리에게 주고 있는 것은 예술이 태어나 몸담고, 예술로서 스스로 떨어져 나와 암시하고 있는 이데올로기입니다. … 발자크와 솔제니친은 그들의 작품이 암시하고 있으며, 그들의 작품 속에 끊임없이 스며든 이데올로기에 관한 한 관점을 제공하고 있습니다. 이 관점은 그들 소설의 모태가 되고 있는 바로 그 이데올로기로부터 물러나 일정 정도 내적인 거리를 유지할 것을 전제로 합니다. 발자크와 솔제니친은 우리로 하여금 어떤 의미에 있어서 내적인 거리를 취함으로써 내적인 것으로부터 즉, 그들이 사로잡혀 있는 바로 그 이데올로기로부터 '지각'하게 합니다.[58]

---

56) 페터 뷔르거, 김경연 역, 『미학 이론과 문예학 방법론』(문학과지성사, 1987), 115면.
57) 위의 책, 같은 면.
58) 루이 알튀세르, 이진수 역, 「예술론-앙드레 다스프르에 답함」, 『레닌과 철학』(백의, 1991), 226-227면.

여기서 알튀세르가 사용하고 있는 이데올로기 개념은 "인간 존재가 '겪어온' 경험", 무의식적으로 겪어온 경험을 의미한다.[59] 이러한 경험을 예술이 다루기는 하지만, 그러한 경험을 예술은 형식주의자의 용어로 '낯설게 하여', 즉 그 경험에 거리를 취하여 수용자인 우리가 지각하게 만든다는 것이다. 알튀세르는 '인간 존재가' 겪어온 '경험'에 이데올로기라는 표현을 줌으로써 그 경험의 사회·역사적 질을 획득한다. 그리하여 "사물에 대한 알려져 있는 감각을 낯설게 한다"는 쉬클로프스키보다 이론적인 진전을 보여주게 되는 것이다. 알튀세르의 논의는 사회와 예술의 상관관계를 더욱 명료하게 드러내준다. 그래서 그의 이데올로기 개념은 본 논문이 사용하고 있는 개념인 '근대성의 경험'을 가리키는 것으로 생각할 수 있다. '새로움'의 모순적인 경험과 주체성의 모순적인 원리가 근대성을 이루는 핵심이라고 한다면, 근대의 인간 존재가 겪는 경험의 틀로서의 근대적 이데올로기를 바로 근대적 시간 의식, 의식의 자명성을 전제로 하는 주체 의식이라 할 수 있다.

　근대적인 예술가들은 이러한 이데올로기로부터 내적인 거리를 취함으로써 그러한 이데올로기를 지각할 수 있게 만든다. 보들레르는 앞에서 논의했듯이 푸코나 벤야민이 말한 영웅적인 태도, 즉 자신을 예술작품으로 만들기를 통해 근대적 현실로부터 내적 거리를 만든다. '내적 거리'란 근대적 현실과 근대적 이데올로기 내부에서 그로부터 거리를 취하고 있음을 의미한다. 보들레르는 근대 현실을 삶에 적극적으로 받아 안으면서도 그로부터 벗어나려는 모순적인 태도를 보여주었다. 그러한 모순적인 태도가 근대적 현실과 이데올로기의 경험에서 벗어나지 않으면서도 내적 거리를 취할 수 있게 만든 것이라고 할 수 있다.

---

59) 위의 책, 227면.

위에서 전개한 논의를 통해 미적 근대성 개념을 정리해 본다. 미적 근대성은 19세기 중엽 유럽에서 새로움과 동일함의 모순이라는 근대성의 변증법이 확연하게 만인의 경험 형식이 되었을 때 등장했다. 문학의 미적 근대성은 문학이 근대성에 내적인 거리를 취함으로써 근대성을 지각하게 만드는 근대적 예술의 특성을 의미한다. 근대성이란 앞에서 보았듯이 주로 '새로움'의 근대적 시간 의식과 주체성의 원리라는 이데올로기를 말한다. 근대성에 대한 미적 지각은 근대적 이데올로기와 내적 거리를 취함으로써 가능한데, 그러한 내적 거리의 확보는 보들레르의 '자발적 태도', '역설적인 영웅화', '현실의 가공'이라는 삶의 태도에서 그 전형적인 모습을 볼 수 있다. 또한 문학의 미적 근대성은, 문학 텍스트가 전대의 자동화된 문학 형식에서 벗어나는 '낯설게 하기'를 통해 근대적 이데올로기의 지각을 가능케 할 때 확보된다. 이러한 미적 근대성은 문학이 근대적 경험을 민감하게 받아 안는다는 것을 전제로 성립되기 때문에 근대성에 의해 탄생했다고 할 수 있지만, 한편으로 자신을 낳은 그 근대성의 모순을 폭로함으로써 근대성에 반항한다.

3) 모더니즘과 아방가르드의 미적 근대성

근대성에 대응하는 방식에 따라 현대 예술, 특히 광의로서의 모더니즘은 다양한 형태로 분류할 수 있다. 그러나 모더니즘을 정의내리기란 쉽지 않다. 한국의 모더니즘 문학에 대한 정의도 여러 연구가에 따라 다르게 나타나지만, 서구의 연구들도 모더니즘의 정의에 차이를 보이고 있다. 가령, 모더니즘을 영어 사용권 국가에서 나타난 20세기 초의 새로운 문학 사조로서 한정시켜 보는 사람도 있으며,[60] 어떤 이는 모더니즘을 19세기 말에서 20세기 초반에 이르기까지 나타난 새로운 예술 운동으로 통칭하기도 한다.61) 또한 끊임없는 파괴와 생성을 겪는 근대성의 경험에 대한 감수성과 모더니즘을 관련시켜, 괴테와 마르크스에서부터 현대 뉴욕의 시인들까지 모더니스트의 범주에 넣는 이도 있다.62) 이렇게 논자마다 제각각인 모더니즘 정의의 난점에 대해 페리 앤더슨 같은 이는 "하나의 개념으로서 모더니즘은 모든 문화적 범주 중 가장 공허한 것이다. … '모더니즘'이라는 이름 밑에는 사실상, 매우 다양한, 때로는 서로 양립할 수 없는 상징주의, 구성주의, 표현주의, 초현실주의 등과 같은 다양한 미적 실천들이 은폐되어 있다"63)라고까지 말한다.

하지만 19세기 말부터 등장한 새로운 예술의 각 유파가 서로 다른 '미적 실천'을 내세우더라도, 자본주의의 발전으로 인한 예술의 상품화에 의해 제기되는 예술의 정체성, 제1차 세계대전 전후의 시대적 위기에 대한 대응 등 새롭게 등장한 예술의 공통적인 문제의식이나 감수성을 발견할 수 있다. 그러나 문제의식의 기본 정신은 하나로 묶어버릴 수 없다. 여기서 전위라는 의미를 가지는, '예술의 아방-가르드(avant-gard)'를 주목할 필요가 있다. 제1차 세계대전 전후에 등장한 이 아방가르드는 상징주의나 비엔나 모더니즘, 영미 모더니즘과는 판이한 태도로 새로운 예술을 제창했다. 아방가르드를 모더니즘과 동의어로, 혹은 모더

---

60) 가령, 피터 포크너, 황동규 역, 『모더니즘』(서울대학교 출판부, 1980)은 영미 모더니즘 문인만 다루고 있다.
61) 이런 입장을 보이는 책으로는 유진 런, 김병익 역, 『마르크시즘과 모더니즘』(문학과지성사, 1986).
62) 이런 입장을 보이는 책으로는 마샬 버먼, 윤호병 외 역, 『현대성의 경험』(현대미학사, 1994).
63) 페리 앤더슨, 오길영 외 역, 「근대성과 혁명」, 『마르크스주의와 포스트모더니즘』(이론과 실천, 1993), 172면.

니즘의 상위나 하위 개념으로 파악하는 논자들도 있지만,[64] 아방가르드는 주로 독일과 프랑스의 다다이즘, 프랑스의 초현실주의, 러시아의 입체파와 구성주의를 가리키며, 그 예술 사조는 여타 모더니즘과 상이한 사상과 예술관을 가지고 있었다. 그래서 모더니즘과 아방가르드를 구별하여 살펴보는 작업이 필요하다.

아방가르드와 구별할 때의 모더니즘은 예술지상주의를 따르는 심미적 노선과 일치하는 것으로 보인다.[65] 19세기에서 20세기로 들어오면서 대량 상품문화가 등장하여 즉각 교환될 수 있는 '예술의 상품화' 문제가 생긴다. 테리 이글턴에 의하면, 모더니즘은 이에 저항하는 전략이다. 모더니즘은 "지시내용 혹은 역사의 실재세계에 대해 판단을 중지하고 작품의 구성을 복잡하게 하며 즉각적인 소비를 막기 위해 형식을 교란시키고 또 실재와의 모든 오염적 거래로부터 벗어난 신비로운 자기목적적 대상이 되고자 자신의 주위에 자신의 언어로 방어망을 구축"[66] 한다. 이러한 방어망은 상품 물신 숭배가 지배하는 사회를 비판한다는 의미를 갖는다.[67]

페터 뷔르거에 따르면, 이에 비해 아방가르드는 "실제 생활로부터 유지했던 거리를 작품의 내용으로 만"든 유미주의와 "합목적적으로 조직된 세계에 대한 거부"를 공유하면서도. "예술로부터 실제 생활을 조직하려고 시도"했다는 점에서 유미주의와 다르다.[68] 즉, 아방가르드는

---

64) 김욱동, 『모더니즘과 포스트모더니즘』(현암사, 1992), 138-142면 참조. 김욱동은 아방가르드를 "모더니즘에 대한 비판적 반작용으로서 주로 1920년대에 유럽에서 크게 풍미한 현상을 가리킨다"라고 말한다.(같은 책, 142면)
65) 리처드 월린, 「모더니즘 대 포스트모더니즘」, 김욱동 편, 『포스트모더니즘의 이해』(문학과지성사, 1990), 216면.
66) 테리 이글턴, 「자본주의, 모더니즘, 포스트모더니즘」, 정정호, 강내희 편, 『포스트모더니즘론』(터, 1989), 214면.
67) 알렉스 칼리니코스, 임상훈·이동연 역, 『포스트모더니즘 비판』(성림, 1994), 86면.

예술을 위한 예술에 반대하고 예술과 삶의 일치를 꾀했다. 그러기 위해서 그들은 제도화된 예술, 삶에서 유리된 예술을 파괴한다. 다다이스트인 뒤샹이 미술전시회에 자기 이름을 서명한 변기를 보냈다는 일화는 전위주의자들의 예술에 대한 태도를 전형적으로 보여준다. 그들은 사람들이 당연하다고 여기는 고고한 예술 개념을 파괴한다. 하지만 그러한 행동이 합목적적으로 조직된 상품 사회에 예술을 맡긴다는 것이 아니다. 도리어 예술을 통해 삶을 변화시키기를 원한다. 초현실주의자인 브르통은 맑스의 "세계를 변혁시켜라"와 랭보의 "삶을 변혁하라"라는 슬로건이 초현실주의자 자신들에게는 하나이자 동일한 것이라고 말했다[69]. 그 슬로건은 급진적인 사회비판과 예술혁명을 결합하려는 아방가르드의 시도를 말해준다.

그렇지만, 아방가르드 문학이 모더니즘과 완전히 분리되는 것은 아니다. 모더니즘은 소외된 예술의 지위에 대한 비판을 가능하게 함으로써 예술을 변형된 '삶의 실천' 속에 다시 통합하려는 열망을 북돋았다. 또한 뷔르거가 아방가르드의 핵심적 기법의 하나로 꼽고 있는 몽타주[70]는 엘리어트의 『황무지』에서 볼 수 있듯이 모더니즘의 형식적 특징이기도 하다. 엘리어트는 몽타주를 통해 '황폐와 무질서의 광대한 파

---

68) 피터 뷔르거, 『전위예술의 새로운 이해』(*Theorie der Avantgarde*의 번역서), 최성만 역(심설당, 1986), 84면.
69) 알렉스 캘리니코스, 앞의 책, 42면에서 재인용.
70) 피터 뷔르거, 앞의 책, 117-142면 참조. 뷔르거는 아방가르드의 몽타주가 벤야민의 알레고리 개념의 4가지 요소 중 두 요소와 일치한다고 한다. 그 일치하는 요소는 1) 알레고리 작가는 삶의 총체성으로부터 한 요소를 끄집어내어 고립시키고 그 기능을 탈취한다. 그리하여 알레고리는 본질상 파편인 셈이며 그에 따라 유기적 상징에 대립된다는 점, 2) 알레고리 작가는 고립된 현실의 파편들을 조합하여 그로부터 의미를 산출해 낸다. 그런데 이 의미는 파편들의 원래의 연관관계에서는 생겨나지 않는다는 점이다.(같은 책, 118-120면)

노라마'인 당대 역사에 반응하고자 했다. 모더니즘의 몽타주는 유기적인 예술작품을 해체시킨다는 점에서 모더니즘과 낭만주의를 분리시킨다.[71] 하지만 이러한 연결점이 있다고 해도 아방가르드와 모더니즘이 사용하는 몽타주의 '성격'이 서로 다르고, "아방가르드는 모더니즘의 극단적 현상이며 공격적이고 혁명적인 형태를 의미한다"[72]는 모더니즘과 아방가르드의 구분 역시 무화될 수는 없다.

새로움과 동일함이라는 근대성의 모순과 주체성의 원리에 대한 대응 양식에 따라 아방가르드와 모더니즘을 다음과 같이 좀 더 세분할 수도 있을 것이다. 그러나 이 구분은 미적 근대성을 기준으로 한 구분이며 하나의 불완전한 가설임을 밝혀둔다.

A. 자본주의의 시간 경험을 늘 내용 없는 새로움으로 느끼는 것. '새로움'의 경박성과 그로 인한 불안한 감정에 맞서, 변화 없고 '내용'으로 꽉 들어찬, 시간의 흐름 없는 신화적 세계를 구축하고자 하는 예술가들이 나타난다. 이들은 유기체적 사회(고대, 중세)에 대한 향수에 젖어 있다. 그러나 근대 경험을 그들의 작품 형식에 수용함으로써 근대에서 완전히 유리되는 것은 아니어서, 미적 근대성의 성격을 가지고 있다. 엘리엇의『황무지』가 바로 이러한 유형이라고 할 수 있다. 이글턴에 의하면『황무지』의 내용과 형식은 상반된다.『황무지』의 단편적인 내용은 문화적 분열의 경험을 냉담하게 (몽타주 기법을 사용하여)모방하는 반면, 그 내용을 초월하는 신화적 형식들은 은밀하게 그러한 분열의 초월을 암시한다.[73]

---

71) 알렉스 캘리니코스, 앞의 책, 89-90면.
72) 아드리안 마리노, 오생근 역,「아방가르드는 어떻게 정의되는가」,『외국문학』(전예원, 1984년 여름), 64면.
73) 테리 이글턴, 윤희기 역,『비평과 이데올로기』(열린 책들, 1987), 219면.

B. 자본주의의 시간 경험을 동일한 것, 즉 권태로서 받아들이는 유형으로서 이들 예술가들은 피상적인 새로움을 넘어 진정한 새로움을 획득하려고 한다. 이들은 진정한 새로움이 '연속'을 파괴하고 새로움을 돌출시킴으로써 등장할 수 있다고 생각한다. 다다이스트의 창작방법이 바로 그러한 태도다.74) 이들은 도시 속에서 현대 생활을 짜증스럽게 느끼고 그래서 뭔가 음모를 꾸미는 보헤미안들이다. 이들은 기존의 것을 극렬히 부정하고 일상생활을 파괴하는 해프닝으로서 예술을 '만들어낸다.' 그들은 "'모든 글은 쓰레기'라는 원칙아래 독자들을 향해 갖은 욕설과 소음과 되지 않는 말들을 퍼붓느라고 전력을 기울였다."75) 그러나 일상성과 고정 관념을 파괴하는 다다의 새로움도 새로움의 동일성이라는 시간의 추상화의 덫에 걸릴 수밖에 없다. 이런 파괴 작용도 고정 관념화 되면 그 자체가 당연하고 일상적인 것이 되어버리기 때문이다.76) 이는 다다 이후의 60년대 네오 아방가르드의 시도가 결국 자본주의 체제에 수렴되어버린 결과를 보면 알 수 있다.77)

---

74) 다다이스트의 시 창작방법에 대해 트리스탕 쟈라는 이렇게 쓰고 있다.

신문을 들어라./가위를 들어라./ 당신의 시에 알맞겠다고 생각되는 분량의 기사를 이 신문에서 골라내라./ 그 기사를 오려라./ 그 기사를 형성하는 모든 낱말을 하나씩 조심스럽게 잘라서 푸대 속에 넣어라./ 조용히 흔들어라./ 그 다음엔 자른 조각을 하나씩 하나씩 꺼내어라./ 푸대에서 나온 순서대로/ 정성들여 베껴라./ 그럼 신은 당신과 닮을 것이다./ 그리하여 당신은 무한히 독창적이며, 매혹적인 감수성을 지닌, 그러면서 무지한 대중에겐 이해되지 않는 작가가 될 것이다.

－「다다시를 쓰기 위해」

(트리스탕 쟈라, 앙드레 브르통, 송재영 역,『다다/쉬르 리얼리즘 선언』(문학과지성사, 1987), 45면.)

75) A. 알베레즈, 최승자 역,『자살의 연구』(청하, 1982), 204면.
76) 이런 위험은 다다이스트 자신들도 알고 있었던 것 같다. 사실, 작품을 남긴다는 것 자체가 그들 삶의 태도와 모순되는 일이었다. 그래서 다다이스트 자크 리고는 거의 모든 글을 완성되는 즉시 없애버렸다고 한다.(위의 책, 209면.) 즉 예술로서의 자살 행위가 그들의 논리적 결론이었던 것이다.
77) 피터 뷔르거,『전위예술의 새로운 이해』, 앞의 책, 96-100면 참조.

C. 새로움과 동일성으로부터 비롯된 시간의 추상화에 맞서는 경향. 시간은 늘 새롭게 흘러가지만 언제나 같다는 시간의 내용 없는 추상성에 맞서는, 즉 시계의 시간처럼 공허하면서도 양적인 시간에 맞서고자 하는 문학적 시도. '잃어버린 기억'을 찾는 행위를 통해 기계적인 시간이 아니라 유동적이고 물결치는 시간의 내용을 회복하려는 프루스트의 회생(回生)의 노력이 그것이다. 벤야민은 프루스트의『잃어버린 시간을 찾아서』에 대해 이렇게 이야기 한다.

> 그것은 <무의지적 기억>의 작품, 즉 불가피하게 늙어가는 노화의 과정에 대적해서 回生하는 힘의 작품인 것이다. 지나간 과거의 일들이 아침이슬처럼 <일순간>에 반영되는 곳에서는 회생의 고통스러운 쇼크는, 걷잡을 수 없을 정도로 다시 한번 지나간 과거의 일들을 끌어 모으게 되는 것이다. … 프루스트는 일순간에 온 세상을 한 인간의 일평생동안의 시간만큼 늙어버리게 하는 엄청난 일을 완수하였다. 그러나 바로 이러한 집중, 즉 보통의 경우에 다만 시름시름 늙어가는 것이 순식간에 소모되어지는 이러한 집중이 바로 회생인 것이다.78)

회생의 노력은 개인의 경험을 덧없는 순간들로부터 지켜내려는 작업이다. 그러나 폐쇄적인 내면으로 흐를 위험이 있다.

D. B와 C의 근대적 시간에 대한 대응 방식이 결합되면 초현실주의나 벤야민의 혁명적 향수79)를 낳을 수 있다. 초현실주의는, 유년 시절에는

---

78) 발터 벤야민, 반성완 역, 「프루스트의 이미지」, 『발터 벤야민의 문예이론』, 113-114면.
79) 테리 이글턴은 벤야민의 혁명적 향수와 초현실주의의 연관성에 대해 이렇게 설명한다. "혁명적 향수는 시간 속으로 파고 들어와 시간의 공허한 연속성을 부수고, 초현실주의적이거나 혹은 秘教的인 영혼과의 교통이라는 갑작스런 번득임 속에서 억압받는 자의 전통 중 복원된 파편과 더불어 위기로 흔들리는 현재의 한 순간을

한계가 없었던 상상력을 실용성의 법칙으로 훼손하는 현대 성인들의 삶의 양식에 대한 비판80)을 통해 등장했다. 초현실주의는 시간이 돈이 되어버린 삶, 이를 뒷받침하는 도구적 합리성을 비판하고 유년기에 가졌던 상상력으로 되돌아가려고 했으며, 그 방법으로 무의식을 의식에 개방하려고 했다. 초현실주의 역시 무의식과 욕망을 의식에 개방하면서, 다다이스트처럼 양화된 시간의 공허한 연속을 파괴하고자 했다. 그와 동시에 프루스트처럼 상상력의 보존(무의지적 기억)을 통해 현재의 합리적 실용적 삶을 변화시키려고도 했다. 그래서 초현실주의는 '다다'처럼 예술적 자살로 떨어지지 않을 수 있었다.

그런데 전술(前述)한 네 양식은 모두 주체성의 원리를 거부하는 특징을 가지고 있다. A의 엘리엇의 경우. 영국의 문학 연구가 앤터니 이스톱은 엘리엇이 「전통과 개인적 재능」이라는 논문에서 주체가 하나의 통일체이기는커녕 담론의 결과라는 것을 밝혔다고 한다. 엘리엇은 주체가 의식과 무의식의 역동관계에 의해 구성되는 분산적인 존재라고 생각했다면서, 그의 시에서 기표는 전통적 담론의 특징인 지시적 효과를 허물고 있으며 특히 『황무지』에서는 일관된 화자가 재현되어 있지

연결시켜 하나의 짝을 이루게 한다."(테리 이글턴, 김태훈 역, 「폴리스에서 포스트모더니즘까지」, 오길영·윤병우 외 편역, 『마르크스주의와 포스트모더니즘』(이론과 실천, 1993), 248면) 또한 이글턴은 현대성을, 니체의 정의를 들어 "역사에 대해... 능동적 망각을 의미한다"라고 이야기하는데, 이와는 달리 "승리감에 도취된 지배계급의 역사에 대한 부단한 탈 전체화"를 감행하면서 "억압된 자들의 전통을 의식에 의해 환기시키는 능동적 기억력"인 '혁명적 향수'는 이러한 현대성과 정반대라고 한다.(테리 이글턴, 강내희 역, 「자본주의, 모더니즘, 포스트모더니즘」, 정정호, 강내희 편, 『포스트모더니즘론』, 209-210면.) 벤야민은 세 번째 양식의 '폐쇄적으로 흐를 위험'을 억압받는 자들에 대한 능동적인 기억으로 터놓음으로써 극복하고자 한다. 그리고 두 번째 양식의 보헤미안적 기질이나 경박스러움 역시, 벤야민은 '억압받는 자들의 전통'을 통해 무게를 획득하여 극복하고 있다.
80) 앙드레 브르통, 「쉬르리얼리즘 제1선언」, 『다다/쉬르리얼리즘 선언』, 112면.

않고 있음을 밝혔다.[81] 다다이스트들은, 그들의 '우연'이라는 창작방법을 통해 알 수 있듯이, 무엇인가를 계획하고 만들어내는 주체의 '창조'로서의 예술을 극렬히 반대했다. 프루스트의 무의지적 기억은 이지(理智)의 지배 아래에 있는 의지적인 기억과 대치된다는 점[82]에서 의식적 주체를 비판한다는 의미를 갖는다. 초현실주의는 프로이트의 영향을 받아 의식적 이성을 전복하고, 대상의 실체에 대해 의심하며, 욕망의 전지전능에 대하여 강조했다.[83] 이 네 가지 양식은 각각 분리되어 있는 것은 아니다. 아방가르드나 모더니즘 작품들은 저 네 가지 양식의 특징들을 조금씩 공유하고 있을 것이다. 하지만 네 양식 중 하나가 지배적인 특징이 한 작품, 한 작가에 있을 것이라고 생각된다.

그런데 근대성에 대응하는 위의 네 가지 양식은 모두 아방가르드나 모더니즘에 해당되는 것이다. 여기서는 리얼리즘에 대한 논의가 빠져 있다는 점을 언급해두고자 한다. 리얼리즘, 특히 리얼리즘 소설의 경우에도 미적 근대성이란 범주를 적용시킬 수 있다. 리얼리즘도 근대적 시간에 대한 대응과 밀접한 연관이 있기 때문이다. 최혜실에 따르면 리얼리즘 소설은, 상황과 주체를 타락시키는 하나의 원인으로 존재하는 근대적 시간에 맞서 삶의 충만함을 재현하려고 한다. 그리고 이러한 충만성의 재현은 이질적이고 단편적으로 보이는 현실의 파편들을 모아 질서를 이루고 총체성을 획득하려 하는 방법으로 시도된다.[84] 또한 리얼

---

81) 앤터니 이스톱, 박인기 역, 『시와 담론』(지식산업사. 1994), 206-210면 참조.
82) 발터 벤야민, 「보들레르의 몇가지 모티브에 관해서」, 『발터 벤야민의 문예이론』, 122면.
83) 초현실주의는 주체가 의식과 무의식의 틈에 의해 벌어져 있다고 주장한 자끄 라깡의 기본적인 이론에 많은 아이디어를 제공했다고 한다.(마단 사럽, 김혜수 역, 『알기 쉬운 자끄 라깡』(백의, 1995), 39면.)
84) 최혜실, 『한국 모더니즘 소설 연구』(민지사, 1992), 264면 참조.

리즘은 주체성의 원리에 대해서는 모더니즘과 그 입장을 달리하고 있다. 모더니즘이 주체성의 원리에 비판적이라면, 리얼리즘은 주체성에 대해 근본적인 문제제기를 하지 않고 세계와 주체의 맞섬에서 생겨나는 드라마를 중시한다.[85]

한편, 1930년대 한국 모더니즘 시 역시 하나의 성격으로 묶일 수 없다는 점은 여러 논자들에 의해 지적되어 왔다[86]. 그러나 한국의 1930년대 모더니즘 문학에 대해서도 위에서 제시한 아방가르드와 모더니즘 문학의 구별을 그대로 적용시킬 수 있는지는 의문이다. 예를 들면, 아방가르드 문학은 전복할 대상인 권력화 된 예술제도의 존재가 있어

---

85) 그런데 나병철은 리얼리즘을 자본주의적 근대성(비판적 리얼리즘) 및 사회주의적 근대성(사회주의 리얼리즘)으로, 모더니즘을 미적 근대성으로, 포스트모더니즘을 새로운 근대성으로서의 탈근대성으로 분류하고 있다.(나병철, 『근대성과 근대문학』(문예출판사, 1995), 353면.) 그러나 리얼리즘이나 포스트모더니즘이나 모두 예술이라고 할진데 모더니즘에는 미적이란 용어를 붙이고 리얼리즘이나 포스트모더니즘에는 사회과학적 용어를 붙여 분류하는 것은 문제가 있다. 특히 리얼리즘을 사회주의나 자본주의로, 포스트모더니즘 또한 탈근대로 예술성이라는 매개범주 없이 특성화시킨다면, 도식적인 분류만 남게 될 위험도 있다. 리얼리즘이나 모더니즘 모두 미적 근대성이라는 범주 속에서 그 차별성을 살펴보아야 할 것이라고 생각한다. 미적 근대성이란 매개범주를 통해 자본주의적 근대성과 예술의 근대성의 연관과 갈등이 드러날 수 있다면, 리얼리즘 예술 역시 그 범주를 통해 살펴봄으로써 근대 예술로서의 특성을 더 잘 파악할 수 있지 않을까 생각한다.
86) 김춘수는, 모더니즘을 다다나 초현실주의 같은 낭만적, 반이지주의적인 과격 모더니즘과 꼭토나 엘리어트 같은 비인간적, 주지적, 예술적인 온건 모더니즘으로 나누고, 이상을 전자에 김기림을 후자에 위치시킨다.(『김춘수 전집 2』, 53-68면 참조). 김윤식은 모더니즘을 광의와 협의로 나누어 근대 이후에 나타난 모든 예술 현상을 총칭하는 용어로 '광의의 모더니즘', 1920년대부터 영시에 등장한 이미지즘과 그에 유사한 기법을 가리키는 용어로 '협의의 모더니즘'이라고 개념화 한다.(김윤식, 『한국 현대 시론 비판』, 241면.) 오세영은 한국 모더니즘을 좀 더 세분하여, 다다이즘 계열로 김 니콜라이, 유완희, 김화산 등과 그 외 이상, 정지용 등의 몇 편의 시, 초현실주의 계열로는 이상 및 <삼사문학> 동인들, 이미지즘 계열로는 정지용, 김광균, 장만영, 장서언 등, 네오 클래식 계열로는 김기림 등으로 분류한다.(오세영, 「한국 모더니즘시의 전개와 특질」, 『예술원 논문집 25』, 20면).

야 하는데, 1930년대 당시 한국에 권력화 한 예술 제도가 튼튼하게 존재했었는지가 의문이기 때문이다. 그러나 조선중앙일보에 연재된 이상의 『오감도』가 신문 독자들의 항의에 의해 게재가 중단되어야만 했다는 것은 그만큼 사람들이 당연하다고 생각하는 예술 개념이 생성되었다는 증거이긴 하다. 그렇다고 해도 이상의 시가 아방가르드 문학이라고 보기에는 미흡하다. 왜냐하면 아방가르드 문학은 삶과 예술을 통합하려는 프로그램[87]이었으며, 그래서 언제나 집단적인 운동이었기 때문에 이상 문학과는 성격을 달리한다.

그러나 서구의 아방가르드 개념에 엄밀히는 포함될 수 없다고 하더라도, 『오감도』같은 시가 '모더니즘의 극단적 현상'으로 평가되는 것에는 의의가 있을 수 없다. 이상의 시는, 모더니스트라는 범주에 종종 함께 묶이는 정지용이나 김광균의 시와는 확연히 다른 모습을 보여준다. 그래서 본 논문은 이상의 문학을 서구적 의미의 아방가르드 문학이라고까지는 할 수 없으나, 이상이 산출해낸 시 텍스트가 아방가르드적 성격을 띠고 있다는 점을 들어 그의 시문학에 '전위적 모더니즘'이라는 개념을 부여하려고 한다. 그 개념은 아방가르드와 모더니즘의 절충적인 개념으로, 이상의 시 텍스트는 전위적 성격을 띠지만 그의 문학 정신은 예술의 상품화와 고답적인 사회에 저항하는 모더니즘에 가깝다는 것을 함의한다.

본 논문의 고찰대상은 아니지만 전위적 모더니즘의 범주에 드는 시로 오장환의 초기시를 들 수 있다. 오장환의 초기 시는 이상처럼 극단적인 전위적 형태를 보여주지는 않지만, 발굴된 장시 『전쟁』과 또 다른 장시 「수부」같은 시에서 보이는 초현실주의적인 자동기술과 사회에

---

87) 아드리안 마리노는 "현대적 아방가르드의 특징은 프로그램이 늘 실제의 <창작물>보다 훌륭하다"고 지적한다.(아드리안 마리노, 앞의 글, 69면)

대한 통렬한 비판의 결합은 아방가르드적 정신을 드러내고 있다고 판단된다. 즉, 이상의 경우와는 대조적인 이유로 그의 시를 전위적 모더니즘의 개념 속에 포함시킬 수 있는 것이다. 김기림의 시들은 김광균, 정지용 등의 이미지즘적 모더니즘과 이상, 오장환 등의 전위적 모더니즘 사이에서의 긴장상태를 보여주고 있다고 생각된다. 온건 모더니즘, 혹은 영미계 모더니즘이라고 평가받았던 김기림의 시를 전위적 모더니즘에 접근했다고 판단하는 것은, '자기 목적적 대상'의 상태를 추구하는 시에서 벗어나 전위주의적인 몽타주 기법으로 사회 비판적인 장시 -『기상도』-를 썼다는 점에 의해서이다.[88] 그러나 『기상도』 역시 김기림의 이전 시에서 보이던 영미의 이미지즘적, 신고전주의적 성향을 벗어나지 못했기 때문에, 무의식적이고 통사 체계를 파괴하는 해사적(解辭的) 글쓰기와 사회비판의 결합-오장환의 『장시』에서 시도되었던-에는 이르지 못했다. 아방가르드를 "현대의 문학정신 중에서 가장 격렬하고 가장 현대적인 反고전적 반발"[89]이라고 한다면 김기림의 시는 전위적인 성격에까지는 이르지 못한 것이다.

---

88) 『기상도』 창작에 막대한 영향을 준 것으로 확인되는 엘리어트의 『황무지』는 몽타주 기법을 쓰고 있지만 모더니즘 시에 해당된다. 엘리어트가 이러한 몽타주를 사용하는 것은 전통적인 가치관을 상실한 채 방황하는 현대인의 정신적 황폐성과 비극적 상실감을 보여주기 위한 것으로서, 신화에 의해 통제된다(김욱동, 앞의 책, 99면)는 점에서 유기적 예술작품을 파괴하려는 아방가르드의 몽타주와 그 성격이 다르다. 한편, 『기상도』의 몽타주는 "같은 시간에 겪는 상이하고 상호무관한 것의 동시적 체험을 드러내고자 하는가 하면, 또 지구상에 서로 격리된 여러 곳에서 같은 일이 같은 시간에 일어나고 있다는 사실을 독자에게 애써 환기시키려 하는 것"으로서 "시간의 새로운 개방적 확장"의 성격을 지닌다.(한상규, 「1930년대 한국 모더니즘 문학에 나타난 미적 자의식 연구」, 77면) 이 점에서 『기상도』의 몽타주는 엘리어트의 몽타주와는 달리 아방가르드의 몽타주에 접근하고는 있다고 생각된다. 그렇다면, 기본적으로 문학적 성격이 다른 『기상도』와 『황무지』를 대비하여 『기상도』의 가치 평가를 시도하는 연구 태도는 과녁을 잘못 선정했다고 할 수 있겠다.
89) 아드리안 마리노, 앞의 글, 67면.

이에 전위적 모더니즘 개념에 의한 한국 시사의 검토가 필요할 것이라고 생각된다. 본 논문에서는 그 대표라고 할 수 있는 이상의 시만 다룬다. 한편으로 위의 미적 근대성에 따른 모더니즘의 분류에 따라 이상의 시를 생각해볼 수도 있다. 하지만 위의 분류가 명확한 분리선을 가지고 있는 것이 아니며, 이상의 시 역시 어느 한 항에 전적으로 귀속되지는 않는다. 아래에서 살펴볼 이상의 게으름의 전술은 프루스트의 시간관과 연결되어 있으면서도 다다의 시간관과도 연결된다. 또한 시에 나타나는 시간관은 초현실주의적이다. 이상의 시간관에 대해서는 다음 3장에서 논할 것이다. 4장에서는 이상의 시간관과 연결되어 있는 그의 시의 '거울' 모티브를 살펴보면서, 이상 시문학의 미적 근대성이 가진 특성을 밝히고자 한다.

3. 이상 문학의 출발점과 이상의 시간의식

1) 이상 문학의 출발점에 나타난 세 가지 특징

김해경이 이상이란 필명을 사용하게 된 사연이 재미있다. 김해경이 경성고등공업학교 졸업 전 예비 직책을 맡아 공사 현장에 나갔을 때, 어느 일본인 인부가 그를 일본어로 "이 상(이 선생)!"이라고 부른 데서 그의 필명이 비롯되었다는 것이다. 1929년 3월에 발간된 경성고공의 제8회 졸업앨범 안에는 이 해의 졸업자 김해경의 좌우명이 실려 있다. 그 좌우명은 "보고도모르는것을曝勞시켜라!/그것은發明보다는發見! 거기에도努力은必要하다李箱"이다. 이상이라는 필명이 뚜렷이 처음 나타난 것이 바로 이 기록이다.[90] 김해경이 아닌 이상이라는 인간의 탄생을 보여주는 이 일화와 기록을 보면 이상 문학에 나타나는 몇 가지 특징적인 면모가 드러난다.

첫째, 이상이란 필명이 우연하게 붙여졌다는 것이다. 우연성을 통해 생의 중요한 국면에 대처해 나가려는 태도는 서구의 다다이스트와 닮았다. 다다이스트들은 "능동적 원칙으로서의 우연의 의미를 발견한"다. "우연이란 사회적, 문화적 제반 필연성으로부터 완전히 해방된 것이며 이성의 논리와 이성의 조건반사로부터도 해방된 것을 의미한다."[91] 어느 인부가 잘못 부른 이름을 문학적 삶의 필명으로 과감히, 또는 아무렇지도 않게 사용한다는 우연의 수용은 다다이스트의 태도와 유사하다. 또한 '이상'이란 필명 짓기는 1930년대에 당시엔 이름만 아니라 姓까지 간다는, 그야말로 파격도 이만저만이 아닌 일[92]임에도 불구하

---

90) 김승희, 「이상평전」, 김승희 편저, 『이상』(문학세계사, 1993), 39-40면.
91) C.W.E. Bigsby, 박희빈 역, 『다다와 초현실주의』(서울대출판부, 1979), 18면.

고, 이를 전혀 의식하지 않는다는 제스처를 보여준다. 그것은 전통적인 습성에 대한 반항과 동시에 합리적인 것, 이성적인 것에 대한 비웃음이기도 한 이중적인 거부다. 이상이 「날개」의 서문에서 "十九世紀는 될 수 있거든 封鎖하여 버리오"[93]라고 한 말은 이러한 이중적인 거부와 연관이 있다.[94]

둘째, 하지만 이상이 우연히 이름을 바꾼 것은 우연을 '가장'한 태도라고 여겨진다. 졸업 앨범의 좌우명에서도 볼 수 있듯이 필명 '李箱'은 글의 끝맺음을 나타내는 말인 '以上'의 동음이의어(同音異義語)다. 또한 그가 발표한 첫 번째 시의 제목인 「異常한 可逆反應」에서, '異常'과 작가 이상이 동질화되는 효과가 나타나기도 한다. 즉, 그 제목은 李箱이 異常한 사람이라는 것을 암시한다. 소설 「地圖의 暗室」 서두의 문장인 "리상-나는리상한우스운사람을안다"[95]에서는 이러한 효과가 뚜렷이 드러난다. 이상은 자신의 필명을 지을 때(아니, 결정할 때)부터 이상이란 이름이 연상시키는 다양한 동음 효과를 염두에 두고 있었던 것이다. 또한 이상은 理想과도 동음이다. 이러한 '李さん-李箱-以上-異常-理想'이란 동음의 사슬은 김해경이라는 자아의 다양한 변조 가능성을 드러낸다. 즉 우연성을 가장하면서 선택한 필명은, 자기 자신을 하나의 의미만으로는 정리하고 포착할 수 없는 인간으로 변조한다는 의미를 갖는다. '이상'은 김해경이라는 주체를 여러 기표로 표기한 것이다. '이상'

---

92) 김용직, 「이상, 현대열과 작품의 실제」, 김용직 편, 『이상』(문학과지성사, 1977), 16면
93) 김윤식 편, 『이상문학전집 2』(문학사상사, 1991), 319면. 앞으로 이 책에서의 인용 시 이 책을 전집 2로 표시함.
94) 김준오는 이상에게 '19세기'는 한국적 의미의 봉건적 구도덕성과 인간적 가치 배제의 서구적 합리주의 질서라는 두 가지 의미를 띠고 있다고 지적한다. (김준오, 「자아와 시간의식에 관한 시고」, 『어문학 제33집(1975)』, 118면.)
95) 전집 2, 164면.

이란 필명은 김해경을 하나의 일관된 의미만을 나타내는 주체가 아니라 여러 다의적인 의미를 가지는 주체로 변조한다. 그것은 일관된 의미를 가지는 주체가 시간을 자기 것으로 취하는 주체성의 원리와 상치된다.

라캉에 의하면 기표는 기의보다 우위에 있다.[96] 왜냐하면 기의는 기표로서만 존재할 수 있기 때문이다. 어떤 의미작용도 또 다른 의미작용을 참조하지 않고서는 지속될 수 없다.[97] 가령, 한 기표에 해당하는 의미를 사전에서 찾으면 그 기표의 의미는 다른 기표들로 채워져 있는 것이다. 인간 주체의 의미 역시 다른 기표에 의해 의미화 된다고 할 수 있다. 그래서 라캉은 인간은 기표의 원인이라기보다는 기표의 결과라고 주장한다.[98] 인간은 성장하면서 외재하는 언어를 받아들여야만 한다. 그렇기에 인간은 자신의 주체성을 그의 바깥에 존재하는 기표들에 의해 의미화 해야 한다. 기표와 기의의 관계에 의해서 주체라는 기표는 또 다른 기표들에 의해 의미화 될 수밖에 없는 것이다. 초월적인 의미가 기표 외부에 있어서 기표가 그 의미를 담고 있는 것이 아니다.

이상은 자신을 다양한 기표로 다의미화하면서 근대적 주체성을 거부한다. 라캉의 이론을 통해 알 수 있듯이, 그것은 하나의 단순한 기벽이 아니다. 이상은 자기 스스로를 '剝製된 天才'[99]라고 불렀다. 그러나 그 천재인 '나'는 자기 부인의 매춘에 대해서 아무것도 모르는 백치 같은 존재이기도 하다. 이렇게 자신을 천재라고 부르는 과장은 자기 회화

---

96) 기표(시니피앙)와 기의(시니피에)는 '의미하는 것'과 '의미되는 것'이라는 뜻이다. 기표는 기호의 물질적 표현이자, 의미의 실체를 구성하는 일련의 음운과 문자다. 소쉬르는 기표와 기의를 종이에 비유하여 겉면은 기표, 뒷면은 기의라고 말했다. (앙리 르페브르, 앞의 책, 22면의 역자 용어 해설 참조.)
97) 자크 라캉, 권택영 편역, 『욕망이론』(문예출판사, 1994), 55-56면.
98) 임진수, 「라캉의 언어이론」, 『문학과 사회』, (문학과지성사, 1996년 봄호), 257면.
99) 「날개」, 전집 2, 318면.

화의 의미를 가지는 것이다. 그래서 역설적으로 자신을 천재 李箱화 하는 것은 자신을 異常한 사람으로 만든다는 의미를 가진다. 이러한 태도는, 푸코나 벤야민이 보들레르에게서 발견한 "그 자신을 발명하려는" 태도와 같다. 그렇다면 근대성을 받아들이면서도 '자신의 발명', '자발적 태도', '역설적 영웅화', '현실의 가공'을 통해 그 근대성에 내적 거리를 취하는 보들레르적인 미적 근대성의 태도가, 김해경이 이상이라는 필명을 택했다는 점 자체에서도 찾아볼 수 있는 것이다. 즉, 자신을 異常한 사람으로 위장하는 것, 그리고 그러한 위장을 자신의 理想으로 취하는 것, 그것이 김해경이 이상이란 필명을 택한 속뜻이며, 이는 '김해경-李箱'이 근대성에 맞서서 취한 '무장 갖추기'-태도로서의 미적 근대성-를 보여준다.

셋째, "보고도모르는것을폭로시켜라!"라는 이상의 좌우명은 이상 '문학'의 좌우명이기도 하다. 보고도 모른다는 것은 일상적 의식을 말하는 것일 테다. 우리의 일상적 의식은 어떤 사태를 경험하면서도 그 사태에 대해 의식하지 않거나 알고자 하지 않을 때가 많다. 일상적 의식이 놓치고 있는 것들을 폭로시킨다는 것은 러시아 형식주의자들이 말하는 '낯설게 하기'와 관계있다. 이상은 우리가 일상에서 스쳐 지나가는 것들을 낯설게 형식화함으로써 '보고도 모르는 것을 폭로'시키려고 한다. 이상이 즐겨 쓰는 '낯설게 하기' 수법은 띄어쓰기 무시이다. 띄어쓰기 무시는 이상의 좌우명에 벌써 나타나 있다. 이를 좀 더 살펴보기 위해서 앞에서 부분 인용한 「지도의 암실」의 서두를 다시 인용해 본다.

1)기인동안잠자고 짧은동안누웠던것이 2)짧은동안 잠자고 기인
동안누웠던그이다 네시에누우면 다섯 여섯 일곱 여덟 아홉 그리고
아홉시에서열시까지리상-나는이상한우스운사람을안다[100]

위의 문장엔 띄어쓰기 원칙이 무시되어 있다. 우리나라 글은 띄어쓰기를 통해 의미단위들을 구분하기 때문에 띄어쓰기를 무시한 글은 읽기가 어렵다. 의미가 정확히 구분되지 않기 때문이다. 여기에 반복을 첨가하면 더욱 혼동을 가중시킨다. 위의 글에서도 뒤의 리상이 앞의 리상을 반복한 것인지 아니면 앞의 리상은 이상 자신을 말하는 것인지 혼동된다. 그래서 위의 문장의 의미를 이해하기 위해서는 독자 자신이 손수 끊어 읽어야 한다. 독자는 그만큼 힘든 독서를 해야 하는 것이다. 그것은 쉬클로프스키가 말한 바와 같이 "형식을 어렵게 하며, 지각을 힘들게 하고 지각에 소요되는 시간을 연장"101)하는 효과를 발휘한다. 힘든 독서를 통해 '보고도 모르는 것'을 다시 보게 한다.

특히 이상의 글은 말이 안 되는 문장을 통해 상식적인 생각을 넘어섬으로써 '낯설게 하기' 효과를 증폭시킨다. 1)은 우리가 상식적으로 생각할 때 말이 안 된다. 잠자기 위해선 눕기가 선행되어야 한다는 상식으로는 잠자기가 눕기보다 더 길다는 것은 가능하지 않기 때문이다. 그러나 이상은 그러한 상식적인 생각을 천연덕스럽게 거부하고 있다. 게다가 1)과 2)는 서로 대칭되는 절이다.102) 그러나 잠자기의 주체인 '그'에 의해 두 대칭적인 행위가 동일화되고 만다. 그것은 마치 꿈과 같이 모순을 모르는 식이다.103) 이러한 무모순성은 우리가 일상적으로 '잠자

---

100) 위의 책, 164면. 번호는 논의의 편의상 붙인 것이다.
101) V. 쉬클로프스키, 앞의 책, 34면.
102) 최혜실은 이상 문학의 특징을 시, 소설에서 빈번히 드러나는 이항대립, 대칭구조로서 보고, 이를 이상이 경성고등학교에서 받은 건축이론의 영향이라고 파악한다. (최혜실, 앞의 책, 제1부 제3장인 「선험적 구상능력의 문학적 적응과 이상 문학」 참조.)
103) 프로이트는 꿈에서 나타나는 특징 중 하나를 "'이것 아니면 - 저것'이라는 양자택일을 꿈은 전혀 표현하지 못하며 양쪽을 마치 동등한 것과도 같이 꿈의 내용에 삽입한다."라고 말하고 있다. (프로이트, 조대경 역, 『꿈의 해석』(서울대출판부, 1993),

는 것'을 보고도 '모르는 것'을 '폭로'시키는 역할을 한다. 위 인용문의 1)과 2)의 병치는 일상적인 의식이 아닌 꿈과 같은 무의식적 사고에서는 상식이 통용되지 않는다는 것을 나타낸다. 독자는 이 모순의 병치에 대면하여 우리의 상식을 다시 문제 삼게 되어 '눕는다'와 '잠잔다'의 관계에 대해 다시 생각하게 된다.

그리고 이러한 띄어쓰기 무시는 다른 측면에서 깊은 의미를 갖는다. 의미 단위가 끊어져 있지 않기 때문에 독자는 의미 연쇄의 효과에 무방비한 상태에 놓이게 되어 문장 속의 한 단어의 의미를 파악하기 위해서 앞뒤의 문맥을 살펴보아야만 한다. 띄어쓰기 무시는 한 단어의 의미가 선험적으로 하나로 결정되어 있지 않다는 것을, 그 의미를 알기 위해서는 문장 전체의 문맥을 살펴보아야 함을 나타낸다. 그것은 라캉의 다음과 같은 논의를 띄어쓰기 무시라는 형식적 장치로써 드러내 보여준다고도 할 수 있다.

> 기표는 본질적으로 기표들의 연결을 통해 의미를 가능하게 한다. … 의미는 어떤 특별한 기표에 의해 만들어지는 것이 아니라 기표들의 연쇄 속에서 비로소 가능해진다는 사실이다. 의미화 작용을 대신할 만한 어떤 초월적 기표도 존재할 수 없기 때문이다. 이제 우리는 기의가 끊임없이 기표 아래로 미끄러져 갈 뿐이라는 사실을 받아들이지 않을 수 없다.104)

가령, 다음과 같은 문장을 보자. '아버지가방에들어간다.' 이 문장은 '가' 뒤에서 끊어 읽느냐, 아니면 '가' 앞에서 끊어 읽느냐에 따라 의미가 크게 달라진다. 1) 아버지가 방에 들어간다. 2) 아버지 가방에 들어

280면.)
104) 자크 라캉, 앞의 책, 61-62면.

간다. 이와 같이 의미가 서로 달리 읽혀질 수 있는 것이다. 만약 이 문장 앞에 '지금'이라는 부사가 있다면 1)과 같이 끊어 읽어야 할 것이다. 그러나 '쥐가'라는 말이 앞에 있다면 2)와 같이 끊어 읽어야 할 것이다. 즉 'kabang'이라는 기표가 '가방'이라는 기의가 될 것인지 주격 조사 '가'와 명사 '방'이라는 두 기의로 나뉘게 될 것인지는 문장 전체를 통해 결정되는 것이다. 그리하여 기표는 문장이 끝날 때까지 확정된 기의를 가지지 못하고, 기의는 그 기표들 밑을 '미끄러지면서' 흘러간다.105) 이상의 띄어쓰기 무시는 이러한 하나의 기표의 의미 불확실성을 더욱 가중시킴으로써 라캉의 언어론을 전경화(前景化)한다. 그것은 위의 '아버지가 방에들어간다'라는 문장이 띄어쓰기를 무시할 때 갖는 의미의 다중화 현상에서 확인할 수 있는 것이다. 그리하여 이상의 텍스트는 기표가 초월적인 의미를 갖고 있다는, 주체가 기표라는 용기에 그 의미를 담아 타인에게 전달한다는 근대적 언어관을 파괴한다.

'보고도 모르는 것'이 바로 이상이 경험하기 시작한 근대 경험의 자동화된 지각을 의미하는 것이라면, 이상 문학의 좌우명은 근대 경험에 대한 자동화된 지각방식과 이데올로기를 폭로시키는 것이라고 할 수 있다. 그렇다면 놀랍게도 이상의 좌우명은 이 논문이 앞에서 논한 바 있는, 작품의 미적 근대성을 곧바로 나타내고 있는 것이다.

그러면, 근대성에 대응하는 이상의 무장 갖추기-자기를 이상화하는 것-가 시에서 어떻게 발현하고 그것은 어떠한 작품효과에 의하여 근대적 이데올로기를 '보여주고' 있는가, 그리고 이 과정에서 나타나는 역설적인 정직성(자신을 이상으로 위장하는 것의 정직성)이 어떤 비극을

---

105) 임인수, 앞의 글, 246-247면 참조.

낳고 있는가를 살펴보기로 하자. 그 비극은 "어느 時代에도 그 現代人은 絶望한다. 絶望이 技巧를 낳고 技巧 때문에 또 絶望한다."[106]라고 이상 자신이 정식화한 비극이다. 이 작업은 이상 시가 달성한 미적 근대성의 특성을 탐구하는 작업이 될 것이다. 우선, 이상의 시 중에서 그의 근대에 대한 시각을 압축적으로 보여주고 있다고 생각되는 시 한 편을 해석함으로써 논의의 실마리를 잡으려고 한다.

1930년대 경성의 근대화는 소비 도시적 면모에 의해 드러난다. 하지만 경성의 소비도시화는 서론에서 말했듯이 식민지 쟁탈 전쟁의 가속화를 위한 식민지 조선의 자본주의화에서 비롯된 것이다. 그것은 경성의 대도시화가 민족 민주 운동의 희생 위에 이루어진 가상(假想)적인 것임을 의미한다. 그러나 소비 도시의 면모는 도시인들에게 색다른 경험의 질을 가져다주는 것으로서, 무시하지 못할 현실 자체이기도 하다. 가상적이면서도 무시하지 못할 현실이라는 의미에서, 소비도시의 외양을 압축하고 있다고 생각되는 백화점이야말로 시인들에게 '근대'의 정체를 파악할 수 있는 중요한 대상이 될 수 있다. 백화점은 소비를 부추기기 위해서만 존재하는 곳이다. 그곳은 각종의 포장 효과를 통해 내용 없는 겉모양의 문화를 양산한다. 이상도 그러한 백화점의 문제성을 다음과 같이 꿰뚫어보고 있었다.

1)四角形의內部의四角形의內部의四角形의內部의四角形의內部의四角形.
2)四角이난圓運動의四角이난圓運動의四角이난圓.
3)비누가通過하는血管의비눗내를透視하는사람.
4)地球를模型으로만들어진地球儀를模型으로만들어진地球.

---

106) 김윤식 편, 『이상문학전집 3』(문학사상사, 1993), 360면. 이하 이 책의 인용 시 '『전집 3』'으로 이 책을 표시함.

5)去勢된 洋襪(그女人의이름은위어즈였다)

6)貧血細胞. 당신의 얼굴빛깔도참새다리같습네다.

7)平行四邊形對角線方向을推進하는莫大한重量.

8)마르세이유의봄을解纜한코티의香水의마지한東洋의가을

9)快晴의空中에鵬遊하는Z伯號. 蛔蟲良藥이라고씌어져있다.

10)屋上庭園. 원후를흉내내이고있는마드무아젤.

11)彎曲된直線을直線으로疾走하는落體公式.

12)時計文字艦에XII에내리워진一個의侵水된黃昏.

-「AU MAGASIN DE NOUVEAUTES」[107] 전반부

이상의 여타 시와 마찬가지로 이 시 역시 매우 난해[108]하여 독자의
접근이 쉽지 않다. 그 난해함은 시로 표현된 현실의 경험이 연관성을
지니도록 유기적으로 행을 재구성하는 것이 아니라 현실의 파편화된
이미지들을 병치하여 구성하는 몽타주 기법에서 유래한다. 위의 시의
행과 행 사이의 의미 연관성은 긴밀하지 않다. 더욱이 한 행에서조차
서로 낯선 이미지들이 충돌[109]하고 있어서 이 시의 난해함을 더한다.
가령, 빈혈세포의 당신의 얼굴빛과 상이한 이미지인 참새다리가 직유
의 관계로 묶여있는 것이다. 이러한 난해성에도 불구하고, 이상의 각

---

107) 불어로 '新奇性의 백화점에서'라는 뜻. 이승훈 편, 『이상문학전집 1』(문학사상사,
1989), 167면. 이하 이 책에서 인용 시엔 『전집 1』로 이 책을 표시함. 행 머리의 일
련번호는 인용자가 논의의 편의를 위해 붙인 것임.

108) 이상 문학의 난해성 때문인지 이상에 대한 연구는 그 수가 대단히 많다. 필자는 선
학들의 연구에서 이상 문학의 이해에 많은 도움을 받았다. 서론에서 이야기했듯이,
논의를 전개해가면서 본 논문의 관점에 도움을 준 연구들을 틈틈이 소개할 것이다.

109) 이러한 이미지의 충돌은, 이미지론을 자신의 시학의 핵심으로 파악했떤 피에르 르
베르디의 이미지론에 힘입고 있는 것으로 보인다. "이미지는 정신의 순수한 창조
다. … 접근된 두 개의 현실의 관계가 보다 거리가 멀고 적절한 것일수록 이미지는
보다 강렬해질 것이며, 더 한층 감동적인 힘과 시적 현실성을 띠게 될 것이다."(앙
드레 브르통, 「초현실주의 제1차 선언」, 앞의 책, 128면에서 재인용.)

작품들이 상호 텍스트성을 갖고 있다는 전제 아래 여타 다른 그의 글들과 위의 시행들을 연결하고, 시 텍스트 내부 맥락을 통해 시를 재구성하여 각 행을 살펴봄으로써 위의 시가 말하려는 바를 어느 정도 이해할수 있다.110)

1)행과 2)행은 "계집의 얼굴이란 다마네기다. 암만 배껴 모려므나. 마지막에 아주 없어질지언정 정체는 안 내놓으니"111)라는 「失花」의 한대목이 연상된다. 사각형 속의 사각형은 백화점 내부의 공간을 의미하는 것으로 판단된다. 이 사각형 내부로 들어가면 들어갈수록 같은 모양의 사각형과 마주하게 될 뿐이다. 양파 껍질을 계속 벗겨도 양파 껍질과 만나게 되듯이 말이다. 결국 양파껍질을 다 벗겨 보았을 때 아무 것도 남는 것이 없게 된다. 양파는 껍질로 이루어진 식물인 것이다. 백화점 건물의 내부도 양파와 비슷한 속성을 가지고 있다. 그 건물의 내부로 들어가 보았자 사각형이란 동일한 겉모습만을 만난다. 즉 백화점은 양파처럼 속이 비어있는, 속이 없고 껍질로만 이루어져 있는 건물이다. 이 건물의 혈관을 채우고 있는 것은 피가 아니라 비누다(3). 건물 내부벽의 표피만 깨끗하게 해주는 비누가 이 건물의 생명을 유지시킨다. 피가 아닌 비누가 혈관을 도는 백화점은 창백한 빈혈세포(6)로 이루어져 있다. 그리고 백화점 안에 진열된 상품들은 아무 힘이 없는 거세된 양말(5)이다.

지구를 모형으로 만들어진 지구의(4)도 백화점에 양말처럼 진열된

---

110) 이상의 시들은 꿈에서 볼 수 있는 기이한 요소가 많다. 프로이트는 꿈의 해석의 방법론에 대해서 "꿈은 하나의 복합체로서 연구를 위해서는 다시 破碎되어야 한다."라고 말하고 있다.(프로이트, 조대경 역, 『꿈의 해석』(서울대 출판부, 1993), 396면. 이상의 시도 꿈처럼 유기적인 구성을 보이지 않는 복합체이기 때문에 프로이트의 꿈의 해석 방법과 같이 파쇄하여 해석해야 할 것이다.
111) 『전집 2』, 369면.

것이겠는데, 이 지구의의 모조성은 백화점 전체의 특성을 보여준다. 그 것은 프랑스에서 수입된 향수를 바른 동양의 숙녀가 서양인의 포즈를 흉내 내는 것과 유사한 모조성이다. 그 흉내는 흉내를 잘 내는 원숭이의 흉내를 내는 것과 같다(8, 10). 원숭이의 흉내 내는 체질을 배워 서양의 습성을 흉내 내는 것이기 때문이다. 하지만 화자가 그 흉내를 단순히 부정하거나 질타하는 태도로 대하고 있지 않다는 점에 이상 시의 중요성이 있다. 서양에 대한 모조 지향은 'Z백호'로 상징되는 서양의 근대 과학 문명이 조선인들이 앓고 있는 전근대적 병-회충-을 치료해주는 힘을 지니고 있는 것에서 기인한다(9). 서양의 근대는 조선에 직선으로 질주하는 낙체공식과 같은 것이요 막대한 중량과 같은 것이다(7, 11).

7)과 11)행은 수학 공식으로 표현되고 있다는 점에서 의미심장하다. 그 표현은 근대의 힘이 그러한 수학 공식을 통해 발휘되고 있다는 것을 암시한다. 숫자는 시간을 측정가능하게 양화한다. 시간의 양화는 경험적 시간개념과 대립되는 과학적 시간 개념을 낳는다.[112] 시간을 경험과 체험에서 박탈하여 계산 가능하게 추상화 한 것이 근대적 시간 개념인 것이다. 이러한 시간의 추상화는 새로움의 동일성이라는 근대성 범주의 추상성을 반영한 것이기도 하다. 이 근대적 시간을 상징하는 것이 바로 시계이다. 시계로 상징되는 근대적 시간이 비행선도 만들고 회충약도 만든 근대의 힘의 근원이다. 그러나 이상은 백화점을 만든 근대의 힘에 대한 파악에 머물지 않는다. 이상은 근대의 힘의 근원인 시계에 황혼이 침수되었음을 감지하고 있는 것이다(12). 그는 백화점을 돌아보면서 전근대가 근대라는 막대한 힘에 눌려 있으며, 그래서 전근대가 원숭이의 흉내 내기를 흉내 내어 근대를 모조할 수밖에 없음을 인식한다.

---

112) 한스 메이어호프, 앞의 책, 30-32면 참조.

나아가 이상은 그 막강한 근대도 황혼에 다다르고 있다는 심원한 통찰 역시 해내고 있다. 그 통찰은 근대의 혈관을 통과하는 것이 피가 아니라 비누이며, 그래서 근대는 '빈혈세포'로 이루어져 있다는 근대에 대한 투시와 관련된다.

이렇게 위의 시를 읽어볼 때, 이상의 근대에 대한 관점을 어느 정도 알 수 있다. 그는 신기성-새로움-의 백화점 속에서 '새로움의 공허함'이라는 근대성의 모순을 이미 파악하고 있었다. 또한 그는 근대성이 막대한 중량의 힘을 갖고 있음을 현실적으로 파악하는 지성도 갖추고 있었다. 나아가 그는 그 새로움의 집결지인 백화점의 시계문자반에 황혼이 깃들어있음을 감지하여 저 막강한 근대문명에 대한 음울한 전망을 보여주기도 한다. 이러한 전망은 근대의 외양에 대해 비판적인 태도를 낳게 되었을 터인데, 그러한 비판적 태도는 그의 말년에 이르기까지 이어지고 있다. 위의 시가 식민지 조선의 수도 경성의 소비도시로서의 외관이 지닌 허위성을 백화점의 묘사를 통해 파헤쳤다면, 이상이 도일(渡日)하여 동경의 번화가 긴자 거리를 보고 난 후 쓴 수필「東京」은 제국의 수도 동경 역시 경성의 백화점처럼 허위와 껍데기뿐인 외양만의 문화로 이루어져 있음을 지적하고 있다.[113] 초기 시와 말년의 산문[114] 모두 이상은 동양의 근대 도시소비문화를 해골이나 허영을 칠한 모조품처럼 표현하고 있는 것이다.

이 논문은 위의 시의 해석을 통해 드러난 이상의 근대성 파악에서 두 측면에 초점을 맞추어 논의를 진행해 나가고자 한다. 그것은 1) 이상의

---

113) "銀座는 한 개 그냥 虛榮讀本이다. … 낮의 銀座는 밤의 銀座를 위한 骸骨이기 때문에 적잖이 醜하다."(『전집 3』, 97면.)

114) 「AU MAGASIN DE NOUVEAUTES」는 1932년에 발표된 것이고, 수필「동경」은 이상이 일본으로 떠난 후인 1936년 10월 이후에 쓰여진 것이다. 김윤식, 『이상연구』(문학사상사, 1987) 연보 참조.

문학이 원숭이 흉내 내기를 어떻게 거부하고 있는가를 살펴보는 것, 2) XII라는 문자반에 갇혀있는 근대적 합리주의, 양화된 시간관을 이상이 어떻게 극복하려고 했는지를 살펴보는 것이다. 2)는 근대적 시간의식과 관련되는 근대성에 대한 이상의 극복 노력을 살펴보는 것이 될 것이며 이상 문학의 출발점에서 나타난 세 가지 특징 중 첫 번째와 주로 관련이 있다. 1)은 근대적 주체성에 대한 이상의 문제의식과 관련되며, 이는 이상 문학의 출발점 중 두 번째 특징과 주로 관련이 있다. 먼저 2)에 대해서부터 살펴보기로 한다.[115] 세 번째 특징-기법적인 특징-의 의미는 1)과 2)를 살펴본 이후에 언급할 수 있을 것이다. 이때 '절망이 기교를 낳고 기교가 절망을 낳는다'는 이상의 말이 어떻게 이상 자신에게 적용되는가 알 수 있게 될 것이다.

2) 권태와 광속의 질주

앞에서 본 논문은 근대성의 본질은 새로운 시간 의식과 직결된다고 논했다. 또한 '일시적인 것에서 영원한 것'을 찾는 보들레르에서 볼 수 있듯이, 미적 근대성 역시 근대적 시간관념에 대한 대응에서 나타난다는 것도 논했다. 이상의 문학 역시 근대적 시간에 어떻게 대응하고 있는가를 살펴보면서 그 미적 근대성을 파악할 수 있다. 위에서 보았듯이 「AU MAGASIN DE NOUVEAUTES」에서 이상은 근대적 시간관의 상징인 시계에 황혼이 침수되고 있음을 감지했다. 이상은 다른 글에서 시계에 대해 다음과 같이 말하기도 한다.

---

115) 본 논문은 작품의 집필 순서에 맞추어 이상의 작품세계의 변모를 추적하려는 의도를 가지고 있지 않다. 그래서 집필 순서보다는 이상 문학의 미적 근대성에 초점을 맞추어 그 작품들의 내적 논리를 재구성할 것이다.

時計를 보았다. 九時半이 지난, 그건 참으로 바보 같고 愚劣한 낯짝이 아닌가. 저렇게 바보같고 어리석은 時計의 印象을 일찍이 한번도 經驗한 일이 없다. 九時半이 지났다는 것이 대관절 어쨌다는 거며 어떻게 된다는 것인가. 時計의 어리석음은 알 道理조차 없다.[116]

시간을 양화되고 계산 가능한 것으로 인식하는 것은 시간을 끊임없는 흐름으로 경험하는 베르그송의 지속(duration)[117]의 측면에서 보면 어리석은 일이다. 9시 30분이나 11시나 3시 10분이나 시간의 지속이라는 측면에서는 다를 바가 없다. 오직 무엇으로 환원될 수 없는 현재만이 있을 뿐이다. 그러나 근대인은 시간을 양화하고 측정의 대상으로 삼아서 소유하고 사용할 수 있도록 물화시킨다. 그리하여 시간은 돈이라는 금언에서 알 수 있듯이 시간은 하나의 귀중한 상품으로 간주되고, 결국 인간 자신이 하나의 상품으로 전락된다.[118]

이상은 이러한 시간의 양화를 거부한다. 규칙적으로 흐르는 양화된 시간에 반대하여 그는 두 가지 태도를 취한다. 하나는 주로 산문에서 취하는 태도이며, 다른 하나는 시에서 볼 수 있는 태도이다. 전자의 태도는 시간의 계산화, 상품화를 거절하고 시간의 '현재 지속'이라는 질을 계속 체험함으로써 자신이 상품으로 전락하는 것을 막는 '게으름'으로 나타난다. 그것은 예술의 상품화에 저항하면서 자기 내면으로 침잠하는 방법이다. 후자는 광속보다 더 빨리 질주하는 것, 이는 과거에서 미래로 규칙적으로 흐르는 공허하고 동질적인 근대적 시간의 추상적 질을 변화시키려는 태도이다. 김윤식은 사람이 광속보다 빨리 달아날 수 있다면 시간·공간 개념이 소멸되며 일상적 의미의 역사(조상)라든지

---

116) 「어리석은 夕飯」, 『전집 3』, 126면.
117) 한스 메이어호프, 앞의 책, 32면.
118) 위의 책, 143면.

미래 따위란 당초부터 성립되지 않게 된다고 지적하고 있다.[119] 그러므로 거기에서는 모든 문학적 관습 역시 필요 없게 된다. 또한 문단에 통용되는 '문학성'이라는 것 역시 이상에게는 문제가 되지 않게 된다. 그에게는 미리 주어지고 강요되는 삶의 규칙을 질주를 통해 넘어서는 것이 문제이기 때문이다. 이 후자의 태도와 시간의식은 아방가르드적인 시 쓰기를 낳는다.

우선 게으름과 연관된 이상의 시간의식을 살펴본다. 그 시간 의식은 다음과 같은 소설 속의 진술들에 드러나 있다.

  1)시계도치려거든칠것이다하는마음보로는한시간만에세번을치고삼분이남은후에육십삼분만에쳐도너할대로내버려두어버리는마음을먹어버리는관대한세월은그에게이때에서시작된다.[120]

  2)오늘다음에오늘이있는것. 내일조금전에오늘이있는것. 이런것은영따지지않기로하고그저 얼마든지 오늘 오늘 오늘 오늘 헐일없이눈가린마차말의동간난視야다. … - 그저한없이게이른것 - 사람노릇을대체어디얼마나기껏게으를수있나좀해보자 … 하루가한시간도없는것이로서니무슨성화가생기나.[121]

  3)나는 내가 행복되다고도 생각할 필요가 없었고 그렇다고 불행하다고도 생각될 필요가 없었다. 그냥 그날그날을 그저 까닭없이 펀둥펀둥 게으르고만 있으면 만사는 그만이었던 것이다. 내 몸과 마음에 옷처럼 잘 맞는 방 속에서 뒹굴면서 축 처져 있는 것은 행복이니 불행이니 그런 세속적인 계산을 떠난 가장 편리하고 안일한 말하자

119) 김윤식, 「근대주의 문학사상 비판」, 『한국근대문학사상사론』(일지사, 1992), 33면.
120) 「지도의 암실」, 『전집 2』, 164면.
121) 「지주회시」, 위의 책, 297면.

면 절대적인 상태인 것이다.[122]

1)에서 이상은 "시계도치려거든칠것이다"라면서 시계를 무시해버리고 있다. 시계는 삼 분이 남은 후에 육십 삼 분만에 종을 울리지 않는다. 한 시간에 한 번씩 자명종을 울린다. 그러나 이상은 한 시간만에 종을 치든 육십삼 분만에 종을 치든 관심이 없다. 시간을 수량화하는 것을 거부하는 이상으로서는 시계의 정상적인 작동은 어떤 문제도 되지 않는 것이다. 이상은 이때부터 '관대한' 세월이 시작된다고 말한다. 그 세월의 시작이란 계량화되고 반복뿐인 시간을 거부하는 삶의 시작을 말하고 있는 듯하다. 2)는 내일이나 오늘 다음이라는 시간 범주가 '순수지속'을 살려고 하는 사람에게는 아무 쓸모가 없다는 것을 말하고 있다. 이 시간의 지속을 위해선 오늘이라는 시간 개념 하나만 필요하다는 것, 그리고 그 지속을 유지하기 위해서는 한없이 게으르기라는 방법이 있음을 말해준다. 이 지속에서 행복이니 불행이니 세속적인 계산을 떠난 절대적인 상태를 이룰 수 있다(3). 세속적인 시간은 계산되기 위하여 과거-현재-미래를 추상적으로 나눈 수량화된 시간이다. 이 시간으로부터 벗어나기 위해서는 시계적인 시간을 아예 잊는 것이 가장 확실하다. 이 세상에서의 행복이나 불행은 계산되는 시간 속의 행복이나 불행이어서, 계산적인 시간을 부정하기 위해서는 행복이나 불행마저 생각하지 말아야 한다. 이상은 그것들을 세속적인 계산이라고 평가하여 거부한다.

시간의 계산화, 상품화에 맞서는 이상의 '게으름의 전술'은 권태를 가져온다. 그러나 그러한 권태감은 객관적 시간에 대한 거부에서 나온, 계량화된 시간에 대한 적극적인 대응에 의해 경험되는 것이다. 그래서

---

122) 「날개」, 위의 책, 321면.

권태는 시간의 의미 없는 낭비인 것만은 아니다. 서영채의 지적대로 권
태는 심리적 이완일 뿐 아니라 치열한 긴장 상태일 수 있다. 왜냐하면
권태란, 일상적인 질서가 어느 한순간 낯선 모습으로 다가올 때, 혹은
그 생활의 질서로부터 이탈해 있을 때 발생하는 심리적 상태이기 때문
이다.123) 우리가 계량화된 일상적 시간의 리듬에 아무 문제제기 없이
삶을 적당히 맞추어 나간다면, 권태를 느낄 필요도 없고 과도한 시간의
식에 시달릴 필요도 없는 것이다. 이러한 치열한 긴장상태의 권태는 이
상의 수필「倦怠」에서도 볼 수 있다.

   그렇건만 來日이라는 것이 있다. 다시는 날이 새이지 않은 것 같
기도 한 밤 저쪽에 또 來日이라는 놈이 한 個 버티고 있다. 마치 凶猛
한 刑吏처럼 - 나는 그 刑吏를 避할 수 없다. 오늘이 되어 버린 來日
속에서 또 나는 窒息할 만치 심심해레야 되고 기막힐 만치 '답답해
해야' 된다. 그럼 오늘 하루를 나는 어떻게 지냈던가. 이런 것은 생각
할 必要가 없으리라. 그냥 자자124)

   나에게는 아무 것도 없고 아무것도 없는 내 눈에는 아무것도 보
이지 않는다.
   暗黑은 暗黑인 以上 이 좁은 房 것이나 宇宙에 꽉 찬 것이나 分量
上 差異가 없으리다. 나는 이 大小 없는 暗黑 가운데 누워서 숨쉴 것
도 어루만질 것도 또 慾心나는 것도 아무 것도 없다. 다만 어디까지
가야 끝이 날지 모르는 來日 그것이 또 窓밖에 登待하고 있는 것을
느끼면서 오들 오들 떨고 있을 뿐이다.125)

───────────────

123) 서영채,「이상 소설의 수사학과 한국문학의 근대성」,『소설의 운명』(문학동네,
    1996), 377면.
124)『전집 3』, 152-153면.
125)『전집 3』, 153면.

계량화된 시간을 외면하고 지속의 시간을 살려고 한 이상에게 그 '지속'이란, 암흑에서처럼 모든 것이 검은 색으로 보여서 차별이란 범주를 둘 수 없는 시간이다. 그래서 '좁은 방'이나 '우주에 꽉 찬 것'이나 그에게는 아무 차이도 없다. 계량화된 시간관념이 없는 그로서는 그의 주관에 다가오는 방이나 우주나 동일한 '분량'과 강도를 가지고 있는 것이다. 또한 시간을 소유하지 않으려고 하니 욕심도 없게 된다. 그러나 이러한 시간을 살려고 한 이상에게 딜레마가 생기는데, 그것이 바로 권태였다. 한없이 게으르게 살려고 하니, 내일이 와도 무엇을 할 이유도 무엇을 해야 할지도 모르는 상태에 빠져버리는 것이다. 내일이 오면 무엇을 해야 할지 모른다는 공허감 때문에 그에게는 두려움마저 생긴다. 그래서 그는 내일이 온다는 사실에 '질식'을 느끼며 내일을 흉맹한 형리라고 표현하기까지 한다. 그리하여 "창밖에 등대하고 있는" 내일은 이상에겐 공포의 대상이다. 그 공포는, "어디까지 가야 끝이 날지 모르는 내일"이라는 구절이 암시하듯이, 내일이 끝났으면 좋겠다는, 지속의 시간도 포기하고 시간 자체를 절멸해버리고 싶다는 욕구를 가져온다.[126) 이는 그의 권태가 이완 상태가 아니라 치열한 긴장 상태에 처해 있음을 보여준다.

위에서 살펴본 일련의 과정을 정리해보자. 이상은 계량화된 시간에 대해 절망하고, 이에 대응하기 위한 게으름이라는 기교를 부리지만, 게으름에 의해 파생되는 권태라는 절망에 빠진다. "絶望이 技巧를 낳고 技巧 때문에 또 絶望한다"라는 이상의 말은 바로 이상 자신의 삶에 대한 에피그램이었음을 그의 권태가 보여준다. 그러나 그의 권태는 그에

---

126) 김유중은 이상의 권태를 "근원적으로는 자신의 종말을 예측할 수 없다는 시간 의식의 상실, 즉 '어디까지 가야 끝이 날지 모르는 내일'에 대한 극도의 공포감과 관련되는 것"이라고 말하고 있다. (김유중, 앞의 논문, 91면.)

게 절망만을 가져다주지 않는다. 게으름과 권태에 빠져있는 이상에게서 아방가르드적 시 쓰기가 가능했던 것은 권태가 능동적인 측면을 갖고 있기도 하기 때문이다. 초현실주의의 권태가 바로 그러한 예다. 페터 뷔르거는 초현실주의의 권태가 갖는 의미에 대하여 이렇게 말하고 있다.

> 초현실주의적 자아의 활동은 … 사회질서가 주는 강압들에 순응하기를 거부하는 태도로써 결정되어 있다. 어떤 사회적 입장의 결여에 의해서 유발된, 실천적 행동 가능성의 상실 현상은 하나의 진공상태, 바로 권태(ennui)를 낳게 된다. 초현실주의의 관점에서 보면 권태라는 것은 부정적인 가치를 지니는 것이 아니라 오히려 초현실주의가 목표로 삼는, 일상적 현실을 변화시키는 것이 가능하기 위한 결정적인 전제조건이 된다.127)

초현실주의적 권태는 사회적 강압 상태에 순응하기를 거부하는 일이다. 일상적 현실을 변화시키기 위해선 현실에 대한 거부가 선행되어야 하기에 권태는 변화의 '결정적인 전제조건'이 된다. 이상 역시 자본주의적인 일상시간–계량화된 시간–의 거부에 의한 결과로 권태 상태에 들어가게 될 것이다. 그리고 계량화된 시간의 거부에 따라 이상은 한편으로 권태로 이끌리지만 다른 한편으로는 수량화된 시간을 파괴하고 주관적으로 변모시키는 아방가르드적 시 쓰기로 질주하기도 한다.

> 나의 방의 時計 별안간 十三을 치다. 그때, 號外의 방울소리 들리다. 나의 脫獄의 記事.
> 不眠症과 睡眠症으로 시달림을 받고 있는 나는 항상 左右의 岐路

---

127) 페터 뷔르거, 앞의 책, 191면.

에 섰다.

　나의 內部로 向해서 道德의 記念碑가 부너지면서 쓰러져 버렸다.
重傷. 세상은 錯誤를 傳한다.

　12+1＝13 이튿날(卽 그때)부터 나의 時計의 침은 三個였다.128)

　앞에서 「AU MAGASIN DE NOUVEAUTES」을 읽으면서, 수량화된
시간이자 시계 시간을 상징하는 XII의 시침이 황혼에 침수되어 있다는
이상의 인식을 살펴본 바 있다. 이러한 계량적인 시계 시간이 깨지는
순간이 13을 치는 시계의 종소리이다. '불면증'이라는 권태의 공포와
'수면증'이라는 게으름의 전술 속에서, 이 종소리는 바로 이상이 근대
성의 감옥에서 벗어나게 해주는 순간을 만들어준다. 나아가 XII로 상
징되는 시간에 대한 인식틀이 무너져 내리면서 모든 기존 가치(도덕의
기념비) 역시 무너진다. 왜냐하면 직선적인 근대적 시간의 질서체계가
무너져 내리면, 산 자의 삶을 짓누르는 과거 시간 역시 무너지기 때문
이다. 그리하여 무너진 객관적·계량적 시간의 폐허 위에, 두 개의 침이
아닌 세 개의 침을 가지는 이상의 주관적인 시간이 세워진다. 이 주관
적인 시간은, 구체적으로 광속보다 더 빠른 질주를 통해 시간의 추상성
으로부터 탈출하는 방법에 의해 나타난다.

　　1) 速度etc의 統制例컨대光速은每秒當3000,000킬로미터달아나는
　것이確實하다면사람의發明은每秒當600,000킬로미터달아날수없다
　는法은勿論없다.　그것을幾十倍幾百倍幾千倍幾萬倍幾億倍幾兆倍하
　면사람은數十年數百年數千年數萬年數億年數兆年의太古의事實이
　보여질것이아닌가,　(하략)

　　　　　　　　　　　　　　　　　　　－「線에關한覺書1」부분129)

_____

128) 「一九三一年(作品第一番)」, 위의 책, 236면.

2) 未來로달아나서過去를본다, 過去로달아나서未來를보는가, 未來로달아나는것은過去로달아나는것과同一한것도아니고未來로달아나는것이過去로달아나는것이다.　廣大하는宇宙를憂慮하는者여, 過去에 살으라, 光線보다도빠르게未來로달아나라.

(중략)

3) 聯想은處女로하라, 過去를現在로알라, 사람은옛것을새것으로아는도다, 健忘이여, 永遠한忘却은忘却을모두求한다.

(중략)

4) 사람은한꺼번에한번을달아나라, 最大限달아나라, 사람은두번分娩되기前에××되기前에祖上의祖上의星雲의星雲의星雲의太初를未來에있어서보는두려움으로하여사람은빠르게달아나는것을留保한다, 사람은달아난다, 빠르게달아나서永遠에살고過去를愛撫하고過去로부터다시過去에산다, 童心이여, 童心이여, 充足될수없는永遠의童心이여.

－「線에關한覺書5」부분130)

이 시 역시 유기적으로 구성되어 있지 않기 때문에, 시의 요소들을 해체하여 재조립하는 방법으로 본 논문의 주제에 맞추어 시에 대한 해석을 시도해 보겠다.

(1) - 주관적인 시간에서는 1초에 30만 킬로미터를 달려가는 광속보다 그 '幾兆倍'의 속도로 질주할 수 있다. 이상은 그 속도로 질주하면 '태고의 사실'을 볼 수 있다고 말한다. 아마도 상대성이론을 염두에 두고 이러한 발언을 한 것으로 보이는데, 그러나 여기서 중요한 점은 그가 상대성 이론을 어떻게 얼마나 받아들였는가보다는 왜 광속의 몇 조배 되는 속도로 질주하고자 하는가이다. '기조배' 광속의 질주에 의해

---

129) 『전집 1』, 147-148면. 인용된 시에 붙여진 번호는 논의의 편의 상 필자가 붙인 것.
130) 『전집 1』, 157-158면.

객관적 시간의 선조성은 파괴된다. 그 질주를 통해 사람은 수조 년 태고의 사실을 볼 수 있는 것이다. 즉 미래를 향해 그 속도로 달아나면 태고의 과거를 볼 수 있다.

(2) ― 그렇다면 이상은 과거로 돌아가기 위해 광속의 질주를 원하는가? 하지만 이상은 '미래로 달아나는 것은 과거로 달아는 것과 동일한 것이 아님'을 밝히고 있다. 광속으로의 질주는 과거를 '향해' 달아나는 것은 아니다. 하지만 미래를 '향해' 광속보다도 빨리 질주할 때 객관적인 시간은 깨어지고 도리어 과거로 달아나게 될 수 있다. 여기에서 이상 특유의 근대성에 대한 태도가 드러난다. 「AU MAGASIN DE NOUVEAUTES」에서 이상은 근대 소비문화에 대해 비판적이면서도, 그것을 쉽게 부정해버리지 않았다. 그 문화에 나타난 근대의 막대한 중량을 간파했다. 위의 시에서도 이상은 근대적 시간에 비판적인 태도를 보이면서도 그 시간을 부정하고 과거로 회귀하지 않는다. '좀 더 빠른 속도'는 근대인에게 강박처럼 회구된다. 그 속도는 미래로의 정향에 매어 있다. 그런데 이상은 그 '빠른 속도'를 광속보다 더 빠르게 가속화해버림으로써, 즉 근대성의 속도보다 전위적으로 더 빨리 나아감으로써 근대적 시간을 돌파해버린다. 그럼으로써 미래를 통해 과거가 현상될 수 있도록 하는 것이다.

(3) ― 그럼으로써 이상은 과거와 미래, 그리고 현재가 서로 뒤엉키는 주관적인 시간성 속에 존재할 수 있게 된다.[131] 하지만 그에게 아무런 기준 없이 무분별하게 시간이 뒤엉키는 것은 아니다. '연상은 처녀로

---

131) 이재선은 이러한 이상의 시간의 특수성에 대해 "재래의 순환적인 반복 구조나 연대기적이고 직선적인 연속 구조도 아니며 無常의 개념도 공적 객관적인 것도 아니라는 점이다. 주관적이고 사적이며 통일되지 않는 破碎된 시간이다."라고 지적하고 있다. (이재선, 「이상문학의 시간의식」, 『한국현대소설사 연구』(홍성사, 1979), 415면.)

해야 한다'는 이상 나름의 규범이 있는 것이다. 이상의 반관습적인 정신을 볼 수 있는 이 규범에서, 광속의 질주가 연상과 연관되어 있음이 드러난다. 즉 그 연상은 미래로의 질주여야 하고, 그러기 때문에 아무도 가보지 못한(생각하지 못한) 연상이어야 한다. 그래서 '건망'(健忘)해야 한다. 하지만 광속으로 질주하는 '연상'에 의해, 새로운 미래로 질주하는 선에 옛것이 원환을 그으며 탑승하고 미래를 통해 과거를 보게 된다. 영원한 망각인 처녀로서의 광속에 의한 연상은 역설적으로 과거를 되살리고 망각을 모두 구하게 되는 것이다. 이 '처녀로서의 연상'은 아래 4)에 대한 분석에서 볼 수 있듯이 초현실주의의 자동기술법과 관련되는 것으로 보인다.

(4) - 광속의 질주는 한꺼번에 한번이어야 한다고 이상은 말한다. 다시 말하자면, 한 번의 질주를 통해 한꺼번에 과거의 투시를 행해야 한다.[132] 이상에 의하면, 그럼으로써 두 번째 분만 전에 '조상'의 '성운'의 '태초'를 미래에서 보게 되리라는 두려움을 극복할 수 있다. 한꺼번에 한 번 질주함으로써 사람은 새로 태어나게 된다(두 번째 분만). 그리고 사람은 새로 태어남으로써 영원의 동심에 이를 수가 있다. 즉 광속을 넘어서는 처녀로서의 연상-질주-은 성인을 유년시절의 과거로 회귀하게 함으로써 다시 태어나게 한다.

초현실주의자들에 의하면, 유년은 실용성의 법칙에서 벗어난, 그리고 한계를 찾아볼 수 없는 상상력을 가지고 있는 시절이다. 초현실주의는 유년시절의 상상력을 회복하려고 했다. 그들의 여러 수법은 인간을 오직 있는 그대로, 원초적인 상태로 드러나도록 하는 것을 목표로 삼는

---

132) 그것은 벤야민이 말한 동질적이고 공허한 시간이 아닌 '현재시간'에 의한 충만된 시간이요, 순간 속에서 '과거를 내딛는 호랑이의 도약'과 같은 것이라 생각될 수 있다. (발터 벤야민, 반성완 역, 「역사철학테제」, 『발터 벤야민의 문예이론』, 353면.)

다.133) 앙드레 브르통은 초현실주의를 "마음의 순수한 자동현상으로서, 이것으로 인하여 사람이 입으로 말하든 붓으로 쓰든 또는 다른 어떤 방법에 의해서든 간에 사고의 참된 움직임을 표현하는 것. 이것은 또 이성에 의한 어떠한 감독도 받지 않고 심미적인, 또는 윤리적인 관심을 완전히 떠나서 행해지는 사고의 구술."134)이라고 정의내리고 있다. 이상이 말한 '처녀의 연상' 역시 바로 유년시절의 상상력으로 돌아가는, "이성에 의한 어떤 감독도 받지 않는 사고"와 맥이 닿는다. 이러한 사고는 바로 초현실주의적 권태-어떠한 관심으로부터 떠나서 행해지는 권태-를 필요로 한다. '게으름 피우기'와 '광속을 넘어서는 질주'는 외면상으로는 서로 반대되는 속성을 지닌 것 같지만, 후자는 전자 없이 불가능한 것이다. '처녀의 연상'이 윤리적 관심에 방해받는다면, 그것은 광속을 넘어서는 속도를 얻을 수 없을 것이기 때문이다.

'처녀의 연상'이 초현실주의적 성격을 지니고 있음은 초현실주의적인 상상력을 훌륭하게 보여주는 아래의 시를 통해서도 짐작할 수 있다.

> 여자는푸른불꽃彈丸이벌거숭이인채로달리고있는것을본다.   여자는오오로라를본다. 덱크의勾欄은北極星의감미로움을본다. 巨大한바닷개(海狗)잔등을無事히달린다는것이여자로서果然可能할수있을까, 여자는發狂하는波濤를본다. 發狂하는波濤는白紙의花瓣을준다.   여자의皮膚는벗기고벗기인皮膚는仙女의옷자락과같이바람에나부끼고있는참서늘한風景이라는點을깨닫고사람들은고무와같은두손을들어입을拍手하게하는것이다.
>
> ─「狂女의 告白」부분135)

---

133) 이본느 뒤플레시스, 조한경 역, 『초현실주의』(탐구당, 1993), 59면.
134) 앙드레 브르통, 앞의 책, 133면.
135) 『전집 1』, 136면.

그야말로 현란한 이미지들이 자유롭게 흐르고 있는 시다. 벌거숭이인 채로 달리는 푸른 불꽃 탄환의 역설적인 색채 이미지와 성적 이미지 → 오로라의 색채와 우주적 신비성 → 북극성의 감미로움이 자유 연상으로 전개된다.136) 이 감미로움에 대조되는 바다는 거대한 바닷개와 동일시되어 성적 이미지를 풍기고, 그 성적 이미지는 '발광하는 파도'137)로 전이된다. 그 파도의 하얀 물결은 하얀(白紙) 꽃잎(花瓣)을 가져다주는데, 그 하얀 꽃잎은 성적인 유혹, 즉 성적 욕망을 부추기는 매력을 비유한다(파도의 하얀 물결 거품이 가지는 성적 이미지). 그래서 여자의 피부-선녀의 옷-가 발광한 파도 앞에서 벗겨지면서 그 피부가 옷자락처럼 나부끼는 풍경이 연출된다. 하지만 이 풍경은 백지의 욕망('백지의 화판'), 즉 아무 것도 기록되어 있지 않는 욕망을 암시하기 때문에 서늘하다. 이 풍경을 보는 사람들이 고무 피부를 가진(핏기 없는, 즉 생명력이 없는) 손을 들어 입을 막는 것은 이와 관련될 것이다.

위의 시가 보여주는 연상 기법은 이상이 즐겨 쓰는 기법이다. 거대한 바닷개로부터 발광하는 파도로의 연상은 이상의 시가 야콥슨이 말하

---

136) 초현실주의는 아무런 통제 없이 생각의 흐름을 받아 쓴 텍스트들만이 진짜라고 주장하지 않는다. 브르통도 시로 다듬음, 즉 의식이 개입한 흔적이 자동기술의 초현실주의 텍스트에 남아있게 마련이라고 인정한다. (마르셀 레몽, 『프랑스 현대시사』, 앞의 책, 364면.) 이상의 위의 시에서 보여주고 있는 한 이미지에서의 다른 이미지로의 돌발적 전환 역시, 양 이미지가 아무리 거리가 멀어보일지라도 그 사이에는 서로 매개해주는 관념이나 감각이 있다. 그 매개물(vehicle)이 참신하면 참신할수록, 일상적인 사고에서 벗어날수록(그것이 상상력의 힘이겠는데) 두 이미지의 충돌에서 나오는 시적 섬광(poetic spark)의 강도는 강해질 것이다. 그러나 아무런 연관 없는 이미지를 나열한다면 이미지의 충돌에서 나오는 충격도 없을 것이고 어떤 매력도 줄 수 없게 될 것이다.

137) 초현실주의자들에게 광기는 매우 중요한 창작기법이다. 그들은 몇 가지 정신착란 상태를 재구성함으로써 인간 정신의 강한 힘과 유연성을 예시했다. 현실과 상상의 종합을 보여주는 편집광(paranoia)은 곧 초현실주의가 추구하는 목표였다.(이본느 뒤플레시스, 앞의 책, 48-54면 참조.)

는 시적기능을 훌륭히 가지고 있음을 보여준다. 야콥슨은 "시적 기능은 등가의 원리를 선택의 축에서 결합의 축으로 투사한다"라고 말한 바 있다. 이때 선택의 근간은 등가성, 유사성과 상이성, 동의어와 반의어 따위에 있고(은유의 영역), 배열(결합)의 구성을 이루는 바탕은 인접성이다(환유의 영역).138) 이에 라캉은 초현실주의의 이미지에 대해서 다음과 같이 말한다.

> 은유가 가진 (초현실주의의 이미지론이 주장하는-인용자) 창조적 섬광은 단순히 두 이미지의 제시 즉 두 기표가 동시에 구현되어 생겨나는 것은 아니다. 창조적 섬광이 두 기표 사이에서 번뜩일 때 한 기표는 의미 연쇄 속에서 다른 기표의 자리를 대신하게 된다. 자리를 빼앗긴 기표는 억압되어 눈에 보이지 않게 되지만 아주 없어지는 것이 아니라 의미 연쇄 속에 있든 다른 기표들과의 환유적 관계를 통해 여전히 남아 있게 된다.139)

'바닷개의 잔등'이라는 기표는 다음 문장의 환유적 관계 속에서 '발광하는 파도'로 은유되어 대체된다. '바닷개'란 기표에서 연상되는 바다와 성적 이미지에 따라 '발광하는 파도'가 은유적으로 연상되었던 것, 그러나 라캉이 말하고 있듯이 자리를 빼앗긴 '바닷개'라는 기표는 없어지는 것이 아니라 앞 뒤 문장의 결합관계-환유관계-를 통해 여전히 보이지 않게 남아있는 것이다. 다시 말하면, '발광하는 파도'라는 기표는 바닷개라는 기표에 중첩되어 이미지화된다. 그래서 '발광하는 파도'는 바닷개처럼 동물적인, 그래서 발정난 개에서 볼 수 있는 쓸쓸함과 혐오

---

138) 로만 야콥슨, 신문수 역, 「언어학과 시학」, 『문학 속의 언어학』(문학과지성사, 1989), 61면.
139) 자크 라캉, 권택영 편역, 『욕망이론』(문예출판사, 1993), 67면.

스러움 등의 다중적인 감각을 불러일으키는 이미지로 변모한다.

위의 시를 통해서 볼 때, 이상의 '처녀의 연상'은 상상력을 풀어 놓는 일임을 짐작할 수 있다. 그것은 억압되어 있는 무의식을 풀어놓는 일이기도 하다. 이상의 몇몇 시편들에서 나타나는 성적 이미지들은 이상의 이드(Id)[140]를 표출시키고 있다. 위의 시에서 느낄 수 있는 성적 감각들은, 시의 이미지들을 연결하는 매개 역할을 한다. 이상은 묶여 있는 이드를 풀어놓으면서 그것을 이미지들의 연상을 전개시키는 힘으로 사용하고, 이 힘을 시창작의 기반으로 삼고 있는 것이다. 그러나 태초(이드의 세계)로의 날아감, 또는 무의식의 분출은 현재의 나와 동심의 나-과거의 나-를 대면시키고 분열시킨다. 이 분열은 이상으로 하여금 주체화의 문제에 대해 날카로운 의식을 갖게 만든다.

---

140) 이드는 하나의 에너지로서, 이드의 독자적인 기능은 삶에 있어서 가장 원초적이고 일차적인 원리-쾌락원리-를 충족시키는 것이다.(C,S, 홀, 설영환 역, 「프로이트 심리학의 이해」, 프로이트 외, 『프로이트 심리학 해설』(선영사, 1990), 111면.)

4. 근대적 주체화(主體化)의 거부 –
기교와 절망의 미적 근대성

1) 거울의 나와 '나'의 비동일화

光線이사람이라면사람은거울이다.[141]

이상이 광선을 넘어서는 속도를 달성하여 유년시절의 상상력을 회복했을 때, 자신의 과거 얼굴을 대면하게 되는 또 다른 결과가 뒤따라온다. 그것은 나를 거울에 비추어 보는 것과 같다. 나로부터 투사된 빛을 반사하여 보여주는 것이 바로 거울[142]이기 때문이다. 이상의 거울과의 대면은, "절망은 기교를 낳고 기교는 절망을 낳는다"는 이상의 에피그램이 그 자신에 적용된다는 것을 다시 확인시켜준다. 왜냐하면 광속을 넘어서는 질주는, 유년시절의 상상력을 회복함과 동시에 '과거가 현재'로 되게 함으로써 현재의 나와 과거의 나를 분열된 상태에서 서로

---

141) 「線에關한覺書 7」, 『전집 1』, 164면.
142) 이상의 거울의 의미에 대해서는 여러 논의가 있어왔다. 대표적인 것으로는 1) <거울속의 나>는 욕구적인 나를 심판하려는 초자아로 보고, '거울 속의 나'가 '거울 밖의 나'를 "벌하려" 하는 데에서 이상 시의 갈등구조를 설명하려는 입장(정귀영, 「이상문학의 초의식 심리학」, 『현대문학』(1973. 7-9.), 303면.), 2) <거울 속의 나>를 이상적 자아로 보고, 일상적 자아와 이상적 자아의 대립을 이상의 시가 드러내고 있다는 입장(이승훈, 「이상 시의 자아분석」, 『이상 시 연구』(고려원, 1987), 3) 거울 '자체'가 대상을 참된 본질(순수)이 아니라 가짜이자 착각으로 보게 만드는 수은칠이 된 거울로 보거나(김윤식, 「이상론의 행방」, 『심상 18호』(1975. 3), 66면.), 또는 대상을 객관화하는 기구로서 원래의 실재와는 전혀 다른 이질물로 변질시키는 기능을 가진 것으로 보는 입장(한상규, 「1930년대 모더니즘 문학의 미적 자의식」, 56면.) 등이 있다.

대면하게 만들기 때문이다. 절망을 벗어나기 위한 광속의 질주라는 '기교'는 다시 주체의 분열이라는 절망을 낳는 것이다. 이 분열은 김해경이 자신의 필명을 이상이라고 정하면서 자신을 다중인격화한 '기교' 속에 이미 배태되어 있었다. 李箱을 異常한 사람이라고 썼던 「지도의 암실」에서, 그는 서술자 이상과 소설의 주인공인 '그(이상)'의 분열을 묘사해놓고 있다.

> 지난것은버려야한다고거울에들린들창에서그는리상-이상히이이름은그의그것과똑같거니와-을만난다리상은그와똑같이 운동복의준비를차렸는데 다만리상은그와달라서 아무것도하지않는다하면 리상은어디가서하루종일있단말이요 하고싶어한다.[143]

이상의 「거울」 시편들에서 볼 수 있는 거울 속의 나와 거울 밖의 나의 대칭이 여기서도 확실히 드러나고 있다. 들창에서 만난 다른 이상은 '그'와 똑같은 모습을 하고 있으나, '그'는 그 상대방-'리상'-이 무엇을 하고 있는지 모른다. 김주연이 지적한대로, 시 「거울」의 세계가 <만져보기만>이라도 할 수 있는 존재로서의 자신의 의식에 대한 발견이면서도 그 의식의 '없는 형태'를 보여주는 것이라면[144], 위의 대목 역시 이상이 볼 수는 있으나 알 수는 없는 '없는 형태'로서의 그의 분신에 대해 말하고 있다. 하지만 그러한 분열 상태의 제시가 부정적인 것은 아니다. 왜냐하면 그러한 분열에 대한 인식은 정직함에서 비롯된 것이기 때문이다. 이상의 좌우명은 "보고도 모르는 것을 폭로시켜라"였다. 일상적인 인식, 상식에서 벗어나지 못하는 사람은 '보고도 모른다.'

---

143) 『전집 2』, 166면.
144) 김주연, 「시문학의 의미와 한계」, 김용직 편, 『이상』(문학과지성사, 1977), 137면.

그러기에 大抵 어리석은 民衆들은 「원숭이가 사람 흉내를 내이네」
라고 마음을 놓고 지내는 모양이지만 사실 사람이 원숭이 흉내를 내
이고 지내는 바 짜 至當한 典故를 理解하지 못하는 탓이리라.145)

사람이 원숭이 흉내를 낸다는 이상의 전복적 인식은 앞에서 「AU
MAGASIN DE NOUVEAUTES」를 살펴보면서 언급한 바 있다. 그는
이 시에서 서구의 표피만을 모방하는 행위가 바로 원숭이의 흉내 내는
속성을 사람이 모방한 것이라는 생각을 보여주었다. 이러한 인식은 위
의 인용문에도 나타난다. 그런데 그는 한걸음 더 나아가 사람이 원숭이
흉내를 낸다는 것을 일반인들이 모른다는 것을 지적한다. 「지도의 암
실」의 한 대목에서 이상은 특유의 '낯설게 하기' 기법으로 사람이 원숭
이를 흉내 낸다는 사실을 다음과 같이 '보여주고' 있다.

원숭이와절교한다 원숭이는 그를흉내내이고 그는원숭이를흉내
내이고 흉내가흉내를 흉내내이는것을 흉내내이는것을 흉내내이는
것을 흉내내인다.146)

원숭이와 절교한다는 말은, 원숭이의 흉내를 흉내 내는 것과의 절교
를 의미한다. 그는 원숭이의 흉내를 흉내 낸다는 말을 반복하는데, 그
반복은 그 말을 독자가 곰곰이 생각하도록 만드는 문학적 장치다. 그
반복은 또한 '흉내 내기'를 통해 서로 맺어져 있는 '그'와 원숭이의 관계
가 서로 뒤엉켜버리게 되었음을, 그래서 그 둘을 구별하기 힘들게 되었
음을 드러내기도 한다.147) 하지만 여기서 중요한 점은 '그'가 원숭이와

---

145) 「종생기」, 『전집 2』, 376면.
146) 『전집 2』, 168면.
147) 반복이라는 문학적 기교의 효과는 특히 『오감도』 시 제2호와 3호에서도 두드러지

의 절교를 선언하고 있다는 점이다. 그것은 더 이상 흉내 내기를 하지 않겠다는 말이다. 정신분석학에서는 우리가 우리 자신을 주체화 하는 것은 '흉내 내기'-자기가 아닌 타자를 자기라고 상상하기-를 통해서이다. 이에 따른다면, 이상의 원숭이와의 절교 선언은 주체화의 거부를 의미한다. 이를 좀 더 상세히 논하기 위해선 프로이트의 정신분석학에서 논의된 주체 형성 이론을 살펴볼 필요가 있다.

2장에서 잠시 언급했듯이, 프로이트에 따르면 주체는 투명하지 않다. 주체의 행위, 의식 밑에는 이 행위와 의식을 결정하는 무의식이 작동하고 있기 때문이다. 또한 프로이트는 주체가 타자에 의해 형성된다는 것임을 논증하여 주체의 자기 동일성이란 믿음을 파괴한다. 프로이트는 주체(subject)라는 용어보다는 자아(ego)라는 용어를 사용했지만, 자신이 자기의 주인이라는 의미를 갖는 주체 개념과, 현실의 압력으로 욕구충족에 제한을 가할 필요성에서 욕구를 조정하기 위해 자아가 형성된다는 프로이트의 자아 개념은, 둘 다 무엇인가를 스스로 조절한다는 면에서 개념적 연관성이 있다고 할 수 있다.

프로이트에 의하면, 리비도[148]는 자아를 향한 자아 리비도(또는 나르시시즘 리비도)와 자아 바깥의 대상을 향하는 대상 리비도로 나뉜다. 하지만 유아기 때의 이 리비도는 두 가지로 나누어지지 않았고 다만 나르시시즘 리비도만이 있었다. 유아는 대상과 자아를 구별조차 할 수 없

게 나타난다.

148) 성적 에너지. 하지만 성교를 하고 싶다는 의미만을 가지는 것이 아닌, 포괄적인 의미를 가진 개념이다. 이 에너지는 에너지 보존법칙에 따른다. 즉 에너지의 총량은 감소되거나 증가하지 않는다. 또한 이것은 사춘기를 지낸 성인이 되면서 등장하는 에너지가 아니라 유아기 때에도 자기 보존 본능과 함께 뒤섞여 존재한다. 가령, 어머니의 젖을 빠는 아기는 배고픔을 해소하는 자기 보존본능의 충족을 얻음과 동시에 빠는 행위 그 자체에서도 감각적 쾌락-성적인 쾌감-을 느낀다(구순기). 프로이트, 『정신분석 입문』, 446-465면 참조.

는 것이다. 유아의 나르시시즘은 어머니의 자궁 속에 있었을 때, 즉 어머니를 바로 자기 자신으로 느끼고 있었을 때의 연장이다. 이 나르시시즘 상태를 프로이트는 일차적(원초적) 나르시시즘이라고 한다. 그리고 어떤 소외감 없이 자기가 바로 자기인 이 자아를 프로이트는 이상적 자아(ideal ego)라고 부른다. 하지만 유아는 곧 현실이라는 벽-현실원칙-에 마주하게 된다. 아이는 점점 크면서 배고플 때 울기만 해서는 자기의 배고픔을 채울 수 없다는 것을 알게 된다. 즉 자기 자신이 직접 먹을 것을 찾아 나서야 한다는 것을 알게 되는 것이다. 그래서 아이는 '나' 바깥에는 객관적인 대상 세계가 있음을 인식한다. 이 과정을 통해 원초적 나르시시즘은 훼손되고, 자아 안에서 자아를 향해 있던 자아 리비도는 부분적으로 독립하여 '나' 바깥의 대상으로 향하게 되는 것이다.(최초의 대상은, 이전엔 자기와 하나로 여겨졌던 어머니다.)[149]

원초적 나르시시즘은 라깡의 거울단계[150]와 연결된다. 라깡의 거울단계란 거울 속에서 자신의 이미지를 감지하기 시작하는 아이 성장의 한 단계를 말한다.(이 단계는 원초적 나르시시즘의 후반기 정도라고 할 수 있다.) 이 단계의 유아는 거울에 비친 유기적인 신체의 상(像)에서 자신의 통일된 이미지-이상적 자아-를 보고 뛸 듯이 기뻐한다. 즉 유아는 완전한 모습의 나르시시즘적인 자신의 상을 거울을 통해 만나는 것이다. 그런데 이 만남은 만나는 '나'와 만남의 대상의 분리가 전제되어야 한다. 그렇기에 거울단계의 유아는 이미 주관과 객관을 구별하기 시작하는 단계에 있다. 그런데 중요한 점은, 이 단계의 아이가 만나는 대상-

---

149) 프로이트, 이용호 역, 「나르시시즘에 관하여」, 『성욕론』(백조출판사, 1963)과 프로이트, 박영신 역, 『집단심리학』(학문과 사상사, 1982), 69-93면(7-8장)에서 정리함.
150) 자크 라깡, 권택영 편역, 「주체기능 형성모형으로서의 거울단계」, 『욕망이론』(문예출판사, 1993) 참조.

거울 속의 나-을 자기 자신이라고 오인하여 믿는다는 점에 있다.

라깡은 거울 단계가 "완전한 의미의 동일화"[151]라고 말한다. 자신의 몸이 거울을 통해 완전한 일체(一體)로 자신의 눈앞에 나타났을 때, 주관과 객관이 아이의 의식에서 분리된 이후 아이는 최초의 온전한 '나'를 발견하게 되는 것이다. 하지만 거울 속의 '나'는, 사실 하나의 상, 나 자체가 아닌 이미지에 불과하다. 아이는 거울속의 나, 즉 하나의 허상인 나를 나라고 '상상'한다. 이 가상을 자기라고 상상한 후에야, '나'는 '누구'라고 규정될 수 있는 주체로서 존재 가능하다. 이 거울 속의 나를 동일시하는 거울단계는, 이후의 아버지와의 동일시를 비롯한 모든 타자와의 동일시의 모형이 된다. 이러한 최초의 자기 동일성이 이루어지는 순간이 중요한 것은, 이 순간이 개체의 완전한 성향, 그 개체로 하여금 전 생애에 걸쳐 '이상적 자아'라는 상상적 완전성을 양육하게끔 하는 성향을 나타내주기 때문이다. 하지만 이 순간과 그 이후에 제조된 동일성의 산물인 에고는 모두 가짜이다.[152]

인간의 전 생애에 걸쳐 시도되는 동일성의 제조는, 이상 식으로 말한다면 '흉내 내는 원숭이를 흉내 내기'다. 서양을 흉내 내고 서양과 동일화하면서 자신의 주체를 제조하는 동양의 식민지 조선의 백성들. 이상이 원숭이와 절교한다고 했을 때, 그는 이러한 동일화를 거절한 것이라고 할 수 있다. 그것은 자신의 거울의 상-이상(理想)적인 상-을 자신과 동일화하는 것의 거부이다. 물론 이상이 프로이트나 라깡의 이론을 알고 그 거부를 작품화했을 리는 없다. 인간은 원숭이를 흉내 낸다는 직관에서 이러한 거부를 이끌어냈던 것이다. 김해경이 자신을 李さん-李箱-以上-異常-理想化 하는 것은 동일화 거부의 실천이다. 자신의 이름

---

151) 위의 책, 40면.
152) 마단 사럽, 앞의 책, 105면.

을 여러 가지로 의미화 한다는 것은 어떤 고정된 대상에 자신을 동일화하여 주체화하는 것을 거부한다는 것을 의미하기 때문이다.

그러나 앞에서 보았듯이, 이상은 광속의 속도로 질주하면서 자신의 과거 얼굴을 대면하게 되었다. 거울에 비친 자기 자신을 바라보듯이 말이다. 그는 이 과거의 얼굴을 외면할 수 없다. 그는 그 얼굴에 대해 골똘히 생각하며 그 얼굴을 탐색하기 시작한다. 이러한 자신의 과거 얼굴과의 대면은, 그가 권태에 사로잡혀 있을 때 이미 나타났었다.

> 끝없는 倦怠가 사람을 掩襲하였을 때 그의 瞳孔은 內部를 向하여 열리리라. 그리하여 忙殺할 때보다도 몇 倍나 더 自身의 內面을 省察할 수 있을 것이다.
> 現代人의 特質이요 疾患인 自意識過剩은 이런 倦怠치 않을 수 없는 倦怠階級의 徹底한 倦怠로 말미암음이다. 肉體的 閑散 精神的 倦怠. 이것을 免할 수 없는 階級이 自意識過剩의 絶頂을 表示한다.[153)]

이 글이 읽은 바에 따르면 이상에게 권태는 광속으로의 질주의 전제였다. 이에 "내부를 향해 열리는" '동공'도 자신을 거울에 비추어 보기 위한 전제가 될 것이다. 이때 이상은 거울에 비친 자신의 얼굴을 마주함으로써 자신의 과거를 보게 되고, 과거의 나와 현재의 나를 잇는 자신의 동일성에 대해서 생각한다. 하지만 동일화를 거부하기, 즉 원숭이와 절교하기를 통해 자신의 필명을 지은 이상으로서는, 비록 거울 속의 얼굴이 자신과 닮았긴 하지만 그 얼굴과 자신을 동일화할 수는 없다. 그가 김해경이라는 거울상과의 동일화를 통해 형성되는 정체성을 버리고 흉내 내지 않는 인간인 이상이 된 이상(以上), 이상은 과거의 김해

---

153) 『전집 3』, 146면.

경에 동일화할 수 없게 되어버린 것이다.

> 여기 한 페-지 거울이 있으니
> 잊은 李節에서는
> 없은 머리가 瀑布처럼 내리우고
>
> ......
>
> 만적 만적하는대로 愁心이 平行하는
> 부러 그러는 것 같은 拒絶
> 右편으로 옮겨앉은 心臟일 망정 고동이
> 없으란 법은 없으니
>
> 설마 그러랴? 어디 觸診……하고 손이 갈 때
> 指紋이 指紋을 가로 막으며
> 선뜻하는 遮斷 뿐이다.154)

— 「明鏡」 부분

이상은 광속으로의 질주, 즉 자신에게서 발사된 광속의 빛을 통해 거울에 반사된 자신의 '잊은 계절'-과거-을 본다. 그리고 그는 이 거울에 비친 자신의 과거와 화해하려고 거울에 비쳐 있는 나를 만져본다. 하지만 그는 선뜻한 차단감만 느낀다. 이상은 자신의 이미지인 과거의 자신과 동일화하지 못하는 운명이 되고 만 것이다. 하지만 역설적으로 거울을 통해서만 거울 속의 나, 과거의 나를 만나 볼 수 있다. 그래서 이상은 "거울때문에나는거울속의나를만져보지를못하는구려만는/거울아니었던들내가어찌거울속의나를만나보기만이라도했겠소"155)(「거울」)라고

---

154) 『전집 1』, 73면.

말하는 것이다. 과거를 대면할 수 있게 해 준 거울은 이상의 기교-광속으로의 질주-에 의해서 얻어진 것이었다. 하지만 아이러니컬하게도 이 기교에 의해 이상은 현재의 나와 거울 속의 과거의 나와 동일화하지 못한다. 이상이 이 점을 인식했다는 것이 그의 기교가 가지는 정직성이다. 자신을 이상(李箱)으로 만드는 기교의 치열성은 과거의 자신과 현재의 자신이 접촉할 수 없다는, 동일화될 수 없다는 비극적 인식을 가져온다.

볼 수는 있지만 접촉할 수 없고, 그래서 한 몸으로 동일화하지 못하는 거울 속의 '나'는 나와 다른 존재인 타자(他者)다. 하지만 이 타자는 내가 없으면 있을 수 없는 존재이다. 거울 속의 나는 타자이면서도 나 자신인 것이다. 나이면서도 내가 아닌 존재인 이 유령 같은 타자는 '나'에게 공포감을 안겨주기 시작한다.

> 1.
> 나는거울없는室內에있다. 거울속의나는역시外出中이다. 나는지금거울속의나를무서워하며떨고있다. 거울속의나는어디가서나를어떻게하려는陰謀를하는中일까.
>
> (중략)
>
> 3.
> 나는거울있는室內로몰래들어간다. 나를거울에서解放하려고. 그러나거울속의나는沈鬱한얼굴로同時에꼭들어온다. 거울속의나는내게未安한뜻을傳한다. 내가그때문에囹圄되어있듯이그도나때문에囹圄되어떨고있다.

---

155) 『전집 1』, 187면.

(중략)

5.

내왼편가슴心臟의位置를防彈金屬으로掩蔽하고나는거울속의내
왼편가슴을겨누어拳銃을發射하얐다. 彈丸은그의왼편가슴을貫通하
얐으나그의心臟은바른편에있다.

　　　　　　　　　　　―『烏瞰圖』「詩第十五號」 부분156)

거울을 통해 우리는 자아의 동일성을 획득한다. 거울 속의 유기적이
고 통일적인 상은, 우리가 동일화를 통해 주체화되는 모형인 가장 원초
적인 자아이상(自我理想)이다. 그러나 앞에서 보았듯이 이상은 가장 이
상적인 원초자아를 행복하게 받아들일 수 없다. 도리어 이상은 자아의
상을 무서워한다. 그 자아의 상이 자아 자신도 모르는 사이에 무엇인가
를 꾸밀 것만 같아서다. 하지만 이상은 거울 속의 자아가 허상이면서도
하나의 현실임을 알고 있다. 그가 '나'를 생각한다는 것은 언제나 '나'를
대상화한다는 것, 즉 자신을 거울 앞에 세운다는 것을 의미한다. 거울
앞에 없을 때는 '나'도 없다. '나'는 거울이 있어야만 생각할 수 있는 것
이다. 그래서 그 거울 속의 허상은 역설적으로 현실이기도 하다.

　라깡에 의하면 "나는 생각한다, 고로 나는 존재한다"라는 데카르트
의 명제는 역사적으로 과학을 가능케 하는 조건이 되었을 뿐 아니라 초
월적 주체가 갖는 투명성과 그의 실존적 확신을 연결시켜주는 것이기
도 했다. 하지만 그 문장에서 표명된 기표로서의 '나'는 기의의 자리를
차지하고 있는 '나'와 동질적인 관계인가 이질적인 관계인가라는 문제
가 제기된다.157) 내가 나를 생각할 때 나는 생각하는 나와 생각의 대상

───────────────

156) 『전집 1』, 49-50면.
157) 자크 라깡, 앞의 책, 79면.

인 나로 분열된다. 생각하고 있는 내가 나를 대상화하여 바라보아야 데카르트의 문장은 성립할 수 있는 것이다. 주체화란 '나는 누구'라고 의미화 하는 것이라 할 때, '나는 누구다'라고 발화하는 사람과 '누구'인 나는 분열된다. 그것은 거울 속의 나와 거울 밖의 내가 분열되는 것과 같은 것이다. 거울 속의 나를 통해서 내가 어떻게 생겼는지 알 수 있다. 하지만 그 거울 속의 나는 바라보는 나와 동일한 존재가 아니다. 내가 '생각하는 나'를 생각할 때, 그 '생각하는 나'는 거울 속의 나와 같은 존재다.

이상은 라깡이 밝혀낸 위의 메커니즘을 시인적인 직관으로 파악했다. 「오감도 제15호」의 1과 3은 그 메커니즘을 보여주고 있다. 앞에서 이상이 김해경과 동일시될 수 없음을 논한 바 있다. 하지만 이상이라는 주체는 과거의 김해경-거울 속의 나-이 없으면 존재할 수 없다. 내가 '나'에 대해 생각하려면 거울이 필요하다. 내가 "거울없는실내에있다"는 말은 내가 나를 생각하지 않는다는 것을 뜻한다. 그렇기 때문에 타자로서의 나(거울 속의 나)도 내가 거울 앞에 없으면 거울 속에 존재할 수 없다. 그렇기에 거울 있는 방에 내가 들어가지 않으면, 그 '타자로서의 나'가 무엇을 하는지, "무슨 음모를 꾸미는지" '나'는 모를 수밖에 없다. 이러한 교착상태에서 벗어나고자, '나'는 나를 거울에서 해방시키려고 한다. 이를 위해 거울 속의 나를 제거해버리고자 한다.

거울 속의 나는 내가 거울 앞에 서야 존재하기에, 거울 속의 나를 제거하기 위해서는 일단 거울 있는 방에 내가 들어가야 한다. 들어가자마자 침울한 얼굴의 거울 속의 나가 등장한다. 그러나 거울 속의 나는 거울에 의해 나와 차단되어 있다. 거울 속의 나를 나는 어찌할 수 없다. 거울 안의 나는 이상이 자기 자신을 생각할 때 언제나 등장한다. 하지만

'나'가 거울 안으로 들어갈 수 없기 때문에 거울 안의 나는 영원한 타자이다. '나'는 그 거울 속의 나를 제거하여 자신에 언제나 따라붙는 유령 같은 타자로부터 해방되고자 하지만, 거울 속의 나를 거울 밖으로 추방할 순 없다. 거울 속으로 들어가는 것 자체가 차단되어 있기 때문이다. 그래서 「오감도 제15호」의 5에서 볼 수 있듯이 '나'는 거울 밖에서 거울 속의 나를 권총으로 쏘아 제거하는 방법을 사용해본다. 이상은 김해경을 살해하려고 하는 것이다. 그러나 왼편의 심장을 겨냥하고 쏴 보아도, 자신과 좌우 거꾸로 서있는 거울 속의 나의 심장을 관통할 수 없다. 자신을 죽이지 않으면 거울 속의 나는 결코 죽지 않는다. 이상에게 김해경이라는 자신의 '잊은 계절'은 그의 그림자처럼 따라다니는 것이다.

이와 관련하여 라깡의 거울단계 이론을 예시해주는 듯한 이상의 다른 시도 언급해둔다. 라깡에 의하면 거울단계 이전의 유아는 자신의 몸을 유기체로 인식하지 못하고 파편화된 신체로 이해한다. 즉 자신의 팔, 다리 등을 분리되어 있는 것으로 이해하는 것이다. 파편화된 신체는 성인들에게서는 꿈속에서 스스로를 드러낸다. "그것은 절단된 사지의 형태로 또는 외골격을 관찰할 때 드러나는 기관의 모습으로 나타난다. 파편화된 신체에서 날개가 자라나기도 하고 장의 고통으로 팔들을 붙잡고 있는 모습이 등장하기도 한다"는 것이다.[158] 이상의 아래 시에서는 꿈에서나 볼 수 있는 파편화된 신체 이미지가 등장한다.[159]

그사기컵은내骸骨과흡사하다. 내가그컵을손으로꼭쥐었을때내팔
에서는난데없는팔하나가接木처럼돋히더니그팔에달린손은그사기

---

158) 위의 책, 44면.
159) 이상의 시들이 꿈과 같이 전도현상을 보여주고 있다는 것은 정귀영 등에 의해서 지적되어 왔다(정귀영, 앞의 논문, 현대문학(1973.9), 305면 참조).

컵을번쩍들어마룻바닥에메어부딪는다. 내팔은그사기컵을死守하고
있으니散散히깨어진것은그럼사기컵과흡사한내骸이다.
　　　　　　　　　　　　　　－『烏瞰圖』「詩第十一號」 부분160)

「광녀의 고백」이 무의식적 욕망을 표출하고 있다면, 이 시는 무의식
적 사고를 전개한다. 하지만 아무리 초현실주의적인 시인이라고 하더
라도, 그는 전적으로 무의식에 기대어 시를 쓰지는 않는다. 그는 무의
식과 관련된 재료들-이미지들-을 가지고 은유-압축, 환유-전위(傳
位)161)등의 표현기법을 통해 시의 문맥 속에 그 이미지들의 의미를 중
층결정시킨다. 즉 그는 시를 생산한다. 그의 작품생산은 의식적인 것이
다.162) 이상도 역시 의식적으로 시를 '생산'한다. 이는 초고를 먼저 쓰
고 그 초고를 '수정'하여 발표한 점163), 자세히 읽어보면 시에 어떤 일
관적인 구조를 발견할 수 있다는 점 등에서 알 수 있다. 그의 시가 꿈처
럼 무슨 말을 하는 건지 모를 것이 많지만, 그것은 꿈의 특성인 무모순

---

160) 전집 1, 43면.
161) 은유는 문자적 주체와 그 은유적 보완물 사이에서 제안된 유사성 내지는 유추를 말
　　하며, 한편 환유는 문자적 주체와 그 '인접' 대체물 사이에서 제안된 근접한 (또는
　　연속적인) 결합을 말한다.(마단 사럽, 앞의 책, 84면.) 압축과 전위는 프로이트가 꿈
　　의 무의식적 과정을 지칭하는 개념으로, 압축은 특정의 현재적 내용 속에 하나 이
　　상의 잠재적 내용이 있거나, 혹은 하나의 꿈의 여러 별개의 원인들을 표현하게 하
　　는 중층결정을 의미하는 것이고, 전위는 꿈의 요소들이 꿈의 사고의 요소들을 위한
　　대리 역할을 수행하는 것을 말한다. 이때에 이 대리 역할은 연상의 연쇄를 따른다.
　　(리차드 월하임, 『프로이트』(민음사, 1987), 72면.) 라캉은 은유를 압축에 환유를 전
　　위에 연결시킨다.
162) 한편 시인은 은유와 환유를 모든 사람이 이해할 수 있는 상징으로 표현하지만, 마
　　찬가지로 언어유희를 하는 환자는 완전히 개인적인 면이 내포된 은유와 환유를 사
　　용한다는 점에서 둘 사이에는 차이가 있다. 아니카 르메르, 『자크 라캉』(문예출판
　　사, 1994), 82면.
163) 일문으로 발표된 시「二十二年」은 한글로 발표된 오감도 시 제5호와 동일하고 오감
　　도 시 제4호는 일문시「診斷0:1」을 거꾸로 배치한 것이다.

성을 '적극적'으로, 그리고 '의식적'으로 시의 구조에 도입한 결과다. 그런데 그의 특이한 시 생산 방법은, 그가 무의식적 과정의 구조를 감지하게 이끈 것으로 보인다. 그가 의식적으로 시를 생산한다고 하더라도 꿈의 작업을 창작에 도입함으로써 시에 그 자신의 무의식이 개입하도록 문을 열어놓게 된 것이다. 「광녀의 고백」에서 표출된 리비도가 그 예일 것이다.

위의 시도 의식적으로 창작되었을 것이다. 하지만 팔에서 접목처럼 다른 팔이 솟아오른다는 표현은 꿈에서나 볼 수 있는 무의식적 환상을 보여준다. 초현실주의도 꿈을 자신들의 창작기법으로 활용하였다.[164] 이상도 역시 '의식적'으로 꿈과 같은 초현실을 시에 도입한다. 팔은 두 개의 팔로 분열된다. 두 개의 팔은 서로 상반되는 행위를 한다. 한 팔은 사기컵을 내던지며 다른 한 팔은 사기컵을 사수하려고 한다. 즉 팔이 통일된 의식에 의해 통제되는 것이 아니라, 서로 분리되어 팔 제각각 자신들의 욕망에 따라 행동하는 것이다. 그것은 나와 거울 속의 나를 대칭시키는 거울 시편의 주제와 일치한다. 몸은 유기적으로 결합되어 있지 않고 서로 분리되고 파편화되어 있다. 이러한 이미지들은 거울 단계 이전에 만들어지는 것이므로, 우리의 의식적 사고에서는 생각할 수 없다. 그것은 꿈이나 정신착란 같은 상태에서 우리의 의식에 떠오를 수 있다. 위의 시는 그러한 무의식적 이미지들이 전개된다. 사기컵이 깨지면서 사기컵과 동일화된 해골 역시 산산이 깨져버린다는 시의 전개는 꿈에서나 볼 수 있는 장면이다.

위의 시에서처럼 파편화된 신체의 이미지가 이상의 시에 등장할 수 있게 된 것은, 초현실주의적 기법의 영향도 있겠지만 이상이 거울 속의

---

164) "사소한 꿈이 보잘 것 없는 시보다 완전하다. 왜냐하면 꿈은 본래 꿈꾸는 자와 완전히 일치하기 때문이다." (이본느 뒤플레시스, 앞의 책, 47면.)

나와의 동일화를 거부하였기 때문이기도 하다. 다시 말하면, 그는 통일된 신체로서 비춰지는 거울 속의 나와 동일화되지 않음으로써, 즉 하나의 정체성을 가진 통일된 주체(거울 속의 나)라는 허상을 버림으로써 파편화된 신체 이미지를 시에 표현할 수 있었다. 초현실주의적인 기괴함을 보여주고 있는 아래의 시 역시 나로부터 분리된 팔이라는 파편화된 신체 이미지가 표현되고 있어서 주목된다.

> 내팔이면도칼을든채로끊어져떨어졌다.   자세히보면무엇에몹시
> 威脅당하는것처럼새파랗다. 이렇게하여잃어버린내두개팔을나는燭
> 臺세움으로내방안에裝飾하여놓았다.   팔은죽어서도오히려나에게
> 怯을내이는것만같다. 나는이런얇다란禮儀를花草盆보다도사랑스레
> 여긴다.
>
> ―『烏橄圖』「詩第十三號」165)

2) 19세기와 20세기의 갈등

이상은 '거울 속의 나'와 동일시를 거부하지만, '거울 속의 나'는 사라지지 않고 이상을 괴롭힌다. 광속의 질주를 통해 만난 '거울 속의 나'는 이상의 과거이면서도 전 역사가 응축된 나이기도 하다. '거울 속의 나'와 나와의 갈등은 나를 짓누르고 있는 역사 전체와의 갈등이기도 한 것이다. 이상과 이상의 과거와의 갈등은 이상 자신이 아버지에 쉽게 동일시할 수 없기 때문이기도 하다. 이상은 아버지에 대한 기억과 연관되어 있는 한 시에서 "저사내가조금도웃을줄을모르는것같은얼굴만을하고 있는것으로본다면저사내아버지는해외를방랑하여저사내가제법사람

---

165)『전집 1』, 46면.

구실을하는저사내로장성한후로도아직돌아오지아니하던것임에틀림없다고생각"166)된다고 진술한다. 거울 속 얼굴의 사내는 장성했으나 아버지가 아직 돌아오지 않았다. 아버지가 없는 그 빈 공간을 자신이 아버지가 되어 채워야한다. 그 중압감이 "조금도웃을줄모르는것같은 얼굴"을 하도록 만들었다.167)

앞에서 인용한 바 있는 프로이트의 나르시시즘 이론에 따르면, 아이는 오이디푸스 콤플렉스를 거쳐 어머니에 대한 성애를 스스로 금지하고 아버지와 자신을 동일화함으로써 주체로 성장할 수 있다. 하지만 아버지와의 동일화는 오래 지속될 수 없다. 자신이 아버지가 될 수 없음을 현실이 가르쳐주기 때문이다. 아이는 아무리 동일시를 열심히 해도 어머니의 실제 남편이 될 수는 없다. 대상 리비도는 최초의 대상-어머니-을 잃고는 에너지 보존 법칙에 따라 다시 자아에게로 향해 간다. 그런데 자아는 원초적 나르시시즘의 완전성에 대한 기억을 갖고 있다. 대상을 잃은 리비도는 그 완전성을 통해 얻은 자기성애를 되찾기 위해 자아로 향하지만, 이제 그 자아는 현실원칙에 의해 완전성이 훼손되어 있고 금지에 의해 꺾여 있다.

그래서 어린이는 '자아이상'을 마음에 세워서 자아의 완전성을 확보하여 나르시시즘적인 욕망을 해소하려고 한다. 아이는 아버지를 자아이상의 자리에 세운다. 이 자아이상과의 합일을 통한 2차적 나르시시즘에 대한 욕망은, 자아 스스로 자아이상이라는 모델을 모방-흉내 내기-하면서 자신을 형성하도록 이끈다. 자아는 자아이상이 자신이라고 상

---

166) 「얼굴」, 『전집 1』, 129면.
167) 얼굴이 얽은 김해경의 아버지는, 백부 연필의 알선으로 궁내부 활판소에서 일하다가 손가락 셋을 종이 자르는 칼에 잘려 그 곳을 그만두고 이발업을 하게 된 볼품없는 인물이었다고 한다(김승희, 앞의 책, 19면).

상하면서 자기를 만들어나가는 것이다. 그리하여 자아이상은 자아이상에 비추어 볼 때 여러 가지로 부족한 자아를 다그치고 명령한다. 이 과정에서 오이디푸스 콤플렉스 시기의 아버지에 대한 죄의식이 무의적으로 내면화된다.(자아이상의 다그치고 꾸짖는 음성은 자기 자신이 자신에게 무의식적으로 작용하는 방식으로 내면화되어 나타난다.)

그러나 동일시할 아버지의 부재로 인해 김해경은 단일한 인격의 주체가 아니라 다인격 주체인 李箱으로 자신을 변모시킬 수 있었다. 그는 어떤 이와도 동일화를 거부했기 때문에 내면에 자아이상이 자리 잡지 않을 수 있었고 자신을 다양한 정체성을 가진 인물로 만들 수 있었던 것이다. 하지만 김해경의 조상들은, 그가 아버지의 빈자리에 들어가서 아버지 노릇을 하라고 강요한다. 그 강요는 그를 그림자같이 따라다닌다. "墳塚에계신白骨까지내게血淸의原價償還을強請하고있다. 天下에 달이밝아서나는오들오들떨면서到處에서들킨다."168)(「門閥」)라고   그가 표현하고 있듯이, 이상은 무덤 속 조상의 백골의 "혈청의 원가상환"에 대한 요구에 질려 도망치지만, 그가 어느 곳에 있든지 그의 존재는 들키고 만다. 그리하여 조상의 요구는 점점 그를 압살한다. 그래서 이상은 "나는우리집門牌앞에서여간성가신게아니다. 나는밤속에들어서 서제웅처럼자꾸만滅해간다."169)(「家庭」)라면서 자신을 제웅이라고까지 표현하는 것이다.170) 문제는 이제 아버지가 없다는 데에 있는 것이 아니라 조상이 자신에게 아버지의 빈자리를 채우라고 강요하는 데에 있다. 그러나 조상이 이상에게 부여하는 책임감은 다만 아버지의 자리

---

168) 『전집 I』, 83면.
169) 『전집 I』, 59면.
170) 제웅은 앓는 사람이나 살이 낀 사람을 위하여 짚으로 만든 형상을 만들어 집 밖에 내다 버린 주물이다(김승희, 앞의 글, 22면).

만 채우라는 것이 아니다.

> 　나의아버지가아의곁에서조을적에나는나의아버지가되고또나는
> 나의아버지가되고그런데도나의아버지는나의아버지대로나의아버
> 지인데어쩌자고나는자꾸나의아버지의아버지의아버지의……아버지
> 가되느냐나는왜나의아버지를껑충뛰어넘어야하는지나는왜드디어
> 나와나의아버지와나의아버지의아버지의아버지와나의아버지의아
> 버지의아버지노릇을한꺼번에하면서살아야하는것이냐
> 　　　　　　　　　　　　　　　ー『烏橄圖』「詩第二號」[171]

　이 시에서 자신이 아버지의 노릇만이 아니라 김해경의 조상 모두의
역할을 해야 한다는 인식이 반복기법을 통해 나타나 있다. 동일어의 계
속적인 반복과 누적은 아버지의 역할을 한다는 일이 전통의 전 역사가
자기에게 부여하는 강요임을 표현한다. 그것은 한 가정의 문제만이 아
니다. 조상의 전통이 지니는 역사성, 그리고 그 전통을 강요하게 만드는
사회성과 연결되는 문제인 것이다. 가정은 사회의 가장 기초적인 단위
이며 또한 한 '사회-가정'은 역사를 통과하면서 계속 존재할 수 있다. 그
래서 이상은 자신을 짓누르는 역사에 대해서 사고하게 된다. 아버지의
빈자리를 채우라는, 아버지가 되라는 조상의 강압과의 갈등은, 전통을
안고 있는 역사와 사회와의 갈등이기도 하다는 것을 이상은 잘 알고 있
었다. 여기서 이상 문학과 이데올로기의 문제를 제기할 수 있다. 이데올
로기는 한 개인을 사회에 통합시키는 기능을 가지고 있다. 이상이 조상
과 거울 속의 나와의 동일시를 거부하는 행위의 사회적 의미는 결국 이
데올로기를 통한 사회적 주체화에 대한 거부의 의미를 가지는 것이다.

---

171) 『전집 1』, 21면.

사회적 주체화와 이데올로기의 관계에 대한 고찰은, 프로이트를 통해 맑스주의 이데올로기론을 쇄신하려고 했던 프랑스 철학자 알튀세르의 「이데올로기와 이데올로기 국가장치」[172]라는 논문이 큰 도움을 준다. 알튀세르는 그 글에서 "이데올로기는 개인들을 주체로 호명한다"[173]는 테제를 내놓는다. 그는 이 테제의 이해를 위하여 종교 이데올로기의 예를 들어 보인다. 하지만 그 예는 "모든 이데올로기의 형식적 구조는 항상 같은 것"이기에 "동일한 논증이 재생산될 수 있다"[174]는 점을 전제로 한다. 알튀세르는 종교 분석을 통해 모든 이데올로기들의 분석의 모범적인 예를 보여주려 한 것이다.

알튀세르에 따르면, 종교 이데올로기는 신이라는 대주체가 개인들을 주체(가령, "모세야!")로 호명하여 그 개인들이 "예"라고 대답하면 가동된다. 즉 "너는 너다"라고 호명해주는 대주체에게 개인이 "맞아요! 접니다!"라고 대답하면, 그 개인은 대주체의 호명에 복종하는 동시에 소주체로 존재하게 되는 것이다. 이 소주체는 대주체에 의해 자신이 '무엇'임을 알 수 있게 되며, 대주체 또한 소주체라는 대상을 호명함으로써 자신이 대주체임을 확인할 수 있다. 즉 대주체와 소주체는 서로가 서로를 전제한다. 거울을 통해 유아가 자신을 전체로서 인지할 수 있듯이, 주체들은 다른 주체가 없으면 자기 자신을 알 수 없다. 또한 소주체들 상호 간에도 대주체에 의해 호명 받는다는 점에서 서로를 인지할 수 있다. 즉 그들은 호명 받는다는 같은 처지에 있기 때문에 서로가 서로를 동일시할 수 있다.

알튀세르의 '대주체'는 프로이트가 말하는 '자아이상'과 같은 성격을

---

172) 루이 알튀세르, 김동수 역, 『아미엥에서의 주장』(솔, 1991), 75-130면.
173) 위의 글, 115면.
174) 위의 글, 121-122면.

가지고 있다. 대주체는 소주체 바깥에 위치한 타자이지만, 소주체 안에 내면화 되어 있다. 즉, 신은 바깥에 실재하는 것이 아니라 신자들 내면의 자아 속에, 신자들의 행위-스스로 판단해서 행하는 행동-의 근거로서 자리 잡고 있는 것이다. 어느 결혼한 신자가 간음하지 않으려는 노력을 기울이는 것은, 그가 그 노력을 종교와 연관시키지 않더라도, 자기 마음에 간음하지 못하게 하는 계율-신의 말씀-이 살고 있기 때문이다. 그 신은 주체의 의지의 자유 밑에서 무의식으로 작동하면서, 그 주체의 '자신의 의지로' 행하는 '자유로운' 행위를 지배한다. 개인들이 주체로 존립하기 위해서는, 자신의 행위 방향을 지시하는 내면화된 대주체의 존재가 필수적이다. 주체가 주체로서 존립하기 위해선, 주체는 명령하는 또는 명령받는 다른 주체의 타자로서 존재할 수밖에 없다. 자신이 비친 거울속의 타자를 통해 '나'의 존재를 상상할 수 있듯이.

그런데 왜 개인들은 대주체의 호명을 받아들이고 타자를 내면화하는가? 그것은 나르시시즘과 연관하여 생각할 수 있다. 앞에서 논한 바를 다시 언급해보자. 아이들은 원초적 나르시시즘의 완전성을 잊지 못하여 자아이상을 내면에 불러들인다. 그러나 이런 과정을 통해 자아는 나와 자아이상으로 분열한다. 양심이 그러한 분열을 잘 나타내준다. 양심은 거울속의 내가 나를 다그치는 자아이상의 목소리다. 이 양심에 어긋나지 않게 행동하는 사람은 뿌듯함을 느낀다. 즉 나르시시즘이 어느 정도 채워진다. 자아이상과 자아가 일치될 수 있었기 때문이다. '나'는 자아이상에 다가가서 동일화되고자 애쓰고 자아이상의 명령-자아 내면에서 나오는 양심의 소리-에 맞추어 자신의 주체성을 형성시킨다.

이를 알튀세르의 호명테제와 접합해보면 그의 이데올로기론을 좀 더 이해할 수 있다. 이는 그렇게 자의적인 생각은 아니다.175) 자아와 자아이상도 대주체와 소주체의 이중반사관계가 그대로 적용될 수 있다. 대주체가 없으면 소주체는 자신이 무엇인지 알 수 없다. 대주체의 호명을 받아들이면서 '나'는 주체의 동일성, 정체성을 확보한다. 그러한 호명을 받아들이는 이유는 개인이 그 동일성을 확보함으로써 '나=나'라는 완전체의 나르시시즘적인 욕망을 해소할 수 있기 때문이다. 그러나 자아이상은 '거울 속의 나'처럼 하나의 실제가 아니다. 나르시시즘 욕망을 위해 상상된 자아의 이상적 이미지인 것이다. 그 자아이상을 대주체라고 한다면, 우리는 자신을 주체로 세우기 위해서 대주체를 상상하는 것이라고 하겠다. 그래서 알튀세르는 "이데올로기는 그들의 실제조건에 대한 개인들의 상상적 관계를 표현한다"[176]고 정식화 한다.[177]

알튀세르의 이데올로기론은 자칫하면 개인들이 가공할 어떤 질서에 의해 결박되어 있어 그 질서에서 빠져나가기란 불가능하다는 결론에 이를 위험성이 있다. 하지만 정신병자와 같은 경우는 그 질서의 중압감을 못 이겨 환상과 현실을 구별하지 않음으로써(과대망상증), 또는 자

---

175) 알튀세르 스스로 이렇게 말하고 있다. "이러한 구속과 이러한 이데올로기적 사전-할당(개인이 항상-이미 주체라는 것. 개인이 태어나기 이전의 사회관계들에 의한 그 개인의 호명을 말한다. 예를 들면 그가 태어나기 전에 그는 이미 '아무개씨' 집안의 후손이라는 주체로 호명되어 있다. - 인용자), 그리고 생육이나 이후 가정교육의 모든 관습들이 성의 생식'단계'와 '생식 이전' 단계라는 형태들 속에서, 따라서 프로이트가 그 결과 무의식적인 것으로 설정했던 것을 '포착'한 속에서 프로이트가 연구하였던 것과 관계를 가지고 있다는 것은 명백하다."(알튀세르, 위의 글, 121면.)

176) 위의 글, 107면.

177) 가령, 자신과 실제조건의 관계는 자본에게 잉여가치를 생산해주는 노동자로서 맺고 있지만, 그가 스스로를 한사람의 한국인으로서 의식하고 있다고 할 때 그는 한국이라는 상징, 대주체를 받아들이고 그 대주체-국가-의 호명을 받아 한 사람의 한국인 주체가 된다. 상징적인 어떤 인간형으로 대치될 수 있는 그 대주체는, 한국인들이 활동하는 공간들(이데올로기적 국가장치) 속에서 여러 이데올로기들이 중층결정 되어 집단적으로 상상된 것이라고 생각할 수 있다.(학교에서 어릴 때부터 공부해야 하는 한국 위인의 삶이 그 전형적인 예가 될 것이다.) 한국인은 그 인간형을 자아이상으로 삼아 자신의 주체를 형성하게 된다.

아이상과 자아의 분리를 예리하게 느낌으로써(정신분열증) 어느 정도 질서의 결박에서 벗어나려고 한다. 하지만 그들은 자신의 행위를 자신이 이해하지 못한다. 우리를 결박시키는 질서의 구조를 알지 못하고 고통 받는 것이다. 그러나 이상의 시들은 시인이 주체형성의 구조를 예리하게 인지하고 있음을 보여준다. 이상의 거울 시편들에서는 위의 알튀세르가 말한 이데올로기의 2중반사가 이미 시인적 직관으로 나타나 있는 것이다. 또한 이상은 나르시시즘적인 만족에 빠지지 않고 자아이상과 동일화 하지 않는다. 즉 대주체의 호명을 끊임없이 거부한다.

'거울 속의 나'는 사회의 관습이나 전통이 녹아 들어가 있는 대주체와 같은 존재일 수 있다. 위에서 보았듯이 거울 속에 나타나는 김해경은 異常한 사람 李箱이 아니다. 김해경은 그의 백부가 집안을 일으킬 주춧돌로 키우려고 생각했던 주체이다.178) 집안에서 귀한 자식이었을 김해경은 저 먼 조상의 좌절과 희망까지 떠맡아야 하는 자였다. 김해경이 자신의 이름을 바꾸어 이상이 되었을 때, 그는 집안에서 이런 위치를 차지하고 있는, 집안의 역사가 응축되어 있는 김해경과 결별하려고한 것이다. 그러나 아버지의 역할을 강요당하면서 제웅처럼 멸해가는 거울 속의 나-김해경179)-는 거울을 통해 이상의 눈앞에 나타남으로써 이상을 끊임없이 괴롭힌다. 그래서 앞에서 보았듯이 이상은 그 거울 속의 나를 살해하고자 했지만, 그 나는 살해될 수 없다.

이상의 고통은, 이상이 자아이상을 내면화하는 주체형성 메카니즘

---

178) 김승희, 앞의 글 참조. 김해경은 가문을 중시하는 집안에서 태어났다. 그의 증조부는 정3품까지 지낸 관리였는데 그의 조부 때부터 가세가 기울어지기 시작한다. 그리하여 김해경의 백부는 가세를 다시 일으킬 생각을 가지고 있었다. 그 백부의 손에 김해경은 자랐다.
179) 이상은 거울에 비친 자신의 얼굴을 보고 "여기는어느나라의데드마스크냐"(「自像」, 『전집 1』, 94면.)라고까지 말한다.

과 타협하지 않았기 때문에 겪게 되는 것이다. 이상은 자신의 과거를 거부하면서도 새로운 자아이상을 찾지 않는다. 그는 자아이상의 존재 자체를 의심하면서 그 존재가 자신을 억누른다고 예민하게 감지한다. 즉 그는 대주체의 호명 '자체'를 거부한다. 그는 과거의 자신과 동일화 하지 않는 동시에, 어떤 다른 자아이상-민족이나 국가의 호명-에 동일 화하지 않는다. 자신이 주체로 존재한다는 것은 동일화의 메커니즘 속에 들어가야 한다는 것을 의미하기에, 대주체의 호명 자체를 거부하기 위해서는 주체로 존재하기를 거부해야 한다. 그러나 그 거부를 위해서는, 자신이 그것을 거부하는 '주체'(권총을 발사하는 '나')로서 존재해야 한다는 모순에서 그는 벗어날 수 없다. 즉 그가 권총을 들고 거울 속의 나를 죽이려는 주체가 되려고 하는 순간, 역설적으로 그는 거울이 필요 하다.

'거울 속의 나'는 자신이 죽이려고 하는 과거의 나, 나아가 자신에게 낙인찍혀 있는 응축된 역사만 보여줄 뿐이다. 그 '나'는 이상에게 동일 화의 유혹을 제공하겠지만, '게으름 피우기'나 '광속으로 달리기'라는 기교의 체현자 이상(李箱)이 되어버린 이상(以上), 그는 과거의 모든 조 상 노릇을 해야 하는 거울 속의 나와 동일화할 수 없다. 그래서 쳇바퀴 속의 다람쥐처럼 이상과 '거울 속의 김해경'은 끊이지 않는 갈등에 빠 져들게 된다. 그런데 이상의 시가 또 다른 감동을 주는 것은, 이상이 조 상의 역사로부터 벗어나려고 했으면서도 벗어날 수 없었다는 그 비극 적 역설에 있다. 이상이 조상의 역사로부터 벗어나지 못했던 것은, 그 가 그 역사의 존재를 외면하지 않았고 나아가 연민을 가지고 있었기 때 문이다. 그에게 조상의 역사는 그를 다그치는 엄격하고 보수적인 면도 있었지만 이 식민지 근대 사회에서 파손되고 쓸모없어진, 쓸쓸하고 슬픈 모습을 띠고 있는 일면도 있었던 것이다. 그래서 그는 그 역사를 다음과 같이 '걸인'이라고도 표현한다.

> 1)固城앞풀밭이있고풀밭위에나는帽子를벗어놓았다. 城위에서나는내記憶에꽤무거운돌을매어달아서는내힘과距離껏팔매질쳤다. 2)抛物線을逆行하는歷史의슬픈울음소리. 문득城밑내帽子곁에한사람의乞人이장승과같이서있는것을내려다보았다. 乞人은城밑에서오히려내위에있다. 或은綜合된歷史의亡靈인가. 3)空中을向하여놓인帽子의깊이는切迫한하늘을부른다. 별안간乞人은慄慄한風采를허리굽혀한개의돌을내帽子속에치뜨려넣는다. 나는벌써氣絶하였다. 4)心臟이頭蓋骨속으로옮겨가는地圖가보인다. 싸늘한손이내이마에닿는다. 내이마에는싸늘한손자국이烙印되어언제까지지워지지않았다.
> ─『烏橄圖』「第十四號」부분180)

이 시는 역사와 이상과의 갈등이 어떠한 의미인지 드러내주고 있는, 매우 아름다운 시이다. 이 시에 대한 분석을 통해 그가 왜 역사에 대해 괴로워했는지 짐작할 수 있다.

1) - 역사의 터라고 할 수 있는 고성에서 그는 모자를 벗는다. 모자는 기억이나 사고가 들어가는 틀이라고 할 수 있다. 그는 모자에서 기억을 꺼내 무거운 돌을 매달아 멀리 내던진다. 그는 자신을 짓눌렀던 기억에서 벗어나고자 하는 것이다.

2) - 기억이 날아가면서 모자가 날아가는 방향과는 역방향에서 역사의 울음소리가 들린다. 자신이 던져버린 역사가 내는 그 울음소리는 사랑하는 사람에게 버림받았을 때의 울음과 비슷하다. 그러나 역사는 그렇게 쉽게 날아가 버리지는 않는다. 이상이 던져 성 밑에 떨어진 모자-

---

180)『전집 1』, 47면. 역시 팔호 숫자는 논의의 편의 상 인용자가 붙인 것이다.

역사-의 옆에는 장승과 같은 걸인, 즉 종합된 역사의 망령이 서 있는 것이다. '종합'이란 과거 다양한 역사들이 응축되었음을 뜻할 것이다. 그것은 바로 '아버지 노릇을 한꺼번에 해야 하는' '거울 속의 나'의 모습이기도 하다.

그런데 그 역사의 망령은 거지와 같은 모습을 하고 있다. 즉 역사의 망령은 식민지 근대사회에서 아무런 의미도 없고 아무 것도 가진 것이 없는 걸인이이다. '거울 속의 나'가 초라한 모습으로 나타나는 것은 그 때문이기도 하다(시「얼굴」참조). 하지만 그 초라한 모습에도 불구하고 그 걸인(거울 속의 나)은 성 밑에 있으면서도 오히려 내 위에 있다. 역사의 밑바닥은 그 누구도 떠나버릴 수 없는 것이다. 내가 거울 속의 나로부터 해방되려고 하지만 해방되지 못하는 것처럼, 걸인-거울 속의 나-은 내가 어떻게 처리하지도 못할뿐더러 도리어 자신을 끈질기게 괴롭힌다. 그러한 의미에서, 역사의 밑바닥을 떠나버릴 수는 없으며 걸인은 나보다 위에 있다.

3) - 기억을 내던졌기 때문에 모자는 텅 비어 있다. 우리가 이상의 거울 시편들을 보고 분석한 바에서 유추한다면, 텅 비어 있는 모자의 깊이가 절박한 하늘을 부른다는 것은 이상이 그 무엇과도 동일화하지 않는 데서 비롯되는 절망적인 부르짖음일 것이다. 누구와도 동일화하지 않는다는 것은 정체성을 가진 어떤 주체도 되지 않겠다는 것이므로, 그는 텅 빈 심연(텅 비어있는 모자의 깊이)에 빠지게 된다. 이상 자신이 '거울 속의 나'뿐만 아니라 어떤 다른 대상과도 동일화되지 못하는 이유는, 그가 거울 자체를 문제 삼기 때문이다. 그 거울에 어떠한 존재가 들어가도, 이상은 그것과 동일시할 수 없다. 그와 거울의 대상 사이에는 언제나 역상(逆像)을 보여주는 거울이 가로막고 있음을 그는 인식하

고 있기 때문이다.

하지만 내 위에 있는 걸인은 '두려워하며 떨며(慄慄)' 돌을 모자에 집 어넣는다. 즉 과거의 망령의 무게가 자신의 기억의 틀인 모자로 떨어진 다. 그런데 걸인이 두려워하며 떠는 모습은 "그도나때문에圖圖되어떨 고있다"(「오감도 제15호」)는 거울 속의 나를 연상시킨다. 아마도 '거울 속의 나'는 거울 밖의 '나'가 거울에 자신을 비추지 않을까봐 떨고 있는 것일 터이다. 왜냐하면 내가 없으면 거울 속의 나도 없기 때문이다. 위 에서 본 알튀세르의 논의를 빌면, 걸인-거울 속의 나-은 대주체의 위치 를 차지하고 싶지만, 소주체가 호명을 받아들이지 않는다면 그 역시 존 재하지 않기 때문에 '그도나때문에' 두려워 떨고 있는 것이라고 말할 수 있다. 걸인이 돌을 모자 속에 넣는 행위는 나를 거울 앞으로 오게 하 여 내가 던져버린 기억과 다시 대면하게 하려는 행위이다. 이에 나는 '기절'해버린다.

4) - 심장이 두개골로 옮겨간다는 것은 역사가 '나'에게 슬픔과 연민 의 무게를 획득하면서 인식되기 때문이다. 걸인이 던진 돌의 무게는 감 정적인 것이다. 그래서 이를 인식한다는 것은 심장이 두개골로 옮겨온 다는 것을 의미한다. 그것은 바로 걸인이 내 두개골에다 손자국을 찍는 것과 같다. 손자국이 찍힌다는 것은 감정의 무게에 의해서이기 때문에 그 손자국은 뜨거워야 할 것이라 생각된다. 하지만 이상은 그 손자국이 서늘하다고 말한다. 그 이유는 걸인이 식민지 근대에서는 이미 죽은 바 와 다름없는 역사의 귀신이기 때문일 것이다.

이상에게 역사의 망령은 감정 깊은 곳을 자극한다. 그것은 죽어가며 두려워 떨고 있는, 그래서 이상보고 자신을 버리지 말라고 애원하는 망 령이다. 이상은 그 역사의 망령을 차마 버리지 못한다. 그는 그 역사의 망령을 증오하는 데도 말이다. 그는 "어느날 손도끼를 들고 – 그 아닌 그가 마을 입구에서부터 살육을 시작한다. 모조리 인간이란 인간은 다 죽여버린다. 그리고 집으로 돌아와서 다 죽여버렸다. 가족은 살려달라는 말조차 하지 않았다.(에이 못난 것들–) 그러나 죽은 그들은 눈을 감지 않았다."[181]라는 상상까지 한다. 이 상상은 권총으로 '거울 속의 나'를 살해하려고 했던 환상과 유사하다.

그런데 이상의 상상에 의하면, 손도끼로 살해당하는 순간까지도 그 가족은 못나게도 살려달라는 말조차 하지 않는다. 못난 역사-20세기를 살아가는 가족들에서 드러나는-가 주는 중압감을 없애기 위해서 그는 가족을 살해했다. 하지만 그 살해의 순간에도 가족들은 무언(無言)의 답답한 얼굴을 하고 있을 뿐이다. "거울 속에도 소리가 없소/ 저렇게까지 조용한 세상은 없을 것이오"[182]라고 이상이 말하고 있듯이, 그 역사는 소리 없이 조용히 존재한다. 하지만 그것은 '나'의 신경을 사로잡는 힘을 가지고 있다. 죽은 가족은 죽지 않고 이상을 쳐다보고 있다. 이 가족의 얼굴에서 이상은 답답하고 서글픈 역사의 압축을 읽는다.

이를 보면 이상은 역사에 대해 증오와 연민이라는 양가적 감정에서 동요하고 있다고 생각된다. 이상이 거울 속의 김해경과 동일화되지 않으면서도 '거울 속의 나'에 사로잡혀 고통스러워하는 이유 중의 하나가 바로 이 연민의 감정 때문일 것이다. 그래서 이상은 비록 19세기로 상징되는 전통, 즉 역사의 망령을 '봉쇄해버리'라고 주장했지만 그로부터 벗어날 수 없었다. 결국 그는 말년에 동경에서 김기림에게 보낸 편지에서, "나는 十九世紀와 二十世紀 틈사구니에 끼여 卒倒하려는 無賴漢"[183]이라고 쓸 수밖에 없었다. 이에 이상은 "허영 독본"인 근대 문화

---

181) 「恐怖의 城砦」, 『전집 3』, 336면.
182) 「거울」, 『전집 1』, 187면.

의 표본, 동경의 거리를 거닐면서 "'노아'의 洪水보다도 毒瓦斯를 더 무
서워하라고 敎育 받은 여기 市民들은 率直하게도 散步 歸家의 길을 地
下鐵로 하기도 한다. 李太白이 놀던 달아! 너도 차라리 十九世紀와 함께
命하여 버렸었던들 작히나 좋았을까."[184] 라고 쓰기도 한다. 이 말에는
19세기에 대한 집착이 아이러니컬하게 표현되어 있다.[185]

3) 기교와 절망의 운명적인 반복

19세기적인 김해경과 19세기를 봉쇄하려고 기교를 발명하는 이상
은, 서로 동일화되지 못하지만 그렇다고 갈라서지도 못한다. 이상은 그
'틈사구니'에 끼어 졸도하려고 한다. 그렇기에 이상은 "절망이 기교를
낳고 기교가 절망을 낳는다"는 탄식을 하게 되는 것이다.

본 논문은 앞에서 이상의 시간 의식을 살펴보면서, 이상은 현대의 시
간에 대한 절망에서 게으름 피우기라는 '기교'를 낳고 그 게으름에서
권태라는 절망을 낳았다고 논한 바 있다. 현대적 시간에 대해 광속으로
질주한다는 아방가르드적-초현실주의-인 기교는 바로 유년시절의 상
상력을 회복하여 이드를 표출시킬 수 있었다. 하지만 그러한 '기교'는
다시 절망에 이상을 빠뜨리는데, 그것은 광속의 질주에 의해 자신을 거
울에 비추어 보게 되었기 때문이다. 자신에게서 나온 빛은 거울에 반사
되어 자신의 역상을 비추게 된다. 그 역상은 자신이면서도 자신과는 타
인이 되어버린 과거의 자기였던 것. 그러나 이상은 과거의 자기를 없앨

---

183) 『전집 3』, 235면.
184) 「동경」, 『전집 3』, 98면.
185) 또한 이상은 친동생인 옥희에게 보낸 사신에서, 동생을 걱정하는 마음을 담아 '19
세기 식'으로 충고하기도 한다. 『전집 3』, 215-222면.

수는 없었다. 그는 역사를 벗어던졌으나 그 역사는 다시 그에게로 회귀한다. 과거의 자기와 역사는, 이상 자신이 주체가 되려고 하는 한 언제나 거울의 역상으로 그의 앞에 등장한다. 그래서 이상은 그것과 동일화하는 것도 불가능했지만 또한 그것으로부터 벗어나기도 불가능했다.

탈출구는 없다. 이상으로서는 다만 절망과 기교를 반복함으로써 사는 길만이 거짓 없는 삶의 길이다. 어떤 결론을 맺어 거기에 맞추어 산다는 것은 거울 메커니즘에 편승하는 길이다. 거울 메커니즘은 원숭이의 흉내를 흉내 내는 것, 그러나 이상은 일찌감치 원숭이와 절교했다. "원래 人生에 結論을 부여한다는 것부터가 부질없는 일인지도 모른다. 永劫인 流轉가운데 終始를 구할 수 있겠는가."186)라고 그는 말한다. 거울 메커니즘을 거부하는 이상으로서는 거울 속의 나-김해경 또는 역사-의 19세기와 거울 밖의 나-기교를 부리는 이상-의 20세기가 계속 갈등하면서, 기교를 통해 절망하고 절망을 벗어나기 위해 기교를 발명하면서 사는 수밖에 없다. '영겁인 유전(流轉)'인 것이다. 절망이란 희망이 없는 것이므로 미래가 없는 삶의 상태이다. 아니, 미래가 없으므로 죽음의 상태와 비슷하다. 그래서 절망의 반복은 결국 죽음을 반복하는 것이 된다. 이상이 "그 暗黑 속에서 그는 다시 瞑目하였다."187), "나는 날마다 殞命하였다."188)라고 말하고 있는 것은 그 때문이다. 그리하여, 이상은 기교와 절망의 반복을 끝마치고 완전한 죽음을 욕망하기까지 한다. 하지만 그러한 죽음은 오지 않고 내면의 상처만 더욱 커질 뿐이다.

　　죽고싶은마음이칼을찾는다. 칼은날이접혀서펴지지않으나날을怒

---

186) 『전집 3』, 210면.
187) 「얼마 안되는 변해」, 『전집 3』, 292면.
188) 「종생기」, 『전집 2』, 378면.

號하는焦燥가絶壁에끊치려든다. 억지로이것을안에떠밀어놓고또懇
曲히참으면어느결에날이어디를건드렸나보다. 內出血이빽빽해온다.
그러나皮膚에傷채기를얻을길이없으니惡靈나갈門이없다. 가친自殊
로하여體重은점점무겁다.

—「沈沒」189)

그래서 완전한 죽음에 도달하기까지 이상은 절망에서 기교를 다시
낳아야 한다. 이 절망과 기교의 상호 전화는 점점 더 절망적으로 반복
된다. 다음과 같이 말이다.

　꽃이보이지않는다. 꽃이香기롭다. 香氣가만개한다. 나는거기墓穴
을판다. 墓穴도보이지않는다. 보이지않은墓穴속에나는들어앉는다.
나는눕는다. 또꽃이香기롭다. 꽃은보이지않는다. 香氣가滿開한다.
나는잊어버리고再차거기墓穴을판다. 墓穴은보이지않는다. 보이지
않는墓穴로나는꽃을깜빡잊어버리고들어간다.　　나는정말눕는다.
아아, 꽃이또香기롭다. 보이지않는꽃이 - 보이지도않는꽃이.

—「絶壁」190)

기교를 꽃에 비유한다면, 묘혈은 절망을 비유할 것이다. 기교는 향기
롭다. 하지만 실체가 있는 것은 아니다. 이상의 기교는 동일화를 거부
하고 어떤 초월적 기의에 의탁하지 않는 유희이기에, 기교의 꽃은 보이
지 않는다. 그러나 '나'는 만개한 꽃의 향기 속에서, 즉 기교의 세계 속
에서 '나'의 묘혈-절망-을 판다. 그러나 역시 그 묘혈도 어떤 실체가 아
니다. 그것은 게으름이라는 기교에서 권태로, 또는 李箱 만들기에서 이
상과 김해경의 분열로 빠져든 데 따르는 절망으로서, 기교의 한쪽 끝일

---

189) 『전집 1』, 78면.
190) 『전집 1』, 80면.

뿐이다. 절망 역시 기교의 대칭 관계-거울 관계-에 의해서만 의미를 얻는 것이다. 실체가 아닌 절망은 다시 기교의 세계로 길을 연다. 기교는 절망의 한쪽 끝인 것이다. 이러한 기교와 절망의 상호전하는 끝없이 반복된다. 그리하여 시의 마지막 부분인 "나는정말눕는다. 꽃이또향기롭다. 보이지도않는꽃이 - 보이지도않는꽃이."라는 진술에서는 어떤 절박감마저 느끼게 한다. 나는 정말 절망 속에서 절명하려고 하지만 다시 기교의 세계는 향기를 가져오는 것이다. 그는 다시 기교의 세계로 나아가야 하고 다시 묘혈을 파야한다.

기교의 세계가 어떤 중심, 기의가 있는 것이 아니기 때문에 이상은 위의 시의 마지막에서도 '보이지도 않는' 꽃이 또 향기롭다고 탄식하고 만다. 기교에 어떤 중심이 있었다면 그는 기교의 세계에서 어떤 의미를 찾고 절망으로 나아가지 않을 수 있다. 하지만 초월적인 의미가 없는 기교는 다시 절망으로 이상을 이동시킨다. 그리고 이러한 반복의 끝없음이 그를 정말 절망케 한다. 자신을 이상화(李箱化)했을 때부터 이러한 운명은 예정되었던 것인지도 모른다. 자신을 이상화한다는 기교는 당시 한국의 역사, 전통, 가족으로부터 이탈하는 일이다. 이상이 결코 전통과 동일화 되지 않으려 하기 때문에, 그 이탈은 앞에서 보았듯이 이상으로 하여금 역사, 전통과 끊임없는 갈등을 일으키게 할 수 밖에 없다.

이상이 자신을 이상화하는 행위는 보들레르적인 근대성으로 볼 수 있다. 이상의 '태도로서의 미적 근대성'은 보들레르처럼 이상 자신을 모순에 빠뜨린다. 김해경이 자신을 이상으로 만든다는 것은 자신을 예술작품으로 만드는 일이다.[191] 하지만 그것은 자신을 어떠한 본질을

---

191) 서영채는 이상의 문학을 추동해낸 파토스에 대해 "자신을 미적 가상으로 제시하고, 또 다시 그 가상을 지적으로 교란시킴으로써 극단적인 새로움의 미학을 추구하려는 의지"라고 지적하고 있다(서영채, 앞의 글, 339면).

가진 실체로 정체화하지 않는 일이기도 하다. 자신이 어떤 본질을 바탕으로 하는 정체성을 가진 존재라면 자신을 다른 어떤 것으로 '만든다'는 일은 불가능하다. 그래서 이상의 태도로서의 미적 근대성은 '일시적인 것에서 영원한 것'을 찾는 보들레르의 근대성처럼 모순적인 것이 된다. 자신을 어떤 무엇으로 만든다는 것은 자신을 '기교'를 통해 '일시적인 것'으로 만든다는 의미를 갖는다. 보들레르는 그 일시적인 것에서 영원한 무엇을 만들고자 한다. 하지만 일시적인 것은 어떤 본질도 갖지 않기 때문에, 그것이 영원한 어떤 무엇이 되기는 불가능하다. 이상 역시 이상화라는 기교를 통해 일시적인 존재가 되는데, 그 일시적인 존재는 이상을 실체가 없는 존재로 만들어 절망에 빠뜨리고, 그는 끊임없는 절망과 기교의 상호전화를 반복하게 된다.

이상이 이러한 출구 없는 상태에 빠진다고 해서 그의 문학이 실패했다고 보면 안 된다. 왜냐하면 그가 선택한 방법이 바로 "인생에 결론을 부여하지 않는 것"이었기 때문이다. 그의 기교는 정직한 것이었다. 동일화를 끊임없이 거부한 것처럼, 그는 기교에 어떤 초월적인 의미도 부여하지 않으려고 했다. 그러한 정직성은 한편으로 근대에 대한 절망에서 나온다. 그 절망은 "왜 나는 미끈하게 솟아 있는 近代建築의 偉容을 보면서 먼저 鐵筋鐵骨, 시멘트와 細砂, 이것부터 선뜩하니 感應하느냐는 말이다."[192]라는 그의 말과 같이, 화려한 외양의 뼛속을 투시하는 데서 나온다. 동경에서 긴자(銀座)라는 근대의 외양을 보면서 해골을 느꼈듯이, 그는 근대건축에서도 건물의 뼈를 본다.

근대 도시의 화려한 외양이 가상(假像)일뿐이라는 이상의 환멸은, 보들레르가 근대성에서 느꼈던 '새로운 것의 덧없음', '화려한 것의 쓸쓸

---

192) 『전집 2』, 393면.

함'을 그 역시 느꼈음을 의미한다. 그래서 "美文이라는 것은 적이 措處하기 危險한 수작이니라."193)라는 이상의 미학에 대한 발언도 이해하게 된다. 그의 기교는 미문(美文)과는 차원이 다른 것이었다. 이상은 미문을 혐오했다. 그의 기교는 미문의 시도가 아니다. 그것은 근대에 대한 날카로운 인식, 정직한 인식에서 생긴 절망을 극복하려는 영웅적인 시도인 것이다. 그러나 이상은 정직하게 기교가 기교임을 숨기지 않는다. 그러므로 기교에 초월적 의미를 부여하지 않는다. 그 정직한 기교는 다시 절망을 낳는 것, "절망이 기교를 낳고 기교가 다시 절망을 낳는다"는 것은 이상 자신의 정직성에서 말미암은 것이다.

한편 절망과 기교의 끊임없는 반복을 해야 하는 이상은 하나의 의미로 자신을 '동일화-주체화'하지 않는 '탈집중화'194)된 주체가 된다.195) 이 주체는 동일화 메커니즘을 거부한다는 의미에서 근대적 주체가 아니다. 절망과 기교라는 끊임없는 상호 전환을 통해 그는 하나의 본질적인 정체성을 갖는 주체로부터 벗어난다. 이것이 이상의 태도로서의 미적 근대성이 가지는 중요한 의의이다. 왜냐하면 상상적 동일화를 거부하는 이상의 문학은 근대적 이데올로기를 동요시키는 정치적 의의를 가지게 되기 때문이다. 알튀세르의 이데올로기론에 의하면, 부르주아 이데올로기이자 근대적 이데올로기인 법 이데올로기는 '인간은 본래부터 주체이다'라는 이데올로기적 관념을 지어내기 위해 '법적 주체'라는

---

193) 『전집 2』, 379면.
194) 프랑스의 철학자 줄리아 크리스테바의 용어(로잘린드 코워드와 존 앨리스, 『언어와 유물론』(백의, 1994), 263면 참조).
195) 서영채는 이상의 윗티즘의 수사학에 대해서 "그것이 새로운 의미의 주체, 근대성의 기본적인 원리로 등장했던 저 주체성(주관성)의 원리 속에 존재하면서도 그 원리를 거부하는 주체, 계몽적 양식의 후광으로부터 벗어난 탈신비화된 주체를 산출해낸다"라고 말하고 있어서 주목된다(서영채, 앞의 글, 397면).

법적 범주를 만들어낸다.196) 그리고 이 '법적 주체'는 자본주의의 근대적 시스템의 바탕을 마련한다. 하지만 이상은 '인간은 본래부터 주체이다'라는 관념을, '거울 속의 나'와 '나'와의 갈등을 보여주면서 낯설게 만든다.

이상은 전근대적인 자신의 조상과 역사에 대해 동일화하지도 못했다. 그렇다고 그것과 결별할 수도 없었다. 이는 이상이 자신의 역사를 증오하지만 연민하는 양가적 감정에 사로잡혀 있었기 때문이기도 하다. 그러나 이상이 19세기에 묶여있었다고 해도 그의 문학이 전근대적인 성격을 가진 것은 아니다. 도리어 이러한 모호함과 동요로 인하여, 이상의 시문학이 식민지 근대성 자체를 비판하는 탈근대적인 성격을 갖게 해준다. 그러한 동요는 이상으로 하여금 하나의 일관된 의미를 가진 주체가 되는 것을 막아줌으로써, 근대성의 핵심적인 원리인 근대적 주체성 자체를 동요시키는 것이다. 미적 근대성이 근대적 이데올로기를 낯설게 하여 드러내는 것이라면, 이상은 이러한 '주체화-동일화'를 방지하는 동요하는 태도와 그 태도의 작품화를 통해 미적 근대성을 달성하고 있다고 평가할 수 있다. '나는 나'이며 그래서 주체라는 근대의 바탕을 이루는 이데올로기를, 이상은 '거울'이라는 장치를 통해 나와 거울의 역상과의 관계를 보여줌으로써 '나는 나'라는 이데올로기를 불확실한 무엇으로 낯설게 만드는 것이다.

그리하여 동일화를 거부하는 이상의 시 쓰기는 아방가르드적 성격의 텍스트를 낳는다. 하나의 상像에 갇히지 않는 만큼, 이상은 자유롭게 상상력을 발휘할 수 있었다. 그가 보여준 초현실주의적인 이미지의 시편들이 그 좋은 예를 보여준다. 하지만 이상의 시들은 초현실주의자

---

196) 루이 알튀세르, 「이데올로기와 이데올로기적 국가장치」, 앞의 책, 115면.

들처럼 근대적 윤리와 합리성에서 벗어나는 상상력의 해방에 도달하지는 못한다. '거울 속의 나'가 언제나 이상의 내면에 자리 잡고 있어서 그를 지상으로 끌어당기기 때문이다. 그것은 식민지 조선에서의 아방가르드적인 시 쓰기가 갖는 특수성이라고 할 수 있을 것이다. 그래서 이상의 문학을 아방가르드로 규정짓지는 못하고 '전위적 모더니즘'이라는 명칭을 부여하게 된다.

이상의 문학이 비록 유럽 아방가르드처럼 반역과 파괴의 운동에 따라 나오지는 않았지만, 그의 텍스트들은 명백히 전위적 성격을 띠고 있다. 그의 시들은 독자들을 당혹스럽게 만든다. 낯선 대상(시 텍스트)을 마주한 독자는, 시의 의미를 자신이 재구성해야 한다. 그러한 재구성은, 언술 내용의 주체와 언술행위의 주체의 동일성이라는 환상을 분쇄하고 그 두 주체를 분리한다는 의미를 가진다. 그 동일성이 환상이라는 것은 '나는 거짓말 한다'라는 말에서 알 수 있다. 그 말을 말하는 언술행위의 주체는 진실을 말하지만 언술내용의 나는 거짓말을 하고 있다.197) 이러한 아이러니는 '나는 거짓말 한다'고 말하는 사람과 '나는 거짓말 한다'라는 담론 내용의 주체가 동일하지 않기 때문에 나타난다.

이상은 이러한 두 주체의 분리를 거울속의 나와의 비동일화를 보여주면서, 그의 특유한 낯설게 하기 기법을 통해 독자가 스스로 동일성의 환상에서 벗어날 수 있도록 이끈다. 이로 인해 생겨나는 이상 문학의 난해성은, 독자로 하여금 언술행위와 언술행위의 결과인 텍스트(언술내용)를 서로 분리하도록 만든다. 즉 이상의 텍스트는 하나의 해석만

---

197) 앤터니 이스톱, 『시와 담론』, 76-77면 참조. 이스톱에 따르면, 이러한 분리를 거부하고 '독자-청자'에게 오로지 초월적 자아의 위치를 제공하려고 애쓰는 것이 담론이며, 이러한 담론의 일종이 영국의 부르주아적 시적 전통이다. 이 전통은 언술 내용의 주체라는 위치만을 조장하기 위해 언술행위의 거부를 목적으로 삼는 재현 체계라고 규정할 수 있다고 한다.(같은 책, 80면).

허용하지 않고 다양한 해석을 유도한다. 앤터니 이스톱이 에즈라 파운드의 시에 대해서 평했듯이, 이상의 시 역시 한 단위로부터 다른 단위로 얽혀나갈 때, 각각의 단위들은 다른 단위들과 연상관계를 형성하기도 하지만 그 단위들이 서로 미끄러지면서 다양한 의미를 향해 계속 열린 상태로 남아 있기도 한다. 그래서 그의 시는 결코 하나의 절대적인 구심점, 하나의 종국적인 관계에 도달하지 않는다.[198] 이상 시에 대한 해석이 지금도 끊이지 않고 여러 가지로 나오고 있는 것도 이상의 텍스트 자체가 가진 특성 때문이다.

텍스트를 지배하는 초월적인 자아를 위한 위치가 부정되고 있는 이상의 시 텍스트에서는, 시의 언술내용을 생산하는 언술행위의 주체는 저자가 아니라 독자다. 그럼으로써 이상의 시는, 고정되고 획일적인 주체성을 용해하면서, 초월성과 정체성, 발화주체까지 위기로 끌어들이는 아방가르드적 텍스트가 된다.[199] 그리하여 이상이 보여준 낯설게하기 형식 자체가 근대적인 주체성의 원리를 파괴할 수 있게 된다. 그것은 이상의 시문학이 근대성의 핵심인 주체성의 원리에 예술 작품 자체로서 대항하고 있음을 의미한다. 이상과 같은 논의에 따라 볼 때, 이상의 시문학은, 동일화의 거부에서 나타나는 '태도로서의 미적 근대성'과 근대의 '주체 이데올로기'를 낯설게 만들어 그 이데올로기적 성격을 드러내는 '작품의 미적 근대성'을 융합하고 있는, 한국 근대문학사에서 귀중한 사례라고 하겠다.

---

198) 위의 책, 219면 참조.
199) '아방가르드적 텍스트'에 대하여서는 코와드와 엘리스, 앞의 책, 264-267면 참조.

5. 결론

이 연구의 주제는 근대성과 예술 작품을 매개해주는 미적 근대성이라는 범주를 설정하고, 근대 문화에 대한 감수성을 통해 탄생한 모더니즘 문학, 특히 1930년대 한국 모더니즘에서 가장 문제적이었다고 생각되는 이상의 시를 그 개념에 의거하여 살펴보는 것이었다. 미적 근대성은 근대성을 통해 탄생하였지만 그 근대성에 대해 수동적이 아니라 능동적으로 대응했다. 근대적 시간관념과 주체성의 원리에 대항하였던 이상의 문학은 당시 한국 모더니즘 문학 중 가장 치열하게 미적 근대성을 구현했다고 평가할 수 있다.

그간, 근대성 개념이 명확히 설정되지 않은 상태에서 한국 문학의 근대성에 대한 논의가 벌어진 감이 없지 않다. 이에 근대성 개념 자체를 이론적으로 검토하여 그 개념이 무엇을 드러내주고 있는가를 살펴보는 작업도 의의가 있을 것이라고 생각했다. 그런데 문학에서 근대성을 도출하려는 논의가 자칫하면 작품을 생산 배경으로서의 근대로 환원하여 설명할 위험이 있다. 그래서 작품과 근대성을 매개해주는 미적 근대성이라는 개념을 설정하는 것이 필요하다고 판단되었다. 개념이 어떤 현상의 심층을 투시하고 그 현상을 설명해주는 도구 역할을 한다면, 미적 근대성이란 매개 개념은 문학과 근대성과의 상관관계를 더 깊이 있게 설명해줄 수 있을 것이라 기대되었던 것이다. 그래서 이 논문은 근대성 개념과 미적 근대성 개념에 대한 논의에 많은 주의를 기울였다. 이에 본문에서 전개된 논의를 요약 정리하면 다음과 같다.

근대성은 전대와는 다른 근대의 '새로운' 특성을 가리킨다. 근대의 특성은 바로 근대라는 관념의 등장 자체에서 드러난다. 전대와 근대가 다르다는 시간의식이 전제되어야지만 근대라는 관념이 설정될 수 있기 때문이다. 즉 우리가 근대 속에서 근대성을 찾으려 하자마자 근대성은 우리 코앞에 있다는 것을 알게 된다. 근대성은 계절의 순환 등을 바탕으로 하는 시간의식에서는 결코 생겨날 수 없다. 그것은 일직선적인 시간, 즉 지나간 과거는 다시 오지 않으며 과거에 비해서 지금은 새롭다는 시간 의식이 전제되어야 생길 수 있다. 이러한 새로운 시간의식을 전대와 구별되는 근대의 새로운 특성-근대성-이라고 할 수 있다. 이러한 시간의식의 변화는 자본주의의 출현과 함께 시작되었다. 자본은 끊임없이 새로운 상품을 생산하여야 하고 좀 더 나은 생산 방식을 도입하려고 애써야 하는데, 자본에 부과되는 이러한 '새로운 것'에 대한 강박은 새로운 것이 계속 갱신된다는 일직선적인 시간의식의 바탕이 되어주었다.

시간의식의 변화와 함께 등장하는 주체성의 원리 역시 근대의 핵심적인 '새로운' 특성이다. 주체성의 원리는 자신이 자신의 주인으로서 자신을 통제하고 자유롭게 자신의 행위를 결정하는 것을 말한다. 근대의 시간관념은 이러한 주체성의 원리와 상호 전제된다. 자신이 자신을 통제하려면 그에게 미래는 개방되어 있어야 한다. 만약 자신이 미래에 이미 결정되어 있는 존재라면, 다시 말해 과거와 미래가 동일해서 미래의 '나'나 과거의 '나'나 동일한 존재라는 관념 아래에서는, 주체성의 원리가 성립될 수 없다. 또한 반대로 자신이 자신의 운명을 결정할 수 있는 주체성의 원리가 없으면 미래가 자신에게 열려있지 않을 터이고, 그렇다면 근대적 시간관도 성립될 수 없다.

그러나 이러한 근대성은 19세기 후반에 들어서면서 그 모순적인 성격이 드러나기 시작한다. 그것은 새로움의 반복, '새로움의 동일성'이라는 모순이다. 이 모순은 자본주의가 점차 사회에 뿌리를 내리면서 나타난 모순과 상응한다. 그 모순은 자본주의적 근대 도시화 계획에 의해 생겨난 대로(大路)에서, 도시에 살게 된 빈민 노동자와 상류 계층 사람들이 서로 얼굴을 대면하기 시작하면서 느끼게 되는 위화감으로 현상하기도 한다. 근대성의 모순적인 성격은 노동자들의 노동에서도 드러나기 시작한다. 대공업 기계제의 확립으로 노동자들은 새로운 상품을 생산하기 위해 지겨운 단순 반복 노동만 하게 된다. 이러한 노동의 성격은 근대 도시의 화려한 외양과 대조된다. 화려한 근대 도시 세계는 역설적으로 노동자들의 '비참한' 노동을 통해 형성되었던 것이다. 이러한 모순은, 보들레르가 말한 바, '새로움의 덧없음'이라는 모순적인 도시적 감수성을 낳는다.

그리하여 열려 있는 미래와 새로움이라는 희망찬 근대적 시간관념은 점점 그 정당성이 의심되고, 미래라는 관념의 상호 전제가 되었던 주체성의 원리도 심각한 의문에 처하게 된다. 근대의 자유로운 주체라는 관념은, 마르크스가 간파했듯이 노동자들에게는 자신을 팔 자유, 매매의 계약 주체로서의 자유라는 의미만 지니게 된다. 또한 프로이트의 무의식 개념은 자신이 자신의 주인이라는 주체 관념을 파괴하기 시작한다.

이러한 근대성에 대한 인식 아래에서 미적 근대성은 어떻게 파악해야 하는가? 먼저 예술적 태도로서의 미적 근대성에 대해 생각할 수 있다. 예술적 태도로서의 근대성에 대한 파악은 푸코나 벤야민의 보들레르 논의를 통해 도출할 수 있다. 이들의 논의를 통해서 보면, 보들레르가 파악한 근대성이란 근대적인 경험을 깊이 있는 감수성으로 받아들임과 동시에 그것에 대해 일종의 자발적인 태도를 취하는 것이라고 정의내릴 수 있다. 그것은 근대성의 시간 변증법, 즉 새로움의 모순에 의해 생겨나는 여러 근대적인 것의 이미지를 깊이 느끼는 동시에, 그 근대적 경험에 대한 일종의 '무장 갖추기'이다. 이러한 태도는 예술이라는 장소에서만 가능하다. 이를 '태도로서의 미적 근대성'이라고 개념화할 수 있다.

그런데 근대성이 모순적인 것처럼 미적 근대성도 모순적인데, 그것은 근대적인 예술이 "일시적인 것에서 영원함"(보들레르)을 찾는 행위이기 때문이다. 근대의 새로움의 덧없음이라는 경험을 중시하면서도 그 속에서 영원한 미를 찾는다는 모순성은 근대 예술의 갈등과 긴장을 예고하는 것이다. 미적 근대성은 또한 예술 작품 자체에서 도출할 수 있어야 한다. 작품에서 도출될 수 있는 미적 근대성 개념은, 예술의 특수한 기능인 '낯설게 하기'를 통해 자동화된 경험이 되어버린 근대적 경험-근대성-을 우리가 보고 인식할 수 있도록 할 때 성립된다.

다시 정리하면, 미적 근대성은 근대성을 받아들이면서도 그것에 내적인 거리를 취함으로써 그 근대성을 지각하게 만든다는 것을 의미한다. 내적 거리는 바로 태도로서의 미적 근대성을 가리키고 근대성을 지각하게 만든다는 것은 예술 작품의 미적 근대성을 가리킨다. 즉 예술가가 전자와 같은 태도를 취함으로서 후자와 같은 작품이 산출될 수 있다.

아방가르드나 모더니즘은 근대성에 심각하게 대응하면서 나타난 예술이라는 점에서 미적 근대성을 가진다. 그러나 두 예술 경향은 근대성에 대한 대응 태도에서 큰 차이를 보인다. 모더니즘은 예술의 상품화라는 현상에 맞선 예술의 전략이다. 그것은 근대적인 실재와의 모든 오염적 거래에서 벗어나 신비로운 자기 목적적 대상이 되고자 한다. 그러나 아방가르드는 예술과 삶의 일치를 꾀한 집단적인 운동이었다. 아방가르드는 삶에서 벗어난 예술을 비판하여 예술의 자율성을 내포하는 기존의 예술 형식과 개념을 격렬하게 파괴한다. 그것은 삶에 예술을 종속시키려고 했다기보다 삶을 예술적으로 개조하려고 하였다. 본 논문은 이러한 모더니즘과 아방가르드를 그것의 미적 근대성에 비추어 네 가지 양식으로 구별해보았다.

이상의 시는 당시 한국 문단이 가지고 있던 예술 개념을 과감히 파괴하는 시를 보여주었다는 점에서 아방가르드적 성격을 띠고 있다고 할 수 있으나 그의 시가 삶과 예술을 일치시키려는 집단 운동 속에서 나타난 것이 아니라는 점에서 아방가르드 개념과 일치한다고는 볼 수 없다. 그래서 본 논문은 그의 시에 대해서 '전위적 모더니즘'이라는 명칭을 부여했다.

이상의 미적 근대성 역시 근대성에 대한 이상의 태도와 작품에 구현된 근대성의 '낯설게 하기'를 통해 파악할 수 있다. 이상의 미적 근대성적인 태도는 자신의 이름을 이상이라는 필명을 사용하는 것에서부터 볼 수 있다. 그것은 이상이라는 필명을 사용하게 된 동기에서 알 수 있듯이 우연성을 가장하고, 또한 그 필명이 李さん-李箱-以上-異常-理想 등 다중의 의미를 갖게 함으로써 근대적 주체에서 벗어나는 의미를 가지게 된다. 그것은 보들레르의 '자신을 발명하려는' 태도, 자기 자신을 제작하여 예술화한다는 태도로서의 미적 근대성과 통한다.

또한 '보고도 모르는 것을 폭로시킨다'는 그의 좌우명은, 당시 그가 보여준 여러 가지 특유의 기법, 즉 띄어쓰기 무시라든가 반복의 기법, 꿈처럼 서로 모순되는 사실을 병치시키는 등의 기법을 통해 근대적 일상의 자동화된 경험을 낯설게 보여주면서 구체적으로 실행되었다. 그것은 근대적 경험의 이데올로기적인 성격을 낯설게 하여 우리가 볼 수 있게 만들어준다는 미적 근대성을 달성한다.

하지만 이상의 문학에서 미적 근대성을 확인하는 것만으로는 이상만이 보여준 특수한 미적 근대성을 파악할 수 없다. 그의 작품들의 내적 논리를 재구성하면서, 그만이 보여주었던 미적 근대성을 구체적으로 파악하는 것이 중요하다. 이상은 당시 경성의 한 백화점을 관찰한 초기시에서부터 이미 근대성의 허와 실을 날카롭게 포착해냈다. 그는 근대적 외양(外樣)을 보여주고 있는 경성의 백화점을 원숭이의 흉내 내기를 흉내 내는 모조라고 파악해낸다 하지만 이상 문학은 그것을 냉소적으로 부정하는 것에 그치지 않는다. 그 모조성을 이끄는 힘이 회충을 치료할 수 있는 막대한 서양 근대 합리주의의 힘에 있다는 것을 간파한다. 그렇다고 이상은 서양의 근대 합리주의에 삶의 지향을 두지는 않는다.

이상은 근대적 주체에 대해 냉소했듯이 근대적 시간에 대해서도 비판적인 입장을 보여준다. 특히 XII로 상징되는 서양의 계량적 시간관념은 그가 벗어나야 할 감옥과도 같은 것이었다. 그 시간의 감옥에서 벗어나기 위해 이상은 게으름 피우기와 광속의 질주라는 두 가지 방법을 시도한다. 전자는 시간의 계량화와 상품화를 거부하고, 시간의 '현재적 지속'이라는 질을 체험함으로써 자신이 상품으로 전락하는 것을 막는 방법이다. 후자는 광속보다 더 빨리 질주하여 과거에서 미래로 일직선적으로 흐르는 공허하고 동질적인 시간의 추상적 질을 변화시키는 방법이다.

그러나 전자의 방법은 권태를 끌어들이게 되어 내일이 오면 무엇을 해야 할지 모르는 공허감에 빠지게 된다. 그 공허감은 공포를 가져온다. 이상의 권태는 공포를 수반하는 권태라는 점에서 치열한 긴장상태에 있다. 또한 광속으로의 질주는 이상 나름대로의 주관적 시간을 만들면서 과거에서 미래로 흐르는 직선적인 시간을 파괴하여 유년시절의 상상력으로 돌아갈 수 있게 해준다. 그 상상력은 초현실주의적인 이미지들이 등장하는 시편들에서 전개되는데, 이 이미지들은 이상의 무의식과 이드의 방출을 허용하게 해준다. 이를 볼 때 이상의 광속으로의 질주는 자신의 무의식 세계와 만난다는 것에 다름 아니다.

하지만 광속으로의 질주를 통해 과거로 돌아간 이상은 한편으로 거울의 '나'와 만나게 된다. 거울의 나는 이상의 과거, 즉 이상의 가면을 쓰기 전의 김해경이다. 그 인물은 사실 이상의 내면에 여전히 살고 있는 인물이다. 광속으로의 질주를 통해 만난 무의식은 이상의 의식 밑에 슬픈 얼굴로 존재하고 있는 '거울 속의 나'이다. 그 '나'는 이상의 조상의 역사를 응축하고 있는 인물이기도 하다. 그러나 이상이란 필명을 통해 다면적인 인물이 되고자 했던 이상은 이미 그 김해경과 동일화될 수 없는 인물이 되어 버렸다.

라깡에 따르면, 거울단계에 들어선 유아는 거울 속에 비친 자신의 몸 이미지에 자신을 동일시한다. 그럼으로써 '나'의 상이 만들어지고 주체도 성립될 수 있다. 이상이 '거울 속의 나'와 동일화 하지 않는다는 것은 그가 자신을 하나의 정체성을 갖는 주체가 되기를 거부한다는 것을 의미한다. 그러나 그러한 동일화의 거부 역시 이상 내면에 있는 '거울 속의 나'를 사라지게 할 수 없다. '거울 속의 나'를 죽이려고 하지만 그 '나'는 살해되지 않는 것이다. '거울 속의 나'를 죽이기 위해서는 거울을 들여다보아야 한다. 즉 '나'라는 존재는 거울을 비추어보지 않고는 생각할 수 없는 것이다. '나는 지금 생각하고 있다'라고 말할 때 진술 대상인 '생각하는 나'와 지금 막 진술된 '나'가 분리되는 것처럼, 나를 생각한다는 것은 나를 대상화-거울에 비추기-하지 않으면 가능하지 않다. 그래서 이상 문학에서 '나'와 '거울 속의 나'는 서로 완전히 분리될 수 없고 그렇다고 동일화되지도 못한 채 끊임없이 갈등하게 된다.

이상에게 '거울 속의 나'는 역사 전체를 응축하고 있는 존재다. 그렇기에 '거울 속의 나'와 이상의 갈등은 역사와 이상의 갈등이기도 하다. 이상이 19세기를 봉쇄하려고 하고 거울 속의 나를 살해하려고 한 것은 역사라는 무게에서 벗어나려고 하는 그의 욕망을 보여준다. 하지만 '19세기와 20세기 사이에 끼여 졸도하려는 무뢰한'이라는 고백에서 알 수 있듯이, 이상은 19세기에서 벗어날 수 없었다. '거울 속의 나'는 내가 죽지 않는 이상 결코 죽지 않기 때문이다. 또한 이상이 19세기에서 벗어날 수 없었던 것은 그의 섬세한 감수성에서 비롯된 것이기도 하다. 이상이 자신에게 가해지는 역사의 무게를 못 견뎌 한 것은, 20세기에 살고 있는 19세기적인 전근대의 못난 얼굴에 대한 연민 때문이기도 하다. 그는 그 연민 때문에 19세기에 심정적으로 사로잡히게 되었던 것이다.

이상의 문학적 궤적은 '절망은 기교를 낳고 기교는 절망을 낳는다'라는 그의 에피그램이 그대로 적용된다. '게으름 피우기'라는 기교는 공포의 권태라는 절망을 낳는다. 또한 '광속으로의 질주'라는 기교는 유년시절의 상상력으로 그를 끌고 갔지만, 그는 거울을 통해 조상의 역사가 응축된 김해경과 만나게 되어 절망에 빠진다. 하나 이미 근대적 주체관과 결별한 이상으로서는 그 역사, 거울 속의 나와 동일화할 수 없다. 그래서 나와 거울 속의 나는 끊임없이 갈등하게 되고, 절망은 더욱 짙어진다. 김해경을 거부하고 자신을 이상화(李箱化)한다는 '기교'는 결국 절망을 낳은 것이다.

탈출구는 없다. 다만 절망과 기교를 반복하며 사는 것이 이상으로서 정직하게 사는 것이다. 이상에게 기교는 동일화를 거부하는 것, 어떤 초월적인 기의 없는 유희이다. 절망 역시 어떤 초월적인 기의가 있는 것이 아니라 기교의 대칭관계에 의해서만 의미를 갖는다. 기교나 절망이나 실체가 없기 때문에 서로 끊임없이 전환될 수 있다. 기교에 어떤 초월적인 의미가 있었다면 그는 기교의 세계로 계속 나아갔을 것이고 권태나 거울에 대한 절망에 빠지지 않았을 것이다. 이상을 정말 절망케 하는 것은 그러한 전환의 끊임없음이다.

이렇듯 출구 없는 상태에 이상이 빠진다고 해서 그의 문학이 실패했다고 할 수 없다. 왜냐하면 그가 선택한 삶이 바로 '인생에 결론을 부여하지 않는 것'이었기 때문이다. 이러한 이상의 태도는 어떤 하나의 의미로 자신을 주체화하지 않는 '탈집중화'된 주체를 낳는다. 이 주체는 동일화의 메커니즘을 거부하기 때문에 근대적 주체로부터 벗어난다. 이상은 절망과 기교라는 끊임없는 상호 전환을 통해 정체성을 갖는 근대적 주체로부터 벗어난다. 그것이 이상의 태도로서의 미적 근대성이 가지는 중요한 의의이다.

이러한 주체의 태도는 아방가르드적인 시 쓰기를 낳았다. 왜냐하면 이상은 정체성에 갇히지 않는 만큼 자유롭게 상상력을 발휘할 수 있었기 때문이다. 이상이 보여준 초현실주의적 이미지의 시편들이 그렇다. 하지만 이상은 초현실주의자들처럼 윤리와 합리성에서 벗어나는 완전한 상상력의 해방에 도달하지는 못했다. 왜냐하면 '거울 속의 나'가 언제나 이상의 내면에 자리 잡고 있었기 때문이다. 그것은 식민지 한국에서의 아방가르드적 시 쓰기의 특수성이라고 할 수 있으며, 이상의 시를 아방가르드가 아니라 전위적 모더니즘이라고 특징화한 이유이기도 하다.

그러나 그가 남긴 전위적인 시들은 독자들을 당혹하게 한다. 그 시들은 독자로 하여금 그 시의 의미를 재구성하도록 만든다. 그럼으로써 언술내용의 주체와 언술행위의 주체의 동일성이라는 환상을 분쇄하고 그 둘을 분리한다. 즉 이상이 보여준 특유의 '낯설게 하기' 형식 자체가 근대적 주체성의 원리를 파괴하는 것이다. 이것 또한 이상의 시 텍스트가 가지는 미적 근대성이라고 할 수 있다.

본 연구는 이상의 작품 분석을 통해 이상 시의 내적 논리와 근대성과의 관계를 고찰하여, 1930년대 한국 모더니즘 시의 미적 근대성의 한 수준을 파악해보려고 했다. 그러나 이상 문학의 전 작품을 대상으로 하지는 못했다. 특히 이상 소설에 대한 자세한 고찰이 본 논문에는 시도되지 않았다. 그것은 연구자가 설정한 연구 대상의 장르 범위 때문이기도 했다. 하지만 이상 문학의 미적 근대성을 온전히 파악하려고 한다면 그의 소설에 대한 분석이 보완되어야 할 것이다. 또한 한국 근대문학에서 미적 근대성 개념의 유의미성이 증명되려면, 여타 1930년대 한국 모더니즘 시, 아니 한국 근대시 전체를 미적 근대성이라는 개념을 통해 해석하고 재구성해 보아야 할 것이다.

II부

근대성에 대응하는 한국 근대시의 양상들

초창기 한국 근대시의
산문적 경향과 시적인 것

1

최남선의 「해에게서 소년에게」(1908)를 한국 근대시의 첫 작품이라고 인정한다면, 올해는 한국 근대시 탄생 100주년이 되는 해다.[1] 하지만 한편으로는, 「해에게서 소년에게」가 과연 한국 시의 근대성을 열어놓은 작품인지 확인할 필요가 있다. 미리 말하자면, 「해에게서 소년에게」가 최초의 '근대시'라고 말하긴 힘들지만, 그 시가 가지고 있는 문제성은 시사(詩史)를 짚어볼 때 중요하다고 생각한다. 「해에게서 소년에게」의 시사적 의의는, 시에 산문적인 세계를 수용할 때 그 시는 시적인 것을 어떻게 확보할 수 있는가의 문제에 봉착하게 된다는 것을 보여준 것에 있다. 그런데 이 문제는 근대 자유시가 천형처럼 짊어지고 씨름해야 할 문제인 것이다. 이에 대해 구체적으로 살펴보기 전에 일단 시와 근대성의 관계, 시의 근대성의 문제에 대해 생각해보기로 하자.

근대시는 근대적인 시, 즉 근대성을 지니고 있는 시라고 말할 수 있

---

[1] 이 글은 2008년에 발표되었다.

겠다. 근대성이란 근대에서만 찾아볼 수 있는 특성을 가리킨다. 다시 말해 근대성은 근대 아닌 시대, 가령 중세의 특성과 비교해볼 때 본질적으로 다른 근대만의 특성을 가리킨다. 그 두 시대의 본질적인 차이가 무엇이냐에 대해서는 학자마다 견해가 다르지만, 문학을 논하려는 이 자리에서 하버마스의 논의가 주목된다. 그는 종교로 통합되어 있던 중세의 세계 질서가 윤리-정치, 과학-학문, 감성-예술의 면으로 분화되어 각 방면이 자율화되었다는 데서 근대성의 핵심을 찾았다. 예술의 자율성을 근대성의 한 축으로 보는 하버마스의 주장을 받아들인다면, 근대시의 요건 중 하나는 시가 이 자율성을 확보하고 있는가의 여부가 될 것이다.

예술이 자율화되는 근대에서, 시는 그 자체로 정치나 학문과 대등한 가치를 갖는다. 그러므로 근대의 시인에게 시는, 다른 중요한 일을 하고 나서 심심풀이로 하는 여기(餘技)가 아니다. 근대에서는 시를 쓴다는 행위 자체가 여타 분야에서 독립된 독자적인 행위이며, 시는 그 자체의 존재만으로 정당화된다. 그리하여 근대에는 '시인'이란 특별한 전문인이 존재하게 된다. 시인은 여타 다른 생활보다도 시 쓰기에 자신의 삶의 가치와 미래를 거는 사람이다. 비록 시 쓰기와는 상관없는 직업에 종사한다고 하더라도, 그가 시인이라면 그는 시인으로서의 자의식과 정체성을 가지고 살아나간다. 그래서 근대의 산물인 '시인'은 근대 이전의 직업 가객과는 그 성격이 다르다. 근대의 '시인'은 예술의 자율적인 가치를 보존하는 중대한 작업을 하는 사람으로서 스스로를 인식하고 세상으로부터도 그렇게 인정받지만, 직업적 가객은 시의 자율적 가치를 의식하지는 않았다고 판단되기에 그렇다.

그런데 시인이 시인으로서의 정체성을 지니기 위해서는 또 다른 전제 조건들이 필요하다. 우선 자기 자신이 자신의 삶을 스스로 규정하며 살아나가는 근대적 주체의 등장이 일반화되어 있어야 한다. 그리고 시에 대한 장르 의식이 형성되어야 한다. 근대 자본주의 생산관계는 기본적으로 개인과 개인의 계약으로 맺어지기 때문에. 그 체제가 작동되기 위해서는 토지와 신분에서 벗어난 자유로운 주체가 먼저 생산되어야 한다. 노동자가 계약을 통해 자신의 노동력을 자본에 판매하기 위해서는, 그는 '법'적으로 평등하고 자유로운 근대적 주체로서 존재해야 하는 것이다. 이 생산 과정 속에서 시인 주체 역시 형성된다. 근대의 '시인' 역시 근대사회가 낳은 자식-반항아이든 모범아이든-으로서, 그는 유럽 낭만주의의 경우에서 볼 수 있듯이 근대적 주체의 가능성을 극한까지 확장시키려는 시도에서 탄생했다.

  '시인'은 자유롭게 풀린 주체의 능력을 최대한 발휘하여 하나의 세계를 창조하려는 사람이다. 이를 위해서 시인은 우선 개성적인 주체성을 형성시켜야 한다. 자신의 삶을 자신만의 형식을 만들어나가면서 살아나갈 때 개성은 확보될 수 있다. 이러한 개성을 가장 잘 형성시키고 또 드러낼 수 있는 문학 장르는 바로 시다. 근대적인 시는 개성의 발로여야 하기에, 타인이 모방할 수 없는 독자적인 경지를 보여주어야 한다. 그런데 이러한 개성은 정형시의 틀을 가지고는 발현되기 힘들다. 주체가 자신의 능력을 발전시키기 위해선 자유가 필요하다. 그런데 기성의 형식적인 틀은 시인에게 장애로 느껴지게 될 터이다. 정형시의 규격에서 벗어나면서 시를 쓰기 위해서는, 자유시에 대한 장르 의식 역시 동시에 형성되어야 한다. 그런데 이 장르 의식은 정형시의 규격에서 벗어나야 진정한 시를 창조할 수 있다는 의식과 함께, 자유시는 산문과 다른 '예술'이라는 의식 또한 수반되어야 성립될 수 있다.

근대시를 산문과는 다른 하나의 예술로서 확립시켜주는 그 무엇을 포에지, 즉 '시적인 것'이라고 칭할 수 있다. 근대시에서 시적인 것은 정형시와는 달리 미리 주어져 있지 않다. 그것은 각각의 시편에서 모두 다른 모습으로 나타날 것이다. 시적인 것은 시인 개성에 따라 다르게 발현된다. 하지만 시와 산문을 구분하는 기준은 일반적으로 말할 수 있다. 그것은 리듬의 유무이다. 시에서 산문적 언어를 리드미컬하게 배열시키지 못한다면, 그 시는 산문으로 떨어져버릴 것이다. 산문과 비교해 볼 때, 자유시의 시적인 것은 언어의 개성적인 배열을 통한 독창적인 리듬의 창출에서 발견할 수 있다. 근대 시인은 이 리듬을 자유자재로 구사하면서 독창적인 정동(情動)을 창출할 수 있어야 한다. 물론 전근대시에서도 리듬이 있었다. 하지만, 그것은 규칙에 의해 규제된 리듬이었다. 하지만 근대시인은 자신의 힘으로 개성적인 리듬을 시편 각각에 실현시켜야 한다. 시에 개성적인 리듬을 불어넣기 위해서는, 문체는 바로 그 사람의 삶이라는 말이 있듯이, 시인 자신이 어떤 독자적인 개성을 형성시켜야 한다.

그렇기에 어떤 이념이나 교훈의 설파, 서경을 통한 피상적인 감흥 표출과 같은 전근대적인 목적에 따라 시를 쓰는 시인은 근대적인 시인이라고 말하기 힘들다. 하지만 여기에서 어떤 모순과 긴장이 생긴다. 근대는 산문의 시대인 것이다. 근대는 정치의 장을 모든 사람들에게 열어 놓았고, 그래서 공론장이 발달한다. 신문과 잡지가 공론을 형성하는데 커다란 기능을 하게 된다. 신문과 잡지의 글 형태인 산문은 정치적인 것(the political)이 횡단하고 있는 이 일상생활의 영역에서 생산된다. 정치적인 것이 엮는 근대적 생활의 복잡성은 많은 주장과 문제들을 낳는다. 그런데 시가 이러한 생활을 도입하지 않는다면 근대적 삶에서 도태

될 가능성이 있다. 즉, 자율적인 가치를 지니는 시는, 한편으로 생활의 영역에서 생산되고 있는 산문적인 것을 받아들여야지만 근대 사회에서 자신의 존재 의의를 내세울 수 있는 것이다. 그래서 시적인 것을 실현시키려는 시인은 곧 산문의 필요성과 부딪치게 된다.

유럽의 낭만주의 시인은 프랑스 혁명을 열렬하게 지지했으면서도, 곧이어 형성된 시민 사회의 일상성에 등을 돌리고 홀로 미의 왕국을 세우고자 했다. 혁명은 시적이었지만 그 뒤에 온 사회는 산문적이었기 때문이다. 하지만 보들레르가 산문시집 『파리의 우울』에서 보여주었듯이, 난숙해진 근대에서 시인의 후광은 차가 지나다니는 도시의 대로에 내팽겨쳐진다. 근대에 들어오면서 진행된 시의 자율성, 예술의 자율성의 가치는 보들레르 시대에 이미 시장이 지배하는 현실에 의해 의심스러운 것으로 변모했던 것이다. 이후 보들레르의 노선을 따르는 시인은 추악한 근대 도시의 산문적인 현실 속에서 시를 발견하려고 했고, 이를 위해 시에 산문을 도입해야 했다. 하지만 이 유입 과정은 근대시가 전근대시보다 더욱 '정치적인 것'으로서의 의미를 갖게 했다. 한편으로 산문에 의해 위태로워진 시적인 것을, 시인들은 나름대로의 방식으로 다시 활성화시키고자 했다. 이리하여 시의 근대성은 시적인 것과 산문적인 것이라는 대극(對極) 사이에서 방황해간 궤적으로 나타난다.[2] 초창기 한국 근대시의 경우, 이 궤적은 어떠한 모습으로 그려져 있을까?

---

[2] 시적인 것과 산문적인 것 사이의 긴장에 의해 형성되는 근대시의 본질을, 일찍이 김수영은 '세계의 개진'을 행하는 산문과 '대지의 은폐'를 행하는 음악의 긴장이라고 표현한 바 있다. 그가 말한 '음악'을 우리는 시적인 것이라고 볼 수 있을 것이다.

2

근대적인 시는 시인이 시인으로서 내면성을 키워 개성적 주체성을 형성시키고 무의식적으로 따라왔던 정형시의 규격을 파괴하면서 자유시의 장르적 성격을 의식화 했을 때 창작될 수 있다. 한국 시가의 전통적인 정형률이 흔들리면서 시가 양식이 변화하기 시작한 것은 구한말에 이루어진 창가의 도입에서부터다. 특히 당시 미션 계통의 학교 창가가 널리 보급되었는데, 이 서양의 찬송가 곡조에 노랫말을 붙이다보니 재래 시가의 정형화된 음보나 음수를 변형해야 했다. 물론 가사를 반복되는 멜로디와 음에 맞추어야 했기 때문에, 창가가 정형성에서 완전히 벗어났던 것은 아니다. 창가의 후렴구도 정형성을 여전히 보여주고 있다. 그러나 이런 한계에도 불구하고, 낯선 율격을 강요하는 노래가 들어와 재래의 율격의식을 뒤흔들어놓으면서 무의식적으로 맞추어 왔던 재래의 정형률에 대해 의식하기 시작하게 했다는 데에 창가의 시사적 의의가 있다.

창가의 보급으로 재래의 정형률이 흔들리기 시작하자, 최남선은 새로운 정형률을 왕성하게 시험하면서 새 시대에 맞는 새로운 정형 시가를 만들고자 했다. 최남선은 신체시를 선보이기 이전에 『대한학회월보』에 「大夢崔」란 이름으로 다양한 율격을 실험하는 시들을 발표하고 있었다. 가령, 『대한학회월보』 제1권 제1호(1908. 2. 5.)에 실린 「모르네나는」이란 시는 "밥만먹으면 배가부름을/모르네나는/물만마시면 목이 튁음을/모르네나는/(중략)/탄식하리라/통곡하리라/발광하리라"라고 하여, 5음 음수율을 기본율로 삼아 이를 변형한 리듬으로 전개된다. 이는 전통적인 3-4, 4-4, 7-5조의 되풀이와는 다른 것이다. 「막은 물」(같은 잡지 2호, 1908. 4. 25.)이란 시에서는 "밤이나낫이나 됴리뜰뜰/한시도한각도 쉬디안코/한업난바다에 가기까디/곤한뜰몰으고 흘너가네/(중략)/돌틈을쑤러서 나가던디/모래로 심여드러가던디/(하략)"과 같이 6-4의 음수가 반복되다가 3-7의 음수가 가끔씩 삽입되어 율조의 변화가 이루어지고 있다. 최남선은 이 잡지에 실은 다른 시에서도 다양한 율격실험을 보여주었다.[3]

이후 육당은 『소년』지를 통해 소위 '신체시'라고 일컬어지는 새로운 시형을 실험한다. '신체시' 「해에게서 소년에게」와 같은 형식을 보여주고 있는 「신대한소년」(1909)을 인용해 본다.

> 검불쎄걸은 저의올골보아라
> 억세게덕근 저의손발보아라
> 나는놀고먹지아니한다는
> 標的아니냐
> 그들의 힘ㅅ줄은 툭불거지고
> 그들의 쎠…대는 썩버러젓다
> 나는 힘드리난일이잇다는
> 有力한 證據아니야
> 올타올타果然그러타
> 新大韓의少年은

---

3) 정한모, 「육당의 시가」, 『한국현대시문학사』(일지사, 1974), 180-185면 참조. 정한모는 육당이 유년기 때부터 '노래'로서의 찬송가의 영향을 받았다고 하는데(같은 책, 166면), 그렇다면 육당의 실험은 찬송가에 의한 전통시가의 정형률 와해에 자극받아 행해졌다고 추측해볼 수 있겠다. 즉 육당의 이러한 실험들은 찬송가에 의해 한국 정형시의 율격 틀이 와해되기 시작한 상황에 맞서 새로운 정형률을 세워본다는 보수적 목적으로 행해졌다고 짐작된다. 하지만, 이러한 다양한 율격 실험은 재래의 정형률이 이제 더 이상 보편성을 갖기 힘든 것으로 만들어버리는 효과도 가져왔을 것이다.

이러하니라

全部의誠心 다드려힘기르고
全部의精神 다써 智識느려서
우리는將次 누를爲해무삼일
하라하나냐
弱한놈 어린놈을 도울양으로
장한놈 넘어써려「最後勝捷은
正義로 도러간다」ㄴ 밝은理致를
보이려함이아니냐
올타올타果然그러타
新大韓의少年은
이러하니라

　　　　　　　　　　　－「新大韓少年」 부분(『소년』 2년 1권)

이 시는 얼핏 보면 기존 시가와의 급격한 단절성을 보여주지만, 전체적으로 읽으면 기존의 시조, 가사보다도 더 편협한 정형에 맞추어 씌어졌다는 것을 알 수 있다. 이 시에서 한 연은 형식이 비교적 자유롭지만, 각 연 대응 행의 행수와 자수는 엄격히 맞추어져 있기 때문이다. 이러한 제약은「대한학회월보」의 변형 정형시보다 더 편협한 느낌을 준다. 이 시 역시, 결국은 시가의 새로운 정형을 창출한다는 목적 아래 실험된 것으로 보인다. 이 '신체시'의 형식에 따라 시를 짓고자 한다면, 그는 고전시가를 지을 때보다도 더 규칙에 얽매여야 한다. 그래서 이 시는 시편마다 고유한 리듬을 창출해야 하는 자유시와는 그 성격이 판이하다. 그러므로 신체시는 고전 시가와 근대 자유시 사이의 다리 역할을 할 수 없는 시 형식이었다.

그러나 신체시의 한 연만 따로 떼어놓고 볼 때 드러나는 산문성은 정형적인 율격이 와해되었음에도 불구하고 시가 존재할 수 있다는 것을 보여준다. 시가의 산문화는 이미 육당 이전에도 써지고 있었다.[4] 그렇다면, 당시 점차 일어나고 있었던 시가에서의 산문화를 육당 역시 '신체시'를 통해 받아들이면서도, 그는 각 연의 행수 및 자수를 규격화하여 시가의 정형성을 새롭게 유지하려고 한 것으로 보인다.[5] 그것은 육당이 시적인 것을 정형성의 유무에서 찾았기 때문일 것이다. 즉 각 연을 따로 읽어 보면 행만 나눈 산문에 불과하지만, 그 산문적인 글이 사실상 정형적인 규칙에 의해 씌어졌다는 데서 신체시를 '시'라고 부를 수 있다고 그는 생각했던 것 같다. 육당이 정형적 규칙이 시적인 것을 보장한다고 인식했음을, 그가 그렇게도 열심히 새로운 정형률을 창출하려고 실험했다는 점에서도 짐작할 수 있다.

그런데 정형 율격을 실험하고 있었던 육당이 왜 신체시 창작에서는 각 연을 산문화해버린 것일까? 위에서 인용한 시의 내용을 보면 짐작할 수 있듯이, 육당은 현실에 산문적으로 개입하기 위해 시가를 썼기 때문일 것이다. 시가를 통해 현실에 참여하려는 현상은 1900년대 당시 일반적이어서, <대한매일신보> 등에는 우국 반제의 내용을 담은 가사나 시조가 많이 발표되고 있었다. 그러나 시가의 형식은 작자가 전하려고 하는 내용을 사람들이 받아들이기 쉽게 압축하여 전달하는 장점을 갖고 있지만, 한편으로 전달하고자 하는 정보와 주장의 증가를 자유롭게

---

4) "자고야울지말아/울나거든어혼쟈울지/국가스상에잠못든날까지/웨깨우느냐/영변의 양산등듸야/네부듸평안이잘있거라/네명년춘삼월에오거든/또다시맛나쟈"「수심가 트리童의 동요」(『대한매일신보』, 1907년 9월 5일)와 같은 시가가 그러하다.

5) 오세영도 신체시에 대해, 문학사의 일반적 흐름이 자유시 창작을 지향케 되자 이에 불안을 느낀 보수적 반동적 정형시형 고수 혹은 옹호론자들이, 이를 저지하기 위해 새 시대에 맞는(?) 새로운 정형시형을 창안할 목적으로 시도해본 임시적이고 실험적인 정형시형의 하나일 따름이라고 말한다.(오세영,「근대시의 형성과 그 시론」, 현대문학연구회, 『김용직 박사 화갑 기념 특집호- 한국현대시론사』(모음사, 1992), 21면.)

담아내기 힘든 면도 있었다. 찬송가가 전파한 재래 율격 의식의 요동과 함께 전달하고자 하는 정보의 증가로 인해 산문이 더욱 필요하게 되고, 시가에도 점차 산문적인 것이 흡수되었을 것이다. 육당도 이러한 추세에 적극적으로 응하여, 아예 산문으로 시의 한 연을 구성하면서 그래도 시적인 것을 유지하고자 각 연의 자수와 행을 맞추는 시도를 한 것이라고 판단된다. 하지만 각 연의 산문화는, 육당이 유지하고자 한 정형을 결국 포기하도록 강제할 것이다. 각 연의 행과 자수를 맞추어 정형률을 창출할 수는 없다. 정형률은 음악적인 효과를 만든다. 그러나 한 연의 산문을 다른 연의 산문과 자수를 일치시킨다고 해서 음악성이 획득될 수는 없는 노릇이다.

지금까지의 논의를 정리해보자. 육당은 시적인 것이란 정형률의 유무로 보는 전근대적인 시관을 갖고 있었다. 내면성의 공간을 마련하고, 이 공간에서 자유롭고 개성적인 리듬을 형성함으로써 시적인 것을 확보하여 한 편의 시를 창조한다는 근대적인 시관에는 아직 도달하지 못하고 있었다. 그런데 한편으로는 시에 산문을 도입해야 한다는 또 다른 근대적인 요구를 그는 따라야 했다. 이 전근대적인 의식과 근대적인 요구의 절충에서 바로 신체시라는 기형적인 시 형태가 탄생했던 것이다.

그렇다면 육당은 이 신체시에서 어디로 나아가게 되었을까? 정형률을 버리는 방향으로 나아갔다. 그렇다고 시를 버리고자 한 것은 아니었지만. 그는 신체시에서 각 연의 행갈이 된 산문을 그대로 '시'라고 여기면서 시적인 것의 획득을 포기해버리는 길을 갔다. 『소년』 제3년(1910) 제2권에 수록된 육당의 시편들은 형태상 자유시처럼 보이지만 사실상 산문이다. 가령, 육당이 '(詩)'라는 표시를 달아 놓고 있는 아래의 '글'을 읽어보자.

意思잇난듯도 하고 업난듯도 한 뭉텅이 구름이 峰巒도 갓고 烟餤도 갓흔 모양으로 三淸洞 위에 썻다.

그는 박휘도 잇난것갓지 아니하다, 치도, 달린것 갓지아니하다, 더욱 發明이 天才가 苦心硏究한 結果란 發動機도 걸닌것 갓지아니하다.

그러나 그는 간다.

그럿타고 사람모양으로 발이 잇다던지 새모양으로 날개가 잇다던지 고기모양으로 지네미가 잇난것도 갓지 아니하다.

그러나 그는 간다, 번듯하게 써다닌다.

—「녀름ㅅ구름」

위의 글은 행갈이만 한 수필에 불과하다. 이 글을 육당은 시라고 생각했다. 위의 글을 시라고 인식했다는 것은, 육당이 자유시 형식의 이해에는 접근했다고 할 수 있으나 근대시의 시적인 것에 대한 인식은 포기했다는 것을 말해준다. 그는 자유시의 산문성을 어떻게 시적으로 다루어야 할지 몰랐고, 결국 시를 산문으로 떨어뜨리고 말았다. 그는 신시의 형식 실험에서 산문으로 걸어갔다. 하지만 위에서와 같은 산문을 시라고 계속 주장할 수는 없었다. 결국 육당은 기존의 7-5조 창가식의 정형시로 돌아가는 시들을 창작하다가 시조 부흥론으로 선회한다.

3

육당의 실험은 무의식적으로 작동되던 재래의 정형률의 견고성을 파괴하는데 기여했지만, 자유시 형성의 동력을 제공했다고는 보기 힘들다. 근대적 자유시 창작이 실험되기 시작한 것은 1910년대라고 해야 할 것이다. 1910년대 『학지광』에 실린 몇몇 시들은, 정형률에서 탈피하면서 산문과는 다른 자유시 독자의 미적 가치를 마련하려는 시인들의 노력을 보여주고 있다. 그들은 서정적 주체의 내면 공간을 형성시키는 방식으로 시적인 것을 만들어내고자 했다. 하지만 동시에 육당처럼 시에 산문을 도입하는 실험도 병행했다. 1914년 4월에 창간된 『학지광』은 조선 유학생 학우회의 기관지다. 육당의 『소년』 창간 이후 6년 지난 뒤에 창간된 셈인데, 이 잡지에서 실린 유학생들의 시 중에는 육당의 신시와 확연한 차이를 보여주고 있는 것들이 꽤 많다. 아래의 시를 읽어보자.

> 불한번 번쩍, 흰 烟氣 풀석!
> 절믄 勇士의 왼未來, 왼現在, 왼過去는,
> 다만 이 瞬間이러라.
> 限업는 붉은피는 四方으로 소스며,
> 훗터진 살덤은, 三四分이 지난 이때야 비로소
> 最後의 두려움을 맛보는듯,
> 흐드들‥‥‥‥ 떤다!
>   ― K. Y 生, 「犧牲」 부분, 『학지광』 3호(1914. 12).

이 시에는 정형률의 흔적이 더 이상 보이지 않는다. 교훈이나 주장 등을 직접적으로 설파하고자 하는 전근대성 역시 보이지 않는다. 시인은 삶과 죽음의 갈림길에 놓인 어떤 순간의 장면을 묘사하면서 두려움의 정동을 전면에 드러낸다. 앞에서 논한 바에 따르면, 근대 자유시를 창작하기 위해서는 시인이 자신의 개성적인 내면 공간을 형성해야 한다. 그것은 자신의 삶에 대한 성찰을 통해 이루어질 수 있을 것이다. 위의 시는 그러한 내면적 성찰을 보여주지는 않는다. 하지만 개인의 구체적인 삶 자체에 대해 눈길을 돌렸다는 점에서 내면성 확립의 발단을 보여준다. 『학지광』의 시들 중 몇 편은 삶 자체나 자기 내면의 움직임에 대한 응시를 보여주기 시작한다. 육당의 실험적인 시들은 교화의 기능을 염두에 두면서 주제가 선택된 후에 운율에 신경을 쓴 것이기 때문에, 내면성을 바탕으로 한 개성의 발로라고 할 수 없다. 하지만 1910년대 『학지광』의 시에 이르러, 개인의 내면을 시의 주제로 삼아 묘사하기 시작한 것이다.

> 沈默의 支配를 쌀아
> 고요히 나는 혼자 잇노라.
> 夜半의 울림鐘 소리에
> 내가슴은 울니며反響나도다.
>
> 내의 靈이여!
> 너는 무엇을 바래느냐?
> 내의 肉이여!
> 너는 무엇을 바래느냐?
>   (하략)
>   ─ 김억, 「夜半」, 『학지광』 5호(1915. 5).

> 젹은별이 져, 져 검은쟝막사이로 한아, 한아 반득인다.
> 쏘다시 우리들은 헤가림을 엇엇다.
> 높은 코소리가 잇다금 고요한 暗黙을 흔들어 굴을망정,
> 쏘다시 우리들은 가즉히 한품에 안것도다.
>   (하략)
>   ─ 김여제, 「잘 째」 부분, 『학지광』 6호(1915. 7).

위의 시편들의 화자는 내면을 관조하려는 태도를 보이는데, 이는 예전의 한국 시가에서 보기 힘든 면이다. 『학지광』의 기고자들이 근대 교육을 받기 시작한 청년이었기 때문에 이러한 시를 창작할 수 있었을 것이다. 육당은 근대적인 교육을 온전히 받은 사람이라고 볼 수 없다. 1900년대의 육당이 일본에 거주한 것은 1909년 11월에 '관풍(觀風)'차 일본에 건너갔다가 다음 해 2월에 귀국한 사이의 기간뿐이다.[6] 그러나 『학지광』에 기고한 유학생들은 고등 근대교육을 받고 있었으며, 일본어로 된 문학 서적 등을 통해 근대문학에 일찍 눈뜰 수 있었다. 그들은 근대문학을 교양으로 삼아 자신의 내면성을 형성해 나갔으며, 어떤 이들은 그 내면성을 바탕으로 자유시를 흉내 내면서 쓰기 시작했을 것이다.

하지만 그들은 시인으로서의 자의식을 가지고 시를 창작했다기보다는 다분히 딜레탕트로서 시를 습작했기 때문에 근대적 시인에 도달했다고 말할 수 없다. 『학지광』에 자유시를 발표한 이들 중 본격적으로 시인의 길을 걸어간 사람은 김억 한 사람 뿐이다. 『학지광』 지면에 발표된 시 이외에도 자유시를 남겨놓고 있는 이들도 있으나, 그들도 얼마 지나지 않아 시 쓰기를 포기한다. 즉 그들은 시인이란 자의식을 갖지는 못하고 감수성 농후한 학생으로서 아마추어적 시 쓰기를 벌인 것뿐이었다. 이들의 아마추어리즘은, 1919년까지 『학지광』에 발표된 8편의 문학론 중, 보들레르의 악마주의적 성향과 베를렌느의 비애의 미학을 해명한 김억의 「요구와 회한」(10호) 이외에는 시란 무엇인가에 대한 논의가 거의 없다는 것을 보면 확인할 수 있다. 김억의 이 글도 아직 자유시에 대한 인식에 이르지는 못하고, 다만 상징파 시를 나름대로 소개하고 있을 뿐이다. 이를 보면 『학지광』의 자유시 기고자들은 자유시에

---

6) 정한모, 앞의 책, 159면.

대해 이론적으로 인식하고자 하지는 않았던 것 같다. 이러한 자유시에 대한 인식부족은 김억 외의 창작자들이 더 이상 자유시를 써나가지 못하게 한 요인일 것이다. 게다가 다른 이들보다 뛰어난 창작을 보여준 김억마저도 자유시에 대한 인식 미비를 드러내고 있다. 특히 그의 산문시에서 그러한 미비를 엿볼 수 있다.

> 밤이왔다, 언제든지 갓튼 어둡는 밤이, 遠方으로 왓다. 멀니 솟업는 銀가루인듯 흰눈은 넓은빈 들에 널니엿다. 아츰볏의 밝은 빗을 맛즈랴고 기다리는듯한 나무며, 수풀은 恐怖와 暗黑에 싸이웟다. 사람들은 稀微하고 弱한 불과 함의 밤의寂寞과싸호기 마지아니한다. 그러나차차, 오는哀愁, 孤獨은 갓싸워온다. 죽은듯한朦朧한달은薄音의빗을 希하게도 남기엇스며 무겁고도 가븨얍은 바람은 限업는 키쓰를싸우며 모든 것에게, 한다. 空中으로나아가는날근오랜님의 소리「現實이냐? 現夢이냐? 意味잇는 生이냐? 업는生이냐?」(하략)
> — 김억, 「밤과 나」 부분, 『학지광』 5호(1915. 5).

사전적 정의에 따르면 산문시는 서정시의 특징을 거의 모두 지니는 산문형태이며, 시적 산문과는 달리 압축적이어야 한다. 자유시와는 달리 행간 휴지가 없어야 하고, 짧은 산문단락과는 달리 뚜렷한 리듬, 음향효과, 이미저리, 표현의 밀도가 있어야 하며, 내적 운과 율격적 흐름도 있어야 한다.[7] 이에 비추어보면, 김억의 시는 육당의 산문시보다는 좀 더 시적이라 하겠지만 역시 산문'시'의 기준에는 확연이 모자란다. '밝은 빛을 기다리는 나무', '공포에 싸인 수풀', '바람은 한없는 키스를 땅에다 한다' 등의 의인화된 수사법을 사용하면서 시적인 것을 확보하

---

7) 박노균, 「1920년대 산문시 형태」, 『개신어문연구 4집』(충북대 개신어문 연구회, 1985. 2), 203면에 인용된 프린스턴 시학 사전의 설명을 재인용.

고자 하고 있지만, 각 문장이 단문으로 이루어진데다가 반복음과 구가 없어 리듬과 율격적인 흐름을 창출하지 못하고 있다. 또한 의인법 이외에는 다른 이미저리가 사용되지 않아 표현의 밀도도 떨어진다. 즉 산문 '시'라기 보다는 시적 산문에 가깝다고 하겠다.

『학지광』 같은 호에 실린, 앞에서 인용한 「야반」은 언어의 조탁과 행 구분을 통해 의미의 여백을 살리면서 시적인 것을 확보하려고 한 데 비해, 「밤과 나」는 시적인 것을 위한 장치가 거의 마련되어 있지 않다. 그렇다면, 왜 김억은 산문시 창작을 시도하게 된 것일까? 「야반」에서는 종소리에 공명하는 자신의 감각을 시화하면서, 이를 통해 조성되는 현묘한 분위기로 시적인 것을 확보하고자 했지만, 그 내용은 매우 빈약한 것이 사실이다. 이와는 달리 「밤과 나」에서는 어떤 풍경을 묘사하면서 "현실이냐? 현몽이냐?"라는 사색을 이끌어내고 있다. 즉 시인은 사색을 통한 내면성 형성의 과정을 이 시에 묘사하려고 했다. 이는 내면 공간이 형성된 후에 시적인 압축을 통해 자신의 세계를 언어로 구성해 내기에는 아직 김억의 문학적 성숙도가 낮았기 때문일 것이다. 달리 말하면 내면성이 형성되기 이전에, 그는 시 「야반」을 통해 감각의 움직임을 추적하고 묘사하면서 시적인 것을 만들려고 했으나, 곧 내용이 빈약한 공허한 결과물을 낳게 된다. 이를 직감한 김억은 시작 과정을 통해 내면 공간을 형성하려고 하였을 터인데, 그 형성 과정 자체를 시화하고자 한 것이 「밤과 나」인 것이다.

그런데 내면 형성 과정을 시화하기 위해서는, 아직 시인적 성숙도가 낮은 김억으로서는 산문을 끌어들일 수밖에 없었다. 왜냐하면 내면성 형성의 기본적인 배경인 삶의 일상은 산문적인 것이기 때문이다. 이러한 연유로 산문을 시에 끌고 온 김억은, 그 산문에서 시적인 것을 이끌어내기 위해 흰 눈이 쌓인 시적인 밤을 묘사한다. 하지만 그는 그 묘사문을 산문'시'로 끌어올리지는 못하고, 결국 시는 "현실이냐? 현몽이냐?"라는 사유의 산문성으로 흡수되어 버렸다. 이는 김억이 자유시가 요구하는 포에지를 습득하지는 못했음을 보여주는데, 이후의 김억이 자유시 창작에도 한계를 느끼고 민요시에 눈을 돌리게 되는 것은 이 때문일 것이다.

4

시가 산문 도입의 필요성에 이끌리면서도 산문으로 떨어지지 않고 특유의 예술성-시적인 것-을 실현하여 시의 독자적 가치를 확보하는 문제는, 초창기 한국 근대시가 마주한 난제였다. 이 문제와 관련하여, 김억 이후 근대 자유시 형성에서 가장 중요한 역할을 한 사람으로 주요한을 첫 번째로 뽑게 된다. 1919년『창조』창간호(1919. 2)에 그가 발표한 「불놀이」는 백철, 조연현 등에 의해 한국 최초의 근대 자유시라는 문학사적 자리매김을 수여받은 바 있다. 물론 이는 타당성이 없다. 자유시의 면모를 보이는 시는 앞에서 언급했듯이 이미 1910년대 중반부터『학지광』에 다수 발표되고 있었고, 주요한 자신도 「불놀이」 발표에 앞서『학우』창간호(1919. 1)에 서구 자유시를 모방한 작품을 발표했다고 말하고 있기 때문이다. 그렇다고 「불놀이」가 가지는 시사적 가치가 떨어지는 것은 아니며, 도리어 「불놀이」 이전에 발표된 시들의 시사적 중요성과 함께 논의되어야 한다. 이에 대해 살펴보고자 한다.

주요한은 1918년 동경 제일고등학교에 입학하면서 동경 유학생회의 『학우』1호에 「에튜우드」 5편의 시를 발표했다. 주요한의 처녀작이라

할 이 시들은 각양각색의 모습을 보여주고 있다. 단시들로 이루어진 시 「봄」에는 민요와 같은 외형율을 가지고 있는 것[8]도 있지만, 「에튜우드」 시편은 일련의 자유시로 구성되어 있고, 산문시도 있다. 「에튜우드」 시편 중 「기억」이 특히 우수하다.

> 지처귀 부러진나뷔
> 곳밧사이에 기며
> 싯퍼런 보름달 날마다 으즈러지는 서름.
> 솔솔솔, 金빗털을 부는바람---속상한 생각.
> (쏘, 엇던째는)
> 노란암소, 쌈안눈동자,
> 나무닢 말라썰니는 가을---人生!
> 아아 밤마다, 별이 컴벅거리면
> 풀쯧는 양색기,
> 메션을 못니껴하며……
> 그뒤에는 다만 숨막히는
> 안개와안개와안개---.

이 시에서 무엇보다 주목되는 것은 언어에 대한 시인의 세심한 배려다. 의성어의 사용('솔솔솔')이 천천히 무르익은 가을 벼를 흔드는 모습의 분위기와 잘 어울리고 있고, '별이 껍벅거리는'과 같은 감각적인 시구를 사용한다거나 지친 나비가 꽃밭 사이로 천천히 돌아다니는 모습을 '긴다'라고 신선하게 표현하는 등 언어를 시적으로 다루려는 시인의

---

8) "샘물이 혼자서/춤추며 간다/산골작이 돌틈으로//샘물이 혼자서/우스며 간다/험한 산길 곳사이로//하늘은 말근데/즐거운 그소래/산과들에 울니운다"와 같은 시가 그것이다. 「아름다운 새벽」 후기에서 주요한은 그의 시를 민중에 가까이 하려고 했다는 진술을 한 바 있는데, 이 시를 보면 주요한은 그의 시작(詩作) 초기부터 그러한 의도를 갖고 있었던 것 같다.

노력을 엿볼 수 있다. '안개'를 반복하며 시를 끝맺어서 여운을 통해 고향을 그리워하는 마음의 아득함을 표현한 것도 눈에 띈다. 또한 향수가 풍경 묘사를 통해 자연스럽게 풀려 나오면서 감정이 세심하게 처리되고 있다. 시 전체 분위기의 일관성이 유지되고 있다는 점도 평가할 만한데, 특히 이 시의 정조를 자아내는 '안개'는 시 전체의 분위기를 쓸쓸하고 몽롱하게 만들어준다. 몇 군데의 미숙함9)을 빼면 이 시는 근대 자유시로서 손색이 없다고 하겠다. 이는 이 시가 서정적 주체의 내면 공간에 상응하는 시적 공간을 마련하는데 성공했기 때문이다.10) 이와 관련해서 주요한이 이 시와 동시에 발표한 산문시「눈」도 주목된다.

　　아아 인경이 운다. 은은히 니러나는 인경소리에 눈이쌔운다. 쟝안에 넓고 조븐길이 눈에메운다. 님을 못뵈고 죽은계집의 서름에 겨운 눈물이 눈이되여 내린다. 먼젓해 봄바람에 지고남은 흰복숭아ㅅ곳이 罪품은仙女의 쓰거운 가슴에서 흘너내린다. 안개에쌔운 아츰은 저노픈 흰구름 우에서 남모르게 발가오지마는, 바람조차 퍼붓는 눈은 쟝안거리를 가로막고 외로메운다. 아아 눈이 쌔운다. 눈물이 쌔운다. 그침업시, 긋업시, 쌔운다, 쌔운다…… 쌔운다…….

　　　　　　　　　　　　　　　　　　　　　　－「눈」 후반부

　이 시는 예전에 발표된 다른 이의 어떤 산문시보다 시적 완성도가 높다. 외형적으로는 산문이지만, 시인은 어조의 반복과 같은 구절의 열거 등을 통해 이 산문에 리듬을 충전한다. 그는 눈이 내리는 새벽의 정경

---

9) '인생'이란 시어가 갑자기 튀어나온다든지, 괄호를 사용해 독자에게 시를 설명하려는 의도가 표면에 드러나면서 시의 정서적 흐름을 차단해버린다든지 하는 부분.
10) 하지만 주요한은 이러한 단아한 서정시를 자유시 형식으로 계속 창작해 나가는데 김억처럼 어떤 부담을 느꼈던 것 같다. 1920년대 중반기에 들어서면서 그 역시 주로 민요의 형식을 빌려 서정시를 발표하는 것을 보면 말이다.

에 설움과 눈물을 교차시키며 정서적 효과를 만들고는, 여기에 거친 호흡의 리듬을 관통시켜 터질 것 같은 아픈 마음을 비교적 성공적으로 표현하고 있다. 그리고 인상에 대한 감각적 표현을 통해, 시인은 이후 발표될 「불놀이」에서와 같은 직접적 감정토로를 절제한다. 여러모로 보나, 앞에서 살펴본 김억의 '시적 산문'인 「밤과 나」보다 시적 수준을 높인 시다. 이 시에 이르러 시적인 것을 실현시킨 산문시가 출현했다고 말해도 될 듯싶다.

김억은 「야반」에서 음악에 반응하는 감각을 시화함으로써 시적인 것을 획득하려고 했지만, 감각에 대한 형상화가 빈약하여 시적 공간을 형성하지 못했다. 이는 그 감각이 김억의 감성을 실제로 형성한 것이 아니라, 다만 베를렌느 시의 모방으로서 시에 차용되었음을 말해준다. 하지만 위에서 읽은 주요한의 시들에서, 독자들은 서정적 주체의 내면에서 우러나오는 감각과 실제 정조를 마주대하고 있다는 느낌을 얻을 수 있다. 「눈」에서는 눈처럼 가슴에 쌓이는 설움과 슬픔에 덮인 서정적 주체와 만날 수 있고, 「기억」에서는 향수와 그리움에 의해 젖어들며 안개와 같은 몽롱한 고독감에 쌓인 서정적 주체와 만날 수 있다. 그런데 주요한은 곧이어 『창조』 창간호에 발표한 「불놀이」에서, 이 어두운 감정들이 어떤 상황에서 발생되는가의 과정을 기록함과 동시에 그 감정 자체를 토로하는 시작 방식을 택한다. 이를 위해서는, 감정을 승화시켜 얻게 되는 단아한 서정시가 아니라 일상을 기록하는 산문이 시에 투입되어야 했다. 「불놀이」에 산문성이 농후한 것은 이 때문이다. 초반부 1-2연을 보자.

아아 날이 저믄다. 서편하늘에. 외로운강물우에, 스러저가는 분홍빗 놀…… 아아 해가저믈면, 해가저믈면, 날마다 살구나무 그늘에

혼자우는밤이 쏘오것마는, 오늘은 사월이라패일날 큰길을 물밀어가는 사람소리는 듯기만하여도 흥성시러운거슬 웨나만혼자 가슴에눈물을 참을수업는고?

　아아 춤을춘다, 춤을춘다, 싯벌건불덩이가, 춤을춘다. 잠잠한城門우에서 내려다보니, 물냄새 모랫냄새, 밤을깨물고 하늘을깨무는횃불이 그래도무어시不足하야 제몺가지물고쓰들째, 혼자서 어두운가슴품은 절믄사람은 과거의퍼런숨을 찬江물에 내여던지나, 無情한물결이 그기름자를 멈출리가이스랴? (중략) 퉁,탕, 붉듸를날니면서 튀여나는매화포, 펄덕精神을차리니 우구구 써드는구경ㅅ군의소리가 저를비웃는듯, 꾸짓는듯. 아아 좀더强烈한熱情에살고십다, 저긔저횃불처럼 엉긔는煙氣, 숨맥히는불꽃의苦痛속에서라도 더욱쓰거운삶을살고십다고 쯧밧게 가슴두근거리는거슨 나의마음……

　아련한 슬픔과 쓸쓸함을 서경을 통해 간접적으로 표현하려고 했던 『학우』지의 시들과는 달리, 이 시에서는 "왜 나만 눈물을 참을 수 없는고?"와 같이 감정을 직접적으로 표출하고 있다. 하지만 이 직접적인 감정 노출은 혼자 흐르는 외로운 강물과 스러져가는 저녁놀이라는 시공간의 묘사를 통해 그 배경이 확보되어 있고, 시장 군중들의 흥성한 사람 소리와의 대조를 통해 고독이라는 내용을 얻고 있어서 공허하지는 않다. 산문적인 묘사가 감정의 직접적 토로를 뒷받침해주면서 도리어 시를 공허함에 빠뜨리지 않고 서정적 공간을 만들어주고 있는 것이다. 또한 이 서정적 공간이 마련되었기에, 감정의 직접적 노출은 더 이상 감정을 이렇게라도 토로하지 않으면 참을 수 없다는 주체의 절박함을 보여주는 효과를 가지게 된다. 나아가 이 감정의 절박성이 텍스트에 도입된 산문을 시적인 것으로 상승시킨다. 시가 전개되면서 시적 화자의 감정이 더 절박하게 증폭되고, 시는 어떤 열기를 더욱 띠게 된다. 산문의 전개를 통해 고조되는 서정적 주체의 열렬한 감정 자체가 시적인 것을 생산하고 있는 것이다.

　2연에서는 불의 이미지와 물의 이미지의 긴장 속에서 감정의 변환이 일어난다. 군중이 들고 있는 햇불과 젊은이가 과거의 푸른 꿈을 던지는 강물이 대조되면서, 이 젊은이의 격한 슬픔이 저 불에 이입된다. 그래서 햇불이 제 몸을 물고 뜯는다는 시적 표현이 가능해지고, "싯벌건불덩이가, 춤을춘다."라는 구절도 이해할 수 있게 된다. 강과 불은 죽음에의 충동-즉 불길에 마음을 불태워버리고 싶다는 충동과 강물에 뛰어들고 싶다는 충동-을 불러일으킨다는 점에서 동일한 성격을 지닌다. 하지만 "통탕 붉띄를 날니면서 튀여나는매화포", 즉 폭죽에 의해 화자의 몽롱했던 정신이 일순간 일깨워진다. 폭죽의 '불'이 시적 화자의 내면에 새로운 욕구를, 슬픔과 죽음에의 충동이 아닌 "숨맥히는 불꽃의 고통속에서라도 더욱쓰거운삶을살고십다"는 삶의 충동과 욕구를 불러일으킨 것이다.

　「불놀이」는 죽음의 충동과 삶의 충동에 의한 강렬한 감정이 조울증처럼 교대로 분출되며 전개된다. 3연은 2연과는 다른 공간적 배경에서 전개된다. 2연까지는 화자가 성문 위에 있었지만, 3연에서 화자는 배 안에 있다. 배 안에 있는 화자의 눈에 들어오는 것은 "미친우슴을" 짓는 "불비체물든물결"이다. 그 물결에서 일어나는 소리는 기생들의 웃음소리다. 2연 후반부에서 삶의 의욕을 불러일으켰던 불은, 3연에서는 죽음의 충동을 일으키는 물과 결합되면서 슬픔을 잠시 잊어버리게 하는 환락을 가리킨다. 화자를 둘러싼 환락의 세계에서 고립되어 있는 그는 '긋업'이 술을 마시고자 하는 죽음의 충동에 빠진다. 이 충동은 환락의 세계에 속하고 싶지만 속하지 못하는 데서 오는 슬픔에서 비롯된 것이 기도 하다.11) 하지만 이러한 환락의 세계와 무력한 자아의 고립 사이에서 벌어지는 심리적 갈등은 4연에서 '강물의 괴상한 웃음'을 통해 급전한다. 강물은 죽음의 충동에 이끌리며 맥없이 있는 화자를 비웃는 것이다. 그 강물은 삶의 충동에 충전되어 있는 화자의 또 다른 자아일 것이다. 강물의 괴상한 웃음으로 인하여, 3연의 우울은 5연에서 희망의 흥분으로 급변한다.

> 저어라, 배를. 멀리서잠자는 綾羅島까지, 물살빠른大同江을 저어 오르라. 거긔 너의愛人이 맨발로서서기다리는언덕으로 곳추 너의 뱃머리를돌니라 물결스테서 니러나는 추운 바람도 무어시리오, 괴 이한우슴소리도 무어시리오, 사랑일흔靑年의 어두운가슴속도 너의 게야무어시리오, 기름자업시는 「발금」도이슬수업는거슬-. 오오다 만 네確實한오늘을 노치지말라. 오오사로라, 사로라! 오늘밤! 너의 발간햇불을, 발간입설을, 눈동자를, 쪼한너의발간눈물을……

애인이 기다리는 능라도로 배를 저으라고, 희망을 찾아 행동하라고, 맥없이 취해 누워있는 자아에게 또 다른 자아가 명령한다. 추운 바람, 비웃음, 어두운 가슴도 이 희망을 통한 배젓기를 통해 모두 날려 보낼 수 있다고 그는 외친다. 그 희망은 '그림자 없는 밝음도 없다'라는 깨달

---

11) 화자가 술에 취해 '맥업시' 누울 때에 그를 자극시키고 있는 것은 불과 같은 정욕으로 보인다. 왜냐하면 맥없이 누운 그가 보고 있는 것은, "간단업슨장고소리에 겨운 남자들은 째째로 불니는욕심에 못견듸어 번듯이는눈으로 뱃가에 쒸여나가면"과 같은 구절에서 알 수 있듯이 그와 대조되어 행동하는 남자들이기 때문이다. 화자가 그들에 주목하고 있는 것은, 그 주목이 대상에 대한 부정적인 가치판단을 수반할지라도, 무의식적으로는 저들에 대한 부러움과 함께 자신의 무기력과 외로움을 동시에 느끼게 하기 때문이다.

음에 의해 뒷받침된다. 지금 현재의 슬픔(그림자)은 어떤 밝은 것의 존재를 증명하고 있기에 밝음은 분명 존재하며, 그래서 이 우울의 강에서 뱃머리를 돌려 희망이 잠자는 능라도로 나아갈 수 있다는 것이다. 이를 위해서는 '확실한 오늘'을 놓치지 말아야 한다. 희망을 찾아 행동하며 오늘을 살아야 한다. 그것은 자신을 불사르는 삶이다…. 그래서 환락과 연결되어 있던 불의 이미지는 다시 급전하여 삶의 에너지 자체를 의미하게 된다. 불의 이미지는 환유의 과정을 통해 입술, 눈동자, 눈물로 치환되면서 '발간'이라는 이미지에 통합된다. 그리고 이 '발간'의 이미지가 삶의 에너지를 찾은 화자의 격정을 결정적으로 표현한다. 이 시의 가장 강렬한 대목은 이렇듯 화자의 격정을 이미지와 리듬을 살려 표현한 5연 말미인데, 이러한 격렬한 격정의 리드미컬한 분출은 「불놀이」이전의 한국시에선 찾아보기 힘든 것이었다.

5

내면 공간을 마련하고 이를 언어로 조율하여 시적으로 표현하는 데 익숙지 못했던 근대 초창기 한국 시인들에게는, 마음의 움직임을 기록해줄 산문이 필요했다. 한편으로, 이 미숙한 시인들은 시가 산문으로 추락하지 않도록 시적인 것 역시 마련해야 했다. 「불놀이」의 경우, 격정으로 흥분한 산문이 시적인 것을 분비하는 방식으로 이 문제에 답한 셈이다. 격정의 표현으로 시적인 것을 담보하는 시에 대해 '낭만주의'라는 이름을 붙일 수 있다. 낭만주의는 열렬한 동경에서 일어나는 감정을 주로 표현하지 않았던가. 그런데 낭만주의엔 두 경향이 있다고 생각한다. 하나는 독일적인 '밤의 낭만주의'라는 이름을 붙일 수 있다. 이 낭만주의는 주어진 세계를 부정하면서 우울한 열정을 병적으로 드러낸다. 다른 하나는 영국적인 '낮의 낭만주의'라는 이름을 붙일 수 있는 경향으로, 이 경향은 주어진 세계의 아름다움을 긍정하면서도 더 나은 세계로 향한 갈망으로 충전되어 환희와 희망을 격정적으로 표현한다.

「불놀이」에서 우울은 무의식적으로 동경하는 환락에의 고립으로부터 비롯된 것이고, 희망의 외침은 애인이 기다리고 있는 세계에의 동경으로부터 비롯된 것이다. 그래서 이 시는 '밤의 낭만주의'와 '낮의 낭만주의' 모두를 보여준다고 하겠다. 하여, 1920년대 한국시의 주요한 특성인 낭만주의적 성격을 「불놀이」가 열어놓고 있다고 말할 수 있다. 「불놀이」가 보여준 낭만주의의 두 측면에서 『봄 잔디밭 위에』의 조명희나 민중시를 쓴 김형원, 나아가 카프의 프롤레타리아 시인들이 '낮의 낭만주의'적인 측면을 이어받았고, 『백조』의 낭만주의는 '밤의 낭만주의'를 이어받았다고 볼 수 있다. 그런데 주요한은 어떤 길을 갔을까? 「불놀이」의 마지막 부분에서 짐작할 수 있듯이, 그는 '밤의 낭만주의'를 거부하고 '낮의 낭만주의'로 나아갔다.

1919년 3월 20일에 발간된 『창조 2호』에 주요한은 건강한 생명력을 찬미하는 시들을 발표하고 있다. 가령, 「해의 시절」의 후반부에서 "해여 바람이여 지금 내가슴에 넘처오라./풀무불에 제튼튼한 팔을 두드리는 이상한 대장쟁이처럼/사른 열정으로 나의 가슴을 달구리다."고 시인은 쓰고 있다. 여기서 불의 이미지, 해의 이미지는 이상에 투신하려는 정열을 상징한다. 그것은 슬픔이나 설움, 어둠, 무기력과는 완전히 선을 그은 이미지다. 「불노리」에서는 삶의 어두운 면을 드러내는 밤이 시간적 배경이었지만, 이 시의 시간적 배경은 아침이다. 내면은 이젠 밝고 명랑하다. 나아가 시인은 이러한 내면을 열정으로 담금질하여 무엇인가를 이루어내려고 노력하는 뜨거운 삶을 결의한다.12) 이러한 '낮의 낭만주의'는 새 시대에 대한 갈망을 노래했던 '프로시'에서도 전형적으로 나타나는 것이다. 주요한 자신이 바로 '낮의 낭만주의'적인 프로시를 프로문학의 준 기관지인 『조선지광』에 발표하기도 했다. 주요한이 자신의 대표작 중의 하나라고 꼽았던 「채석장」(같은 잡지, 1929. 6)이 그것이다. 그 시에서 그는 "노래하자 태양아, 나무숲아, 흐르는 시내야, 올라가자 선구자야 깨트려라 새길을,/우리에게 주라, 위대한 힘을 마글자 업는 힘을"이라고 외친다. 여기서 '선구자'는 채석장의 노동자를 가리키고 있다.13)

1920년대의 많은 시들이, 낭만적인 감정의 분출을 통해 산문에 리듬을 만들어냄으로써 시적인 것을 획득하는 「불놀이」의 길을 따라갔다. '낮의 낭만주의' 시나 「채석장」과 비슷한 정서를 보여주는 민중시도 그러했고, '밤의 낭만주의' 시도 그러했다. 『백조』의 홍사용, 박영희, 이상화, 박종화가 보여준 시들의 산문성과 감정 과잉을 생각해보라. 「불놀이」의 길을 따라간 1920년대의 많은 시인들에게 필요했던 것은 산문과 격정이었다. 미의 세계든, 밤의 사원이든, 무덤이든, 해방된 새 세상이든 이 세상에 없는 세계에 대한 동경과 이에 뒤따르는 희망과 우울

---

12) 이 시는 2.8운동과 3.1운동을 겪으며 고양된 시대적 분위기 속에서 씌어졌을 것으로 생각된다. '해의 시절'은 당시의 희망에 찬 분위기를 상징한다.
13) 하지만 주요한의 이러한 시작 경향은 일시적인 것이었다. 1924년에 상재한 『아름다운 새벽』에서 시인은 지금까지의 서구 자유시를 흉내 낸 시작 경향에 대해 반성하고, 민중시 지향성을 선언하면서 민요시와 시조 창작에 전념하는 것이다. 노골적으로 산문적인 성격을 띤 「채석장」은 1920년대 중반 이후의 자신의 시작 경향에서 이탈한 것인데, 시인은 이 '프로시'적 경향을 발전시키지는 못했다. 사실상 그의 시작의 종말을 1929년의 「채석장」으로 보는 견해도 있다.(김윤식, 「준비론 사상과 근대시가」, 『한국근대문학사상사』(한길사, 1984), 104면.) 당시 많은 프로 시인들이 이미 주요한의 「채석장」과 같은 시를 대량 생산하고 있었기에, 아마도 그러한 경향의 시작(詩作)이 별 의미가 없다고 생각하지 않았을까 추측된다.

이 격정을 생산할 수 있었다. 하지만 그 격정을 드러내기 위해서는, 단 아하게 내면성을 드러내는 정제된 표현이 아니라 다변, 즉 산문을 도입해야 했다. 그래야지만 당시엔 낯선 감정들인 동경과 정열에 대한 정보를 제공할 수 있었고, 이 정보가 빈약하다면 사람들로부터 이해 받기 힘들 터였다. 세상의 일상적인 가치와 유리된 자신들의 내면세계를 드러내려고 했던 『백조』파 시인들의 시에 산문성이 농후한 것은 이 때문이다.

한편 산문을 시에 도입하는 일은, 일상성과 '정치적인 것'에 시를 개방하는 일이기도 하다. 「나의 침실로」의 '밤의 낭만주의'가 「빼앗긴 들에도 봄은 오는가」의 '낮의 낭만주의'로 이동할 수 있었던 것도 이를 통해 설명될 수 있을지 모른다. 「나의 침실로」를 위해 사용되었던 많은 말들이 시인의 의도와는 달리 일상 세계를 끌어들이는 결과를 낳았기 때문에, 「빼앗긴 들에도 봄은 오는가」의 세계로 이상화 시인은 별 어려움 없이 나갈 수 있었다고 말이다. 동경의 대상이 침실의 세계에서 집 밖의 들의 세계로 전환되기 시작하자, 이를 이어 받은 시는 더욱 정치적이 되어갔고 많은 산문을 필요로 하게 되었다. 카프의 민중시 계열이 그러한데, 이 시 계열은 해방에의 동경과 이에 따르는 희망의 격정을 표현하기 위해 시에 산문을 더욱 유입했다. '밤의 낭만주의'의 우울한 격정과도 연결되는 이 낭만적인 격정은 산문화된 민중시에서 시적인 것을 유지해주는 것이었다.

카프의 볼세비키화 이후 성행한 선전선동 시는, 해방에의 낭만적인 희망을 바닥에 깔고 있긴 했지만 예전보다 더욱 노골적으로 산문을 시에 도입하였다. 선전선동 시는 시에 정치적 담론을 직접적으로 도입했다. 권환의 시에서 볼 수 있듯이, 선전선동 시는 대중에게 직접적인 의식 변화를 일으키기 위한 전술적인 담론, 그 산문을 전달하는 것이 중요했다. 선전선동 시인들에게는, 시 장르는 그 담론을 적에 대한 분노의 감정을 일으키며 대중에게 강렬하게 전달할 수 있기 때문에 필요할 뿐이었다. 이들에게 시적인 것의 성취는 그 담론을 얼마나 강렬하게 전달했는가의 문제가 된다. 이 시적인 강렬한 표현마저도 시에서 삭제된다면, 시는 슬로건이나 의식화를 위한 간결한 산문으로 떨어져버릴 것이었다. 즉 임화가 말했던 '뼈다귀 시'에 불과하게 될 것이었다. 초창기 근대시에 내재되어 갔던 산문성은 '뼈다귀 시'에 이르러 극단적으로 드러났다고 할 것이다. 이 시들은 정치적인 산문을, 거리낌 없이 노골적이고 직접적으로 시에 담아내고 있기에 그렇다.

그런데 카프의 선전선동시가 보여준 극단적인 산문성은 또 다른 설명을 필요로 한다. 육당이 시를 산문에 빠뜨린 것은 시에 대한 근대적인 의식의 미비와 근대시에 필요한 서정적주체로서의 내면성을 갖지 못했기 때문이다. 하지만 카프의 선전선동시의 단계에서 시의 산문화는, 시의 근대적 예술성에 대한 의식적인 반대와 시의 정치화 추구에 따라 일어난 일이었다. 이러한 의식은 시의 자율성에 대한 거부가 일어난 이후에 생길 수 있었다. 풀어 말하면, 자율화된 예술을 파괴하고 예술과 삶의 결합을 추구했던 아방가르드적 의식이 시단에 개입하여 기존의 근대문학에 대한 의식을 뒤흔든 사건이 벌어진 이후에야, 시의 노골적인 정치화가 정당화될 수 있었다. 시단에 다다와 같은 아방가르드가 유입된 것은 1920년대 중반이었다. 물론 1920년대 중후반에 잠깐 유행한 다다였지만, 다다의 유입은 근대시에 대한 의식에 균열을 내는 효과는 있었다. 이와 관련해서 말하면, 초기 카프를 지도한 김기진이나 박영희가 임화와 갈라지게 된 것은, 임화가 그들과 달리 다다를 열정적

으로 수용하고 이를 실험했다는 경험과 무관하지 않다. 임화의 다다시
를 인용해보자.

氣壓이 低下하였다고 돌아가는 鐵筆을
度數가틀린 眼鏡을쓴 觀測所員은
旗ㅅ대에다 快晴이란 白色旗를내걸었다

그러나 제눈을가진 給仕란놈은
二三分이지낸뒤 비가쏟아지면박구어달 붉은긔를 찾느라고 飛行
機가되어날아다닌다
　　　▶
악가―――그 事務員이페쓰토로즉사하였다는소식은 바--ㄹ써
觀測所를새어나가
　　　―――街里로
　　　　　　　　▶우주로뚫고
　　　―――산야로
疾走한다―――擴大된다
그러나 아직도 給仕란놈은旗에다 목을걸고귓짝속에서 亂舞한다
　비 ● 바람
　　쏴―――
그것은 餘地없이 給仕를 事務室로갓다붓첬다
페쓰토---그것은 偉大한것인줄 給仕는알았다
　　　　　―「지구와 박테리아」 전반부,『조선지광』,1927.8.

　이 시의 다다적 성격은 부조리한 장면이 논리적 연결고리 없이 몽타
주 된다는 데에서 찾아볼 수 있다. 블랙코미디의 주인공 같은 부조리한
인물들, 천연덕스럽게 튀어나오는 과장과 비속어도 이 시의 다다적인
성격을 보여준다. 이러한 다다적인 표현들은 임화가 현실을 반영하는

시보다는 알레고리로서 현실에 작동하는 시를 쓰려고 했기 때문에 사용되었을 것이다. 이 시에서 임화는 더 이상 낭만적인 격정이 만들어내는 리듬을 통해 시적인 것을 확보하고자 하지 않는다. 그는 시각적이며 산문적인 것을 과감히 사용하여 현실 질서를 아이러니에 빠뜨리고 우스꽝스러운 것으로 만드는 시를 통해 현실 정치에 작동하고자 했다. 그러나 위의 시가 산문으로 떨어졌다고 볼 수는 없다. 위의 시의 시적인 것은 낭만주의의 격정이 아니라 상황을 과장하고 뒤집고 현실의 질서 논리를 파괴하는 아이러니에 의해 획득된다.

하지만, 임화와는 달리, 박영희나 김기진은 다다가 갖고 있었던 아이러니를 이해하지 않았다. 그들은 다다가 데카당한 장난이자 쇠락한 부르주아의 비명일 뿐이며 예술상으로도 필요치 않은 것으로 폄하한다. 이들이 임화의 위의 시를 읽고 긍정적인 반응을 보였을 것이라고 생각되지 않는다. 김기진이 눈물을 흘린 임화의 시는 위와 같은 다다적인 시가 아니라 「우리 오빠와 화로」였던 것이다. 박영희나 김기진은 '문학을 통해' 운동을 한다는 생각을 버리지 않았다. 그들에게 문학은 정치 운동과 상대적으로 자율화된 상태에서 현실을 반영하는 것이고, 문학 운동은 정치 운동을 도우며 그 옆에서 나아가는 것이었다. 그들은 문학 운동과 정치운동을 동일시하지는 않았다.[14] 반면 임화 및 카프 소장파 동료들은, 후일에는 부정하더라도, 자율화된 예술을 폭파하고자 했던 다다의 세례를 받은 경험을 갖고 있었다. 그래서 이들은 시의 자율성에 대해 그렇게 연연하지 않을 수 있었고, 시가 곧 정치운동이 될 수 있다는 생각에 거부감이 없었다.

---

14) 물론 소설 건축 논쟁에서 볼 수 있듯이 이 둘의 문학에 대한 의식 차이는 크지만, 필자는 그 차이가 본질적인 이견이라기보다는 예술의 자율성을 인정한 상태에서의 자율성 정도에 대한 이견으로 보고 있다.

이들이 주창한 '카프의 볼세비키화'라는 구호가 임화를 비롯한 소장파들의 예술에 대한 사고방식을 말해준다. 문학조직의 정치조직화가 카프의 볼세비키화다. 이는 소장파들이 문학의 직접적인 정치화를 지향했음을 의미한다. 하지만 정치 행위가 전위당에 의한 선전 선동 활동으로 축소되었던 그 시기에, 문학의 직접적인 정치화는 전위가 선전 선동하고자 하는 내용을 직접적으로 전달하는 것으로 축소되고 마는 결과를 낳는다. 다다와 같은 아이러니나 유머와 같은 시적인 것은, 전위가 바라는 선전선동에 별 도움이 되지 못하기에 시의 정치화에 필요치 않게 된다. 시적인 기법과 시적인 것에 대한 무시는, 결국 정치적 산문의 영역과 시를 동일시해버리게 만든다. 그러나 이 동일시는 아이러니컬하게도 시가 가진 선동적 효과를 떨어뜨리고 시의 정치적 힘을 약화시킨다.

임화가 다다를 버린 이후 1929년에 주로 쓴 시는, 편지글 형식을 차용한 이른바 '단편서사시'였다. 그는 시의 산문화를 받아들이면서도 시가 가진 선동력을 개발하고자 했다. 그가 개발한 것은, 시에 산문(편지글)을 직접적으로 도입하는 동시에, 산문적 현실과 부딪치면서 생기는 운동가 및 그 주변 인물의 감정들을 산문 속에 녹여놓음으로써 감염력 있는 시적 호소력을 창출하는 것이었다. 하지만 이러한 시도는 그가 속한 카프의 소장파들로부터 감상주의라고 비난받는다. 그리고 그 자신역시 같은 이유로 자기비판한다. 그는 감상을 자제하고 좀 더 투쟁적이고 단호한 표현을 담은 시 「양말 속의 편지」를 통해 재기하지만, 그와동시에 시를 한 동안 거의 발표하지 못하고 만다. 카프의 볼세비키화가한창이던 시절에 선전선동 시를 가장 활발하게 쓴 소장파 인물은 앞에서 언급한 권환이었다. 그는 선전 선동에 직접적으로 기능하는 시의 정치화를 적극적으로 실천했다. 하지만 시가 가질 수 있는 특유의 효과를 개발하지 못하여 결국 훗날 임화로부터 비난받은 '뼈다귀 시', 즉 정치적 격문으로 떨어져버린 시만을 생산한다. 권환이 한창 활약할 당시 임화가 시를 거의 발표하지 않는 것을 보면, 그는 이미 시적인 효과를 고려하지 않은 선전선동 시에 대해 어떤 한계를 감지하고 회의적인 생각을 갖고 있었을지도 모른다.

6

이 글은 원래 최남선의 신체시에서부터 박용철이 주재한 『시문학』까지의 시사를 개괄하고자 했다. 하지만 이 기간 내에 활동한 시인들 중 시사적으로 중요한 많은 시인들이 지금까지 언급되지 않았다. 특히 한용운, 김소월, 초기 정지용, 박용철, 김영랑 등은 언급되어야 할 중요한 시인들이다. 하지만 벌써 많은 지면을 허비해버렸다. 근대시의 탄생과 관련되어 있는 1920년대 이전의 시와 주요한의 시, 그리고 1920년대 시의 산문성에 초점을 맞추어 논의하다 보니 이런 커다란 누락이 발생하게 되었다. 하지만 시의 산문화 경향과 관련해서도 한용운의 시는 논의되어야 했다. 그러나 한용운 시가 갖는 무게가 만만치 않아 논의하기가 부담스러운 것이 사실이다. 그래도 여기서 잠깐 언급해보기로 한다.

한용운의 산문시에서 시적인 것의 확보는, 격정의 리듬을 통해 시적인 것을 확보하고자 했던 1920년대 한국 낭만주의와는 다른 방식으로 이루어졌다. 그만큼 한용운은 시사적 흐름에서 이단적이다. 한용운은 스스로 말했듯이 단아한 서정시를 쓰기 거부했다. 그 역시 산문적인 현실을 시에 받아들여야 한다고 생각한 것이다. 그렇다고 시가 산문으로 떨어져야 한다고 생각하진 않았다. 그의 산문시는 산문과는 다른 시적인 것을 드러내고 있는 것이다. 그 시적인 것은 삶의 묘한 아이러니에 대한 시인의 인식에서 확보된다. 물론 인식의 산문적 설파가 시적인 것을 만들 수는 없다. 하지만 한용운의 경우는, 인식한 것 자체가 시적인 것이었다. 그것은 개념으로 파악할 수 없는 사랑에 대한 인식이었던 것이다. 사랑의 본질이 시적인 역설에 근거하기 때문에, 그 본질은 시를 통해야 가장 구체적으로 나타낼 수 있고 또한 잘 인식될 수 있는 것이었다. 이 사랑의 본질이 갖고 있는 시적인 성격은, 연인에서부터 전 인류에까지 그 사랑이 확산될 수 있다는 데에서도 나타난다. 이 파장을 어느 담론보다도 시집 『님의 침묵』이 적실하게 보여줄 수 있었던 것이다.[15] 그래서 종교나 철학적 담론이 한용운의 시편들을 대체할 수는 없다.

초창기 한국 근대시가 이끌렸던 시의 산문화 경향 반대편에 김소월과 김영랑이 있다. 그리고 두 경향 사이에 초기 정지용의 시가 놓여 있다. 정지용은 산문 문형을 시에 받아들이면서도 한국어가 가지고 있는 이미지를 발굴하고 개발하였으며, 이 이미지들을 통해 산문적인 것을 통제하여 시적인 것을 전면에 드러냈다. 김소월과 김영랑은 한국어의 음악성을 최대한 살리면서 산문의 발산적 경향을 제어하여 시 안으로 응축시키고, 산문적 언어를 제거하면서 시 전체가 시적인 것이 되도록 노력했다. 다시 말해 문장을 통제하고 언어를 선택함으로써 음악성을 실현하면서 이들은 시의 산문화 경향에 저항했다. 하지만 이 저항이 반근대적인 것은 아니다. 이들은 음악성을 쉽게 성취할 수 있는 정형률로

---

15) 정명교는 "만해는 개인적 차원과 사회적 차원을 동렬에 올려놓고 있었다. 그것은 시집 『님의 침묵』 전체가 통째로 증거하는 것이다. 연애와 광복을 하나로 파악한 것, 그것이 『님의 침묵』 아닌가?"라고 말한다.(「한국 현대시에서 서정성의 확대가 일어나기까지」, 『한국시학연구 제16호』(한국시학회, 2006), 58면.)

돌아가고자 하지 않았다. 시조나 민요를 창작하지는 않았던 것이다. 물론 김소월은 민요의 형식을 빌어 전통적인 정조를 최대한 살리면서 시작(詩作)했다. 하지만 그의 작업은, 잠시 뒤에 부언하겠지만, 정형률을 변형하여 음악성의 극대화를 노렸던 것이었다. 이들의 시는, 전근대 시가의 노래적인 성격에서 비롯된 음악성과는 근본적으로 다른 근대적 성격을 갖고 있었다. 때문에 정형적인 운이나 율격으로 그들 시의 음악성을 다 파악할 수는 없다.

김소월 시의 시사적 중요성을 생각하여, 그의 시가 지니는 근대성에 대해 간략하게나마 언급하고 이 글을 마치겠다. 정형률은 시인이나 가인이 창작할 때 어느 정도 '무의식적'이고 강요된 규칙으로 작용되어야 그 합당한 의미를 지닌다. 하지만 김소월은 한국 민요의 정형률을 '의식'한 후, 활자화라는 근대시의 특성을 고려하면서 정형률의 변형을 이것저것 실험했다.(행갈이를 여러 차례 수정한 것이 그 증거다.) 그에게 민요의 정형률은 무의식적인 것이 아니었고 또한 강요된 규칙도 아니었다. 그리고 소월은 다양한 화법을 구사했다. 그가 구사한 다양한 화법은, 흔히 말하는 소월 시의 여성적 어조가 소월 개인의 천성적인 성격 때문이라기보다는 그의 시 창작 전략에서 비롯된 것임을 짐작케 한다. 서정시 창작이라고 하더라도, 시인은 청취자-독자의 존재를 염두에 두고, 잠정적인 독자의 반응을 생각하면서 시를 창작한다는 바흐친의 이론16)에 따른다면, 서정시인 역시 청취자의 공감에 호소하기 위해 시

---

16) "서정적 어조의 본질적인 조건은 청취자의 공감에 대한 절대적인 신임이다. 서정적 상황에 의심이 개재되자마자, 시의 문체는 갑작스럽게 변형된다."(미하일 바흐친/V. 볼로시노프, 「생활 속의 담론과 시 속의 담론」, 츠베탕 토로로프, 최현무 역, 『바흐친: 문학 사회학과 대화 이론』(까치, 1988), 183면.)고 바흐친은 말한다. 이 논문에서 바흐친은 일상적 담론이 발화자, 청취자, 발화 대상, 언어외적 맥락 등을 통해 발화라는 사건이 이루어지듯이 예술 영역에서도 작가, 청취자, 주인공, 사회적

를 쓴다고 하겠다. 소월 시의 대중적 친화력은 그가 선택한 서정적 어조가 대중들의 공감을 얻었기 때문이다. 시의 음악성과 어조를 자신이 전략적으로 조정했다는 면에서, 김소월은 시인이란 존재가 시의 자율적인 예술적 가치를 창조하는 주체임을 의식하고 있었던 근대적 시인이었다.

이렇듯 1920년대 한국 근대시는, 시 자체가 시적인 것이 되려는 김소월의 시에서부터 시적인 것을 파괴하여 아이러니하게 시적인 것을 발산하는 다다까지, 그리고 격정의 표출을 통해 시적인 것을 획득하려는 낭만주의 시에서부터 시에 정치적 산문을 극단적으로 도입한 선전선동 시까지, 시적인 것과 산문성이 서로 반대 방향에서 끌어당기는 힘의 자장 속에서 다양한 스펙트럼으로 전개되었다. 1920년대 한국 근대시는, 자율적인 예술성과 실천적인 정치성 사이에서 방황할 수밖에 없는 근대시의 운명을 이미 확연하게 드러내 보여주었던 것이다.

맥락 속에서 작품이라는 사건이 이루어진다고 논한다. 이에서 유추해보면, 근대적 일상 담론은 시 담론의 층위 역시 감염시킬 수 있다고 생각해볼 수 있겠다.

이상화와 김소월의 '흙의 시학'
― 시론(試論)적 고찰

1

'흙의 시학'은 낯익은 개념은 아니다. 반면 '대지의 시학'이라는 말은 낯설지 않다. 흙은 땅의 질료를 가리키는 의미가 강한 데 비해, 대지는 좀 더 철학적이고 규모가 큰 개념으로 생각된다. 가스통 바슐라라의 『대지 그리고 휴식의 몽상』(문학동네, 2002)을 번역한 정영란에 따르면, 책 제목의 '대지'는 프랑스어 la terre를 번역한 것으로, 그 프랑스어는 대지뿐만 아니라 땅, 육지, 토양 등을 의미한다. 또한 고대 과학철학에서의 4원소론 중 고체 원소인 흙을 가리키기도 한다고 한다.(7면) 또한 바슐라르의 『대지와 의지의 몽상』(삼성출판사, 1982)을 번역한 민희식은 la terre가 지구, 천국에 대립하는 현세, 육지, 식물이 자라는 지표 등 크게 네 개의 뜻이 있다고 설명한다.(194면) 즉 바슐라르가 '대지'의 시적 이미지에 대해 쓸 때, 그가 생각한 '대지'란 흙을 포함한 광범위한 의미를 가지고 있다고 하겠다.

'대지의 시학'에는 흙뿐만 아니라 돌-바위의 시학이나 나무 혹은 풀의 시학도 포함될 수 있을 것이다. 나아가 바슐라르가 제시했듯이 뱀이나 땅에서 캐낼 수 있는 광물 이미지 역시 '대지의 시학'에 포함하여 생각할 수 있을 것이며, 이 이미지들을 종합한 '산의 시학' 역시 대지의 시학에 포함될 수 있을 것이다. 바슐라르는 철로 물건을 만드는 대장장이의 노동 역시 '대지와 의지의 몽상'에 포함시킨다. 하지만 이 글에서는 논의 대상을 '흙'으로 한정해서 이상화와 김소월의 대표시에 나타난 '흙'의 시적 이미지에 대해 생각해보려고 한다. 즉 바위나 나무, 풀, 뱀, 광물 등을 제외한 땅의 '원소'인 '흙'에 대해서만 논의해보고자 하는 것이다.

앞에서 예로 든 바슐라르의 두 책은 '흙의 시학'에 대한 사유를 진행하기 위한 출발점을 찾는 데 유익하다. 그는 대지에 대한 문학적 상상력들을 외향과 내향의 것으로 나눌 수 있다면서, 대지라는 물질의 이미지에 대한 연구의 1권인 『대지와 의지의 몽상』에서는 주체의 상상력이 외부로 향하여 주체의 의지에 연동되는 노동 대상으로서의 대지의 이미지에 대해 논할 것이고, 2권인 『대지 그리고 휴식의 몽상』에서는 "원초의 피난처로 우리를 이끌고 내밀성의 모든 이미지에 가치를 부과하는 그 내선(內旋)의 과정을 더듬을 것"(『대지와 의지의 몽상』, 190면)이라고 말하고 있다. 이에 따라 '흙'의 이미지 역시 두 방향으로 생각할 수 있다. 우리를 품는 흙의 내밀한 이미지와 노동 대상, 즉 경작 대상인 흙의 이미지로서 말이다.

그런데 바슐라르는 흙의 내밀성을 '요나 콤플렉스'와 연결한다. 알다시피 요나는 하느님의 명령을 거역하여 3일 밤낮으로 고래 뱃속에서 살아야 했던 선지자다. '요나 콤플렉스'란 바로 고래 뱃속으로 들어가고자 하는 욕망, 즉 자궁회귀의 욕망과 관련된 것이다. 자궁회귀 욕망은 모체 속으로 복귀하고자 하는 욕망, 탄생 이전으로 돌아가는 죽음에의 욕망이다. 달리 말해 그것은 흙의 품속-무덤 속-으로 들어가고자 하는 욕망이다. 하지만 회개한 요나가 결국 고래 뱃속에서 나올 수 있게 된다는 이야기를 볼 때, 그 콤플렉스는 이중적인 의미를 가지고 있다. 고래 뱃속이 무덤과 유비된다면, 요나는 예수처럼 무덤에서 부활한 것으로 볼 수 있다. 그래서 '요나' 이야기는 "석관은 하나의 배이고, 배는 하나의 석관이라는 삶과 죽음의 등가성"(『대지 그리고 휴식의 몽상』, 199면)을 보여준다. 하여 '요나 콤플렉스'는 죽음에의 욕망과 더불어 부활하고자 하는 욕망과 관련된 것이기도 하다.

흙의 품에 거주하고자 하는 내밀한 욕망의 반대편에 흙에 어떤 영향을 끼쳐 무엇인가를 생산하고자 하는 의지가 존재한다. 즉 경작을 통해 곡식을 얻고자 하는 노동의 의지 말이다. 그러나 그 노동의 의지는 의식이나 계획에 따라 발현되지는 않는다는 것이 바슐라르의 생각이다. 그에 따르면 대지에 대한 노동의 의지는 몽상을 동반하면서 발현된다. "일의 몽환성의 힘을 무시하면 노동자를 과소평가하고 전멸시키게 된다. 노동에는 각기 그 몽환성이 있고, 노동의 대상이 된 물질은 내밀의 몽상을 전한다"(『대지와 의지의 몽상』, 247면)는 것이다. 다시 말하면, 대지를 대하는 노동 과정에서 발현되는 외향적인 몽상은 그 노동 대상의 물질성에 의해 내밀한 몽상으로 전환된다. 그렇다면 대지를 둘러싼 '휴식의 몽상'과 '의지의 몽상'은 뫼비우스 띠처럼 연결될 수 있다고 할 수 있다. 노동이 휴식을 필요로 하고 휴식은 노동으로 연결되어야 하는 것처럼, 또는 삶과 죽음이 엉켜있는 것처럼 말이다.

경작 대상 물질인 대지의 흙 역시 마찬가지다. 이때 몽상을 불러일으키는 흙은 육감적인 무엇으로 나타난다. 즉 '요나 콤플렉스'에서 흙이

어머니의 배 또는 유방을 의미했던 것과 마찬가지로, 여기서도 흙은 여성의 육체를 의미할 수 있다. 그렇다면 경작이라는 노동은 성적인 의미를 가진다. 흙을 고르고 파는 경작은 애무와 섹스를 의미하고 아이-곡식-를 산출하기 위한 사랑의 생산행위가 되는 것이다. 이렇게 흙의 이미지는 여성의 육체와 은밀하게 관련되어 '죽음-부활' 또는 에로티시즘의 의미를 가지기도 한다. 흙의 상상력에서 죽음과 성은 불가분하게 연결되어 있는 것이다.

이에 이 글은 이상화와 김소월 시에서 흙의 이미지가 어떻게 나타나는지 구체적으로 살펴보려고 한다. 두 시인 모두 흙을 무덤 또는 경작 대상으로서 상상했다. 하지만 그 상상력의 양상은 상이하다. 이상화의 몽상은 성적인 의미를 품으면서 내밀성을 띠게 된다면, 김소월의 시에서 흙의 이미지는 성적인 의미를 거의 품고 있지 않고 상대적으로 순수한 서정성을 표현한다. 우선, 이상화 시인의 시부터 살펴보기로 하자.

2

흙의 내밀성이 죽음과 부활의 욕망과 연결되는 '요나 콤플렉스'와 밀접한 관련을 맺는다고 할 때, 독자들은 이상화의 「나의 침실로」를 떠올렸을지도 모르겠다. 필자는 그 시를 떠올렸다. 그 시에서 '흙'이라는 시어는 나오지 않지만, '부활의 동굴'이라는 시구가 바로 요나 이야기를 떠올리게 하기 때문이었다. 이 시의 후반부를 옮겨본다.

「마돈나」 짧은 심지를 더우잡고 눈물도 없이 하소연하는 내 맘의
촛(燭)불을 봐라.

양털 같은 바람결에도 질식이 되어 얄푸른 연기로 꺼지려는도다.

「마돈나」오너라, 가자, 앞산 그리메가 도깨비처럼 발도 없이 이
곳 가까이 오도다.
아, 행여나 누가 볼는지—가슴이 뛰누나, 나의 아씨여, 너를 부른다.

「마돈나」날이 새련다, 빨리 오려무나, 사원의 쇠북이 우리를 비
웃기 전에.
네 손이 내 목을 안아라. 우리도 이 밤과 함께 오랜 나라로 가고
말자.

「마돈나」뉘우침과 두려움의 외나무다리 건너 있는 내 침실 열
이도 없으니.
아, 바람이 불도다. 그와 같이 가볍게 오려무나. 나의 아씨여, 네
가 오느냐?

「마돈나」가엾어라, 나는 미치고 말았는가. 없는 소리를 내 귀가
들음은—,
내 몸에 파란 피—가슴의 샘이 말라 버린 듯 마음과 목이 타려는
도다.

「마돈나」언젠들 안 갈 수 있으랴. 갈 테면 우리가 가자, 끄을려가
지 말고!
너는 내 말을 믿는 '마리아'—내 침실이 부활의 동굴임을 네야 알
련만……

「마돈나」밤이 주는 꿈, 우리가 엮는 꿈, 사람이 안고 뒹구는 목숨
의 꿈이 다르지 않으니.
아, 어린애 가슴처럼 세월 모르는 나의 침실로 가자, 아름답고 오

랜 거기로.

　「마돈나」 별들의 웃음도 흐려지려 하고 어둔 밤 물결도 잦아지려
　는도다.
　　아, 안개가 사라지기 전으로 네가 와야지. 나의 아씨여, 너를 부른다.[1]

　이 시가 '흙의 시학'을 보여주는 시라고 말하기는 어렵다고 보기 쉽
다. 하지만 앞에서 말한 바슐라르의 '요나 콤플렉스'와 연결하여 생각
한다면, 이 시는 '흙'의 내밀성 이미지를 보여준다고 말할 수 있다. 이
시의 핵심 시어인 '침실'을 시인은 "부활의 동굴"이라고 명명하고 있기
때문이다. 침실은 부활의 장소이기에 주검이 놓여 있던 자리, 즉 무덤
을 의미할 것이다. 그래서 "도깨비처럼, 발도 없이 이곳 가까이 오"는
'그리메'가 있는 '앞산'은 바로 무덤이 놓여 있는 장소라고 할 것이다.
그렇다면 무덤의 그림자가 시적 화자에게 다가오고 있다는 말은 죽음
이 다가오고 있다는 뜻일 터, 생명을 의미하는 "내 맘의 촛(燭)불"이 "얄
푸른 연기로 꺼지려"고 하고 있다는 구절은 이와 관련된다. 시적 화자
는 마돈나와 만나 아예 죽음의 침실로 먼저 감으로써 이 죽음이 다가오
는 질식의 상황-"가슴의 샘이 말라버린 듯 마음과 목이 타려는" 상황-
으로부터 벗어나고자 한다.
　마돈나는 성모 마리아를 의미한다. 하지만 이 시에서 마돈나는 성
(聖)스러운 의미를 갖지 않는다. 이와는 달리 이 마돈나는 성(性)적인 이
미지를 갖는다. 위에서 인용되지 않은 부분에 나오는 "수밀도(水蜜桃)
의 네 가슴에 이슬이 맺도록 달려오너라"와 같은 구절이 마돈나에 대한

---

1) 이상규 엮음, 『이상화 문학전집』(경진출판, 2015), 23-25면. '촛(燭)불'만 빼고 팔호
　속 한자는 삭제하고 인용함.

시인의 태도-마돈나를 성적대상으로 생각하는-를 드러낸다. 그래서, 역시 위에 인용되지 않은 부분에서 시인은 "우리는 밝음이 오면 어딘지도 모르게 숨는 두 별이어라"라고 말하는 것이다. 즉 마돈나는 밤에 남모르게 침실에서 동침할 육감적인 대상이다. 마돈나에게 침실로 가자는 말은 성적 교합을 이루자는 신성모독적인 의미를 가지고 있는 것이다. 그래서 시인은 "사원의 쇠북이 우리를 비웃기 전에/네 손이 내 목을 안아라"라고 마돈나에게 재촉한다. 신성한 사원이 미처 알지 못하게 애무와 섹스를 할 수 있는 침실로 숨자는 것이다.

그런데 왜 하필 신성한 존재인 마돈나인가? 그녀야말로 "내 침실이 부활의 동굴임을" 알고 있는 자이기 때문이다. 예수의 어머니 마돈나야말로 죽음 이후에도 부활이 가능하다는 것을 알고 있는 분이다. 물론 이 마돈나는 하느님의 빛을 받은 마돈나이고, 이 시에서의 마돈나는 마돈나의 음화, 전도된 마돈나, 밤의 마돈나라는 차이가 있다. 이 마돈나는 죽음에 이르는 섹스를 통해 도리어 부활이 가능하다는 것을 알고 있는 여자인 것. 그리하여 섹스가 이루어질 수 있는 침실로 가자는 말은 죽음과 부활이 이루어지는 동굴-묘지-로 들어가자는 말이고, 섹스의 행위는 자궁 속으로 들어갔다가 나온다(죽음과 부활)는 의미를 가지게 된다. 이렇게 '요나 콤플렉스'를 드러내는 「나의 침실로」는 '침실-동굴'이라는 시어를 중심으로 흙에 대한 내밀한 상상력을 보여주고 있다. 그 내밀성이 에로티시즘을 통해 강렬성을 얻으면서, 이 시는 헐떡이는 리듬을 타고 섹스와 죽음-지하-의 심연 속으로 빨려 들어간다.

「나의 침실로」가 발표된 것은 1923년 9월, 『백조』 3호를 통해서였다. 그로부터 근 3년이 지난 후 이상화는 『개벽』 70호(1926년 6월)에 유명한 「빼앗긴 들에도 봄은 오는가」를 발표한다. 3년이란 세월 동안 그의 세계관은 급변한 듯이 보인다. 앞의 시에서 현재의 상황이 질식할 듯하다는 토로는 나와 있지만 그 원인은 나와 있지 않았다. 하지만 뒤의 시에서는 "빼앗긴 들"이라는 말로 갑갑한 현재 상황의 원인을 제시한다. 그러나 두 시 모두 성(性)과 연관된 '흙의 상상력'을 보여주고 있다는 면에서 연관성이 있다. 물론 그 흙에 대한 상상력의 방향은 정 반대다. 앞의 시가 흙 속의 내밀한 심연 속으로 상상력이 작동하고 있다면, 뒤의 시는 노동이 이루어지는 흙의 표면(지표)에서 상상력이 작동한다. 역시 후반부를 인용해본다.

> 고맙게 잘 자란 보리밭아
> 간밤 자정이 넘어 내리던 고운 비로
> 너는 삼단같은 머리털을 감았구나, 내 머리조차 가뿐하다.
>
> 혼자라도 가쁘게나 가자.
> 마른 논을 안고 도는 착한 도랑이
> 젖먹이 달래는 노래를 하고 제 혼자 어깨춤만 추고 가네.
>
> 나비 제비야 깝치지 마라
> 맨드라미 들마꽃에도 인사를 해야지.
> 아주까리 기름을 바른 이가 지심 매던 그들이라 다 보고싶다.
>
> 내 손에 호미를 쥐어다오.
> 살진 젖가슴과 같은 부드러운 이 흙을
> 발목이 시도록 밟아도 보고 좋은 땀조차 흘리고 싶다.
>
> 강가에 나온 아이와 같이
> 짬도 모르고 끝도 없이 닫는 내 혼아

무엇을 찾느냐 어디로 가느냐 우스웁다 답을 하려무나.

나는 온몸에 풋내를 띠고
푸른 웃음 푸른 설움이 어우러진 사이로
다리를 절며 하루를 걷는다 아마도 봄 신령이 잡혔나 보다.

그러나 지금은-- 들을 빼앗겨 봄조차 빼앗기겠네.[2]

　이 시에서 성(性)적인 의미를 찾는다는 것은 정신분석학적 도식의 지
나친 적용이 될 수 있을 것이다. 한편 정신분석학적으로 말하더라도,
이 시는 성적 욕망이 조국애, 또는 조국의 향토애로 승화되었다고 할
수 있다. 하지만 이 시에서 나타난 흙에 대한 상상력은 에로티시즘의
흐름을 타면서 작동하고 있다는 것은 사실이다. "살진 젖가슴과 같은
부드러운 이 흙"이란 표현이 이를 보여준다. 「나의 침실로」에서의 "수
밀도(水蜜桃)의 네 가슴"과 같은 이미지가 이 시에서도 계승되고 있는
것이다. 하지만 두 이미지에 내포되어 있는 뉘앙스는 차이가 있다. 앞
의 이미지가 성적 쾌락-단물이 듬뿍 배인 복숭아와 연동되는-과 연결된
관능성을 갖고 있다면, 뒤의 이미지는 모성의 풍부함을 상기시키기 때
문이다. 그래서 젖가슴의 성적 이미지가 이 시에서는 승화되었다고 말
할 수 있다. 그렇지만 '젖가슴'의 이미지에서 성적인 함의를 완전히 제
거하기는 힘들다. 시적 화자가 "살진 젖가슴"과 같이 "부드러운 이 흙
을" 만지자 호미로 땅을 고르고 "발목이 시리도록 밟아도 보고" 싶어
하는 것을 보면 그렇다. 그 노동의 행위는 필요에 의한 것이 아니라 흙
의 부드러운 감촉에 이끌려 '욕망'된 것이다. 그래서 땅을 파고 밟는 행

---

2) 위의 책, 96-98면.

위는 성적인 의미를 품게 된다.

그렇기에 이 시에서 대지인 들은 여성으로서 나타나며 들의 질료인 흙은 여성의 부드러운 육체와 같은 의미를 가진다. "잘 자란 보리밭"은 "삼단 같은 머리를 감"은 모습이고 "마른 논을 안고 도는 착한 도랑" 소리는 "젖먹이 달래는 노래를 하"는 듯하다. 위의 인용 부분에는 없지만, 논길은 여인 머리의 '가르마' 같다. 그러니까 들을 거니는 시적 화자는 여성의 몸 위를 샅샅이 답파하고 있는 것이다. 그래서 이 행보는 시인에게 황홀함을 준다. 위에 인용되지 않은 이 시의 2연에서 시적 화자가 "푸른 하늘 푸른 들이 맞붙은 곳으로/가르마 같은 논길을 따라 꿈속을 가듯 걸어만 간다"고 말할 수 있는 것은 향토의 들을 거닐면서 승화된 성적 황홀을 느꼈기 때문인 것이다. 그 황홀은 「나의 침실로」에서처럼 동굴 또는 지하에서의 음습한 성적 쾌락의 절정(jouissance)이 아니라 지상으로 승화된 자연스런 기쁨이다. 위의 시에서 흙은 죽음과 부활로 통하는 자궁의 양수가 아니라 감각적 즐거움을 주는 보드라운 피부이다. 이 부드러운 피부 위에서, 시적 화자는 "아이와 같이/짬도 모르고 끝도 없이" 시간을 잊고 살아갈 수 있다. 바로 어머니의 품속에서 젖을 빨고 만지던 아이와 같이 말이다.

이 시에서의 흙에 대한 외향적 상상력은 밝게 승화된 성적 즐거움을 향해 발동되면서 생기에 찬 이미지들을 낳는다. 노동은 어머니의 부드러운 젖가슴 위에서의 유희처럼 욕망되고 몽상된다. 「나의 침실로」의 리듬이 급박하고 숨찬 것이었다면, 이 시에서의 리듬은 발랄하고 즐겁게 흐른다. 하지만 마지막 행에서 갑자기 제시되는 "들을 빼앗겨 봄조차 빼앗"길 위기에 놓여 있는 '실재'는, 생기발랄한 시의 주된 정조와 급격하게 대조되면서 독자에게 충격을 준다. 길게 제시된 포근하고 밝은 봄날의 즐거움과 대조되어, 시의 후반부는 들이 빼앗기고 봄조차 빼앗길 처지의 현실에 대한 더욱 뼈저린 아픔을 독자에게 주는 것이다. 당대에 이 시가 저항시의 절창으로 읽혔던 것은 이 때문일 것이다.

3

김소월 시에서 흙에 대한 상상력은 어떻게 나타나는가? 이상화 시에서 흙에 대한 상상력은 성적인 의미를 품고 있었다. 「나의 침실로」의 열정적인 리듬이나 「빼앗긴 들에도 봄은 오는가」의 발랄한 리듬은 바로 리비도의 흐름으로부터 비롯된 것이라고 볼 수 있다. 반면 김소월의 시에서 흙에 대한 몽상은 이상화의 시에서처럼 리비도의 흐름을 보여주지는 않는다. 허나 그의 시에도 '요나 콤플렉스'를 드러내는 시가 있다. 가령, 아래의 「금잔디」가 그러한 시다.

> 잔디,
> 잔디,
> 금잔디
> 심심산천(深深山川)에 붙는 불은
> 가신 임 무덤가에 금잔디.
> 봄이 왔네, 봄빛이 왔네.
> 버드나무 끝에도 실가지에.
> 봄빛이 왔네, 봄날이 왔네.
> 심심산천에도 금잔디에.[3]

---

3) 권영민 엮음, 『김소월 시전집』(문학사상사, 2007), 336면. 현대어로 표기된 시를 인용함.(아래의 두 시 역시 마찬가지로 현대어 표기된 것을 인용.)

‘요나 콤플렉스’의 핵심이 죽음과 재생에의 욕망과 관련되어 있다고 한다면, 위의 시도 그러한 욕망과 관련되어 있다고 할 수 있다. 그런데 「나의 침실로」가 에로티시즘을 통한 죽음과 재생에의 욕망을 보여주었다면, 위의 시는 돌이킬 수 없는 임의 죽음을 재생의 봄과 대조하면서 임의 죽음에 대한 슬픔을 극대화하고, 이와 함께 ‘님’의 재생을 희원하는 ‘요나 콤플렉스’를 보여준다. 즉 불가능한 재생에의 희원에 위의 시는 초점이 맞추어져 있는 것이다. 임은 흙 속에 묻혀 있고 재생할 수 없다는 것을 시인은 잘 알고 있다. 하지만 애써 시인은 금색 잔디에서 재생한 임의 모습을 확인하고자 한다. 잔디가 금색을 띠게 될 때는 만물이 소생하는 봄이 왔을 때이다. 만물이 소생하듯이, 임도 금잔디로서나마 소생한 것이라고 시인은 몽상한다. 금의 도출이야말로 무에서 유를, 생명 없는 것에서 생명을 만들어내고자 했던 연금술의 목표 아니었던가. 저 잔디의 금색은 죽은 임의 부활한 생명을 표현하는 것이다….

그러나 그 금잔디는 임이 현현한 모습이 아님을 시인은 내심으로 잘 알고 있기에 더욱 애절한 슬픔을 느끼게 될 것이다. 이 헛된 희원과 그에 동반하는 슬픔은 시인의 마음 속 깊은 곳에서 우러나는 것이어서, 임의 무덤은 ‘심심산천’에 있다. 시인 마음의 심심산천에 님은 묻혀 있는 것이다. 그런데 슬픔과 희원의 서로 모순된 정동이 격렬하게 얽히고 부딪치면서, 금잔디의 이미지는 “심심산천에 붙는 불”이라는 강렬한 이미지로 폭발한다. 잔디의 금색은 활활 타는 붉은 불꽃으로 변모하는 것이다.

한편, 이상화의 「빼앗긴 들에도 봄은 오는가」와 대비될 수 있는 김소월의 시는 「바라건대는 우리에게 우리의 보섭대일 땅이 있었다면」이겠는데, 또한 「밭고랑 위에서」는 노동하는 자의 삶을 따스하게 품어주는 대지의 이미지를 잘 보여주고 있어서 이 두 시를 같이 인용하여 김소월 시의 흙에 대한 외향적 상상력의 특징을 논해보고자 한다.

나는 꿈꾸었노라, 동무들과 내가 가지런히
벌 가의 하루 일을 다 마치고
석양에 마을로 돌아오는 꿈을,
즐거이, 꿈 가운데.

그러나 집 잃은 내 몸이어,
바라건대는 우리에게 우리의 보습 대일 땅이 있었더면!
이처럼 떠돌으랴, 아침에 점을손에
새라새로운 탄식을 얻으면서.

동이랴, 남북이랴,
내 몸은 떠가나니, 볼지어다,
희망의 반짝임은, 별빛의 아득임은.
물결뿐 떠올라라, 가슴에 팔 다리에.

그러나 어쩌면 황송한 이 심정을! 날로 나날이 내 앞에는
자칫 가느른 길이 이어가라. 나는 나아가리라.
한 걸음, 또 한 걸음. 보이는 산비탈엔
온 새벽 동무들 저저혼자…… 산경(山耕)을 김 매이는
　　－「바라건대는 우리에게 우리의 보습대일 땅이 있었다면」
　　　　　　　　　　　　　　　　　　　　　　　　전문4)

우리 두 사람은
키 높이 가득 자란 보리밭, 밭고랑 위에 앉았어라.

---

4) 위의 책, 233-234면.

일을 필(畢)하고 쉬이는 동안의 기쁨이어.
지금 두 사람의 이야기에는 꽃이 필 때.

오오 빛나는 태양은 내리쪼이며
새 무리들도 즐거운 노래, 노래 불러라.
오오 은혜여, 살아 있는 몸에는 넘치는 은혜여,
모든 은근스러움이 우리의 맘속을 차지하여라.

세계의 끝은 어디? 자애의 하늘은 넓게도 덮였는데,
우리 두 사람은 일하며, 살아 있어서,
하늘과 태양을 바라보아라, 날마다 날마다도,
새라새로운 환희를 지어내며, 늘 같은 땅 위에서.

다시 한 번 활기 있게 웃고 나서, 우리 두 사람은
바람에 일리우는 보리밭 속으로
호미 들고 들어갔어라, 가지런히 가지런히,
걸어 나아가는 기쁨이어, 오오 생명의 향상이여.
― 「밭고랑 위에서」 전문5)

연작시라고도 볼 수 있는 두 시에서 김소월은 이상화에 비해 흙이라는 질료에 대한 상상력을 보여주고 있지는 않다. 앞에서 보았듯이, 이상화는 흙의 질료에 대한 감각을 살진 젖가슴의 부드러움으로 표현했다. 그런데 위의 시편들에서는 노동의 장소이자 대상인 흙은 노동자의 삶을 감싸면서 의미와 기쁨을 주는 상징적인 이미지로서 등장한다. 사람들과 함께 땅에 보습 대는 '일'을 통해 '우리'는 흙과 즐거이 교섭하고 흙 위에서 휴식을 취함으로써 삶의 활기를 되찾는다. 또한 '동무들'과

5) 위의 책, 236-237면.

'나'는 흙을 대상으로 한 "벌 가의 하루 일을 다 마치고/석양에 마을로 돌아오"면서 즐겁게 이야기꽃을 피우며 우정을 맺는다. 그런데 「바라건대는~」은 "집 잃은 내 몸"의 현재엔 그러한 노동의 즐거움을 다만 꿈에서만 맛볼 수 있을 뿐이라는 '실재'를 드러냄으로써, 「빼앗긴 들에도 봄은 오는가」에서처럼 현실의 고통을 뼈아프게 드러낸다. 하지만 한편으로 그 시는 "내 앞에" 이어가는 "가느른 길"을 발견하고 희망을 잃지 않는 서정적 주체를 제시하고 있어서 이상화의 시보다 도리어 더 밝은 전망을 품고 있다고 하겠다.

「밭고랑 위에서」는 「바라건대는~」에서 언급된 꿈을 구체적으로 묘사하고 있는 것처럼 보인다. 그렇다면, 시인의 꿈은 '우리'가 집을 잃어 떠돌지 않고 "늘 같은 땅 위에서" "보리밭 속으로/호미 들고 들어"가, '내리쪼이'는 "빛나는 태양" 아래 노동하면서 대지의 흙과 즐거이 교섭하는 것이다. '우리'는 이러한 노동을 통해 흙에 내장된 생명력을 지속적으로 충전 받으며 "생명의 향상"을 이루어낼 수 있다. 그럼으로써 흙은 '우리'의 삶이 나아갈 "가느른 길"을 제공하여 "걸어 나가는 기쁨"을 '우리'에게 줄 수 있게 될 것이다. 이렇게 제시되고 있는 김소월의 흙 이미지는 「빼앗긴 들에도 봄은 오는가」에서 제시된 흙 이미지보다는 추상적이고 이상적이라고 말할 수 있겠다. 그래서 더 순박하거나 순수해 보이기도 한다. 그리고 이러한 서정적 주체의 순정한 감성 표현이 이 시가 주는 진한 감동의 정체일 것이다.

이상화와 김소월의 시에 나타난 흙 이미지를 이렇게 살펴보았는데, 글을 쓰고 보니 이에 '흙의 시학'이라는 말을 붙이는 것이 합당한 것인지는 자신이 서지 않는다. 그래서 '흙의 시학'이라는 제목 아래 논술을 하기 위해서는 좀 더 많은 준비와 사유를 해야 한다는 반성을 하게 된다. 그 준비와 사유는 흙이란 우리에게 무엇인가, 그리고 '흙의 시학'이라는 개념이 가능한 것인가 근본적으로 따져보는 것도 포함해야 하나아직은 '흙의 시학'에 대한 근본적인 사유에 착수하지 못했다는 것을고백해야겠다. 결국 이 글은 '흙의 시학'을 본격적으로 사유하기 위한예비적 고찰을 시도한 셈이다.

식민지 수도 경성의 근대화와
노동시의 대응

1

　도시사회학 연구에 따르면 식민지 수도 경성이 확연한 근대적 도시로 형성되기 시작한 것은 1920년대 중반이다. 1920년대 중반에는 인구의 과밀화와 시가지의 무질서한 팽창으로 다양한 도시 문제가 분출하기 시작하여 도시 계획의 필요성이 제기되기 시작했다. 또한 일제 식민권력을 상징하는 건물이 건축되는 동시에 기능주의에 입각한 모더니즘적 양식의 상업 건물도 건축되었다. 1920년대 후반에는 본격적인 근대적 도시 문화 시장이 형성되면서 경성의 조선인들도 소비문화 상품의 소비자로 등장하게 되었고 '다이쇼 데모크라시' 시기의 근대 대중문화도 대거 유입되었다.[1] 물론 이러한 근대 도시화는 일제에 의한 자본주의 공업화의 본격적인 이식에 따른 것이었다. 일본에 값싼 식량을 공급하기 위해 1920년대부터 조선에서 행해진 산미증산계획은 쌀의 증식에는 그다지 성공하지 못하고 일본으로 빠져나가는 양은 증가하여

---

1) 김백영, 『지배와 공간-식민지도시 경성과 제국 일본』(문학과지성사, 2009), 65-70면.

조선인들을 기아 상태로 몰아넣었다. 그래서 많은 조선인들이 일본이나 만주, 조선 내의 도시로 이주해야 했다.[2]

1920년대 조선에서 도시가 농민들을 끌어당길 수 있었던 것은 자본주의적 생산양식의 본격적인 이식과 발전이 도시를 중심으로 이루어지기 시작했기 때문이다. 이 본격적인 이식과 발전은 총독부가 산미증산계획을 발표함과 함께 1920년 회사령을 철폐하는 등, 자본의 이식 기반을 확충하고 확대하는 정책을 시행하면서부터다.[3] 하지만 자본의 이식을 통한 공업화의 진전은 식민 본국과 비교하여 불충분했다. 그래서 농촌의 궁핍화로 인해 활발해진 도시로의 인구 이동에 대응할만한 고용이 창출되지 못했기 때문에, 도시 주변에 불안정한 잡업층이 체류하게 되는 과잉 도시화와 도시의 비공식 부문이 확대되기 시작했다.[4] 그래서 식민지 수도 경성은 근대적인 도시로 변모하면서 자본주의의 모순을 극명하게 보여주는 공간이 되었다. 1920년대부터 경성은, 한 편에는 거대한 건물이 세워지고 새로운 거리가 생겨나면서 첨단 소비문화가 자리를 잡아 가지만, 다른 한 편에는 반실업자들이 토막을 짓고 비참하게 살아나가는 착종된 공간이 되어 갔던 것이다. 게다가 근대적 도시화가 진행되면서 남쪽에는 일본인이 주로 거주하는 마찌(町)가, 북쪽에는 조선인이 주로 거주하는 동(洞)으로 분할되어갔기 때문에 경성은 식민지의 '이중도시'로서의 성격을 띠기 시작했다.

경성에서의 식민지 근대성의 형성은, 독립 운동의 노선 변화에도 일정한 영향을 끼쳤다. 알다시피 3.1 만세 운동 이후 조선의 독립 운동은

---

2) 하시야 히로시, 김제정 옮김, 『일본제국주의, 식민지 도시를 건설하다』(모티브 북, 2005), 55-60면.

3) 서울사회과학연구서 경제분과, 『한국에서 자본주의의 발전』(새길, 1991), 54-55면.

4) 하시야 히로시, 앞의 책, 57면.

사회주의 운동으로 전화되어 나갔다. 그러한 전화는 도시에서 프롤레타리아가 증가하게 된 사회적 변화와 상응한다. 도시에서 형성되고 있었던 프롤레타리아는 일본 제국주의에 대항하는 민족해방 운동의 핵심 세력이자 사회 체제의 근본적인 변혁까지 이루어낼 수 있는 세력으로서의 잠재력을 갖고 있는 것으로 사회주의자들은 생각했다. 게다가 노동쟁의가 크게 늘어났다. 1920년 81건의 파업 횟수는 1925년까지 수십 건을 오르내리다가 1926년부터 급속히 증가, 1931년에는 205건으로 늘어났던 것이다.[5] 도시에서의 노동자와 빈민의 증가, 그리고 그들의 조직화된 파업은, 그들이 제국의 통치에 도전할 수 있는 계급으로서 조직될 가능성을 보여주는 것이었다.

노동자와 잡업 층, 빈민들을 조직하기 위해 1920년대부터 세워진 숱한 노동 단체들은 프롤레타리아의 세계관과 '과학'을 바탕으로 구성된 사회주의 이념을 자신의 무기로 삼았고 점점 더 급진적으로 변모해 갔다. 당시 지식계 및 문화계 역시 사회주의 수용 속에서 격심한 과도기를 맞이하고 있었다. 점차 지식계와 문화계의 담론 헤게모니도 사회주의자들이 잡기 시작했다. 문학계에서도 마찬가지의 현상이 일어났다. 알다시피 사회주의를 수용한 작가들과 지식인들이 기성 문단의 무기력을 비판하며 '카프'(조선 프롤레타리아 예술 동맹)를 결성하고 문단에서 강력한 세력을 갖게 되었다. 카프의 작가들은 사회주의 이념을 바탕으로 문학 활동을 하게 되는데, 그렇다고 이들의 활동 지향을 일본발 사회주의의 무비판적 수용에 의한 것이라고만 말할 수는 없다. 왜냐하면 빈곤이 집적되기 시작한 경성의 실제 상황이 그들을 프롤레타리아의 입장에 서는 문학으로 이끌었기 때문이다. 그들은 생생하게 드러

---

5) 안재성, 『한국노동운동사 1』, 삶이 보이는 창, 62면.

나기 시작한 도시의 비참한 현실을 외면하는 문학을 더 이상 할 수 없다고 생각했으며, 그 현실을 고발하고 변혁하는 데게 일조하는 문학을 해야 한다면서 의기투합했다. 그리하여 카프 소속 시인을 포함한 일군의 '신경향파적'인 시인들은 1920년대 중반부터 프롤레타리아의 입장에서 경성의 빈곤을 드러내는 '노동시'를 내놓기 시작했다.

여기서 '노동시'의 개념에 대해 잠깐 논해야겠다. '노동시'란 장르 개념은, 자본주의 아래에서의 노동 현실에 대해 비판하고, 그에 대한 대안을 모색한 시들이 분출했던 1980년대에 구체화된 것이다. 1920년대 중반에서 1930년대 중반까지 프롤레타리아적 입장에서 창작된 시들에 대해서는 '프로시'란 이름으로 불렸다. '프로시'란 일제 강점기 특정 시기에 형성된 개념이고 그 시기의 특정한 시들을 대상으로 한 개념인 것이다. '노동시' 역시 '프로시'와 마찬가지로 1980년대라는 시대 속에서 형성된 개념이다. 하지만 '프로시'나 '노동시' 양자 모두 프롤레타리아의 생활을 바탕으로 프롤레타리아의 입장에서 삶의 잠재력을 억압하는 강제적 노동 현실을 비판하고 자본주의를 넘어서는 대안을 모색했다는 면에서 공통점이 있다. 그래서 '프로시'의 후대에 형성된 개념이자 현재에도 통용되는 '노동시'에 '프로시'를 포함시키는 것도 큰 무리는 없다고 생각된다.

그런데 시인이 노동자인지 노동자가 아닌지 그 신원에 따라 '노동시'라는 장르명이 붙여질 수는 없다는 점을 말해두고자 한다. 육체노동자가 아닌 지식인 시인이 노동 현실을 비판하는 시를 지속적으로 써냈다면, 그를 '노동자 시인'은 아닐지라도 '노동시'를 쓰는 사람이라고 부를 수 있다. 반면 육체노동자인 시인이 노동 현실에 대해 시를 쓰지 않는다거나, 아니면 자본주의 하에서의 노동을 찬미하거나 그 노동 현실을 긍정하는 시를 쓴다면, '노동자 시인'인 그를 '노동시'를 쓰는 시인이라고 지칭하기는 힘들다. '노동시'는 시인의 신원이나 소재주의로 정의될 수 없는, 1980년대에 역사적으로 내용을 얻은 개념이다. 그 내용은, 시인들이 노동자의 입장에서 자본주의에 대해 비판적인 시적 사유와 실천을 행해옴으로써 채워졌다. 일제 강점기 '노동시'의 시인 역시 육체노동자에 의해 써진 것은 아니다. 당시 '노동시' 거의가 지식인에 의해 써진 것이다. 하지만 그 지식인 시인들은 프롤레타리아의 관점과 세계관을 가지려고 했으며, 식민지 자본주의 체제에 비판적이었고, 또한 시를 통해 노동운동에 기여하고자 했기 때문에 그 실천 활동으로서 집필된 시 작품을 '노동시'의 범주 안에 포함시킬 수 있다.

2

노동자의 입장에서 경성의 근대화과정은 저임금 노동을 강요당하거나 실업 상태에 놓여야 하는 고통스러운 현실이었다. '노동시'와 '경성'과의 만남은 농촌의 빈곤화와 경성의 근대화 과정의 중첩을 보여주는, 경성에 모여든 농촌 출신 빈민들의 현실을 드러내는 것에서부터 이루어진다.

돌이(乭伊)의 「끌리는 농부의 무리여」(『개벽』 1924년 8월호)는 "양복입은 자에게 끌리어/서울 장안을 이리로 저리로""무엇에 놀란 듯한 얼빠진 듯한 눈으로/비틀비틀 끌려다"니는 농부의 무리를 형상화하고 있다. 이들 농부들은 아마도 경성의 근대화 초기 노동력을 확보하고자 한 도시의 공업 자본이 돈을 많이 벌 수 있다며 도시로 꾀여 온 이들일 것이다. 이들은 근대화의 풍모를 갖추기 시작한 도시 경성의 풍경에 어리둥절했을 것이고 "서울 악동들"은 그 촌스러운 모습을 비웃으며 돌아다녔을 것이다. 이러한 장면을 보고 있는 시인은 마음 아파한다. 이들 조롱받고 있는 농부들은, 시인이 생각하기에 "너희의 왕국인 벌판에서" "괭이를 힘껏 들었다 놓으며/서산이 무너지라고 소리치"며 노동했던 존재였기 때문이다. 이 농부들과 대척적인 위치에 있는 자들이 이들을 꾀어 온 경성의 자본가들이다. 그들은 "너희의 고혈을 빼는 무리"이자 "너희의 땀으로 된 양식"을 뺏어온 자들이다. 시인은 이 착취자의 꾐에 빠져 경성에 들어온 농부들에게 어서 "원수의 것"이자 "죄악의 것"인 "서울의 먼지를 털어버리"고 "벌로 돌아가라"고 호소한다.

이 시인은 농촌과 도시의 관계를 선악의 이분법으로 인식하고 농부가 도시에 들어오지 말 것을 권유하는 선에서 도시의 빈곤 문제를 단순하게 바라보고 있다. 농업 노동을 찬미하고 있다는 점도 그가 노동에 대한 낭만적이고 비현실적인 관념을 갖고 있으며 농부들이 도시로 끌려올 수밖에 없는 농촌의 가난에 대해서도 인식하지 못하고 있다는 것을 드러낸다. 또한 도시가 어떤 곳인지 모르고 도시에 들어오고 있다며 농부들의 무지를 비난하고, 이들을 계몽하려는 태도로 문제를 해결하려고 한다는 점 역시 그 한계를 지적할 수 있겠다. 농부들을 찬양하는 듯하지만, 사실 그는 그들보다 우월한 입장에서 그들을 바라보고 판단하고 있는 것이다. 하지만 이 시는 괭이를 잃고 빈손이 된 프롤레타리아가 되어 도시로 유입된 농부들의 모습을 도시 자본에 대해 비판적인 입장에서 거의 최초로 묘사하고 있다는 면에서 주목할 만하다.

한편 석송 김형원의 「그대들은 나이다-서울」(『생장』 1925년 2월호)은, 시인이 빈민들이 우글거리는 서울의 거리를 묘사하면서 빈민들과 자신을 동일시하고 있다는 점에서 「끌리는 농부의 무리여」보다 '노동시'에로 한 걸음 더 나아가고 있다.

　　바람이분다,
　　살을어이는듯한 北風이다.
　　압히캄캄하다,
　　咫尺을 分別할수업는 그믐밤이다.
　　나는헤매인다,
　　가는곳도업시 발가는대로.

　　아, 여기는都會이다,
　　朝鮮에서도첫재라는 서울이다.
　　數十萬가난뱅이가,
　　밤낫으로 헤매이는 서울이다.
　　보아라 지금나의압헤도,
　　거지쎄가 벌벌썰며지나간다.

　　(중략)

　　밥버리를위하야 終日토록,
　　□逆나고 쌔압흔일을하고,
　　늦게야 집이라고 차저들면,

　　가이업슨안해의 야윈얼골엔,
　　적막한우슴이 맛는인사요,
　　하루동안 굶주린어린것들은,
　　먹을것내이라고 졸러대이는……

　　아, 가련한 그대들이어!
　　그대들은 나이다, 이몸이다.

"지척을 분별할 수 없는 그믐밤", "조선에서도 첫째라는 서울"을 "가는 곳도 없이 발 가는 대로" 헤매 다니는 시인이 마주친 것은 "거지 떼가 벌벌 떨며 지나"가는 모습이다. 「끌리는 농부의 무리여」에서는, 경성으로 올라온 가난뱅이들이 아직 "얼빠진 듯"한 얼굴로 비틀 비틀 걸어 다니고 있는 정도였다. 그런데 석송이 쓰고 있는 시점에서의 가난뱅이들은 "벌벌 떨며" "밤낮으로 헤매"야 할 정도가 되었다. 석송의 시에서는 도시에서의 빈곤이 일반화되고 명확하게 가시화 되고 있는 것이다. 이 시의 시적 화자는 이러한 빈곤한 군중들에게 무엇을 명하거나 설명할 처지에 놓여 있지 않다. 도리어 그 시적 화자는 저 무리 속의 한 사람이다. "종일토록" 구역질이 날 정도로 일을 해야 하지만 자식들이 굶주려야 하는 현실에서, 거리를 헤매고 다니고 있는 시인으로서는 저 "벌벌 떨며 지나가는" "수십 만 가난뱅이"가 자신과 달라 보일 수 없다. 그러나 지식인이자 저임금 노동자인 시인은 저렇게 형성되고 있는 도시 빈민들과의 동일시를 통해 그들의 입장에 서지만, 그 입장은 막연한 비애에 기초하고 있다. 그는 빈민의 비참함만을 볼 뿐이고 그들을 가련해할 뿐이어서, 빈민의 형상에서 어떤 인식을 가져오지는 못하고 정처 없이 그들처럼 헤맬 뿐인 것이다. 하지만 위의 시는 가속화되는 사회의 자본주의화 아래에서 형성되고 있는 무정형의 도시 프롤레타리아의 형상을 드러내면서, 시인 자신도 그 프롤레타리아의 일원임을 자각하는 반성이 담겨 있다는 면에서 주목할 만하다.

경성에 형성되고 있던 도시 빈민의 형상은 이호나 김해강도 그려내고 있다. 이호는 「前詩」(『문예운동』 1926년 6월호)에서 그 형상을 "종로에 선 白衣群/열이 식었고 핏기가 죽었고/탄력이 없어진 고깃땡이의 무리"라고 묘사하고 있고 김해강은 「도시의 겨울달」(『조선일보』 1926

년 11월 20일)에서 "살을 에이는 듯 찬바람"이 "도시의 밤거리에 헤매이는/불쌍한 무리를 위협하는" 상황 아래 "도시의 모양은/저 쓸쓸한 묘지보다 더 하"다면서 "오-겨울밤 도시의 참혹한 광경이여!"라고 탄식하고 있다. 이들의 시들은 도시 빈민의 극도로 비참한 모습을 강렬하게 드러내고자 하는 경향을 보여주고 있는데, 이는 박영희가 개념화한 "신경향파"와 유를 같이 하는 것이라고 할 수 있다. 생활의 비참함을 드러내면서 그 비참으로부터 자연발생적인 반항을 이끌어내곤 했던 신경향파 소설과 유사하게, 이러한 시들은 강한 비유를 통해 도시 빈민의 비참을 독자에게 각인하는 동시에 그 비참에 대한 자연발생적인 반응으로서 서정적 자아의 비통함을 토로하는 방식으로 구성된다.

3

이렇게 신경향파적인 시들에서 경성은 묘지나 지옥과 같은 공간으로 의미화 된다. 하지만 1927년에 들어오면 서울은 어떤 잠재력을 안고 있는 공간으로 묘사되기 시작한다. 그것은 도시 프롤레타리아의 점차적인 성장과 노동 운동의 성장을 시인이 인식하기 시작했다는 것을 의미한다. 가령, 「남대문」(『동광』 1927년 1월호)에서 박팔양은 "서울은 행복스러운 도성이외다"라는 진술로 시를 시작하고 있다. 물론 카프 회원이었던 박팔양이 서울에 만연되어 있는 빈곤을 인식하고 있지 않을 리 없다. 서울이 행복스러운 도시인 이유는 남대문이 있기 때문이다. 시인에 따르면 남대문은 "도성의 사람들이" "울분하여 터질 듯한 가슴을 안고/거리에서 거리로, 비틀거리는 발길을 옮길 때" "그들을 위로하여" 주는 존재다. 남대문은 그러한 존재이기 때문에 "내가 고생살이 십년을 하는 동안에" "새벽안개 속에 묵묵히 서울을 지키고 있는/남대문 하나를 바라보고 살아왔"다고 시인은 말한다. 남대문은 시인에게 "참고 준비하라! 이제 약속한 날이 온다!"고 말해준다. 남대문이 도대체 무엇이기에 그러한 존재가 될 수 있는가? 시인에 따르면, 남대문은 "어버이 같은 자비와 예언자 같은 위엄을 가"지고 있는 존재이기 때문이다.

박팔양 역시 위에서 보았던 다른 시인들처럼 경성의 빈민들을 비틀거리며 헤매 다니는 사람들로 표현하고 있지만, 전통을 품고 있는 남대문이라는 상징을 통해 그 빈민들에게 희망을 심어주고자 시도한다. 하지만 사실 그 희망의 근거로 든 '남대문'은 억지스러운 것이 사실이다. 그리고 지나치게 추상적이다. 도시를 묘지로 비유했던 김해강은 「용광로」(『조선일보』 1927년 6월 2일)에서 박팔양처럼 희망을 독자에게 심어주고자 노력한다. 그 역시 '용광로'라는 구체성이 떨어지는 상징을 통해 희망을 이야기하지만, 그 상징은 그래도 '남대문'보다는 도시가 가진 잠재성을 드러내주는 바가 있다.

김해강은 "용광로에 이는 불길"을 "아무 것도 두려워함이 없"는 "새로운 우주를 창조할 힘"으로 상징화한다. 그리고 독자에게 "비틀거리는 걸음에/뒷걸음질을 칠 것은 무엇인가?"라고 물으면서 "기울어져가는 옛집일랑/쾌히" 불사르고 종로 "거리로 뛰어나와/새벽바람을 마시라"고 권유한다. 서울은 옛것을 불사르는 불같은 힘이 잠재하고 있는 용광로로 상징화되는 것이다. 박팔양의 「남대문」이 약속한 날의 도래에 대한 희망을 전통의 힘에서 찾아 노래한 반면, 김해강의 「용광로」는 근대적 도시화와 병행하여 존재하게 된 또 다른 잠재력을 들추어내면서 희망을 노래한다. 김해강의 시에서 옛것은 사라져야 할 무엇이다. 거리는 더 이상 비틀거리며 헤매는 사람들로 채워지는 공간이 아니라 새로운 우주를 창조하려는 사람들이 "뛰어나와/새벽바람을 마시"는 공간이 된다.

김해강의 「용광로」에서는 예전의 노동시가 보여준 거리의 의미가 역전된다. 미래에 대한 희망으로 두려워하지 않는 사람들이 활동하는 공간이 거리가 된 것이다. 이 시를 '노동시'라고 볼 수 있는가 의문의 여지가 있지만, 이 시인이 카프의 맹원으로 지속적인 활동을 하면서 노동시를 왕성하게 창작했다는 점을 볼 때, 그가 말하는 파괴와 새벽이 노동자의 입장과 연관된 의미를 갖고 있다는 것은 능히 짐작할 수 있는 것이다. 거리의 의미가 이렇게 역전되면서 경성의 거리는 비참한 이들이 비틀거리며 걸어 다니는 공간에서 프롤레타리아가 활동하며 재점유하는 공간으로 뒤바뀐다. 특히 '신경향파' 단계에서 '목적의식기'로 진화된 카프의 활동은 좀 더 적극적으로 도시 공간과 접촉하려고 했다. 이때 거리는 노동 운동이 벌어지는 공간이자 강력한 물리적 정신적 탄압에 맞서 탈주하는 공간으로 그려진다.

이를 보여주는 대표적인 시가 임화의 「네거리의 순이」(『조선지광』 1929년 1월호)다. 이 시는 시적 화자가 그의 누이동생인 순이에게 말을 하는 방식으로 전개된다. 순이에겐 "귀중한 청년인 용감한 사나이"를 연인으로 두고 있는데, "근로하는 청년"인 그는 "젊은 날을 싸움에 보내던 그 손으로/지금은 젊은 피로 벽돌담에다 달력을 그리"고 있다. 투옥된 청년을 다시 찾기 위해선 거리에서 함께 손을 잡고는 다음 일을 계획하러 검은 골목으로 들어가야 한다. 운동을 위해, 그리고 연인을 위해 청춘들은 식민지 조선의 서울 도심으로 잠입한다. 경성은 이들이 "번개같이 손을 잡"고 "길거리를 달아나는 트럭처럼" 탈주할 수 있는 공간으로서 "눈보라"처럼 드러난다. 이 시의 마지막 부분에서 임화는

"오오 눈보라는 트럭처럼 길거리를 달아나는구나//자 좋다 바로 종로 네거리가 아니냐!/어서 너와 나는 번개같이 손을 잡고, 또 다음 일을 계획하러 또 남은 동무와 함께 검은 골목으로 들어가자/네 사나이를 찾고 또 근로하는 모-든 여자의 연인인 용감한 청년을 찾으러……"6)라고 말한다. 그리하여 운동하는 청년들에 의해 재점유되고 있는 경성의 거리와 골목은 이 용감한 청춘의 아름다움이 생성될 수 있는 공간이 된다.

물론 임화가 경성을 행동하는 청춘의 아름다움이 피어나는 공간으로 드러내기 위해서만 이 시를 쓴 것은 아니다. 1929년 단계에 오면 이미 노동시는 투사로서의 삶을 표현하기 위한 하나의 매개체가 되거나 운동을 고양시키기 위한 하나의 무기가 된다. 노동시의 이러한 성격은 좀 더 심화되어 임화의 위와 같은 시가 '감상주의'로 비판받을 정도가 된다. 특히, 1930년 이후 임화 자신이 주도한 카프의 볼세비키화가 진행되면서 시의 선전선동성은 더욱 의식적으로 강화된다. 백철의 「날은 추워오는데」(「제1선」1932년 11월호)는 경성의 도시 공간에서 일어나고 있는 상황을 영화적 기법으로 묘사하면서 서사를 개입시켜 시의 선전선동성을 제고하고 있는 시다. 시인의 목소리만 너무 앞세웠던 볼세비키화 단계의 여타 카프시들과는 달리 이 시는 드라마틱한 효과를 내고자 했다.

> 바른편하날에 저늑햇놀을 바라보면서
> ××町모퉁이를 도라가는
> 구루마의 찻몸 (車體)은 左側에끼우러진다.

---

6) 『현해탄』에 실린 「네거리의 순이」는 『조선지광』에 실린 시와 차이가 많다. 이 인용은 『조선지광』에 실려 있는 것에서 했다.

××역압을지내고 ×××를넘어서
다음에 닥치는 곳은 ××장압!
지낼째마다 가삼이 차지는 이곳
우리들은 언제나 여긔서 속도를 느린다.

닛지못할 ×월의 그날
×숙동무의일이 잇슨후
지금은 한달하고 스무날!
아직도 기억에새롭은 ×냄새나는 哀傷을실(載)고
무심한 구루마는 그데로 이곳을 지나간다.

그리고 그뒤에 닥친일
동무의 ×업을 갑잇게 긔렴하려고
배밧분활동과 분주한런락!
오오! 그리하야 명에있는총파………계획!

그러나 사건은 행동에 나가기전에
모진…………거의폭풍은 덥처저왓다
긔억하라!
열두명의 동무들이 ×니어간후
오늘은 벌서 한달여를채,

××와………………의 ×문에 니를악물고
싯싯내 벗치고잇는 그이들!
오오! 우리들의 귀한…………들이다.

종일토록 팬취를 너은 손아귀
저리고 압혼팔을 놉히들면서
오라잇!

벌서 구루마는 한강교를 닷고잇다
모서리치는 강바람이 쏘아드는 이저녁!
어느덧 느즌가을이다
이처럼 추워오는밤! 그리고 새벽에
싸듯한 내이한벌도 업시
×방의 그들은 얼마나 괴롭을가?
한강을 지내여………포까지
이제 한숨으로 오늘일이 긋난다
구루마여! 바릿기를 내이라!
오늘저녁 일곱시!
그들이간후 두 번재갓는 회합이다
오늘밤의………는
희생자의………원금 모집이다
내일은 쉬는날!
그들에게 싸듯한옷을 차입하야지!

첫 연은 영상적 이미지를 제공한다. 백철은 모퉁이를 돌아가는 '구루마'가 기울어지는 모습을 보여주면서 그 달리고 있을 '구루마'의 모습과 속도를 독자가 시각적으로 상상할 수 있도록 하고 있다. 그리하여 독자에게 마치 영화의 첫 장면을 보고 있는 듯한 느낌을 주고 있는 것이다. 그래서 독자는 이 첫 연을 읽으면서 영화관에 들어선 것 같은 느낌을 갖게 된다. 즉 독자는 현실 공간과는 다른 공간에, 극장과 같은 공간에 들어왔다는 느낌을 바탕으로 독서를 진행하게 되는 것이다. 시 역시 영상이 전개되듯이 전개되는데, 그것은 '구루마'의 행로에 따라 이루어진다. '구루마'는 ××정(町)을 돌아 ××역 앞을 지나가고, ×숙 동무가 희생된 ××장을 지나간다. 그 ××장에서 시적 화자는 "아직도 새로운 × 냄새 나는 애상을" 느낀다. 그 애상은 ×숙 동무의 희생 뒤 총파업 계획

을 꾸몄다가 발각되어 열두 명의 동무들이 체포된 사건을 회상하게 한
다. 그 회상을 하고 있는 동안 "벌써 구루마는 한강교를 닿"는다. 시의
화자는 차가운 저녁 강바람을 맞으며 "따듯한 내이 한 벌도 없이" ×방
에 있는 동지들의 괴로움을 생각한다. 그리고 "희생자의……원금 모
집"을 위한 오늘밤의 회합을 생각하며 '구루마'에게 힘("바릿기")을 더
내라고 외친다.

위의 시를 이렇게 다시 읽어 보면, 백철이 이 시에서 「네거리의 순이」
와 같은 임화 식의 '단편 서사시'적인 서사에 경성의 장소들을 영화적
기법으로 비추면서 드라마틱한 효과를 더하려고 했다는 점을 알 수 있
다.(드라마틱한 효과를 제고하려는 시인의 의도는 느낌표의 잦은 사용
에서도 읽을 수 있다.) 그런데 백철이 시에 영화적 기법을 도입한 것은,
그만큼 1920년대 후반부터 본격적으로 경성에 유입되고 있었던 근대
대중문화에 대중이 적응하고 있었다는 것을 드러내기도 한다. 이 시를
쓰면서 백철은 영화 기법이 선전 선동적인 효과를 내는데 적합하다고
판단했을 터, 그것은 1930년대 초 당시 기술 복제 대중예술이 대중들에
게 호응을 얻고 있었기 때문이었을 것이다. 이는 반대로 모던한 문화
형식이 노동시에도 심대한 영향을 끼치고 있음을 반증한다. 위의 시는
분명히 선전선동이라는 정치적 목적을 위해 써진 것이겠지만, 한편으
로 이 시를 읽으면서 영화를 보고 있는 듯한 느낌이 드는 것이 그 증거
라 할 수 있다. 이러한 느낌은, 백철이 현실과의 긴장 속에서 이 시를 썼
다기보다는 시 자체에 드라마틱한 긴장을 창출하여 미적 감흥을 일으
키는 대중적인 효과에 더욱 신경 쓰며 시를 썼을 것임을 짐작하게 한
다. 백철이 이 시를 쓴 지 얼마 뒤에 프로 문학에 등을 돌린 것도 이러한
작시 경향과 무관하지 않을 것이다.

4

카프의 대표적인 시인 중 한 사람인 박세영이 프롤레타리아 예술 운동이 약화되고 있었던 1934년 2월, 『형상』에 발표한 「도시를 향하여」는 이미 유입이 본격화되어 있었던 근대 도시대중문화를 비판하고 있는 시다. 백철이 노동시를 영화와 같은 모던한 도시대중문화에 접근시키고 있었다면 박세영은 반대로 그러한 문화에 대한 무조건적인 거부감을 이 시를 통해 보여주고 있다. 하지만 한편으로 이 시는 그 문화에 압도당하고 있는 시인의 모습을 보여주기도 한다.

都市는 부르짓고잇다
最後의날이 온것가티 윗치고잇다
이는 悲鳴이아니면 무엇이고 발악이아니면 무엇잇겟늬
오로라의힌곰처럼 웃둑슨셀딍
조갑이가티 山등성이를 덥흔초가집
그리고 아스팔드를 달니는 전차 자동차
어엽븐 조그만 惡魔의 都市에는
잠자리떼가티 무수한 ×××날나왓다
아- 이것이 二十世紀의 都市다
그대여 二十世紀의 젊은이어든 귀를기우려드러라
이조그만 어엽븐魔都는 그대들을 유혹하고잇스니
낫에는 「심포니」밤에는 「짜쓰」
그리고 라듸오의 音波와의交響樂
高層셀딍의 窓이열니면
타이피스트가 蒼白한얼골로 기대여섯고
거리에는 魔都의化身 그리고 世紀末의女性
浮華에쓴 그들이 秋波를건느며 가지안는가!

그러나 人間性을써난 偉大하다는그들
히틀너와 뭇소리니 그리고 葬介石 저-루스벨트 그들의 一動一節
이 每日과가치 알녀지고잇다
그리고號外다號外 지금은 福州가 爆擊되고 葬介石이 敗北되고
百隻建艦을 發表하면서도
루스벨트가 軍縮會議를 通電하엿고
게르만의挑戰 양키의抑壓
안테나에 걸니는 無數한報告여!
그러나 享樂을꿈꾸는 무리들은
밤이거나 낮이거나 이世紀를 노래하고잇다
零不二度의 치위가 두려운지 꼼작도못하는 그들의압헤
오직 모든利權의 핸들이 쥐여저잇다

(하략)

　　시인은 근대 도시 문화의 여러 측면을 나열한다. 우선 그는 "우뚝 서 있는 빌딩"이 있는 반면 그 옆에는 초가집들이 산등성이를 조개처럼 덮고 있는 도시의 경관을 꼬집고 있다. 이 경관은 도시의 극심한 빈부격차를 보여준다. 이 빈부 격차의 경계선을 아스팔트가 깔린 길이 만들고 있다. 거기엔 전차와 자동차와 같이 당시로서는 첨단 운송기구가 지나가고 있다. 경성엔 이렇게 첨단과 낙후성이 공존한다. 또한 낮에는 심포니가, 밤에는 재즈가 젊은이들을 유혹하고, 그래서인지 이제 거리에는 임화의 시에 등장하는 용감한 청년, 그리고 번개 같이 그와 손을 잡으며 운동에 뛰어드는 소녀들은 보이지 않는다. 이 거리엔 "魔都의 화신 그리고 세기말의" "浮華에 뜬" 여성들이 "추파를 건네며" 가고 있을 뿐이다. 창백한 얼굴의 타이피스트의 모습이 이 도시의 퇴폐성을 잘 표현해준다. 세계정세에 대한 정보는 매일 신문과 전파를 통해 신속하게

알려지고 있지만, "추위가 두려운지 꼼짝도 못하는" "향락을 꿈꾸는 무리들" 앞에 모든 "이권의 핸들이 쥐여져 있"을 뿐이라고 시인은 탄식한다.

시인은 도시의 근대 문화에 대해서 "魔都"라고 지칭하면서 이에 개탄하고, "이 조그만 어여쁜 마도는 그대들을 유혹하고 있"다는 자신의 말을 "20세기의 젊은이거든 귀를 기울여 들어라"는 식으로밖에 대응하지 못한다. 이는 앞에서 보았던 「끌리는 농부의 무리여」의 시인의 태도와 비슷하다. 그 시인과 마찬가지로 박세영은 위의 시에서 근대 도시 문화의 몇 가지 양상들을 비판적으로 언급하고 있지만, 그 언급은 도덕적 비난에 그치고 있지 그 문화가 가지는 의미에 대해 성찰하거나 날카로운 비판을 하지 못하고 있는 것이다. 새로이 등장한 도시 문화를 악마적이라고 비난하지만, 그 '마도'란 표현은 시인이 그만큼 이 도시 문화가 뿜어내는 위력 앞에서 무력하게 서 있으며 그 위력이 무엇이고 어디에서 기인하는지 파악하지 못하고 있다는 것을 나타낼 뿐이다.

박세영이 무력하게 탄식하고 있는 경성의 근대적 도시문화의 만개는 노동운동과 변혁운동의 위축과 동시에 이루어진 것이었다. 이에 대한 인식을 보여주고 있는 시가 임화의 두 번째 '네거리 계열'의 시인 「다시 네거리에서」(『조선중앙일보』, 1935년 7월 27일)다. 일제의 통치가 더욱 강압적으로 되면서 혁명 운동이 무너지고 노동 운동이 금지되는 가운데, 1934년 카프 문인들에 대한 대대적인 검거 이후 1935년 5월 카프는 더 이상 탄압에 견디지 못하고 해산하게 된다.

"지금도 거리는/수많은 사람들을 맞고 보내며,/전차도 자동차도 이루 어디를 가고 어디서 오는지/심히 분주하"건만, 이제 네거리에는 "붉고 푸른 예전 깃발 대신에" "붉고 푸른 '네온'이 지렁이처럼,/지붕 위 벽돌담에 기고 있"을 뿐이다. 거리의 근대성을 차지한 것은 시위하는 민중에서 건물 위의 네온사인으로 바뀌었다. "스톱-주의-고/사람, 차, 동물이 똑 기예(技藝) 배우듯" 하는 것만이 변화를 보여주고 있고, "이리저리 고개를 돌"리는 "문명의 신식기계"만이 네거리 한복판을 채우고 있다. 모던한 도시문화만이 근대성을 자랑하며 온갖 자신을 뽐내고 있는 것이다. 하지만 그 문화는 감옥에 들어가야 했던 용감한 청년들의 열정을 파괴하면서 이루어진 것이다. "가슴이 메어지도록 이 길을 흘러간 청년들의 거센 물결"은 사라지고 순이의 어린 딸은 죽어갔다. 이제 "낯익은 행인은 하나도 지나지 않"는다. 그리하여 시적 화자는 "나는 뉘우침도 부탁도 아무것도 유언장 위에 적지 않으리라"는 결의를 남기고 "잘 있거라! 고향의 거리여!"라고 외치며 "정답고 그리운 고향의 거리"를 떠난다.

1935년 여름, 경성 거리에서의 정치운동은 불가능하다는 것을 임화는 쓰라리게 인정한다. 그래서 그는 거리를 떠나 바다로 간다. 좀 더 멀고 넓은 공간으로 가서 벅찬 로맨티시즘을 내면에 충전시켜 주체를 다시 세우기 위해서.(「현해탄」 계열의 시가 임화의 그러한 기도를 잘 보여준다.) 임화는 경성의 거리에서 더 이상 노동시를 쓸 수 없다고 판단했다. 경성은 더 이상 해방의 근대성을 안고 있지 못하다. 경성은 제국주의 권력과 자본에 점령당하고 잠식당했다. 그리고 노동시 자체가 더 이상 가능해보이지 않게 되었다.

그렇다면 노동시와 경성의 교차 지점은 더 이상 생겨날 수 없게 된 것일까? 여기에서 오장환의 「수부」(『낭만』, 1936년 11월)가 주목된다. 해방 이전, 보헤미안이었던 오장환의 시를 과연 노동시라고 할 수 있는지 의문을 제기할 수 있지만, 「문단의 파괴와 참다운 신문학」(『조선일보』1937년 1월 28일-29일)과 같은 글을 보면 그는 해방 이전에도 프롤레타리아 문학의 전통성을 인정하고 있었음을 알 수 있다. 그 글에서 그는 "육체노동과 지적 노동의 분리 분업"에 기초한 문학을 신문학으로 생각할 수 없다고 하면서 신경향파에서 '카프'에 이르기까지의 문학이 가장 새로운 문학에 접근한 것이었다고 말하고 있다.[7] 「수부」가 발표된 날짜와 이 글이 발표된 날짜 사이가 멀지 않으므로, 오장환은 카프 문학이 가진 신문학의 전통성에 대한 의식을 지니고 「수부」를 썼다고 해도 틀리지는 않을 것이다.

식민지 수도 경성에 대한 전방위적인 비판을 가하고 있는 이 시를 읽어보면, 그 비판의 방향이 도시의 자본주의적 삶의 양식이 지니고 있는 속물성에 맞추어져 있다는 것을 알 수 있다. 그런데 그 비판은 자본주의의 원리와 그로부터 형성되는 자본주의 도시 생활양식에 대한 날카로운 이해를 기반으로 행해지고 있어서 박세영의 도시문화에 대한 도덕적 비판과 대조된다. 경성 속에서 심화 확장되고 있는 자본주의에 대한 오장환의 비판적 시선은 그 자본주의에 의해 고통 받는 노동자의 입장을 가졌을 때 확보될 수 있었을 것이다.

그런데 예전의 노동시와는 달리 오장환의 「수부」는 아방가르드 시에서 볼 수 있는 형식을 보여준다. 어떤 대상을 묘사하는 것이 아니라 경성 자체를 주인공으로 하여 알레고리적으로 경성의 치부를 드러내고 몽타주를 통해 이를 서술한다. "수부는 비만하였다. 신사와 같이"라는 부제를 달고 있고 총 11장으로 되어 있는 장시인 이 시는 "수부의 화장터는 번성하였다"라는 문장에서부터 시작된다. 이 진술들 역시 알레고리적인 진술로서, 이는 경성의 번성은 숱한 죽음을 먹고 이루어지는 것이라는 의미를 담고 있다. 그 죽음은 추상적인 무엇이 아니라 노동자

---

7) 김재용 편, 『오장환 전집』(실천문학사, 2002), 209면.

의 구체적인 죽음을 가리킨다. 아래 인용하는 3장을 읽어보면 그렇다.

> 강변가로 蝟集한 공장촌- 그리고 煙突들
> 피혁-고무-제과-방적-
> 醸酒場-전매국……
> 공장 속에선 무작정하고 연기를 품고 무작정하고 생산을 한다
> 끼익 끼익 기름 마른 피대가 외마디 소리로 떠들 제
> 職工들은 키가 줄었다.
> 어제도 오늘도 동무는 죽어나갔다.
> 켜로 날리는 먼지처럼 먼지처럼
> 산등거리 파고 오르는 土幕들
> 썩은 새에 굼벵이 떨어지는 추녀들
> 이런 집에선 먼 촌 인가로 부쳐온 工女들이 폐를 앓고
> 세맨의 쓰레기통 룸펜의 寓居-다리 밑 거적때기
> 노동숙박소
> 행려병사 無主屍-깡통
> 수부는 등줄기가 피가 나도록 긁는다.

　자본주의 경쟁 시스템 아래에서 무작정 생산해야만 하는 공장 속에서 "어제도 오늘도 동무는 죽어나"가는 노동과정이 경성에 사는 노동자의 삶이다. 공장이 들어서고 연돌들이 늘어나며 전매국이 세워지지만, 동시에 폐를 앓는 여공들이 늘어나고, 토막이 증가하며 쓰레기통 옆 거적때기는 룸펜의 집이 된다. 이러니 행려병자는 죽어나가고 경성은 시체로 번성하게 된다. 그래서 1장에서의 "황천고개와 같은 언덕 밑으로" 수부는 "나래를 펼쳤다"는 진술이 이해될 수 있다. 프롤레타리아의 실제 시체들은 '수부'의 표면을 덮고 수부는 그 시체로 인해 생긴 화농 때문에 "등줄기가 피가 나도록 긁는다." 마지막 장의 "수부는 지도

속에 한낱 화농된 오점이었다."는 통렬한 문구는, 방금 보았듯이 경성에서 죽어나가고 병들어가는 프롤레타리아의 비참에 대한 인식에 의해 뒷받침된다. 이러한 인식을 바탕으로 오장환은 "기계와 무감각을 가장 즐기어"하는 수부 시민들의 죽음과 같은 삶, 부패해가고 있는 삶-예술을 포함하여-에 대해 여러 방면으로 접근하여 풍자하고 비판한다.

자본주의의 가속 페달을 밟고 있는 경성이 프롤레타리아의 죽음 위에 세워지고 확장되어 가고 있다는, 그리고 부패한 삶의 양식을 생산하고 있다는 「수부」의 통렬한 비판과 풍자는 노동시의 한 가능성을 보여주는 것이었다. 허나 이와 같은 시는 제국주의 파시즘이 사회를 장악하기 직전이기에 겨우 창작되고 발표될 수 있었다. 1937년 발발한 중일전쟁 이후 파시즘의 폭압이 본격화되자 식민지 자본주의와 제국주의 국가를 상대로 대결하고자 하는 노동시의 시도는 역사의 수면 아래로 잠복할 수밖에 없었다. 그렇다고 그러한 대결 의식을 갖고 있던 노동시가 완전히 제거된 것은 아니었다. 해방기에 노동시가 다시 전격적인 활약을 펼치게 되는 것을 보면 그러하다. 완전히 제거되었다면, 해방 직후 짧은 시간 동안 노동시가 봇물처럼 쏟아져 나오는 현상은 불가능했을 것이다.

특히 김상훈, 여상현, 유진오, 이병철, 김광현 등 해방기 당시 젊은 시인들이 수준 높고 농도 짙은 정치적 노동시를 창작했는데, 이러한 높은 수준의 달성은 그들이 1920-1930년대 노동시를 해방 이전에도 접하고 연구해 왔기 때문에 가능했을 것이다. 즉 젊은 세대들을 통해서도, 노동시는 식민지 파시즘 시기에 잠복할 수 있었던 것이다. 그런데 해방 직후의 노동시는 경성이라는 이름에서 벗어난 서울에서 주로 창작되었기 때문에 서울과 관련된 시들이 많이 있다. 각종 시위가 벌어지곤

했던 해방 공간으로서의 서울은 갖가지 정치적 가능성으로 들끓고 있었고 그만큼 희망과 좌절, 긴장과 충돌로 점철되어 갔다. 노동시의 창작은 이러한 상황 속에 있는 서울을 가로지르며 이루어졌고 묵중한 감동을 독자에게 안겨주며 서울에 대한 형상을 다듬어갔다. 해방 직후 노동시의 이러한 성격에 대해서도 본격적으로 논하고 싶지만 이미 허락된 지면을 넘긴지 오래다. 아쉽지만 이에 대한 논의는 다음으로 미룬다.

『기상도』텍스트 분석
─ 문학생산이론적 관점에서

1. 문제제기 및 연구방법

김기림의 『기상도』에 대한 기왕의 평가에서 가장 논란이 된 점 중의 하나는 『기상도』가 내적 통일성을 가지고 있는가 하는 점이었다. 『기상도』에 대해 최초로 치밀하게 분석한 최재서가 우호적인 평가를 내리는 동시에 이 시에 통일된 주제가 없다고 언급한 이래[1], 송욱[2]과 김종길[3]은 엘리어트의 『황무지』와 『기상도』의 비교를 통해 『기상도』가 단일한 주제나 작품의 통일성이 없음을 언급한 바 있다. 하지만 김춘수는 『기상도』가 일관된 주제 아래 계산된 구성을 가지고 있다고 평했는데[4], 이후 『기상도』가 단일한 주제를 가지고 있다고 평가하는 이도 점차 늘어가고 있다. 하지만 통일된 주제가 있다고 하더라도, 『기상도』에

---

1) 최재서, 「현대시의 생리와 성격」(1936), 『문학과 지성』(인문사, 1938).
2) 송 욱, 「모더니즘 비판」, 『시학평전』(일조각, 1963).
3) 김종길, 「한국에서의 장시의 가능성」(1968), 『시에 대하여』(민음사, 1986).
4) 김춘수, 「김기림의 시형태」, 『김춘수 전집 2-시론』(문장, 1982), 62면.

대한 평가는 1980년대 후반까지 부정적인 것이 많았으며, 특히 피상적
문명비판이라는 점이 지적되었다.5) 서구편향적 관념성이 지적되기도
하고6), 문명비판이라기보다는 결국 도시문명에 대한 낙관론을 펼친 장
시라는 지적도 있었다.7) 그러나 근래에는 『기상도』의 문명비판적인
성격과 그 알레고리 미학에 대해 높은 평가를 내리는 글들도 많아지고
있다.8)

   그러나 기왕의 평가는 긍정적이든 부정적이든 작품과 작가의 의식
을 단선적으로 연결하는 방법론적 전제가 깔려 있지 않은가 생각된다.
작품을 통해 작가의 의식을 설명하거나 작가의 의식을 통해 작품을 설
명하고 있다고 생각되는 것이다. 본고는 작가의 의식-이데올로기-과 작
품 사이의 긴장관계를 전제하는 '문학생산이론'을 통해, 『기상도』에 대
한 또 다른 접근을 시도해보고자 한다. 프랑스의 마르크스주의 철학자
알튀세르의 이데올로기론에 기반을 둔 '문학생산이론'은, 문학이 실제
의 역사나 이와 관련된 작가의 의식을 반영하는 것이 아니라 문학 생산
양식과 일반적 이데올로기, 작가의 이데올로기와 미학적 이데올로기
등이 복합 결정된 생산물이라고 보고 있다. 작가의 의식이나 역사는 이
데올로기라는 매개를 거쳐 텍스트에 스며들 뿐이다. 이 이론에서는

---

5) 김우창, 「한국시와 형이상」(1968),『궁핍한 시대의 시인』(민음사, 1977).
   문덕수, 『한국 모더니즘 시 연구』(시문학사, 1981).
   박상천, 「기상도 연구」,『한국학 논집 6』(한양대 한국학 연구소, 1984).
   이숭원, 「김기림 시 연구」,『국어국문학 104호』(국어국문학회, 1990. 12).
6) 박철희, 「김기림론 下」,『현대문학』(1989. 10).
7) 한계전, 「1930년대 모더니즘 시에 있어서의 문명비판」,『국어국문학 115호』(국어
   국문학회, 1995. 5).
8) 서준섭, 『한국 모더니즘 문학 연구』(일지사, 1988).
   신동욱, 「김기림 시작품의 한 이해」, 이선영 편, 『1930년대 민족문학의 인식』(한길
   사, 1990).
   김유중, 『한국 모더니즘 문학의 세계관과 역사의식』(태학사, 1996).

"'역사'보다는 '이데올로기'가 텍스트의 대상"9)인 것이다. 작가는 자신의 이데올로기적 기획에 미학적 이데올로기를 결합하여 또 다른 하나의 이데올로기적인 산물을 생산하려고 한다. 이를 위해 작가는 자신의 일반적, 미학적 이데올로기의 체로 걸러낸 이미지들을 가지고 텍스트를 조직한다.

하지만 텍스트는, 그 조직 과정에서 작가의 의도와는 달리, 그의 이데올로기의 공백과 모순을 폭로해주게 된다는 역설을 가져온다. 그래서 알튀세르는 발자크와 톨스토이의 작품이 '그들의 이데올로기에도 불구하고'가 아니라 "그 이데올로기 자체를 전제로"하기 때문에, 그 이데올로기 내부에서 일정 정도의 거리를 유지함으로써 우리로 하여금 그 이데올로기를 '지각'하게 한다고 말한 바 있다.10) (그런데 이데올로기는 역사와 무관한 것이 아니다. 이데올로기는 현실 역사를 지반으로 하여 생산되기 때문이다. 그러기 때문에 텍스트도 역사와 무관한 것은 아니다. 다만 텍스트는 역사-현실과 투명한 관계를 맺는 것이 아니라 여러 이데올로기의 중개를 통해 관계를 맺는다.)

텍스트가 이데올로기를 대상으로 한다고 할 때, 그렇다면 '이데올로기란 무엇인가'라는 질문이 제기된다. 이데올로기는 허위의식인가? 알튀세르의 정식에 의하면 그렇지 않다. 그는 이데올로기를 '실제조건에 대한 개인들의 상상적 관계'를 표현하는 것으로 정식화한다.11) 가령,

---

9) 테리 이글턴, 윤희기 역, 『비평과 이데올로기』(열린책들, 1987), 102면.
10) 루이 알튀세르, 이진수 역, 『레닌과 철학』(백의, 1991), 229면. 보통 반영론에 입각한 리얼리즘론자들은 발자크의 작품의 성취를 그의 반동적 이데올로기에도 '불구하고' 그의 리얼리즘적 창작방법 때문에 현실의 본질을 그려낼 수 있었다고 말한다. 하지만 알튀세르는, 발자크의 작품이 생산될 수 있었던 것은 그의 이데올로기가 전제되지 않으면 안 된다는 점, 그리고 그 이데올로기 덕분에 역으로 그 이데올로기를 우리가 볼 수 있다고 한다는 점, 그리고 우리가 보는 대상이 현실이 아니라 이데올로기라는 점 등을 지적한다는 면에서 반영론자들과는 차별성을 갖는다.

자신의 임금이 노동력의 가격이라는 것을 모르고 자신의 노동의 대가라고 생각하는 것은 자본-임노동 관계를 실제관계-착취관계로서 인식하는 것이 아니라 자본가와 노동자가 자유로운 주체로서 공정한 거래를 통해 일한만큼 대가를 받는다는, 상상에 의한 관계 맺음이라 할 수 있다. 그런데 이 상상적 관계는 그 자체로는 완결적이어서 "이데올로기가 바깥을 갖지 않으며(이데올로기 자체에 있어서) 그러나 동시에 그것은 바깥에만 존재(과학과 현실에 있어서)"[12]한다고 알튀세르는 말한다.

텍스트는 이데올로기를 그대로 자신 위에 옮겨놓지 않는다. 만약 텍스트가 이데올로기를 그대로 옮겨놓음에 불과하다면, 텍스트가 작가의 이데올로기적 기획과 반하여 그 이데올로기를 거리 두어 바라보게 만들 수는 없을 것이다. 작가가 미학적이든 윤리적이든 이데올로기를 설파하려고 쓴 문학텍스트가 도리어 그 이데올로기적 담론들을 '낯설게 만들게' 하는 이유는 무엇인가? 텍스트가 작가의 이데올로기의 모순을 반영하여 자기 논리의 파탄을 보여주기 때문인가? 하지만 이데올로기 자체는 외부가 없기 때문에 자기모순을 모른다고 한다. 알튀세르의 제자이자 문학생산이론을 제창한 마슈레에 의하면 이데올로기는 "모순의 모든 형적(trace)을 지우기 위해 정확히 존재"하기 때문에 자기 안에서는 모순을 모른다.[13] 그 '낯섦'이 가능한 것은 이데올로기의 논리적 파탄 때문이 아니라 텍스트가 드러내는 이질성 때문이다. 그 이질성은 한 이데올로기 내의 모순 때문이 아니라 한 이데올로기와 다른 것 사이에 존재하는 모순 때문에 일어난다. 마슈레의 문학생산이론에 대

---

11) 루이 알튀세르, 김동수 역, 「이데올로기와 이데올로기 국가장치」, 『아미엥에서의 주장』(솔, 1991), 109면.
12) 위의 책, 120면.
13) 피에르 마슈레, 배영달 역, 『문학 생산이론을 위하여』(백의, 1994), 154면.

한 이글턴의 설명을 들어보자.

(마슈레에 의하면) 오직 이데올로기와 그 이데올로기가 흡수하는 것-역사-사이에만 모순이 존재할 수 있다. 그러므로 텍스트상의 부조화는 작품이 이데올로기를 '생산'한 결과에서 비롯되는 것이다. 텍스트는 이데올로기를 모순에 '빠지게 하고', 이데올로기와 역사와의 관계에서 특징적으로 나타나는 한계와 부재들을 들추어내며, 그런 과정 속에서 스스로 의문에 빠지고 자체 내에서 결함과 무질서를 생산해낸다.14)

텍스트는 모순을 지워버리려는 이데올로기를 모순에 빠뜨린다. 이데올로기의 결합체인 텍스트 속에서 이데올로기의 어긋남, 그리고 그 깨진 틈을 통해 나타나는 이데올로기의 빈 공간은, 역사와 이데올로기의 모순적 관계의 소산이자 그 관계의 모순을 우리로 하여금 '지각하게' 한다. 이 이론에 기초하여, 이 글은 김기림의 (일반적-미학적)이데올로기가 어떻게 『기상도』(1936)에서 굴절되는가, 동시에 굴절된 것이 어떻게 현상되는가, 그리고 그 현상된 것이 왜 김기림의 이데올로기를 '의문에 빠지게 하'는가를 살펴보려고 한다. 이로써 김기림의 이데올로기와 역사 사이에 존재하는 모순을 드러내면서, 그 이데올로기를 우리가 '거리 두고' 볼 수 있도록 하고자 한다.

2. 김기림 초기시의 모더니티 추구 양상

1908년생인 김기림은 1930년 일본대학 문학예술부를 졸업하고 입

---

14) 테리 이글턴, 앞의 책, 142면.

국, 조선일보 학예부 기자로 재직하면서 작품활동과 평론활동을 시작한다. 김기림의 평론은 주로 시를 중점적으로 논해왔는데 아마도 한국 문학사에서 논리적 일관성을 가지고 시론을 지속적으로 발표한 이는 김기림이 최초라고 해도 과언이 아닐 것이다. 그의 미학적 이데올로기는 그의 시와 시론을 통해 잘 표명되어 있다. 그런데 그 미학적 이데올로기는 그의 일반적 이데올로기와 밀접히 연관되어 있는 것이다. 그래서 그의 일반적 이데올로기는 그의 시론을 통해서 간접적이나마 생각할 수 있다.

우리의 목표가 그의 장시 『기상도』에 대한 논의를 진행시키는 것이기 때문에, 그 텍스트를 쓰도록 추동한 작가의 이데올로기적 기획이 나타나는 시론을 우선 살펴보아야 할 것이다. 그 이데올로기적 기획은 현대문명 비판의 방법으로서의 풍자와 현대의 혼란스런 경험을 통합할 수 있는 형식으로서의 '전체시론'이다. 이 문학론은 1930년대 초에 내세운 그의 문학론과 상당한 차이가 있는 것이다. 이 문학론이 제출된 것은 1935년에 발표된 그의 여러 평론에서인데, 1936년에 출판된 『기상도』가 발표된 것이 바로 다음 해이므로, '전체시론'과 『기상도』가 밀접한 연관을 가졌을 것임은 틀림없다. 즉, 그의 전체시론과 풍자론의 작품상 실천이 장시 『기상도』라고 보아도 무리가 없는 것이다. 그렇다면 그의 풍자론과 전체시론은 무엇을 말하고 있는가? 이에 대해 말하기 전에 그 문학론을 제출하기 이전의 그의 시와 시론을 살펴보아야 한다. 왜냐하면 그의 전체시론에는 초기 문학론의 이데올로기가 스며들어 있기 때문이다.

김기림의 초기 시론은 다음과 같은 말로 요약될 수 있을 것이다. "건강하고 신선한 감성은 현대의 새로운 성격이다."[15] 김기림은 1930년대

초에 시가 명랑함과 신선하고 원시적인 감각을 가져야 한다면서 1920
년대 초의 음울한 낭만주의적 성향에서 벗어날 것을 주장했다. 또한
"현실이 전문명의 시간적, 공간적 관계에서 굳세게 파악되어서 언어를
통하여 조직된 것이 시가 아니면 안된다."[16]고 하여 시가 현대적인 성
격을 띨 것과 언어의 조직을 통하여 시를 만들 것, 즉 프롤레타리아 문
학의 언어 조직을 도외시한 '편내용주의'에서 벗어날 것을 주장했다.
그리고 그것을 위한 구체적인 문학적 양식으로서 김기림은 이미지즘,
즉물주의 시를 제시했다.

　이러한 그의 언술에서 파악할 수 있는 것은, 우선 그가 '모던'에 맞추
어 시의 장래와 가치를 생각한다는 점이다. 모던 사회는 이러하기 '때
문에' 시도 이러이러해야 한다는 논리인데, 이 논리에는 현대에 대한
비판이 상정되지 않는다. 그가 생각하는 '시의 모더니티'는 시가 모던
한 감성(새로움에 대한 원시적 순수함-명랑함-과 어린아이-오전-의 감
정)으로 모던한 대상과 내용을 포착하는 것이다. 이러한 태도는 모던한
현실이 가져다주는 직접적인 경험을 충실하게 드러내는 것[17]이 시라
고 보는 것과 다름 아니다. 그래서 그의 초기 시들은 이광수의『무정』
에서처럼 세계를 연결하는 기차와 같은 소재가 많이 등장하며, 나아가
비행기 같은 소재도 나타난다. 이 '기차' 모티브는, '항해' 모티브와 함
께『기상도』에 중요하게 등장하므로 주목할 필요가 있다.

　　레일을 쫓아가는 기차는 풍경에 대하야도 파랑빛의「로맨티시즘」
　에 대하야도 지극히 냉담하도록 가르쳤나보다. 그의 끝없는 旅愁를

---

15) 김기림,「시의 모더니티」,『김기림진집 제2권』(심설당, 1988), 82면.
16) 위의 글, 84-85면.
17) 놀라는 표정으로 모던의 자극들을 그냥 바라만 보고 있으면서 그 바라봄의 대상을
　　가장 명징하게 나타내는 것. 즉 이미지즘.

감추기 위하야 그는 그 붉은 정열의 가마 우에 검은 동철의 조끼를
입는다.

-「汽車」부분

철의 옷을 입은 달리는 기차, 그것이 김기림이 파악한 모더니티였다.
그 무거운 몸체를 무서운 속력으로 달리게 하는 힘이 바로 현대의 정열
이며, 그 정열은 몽롱한 로맨티시즘을 비웃고 냉소한다. 그러한 시적
대상에 대해 김기림은 아무런 논평도 하지 않는다. 여수를 읊는 로맨티
시즘에 냉담하면서 그 여수를 감추고 묵묵히 전진하는 '모더니티-기차'
는 그에게 숭고한 대상이다. 모더니티가 그의 눈앞에 등장했을 때, 그
것이 '그-우리'의 감성을 일거에 무너뜨리는 그 무엇에 다만 놀라고 있
는 것이다. 그러기 때문에 위의 시에서는 대상에 대한 비판적 사유의
침투가 없으며, 대상의 시적 이미지화에 대한 반성적 사유가 나타나지
않는다. 그것은 김기림에 대한 모더니티 체험의 압도성을 나타내주는
데, 이를 보면 이전의 한국시에서 볼 수 없는 대상에 대한 새로운 시화
(詩化) 방식-이미지즘-은, 그 모더니티 체험의 압도성을 시인 내면에 체
화(體化)하는 한 방식이라고 할 수 있다.

그 방식은 미학적으로 독립되어 독자적인 시작(詩作) 방법으로 발전
한다. 그래서 자연물도 다음과 같이 묘사된다. "가을의 태양은「플라타
나」의 연미복을 입고서/피빠진 하늘의 얼굴을 산보하는/침묵한 화가입
니다" 20세기 초에 활약하던 영국 시인 T. E. 흄의 유명한 이미지즘 시
「가을」[18]에서 영향을 받은 것이라고 짐작되는 이 시는, 태양을 침묵한

<hr />

18) "가을밤의 싸늘한 감촉-/나는 밖으로 나가 걸었다./그리고, 불그스름한 달이 산울
타리에 기댄 것을 보았다./불그레한 얼굴의 농부처럼./나는 멈춰서서 말하지는 않
고 머리를 끄덕였다./그리고 둘레에는 생각에 잠긴 별들이 있었다./도회지의 아이
들처럼 하얀 얼굴을 하고."(박상규 역) 이 시는 달을 불그레한 얼굴의 농부로, 별을

화가라고 이미지화하는 수법은 흄과 같지만, '플라타나'와 같은 외국어의 사용이나 '연미복'과 같은 '모던'한 문물을 시에 도입한 점, 화가라는 근대적 직업-예술가-으로 태양을 이미지화한 점은 흄의 시와 다르다. 이 이미지들은 당시 식민지 지식인의 외향적 모더니티 지향이 강박관념같이 김기림의 뇌리에 박혀 있음을 보여준다. 그의 이미지즘 수법과 그 배후에 있는 모더니티 체험에 대한 순응이 시어를 통해 나타나고 있는 것이다.

모더니티 문물과 그 함의를 적극적으로 수용하고, 더 나아가 그에 순응하는 미학을 주장하는 김기림의 초기 이데올로기는, 근대에 대한 비판이 빠진 낙관을 바탕으로 하고 있는 것이기도 하다. 그러나 이는 그의 자본주의에 대한 인식과 묘한 부조화를 일으킨다. 「인텔리의 장래」 (조선일보, 1931.5.17-5.24)라는 초기 논설을 보면, 그는 인텔리겐차의 운명을 프롤레타리아와 부르주아 사이의 계급 분열과 투쟁 속에 끼여 있는 존재조건과, 공급과잉을 겪고 있는 상태로부터 논하고 있다. 이 글은 그가 지식인을 마르크스주의적인 자본주의 인식을 통해 보고 있음을 드러내고 있는데, 이러한 인식은 문명의 새로운 감각을 찬양하는 그의 문학관과 묘한 불일치를 보여준다. 이 불일치는 그가 계급 분열을 일으키는 자본주의적 근대와 새로운 기계와 문물을 생산하는 새로운 생산력으로서의 근대를 분리해서 사고했기 때문이라고 판단된다. 그는 자본주의가 풀어놓은 생산력은 위대하고 계속되어야 하나 자본주의적 생산관계가 그 생산력을 억누르고 있다는 식으로 사고했을 것이다. 그렇다면 그는 생산력과 생산관계를 따로 분리해서 고찰할 수 없음

도회지 아이들의 하얀 얼굴로 표현하여 선명한 이미지의 대조로써 구상화한다. 달과 별의 이미지에 단단한 육체성을 부여하려고 하는 흄의 의도를 이 시는 담고 있다.

을 생각하지 못한 것이다. 그래서 그는 근대를 생산력의 해방과 전진으로서만 파악했던 것일지도 모른다.

그런데 이데올로기의 무모순이 되려는 속성에 의해서라도, 김기림은 자신의 이데올로기 내의 불일치를 지우면서 그 내용을 조정하려고 했을 것이다. 그 계기가 된 것이 급박한 정세였다. 독일에서의 나치즘의 승리와 일본의 군국주의화, 중국의 국공내전과 장개석의 일시적 승리, 중일전쟁의 기운 등의 급변하는 정세를 보면서, 신문 기자였던 김기림으로서는 더 이상 모더니티를 생산력처럼 나날이 진보하는 것으로만 생각할 수는 없었다. 모더니티는 이제 나날이 변화하는 사회, 정치적 사건으로서 그에게 나타난다. 그것은 당시 가장 근대적인 매체인 신문에서 기자로 일하면서 격변의 사건들을 누구보다도 먼저 알 수 있었던 그로서는 당연한 일이었을 것이다. 그런데 그 사건들은 정치적으로 진보의 표지가 아니라 도리어 퇴보의 지표가 되는 사건들이기도 했다.

생산력과는 달리 '새로운', '격변하는' 정치적 사건들은 단순히 진보의 잣대를 들이댈 수 없다. 그래서 그로서는 '현대 문명'에 대한 비판으로 그의 이데올로기를 선회시킨다. 외양적 문물, 문명에 대한 찬양이 아니라 좀 더 내포적이고 포괄적인 문명개념을 확보하여 초기의 마르크스주의적 자본주의 인식과 근대의 정치-사회 문명에 대한 인식을 결합시켜 '비판으로서의 문학' 작업으로 나아가게 되는 것이다.[19] 그러나 비판은 그 비판의 근거가 마련되어 있어야 한다. 비판자는 현대의 가치와는 다른 가치를 가지고 있어야 하는 것이다. 김기림의 비판은 현대가

---

19) 그런데 김기림은 그 상황에 대한 비판을 위하여 자신의 이전 이데올로기를 청산하는 것은 아니다. 우리가 살펴볼 『기상도』에서도 그의 이력 초기에 보였던 '생산력' 상의 '진보주의', '낙관주의'의 흔적들이, 비록 '생산력-근대적 문물'에 대한 주제는 약화되었지만, 나타나고 있다.

분열되어 있으며, 그 분열을 극복할 '종합-통일'의 가치가 없다는 점에 맞추어진다. 그는 현대의 분열상을 극복할 하나의 새로운 모랄이 있어야 한다고 주장한다. "조만간 시대는 질서를 회복해야 했다. (중략) 「파시즘」은 이러한 역사의 균열을 교묘하게 이용했다. 질서는 오직 신학적인 형이상학적 선사 이래의 낡은 전통에 선 세계상과 인생태도를 버리고 그 뒤에 과학 위에 선 새 세계상을 세우고 그것에 알맞는 인생태도를 새 「모랄」로서 파악함으로써만 얻을 수 있었던 것이다."[20]

김기림은 파시즘이 현대의 분열을 이용하여 과거로의 신학적 형이상학적 회귀를 통해 극복하려 한다고 비판하면서 모더니티 위에서의 미래, 즉 과거로의 회귀가 아닌 미래로의 전진을 통해 과학이라는 수단으로 '새로운' 모랄을 만들고, 이를 통해 현 시대를 극복해야 한다고 주장한다. 이는 '새로운 질서'라는 이데올로기를 통하여 현대 문명을 비판한다는 의미를 갖는다. 김기림이 그의 문학생활 초기부터 지녀 온 모던 지향성은 과거 지향적인 낭만주의적 유기론을 거부하게 만든다. 유기적인(질서 있는) 사회는 과거에서 따올 것이 아니라 새롭게 미래에 건설되어야 한다. 여기에 '생산력'주의적인 진보주의, 낙관주의가 은연 중 개입한다. 즉 그의 초기 문학에서 보였던 모더니티 지향성과 현대를 극복할 '질서' 이데올로기가 결합되는 것이다. 그러나 그 낙관주의는 근거 없는 것이다. 왜냐하면 그가 생각하는 '질서', '새로운 모랄'을 그는 구체화하지 못했기 때문이다. 그래서 그 모랄은 막연한 희망에 불과한 것으로 나타날 뿐이다.

현대의 분열된 자본주의가 더욱 현대적으로 진보하여 조화롭고 질서 있는 사회가 나타난다는 생각은 그 경로와 논리가 마련되지 않는 한

---

20) 『김기림 전집 2』, 31-32면.

설득력이 없다. 김기림은 그 경로와 논리를 제시할 수 없었다. 뒤에 보겠지만, 그의 시 『기상도』에서 이 아포리아가 잘 드러난다. 그래서 문명비판을 통해 더 좋은 미래를 내다보자는 그의 이데올로기는 이전과는 다른 미학적 이데올로기를 필요로 한다. 현대를 구체적으로 포착하려는 이미지즘적인 시로서는 현대를 비판할 수 없다. 그리하여 그의 전체시론이 등장한다. 그는 이미지즘의 미학적 이데올로기의 기초가 되는 흄이나 엘리엇의 신고전주의적인 시론을 모두 비판하면서 휴머니즘과 고전주의의 즉물성을 종합한 시를 내세우고, 현대의 분열상을 그것대로 받아들이면서 동시에 극복하는 방편으로서의 전체시론을 주장한다. "무슨 사상이나 정치적 주제가 시에 들어올 때는 완전히 시 속에 용해되어 한 개의 전체로서의 시의 질서에 일치되어야 한다는 것이다."21) "외관상의 복잡에도 불구하고 거기에 만약 「다양 속의 통일」이 있기만 하면 비난될 것은 아니다."22) 이러한 미학적 이데올로기는 위에서 본 김기림의 '질서' 이데올로기와 모더니티 지향과 연관된 진보주의와의 결합에서 나온 것이다.

그런데 앞에서 논했듯이 김기림이 생각하는 새로운 질서는 근대 뒤에 나오는 것이어야 한다. 그 질서는 모더니티를 안고 있어야만 하는 것이다. 그렇기에 근대의 분열상을 그것대로 보여줄 수 있는 외관상의 복잡한 양식을 버릴 수는 없다. 하지만 그 분열상을 질서라는 가치로 비판하기 위해서는 그 분열을 통제할 질서가 시 속에 구현되어야 한다.('다양 속의 통일'이 있어야 한다) 그렇지 않으면 시는 근대를 비판하는 것이 아니라 근대의 분열상을 그대로 방치하는 것이 되어버리고 말 것이다. 근대의 현상들을 시에 수용하는 동시에 질서와 통일이라는 가

---

21) 김기림, 위의 책, 176면.
22) 위의 책, 170면.

치감각으로 그것을 비판하기 위하여 제창된 그의 전체시론은 비판의 미학적 방법으로서 풍자를 선택한다. "시 속에서 시인이 시대에 대한 해석을 의식적으로 기도할 때 거기는 벌써 비판이 나타난다. 나는 그것을 문명비판이라고 불러왔다. 이 비판의 정신은 어느 새에「새타이어」(풍자)의 문학을 배태할 것이다."23)

풍자는 대상을 웃음거리로 만들어 대상에 대한 신비감, 권위 등을 해체하는 방식으로 비판하는 양식이다. 이러한 풍자를 행하기 위해서는 대상을 인식 상으로 장악하는 것이 필요하다. 대상에 대해 인식할 수 없다면 그것을 웃음거리로 변형할 수 없다. 그런 의미에서 그의 풍자론은 전체시론과 긴밀히 연결되어 있다. 다양한 문학적 대상들을 시 속에 통일한다는 것은 그 대상들을 작가가 통제하고 장악할 수 있음을 전제하는 것이다. 문명 비판으로서의 풍자시의 논리는 그러므로 전체시론이 밑받침해주고 있는 셈이다.

3. 김기림의 전체시론과 『기상도』

『기상도』는 그의 전체시론 및 풍자론을 시험해본 작품이라고 볼 수 있다. 앞에서 논했듯이 그의 전체시론은 유기적 질서론과 모더니티 지향성이 결합된 것이라고 판단된다. 그러나 김기림의 시 텍스트 『기상도』는 그 이데올로기로 환원되지는 않는다. 도리어 『기상도』는 그 이데올로기의 균열된 틈들을 보여준다. 그 틈을 보기 위해서는 텍스트의 숨겨진 본질 같은 것을 찾는 것이 아니라 써진 그대로의 기표들을 중시

---

23) 「속 오전의 시론」, 위의 책, 177면.

해야 한다. 즉 문학생산이론에서는 그것을 다른 것으로 해석하는 것이 아니라 왜 그러한가를 설명해야 한다.

하지만 김기림의 이데올로기적 의도가 텍스트의 조직을 시작하게 한다는 점을 잊지 말아야 한다. 김기림이 그의 전체시론에서 밝혔던 것, '다양성의 통일' 즉 다양성을 훼손시키지 않으면서도 통일을 이룩하려는 이데올로기적 의도로부터 시 쓰기가 시작되기 때문에, 그 의도에서부터 작품을 보기 시작해야 한다. 이를 따른다면『기상도』는 두 가지 측면에서 살펴 볼 수 있다. 근대 문명의 체험들을 풍자적으로 기술하는 텍스트의 미시적 결들(다양성, 모던을 드러내주는 사건들), 그리고 그것들을 거시적으로 통합하게 해주는 서사구조(체험들을 질서화하는 구조). 그 서사구조는 단순하다.

1부는 세계의 아침이 배경이다. 어디론가 출발하는 사람들이 경쾌하게, 긍정적으로 그려져 있다. 2부「시민행렬」에서는 태풍이 내습하기 전의 부르주아 사회를 풍자적으로 기술한다. 3부는 태풍이 일어나는 모습을 기상예보를 패러디해가면서 묘사하고 있으며, 4부는 태풍의 내습으로 인한 문명의 파괴와 그 피해 상을 풍자를 섞어 묘사한다. 5-6부는 태풍 후의 정적과 파편 더미 위에서의 시인 내면의 피곤함을 보여주고 제7부에서는 태풍이 가고 태양이 비추는 새로운 세계를 예상하면서 시 전체를 끝내고 있다.

전체적으로 다시 보면 제1부에서는 여행의 시작, 제2-6부에는 타락한 현재와 세계의 고난, 제7부에서는 고난이 사라지고 청명과 태양의 시대, 즉 평화의 시대를 예고하면서 끝난다고 하겠다. 이러한 유기적 구성은 현대 문명의 혼란을 미래에 대한 희망찬 예상으로 봉합함으로써 상상적으로 질서 지워 극복하려는 작가의 이데올로기적 의도를 보여준다. 알 수 없는 미래는 현재의 관점에선 혼란스럽고 불안한 것인데, 이러한 미래의 '예견-봉합'은 유기론적인 질서의 이데올로기를 낙관주의적인 진보주의와 결합함으로써 현재의 불안을 상상적으로 해결하려 하는 것이다. 이러한 전체적인 서사구조를 염두에 주고 텍스트 자체를 살펴보기로 하자.

1부「세계의 아침」은 오전 7시, 어디론가 사람들이 출발하고 있는 모습을 보여준다.

> 바람은 바다가에「사라센」의 비단 폭처럼 미끄러웁고
> 오만한 풍경은 바로 오전 七時의 절정에 가로 누웠다
>
> 헐덕이는 들 위에
> 늙은 향수를 뿌리는
> 교당의 녹쓰른 종소리
> 송아지들은 들로 돌아가려므나
> 아가씨는 바다에 밀려가는 輪船을 오늘도 바라보았다
>
> 국경 가까운 정거장
> 차장의 신호를 재촉하며
> 발을 구르는 국제열차
> 차창마다
> 「잘있거라」를 삼키고 느껴서 우는
> 마님들의 이즈러진 얼굴들
> 여객기들은 대륙의 공중에서 띠끌처럼 흐터졌다
>
> 본국에서 오는 장거리 라디오의 효과를 실험하기 위하여
> 「쥬네브」로 여행하는 신사의 가족들

삼팜 갑판 「안녕히 가세요」 「다녀오리다」
선부들은 그들의 탄식을 汽笛에게 맡기고 자리로 돌아간다
탁두에 달려 팔락이는 오색의 「테잎」
그 여자의 머리의 오색의 「리본」

　　　　　　　　　　　　　　　－「세계의 아침」 중에서

　기차와 바다, 여객기라는 현대 문명의 상징과 여행이라는 모티브에
의해, 세계는 모험, 개발, 개선의 대상으로 의미화 된다. 이는 현대 문명
의 세계성(세계가 모두 연결되어 있다는)을 나타내준다. '아침'은 문명
이 세계로 향하여 출발한다는 의미를 내포하는데, 이는 김기림의 진보
주의 세계관을 보여준다. 항상 어디론가 출발하기 위해 분주한 현대인
의 모습들, 김기림에 따르면 그것이 우리 삶의 현장이며 문명 체험이
다. 그런데 여기서 주목되는 점은 삶의 피로에서 나오는 인간의 탄식마
저도 이제 기차가 대신 해준다는 점이다. 현대에서는 움직이고 일하는
주체가 기계이며 인간은 그런 면에서 부차적 존재이기 때문이다.

　다음 2부에서 나타나는 풍자와 비교해볼 때, 1부에서는 김기림이 다
루는 주제-세계를 향해 출발하고 있는 모던 세계-에 시인이 긍정적인
시선을 부여하고 있음이 느껴진다. 여기서도 역시 초기 시에서 보이는
것과 같이 여행이라는 모티브가 무비판적으로 시인에게 수용되고 있
음이 눈에 띈다. 또한 그가 모더니티를 미지로의 여행이나 탐험으로서
생각하고 있음을 짐작할 수 있다. 하지만 어딘가 불안함도 나타난다.
그것은 서두름의 감정을 드러내는 '빌려가는', '재촉하며', '발을 구르
는', '티끌처럼 흐터졌다'와 같은 시구들을 통해서이다. 이는 그의 초기
시론과 시에서 볼 수 있었던, 외양적 모더니티 수용의 강박24)으로 인한

---

24) 필자는 모더니티-근대성-를 전대와는 다른 모던의 '새로운' 특성이라고 이해하면

불안이 은연중 드러나고 있는 것이라고 할 수 있다. 그런데 이 불안은 이전 그의 시에서 보이던 것과는 다른 성격을 갖고 있다. 그것은 근대 사회의 정치 사회적 혼란에 대한 불안과 그가 승차하고 있는 근대라는 기차 자체에 대하여 갖는 불안이다.

2부에서는 어디론가 떠나고 있는 신선한 현대의 모습이 아니라 부패하고 위선적인 현대 부르주아 사회가 그려진다. 그럼으로써 1부와 2부 사이에는 단절이 나타난다. 2부에서는 길을 떠나는 여행객들의 모습이 나타나지 않고, 세계의 여러 사회 문제들이 저널리즘적으로, 그리고 풍자적으로 평가되고 병치된다. 김기림의 직업이 기자라는 사실과 연관되는 그 저널리즘적인 내용은, 세계의 새로운 사건들을 가장 신속하게 전한다는 저널리즘의 특성 때문에 시를 모던하게 만든다.

> 넥타이를 한 식인종은
> 니그로의 요리가 칠면조보다도 좋답니다
> 살갈을 회게 하는 검은 고기의 위력
> 의사 콜베르씨의 처방입니다
> 헬매트를 쓴 피서객들은
> 난잡한 전쟁경기에 열중했습니다

서 그 특성은 바로 모던이라는 관념의 등장 자체에서 드러난다고 본다. 그 관념은 과거에 비해서 지금은 새롭다는 시간 의식이 전제되어야 생길 수 있는 관념인데, 이는 계절의 순환 속에서 시간을 보는 전대의 시간 의식에서는 생길 수 없다. 이러한 새로운 시간의식을 전대와 구별되는 모던의 새로운 특성-모더니티-이라고 본다. 모더니티는 자본주의의 출현과 함께 시작되었다. 자본은 끊임없이 '새로운'상품을 생산하여야 한다. '새로운 것'에의 추구는 새로운 시간의식을 낳게 되기 때문이다. 과거의 시간에는 없었던 '새로운' 것을 찾고, 정복하고, 만드는 것, 그것이 모더니티의 양상이다. 그러나 자본은 새로운 것을 생산하지 않으면 무너진다. 그래서 새로움의 추구는 '강박적'으로 강제되는 것이다. 이를 보면 모더니티는 강박증을 사회에 심어준다고 할 수 있겠다.

숲은 독창가인 심판의 호각소리
너무 흥분하였으므로
내복만 입은 파씨스트
그러나 이태리에서는
설사제는 일체 금물이랍니다
필경 양복입은 법을 배워 낸 송미령 여사
아메리카에서는
여자들은 모두 해수욕을 갔으므로
빈 집에서는 망향가를 불으는 니그로와
생쥐가 둘도 없는 동무가 되었습니다
파리의 남편들은 차라리 오늘도 자살의 위생에 대하여 생각하여
야 하고
옆집의 수만이는 석달만에야
아침부터 지배인 영감의 자동차를 불으는
지리한 직업에 취직하였고
독재자는 책상을 때리며 오직
「斷然히 斷然히」 한 개의 부사만 발음하면 그만입니다
                                        ─「시민행렬」 부분

　위의 2부 「시민행렬」에는 미국의 흑인 차별, 파시스트의 속물적 과장, 전쟁을 피서로 생각하는 살육자 군인들, 중국 최고 귀부인(송미령)의 서양 추수, 옆집 수만이의 지루한 노동, 당대 최고 선동가라는 독재자(아마 히틀러를 지칭하는 것 같다)의 결국은 빈약한 연설, 자살 운운하는 파리의 겉멋 든 문인들 등 당시 사회의 여러 측면들이 파노라마처럼 펼쳐지고 있다. 그 측면들은 한 대상에 대한 깊이 있는 성찰을 통해서라기보다는 신문의 재치 있는 머리기사만을 나열한 것처럼(다소 가십거리처럼) 표현되고 있다. 또한 일상을 통해 현대 사회를 보여주는

것이 아니라 큰 정치적 사건들, 즉 히틀러의 등장, 파시즘, 송미령, 흑인 차별 등 신문에 나올 법한 시사적인 이야기가 전개된다.

그런데 초기 시에서 보였던 새로움의 대상에 대한 수동적 수용태도와 그것을 보여주는 시적 방법이 은근히 여기에도 묻어 있다. 신문 기사에 난 사건들을 서로 연관시키며 그 의미를 따지기보다는, 하나하나의 사건만 따로 떨어뜨려 그대로 시에 수용하고 병치하여 시화하는 태도가 그것이다. 물론 김기림은 그 대상 하나 하나에 대해서 비판적 시선을 거두지 않고 있지만, 급변하는 사건들이 김기림이란 주체를 압도하고 있음이 은근히 드러난다고도 볼 수 있다.

그러나 위의 시의 그러한 특성이 시적 실패의 증거는 아니다. 당대 사회의 큰 사건들, 그리고 시사성 있는 소재는 충분히 시에 도입될 수 있다. 그리고 내복만 입은 파시스트 다음에 양복 입은 송미령을 등장시키고 그 다음에는 아메리카의 해수욕 하러 간 여자를 병치시킨 것, 자살의 위생에 대해 토론하는 파리 지식인과 평범하고 무식할 옆집 수만이를 병치시킨 것 등은 재치가 있다. 여기서는 내복-양복-수영복이란 복장으로 시적 대상을 묶어 주면서 대조의 낙차로 의미를 생성시킨다. 니그로와 생쥐의 병치(둘 다 검은 피부)도 그렇다. 이러한 수법은 김기림이 분열된 세계상을 비판적이고 풍자적으로 나타내기 위해, 현대문명의 우스꽝스럽게 분열되어 있으며 도덕과 윤리가 땅에 떨어진 모습을 그대로 시로 옮겨 놓으려는 의도에서 채택되었을 것이다. 현대문명의 분열성을 시 형식 자체를 통해 독자가 체험할 수 있도록 의도적으로 채택한 기법인 것이다.

이러한 수법은 다른 효과도 가져온다. 현대에 일어나는 다양한 사건들을 날 것 그대로 병치하여 그 경험들을 도리어 전경화하고 낯설게 만드는 충격 효과나, 병치된 것들의 여백에서 의미가 생성되는 효과가 생길 수 있는 것이다. 그것은 이질적인 것들이 동떨어져 있는 것 같으나 관련을 맺고 있는 모순적 관계들을 생각하게 할 수 있는 효과이다. 그러나 김기림은 이러한 기법의 미학적 정치적 효과들을 더 탐색하지는 않는다. 이러한 기법의 사용은 현대 사회의 분열상과 타락, 이로 인한 파멸의 이미지를 그리기 위해 선택한 것이어서, 그것은 자신의 이데올로기적 의도를 드러내기 위한 하나의 수법으로만 남아 있다.

김기림은 자신이 사용한 시의 기법이 발휘할 수 있는 효과들의 가능성을 더 밀고 나가지 않은 채, 전체 서사를 구성시키는 '추진체'이며 그가 이 시 제작에서 의도하는 중요 주제라고 할 수 있는 '태풍'을 제3부에 등장시킨다. 그리고 이 태풍이라는 모티브는 김기림의 이데올로기적 의도와는 다르게 텍스트가 읽혀지게 만드는 요인이 된다. 2부에서 풍자의 대상은 김기림의 인식 안에 장악되어 있다. 독재자의 연설이 '단연히, 단연히'라는 것만 반복하고 별 내용이 없는 환각에 불과하다고 꼬집는다는 것은 김기림이 그 독재자의 외양이 아니라 내부의 본성까지도 인식하고 있음을 말한다. 그런데 2부에 등장하는 단편적 대상들을 하나로 묶어 거시적으로 비판하려는 김기림의 기획은 좀 더 큰 힘을 가진 시적 대상을 등장시켜 현대의 위선과 병폐들을 일거에, '통일적'으로 묶어 비판하려고 한다. 그 시적 대상이 바로 태풍이다.

제3부는 태풍의 등장을 묘사하고 있지만 그 태풍이 무엇을 상징하고 있는지는 시에 거의 드러나지 않는다. 다만 "남해의 늦잠재기 적도의 심술쟁이" 정도로 태풍이 묘사되어 있고 태풍이 수반하는 여러 자연적 현상들과 태풍의 전진방향에 대해 전보의 양식으로 서술되고 있을 뿐이다. 늙은 한 사공인 파우스트와 태풍이 만나 대화하는 장면이 있지

만, 파우스트가 "「또 성이 났나」"하고 묻자 태풍이 "「난 잠자코 있을 수가 없어」"라고 대답하는 것으로 태풍의 성격을 짐작할 수 있을 뿐이지 역시 태풍이 구체적으로 상징하는 바를 짐작할 수가 없다. '파선한 사공'인 파우스트만이 의미심장함을 띠지만 역시 태풍이 상징하는 바가 무엇인지 파악하는 데에 별 도움이 되지 않는다. 2부의 시적 대상이 시인에게 인식 가능한 것이었다면, 3부의 시적 대상은 시인 자신도 그 실체가 무엇인지 파악하지 못하는 것으로 나타나는 것이다.

태풍이 무엇인지 구체적으로 드러내지 못한 채, 4부에서는 그것이 현대사회를 휩쓸고 지나가는 모습이 묘사된다. 4부에서는 2부에서 사용된 풍자가 다시 등장하면서 현대 사회의 여러 면면들이 태풍을 맞이하여 붕괴되는 모습을 보여준다. "「대중화민국의 번영을 위하여-」"라고 건배하는 국민당 정부의 인사들이 있는 방의 유리창이 흔들리면서 "늙은 왕국의 운명은 흔들린다"고 서술하는 부분, 태풍이 온다는 소식에 놀라 "國務卿「양키-」씨는 수화기를 내던지고/창고의 층층계를 굴러 떨어진다"고 미국을 풍자하는 부분, "십자가를 높이 들고/난동에 향하야 귀를 틀어막던/교회당에서는/(중략)/기도의 중품에서 예배는 멈춰섰다/아무도 「아-멘」을 말하기 전에/문으로 문으로 쏟아진다"와 같이 태풍 앞에서 무력한 종교의 모습 등을 풍자하는 부분 등, 4부 전체가 당대 정치사회의 붕괴를 풍자적으로 보여주고 있는 것이다. 그러나 태풍이 무엇이기에 당대 사회를 붕괴시키는가에 대해서는 4부에서 역시 찾아볼 수 없다.

여기서 1부에서 나타난 현대 문물에 대한 막연한 불안을 유념해 둘 필요가 있다. 그것은 세계로 출발하는 모더니티를 명랑하게 받아들이면서도 언제나 새로 출발하고 또 가야만 된다는 모더니티의 강박성에 대한 불안이었다. 그리고 그 강박에서 온 불안은, 근대의 외양적 면모역시 그가 인식 상으로 장악하지 못하고 있음을 나타낸다고 볼 수 있다. 4부는 1부와는 정반대로 비판적 관점으로 현대 정치 사회를 파악하려고 했지만, 역시 그 대상들을 통일적으로 파악할 수 있는 인식 상의장악력이 그에겐 없었다. 2부에서 시인은 자신이 포착했던 대상 하나하나에 대해서 풍자의 방법을 통해 인식 상으로 장악하고 있었지만, 그대상들 전체를 통일적으로 파악하려고 했을 때 그는 그 통일의 원리를찾아낼 수가 없었던 것이다.

그래서 현대의 체험을 하나로 묶어주기 위해 김기림은 막연하게 현대 사회의 총체적 붕괴를 상상한다. 현대사회의 붕괴를 진행시킬 힘의막연한 상징물이 바로 태풍이다. 하지만 그 힘의 실체가 무엇인지 시인은 형상화할 수 없었다. 현대사회가 전체적으로 위선적이고 희극적으로 뒤틀려 있으며 비이성적이라는 것이 그의 현대 진단인데, 태풍이란모티브는 그 사회가 일거에 무너지리라는 막연한 이데올로기에서 나온 미학적 장치물, 실체 없는 장치물로 나타날 뿐이다. 그렇기에 현대사회를 무너지게 만드는 힘-태풍-도 역시 시인이 인식 상으로 장악하지못하는 불안의 대상이 된다. 이 불안이 5-6부에서 시인으로 하여금 태풍이 닥친 후의 풍경을 병들었다고 말하게 만들고, 그 자신의 내면으로침잠하게 만든다.

5부는 제목대로 태풍이 지나간 해안가의 암울하고 '병든 풍경'이다.여기서 1부에서 볼 수 있었던 바다라는 모티브가 다시 등장한다. 그러나 이 바다는 더 이상 현대가 헤쳐 나갈 길로서의 바다가 아니며, 해안역시 근대의 출발지로서의 장소가 아니다. 5부에서 바다는, "보라빛 구름으로 선을 둘른/회생의 칸바쓰를 등지고/구겨진 빨래처럼/바다는/산

맥의 突端에 걸려 퍼덕인다"라거나 '찢어진 바다의 치맛자락', "황혼이
입혀주는/회색의 襤衣를 감고/물결은 바다가 타는 장송곡에 맞추어/병
든 하루의 임종을 춘다"와 같이 암울, 막힘, 파열, 죽음의 이미지를 동
반한다. 이러한 바다 이미지는 바다와 배로 상징되던 근대의 파멸을 암
시한다. 항해와 정복이 근대의 출발이라고 한다면, 이제 더 이상 "먼 등
대 부근에는/등불도 별들도 피지 않"기에 '배-근대'가 갈 길은 비추어지
지 않는 것이다. 그것은 근대를 끌고 갈 가치가 사라졌음을 의미한다.

6부 「올빼미의 呪文」은 이러한 근대의 파멸을 바라보고 있는 시인의
내면이 서술되어 있다. 시는 태풍이 가져다 준 결과를 먼저 서술한다.
"태풍은 네거리와 공원과 시장에서/몬지와 휴지와 캐베지와 연지와/연
애의 유행을 쫓아버렸다"고 말이다. 태풍이 몰아낸 것은 무엇인가? 그
것은 근대 도시에서 볼 수 있는 모던한 상품들과 모던한 '모랄-연애'이
다. 즉, 겉모습뿐인 모더니티. 그런데 초기의 김기림을 매혹시켰던
것은 바로 그 외양상의 모더니티 체험이 아니었던가? 그런 면에서 「올
빼미의 주문」은 김기림의 솔직성을 보여준다. 외양상의 모더니티가 태
풍으로 인해 사라진 현재를 그가 절망적으로 받아들이고 있는 것을 보
면 말이다.

　　나는 갑자기 신발을 찾아신고 도망할 자세를 가춘다 길이 없다
돌아서 등불을 비틀어 죽인다 그는 비둘기처럼 거짓말쟁이였다 황
홀한 영화의 그늘에는 몸을 조려 없애는 기름의 십자가가 있음을 등
불도 비둘기도 말한 일이 없다.

　　연애와 같이 싱겁게 나를 떠난 희망은
　　지금 어디서 복수를 준비하고 있느냐

나의머리에 별의 꽃다발을 두었다가
거두어간 것은 누구의 변덕이냐
밤이 간 뒤에 새벽이 온다는 우주의 법칙은
누구의 실없는 작난이냐

내일이 없는 칼렌다를 쳐다보는
너의 눈동자는 어쩐지 별보다 이쁘지 못하구나
도시 19세기처럼 흥분할수 없는 너
어둠이 잠긴 지평선 너머는
다른 하늘이 보이지 않는다

비둘기(평화)나 등불(영화)과 같은 근대의 약속은 이제 믿을 수가 없게 되었다. 그러한 희망의 상실은 복수처럼 시인을 괴롭힌다. 위의 부분은 김기림이 생각해왔던 근대가 실망스럽게 인식되었을 때 그 충격의 파장이 얼마나 그의 내면에 크게 울리고 있는지를 솔직하게 보여준다. 그에겐 이제 내일이 없다. 그는 19세기처럼 흥분하지도 못할 정도로 늙었고, 다른 지평이나 하늘을 찾을 수도 없다. 정치 사회적 모더니티가 파멸 목전에 다다르게 되었다는 막연하지만 불안한 인식은 태풍이 지나간 것처럼 그의 내면을 황량하게 만들었던 것이다. 그리하여 이 5-6부는 2부와 4부에서 보이던 자신만만한 풍자의 목소리와 단절된다. 자신이 인식 상으로 장악하여 풍자하려고 했던 현대의 부패상과 파멸상이 도리어 그를 불안하게 만들고 내면을 희망 없고 황량하게 만들어버리는 역설이 생겨난 것이다. 그것은 그의 모더니티 지향과 현대의 분열상을 극복하고 종합한다는 김기림 자신의 이데올로기에 반하여 그의 시 텍스트가 다른 것으로 현상되고 있음을 보여준다. 그가 비판하려고 했던 현대의 분열상과 파멸상이 도리어 그의 이데올로기를 잠식하고 무기력하게 만들고 있는 것이다.

그러나 김기림은 현대의 경험 위에 새 모랄을 세우고 문학 텍스트의 통일이라는 미학적 이데올로기를 실천하기 위해 희망찬 미래, 새로운 모랄에 의해 움직이는 미래를 갑작스레 상정한다. 그것은대 체험들을 이데올로기적으로 장악하려는 시도이기도 하다. 그는 A-B-A'의 서사적 구조를 완결함으로써 B에 전개된 내면적·외면적 근텍스트에 드러나는 이질성들을 '태양이 비추는 밝은 미래'라는 신화로 마름질한다. 그리하여 근대의 부패와 파괴, 그로 인한 내면의 황량함 등은 모두 이 희망찬 미래를 위한 시련에 불과하게 된다.

또한 김기림은 6부에서의 "담벼락에 달러붙는 나의 숨소리는/생쥐보다도 커본 일이 없다/강아지처럼 거리를 기웃거리다가도/강아지처럼 얻어맞고 발길에 채어 돌아왔다"와 같은 자기 비하와 혐오를 7부에서는 일거에 극복한다. "나의 생활은 나의 장미/어디서 시작한 줄도/언제 끝나는 줄도 모르는 나는/꺼질 줄이 없이 불타는 태양/대지의 뿌리에서 지열을 마시고 떨치고 일어날 나는 불사조"와 같은 자기긍정으로써, 급변하는 정치 사회적 근대에 패배한 모더니스트의 솔직한 진술들을 지워버리는 것이다. 자신이 개라고 하는 솔직함과 자신이 불사조라고 말하는 영웅주의적이고 나르시시즘적인 태도는, 아무런 내적 연관성을 갖지 못한 채 물과 기름처럼 분리되어 있다. 그래서 7부의 자기 긍정은 하나의 돌출적 선언으로밖에는 보이지 않는다. 결국 그는 "벗아/태양처럼 우리는 사나웁고/태양처럼 제빛 속에 그늘을 감추고/태양처럼 슬픔을 삼켜버리자/태양처럼 어둠을 살워버리자"와 같이 시 텍스트 내적으로 설득력을 전혀 갖추지 못한 이데올로기적 권유로 시를 마무리하려고 한다. 그리하여 "흐림도 소낙비도/폭풍도 장마도 지나갔고/

내일도 모레도/날씨는 좋을 게다"라는 근거 없는 낙관으로 시 전체를
닫고 마는 것이다.

　그러나 이 글이 말하고자 하는 바는, 이러한 시의 내부 내용들과 전
체 구성 형식의 불일치, 무리한 결말 등이『기상도』를 미학적으로 수준
미달에 떨어뜨린다고 지적하려는 것이 아니다. 이 글이 주목하는 것은
가령, 6부와 7부의 급격한 진술의 차이 속에 난 공간이 김기림의 이데
올로기가 균열되고 있음을 보여준다는 점이다. 경험을 조직화하여 전
체적 통일 속에 용해시키려는 그의 이데올로기적 기획과 근대의 정치
사회적 경험에 의해 파손된 그의 내면이 텍스트 내에서 서로 융화되지
못하고 있기에 도리어『기상도』는 이데올로기의 모순을 바라볼 수 있
게 해준다.

4.『기상도』에 드러난 이데올로기의 탈구(脫臼)

　정리해보자. 김기림은 정치 사회적인 분열상을 통합할 새로운 가치
관을 가지기를 원했다. 그것은 그러나 과거로의 회귀가 아니라 모더니
티 위에서, 모더니티를 극복한 위에서 이루어져야 하는 것이었다. 그것
은 근대의 경험들을 외면하는 것이 아니라 그것을 받아들이면서 극복
하여야 하는 것이었다. 그의 미학적 이데올로기도 그러한 이데올로기
에 근거한다. 그의 전체시론은 시가 '다양한 것 속의 통일'을 보여주어
야 한다는 것이 그 요체이다. 현대의 다양한 경험들과 현대의 분열상을
시가 흡수하여야 한다. 반면 그 분열상을 통일하기 위해서는 하나의 새
로운 가치, 모랄이 필요하다. 즉 시는 새로운 가치를 통해 다양성, 분열
상들을 흡수 통합하는 작업을 해야 한다. 새로운 가치를 세운다는 일은

현재를 비판한다는 것이다. 현재의 다양성은 그 비판을 통해 수용되어야 한다. 그 비판의 미학적 방법은 풍자이다. 이러한 이데올로기를 구체적으로, 시로 실천하려고 한 것이 『기상도』이다.

하지만 그의 이데올로기적 기획은 『기상도』에서 달성되지 않고 전위(轉位)되고 만다. 『기상도』 제1부는 모더니티의 활동성을 여행의 출발로서 형상화하면서 그 명랑성을 보여준다. 여행은 탐험, 정복, 움직임이라는 이미지를 뒤따르게 한다. 김기림의 초기 문학에서 보이는 (외양적)모더니티에 대한 친화성이 여기에서도 엿보인다. 하지만 초기와는 달리 여행의 강박에 의한 불안감도 나타난다. 하지만 그것은 초기 시의 어떤 특성이 변화된 것이다. 초기 시는 시적 대상을 즉물적으로 구성하여 수동적으로 수용하려는 시도였다고 볼 수 있는데, 이는 대상이 주체를 압도함을 보여주기도 한 것이었다. 그 압도성은 『기상도』에서는 '불안'으로 나타난다. 초기 시에서도 대상이 주체를 압도하고 강박적 새로움의 불안도 보였지만, 그때 김기림은 그 대상을 주체가 명징하게 그려낼 수 있다고 보았다. 그러나 『기상도』에서는 정치 사회적 모더니티의 격변으로 인한 불신이 외양적인 모던의 경험마저도 의심스럽게 만들었다[25].

제2부의 내용은 1부와 급격한 단절을 이룬다. 2부는 정치 사회의 문제들을 다루면서 병치수법을 동반한 풍자를 사용한다. 또한 저널리즘적인 수법을 사용하여 현 문명의 혼란상을 다룬다. 이 부분에서 근대사회는 위선적이면서 희비극적이고 병적인 모습으로 나타난다. 그 모습은 1부에서 볼 수 있었던, 기차와 배와 항공기가 출발하는 아침의 신선한 모습과는 대조적인 근대의 모습이다. '현대 문명 비판'이라는 김기

---

[25] 6부에서는 이러한 불안의 감정이 격화되면서 절망에 빠진 작가의 내면을 드러내준다. 그것은 작가의 이데올로기적 기획과는 어긋나게 텍스트가 진행됨을 의미한다.

림의 이데올로기적 기획을 본격화한 것이 바로 이 2부라 할 수 있다. 비판을 위해서는 '현대문명'을 전체적으로 비판할 수 있는 가치가 필요한데, 우선은 '현대문명'을 묶어서 생각할 수 있는 어떤 모티브가 필요하다. 그것이 바로 태풍이다. 태풍은 문명의 파국을 가져오는 힘이다. 이 파국을 통해, 분열된 근대 정치 사회의 허위성들을 한 곳에 모아 비판할 수 있다.

그러나 김기림은 그 태풍-파국을 몰고 오는 힘-의 실체를 구체화할 수 없었다. 태풍이 무엇인지 의미화하지 못하는 이상, 근대의 분열상과 그 파국의 전조를 통일적으로 의미화하거나 그 의의를 찾지 못한다. 결국 태풍의 등장은, 그의 의도와는 달리, 근대의 사회 정치적 체험들을 인식 상으로도 통제하지 못함을 보여주게 된다. 즉, 그가 상정한 근대 사회를 무너지게 만드는 힘인 태풍을 자기 스스로 인식 상으로 장악하지 못하고, 그리하여 태풍은 불안의 대상이 되어버린다. 이와 함께 근대사회의 분열상 역시 불안의 대상으로서 체험되는 것이다. 그래서 4부의 풍자적 서술은 날카롭지 않다. 태풍으로 인해 파멸되는 현 사회를 보여준다고 하더라도, 태풍의 의미가 드러나지 않아 그 부서지는 대상들의 모습의 의미 역시 포착되지 않는 풍자가 되어 버리기 때문이다(이 때 풍자는 냉소로 전환된다). 5-6부에서 그려지는 황량한 외면-내면 풍경은 근대 전체를 포착하고 비판하려는 김기림의 기획과는 다른 방향으로 텍스트가 움직인 것이어서, 그의 기획의 실패를 솔직하게 보여주는 부분이 된다. 한편 7부 「쇠바퀴의 노래」는 그의 이데올로기적 기획을 복원하려는, 그의 텍스트의 균열들을 '마름질'하는 시이다.

이렇게 살펴볼 때 『기상도』는 유기적인 텍스트가 아니라 이질적인 텍스트다. 텍스트는 ㄱ)1부/2부, ㄴ)2부/3부, ㄷ)3부/4부, ㄹ)4부/5-6부,

ㅁ)6부/7부와 같이 균열되어 있다[26]. ㄱ)에서는 현대 물질문명과 과학에 대한 기대와 정치 사회적 모더니티에 대한 비판이 엇갈려 서로 융화되어 있지 못하고, ㄴ)에서는 비판의 개별 대상에 대한 인식상의 장악과 그 전체적인 의미화의 실패가 동시에 드러나며, ㄷ)은 현대를 무너뜨리는 힘이 무엇인지 파악하지 못한 채 무너지는 현대를 비판하는 모순이 드러난다. ㄹ)은 비판의 대상인 정치 사회적 현대가 무너지면서 비판 당사자가 무너지는 역설이 나타나고 ㅁ)자기 부정과 절망이 근거 없는 희망과 낙관적 권유와 부딪친다. 이러한 이질적인 부분들의 차이들이 마련한 공간 속을 들여다보면 김기림의 이데올로기의 모순성이 드러난다. 이데올로기 자체는 모순을 지워버리려고 하지만 이렇듯 텍스트 안에 변형되어 들어오면 그것의 모순성이 드러나는 것이다.

『기상도』는 또한 전체적으로도 텍스트의 균열을 보여준다. '아침-태풍-갬'이라는 서사구조의 유기성과 사건들의 복잡성이 서로 맞부딪치는 데서 텍스트는 '금이 가'고 있다. 그 금을 통해, 그의 전체시론의 실행이라고 할 수 있는 유기적 형식의 시도가 '모던'의 정치적 사건들이 가져오는 충격을 텍스트 내적으로 수용하면서 파괴되어 가고 있음을 알 수 있다. 그 금은 '전체시'를 통한 근대의 질서화, 구원이라는 이념이 도리어 근대에 의해 붕괴되고 있음을 역설적으로 보여주고 있는 것이다. 그것은 그가 근대의 파편적 사건들을 파편들 그 자체로 수용하는 창작방법을 사용하면서(몽타주) 이루어지는 결과이기도 했다.

여기에서 김기림이 가진 미학적 이데올로기의 내부 균열을 볼 수도 있다. 초기 시의 이미지즘적이고 정적인 묘사는 저널리즘적인 형식이

---

26) 1부나 2부 등은 각 부 자체 안에도 균열을 내포하고 있다. 1부에서는 현대의 운동성에 대한 명랑함과 불안함이, 2부에서는 현대 사회의 사건들에 대한 비판과 (놀람에 의한) 수동적 수용이 혼재되어 있다.

라는 『기상도』의 풍자 양식을 통해 은밀히 귀환되고 있다. 2부에서 세계의 사건들에 대한 처리가 신문기사처럼 감정 없이 풍자적으로 기술되는데, 그 풍자가 생명력이 없어 보이는 사실은 그 사건들을 수동적으로, 정적으로 바라보고 있는 태도(이미지즘적 태도)와 연관된 것이다. 이는 이미지즘과 저널리즘적인 풍자라는 미학적 형식의 부딪침에서 이러한 효과가 발생하고 있는 것으로 생각할 수 있겠다.[27]

5. 결론

앞에서 살펴 본 텍스트의 균열들은 김기림의 이데올로기가 자체 내에 이러한 균열을 갖고 있기 때문에 나타나는 것이 아니다. 문학생산이론의 입장을 통해 보면 그 균열은 김기림의 이데올로기와는 다른 어떤 외부의 것과의 부딪침에서 생긴다고 할 수 있다. 그 외부 중 하나가 역사의 실재라 할 것이다. 김기림은 이데올로기를 통해 역사의 실재를 붙잡아 의미화하려고 했다. 그러나 당시 조선의 역사는 어떠하였는가? 과연 식민지 변방의 지식인이 모던 세계의 분열상을 비판하고 질서화하고 새로운 전 문명적 가치를 추구한다는 것이 어떤 의미를 가지는 것일까?

문제는 그러한 시도가 쓸 데 없다는 것이 아니라, 자기가 몸담고 있는 세계의 정세 속에서 그러한 시도를 접합해야 그 의의가 살아난다는 것이다. 일본의 식민지였던 조선의 한 지식인으로서 먼저 외양상의 모더니티와 제국주의와의 연관성을 파악해야 했을 것이다. 그는 외양상의 모더니티를 포착하려고 하였고 그것을 시로 실천하려고 했다. 그러

---

27) 하지만 작가의 의도와는 다른 그러한 어긋남이 어떤 다른 효과를 생산하는 데 주목해야 한다. 이에 대한 분석은 다음으로 미룬다.

나 부정적인 정치·사회적 모더니티의 실상이 드러나자, 그가 계속 유지하려는 모더니티 지향과 모더니티에 대한 비판의 모순적 결합이 그의 이데올로기 논리 속에 제기된다. 시간의 진행 속에서 물질문명과 과학은 동시에 발달했지만 문명과 과학 발달을 가능하게 만든 근대적 논리는 파시즘의 득세를 가져오기도 했다. 근대 문명의 발달과 정치 사회의 모더니티는 엇갈려나갔다. 김기림은 이 엇갈림의 원인을 투시해야만 했지만 그러한 투시를 할 수 있는 사상적 도구를 갖추지 못했던 것으로 보인다.

정치 사회의 격변은 식민지 조선에도 직접적인 변화를 가져왔다. 군국주의화된 일본은 조선의 문화통치를 종식시키고 사상탄압을 강화했으며 점차 조선의 병참기지화로 정책을 바꾸어 나갔다. 일본으로부터 수입되어 온 모더니티의 활력을 추종하는 김기림으로서는 다시 일본으로부터 밀어닥친 정치사회의 부정적 변화를 어떻게 받아들이고 설명해야 될지 혼란스러웠을 것이다. 이에 김기림은 모더니티의 발동 속에서 근대의 정치 사회를 비판하고자 했다. 그런데 모더니티의 발동은 세계주의와 통한다. 모더니티는 미지의 것을 밝히고 탐험하여 세계를 연결하는 정신이기도 하기 때문이다. 그의 문명비판이 세계 여러 나라의 사건들을 저널리즘적으로 행해지고 있는 것은 이와 무관하지 않다.

그러나 식민지 조선 현실에 실제로 작동하고 있는 '모더니티와 군국주의적 식민주의의 결합'이 행해지는 실제 현실에서 김기림의 문명비판은 공허한 것이었다. 도리어 식민지 조선에 밀어닥치는 격변의 모던세계는 조선 지식인들에게는 그 의미와 변화방향을 파악하기 힘든 것이었다. 그래서 그들은 세계의 예측하기 힘든 변화를 불안하게 바라보게 된다. 그렇기에 세계를 해석하고 인식 상으로 장악하려는 기획에도 불구하고, 김기림은 자신이 몸담고 있는 실재 관계(식민지 조선 속의 지식인)와 역사로 인해 불안감이라는 이질적인 감정에 사로잡힌다. 실재와 이데올로기 간의 부딪침으로 인한 모순의 발생은 그의 이데올로기적 논설에는 거의 드러나지 않는다. 하지만 『기상도』라는 문학텍스트를 통해, 우리는 그 모순을 인지할 수 있다.

식민지 현실을 도외시 한 김기림의 모더니티 지향-세계주의, 낙관주의, 진보주의-과 그러한 이데올로기를 기초로 한 현대 문명사회 비판은 역사의 실재(식민지 현실)에서 무력한 것이었다. 급변하는 근대 사회의 위력은 변방의 한 식민지 지식인의 패기를 여지없이 짓눌러 버렸다. 1930년대 말과 1940년대 초중반 식민지 조선의 가혹한 상황은, 그의 풍자와 냉소와 희망에도 불구하고 도도하게 현실을 장악하고 만다. 훗날 김기림 자신도 그가 구상했던 이데올로기 기획의 비극성을 파악할 수 있었다. 1930년대 말에 발표된 아름다운 시 「바다와 나비」에서, 김기림은 모더니티에 투신하려고 한 자신을 이렇게 읊었다.

아모도 그에게 수심을 일러준 일이 없기에
한 나비는 도모지 바다가 무섭지 않다

청무우밭인가 해서 나려 갔다가는
어린 날개가 물결에 저러서
공주처럼 지쳐서 돌아온다

삼월달 바다가 꽃이 피지 않아서 서거푼
나비 허리에 새파란 초생달이 시리다

모더니티라는 바다에 투신한 겁 모르는 나비, 그러나 바다엔 바라던

꽃 피지 않아 시린 허리만 안고 지쳐 돌아오는 저 나비는 바로 김기림 자신을 의미하리라. 하지만 이는 식민지 조선에서 살아나가는 모든 문학인들, 지식인들에게도 해당되는 이야기이기도 하다.

III부

한국 근대문학의 비교문학적 자장들

한일 프로문학의
대중화 논쟁에 대하여

1. 문제제기

1920-30년대 일본 프로문학은 당시 전세계적으로 강력한 영향을 끼치던 맑스주의 비평과 밀접히 관련되어 있다. 맑스주의 비평은 당시 세계적 보편성을 가지고 있었다. 그 비평은 맑스주의가 갖고 있는, '자본주의화에 따른 사회적 모순을 척결하기 위한 실천적 이론'이라는 보편성에 기대고 있기 때문이다. 독점 자본주의가 들어서고 선진 자본주의가 제국주의화 한 이후에도 자본주의에 대한 비판 이론이자 실천 이론인 맑스주의는 제국주의 본국이나 제국주의에 의해 식민지 자본주의가 이식된 식민지 모두 현실 타개책으로서 받아들여졌다. 또한 자본주의의 세계화와 그에 따른 전 세계의 부르주아/프롤레타리아 계급의 분화는 피 압제자인 프롤레타리아의 해방을 위한 운동의 국제화를 낳았다. 『공산당 선언』의 일절에서 말하듯, "프롤레타리아트에겐 조국이 없"는 것이다. 이를 바탕으로 한 '프로문학' 비평은 '국제적'일 수 있었고, 러시아나 일본, 한국의 프로문학 비평은 피억압 계급의 입장에서

문학의 여러 문제들에 대해 토론하게 되었다. 그래서 '맑스주의 비평'을 원론적인 수준에서 논하면서 한일 프로문학을 같이 읽어 나가더라도, 두 나라의 프로문학의 실상에서 벗어나지는 않으리라 기대할 수 있다.

한국 최초의 본격적 비평사 연구서 중 하나인 김윤식의『한국근대문예비평사 연구』는 카프 비평에서부터 비평사를 시작하고 있다. 카프 비평이 본격적인 비평의 장을 열었다는 평가를 저자가 내리고 있기 때문이다. 1920-30년대 당시 맑스주의는 총체성을 추구하는 과학이고자 했다. 그래서 맑스주의 비평은 문학에 관련된 많은 문제들을 총체적인 시각에서 바라보려고 했다. 문학과 사회의 문제, 사회 운동과 문학의 관련 문제, 문학에서의 이론과 실천 문제, 비평과 작품의 문제, 문학의 기원 문제, 문학의 대중화 문제, 문학의 질과 평가 문제 등, 수다한 질문이 카프 비평에서 제기되었다.

또한 카프의 맑스주의 비평을 통해 비평 영역의 자립화가 이루어졌다. 이전 비평에서는 작품에 대해 평가하면서 문학의 특성에 대해 논했다면, 맑스주의 비평은 철학과 역사, 사회과학, 그리고 실천의 문제를 아우르며 문학에 대한 메타 비평을 시도하기 시작했기 때문이다. 당대 문학 운동가들은 위에서 언급한 여러 문제들에 대해 나름대로 답을 내었고 서로 치열하게 논쟁했다. 그래서 비평의 심도가 깊어질 수 있었다. 이렇듯 한국 근대문학에서 맑스주의 비평은 문학과 사회에 대한 총체적인 설명 모델이었으며 문학의 정치적 실천 프로젝트였다. 그렇기 때문에 맑스주의 비평은 문학과 관련되어 생각할 수 있는 거의 모든 면에 대해 논의했다.

당시 맑스주의 비평의 이론적 뼈대를 대강 다음과 같이 거칠게 정리해볼 수 있다. 문학은 사회적 삶의 반영인데 현 자본주의 사회는 계급으로 분열되어 있다. 작가는 진보적인 프롤레타리아 계급의 입장에 입각해야 사회적 삶의 진실을 그려낼 수 있다. 뒤에서 살펴보겠지만, 당대 일본 프로 문학의 이론적 지도자라고 할 쿠라하라 코레히트는 그 입장을 '프롤레타리아 전위의 눈'이라고 말한다. 이때 전위의 눈이란 자본주의 사회에 대한 과학적 이론이자 변혁의 이론인 맑스주의, 더 구체적으로 말하면 '맑스주의의 철학'인 '유물 변증법'을 지칭한다.

그런데 이 전위의 눈으로 창작된 작품이 어떻게 대중들에게 받아들여질 수 있을 것인가를 고민하게 되면-왜냐하면 프로 문학의 고민은 본질적으로 문학이 어떻게 사회 변혁에 참여할 것인가에 두어져 있으므로-예술 대중화 논의로 이어지게 된다. 프로 문학 운동은 계급 운동의 하나라고 당대 맑스주의 비평은 생각했다. 그런데 바로 이 대중화 논의에 이르러 맑스주의에 내재한 주요한 곤란이 드러난다. 왜냐하면 대중화 논의가 문학이 대중의 것이어야 한다는 근본적으로 민주적인 생각에서 출발하는 것 같으면서도, 그 논의에는 문학에 의해 대중을 계급투쟁으로 이끌어야 한다는 계몽주의적 발상이 내재되어 있기 때문이다. 이 계몽주의적 발상은 맑스주의의 역사적 모순이 집적되어 있는 것이기에 대중화 논의는 맑스주의 비평에 대한 현재적 평가에서 중요한 위상을 가진다고 할 수 있다.

현실 사회주의의 몰락을 통해 확연히 드러난 '전통 맑스주의'와 이를 바탕으로 한 당 운동의 폐해-프롤레타리아트 독재가 아니라 프롤레타리아트에 대한 독재로 귀결된 현실적 역사-에 대해 심각한 반성과 대안을 모색해야 하는 현재 우리의 입장으로서는, 당시 프로문학이 전개한 논쟁들의 치열성과 진정성을 의심할 바 없지만 논쟁의 내용을 액면 그대로 받아들일 수는 없는 일이다. 이는 후대의 논평자가 안게 되는 큰 난점이다. 카프의 문학운동이 정당했으며 그들의 논의 방향을 심화 발전시켜야 한다고 생각하는 사람들도 현재 있을 것이다. 이러한 '계승 발전'을 1980년대에 실제로 치열하게 시도하기도 했다. 하지만 맑스주의의 역사가 실패한 측면이 있다는 것은 분명하다. 맑스의 변혁 사상을 위해서도 그 실패의 원인에 대해 눈 가리지 않아야 한다. 근본적으로 비판적 입장에서 1920-1930년대의 맑스주의 문학 비평을 보아야 하는 것이 불가피한 것이다. 그것은 미래의 문학 운동을 위해서도 그러하다.

그런데 비판의 입론을 어디서 구할 것인가가 어려운 일이다. 맑스주의 역사에 대해 비판적이면서도 맑스의 변혁 사상을 잃어버리지는 않는 입장에서, 그간 맑스주의 비평이 전개한 광범위한 범위의 논의에 대안적인 대답을 할 수 있기 위해선 많은 노력이 필요할 것이다. 필자로서는 아직 그런 문제에 대해 해답을 제시할 수 있는 대안적 입론을 가지고 있지 못하다. 하지만 위에서 언급했듯이 맑스주의 역사의 모순이 집적된 '맑스주의와 대중의 문제'를 쟁점으로 삼은 프로문학의 대중화 논쟁에 대해 고찰하면 맑스주의 비평의 중요한 난점이 드러나지 않을까 생각한다. 이 난점을 드러내는 일은, '청산주의'로 나아가는 것이 아니라 문학이 '해방'에 기여한다는 프로문학의 기획을 더 북돋기 위해서이다.

이 글은 이러한 생각을 바탕으로 한일 대중화 논의를 정리하면서, 그 논의에 대한 비판적 조망을 시도한다. 하지만 아직 연구 방향이 잘 다듬어지지 않은 상태라 한일 대중화 논쟁에 대해 정리하면서 몇 가지 질문을 던지는 다소 소극적인 방식으로 글을 작성했다.[1]

---

1) 직접 인용은 각주로 출처를 밝힐 것이지만, 간접 인용이나 글의 요약, 또는 필자가 개진하고 있는 생각이 기대고 있는 글은 각주처리를 하지 않는다.

2. 한일 프로 문학에서 대중화론이 제기된 맥락

일본 프로 문학의 대중화 논의는 한국 프로문학의 그것과 비슷한 맥락에서 제기되었다. 한일 양자 모두 '목적의식론'이 제창된 후 자연스럽게 대중화 논의가 이어졌던 것이다. 목적의식론은 단순하게 말해서 프로 문학이 자연 발생적 단계를 넘어 프롤레타리아의 정치 투쟁의 일익을 담당해야 한다는 '목적의식'을 가지고 창작 또는 문학 운동을 해야 한다는 것이었다. 일본에서는 아오노 스케키치(靑野秀吉)가 처음으로 제창한 바, 그는 「목적의식론」이란 글에서 프롤레타리아트의 자연생장과 목적의식을 구분하고 "특수한 운동이 없어도 프롤레타리아 문학은 자연적으로 발생하고 생장"하지만 자연 생장이 "목적의식으로까지 질적 변화를 하기 위해서는 자연생장을 끌어올리는 힘이 없으면 안된다. 그것이 운동이다."[2]라고 주장했다. 운동이란 목적의식으로까지 질적인 도약을 하는 힘을 불어넣는 것이어서, 그러므로 프롤레타리아 문학운동은 "목적을 자각한 프롤레타리아 예술가가 자연생장적인 프롤레타리아 예술가를 목적의식으로까지, 사회주의 의식으로까지 끌어올리는 집단적 활동"(103)이라는 것이다.

스케키치는 「자연생장과 목적의식 재론」이란 글에서 좀 더 정리된 '목적의식론'을 내놓는데, 이 글에서 '문학예술의 목적의식론'이 좀 더 명확한 언어로 표명되고, 문학예술에서의 목적의식의 한계점 역시 밝혀 놓고 있다. 그는 우선 프롤레타리아 문학 운동을 앞의 글에서처럼 자연생장적인 프롤레타리아 '예술가'(강조-인용자)를 사회주의 의식으

---

2) 아오노 수에키치, 「목적의식론」, 조진기 편역, 『일본 프롤레타리아 문학론』(태학사, 1994), 103면. 이하 일본 프롤레타리아 문헌에서의 직접 인용은 이 책에 근거하므로, 인용 시 본문에 이 책의 면수만 기입하겠다.

로 끌어올리는 집단적 활동으로 정의하고, "프롤레타리아 문학에 사회주의적(참으로 전무산계급적) 목적의식을 심어 놓"(106)는 것으로 다시 정리한다. 여기서 주목되는 점은 목적의식이 사회주의적으로 한정되어 있다는 점과 '문학에' 목적의식을 '심는다'는 점이다. 즉 목적의식은 문학을 통해 대중에게 주입하는 것이 아니라 문학에 주입하는 것으로 한정된다.

> 나는 프롤레타리아 작가에게 목적의식의 파악을 요구했지만 그 문학적 약속을 무시하라고 하지는 않았다. 그런 것을 말했다고 한다면 그것이야말로 문학적 분야에서의 요구가 될 수 없다. 프롤레타리아 문학에 대하여 취재 상 어떠한 제한을 요구하는 것은 프롤레타리아 문학 그 자체의 자살을 요구하는 것을 의미한다.(107)

이렇듯 스케키치는 '문학적 분야'에서의 목적의식을 분명히 한정짓는다. 여기서 대중화론은 큰 문제로 제기되지 않는다. 왜냐하면 작가의 목적의식적 태도와 작가가 목적의식적 '작품'을 내놓는 것이 문제이기 때문이다. 물론 목적의식적 작품은 "부르주아의 일체의 의식에 대한 투쟁, 그 정체의 폭로"(같은 면)일 테지만, 문제는 '목적의식'이 대중을 끌어올리는 데로 향하고 있지는 않았던 것이다.

문예운동적인 측면에서 이러한 '목적의식'론에 즉각 반발이 나옴은 당연하다. 특히 스케키치가 속한 노농 예술가 연맹과 대립하고 있었던 프롤레타리아 예술 연맹 측에서 반박에 나섰다. 반박은 노농 예술가 연맹이 자신들의 기관지 『문예전선』에 제출한 「사회주의 문예운동」이란 글에 대해 집중적으로 가해졌다. 그 글은 스케키치의 '목적의식론'을 기반으로 하여 '문예운동'에 대한 테제를 제출한 글이었다. 이에 대해 가지 와다루(鹿地 亘)는 「소위 사회주의 문예를 극복하라」라는 글에서, 그들-노농 예술가 연맹 파-은 "문단에 있어서 존재권의 투쟁"을 할 뿐이며 "현 단계가 규정하는 역할에서 도피하기 위하여 스스로의 행위를 정당화하고 근거를 만들기 위해 온갖 구실"을 달뿐이라고 비판한다. 역시 프롤레타리아 예술 연맹의 지도적 분자인 나카노 시게하루(中野重治)도 "거기에는 예술 이론의 완성이란 것과 '예술 행동의 지도원리'를 확립하는 것이 최대의 관심사"일 뿐이어서 "예술에서 나와 예술로, 그것은 마침내 예술지상주의가 되는 것"(「결정되고 있는 소시민성」, 139)이라고 비판한다.

시게하루나 와다루의 생각은 예술에만 적용되는 목적의식론, 즉 예술 작품은 사회주의 이데올로기에 의해 창작되어야 한다는 목적의식론은 전체 운동에서 제기되는 과제를 목적의식적으로 파악하고 이에 입각하여 작품 행동이 이루어져야 한다는 목적의식론으로 대체되어야 한다는 것이다. 즉, 문학은 전체 운동에 실질적으로 복무해야 하며, 문학의 영역을 따로 두고 이 영역 안에서만 목적의식 운운하는 것은 결국 예술지상주의라는 논리다. 이제 중요한 것은 '문학' 운동이 아니라 운동에 '복무'하는 문학에 두어진다. 가지 와다루는 위의 글에서 "예술의 역할은 그 특수한 감동적 성질에 의해서 정치적 폭로에 의해 조직되어 가는 대중에의 진군나팔"(117)이라고 하고, 하지만 이는 부차적 역할이지 전위의 역할은 아니라고 한다.(이는 「사회주의 문예운동」에서 제출된 테제 중 "사회주의 문예운동은 전위의 운동이다."(112)라는 일절에 대한 비판으로서 제기되었다.) 전위는 사회주의 정치 투쟁의 지도자인 것, 그러므로 예술적 행위를 과대평가해서는 안 된다는 것이다.

나카노 시게하루는 더욱 구체적으로 예술의 임무를 말한다. 그는 프롤레타리아가 부르주아에 대한 혁명적 투쟁에 종군하기를 바라는 슬로건을 봉기의 슬로건이라 하면서(레닌의 말을 인용한 것 같다) 다음과 같이 말한다.

> 이러한 슬로건에 결부되어 급속하게 나아가는 피억압 대중의 발걸음 소리, '급변'을 잉태하고 있는 피억압 대중의 기운, 이것이야말로 우리의 예술이 포착하지 않으면 안 되는 것이다. 이러한 예술만이 비로소 이러한 기운을 필연적으로 만들어 낼 수 있는 원인까지, 그것을 뒤집어엎기까지 반작용하게 될 것이다.(「예술에 관해 휘갈겨 쓴 각서」, 148)

'슬로건'은 레닌과 같은 사회주의 정치 투쟁의 지도자가 이끄는 '진정한 전위'인 공산당에 의해 방향 지워질 것이다. 운동에 복무하는 예술은 이러한 슬로건에 결부되어야 한다. 그리고 예술은 '특수한 감동적 성질'을 통해 피억압 대중이 변혁하고자 하는 기운을 만들어낸 원인-착취와 폭력-을 '뒤집어 엎'도록 작용한다. 즉 대중이 슬로건에 반응하도록 추동하는 문학예술은 슬로건에 대한 특유의 '선전 선동'이다. 문예의 대중화론이 제기되는 것은 이러한 맥락에서이다. 즉 어떻게 대중을 선전 선동할 것인가가 예술의 문제가 된다. 예술이 해야 할 일은 명확하다. '무엇을' 그려내야 할지는 당이 결정한다. 예술가가 해야 할 일은 '어떻게' 좀 더 대중적 감화력이 있는 선전 선동을 해야 할지를 고민해야 한다. 그리하여 시게하루는 예술 대중화론을 처음으로 제기하게 되는 것이다. 그런데 이 '어떻게'라는 질문이 던져지면서, '미학-예술의 형식'에 대한 논의가 재개될 수밖에 없다. 예술의 특수성이라 할 형식을 버리려고 하자 예술-형식은 부메랑처럼 다시 돌아온다. 이에 대해선 다음 절에서 논의하기로 한다.

한국에서 대중화론이 제출되는 맥락도 일본과 비슷하다. 박영희의 '목적의식론-방향전환론'이 전개되면서 '진정한 방향전환론'이 논의되고 이 맥락에서 처음으로 '대중화론'이 제출되는 것이다. 박영희의 목적의식론이 제출된 것은 김기진과의 '내용-형식 논쟁'이 진행되면서부터였다. 주지하듯이 김기진은 박영희의 소설을 비판하면서 "소설이란 한 개의 건축이다. 기둥도 없이, 서까래도 없이, 붉은 지붕만 입히어 놓은 건축이 있는가?"3)라며 이른바 '소설 건축론'을 제출했다. 박영희는 이에 대한 응답으로 「투쟁기에 있는 문예비평가의 태도」라는 글을 제출하면서, 투쟁기에 있는 프롤레타리아에게 완전한 건축물을 만들자는 요구는 시기상조라고 주장한다. "프롤레타리아 전 문화가 한 건축물이라 하면 프롤레타리아 예술은 그 구성물 중에 하나이니 서까래도 될 수 있으며 기둥도 될 수 있으며 기와장도 될 수 있"4)다는 것이다.

박영희는 김기진을 비판하면서 스케키치의 외재 비평론을 원용하고 있지만, 스케키치의 생각에서 더 급진적으로 나아가고 있다. 앞에서 보았듯이 스케키치는 문학운동의 목적의식성이 작가의 태도, 작품에 주입된 사회주의 의식으로 생각했다. 그런데 박영희는 프롤레타리아 전 문화 안에서의 한 작품의 기능성을 문제 삼는다. 스케키치가 문학의 예술성-온전한 건축물-이 침해당해서는 안 된다는 생각을 갖고 있었지만, 박영희로서는 예술성이란 큰 문제가 되지 않고 전체 문화운동에서 어

---

3) 김기진, 「문예월평」, 김재용 엮음, 『카프 비평의 이해』(풀빛, 1989), 18면.
4) 임규찬, 한기영 편, 『카프 비평 자료 총서 III-제1차 방향전환론과 대중화론』(대학사, 1989), 25면. 카프 문인의 문헌은 거의 이 책을 이용하였다. 이하 직접 인용 시 본문에 이 책의 권수와 면수를 기입한다.

떤 기능만 하면 되는 것이다. 이를 보면 스케키치의 이론의 한 쪽 끝을 김기진과 박영희가 붙잡아 늘이고 있다는 것을 알 수 있다.

여하튼 이 내용-형식 논쟁에서 박영희의 주장은 방향전환론과 목적의식론으로 이어지고, 이는 아나키즘의 반대를 불러일으켰다. 아나키즘과의 논쟁은 카프 내 맑스주의자들을 단결시켰고, 이윽고 카프에서 아나키즘을 제명하는 사태로 이어졌다. 이 와중에서 김기진이 그의 형 김복진의 설복으로 자신의 주장을 자진 철회한 것은 잘 알려진 바다. 그리고 아나키즘의 제명과 카프의 조직 정비와 함께 박영희의 방향 전환론이 카프 조직의 활동 방향으로 채택된다. 그런데 박영희의 '방향전환론-목적의식론'은 다시 '제3전선파'라는 동경 유학생으로 이루어진 새로운 세력에 의해 비판받기 시작했다. 이에 대해 살펴보기 전에 박영희의 '방향전환론-목적의식론'에 대해서 잠시 살펴보기로 한다. 그는 「문예운동의 방향전환」(1927. 4)이란 글에서 다음과 같이 말했다.

> 계급의식을 고양하는 계급문학은 경제투쟁에서 목적의식적으로 (정치적 의미에서) 이르게 되는 것이다. 조선에 있어서는 자연생장적 문학에서 목적의식적 문학으로 과정한다는 것이 지금 필연한 현실이다. (중략) 소위 방향전환이니 목적의식을 문학에 있어서 너무 과도히 과장되게 생각해서는 아니된다. 그것은 정치투쟁은 대중이 하는 것이지 문학이 하는 것은 아니다. 다만 문학은 XXXXXXXXXX 부르조아의 모든 의식 형태와 투쟁하며 폭로하는 것이니 정치 운동의 보차적 임무를 하게 되는 것이다.(III-129)

이러한 주장은 스케키치의 '자연생장론-목적의식론'에 다분히 영향받은 것으로 보이면서도, 앞에서 언급했듯이 문예운동을 정치 운동의 일익으로 간주한다는 점에서 스케키치의 입장에서 더 나아간 것이다.

이 입장은 김기진과의 논쟁에서 제출되었는데, 문학-예술을 전 프롤레타리아 문화의 일부분으로 보아야 한다는 입장이 그것이다. 여기서도 같은 논법으로 문예 운동의 목적의식은 정치 투쟁이라는 전체 운동 방향의 일환으로 제출된다.

한편 문예운동을 너무 과대평가하지 말라는 주장은 스케키치의 목적의식론을 비판한 가지 와다루의 논의를 연상시키긴 하지만, 와다루나 시게하루가 속해 있던 프롤레타리아 문예 연맹(프로예맹)의 입장을 따르는 것은 아니다. 왜냐하면 박영희는 문예 운동이 '정치 운동의 보차적 임무'를 담당한다는 데 주안점을 두고 있기 때문이다. 그러나 시게하루나 와다루는 정치 운동에 적극적으로, 즉 직접적으로 문예를 통해 참여하는 것이 문예 운동이라고 주장했던 것이다. 박영희의 「문예운동의 방향전환」의 후속 논문이라고 할 「문예운동의 목적의식론」에서의 다음과 같은 구절은 박영희와 일본의 프롤레타리아 문예 연맹의 입장 차이를 잘 드러낸다.

> 문예 운동의 진출의 한계가 그것이다. 방향전환이 시작되는 문예 운동의 진출은 전 무산계급운동과 동일한 것은 아니다. 문예는 문예의 특수성-이것은 장래 상론하려니와-으로써 문예는 그 자체와 분리할 수 없는 특수한 형태를 가지고-이 특수란 형태는 완전하면 할수록-문예운동의 효과를 고양케 하는 것이다.(III-161)

하지만, 나카노 시게하루는 다음과 같이 말한다.

> 우리 노동하는 계급의 비명-통곡-은 투쟁의 선봉인 것을 스스로 나타내고, 그들 농민의 정치적 결합은 비롯되어 그의 제안에 따라 억압받고 있는 일체의 계급, 계층, 집단이 비명을 더욱더 지르고, 그

통곡의 소리가 날이 갈수록 높아가고 있다. (중략) 이것이 우리의 존재, 우리의 의식, 그것의 역사적 특질이고 이 의식이 반영되고 붙잡아 그려낸 예술이야말로 우리의 현재의 예술이고, (중략) 이러한 슬로건(프롤레타리아가 혁명 및 부르주아에 대한 혁명적 투쟁에 종군한다는 것을 바라는 슬로건-인용자)에 결부되어 급속하게 나아가는 피억압 대중의 기운, 이것이야말로 우리의 예술이 포착하지 않으면 안 되는 것이다. (중략) 우리의 예술이 정치적 의미를 가지는 것은 비로소 여기에 있는 것이다.(「예술에 휘갈겨 쓴 각서」(1927.10), 149)

시계하루의 글에서는 '완전하면 할수록' '효과를 고양케 하는' 문예의 특수성에 대해선 말하지 않고 예술을 피착취 계급의 비명 및 정치적 슬로건과 직접적으로 결합시킨다. 박영희의 이론을 절충주의적이라고 비판하는 목소리가 나오는 것은 당연하다. 박영희의 이론은 다분히 스케키치의 '목적의식론'과 '프로예맹'의 '목적의식론'을 절충한 것으로 보이기 때문이다. 박영희는 스케키치가 주장한 작가의 태도 및 작품 내용으로서의 '목적의식론'을 수용하면서도, 한편으로는 문예활동이 작품 활동에 머무는 것이 아니라 전체 운동에서의 역할을 담당하는 데로 나아가야 한다고 주장하면서 시계하루의 입장에 다가간다. 하지만 문예 운동의 특수성을 들어 문예 운동은 무산계급 정치운동과 동일한 것은 아니라고 말한다는 점에서 시계하루의 생각에서 벗어난다. 프로예맹의 시계하루는 예술 운동이 전위가 아니라는 점을 인정하라고 했지 예술 운동은 곧바로 정치운동이 되는 것은 아니라고 말하지는 않았다. 그 반대다. 그에게 예술 운동은 전위가 내세운 슬로건에 의해 지도되는, 예술의 특수성을 가지고 활동하는 정치운동이다.

박영희는 그래서 프로예맹의 영향 하에 있던 '제3전선파'에 의해 비판당한다. 그 중 한 사람인 윤기정은 「무산 문예가의 창작적 태도」

(1927.10.)에서 "예술은 예술로서의 특수체계가 있"다는 "비과학적, 비변증법적 해석을 하는 다원론자가 아니기 때문에 예술의 독립, 특수체계를 고집, 주장하지 않고 전체성적 운동에 일익으로 참가"해야 한다고 하고, "현 단계의 작품행동이란 전체성을 내용으로 한 정치적 활동"(III-344)이라고 못 박는다. 또한 무엇을 쓸 것인가의 문제에 대해서는 "모두가 정치투쟁 범위 내에서 취할 것"이라고 말한다. 이북만은 「예술운동의 방향전환은 과연 진정한 방향전환론이었는가?」(1927.11)라는 글에서 "예술운동은 여사한 투쟁의 주체이지 않으면 안 된다."(III-372)고 주장하면서 카프 조직의 대중조직화, 즉 노동조합, 농민조합, 청년동맹과 같은 투쟁의 조직이 되어야 한다고 역설한다. 장준석은 이런 주장의 연장선상에서 박영희의 목적의식론을 "작품이라는 범주 안에 있어서만 그 과정(목적의식의 과정-인용자)을 설명하려고" 한다면서, 박영희에 있어서는 "모든 문제가 '문예의 운동으로써의 존재'가 기본점이며 결정점"(「문학운동의 이론과 실제는 여하히 귀결되었던가」(1928.2), III-411)으로 나타난다고 비판한다. 그리고 박영희를 '절충주의자'라고 몰아붙인다.

일본에 체류하고 있는 비평가들로 구성된 제3전선파는 프로예맹의 '정치주의'에 깊은 영향을 받아 '운동'으로서의 문학을 강하게 주장하고, 당시 카프의 이론적 헤게모니를 쥐고 있던 박영희를 비판하면서 카프의 주도권을 장악해갔다. 이들은 일본의 시게하루와 와다루와 마찬가지로, 문학운동이 전위는 아니지만 전위에 의해 지도되면서 그 자체가 정치운동이 되어야 한다고 생각했다. 그러므로 이들에게 작품 행동은 정치운동으로서의 문학운동의 한 일환에 불과하기에, 작품은 선전선동의 매체가 되지 않으면 안 되는 것이다. '운동으로서의 문학'은, 일본에서와 마찬가지로, 문학을 가지고 어떻게 선전선동할 것인가의 문제와 만난다. 이북만의 「사이비 변증론의 배격」(1928.7)이란 글의 다음과 같은 일절은 제3전선파의 문학 운동관에서 어떻게 대중화의 문제가 제출되는지 잘 보여주고 있다.

> 전 운동의 목표가 어디 있는가를 정한 후에야 비로소 예술 운동이 그와 어떠한 관계에 있으며 예술운동 당면의 문제가 무엇인지가 결정되는 것이다. (중략) 우리는 우리가 가진 기술로써(9자 략)에 대한 아지에 전력하지 않으면 안될 것이다. 그러면 그것은 구체적으로 어떻게 해야 할 것이냐? 우리 조선은 XXX인 만큼 XXXX게 교양이 없다. 따라서 우리 조선 XXXXX는 정치신문이나 XXX문 같은 것을 읽을 능력이 없는 것과 같이 소설, 희곡, 시 등을 읽을 수 없는 것이다. 따라서 아지의 유일, 최선의 방법은 언어와 구체적 표현 - 그것도 아주 알기 쉽게 해야 된다. -을 빌어서 할 수밖에 없을 것이다. 그의 구체적 예를 2, 3 들 것 같으면 간단한 시를 읽는다든지 XXXXX알기 쉬운 포스타를 그려 붙인다든지 간단한 연극을 한다든지 할 수 있을 것이다. (III-469)

위의 인용문은 다음과 같이 바꾸어 말할 수 있을 것이다. 정치운동은 대중을 움직이게 하는 운동이다. 문학이 정치운동이기 위해서는 대중을 움직이도록 해야 한다. 즉 '아지프로' 해야 한다. 그런데 식민지 조선에서의 대중 상황은 문자 해독 수준이나 교육 수준이 너무 낮다. 그러므로 특정한 창작 방법-알기 쉬운 구체적 표현, 시 낭독, 포스터 등-이 필요하다. 문학-예술의 대중화가 필요하다…. 그리하여 문학의 정치성을 극도로 높이려 한 제3전선파 역시 예술 형식의 문제에 부딪치게 된다.

3. 한일 프로 문학의 예술 대중화 논쟁 과정

일본에서 대중화 논의가 촉발된 것은 나카노 시게하루에서부터였다. 위에서 보았듯이 시게하루의 '운동으로서의 문학' 논리로선 대중화 문제가 떠오를 수밖에 없었다. 논쟁의 발단이 되는 글은 「어떻게 구체적으로 투쟁할 것인가?」라는 글(1927. 12)이다. 이 글에서 시게하루는 '생산된 예술을 전 피압박 민중 속으로 어떻게 보낼 것인가'를 문제로 삼으면서 "우리가 우리의 예술을 전 피압박민중의 모든 부분으로 보내는 것은 그들 부분의 각 특수성에 따라 추수하는 것이 아니라, 오히려 그들의 특수성을 정확하게 인식하면서도 그것에 구애되지 않는 일정한 예술을 주입"해야 한다고 말한다. 그는 또한 대중의 의식 정도가 낮으므로 문예의 정도를 낮추어야만 한다는 대중추수주의를 배격하면서, 이데올로기와 예술의 지도성과 주체성을 획득할 것, 즉 전위적 엘리트 의식을 획득할 것을 주장한다.[5]

이에 대해 노농 예술가 연맹의 지도부를 사민주의적이라 비판하고 노농 예술가 연맹에서 떨어져 나온 '전위 예술가 동맹'의 이론가 쿠라하라 코레히토(藏原惟人)는, 「무산계급 예술운동의 신단계」(1928. 1)에서 시게하루의 주장을 반박한다. 시게하루는 예술을 피압박 민중 속으로 보내는 구체적 방법으로 1) 조직이 단순한 소극장 중심의 연극, 2) 그림이나 전단과 포스터의 배포, 3) 극히 저렴한 소출판 등을 열거하고 있는데, 하지만 문제는 "어떠한 예술을 대중 속으로 보낼 것인가에 있다"(332)는 것이다. 코레히토는 시게하루가 주장한 '특수성…에 구애받지 않는 일정한 예술'이란 모든 계층의 특수성을 무시한 예술에 불과하

---

5) 임규찬 엮음, 『일본 프로문학과 한국문학』(연구사, 1987), 100면에서 재인용.

다고 비판한다. 현재 모든 운동은 전위의 운동으로부터 광범위한 대중운동으로 전개되고 있기 때문에 의식이 낮은 대중까지 예술운동은 그 대상으로 삼아야 할 시대이니만큼 대중이 이해하고 사랑받을 예술을 만들어야 한다는 것이다. 이를 위해서는 작품 속에 살아있는 대중의 모습이 그려져 있어야 하며, 대중화를 위해서는 노동자, 농민, 소시민, 병사 등 각자의 특수성에 상응하는 예술을 만들어야 한다면서 시게하루의 주장에 정면 반대한다. 그리고 프로문학이 부르주아 예술을 극복하기 위해선 부르주아 예술을 능가할 만한, 적어도 그에 필적할 만한 작품을 창작하여야 하며 필요하면 부르주아 예술로부터 기술을 배우는 것을 피하면 안 된다고 주장한다.

시게하루는 그의 논리 상 예술 대중화에 대한 테제를 제출할 수밖에 없었다. 하지만 대중화의 테제는 그의 논리에 맞선 논리를 그에게 되돌려주는 것이었다. 시게하루의 '정치주의'로선, 예술의 형식이라든가 예술성에 대해서 논의하는 것은 예술지상주의로 빠진다는 주장으로 이어진다. 현재 중요한 것은 당면한 적에 맞서 계급운동의 역량을 총집중하는 것이며, 그러기 위해선 문학 자체가 프롤레타리아의 진군의 나팔이어야 했다. 문학은 억압당한다는 데에 대한 분노의 표현, 그리고 그 억압을 깨뜨리려는 의지의 표현이 되어야 했다. 그 분노와 의지의 표현인 문학은 정치적 전위가 세운 전술에 입각한 슬로건에 조정되면서 적의 약점을 강타하는 선전 선동이 되어야 했다. 창작방법 같은 것은 따로 생각해두지 않았다. 얼마나 민중의 분노와 의지를 작가가 자신의 것으로 받아들이는가가 중요하고, 이를 바탕으로 슬로건에 맞추어 창작하면 되었다. 하지만 대중화의 문제가 하나의 정치운동으로서 매우 중요한 문제로 떠오른다면, 대중이 선선선동에 잘 감화할 수 있도록 창작을 하는 문제, 즉 창작방법의 문제는 정치적 행위로서 중요시될 수 있는 것이다. 시게하루는 대중화를 해야 한다고 역설했지만, 이 역설이 자신을 비판하는 논리로서 부메랑처럼 날아올 줄은 몰랐을 것이다.

쿠라하라 코레히토의 비판은 시게하루의 정치주의 논리로서도 반박하기 힘든 일이 되었다. 예술 작품에 대해, 그 예술성-형식-에 대해 정치운동으로서의 문학이 왈가왈부한다는 것에 대해 비판을 하던 그로서도 대중화를 위해 어떤 형식의 문학을 창작해야 하는가에 대해 말해야 하는 상황에 다다른 것이다. 하지만 그는 물러서지 않고 자신의 주장을 개진했다. 「이른바 예술의 대중화론의 오류에 대하여」(1928. 6)이란 글에서 그는, 코레히토의 주장을 정면으로 반박하진 않고(반박하기 힘들었을 것이다), 대중화를 주장하면서 대중이 받아들이기 좋아하는 통속적인 작품을 써야한다는 논자들을 비판하는 방향으로 논의를 전개한다. 우선 대중에게 다가가기 위해선 재미있어야 하고, 재미있기 위해선 선정적인 작품을 써야 한다는 식으로 대중화를 논하는 데 반대하면서, "예술에 있어서 그 재미는 예술적 가치 그 자체 속에 있다"(320)고 주장한다. 시게하루에 따르면, "예술은 맛을 넣지 않을 때가 가장 좋"은데, 예술적 가치는 대상을 객관적으로 포착하는 힘이기 때문이다. 그런데 대중은 대중 자신의 이야기를 가장 좋아하기 때문에 대중의 생활을 객관적으로 포착하고 묘사하면 대중은 그 작품에서 큰 재미를 가질 것이라고 주장하는 것이다.

대중화론을 비판하면서 시게하루는 예술적 가치라는 문제에 봉착한다. 정치성 속에서만 예술을 사고하던 그로서는 사고의 전환을 이룬 것으로도 보인다. 하지만 그에게는 예술의 가치 자체가 정치적이라고 보는 것 같다. 예술이 통속적인 데에 떨어지면 그만큼 예술의 정치성도 떨어지고 예술의 가치도 떨어진다고 시게하루가 주장하는 것으로 볼 수도 있기 때문이다. "오늘날 대중은 그 생활이 진실된 모습으로 묘사되는 것을 요구하고 있다. 생활의 진실된 모습은 계급이라는 관계에서 나타난다. 생활을 진실한 모습으로 묘사하는 것은 예술의 예술, 제왕의 왕인 것이다."(314)라고 이야기하는데서 알 수 있다. 하지만 슬로건주의에서 한결 벗어난 것은 분명하다.

그러나 시게하루의 동료인 가지 와다루는 이전의 생각을 여전히 고수한다. 그는 「소시민성의 도량(跳梁)에 대항하여」(1928. 7)라는 글에서 현재 나프 예술론에 소시민적 경향이 나타나고 있다고 지적한다. 그 소시민적 경향이란 "'파괴의 쾌미'를 버리고 소위 '건설의 노고'로 달려가려고 하는 경향"(361)이라는 것이다. '선전성은 예술에 병행한다'면서, 프로 작가가 '잘 된' 작품을 만드는 것에 급급하는 것은 낡은 '예술성' 속에 빠져 들어가는 것이라고 와다루는 주장한다. 그의 주장에 의하면, 현재(변혁기) 프롤레타리아트의 예술에 형식의 완성을 구하는 것은 환상이라는 것이다. 현재 문제되는 것은 파괴이다. 파괴의 쾌미를 버리고 건설로 달려 나가는 것은 결국 부르주아의 포로가 될 뿐이다. 프롤레타리아트의 예술을 완성하려는 건설의 노고는 결국 소시민에게 인정받으려는 것이며, 소시민적 의식 앞에 굴복하는 것이다. '파괴의 예술'은 과거의 예술 형식을 파괴한다. "과거 사회에 있어서 감정의 조직화에 봉사한 기술이 어떠한 감정의 조직화에 가장 적당하게 형성되어 있는가는 자명"(362)하기 때문이다.

(파괴의-인용자) 길을 한걸음 관철하는 프롤레타리아트의 격정은, 따라서 가장 솔직하게, 가장 조야하게, 대담하게 표현된다. 프롤레타리아트 예술의 기술이 암시하는 점은 그것이다. 연마된 기술의

완성이 아니고, 노출된 의욕의 방향과 결론이 그것이다. 그것은 과
거의 모든 것, 소위 '예술성'을 무시한다.(363)

　가지 와다루의 주장은 매우 급진적이며 전위적(예술적 전위)으로도
보인다. 그의 주장은 나아가 프로 예술가들이 "재현을 기도하는 낡은
사실주의적 형식의 연장을 계속할 것인가?"라고 묻고 있다. 그에게는
시게하루에게서도 보였던 객관적 진실의 묘사가 중요한 것이 아닌 것
이다. 부르주아 예술의 '사실주의'는 그에겐 파괴해야 할 대상이었다.
　이러한 주장은 이 글이 발표되기 이전에 나온, 코레히토가 단연 일본
프로 문학계에서 두각을 나타내게 하고 이후 가장 권위 있는 비평가로
주목받게 만든6) 출세 평론 「프롤레타리아 리얼리즘에의 길」(1928. 5)
에 대한 비판이기도 했다. 그 글에서 코레히토는 현실을 대하는 예술가
의 태도를 아이디얼리즘과 리얼리즘으로 나누고, 아이디얼리즘은 몰
락해 가는 계급의 예술 태도인 데 반해, 리얼리즘은 발흥하고 있는 계
급의 예술태도라고 하면서 부르주아 리얼리즘의 의미와 한계, 그리고
프롤레타리아 리얼리즘의 정의와 방향을 밝히고 있다. 그의 설명에 의
하면, 지주 계급과 근대적 부르주아의 계급투쟁에 등장한 것이 부르주
아 리얼리즘인데, 이 리얼리즘은 개인주의라는 한계, 소부르주아 리얼
리즘은 도덕주의의 한계에 빠졌다고 한다. 반면 프롤레타리아 리얼리
즘은 현재 리얼리즘의 유일한 계승자이면서 과거 리얼리즘의 한계를
벗어나 사회적 관점, 객관적 관점을 확보한다는 것이다. 그런데, 이때
사회적 관점과 객관적 관점은 '프롤레타리아 전위의 눈'에 입각해야 한
다. 이 전위의 눈은 "이 세계를 진실로 그 전체성 속에서 그 발전 속에
서" 세계를 보고 그리며, "프롤레타리아의 해방에 무용한 것과 우연적

6) 池田壽夫, 『日本プロレタリア文學運動の再認識』(三一書房, 1971), 17면.

인 것을 제쳐놓고 그 해방에 필요한 것과 필연적인 것을 추려"낼 수 있는 눈이다.

코레히토의 '리얼리즘'이란 '예술성'에 대한 주장은 대중화론에서 제기된 "어떠한 예술을 할 것인가"에 대한 대답의 일환으로서 제출된 것으로 짐작되는데, 이는 글을 직접 쓰는 작가들에게 무척 힘이 되었던 것 같다. 창작방법을 개척하는 평론이 될 수 있었기 때문이다. 실제로 코바야시 타키지(小林多喜二)같은 작가는 이 프롤레타리아 리얼리즘에 입각하여 소설을 썼다고 한다. 여하튼 코레히토의 주장은 부르주아 리얼리즘에 대해 일정한 의의를 인정하고 부르주아 작가로부터 형식에서 배울 것은 배워야 한다는 주장으로 이어질 수 있었다. 이 주장은 다시 대중화를 위해서는 대중들이 좋아하는 소설로부터 그 형식을 배워야한다는 주장이 정당화될 수도 있는 것이었다. 이런 논의의 흐름을 가지 와다루는 '소시민성'이라는 개념으로 끊어보려고 했다.

하지만 와다루의 비판에 대해 코레히토는 즉각 「예술운동이 당면한 긴급 문제」(1928. 10)라는 글에서 반격을 하고 나섰다. 와다루의 '파괴의 쾌미'론에 대해선 "그는 우리가 파괴를 하기 위해 건설하는 것임을, 우리가 당을 건설하고 조합을 만드는 것은 끝내 이 사회를 혁명시키기 위한 것임을 모르고 있다. 프롤레타리아 예술의 건설은 부르주아 예술과 그것을 낳는 부르주아 사회를 파괴하는 무기가 된다는 것을 모르는 것 같다."(344)라며 일축한다. 또한 와다루는 '대중의 의욕을 안다'고 하여 곧바로 예술의 기술이 자연발생적으로 생긴다고 어리석게 생각하고 있다고 비판한다. 형식은 내용으로부터 자연발생적으로 생겨나지 않는다는 것이다. 이에 코레히토는 인류가 축적한 예술적 기술을 프롤레타리아의 견지에서 비판적으로 받아들여야 한다고 주장한다.

그리고 코레히토는 시게하루의 '가장 예술적인 것이 대중적인 것이고, 게다가 대중적인 것이 가장 예술적인 것이다'라는 주장 역시 비판한다. 그 말 자체는 옳지만, 프롤레타리아를 선동하고 이데올로기적으로 교양하지 않으면 안 되는 중대한 임무가 놓여 있는 현 단계에선 이상론이자 관념론에 지나지 않는다고 일축하는 것이다. 코레히토는 그러한 임무를 다하기 위해 대중의 생활을 객관적으로 묘사하는 프롤레타리아 리얼리즘 창작뿐만 아니라 직접적으로 대중에게 '아지프로'하는 예술운동이 필요하다고 주장하고, 이 예술은 "우리의 입장이 허용하는 한 과거의 모든 예술적 형식과 양식을 이용할 수 있고, 또 이용하지 않으면 안 된다. (중략) 봉건적인 대중문학의 형식조차 이용해야 한다."라는 제안을 내놓는다.

이에 대해 시게하루는 「문제의 되돌림과 그것에 대한 의견」이란 글에서 반박하고, 다시 코레히토는 이에 대해 「예술운동에 있어서 좌익 청산주의」라는 글에서 재반박하고 있는데, 이에 대한 논의는 언급하지 않겠다. '대중화'에 대한 둘의 입장은 앞에서 살펴본 글에서 충분히 드러나 있기 때문이다. 또한 코레히토의 재반박문이 나온 후, 시게하루는 「해결된 문제와 새로운 일」이란 글에서 자신의 오류를 인정하고 코레히토의 논의를 대부분 수용하게 되는 것이다. 그런데 특히 코레히토의 재반박문에서는 그 앞의 글에서 제안한 프롤레타리아 리얼리즘(프로 예술을 확립하면서 감정적, 사상적 선동을 하는 예술)과 직접적인 선전 선동 예술의 구분을 더욱 주장하며 기관지 이외에 대중 잡지를 발간할 것을 제안하고 있는 것에 주목된다. 코레히토의 이런 주장은 조선의 김기진에게 수용되기 때문이다.

한국에서의 대중화논의는 제3전선 파의 이북만 등에 의해 제기되었다는 것은 앞에서 보았다. 하지만 이들은 대중화에 대해 더 이상 구체적 논의를 진전시키지 못했다. 대중화 논의는 필연적으로 '예술 형식'에 대한 논의로 진전될 수 있었기 때문이다. 그것은 '운동'으로서의 예술에서 '예술' 운동으로 나아가게 되는 결과를 낳을 수 있었으며, 이는 그들의 생각과 모순적인 주장을 하게 되는 결과를 낳게 될 것이다. 이때 김기진은 대중화 논의의 선편(先鞭)을 제3전선파로부터 빼앗아 오고, 박영희와의 '형식-내용' 논쟁에서 제기한 예술 형식에 대한 논의를 다시 재개한다. 김기진의 대중화론은 잘 알려져 있기 때문에 여기선 상론하지 않겠다. 「통속소설 소고」(1928. 11), 「대중소설론」(1929. 4), 「단편서사시의 길로」(1929. 5), 「프로시가의 대중화」(1929. 5)로 이어지는 그의 대중화 논의의 골자는 프로문학보다 훨씬 많이 읽히는 통속소설(이광수의 소설과 같은), 대중문학(춘향전과 같은 봉건 시대의 문학)의 형식을 프로문학이 이용하여 프롤레타리아 세계관을 대중에게 전파해야 한다는 것이다. 한 마디로 말해 카프 소설가들은 좀 더 쉽고 재미있고 검열을 피해갈 수 있는 소설을 써야 한다는 이야기다.

이에 김기진은 여러 창작방법까지 정리해 보이는 의욕까지 보여주고 있다. 대중화론을 전개하면서 김기진은 코레히토와 마찬가지로 「변증적 사실주의」(1929. 2)라는 글을 통해 '프롤레타리아 예술론'을 전개한다.(이 논문의 이론적 골자는 코레히토의 '프롤레타리아 리얼리즘론'에 거의 의존하고 있는 것으로 보이는데, 염상섭과 김동인의 소설을 이 예술론을 통해 소부르주아 리얼리즘이라고 비판한 것이 눈에 띈다.)

김기진은 코레히토와 마찬가지로 프롤레타리아 대중소설과 비 대중소설-프롤레타리아 소설을 구분한다. 프롤레타리아 소설은 각성한 노동자, 진취적 학생, 실업 청년, 투쟁적 인텔리를 대상으로 하는데 반해, 대중 소설은 아직 각성하지 못한 노동자 농민을 대상으로 한 소설이라는 것이다. 물론 두 소설 모두 목적과 정신은 동일하다고 한다. 그런데 코레히토의 구분은 직접적 선전 선동의 예술과 프롤레타리아 문화를 구축하는 프롤레타리아 리얼리즘으로 프로 예술을 나눈 것이었다. 즉 선전 선동의 시의성과 전술상의 상이에 따라 두 예술을 나눈 것이었다. 하지만 김기진은 문학 수용 대상에 따라 대중 문학과 비 대중 문학을 나누고 있다는 점에서 코레히토와 상이한 점이 있다. 또한 코레히토는 봉건적 예술 형식을 이용할 수도 있다고 지나가듯이 말한 데 비해, 김기진은 봉건적 예술 형식의 대중 감화력을 통해서 대중화하자는, 즉 봉건적 예술 형식으로 대중화해야 한다는 식의 창작방법을 제출하고 있는 것이다. 이러한 주장은 코레히토의 생각에서 벗어나는 것인데, 사실 이런 주장은 코레히토와 함께 전위예술가 동맹 출신인 하야시 후사오(林房雄)의 주장과 비슷한 것이다.

후사오는 「프롤레타리아 대중문학의 문제」(1928. 10)라는 글에서 "대중이란 정치적으로 무자각한 계층"(405)인데, "문학의 대중성은 내용적 성질의 것이 아니고 형식적 성질의 것"이라며 "단순하고, 초보적이라도 상관없"(409)으며, 재미있어야 한다고 주장했다. 이 또한 코레히토의 생각과 어긋나는데, 코레히토는 직접적 선전 선동만 이야기했지 그 방법까지 이야기하진 않았던 것이다. 그것은 의도적이라고 생각된다. 직접적 선전선동은 대중문학의 형식을 빌려오는 것뿐만 아니라 여러 방법이 있을 것이기 때문이다. 또한 만약 대중 문학의 형식을 빌려 선전선동 문학을 창작한다고 하더라도, 그 형식에 묻어있는 이데올로기를 씻어버리고 선전선동의 효과를 계산하여 조심스럽게 빌려야 한다고 주장했을 것이다. 하지만 후사오나 김기진은 대중문학 창작의 프로그램까지 제공하여 사실상 대중 문학에 프로문학이 흡수되어버릴 위험에까지 다가갔다.

그래서 임화는 「탁류에 항하여」(1929.8)에서 김기진의 대중화론을 '합법성의 추수'라고 비판했던 것이다. 임화는 탄압에 대처하는 길이 형식문제를 문제 삼는 데서 해결되는 것이 아니라 혁명적 원칙에 의해 실천적으로 지배 세력과의 싸움에서만 해결할 수 있는 문제라고 주장한다. 그래서 적의 예봉을 피하기 위해 기치를 내리는 것은 퇴각을 위한 퇴각이라는 것이다. 김기진은 「예술운동에 대하여」(1929. 9)에서 임화의 비판에 대해 응수한다. 예술 운동은 대중운동이고 정치 투쟁과 동일시할 수 없는 한계를 가진다는 점, 예술 운동이 대중성을 가지기 위해선 일단 사람들에게 다가가야 하고 그러기 위해선 연장을 수그리는 하나의 전술이 필요하다는 점, 그것은 내용 면에서 맑스주의를 버리는 것이 아니기 때문에 무장해제라고 할 수 없다는 점을 들어 김기진은 임화의 비판에 대해 자신을 방어한다. 그런데 김기진의 이러한 주장엔 '연장'과 내용을 분리하는 사고가 내재되어 있다.

임화는 앞의 「탁류에 항하여」에서 김기진과는 다소 다른 리얼리즘론을 제시한 바 있었다. 임화는 그 글에서 김기진의 변증적 사실주의만은 긍정하고 있는데, 이를 사회적 사실주의라고 바꾸어 제창한다. 이때 사회적 사실주의는 "각 역사적 순간에 재한 계급의 제관계와 그 구체적 특수성의 가장 정확하고 객관적인 분석을 프롤레타이아 전위의 눈으로 보는 것"에서 나올 수 있다고 한다. 이는 김기진과 마찬가지로 코레히토의 리얼리즘 이론을 임화가 받아들이고 있음을 보여준다. 하지만 임화는 나아가 "사회적 사실주의는 ... 단순한 분리된 내용과 형식 즉

('스타일'에 관한) 양식상의 문제가 아니라 이것은 우리들의 예술이 발전하는 한 계단으로 예술자신 전체의 문제인 것이다."(III-603)라고 주장한다. 대중 소설의 형식을 가져와 연장을 수그린다는 팔봉의 생각-내용과 형식을 분리한 생각-은 사실주의가 예술 자신 전체의 문제라고 생각한 임화로서는 받아들일 수 없는 일이었다.

여하튼 김기진의 반론에 대해 임화의 격한 반론(「김기진군에게 답함」(1929. 11))이 이어지고 김기진은 이에 대해 자신의 대중화론이 "비상적 정세에 대한 과대평가"가 있었고 예술의 대중화 문제를 "전운동의 발전 중에서 파악하지 못"(IV-39)했다는 점에 대해 자기비판하면서 임화의 비판을 수용하지만, 대중의 교양 차이에 의거한 대중화의 두 가지 길이 있음을 계속 주장한다. 하지만 임화, 안막, 김두용, 권환, 김남천 등의 신진 카프 세력이 카프의 볼셰비키화를 제창하면서 카프의 헤게모니를 장악한 후에는 김기진의 대중화론은 더 이상 진행되지 않았다.

프로예술조직의 볼셰비키화는 1930년대 들어서 나프의 코레히토가 강하게 주창하고 나선 것이었다. 당시 코레히토는 이미 나프의 지도적 이론가로서 자리 잡고 있었다. 그는 「나프 예술가의 새로운 임무」(1930. 4)에서 사회민주주의적 예술과 공산주의적 예술과의 질적 차이를 강조하고, 문학은 공산주의적 기구의 '바퀴와 나사'가 되어야 한다는 레닌의 테제에 입각, "우리나라의 전위가 어떻게 투쟁하는가를 현실적으로 그려내는 것이 필요하"며, '전위의 관점'을 지니고 제재를 다룰 것을 제안했다. 즉, 스트라이크의 묘사 속에 지도부와 대중의 관계를, 그리고 스트라이크는 그 나라의 혁명 운동에서 어떠한 지위를 차지하는지 등을 그려내야 한다는 것이다. 이런 과감한 주제엔 검열의 두려움이 뒤따를지 모르나 "검열을 고려하고만 있으면 예술에서조차 아무 것도 할 수 없지 않는가"(282)라며 검열을 피하기 위한 김기진 식의 '연장 수그리기'를 일축했다.

코레히토가 제기한 나프의 볼세비키화는 제2차 대중화논쟁을 불러일으켰는데, 기시 야마지(貴司山治)가 볼세비키화에 따른 창작 방법에 불만을 품고 대중화에 대한 논의는 이전에 일단락된 것이 아니냐면서 항의했다. 그는 인텔리적 형식은 대중화에 방해되기 때문에 번거롭고 까다로운 리얼리즘적 기법을 버리고 대중문학, 통속 소설에서 출발하자고 다시 주장했다.7)

하지만 코레히토는 야마지의 의견을 「예술 대중화의 문제」(1930. 6)라는 글에서 사민주의적 대중화라고 비판한다. "기시는 '미조직 대중'과 '문화적으로 늦은 계층'과 '정치적으로 뒤쳐진 계층'과 '정치적으로 적극성이 없는 계층' 등의 개념을 전적으로 혼동하여 '보다 뒤쳐진 계층'을 만들고, 그러한 바탕 위에서 대중화론을 세우"(437)고 있다고 비판해버린 것이다. 그에 의하면 통속소설의 형식이란 부르주아적 소시민의 예술 형식이며 "대중소설, 통속소설이 부활하고 있는 것이라면 그것은 현재의 소시민층 가운데 부르주아 자유주의 이전으로 되돌아가려는 반동적 이데올로기가 대두하고 있다는 것을 증명"(439)하는 것일 뿐이다. 코레히토는 이러한 형식과 결부된 세계관에 프로 문학자들이 무의식적으로 끌려간 예가 있었다고 하면서 "우리에게 필요한 것은 이 프롤레타리아 리얼리즘을 철저하게 하는 것"이며, "사물을 보는 방법으로서의 유물변증법은 그것이 유일의 계급적 인식방법이라고 하는 이유에서 가장 노동자적이고 대중적인 것이다."라고 선언한다.

---

7) 임규찬 편, 위의 책, 106면 참조.

코레히토의 이러한 주장은 예술의 대중화를 위해서는 봉건적 예술에서도 그 형식을 차용해 와야 한다는 이전의 주장과 파격적으로 다른 것이다. 그리고 형식을 무작정 차용하면 안 된다는 주장은 프롤레타리아 리얼리즘을 위해 부르주아 리얼리즘을 연구하고 그 형식에서 배워야 할 것이 있으면 배워야 한다는 프롤레타리아 리얼리즘론에도 일정한 수정이 가해져야 한다는 것을 의미한다.[8] 이런 변화된 코레히토의 생각은 나프의 「예술 대중화에 관한 결의」(1930. 7)에서 채택되어 공식화된다. 이 결의문은 고급 작품과 대중적 형식을 나눈 것은 환상이고, 혁명적 이데올로기를 침투시키는데 가장 적당한 형식이 프롤레타리아 예술의 형식이며 다른 대중적 형식이 존재하지 않는다고 선언한다. 또한 흥미를 위해 문제와 동떨어진 요소를 첨가하는 것은 오류라고 못 박아 야마지 류의 대중화론을 축출한다.

김기진이 어느 정도 의지하고 있었던 코레히토의 이전 이론이 위에서 서술한 바와 같이 변화되면서, 김기진의 대중화론을 투항론이라고 비판했던 임화 등의 '무산자파'가 힘을 얻는다. 나프의 볼세비키화가 제기되자, 임화가 「프로 예술 운동의 당면한 구체적 임무」(1930. 6)에서 카프의 볼세비키화와 카프의 재조직을 주장하고, 안막이 「조선 프로 예술가의 당면의 긴급한 임무」(1930. 8)에서 이북만 등의 '도식주의적' 방향전환론을 비판함(정치를 예술에 기계적으로 도입했다는 비판)과 함께 김기진의 '사민주의적' 대중화론도 비판한다. 나아가 그는 대중화는 프롤레타리아 리얼리즘- 프롤레타리아 리얼리즘은 프롤레타리아와 당이 당면하고 있는 과제와 밀접한 제재로 향해야 한다-의 대중

---

8) 실제로 쿠라하라는 「예술이론에서의 레닌주의를 위한 투쟁」(1931. 11)에서 내용과 형식을 분리하는 플레하노프를 비판하고 내용과 형식의 변증법적 관점을 확립할 것을 주장한다.

화, 볼세비키적 대중화로 향해야 한다고 주장한다. 권환은 「조선 예술 운동의 당면한 구체적 과정」(1930. 9. 3)에서 나프의 「예술 대중화에 대한 결의」를 거의 옮겨 놓으면서 조선에 적용하는 글을 내보인다. 이런 일련의 과정을 통해 카프의 볼세비키화, 볼세비키적 대중화론이 김기진의 대중화론을 카프에서 축출하고 카프의 주도권을 잡으면서 대중화 논쟁은 일단락된다.

4. 논평: 문학과 정치의 문제를 생각하며

카프와 나프의 대중화 논의의 흐름을 이상과 같이 정리하면서, 대중화 논의를 둘러싼 당시 맑스주의 문학 운동에 대해 의견을 개진하는 것으로 결론을 대신하려고 한다. 여기서 이야기하고 싶은 바는 문학과 정치 운동의 관계이다. 프로문학이 가지는 현재적 의의는 문학이 정치와 밀접히 관련되어 있다는 점을 드러낸 것이라고 생각한다. 프로문학은 문학이 현재의 삶에 개입하고 변화시켜야 한다는 적극적인 생각을 가졌는데, 그 진정성은 십분 인정할 만한 것이었다. 하지만 프로문학은 문학의 정치성을 편협하게 생각한 부분이 있다. 그것은 정치를 국가 권력에 대한 문제로 협소화했기 때문이다.

시게하루나 와다루, 제3전선파는 문학 자체가 정치운동적인 의미를 갖고 있다고 옳게 생각했지만, 정치운동을 국가 전복 운동으로서만 가두어 놓았기 때문에 문학이 가지고 있는 힘을 어디에서 찾을 수 있는지 알 수 없었다. 그래서 문학을 선전선동에 가두어 놓게 되었던 것이다. 문학은 슬로건을 대중이 이해하기 쉽게 그리고 감동적으로 받아들일 수 있는 껍질이 된다. 이 문제는 당시 맑스주의의 문제로 더 확장되어

나가게 된다. 맑스주의의 문제를 다룬다는 것은 필자의 능력 바깥이긴 하지만, 맑스주의의 비극의 원인 중 하나는 당이 진리의 체현체가 되면서 해방을 위한 이론이 민중을 억압하는 국가 이데올로기로 변했다는 데에 있다는 점은 부정할 수 없을 것이다. 이에 대해선 알튀세르나 발리바르와 같은 마르크스주의자들이 마르크스주의적 비판을 행한 바 있다. 이에 마르크스주의의 모순을 탐구하고 마르크스주의의 전화를 생각했던 알튀세르-발리바르의 논의를 나름대로 소화하여 말해보고자 한다.

발리바르에 따르면 국가/시민사회의 분리와 국가/경제의 분리, 그리고 이에 기초한 경제학 담론은 제1의 부르주아 이데올로기다. 경제학은 스스로를 과학으로 제시함으로써-정치와 상관없는 시장의 '보이지 않는 손'에 대한 과학이라고 말함으로써-, 그리고 경제 안의 분란은 정치의 영역을 따로 분리하여 그곳의 영역으로 치환시킴으로써 경제와 정치, 시민사회와 국가의 분리를 제도화한다는 것이다. 하지만 맑스의 정치경제학 비판은 경제 그 자체에, 즉 산업 노동자의 생활 조건들과 노동 조건들-노동과정-의 폭발적 모순 속에 이미 일정한 방식으로 정치가 현존하고 있음을 밝혔다. 하여, 프롤레타리아 정치의 요소는 국가/시민사회의 이분법을 해체하는 이곳에서 발견할 수 있다는 것이 발리바르의 생각이다.[9]

하지만 발리바르는 맑스 또한 '국가/사회'의 분리에 완전히 벗어나지 못했다고 지적한다. 맑스는 국가를 시민사회의 모순에 의해 소외된 영역이라고 생각하는 경향이 있었으며, 그리하여 국가의 내부를 둘러싼 정치의 영역은 시민 사회의 모순에서 비롯된 환상과 전도의 장소일 뿐

---

9) 에티엔 발리바르, 서관모 엮음, 『역사유물론의 전화』(민맥, 1993) 중 「조우커 맑스」 제 3장 '경제와 정치' 참조.

이라는 생각에 이르렀다는 것이다. 맑스에게 국가의 장악은 이러한 전도된 권력을 행사하는 국가를 폐지하고, 사회로만 이루어진 상태로 나아가기 위한 것이다. 국가를 장악하고 있는 부르주아 정치인들은 시민 사회에서 유리되어 전도된 '정치'의 영역에서 이데올로기를 통해 권력 투쟁을 벌인다. 그러나 프롤레타리아는 그러한 정치 영역과는 달리, '사회 내부'에서 착취에 대항해 단결한 세력이다. 프롤레타리아는 상부로부터의 정치이데올로기에 중독되어 있지만, 부르주아보다 훨씬 이데올로기의 중독에서 해독되기 쉽다. 그리하여 이데올로기에서 해독된 혁명적 프롤레타리아 당이 만들어질 수 있으며, 이 당은 사회를 짓누르고 있는 부르주아 국가권력을 전복하고 혁명적 프롤레타리아에 의한 국가의 폐지, 사회의 소외의 폐지를 수행한다.

발리바르에 따르면, 이러한 맑스 사상의 구도는 '전인민의 국가'를 이루었다고 선언했던 현실 사회주의 이론보다 혁명적이고 근본적이지만, 정치/사회의 분리를 전제한 변증법이라고 볼 수 있다는 것이다. 이러한 변증법은 사회의 해방을 위해 전도의 영역인 국가 권력과의 싸움에 프롤레타리아의 역량을 다할 것을 추동한다. 하지만 계급사회는 이미 정치가 사회 안에 내재해 있으며 국가권력은 경제와 다른 것이 아니라 결합되어 하나로 움직이고 있다는 정치경제학 비판의 관점에서 생각한다면, 그리고 그 권력은 끊임없이 노동력이 노동력이게끔 재생산하도록 만든다면(알튀세르의 이데올로기 국가장치 이론), 국가 권력의 쟁취만이 프롤레타리아 정치의 모든 것이라고 생각할 수는 없다. 계급 투쟁은 사회의 전 영역을 관통하고 있기 때문이다.

이에 따르면, 사회는 국가와 분리되어 있지 않다. 그래서 사회의 영역은 원래 무환상의 영역이나 그 사회에서 전도된 '정치-국가'가 '환상-

이데올로기'를 강요하고 유포한다는 식으로 생각할 수 없다. 왜냐하면 사회는 지속적으로 이데올로기적 형태를 통해 계급투쟁이 일어나고 있는 장소이기 때문이다.[10] 여기서는 미시정치와 거시정치를 모두 사고할 수 있어서, 거시정치에 국한하여 프롤레타리아 정치를 사고해왔던 습성으로부터 벗어날 수 있다. 또한 지배든 저항이든 모두 이데올로기 형태를 가지고 갈등하는 것이기 때문에 당이 이데올로기에서 벗어난 어떤 진리의 체현체로서 존재할 수 없으며, 그 당은 이데올로기 형태를 통해 투쟁하는 대중운동과 이데올로기적 형태를 가지고 결합할 수밖에 없다.

여기서 진리의 체현체인 당이 대중 운동을 진리로 인도한다든지 프롤레타리아를 교육하여 계몽시킨다든지 하는 생각은 잘못된 것임이 드러난다. 당이 그러한 생각을 가지고 있는 상태에서, 그 당이 국가 권력을 장악한 이후 나타난 현실은 현실 사회주의의 모습이 잘 보여준 바 있다. 현실 사회주의에서 문학이 계몽의 도구가 된 까닭은 목적의식론의 슬로건인 선전 선동 도구로서의 문학관에 이미 내재해 있었다. 이러한 문학관의 밑바탕엔 진리의 체현체는 당이고 당의 그 진리를 대중에게 계몽하는 것이 문학이라는 생각이 깔려 있다.

하지만 문학의 정치성을 사회에 편재된 계급투쟁과 연관하여 생각해보면 문학의 위상이 달라질 수 있다. 문학은 노동력의 재생산을 위한 이데올로기, 즉 노동자가 스스로를 노동자로서 재생산하도록 노동자를 주체로 호명하는 이데올로기-부르주아의 계급투쟁으로서 부과되는 이데올로기-를 깨뜨릴 수도 있고, 반면에 무의식적으로(이데올로기는 무의식적이라고 한다면) 이용당할 수도 있다. 문학이 재생산을 위한 이

---

10) 이데올로기가 환상이 아니라 물질적이라는 알튀세르의 테제는 이와 같이 이해될 수 있으며, 그러한 의미에서 그 중요성을 가지고 있다.

데올로기를 깨뜨릴 수 있을 때는, 문학이 자신의 형식의 힘으로 이데올로기를 낯설게 만들고 비틀어 보일 수 있을 때이다. 문학의 정치성은 여기서 찾을 수 있다. 이를 위해서는 '문학이란 무엇이다'라는 고정된 틀을 깰 수 있어야 한다. 왜냐하면 문학의 고정된 틀이 고정화된 주체를 생산하고, 고정화된 주체는 다시 재생산의 메카니즘을 받아들이도록 만들며, 결국 안정된 현실 자체를 재생산하기 때문이다. 또한 그 틀은 문학 담론과 연결된 이데올로기 국가장치의 존재조건이 되어주기도 한다. 그와는 달리 주어진 현실을 낯설고 새롭게 체험하도록 하는 것, 그리하여 현실의 안정성을 의심하게 하고 흔들도록 추동하는 것에서 문학의 전복적 정치성은 가능할 수 있다.

문학운동이 선전 선동의 역할을 해야 한다는 것이 운동적 차원에서는 맞을 수 있다. 하지만 그 선전 선동이 계몽주의적인 방식으로 이루어질 때, 이데올로기를 낯설게 만들어 노동자가 부르주아 체제 속에서의 인간으로 재생산되는 것을 전복하는 문학 자체의 힘은 사라져 버린다. 시게하루나 와다루, 제3전선파 등은 문학은 정치적이라는 생각을 제출하고 문학의 혁명성을 더욱 가동하려고 했다. 하지만 슬로건의 번역으로 문학을 한정하려는 시도에서 이미 문학이란 없어도 좋지 않은가라는 생각으로 빠질 수밖에 없었다. 그래서 어떻게 써야 할 것인가에 대해 그들은 잘 대답할 수 없었다. 문학의 낯설게 하는 힘이 갖는 정치적 의미를 알지 못했기 때문이다. 그들이 생각한 정치는 국가/사회의 분리에 입각한 국가 권력의 쟁취 운동으로 한정되었고, 그러므로 문학의 정치성도 권력 쟁취를 위한 당의 선전선동의 도구로서만 생각했다. 그리고 이런 사고의 밑바탕에는 당이 진리를 체현하고 있고 문학은 당의 소리를 프롤레타리아 대중에게 계몽적으로 전달해야 한다는 사고가 깔려 있었다.

'문학은 왜 필요한가?'라는 질문에 그들이 잘 대답을 할 수 없었기 때문에, 그들이 타기하려고 했던 '예술이론' 제창에 그들은 대응을 하지 못했다. 그들이 대중화 논쟁에서 더 이상 논의를 진행시키지 못했다는 점도 이러한 논리적 궁지에서 비롯되었을 것이다. 대중화론은 문학운동이 아직 대중화되지 않았기 때문에 대중화하려면 문학 특유의 전술이 필요하다는 논리, 그러기 위해선 문학 형식 연구가 필요하다는 논리로 나아갔으며, 이는 리얼리즘론이 제창된 동기가 되었다. 문학 형식을 따지는 것은 부르주아 예술지상주의라고 생각했던 시게하루, 와다루, 제3전선파 등은 문학이 직접적인 정치적 힘이길 원했기 때문에 문학운동으로서 대중화를 거부할 논리가 없었고, 대중화 논리의 필연적 소산인 문학 형식론 역시 거부하지 못하는 역설적인 상황에 이르게 되었다.

특히 가지 와다루같은 이는 리얼리즘론에 거부반응을 보였다. 리얼리즘은 현실의 재현이다. 재현은 간접적으로 현실을 보여주는 것이다. 비록 슬로건의 번역으로서밖에 문학의 직접적 정치성을 사고하지 못했지만, 와다루 같은 이는 문학이 현실 그 자체이길 원했다. 간접적 현실이길 원하지 않았던 것이다. 하지만 재현을 넘어서는 곳에 있는 문학의 힘이 무엇인지 생각하지 못했기 때문에, 코레히토의 이론에 두 손을 들 수밖에 없었다. 문학 운동에서 재현의 가치에 대해 의심했다면, 그들은 재현을 넘어서는 문학의 힘을 사고하고 재현을 깨뜨리는 문학의 여러 방식에 대해 실험해야 했다. 하지만 슬로건의 번역에서 현실적인 정치적 힘을 보는 데에 그쳤기 때문에, 그리고 여러 문학 실험이 문학주의에 빠진다고 의심했기 때문에 와타루 등은 더 이상 대안을 내놓지 못하고 말았다.

프롤레타리아 리얼리즘론으로 정향된 대중화는 사실, 나카노나 가지, 제3전선파의 계몽주의보다 더욱 계몽주의적이라고 할 수 있다. 프롤레타리아 리얼리즘은 일종의 순환론으로 이루어져 있다. 이를 도식화해보면 이렇다. 작가는 현실의 객관적 진실을 보여주어야 한다. 그러기 위해선 현실을 객관적으로 보라. 그런데 그 진실은 유물변증법을 체득한 전위의 눈-전위의 주관-을 가져야 볼 수 있다. 이리하여 객관성과 주관성은 원환을 이루며 순환하게 된다.(물론 실천이란 계기를 이 순환론에 넣을 수 있을 것이다. 하지만 순환은 멈추지 않는다.) 프롤레타리아 리얼리즘은 전위의 눈으로 파악된 현실의 진실을 재현하여 현실을 살아가는 프롤레타리아에게 '선전-계몽'하는 것으로 된다. 여기서 문학이 하나의 현실이고자 하는 재현 너머의 힘은 재현 속으로 빨려 들어가 무력화 된다.

문학이 하나의 현실이어야 한다는 생각은, 미적 전위(아방가르드 예술)의 예술가나 정치적 전위에 문학을 종속시키려고 했던 시게하루나 와다루 같은 예술가 모두 하고 있었다. 하지만 프롤레타리아 리얼리즘에서 '전위성'은 '프롤레타리아의 전위의 눈'으로 축소되고 재현의 메카니즘 속에 갇혀버린다. 혁명을 지지한 아방가르드 예술가들이 국가체제화 된 사회주의에 의해 사회주의 리얼리즘이라는 명목으로 배척당해버렸던 소련의 역사에서도 볼 수 있듯이, '대중화'라는 기치와 함께 주창된 리얼리즘론은 예술을 통해 새로운 현실을 창출하고자 했던 전위들의 힘을 재현이라는 메커니즘 속으로 흡수하여 사멸시킬 위험성이 있었다.[11]

---

11) 이러한 힘을 흡수하는 재현에 대해 더욱 깊이 따져보아야 할 것이다. 재현과 자본주의 체제의 관계 역시 따져보아야 하고, 재현의 메커니즘과 화폐의 문제, 화폐가 대중의 역능을 어떻게 흡수하는가와 재현하는 예술의 관계를 따져보아야 할 필요

이 글에서 필자는 목적의식론에서 대중화론, 리얼리즘론이 예술의 전위적 충동을 관리하는 방향으로 나아갔으며, 그것은 맑스주의 역사의 비극과 관련되어 있다는 것을 밝혀보고자 했다. 하지만 논의를 깊게 해보려고 하면 할수록 맑스주의의 역사와 운동, 맑스주의 자체의 문제, 문학의 특성과 전위 문학의 문제, 더 나아가 재현의 문제 등 묵직한 주제들을 해명하지 않으면 안 된다는 점을 깨닫게 된다. 이에 대한 본격적 고찰은 매우 방대하고 까다로운 영역으로 들어간다는 것을 의미한다. 현재 필자의 능력으로선 어려운 일이라서, 앞으로의 과제로 남겨두고자 한다.

성이 있다. 만만찮은 주제다. 이 역시 하나의 과제로서 남겨두기로 한다.

1930년대 한국문학의
초현실주의 시론의 수용과 전개

1. 서론

1930년대 시문학의 경향은 1920년대에 비해 다양하게 펼쳐졌다. 1920년대는 카프문학이 문단에 큰 세력을 끼치면서 시의 효용성이 문학의 가치 척도가 되었다. 카프문학에 반기를 든 민족주의 문학 역시 카프의 '계급' 대신에 '민족'을 문학의 내용으로 요구하면서 가치평가의 기준으로 삼았다는 점에서 문예학적으로는 카프와 기본적으로 다르지 않았다. 그러나 1930년대에 들어오면서 문단 상황이 달라진다. 문단 외부적으로는 민족 민중 운동의 상대적 약화와 함께 식민지 수도 경성이 도시화된다. 문단 내부에서는 아카데믹한 문학 교육을 일본에서 받고 온 유학파가 증가하면서 문학에 대한 가치판단이 다양화되기 시작한다. 일본에서 외국문학을 전공한 유학생이 중심이 되어 서양문학을 전문적으로 소개하고자 하는 '해외문학파'가 결성된다. 창작 면에서도 박용철, 정지용, 김영랑 등이 잡지 『시문학』을 창간하여 20년대 문학조류와는 180도 다른 '순수시'를 내세운다. 또한 김기림은 모더니즘을 제창하면서 현대적 감수성을 시에 구현할 것을 주장한다. 1930년대로 들어오면서, 시단에는 이렇듯 1920년대에는 볼 수 없었던 문학론을 제시하는 시인과 평론가들이 문단에서 활동하기 시작하는 것이다. 이러한 시단의 다양화와 함께 초현실주의 시론이 식민지 조선에 수용된다.

초현실주의는 예술사적으로 볼 때 매우 중요한 의의를 가지는 예술운동이다. 초현실주의는 이성에 기초한 유럽 문명의 위선을 거부하면서 예술[1]을 통해 인간 정신의 혁명을 꾀하고 나아가 사회 혁명에도 참여하고자 했다. 초현실주의는 정신해방이 도외시되는 해방운동이란 결국 불완전한 인간해방을 가져올 것이라고 주장하면서 공산주의와의 연합을 도모했다. 그러나 그들은 예술이 정치의 시녀로 빠지지 않도록 조심했다. 당대 공산주의 운동과 연관되어 있던 사회주의 리얼리즘의 경우 정치나 철학에 문학을 종속시키는 결과를 가져왔다. 하지만 초현실주의는 '합리성'에 속박당한 인간을 해방한다는 예술의 임무를 지키면서 사회혁명 세력과의 연합을 꾀했다. 이러한 기획과 모험이 성공했다고는 볼 수 없지만, 1960-1970년대의 반항정신에도 계속 영향을 행사했다는 것[2]을 볼 때 아직 실패로 끝난 것이라고 단정할 수도 없다.

---

1) 초현실주의자들의 '예술' 개념은 기존 예술 개념과 같지 않다. 그들은 부르주아의 장식품이나 감식대상이 되는 수동적 예술을 격렬히 거부하였고, 기존 예술 개념을 뒷받침해주는 미(美) 개념을 비웃었다. 그들은 정신 해방을 위한 매개체로서 시나 그림을 선택하였던 것이지 '미'의 법칙을 통해 제작되는, 또는 창조하는 예술 개념을 통해 작품을 만들고자 하지 않았다.

2) 빅스비는 다음과 같이 말하고 있다. "초현실주의자는 1848년 바리케이트의 보들레르와 1968년 바리케이트의 불찬성자 학생들 사이에서 교량 역할을 하는 것으로 간주될 수 있다. 즉 다시 말하면 후기 낭만주의의 열광적인 헌신과 사회적인 반란을 시위하다 말고 '여지껏 배운 것을 모두 잊어버리고 꿈을 꾸기 시작하라', '사회주의적 사실주의를 철폐하라, 초현실주의 만세'라고 선언할 수 있었던 학생들의 폭넓은 목적과를 연관지어주는 것이다. 초현실주의는 결국 가장 혁명적인 정책들을 公告한 것이다."(C. W. 빅스비, 박희진 역, 『다다와 초현실주의』(서울대학교 출판부,

1930년대 당시 포에지를 무시하고 시의 사상 내용에 대해서만 가치 평가를 내리는 프로문학의 태도에 싫증이 나있던 식민지 조선의 문학도들은 프로문학과는 다른 시론을 수용하기 시작한다. 하지만 이들은 프로문학의 사회혁명정신과 예술성과의 융합을 꾀하지는 못한 채, 프로문학에 대한 배타적인 입장을 내세운 것이었다. 반면 초현실주의 창시자들은 포에지가 정신혁명적인 본질을 가지고 있으며 이는 사회혁명과 밀접한 연관이 있다고 생각했다. 그렇다면 초현실주의 정신의 올바른 수용은 프로문학의 혁명정신을 버리지 않으면서, 아니 더욱 가동하면서 문학성을 활발히 개진할 수 있는 기회가 된다. 만약 1930년대에 그러한 수용이 성공했다면 당시 등장한 새로운 시운동에 대해 임화가 가한 뼈있는 비판, "그들의 文學的 發展의 時代的 路順이 스스로 說明하는 것과 같이 그들은 푸로레타리아 文學의 衰徵過程과 反比例하야 成長한 것으로 進步的詩歌에 대한 不自由한 客觀的 雰圍氣의 擴大는 그들의 活動에 있어서 自由의 天國이었다."3)라는 비판을 듣지 않을 수 있었을 것이다.

초현실주의와 한국문학의 비교문학적 연구는 주로 한국 시에서 초현실주의의 특성을 추출하는 방법으로 이루어졌다.4) 특히 불문학자인

1979), 60-61면.)
3) 임화, 「曇天下의 詩壇 一年」, 『신동아』(1935. 12), 169면.
4) 대표적인 것으로는,
장백일, 「한국적 슐리얼리즘시의 비평」, 『현대시학』(1970. 5-7).
추은희, 「쉬르레알리즘에 비추어 본 箱의 작품세계」, 『현대문학』(1973. 7).
왕선희, 「초현실주의가 한국 현대시에 끼친 영향」, 『선청어문 제1집』(1976, 2).
송재영, 「이상 시와 쉬르레알리즘」, 『省谷論叢 12집』(1981).
박철식, 「한국 다다·초현실주의 형성에 관한 연구」, 『한국문학논총 제6-7합집』(1984. 10).
김은자, 「초현실주의의 한국적 변용」, 『문예사조사』(민음사, 1987).
등이 있다.

송재영은 초현실주의 시의 특성을 불문학 전공자로서의 이점을 살려 자세히 고찰한 후에 이상 시의 초현실주의적 특성과 불란서 초현실주의 시의 특성의 차이점을 밝히고 있다. 그런데 이 연구는 초현실주의의 수용 과정에 대한 실증적 자료에 대한 접근이 없는 상태에서 이루어졌는데, 이러한 실증 작업은 박인기에 이르러 체계적으로 정리된다.5) 바이슈타인은 "영향이란 오히려 완성된 문학 작품들 간에 존재하는 관계를 나타내는 것으로 사용되어야 한다. 반면에 '수용'은 가일층 광범위한 문제들 즉, 비교작품과 저자, 역자, 비평가, 출판업자 그리고 그 환경을 포함한 주위의 관계를 나타내는 것이라고 생각한다."라고 영향과 수용 개념의 차이를 밝히고 있는데, 영향 연구의 정확성을 위해서도 수용 연구가 전제될 필요성이 있다. 그런 면에서 초현실주의가 당대에 어떻게 이해되고 있는가를 잡지나 신문의 글들을 통해 구명한 박인기의 연구는 중요하다. 이러한 수용사 연구의 배경 위에서 박근영6)은 이상 시의 초현실주의의 영향과 그 원천을 탐색하고, '삼사문학(三四文學)'이 1950년대 한국 초현실주의 문학의 가교 역할을 하고 있음을 밝히고 있다.

이 글은 기왕의 수용 연구의 성과 위에서 1930년대 초현실주의 수용이 어떠한 특징을 가지고 있었는지 살펴보려고 한다. 수용연구는 수용 주체 쪽에서 바라보아야 한다. 수용되는 외국 문학이 어떻게 한국 문학사 속에서 용해되었는가를 살펴보는 것이 한국문학 연구에서의 수용 연구이기 때문이다. 수용자의 수용태도와 상황, 그리고 능력에 따라 수

---

5) 박인기, 「한국 현대문학의 초현실주의 수용, 1930년대」, 『공주사대논문집 22』
   (1984). 이 논문은 박인기, 『한국 현대시의 모더니즘 연구』(단대 출판부, 1988)에
   재수록된다. 박인기의 논문에 힘입어 조은희도 「한국 현대시에 나타난 다다이즘,
   초현실주의 수용양상에 관한 연구」(서울대 대학원:석사, 1987)에서 1930년대 한국
   초현실주의 수용을 정리하고 있다.
6) 박근영, 한국 초현실주의 시의 비교문학적 연구(단국대 대학원:박사, 1989).

용대상의 어떤 부분은 받아들이면서 어떤 부분은 배제되고, 어떤 부분은 변형되고 왜곡되기까지도 하는 것이 수용이다. 그래서 수용 연구는 한국 문학의 제반 특성, 즉 민족적 특성이나 사회 상황, 당시까지 쌓인 문학적 전통과 역량 등의 연구와 맥을 같이 하여야 한다.

하지만 이러한 논리로 방대한 문학사 정리 작업이 이루어진 연후에야 수용연구를 해야 한다는 식으로 말할 수는 없다. 수용연구 자체가 당대 한국문학의 특수성을 밝히는 전제가 될 수도 있는 것이다. 이에 본고는 1930년대 수용자들의 초현실주의에 대한 수용태도가 당시 한국 문학의 특수성과 어떻게 연결되는지 그 수용 양상을 살펴보고자 한다. 이를 위해서는 우선 초현실주의 자체의 기본사상을 살펴보아야 한다.[7] 그런데 초현실주의는 당대 역사와 긴밀한 관계 속에서 갈등하며 전개되었다. 그래서 다음 장에서는 초현실주의의 역사 속에서 전개된 초현실주의의 사상을 정리해보고, 초현실주의의 구체적인 기법 문제는 수용과정을 살펴보면서 언급하기로 한다.

2. 초현실주의의 역사와 사상

초현실주의는 제1차 세계대전 이후 프랑스에서 등장한 후, 제2차 세계대전 이후 세력이 약화될 때까지 전 세계적으로 강력한 영향을 끼친

---

7) 기왕의 초현실주의와 한국문학의 비교문학적 연구는 초현실주의의 기본 사상보다는 기법에 좀 더 중심을 두어 살펴본 것이 많다. 하지만 초현실주의는 기법에 의해 온전히 파악되지 않는다. 기법에 대한 이해보다는 초현실주의를 이끌었던 파토스와 사상을 먼저 이해하는 것이 순서다. 필자는 초현실주의의 본질이 기법적인 면으로 환원될 수 없는, 문학-예술에 대한 근본적인 사상전환을 요구하는 깊이를 가지고 있다고 보고 있다.

예술운동이다. 이때 '양차대전 사이'라는 역사적 배경은 초현실주의를 이해하는데 매우 중요하다. 제1차 세계대전은 20세기 초까지 유럽이 자랑하던 '문명'과 그것에 대한 근거를 제공했던 합리성이 결국 얼마나 야만적인 것이었나를 보여주는 사건이었다. 이 사건 이후 유럽문명이 보호하고 자랑하였던 문화-예술이라는 것도 결국 그 야만적인 문명에 봉사하는 기능을 가지는데 불과하다고 여겨지기 시작했다. 그래서 예술은 위선적인 것이라고 생각하기 시작한 일군의 예술가 집단이 등장했는데, 그들은 당시까지의 예술에 대한 통념들을 파괴하고 새로운 예술을 제창했다. 그 중 가장 급진적 예술가 집단이 '다다'이다.

제1차 세계대전 중 많은 지식인들의 망명지였던 쮜리히에서 독일의 시인인 후고 발이 카바레 볼테르를 만들었다. 카바레 볼테르는 곧 망명 예술가들의 집합장소가 되었다. 그곳에서는 과거와는 다른 형태의 연극이 공연되었고 새로운 시가 낭송되었다. 정기 간행물도 내기 시작했는데 그 간행물에서 카바레 볼테르를 중심으로 한 새로운 예술을 지칭하는 말로 '다다'라는 말이 사용되었다. 다다는 말(馬)을 지칭하는, 아이들이 쓰는 루마니아어라고 한다.[8] 예술과는 별 상관없는 이 다다라는 말을 카바레 볼테르의 예술가들은 자신들의 예술을 지칭하는 데 썼다. 그것은 그들이 필연을 부정하고 우연이 진정한 생의 모습이라고 생각했기 때문이다. 필연은 이성적인 것이며, 이성이 거대한 살육을 자행하고 있는 현 문명을 정당화해주는 진보라는 관념을 낳았다고 할 때, 제1차 세계대전을 혐오했던 쮜리히의 망명 예술객들은 그 필연이란 관념을 삶에서 배척해야 한다고 생각했다.

이 '다다'운동은 트리스탕 짜라라는 시인이자 이론가에 의해 자신의

---

8) C.W.E 빅스비, 앞의 책, 24-25면.

예술 논리를 마련했다. 그 예술 논리란 논리에 반대하고 종래의 예술개념을 파괴해야 한다는 역설적인 논리였다. 예술이 위선적인 위정자들과 부호들의 장식품이 되거나 그들의 한가한 시간을 메워주는, '교양' 있는 '미적 감상 대상'에 불과하게 되었다고 판단한 다다이스트들은, 그러한 예술은 파괴되어야 한다고 생각했다. 그래서 짜라는 가위를 들고 신문지의 글자들을 오려낸 후 아무 글자나 뽑아 배열한 것이 위대한 시라고 했고, 마르셀 뒤샹 같은 화가는 변기에 '샘'이라는 이름을 붙여 전람회에 보냈다. 이와 같은 사실들은 그들이 필연을 얼마나 부정했고 '예술은 창조'라는 관념을 얼마나 우습게 만들려고 했는지 잘 말해준다.

프랑스에서도 전쟁 직전부터 새로운 예술의 기운이 나타났다. 미술에서는 피카소, 브라크 등의 입체파 화가가 등장하였다. 문학에서는 그 새로운 화가들을 적극 옹호한 아폴리네르가 예술에서의 '새로운 정신' 이라는 선언문(1917)을 작성했다. 아폴리네르는 그 선언문에서 다음과 같이 주장했다.

> 새로운 정신은 비록 지나치게 대담한 것이라도 문학상의 실험을 허용하는 것이다. 하지만 이러한 여러 가지 실험은 조금도 서정적이지는 않다. 그 이유는, 서정미란 현대시에 있어서 새로운 정신의 양 영역에 지나지 않으며, 현대시는 서정적 표식에 스스로 만족하지 않고 여러 가지 형태의 탐구나 탐색에 몰두하고 있기 때문이다. (중략) 이것은 새로운 현실주의의 기초를 쌓게 할 것이다. 경이라는 것은 새롭고도 가장 큰 원동력이다.9)

이 선언문은 미래의 초현실주의자가 될, 갓 20대에 들어선 앙드레 브

---

9) 모리스 나도, 민희식 역, 『초현실주의의 역사』(고려원, 1985), 33면에서 재인용.

르퉁, 루이 아라공, 뽈 엘뤼아르, 필립 수뽀 등의 문학청년들에게 큰 영향을 끼쳤다. 이들은 『문학』이라는 잡지를 발간하고 그룹을 이루기 시작했다. 그들은 다다를 알지 못하고 있었다. 하지만 전쟁 종료 후 1919년 파리로 이주한 짜라의 영향을 받아 다다이스트가 되었다.('파리 다다') 다다의 옛 예술에 대한 혐오와 현 유럽을 받치고 있는 논리적 사고에 대한 파괴 작업에 『문학』 그룹은 큰 호감을 가지게 되었던 것이다. 하지만 파괴의 논리만을 가지고 있었던 다다와 그들은 갈라서기 시작했다. 미래의 초현실주의자들은 아폴리네르가 한 말, 즉 파괴보다는 '새로운 현실주의'와 '탐구나 탐색'을 통한 '새로운 정신의 창조'에 열정을 가지고 있었던 것이다. 결국 그들은 다다를 "공적인 예술의 막다른 골목을 열매 없는 흥분이라는 또 다른 막다른 골목으로 대치시킨 것에 지나지 않는다"[10]라고 생각하기에 이른다. 그러나 그들은 다다로부터 배운 '기존의 공식 예술에 대한 혐오와 파괴'라는 전투적 자세만은 버리지 않았다. 그들은 이 자세를 바탕으로 새로운 정신의 탐구라는 새로운 출발을 감행한 것이었다.

그런데 모리스 나도에 의하면, 초현실주의는 다다에 의해 허물어진 예술의 폐허 위에 새로운 미학을 세우려 했던 것도, 새로운 예술의 한 유파를 만들려고 했던 것도 아니다. 당시의 초현실주의자들은 새로운 예술 유파의 수립보다는 새로운 인식방법을 가지기를 원했다는 것이다. 초현실주의자들은 그때까지 서구가 깊이 연구한 적이 없는 미지의 영역인 무의식, 경이, 광기, 환각 등 환상적이며 불가사의한 것 일체를 탐구하고, 논리적 외형의 이면을 아는 방법으로서 초현실주의를 주장했다고 한다.[11]

10) 위의 책, 45면.
11) 위의 책, 64면.

초현실주의의 활동은 앙드레 브르통이 1924년에 발표한 「초현실주의 1차 선언」을 통해 명확한 자기 입장을 얻었다. (그러나 초현실주의 기법을 실험적으로 적용해 써진 작품은 그 이전부터 있어 왔다. 브르통과 수포의 공저인 「자장」(1921)이 의식적으로 초현실주의 기법을 사용한 최초의 문학작품이다.) 초현실주의 1차 선언은 초기 초현실주의자들의 사상과 예술적 목표가 명확히 표명되어 있다. 이 선언에서 브르통은, 현대사회가 강요하는 합리성은 어린아이 때 가지고 있는 상상력을 퇴화시키고 삶을 실용적 필요성에 가두어버린다고 주장한다. 브르통에 따르면 상상력은 인간의 자유를 가능케 하는 능력이다. 브르통은 "자유라는 어휘만이 나를 격동시키는 전부이다. 이 어휘만이 인류의 낡은 열광주의를 무한히 유지하는데 적합한 것이라고 믿어진다."12)라고 말한다. 자유를 속박하는 현대사회에서 상상력을 통해서만이 그 자유를 얻을 수 있다. "오직 상상력만이 존재할 수 있는 모든 것을 내게 가르쳐주고, 상상력이 그 가공할 금지 사항을 조금쯤 취소시킬 수 있다. 그리고 기만당할 두려움 없이 내 자신을 방임할 수 있는 곳도 이 상상력이다."13) 이를 볼 때 초현실주의는 성인이 되면서 잃어버리는 상상력을 되찾기 위한 운동이라고 할 수 있다.

브르통은 자신의 입론의 근거를 프로이트에서 찾는다.14) 그에 따르면 꿈을 과학적으로 분석한 프로이트의 이론은 서양 합리주의가 꿈과

---

12) 트리스탕 쟈라, 앙드레 브르통, 송재영 역, 『다다/초현실주의 선언』(문학과지성사, 1987), 112면.
13) 위의 책, 113면.
14) 브르통은 '제1선언'에서 이렇게 말하고 있다. "프로이트의 견해에 감사해야 한다. 이 발견을 신념으로 삼고 마침내 일련의 견해가 피력된 것이다. 이리하여 인간 탐구자들은 이 견해의 대부분으로 간략한 현실을 더 이상 참고할 것 없이 단지 그가 탐구한 것만을 앞으로 밀고 나가면 될 것이다. 이제 상상력은 그의 권리를 회복할 단계에 와 있다."(위의 책, 118면)

망상 등을 정신세계로부터 추방한 것과는 달리 정신활동에서 꿈이 큰 위치를 차지하고 있다는 것을 밝혔다. 프로이트는 인간에 대한 이해에 있어 큰 전환을 가져왔다. 프로이트 이전의 인간에 대한 일반적인 이해는 '정상인'에서 출발한다. 하지만 프로이트는 정신병 환자들의 사고와 행동 메커니즘을 통해 '정상인'의 무의식을 탐구했다. 그는 정신병 환자들의 행동은 모든 사람들이 꾸는 꿈의 메카니즘과 비슷하다는 연구 결과를 발표해 정신병자들과 정상인들을 연결시켰다. 정신병자의 의식과 마찬가지로 꿈은 꾸는 자의 의지대로 꾸어지지 않는다. 왜 자신이 원하지도 않았는데 어떤 특정한 내용의 꿈이 꾸어지는가? 그는 억압되어 의식되어지지 않는 부분-무의식-이 존재한다는 데에서 그 해답을 찾았다. 그에 따르면 억압된 무의식은 수면 동안 억압이 느슨해지는 틈을 타서 위장된 형태로 꿈에 나타난다. 또한 프로이트는 우리가 낮 동안에 행하는 실수, 망각, 실언 등도 무의식적 의도에 의해 이루어지는 것이라고 주장했다.15)

모든 사람들에게 존재하는 무의식을 프로이트가 발견한 것은 초현실주의자들의 주장에 과학적 논거를 제공해주었다. 그러나 '무의식의 존재를 발견'한 과학자이자 의사인 프로이트와 '무의식의 존재를 환영한' 시인인 브르통의 견해는 상반되는 점이 있다. 브르통은 상상력의 회복을 위해 무의식의 영역에 의식이 접속해야 한다고 주장하고 꿈과 현실생활, 그리고 예술의 경계를 무너뜨려 뒤섞으려고 했다. 반면 프로이트는 이드를 자아에 예속시키려고 했다.16) 그러나 프로이트와의 상

15) 프로이트, 구인식 역, 『정신분석입문』(동서문화사, 1978), 32면.
16) 잭 스펙터, 신문수 역, 『프로이트 예술미학』(풀빛, 1981), 207면. 이 점을 브르통도 곧 알아차린 것 같다. 브르통은 제1차 선언의 프로이트에 대한 찬양과는 달리 제2차 선언에서는 "진실로 근거 있는, 처음이자 유일한 비판"을 프로이트에게 가한다. 그리고 프로이트의 예술론이라 할 수 있는 '승화'를 받아들이지 않는다.(쟈라, 브르

반된 견해에도 불구하고, 유년시절의 상상력을 회복하면서 이성적인 것을 와해시키기 위하여 초현실주의자들은 프로이트가 연구한 최면이나 정신병 상태를 작품 제작 과정에서 모방하려고 했다.[17] 브르통은 '제1선언'에서 초현실주의의 목표를 다음과 같이 쓰고 있다.

> 꿈과 현실이라는 외면상 지극히 모순된 이 두 가지의 상태가 이를 테면, 어떤 종류의 절대적인 현실성, 즉 초현실성 안에 있어서 앞으로 해결을 보게 되리라고 나는 확신한다. 이것을 정복하기 위해 나는 전진한다.[18]

브르통의 목표는 이성과 합리성이라는 체로 걸러진 현실개념을 더 넓혀서 아직 인식되지 않은 미지의 영역을 정복하는 것이다. 그것은 꿈과 현실을 융해시키고, 이성이 아닌 욕망을 추진력으로 삼아 새로운 현실을 탐험하면서 그 '절대적인 현실성' 속에서 사는 것이다. 이러한 목표 아래에서 시의 존재 가치가 자리 잡을 수 있다.

> 우리가 살고 있는 것은 진실로 우리들의 환상에서이다. (중략) 인간이 전적으로 자유롭게 되는 것, 다시 말해서 날로 가공해지는 욕망의 줄을 무정부 상태에서 유지하는 것은 오직 인간에게 달린 문제이다. 시가 이 사실을 인간에게 가르쳐주고 있다. 시는 우리가 견디고 있는 비참함에 대한 보상을 내포하고 있다.[19]

그러나 자유를 가르쳐주는 시는 '조작하는 시'여서는 안 된다. 합리

통, 앞의 책, 194-195면 참조.)
17) 잭 스펙터, 앞의 책, 232면.
18) 쟈라, 브르통, 앞의 책, 121면.
19) 위의 책, 125면.

적인 사고가 시에 개입하면 이미 욕망의 억압이 개입하기 때문이다. 그렇기 때문에 시는 초현실주의적으로 써져야 하는 것이다. 그렇다면 초현실주의란 무엇인가? 브르통은 다음과 같이 유명한 정의를 내린다.

> 쉬르레알리슴: 남성명사. 마음의 순수한 자연현상으로서, 이것으로 인하여 사람이 입으로 말하든 붓으로 쓰든 또는 다른 어떤 방법에 의해서든간에 사고의 참된 움직임을 표현하는 것. 이것은 또한 이성에 의한 어떤 감독도 받지 않고 심미적인, 또는 윤리적인 관심을 완전히 떠나서 행해지는 사고의 구술.
> 백과사전: 철학. 쉬르레알리슴은 여태껏 돌보지 않았던 어떤 종류의 연상 형식의 우수한 실재에 대한 신뢰에 근거를 두고 있으며, 또한 꿈의 전능과, 사고의 비타산적인 활동에 대한 신뢰에 근거를 두고 있다. 또, 쉬르레알리슴은 다른 모든 마음의 메카니즘을 결정적으로 파괴하고 그 대신 인생의 제문제를 해결하고자함에 그 목적을 둔다.[20]

'초현실주의=자동기술'이라는 정식으로 오해하게 만들기도 한 이 정의에서 유의해야 할 점은, 자동기술이 결코 공허한 기법[21]이 아니라는 점이다. 그것은 타산적인 '현실적' 사고로부터 벗어나기 위해 무의식이라는 실재에 대한 신뢰를 통해 좀 더 고양된 활동을 추구하기 위한 탐구이자 행위이다. 또한 자동기술은 다다처럼 '절대적 우연'으로서 아무렇게나 말해지는 것은 아니다. 물론 초현실주의자들은 다다와 같이

---

20) 위의 책, 133면.
21) 초현실주의가 택한 방법이 어떤 기교나 기법이 아니라는 것은, 브르통의 다음과 같은 말에서도 알 수 있다. "쉬르레알리슴의 기교같은 것은 내 관심거리가 되지 않는다."(같은 책, 152면.) 초현실주의는 어떤 기법이나 미학을 통해 설명될 수 있는 것이 아니다. 그것은 하나의 인식을 위한 태도이며 행동, 윤리이기 때문이다. 그러나 그것은 시와 그림 등의 예술을 통해 가능하다.

이성에 의해 파악되는 필연을 믿지 않았다. 그들 역시 우연을 중요시했다. 하지만 프로이트 이론에 의해 뒷받침된 '우연' 개념은 다다처럼 단순하지 않다. 프로이트적으로 엄밀히 분석해보면, 우연처럼 보이는 행위도 근본적인 욕망의 발산임을 알 수 있다.[22] 우연은 외적 인과 관계와 내적 목적성의 상봉에 다름 아니다.[23] 그래서 초현실주의자들은 '객관적 우연'이라는 용어를 사용한다.

초현실주의는 그 정의의 하단부에서도 알 수 있듯이 의식과 무의식의 만남을 기획하고 탐구하면서 '인생의 제문제'를 해결하려는, 나아가 초현실주의 예술을 통해 삶을 고양하려는 커다란 기획이다. 이 기획에 대해 브르통은 "우리들은 절대적 비순응주의를 요구하고 있다. 또, 쉬르레알리즘은 이와 반대로 우리들이 이 지상에서 도달하고자 염원하는 완전한 해방의 상태만을 정당화시킬 수 있을 것이다."[24]라고 이야기한다. 완전한 해방에 이르기 위한 절대적 비순응주의는 초현실주의의 사상의 특기할만한 사상적 특색이다. 그들은 다다의 반항정신을 비타협적으로 전개하면서도, 그 반항이 해방으로 고양될 수 있는 길을 찾은 것이다.[25]

---

22) 이본느 뒤플레시스, 조한경 역, 『초현실주의』(탐구당, 1993), 131면.
23) 위의 책, 133면.
24) 쟈라, 브르통, 앞의 책, 156면.
25) 초현실주의가 결코 시를 쓴답시고 마약이나 알코올에 기대어 몽롱한 정신 상태에 빠지는 것을 정당화하는 부류가 아니라는 것은, 제1차 선언 이후 『초현실주의 혁명』이란 기관지를 '의식적'으로 발간했다는 것과 아래의 <1925년 1월 27일의 선언>이라는 팜플렛 내용을 발췌해 보아도 알 수 있다.
  "(전략) 2) 초현실주의는 새롭다거나 혹은 쉬운 표현 방법은 아니다. 또 시의 추상론도 아니다. 그것은 정신 내지는 정신에 유사한 것을 아주 자유롭게 해방하는 한 방법이다. 3) 우리는 혁명을 일으키려고 결의했다. (중략) 7) 우리는 반역의 전문가이다. 필요하다고 인정되었을 때 우리가 사용할 수 없는 행동 방법은 하나도 없다. 초현실주의는 단순한 시의 한 형식이 아니다. 초현실주의는 스스로의 방향으로 돌아가려는 정신의 한 외침이며, 정신에게 덧붙여진 여러 가지 속박을 절망적으로 깨

그러나 이러한 비타협적인 인간해방의 추구는 초현실주의를 분열시키는 결과를 가져온다. 초현실주의자 중 한 명이었던 피에르 나빌르는 과연 정신해방이 물질해방이 선행하지 않고서 가능한가, 정신적 반항과 해방이라는 초현실주의자들의 의사표시에 대해 부르주아는 쉽게 용서할 수 있지 않을까라는 점을 들어 초현실주의를 비판했다. 그리고 그는 초현실주의가 앞으로 무정부주의적인 소극적인 태도로 나아가든지, 혁명의 방향으로서는 유일한 마르크스주의적 방향으로 단호하게 참가하든지 두 방향으로 나아갈 수밖에 없다고 말했다.26) 그리고 나빌르는 공산당에 입당하면서 초현실주의로부터 공산주의로 전향해버렸던 것이다.

이에 초현실주의 그룹은 심각한 불안감을 가졌다고 한다. 브르통은 「정당방위」라는 논문을 발표하여 나빌르의 위기를 일단 진압한다. 그는 왜 공산주의자들만이 혁명적인 의도를 독점하려 하는가 하는 의문을 제기하고 초현실주의자의 야심을 "일상의 행동과 교제에 있어서 속기 쉬운 여러 가지 원칙에 끊임없이 호소함으로써 혁명을 위해 최선을 다하는 것이다."27)라고 말한다. 또한 프롤레타리아로의 권력이양을 반대할 초현실주의자는 없다면서, 그는 "그렇게 될 때까지의 과정에서 내면생활에 관한 여러 가지 실험이 지속되는 것은 지금 말한 권력 이행과 똑같이 불가결한 것이며, 또한 그쪽은 말할 것도 없이 비록 마르크스주의적인 것이라도 외부로부터의 제약이 없이 행해져야 한다."28)라고 초

뜨리려는 각오이다. 그리고 필요하다면 물질적인 망치를 가지고 부술 것이다."(모리스 나도, 앞의 책, 91면에서 재인용.)
이 선언문은 아마도 브르통의 선언문보다 초현실주의 정신의 핵심-정신과 해방과 이를 위한 비타협적인 반역-을 잘 보여주고 있다고 생각된다.
26) 모리스 나도, 위의 책, 118-119면 참조.
27) 같은 책, 121면에서 재인용.

현실주의의 입장을 명확히 밝힌다. 즉 그에 따르면, 초현실주의 역시 마르크스주의의 입장을 지지하나 마르크스주의가 지닐 수 없는 혁명적 행동 영역을 초현실주의가 지니고 있으며, 그렇기 때문에 초현실주의가 존재할 정당성이 있고 그 독립성의 유지가 필요하다는 것이다. 이러한 입장은 브르통이 마르크스주의에 더욱 접근했을 때에도 계속 유지한, 그의 평생의 지론이었다.

브르통은 나빌르 사건 이후 공산주의와 더욱 가까워지려고 노력했다. 프랑스 공산당에 가입까지 했으나 공산당 간부의 교조주의적이고 관료주의적인 태도는 브르통과 맞지 않았다. 그들은 마르크스주의자라면 초현실주의자가 될 필요가 없다고 강요했다.[29] 그러나 초현실주의를 브르통은 포기하지 않았다. 1930년 브르통은 초현실주의의 엄격성을 강조하면서 일부 초현실주의자들을 제명하는 이유를 밝히고, 현 공산당의 이데올로기적 저급성을 야유하는 「초현실주의 제2선언」을 발표했다. 이 선언에서 브르통은 초현실주의에 대해 생긴 오해를 풀고, 초현실주의의 이념을 다시 한번 명확히 밝히고 있다. 그리고 그 글에서 그가 공산당의 교조화된 이념이 아닌 마르크스와 엥겔스, 트로츠키의 사상을 받아들이고 있음을 보여주었다.

초현실주의와 마르크스의 유물론과의 화해는 불가능한 것이 아니다. 다만 브르통이 밝혔듯이 사회혁명과 정신혁명은 둘 중의 하나에 종속되어 추구되어선 안 되는 것이다. 초현실주의 자체는 흔히 비판되듯 주관적 관념론이나 현실도피가 아니다. 이본느 뒤플레시스는 이렇게 말한다.

---

28) 같은 책, 122면에서 재인용.
29) 브르통, 「초현실주의 제2선언」, 쟈라, 브르통, 앞의 책, 177면.

초현실주의자들의 기본적 태도는 합일에 대한 탐구이다. 그들은 그 것을 현실도피 속에서 찾지 않고, 여러 사실 속에서 그것을 실현하려고 노력하며 현실적인 것에 반항한 후 그들은 풍부한 발견물을 가지고 그 곳으로 되돌아온다.[30]

> 초현실주의는 인생에 대한 비관론적 이론이 아니다. 왜냐하면 초 현실주의는 인간에게 짐작하지도 못한 가능성을 보여줄 뿐만 아니 라 그것들을 실현시킬 방법까지도 제시하기 위해 노력하기 때문이 다. 초현실주의자들은 현실을 향해 돌아와서 인간 존재를 한정짓는 외적 여건을 되바꿀만한 사회적 행동이론 체계를 세웠다.[31]

초현실주의 이론은 현실을 도외시하는 관념론이 아니라 현실에서 출발하여 그것을 부정하면서, 현실을 더 풍부히 생산하여 되돌아오는 노력이다. 그리고 이러한 노력은 사회해방에 대한 지대한 열망을 불러 일으키는 것이다.[32] 현실과 정신이 관련되어 있다면 정신해방 역시 사 회 해방과 밀접한 관련을 가지게 될 것이기 때문이다. 사회혁명과 정신 혁명의 매개를 브르통은 사랑에서 찾았다. 그는 「제2차 선언」에서 생 활의 관념과 일치시킬 수 있는 유일한 것은 사랑의 관념이라고 말하고, 사랑의 부패에 맞서 사랑을 본래 의미로 복원시키겠다고 주장했다.[33] 당시 프랑스 공산당은 초현실주의 이론을 버리지 않는 초현실주의

---

30) 이본느 뒤플레시스, 앞의 책, 122면.
31) 위의 책, 140면.
32) 벤야민은, 초현실주의는 "<범속한 트임>에 즉 유물론적이고 인류학적인 인스프레 션"에 그 기획이 있다고 하면서 "혁명을 위한 도취의 힘을 얻는 것, 이것이 초현실주 의의 모든 시도와 저서에 나타나 있는 중심과제이다."라고 말한다. (발터 벤야민, 차 봉희 역, 「초현실주의」, 『현대 사회와 예술』(문학과지성사, 1980), 26면, 40면.)
33) 짜라, 브르통, 앞의 책, 215면, "일찌기 시인이 찾아냈다고 주장한 사랑의 열쇠, 인 간은 그것을 잘 찾아봐야 한다. 그러면 그것을 얻게 될 것이다."(같은 책, 22면.)

자들을 받아들이지 않았다. 브르통은 1930년대 말 소련에서 추방당한 트로츠키와 연대를 맺는다. 그것은 브르통의 사회혁명에 대한 지속적인 열망을 보여주는 것이다. 그렇지만 예술의 독자성을 브르통은 결코 저버리지 않았다. 그러나 파시즘이 대두하고 프랑스에서 인민전선이 이에 맞서게 되었을 때 브르통은 이에 대한 정치적 저항의 발판을 구할 수 없었다. 트로츠키가 스탈린에 의해 암살당하고 제2차 세계대전의 발발과 함께 파리가 나치에 의해 함락되자 브르통은 미국으로 망명했다. 그러면서 초현실주의의 행동력과 활력은 점차 떨어지게 되었다.

3. 초현실주의의 이입(移入)[34]양상

초현실주의를 처음으로 이입한 사람들은 문예창작에 직접 종사하거나 문예운동을 벌이던 문인이 아니라 주로 1920년대 말부터 본격적으로 활동하기 시작한 외국문학 전공자들에 의해서였다. 이하윤은 「佛文壇 回頭」[35]에서 다다이즘의 파괴적 시기를 거친 불문단이 새로운 자아

---

34) 김학동은 이입사 연구를 영향과 원천 연구의 선행 작업이라고 설명한다. 그에 따르면 이입사 연구는 외래문학의 이식과정을 밝히려는 외적 자료에 의한 실증적 방법으로서, 수신국의 신문이나 잡지 및 그 밖의 서지적 자료는 물론, 그 시대 사람들의 증언 같은 것도 수집하여 연차순으로 그것들을 배열하면서 수신자나 전신자들의 이입태도를 바탕으로 수용환경을 축조하는 것이다. 그리고 그는 번역과 역자의 의도, 그 당시의 비평이나 서평에서 대상으로 삼고 있는 시인이나 작가의 사상과 문학성을 어떻게 평가하고 있는가를 살피는 것이 이입사를 확립하는데 매우 중요한 국면이라고 설명한다.(김학동, 『비교문학론』(새문사, 1984), 49-53면 참조.) 본고에서는 이입을 수용의 한 연구 분야로 보고, 수용 연구 속에 포함시켰다. 단순한 이입이 아니라 시인이 시론을 모색하는 데에 계기가 되는 수용은 이입과 분리시켜 제4장에서 다루었다.

35) 이하윤, 「佛文壇回頭」, 『新生』(1929. 12), 10-12면.

의 조직화로 가기 시작했다고 하면서, 초현실파 다다들인 루이 아라공, 앙드레 브르통 등이 마르크스주의로 轉身을 하기 시작했다고 전했다. 또한 그는 「現代 佛蘭西詩壇-詩人을 中心으로 하야」36)에서 여러 프랑스 시인들의 작가론을 싣고 있는데, 그 중 초현실주의 출현에 지대한 영향을 준 아폴리네르에 대해 다음과 같이 소개했다.

> 생각나는 것이 그를 깃브게 하엿다. 그 때문에 그에게는 現實은 너무나 單純하다고 생각되엇다. 그는 자기의 생각하는 것을 모두 感覺하엿다. 그것은 또 그가 그것을 생각하는 것과 同時에 이것이 그의 超現實主義 敍情詩의 特殊한 根據라고 한 것으로 우리는 그의 詩人的 本質을 다분히 엿볼 수 잇다.37)

여기서 이하윤은 앞의 글과는 달리 한 작가의 시세계를 평가하면서, 초현실주의의 사상적 본질을 시사하고 있다. 이 글에서 그는 초현실주의만을 소개한 것이 아니라 당시 불란서 문단을 개관하면서 초현실주의를 소개했다. 그는 객관적 입장에서 신문 기사를 쓰듯 초현실주의를 소개하고 있는데, 이에서 순수하게 정보만을 제공하겠다는 전신자적 입장이 드러난다. 그는 되도록 사실만을 전달하려고 했기 때문에, 비록 틀린 소개는 하지 않았지만 단편적이고 얕은 수준의 소개에 그쳤다.

그러나 초현실주의의 이입은 단순한 전신자적 입장에서만 이루어진 것은 아니었다. 이하윤의 소개 방식에 반해 이헌구는, 초현실주의 소개와 더불어 이에 대한 자신의 비판적인 평가도 가하고 있다. 그는 「佛蘭西文壇 縱橫觀」38)의 서두에서 1931년의 예술에서 어떤 위대한 생명을

---

36) 이하윤, 「現代 佛蘭西詩壇 - 詩人을 中心으로 하야」, 동아일보, 1931. 9. 30. - 10. 27.
37) 위의 글, 10. 27.
38) 이헌구, 「佛蘭西文壇 縱橫觀」, 『文藝月刊』(1931. 12), 71-79면.

가진 창작을 발견할 수 없다고 하고, "昨日의 燦爛한 藝術은 오늘와서는 벌서 陳腐된 빗도 맛도 업는 廢物이 되고 만다."[39]면서 현시점에서 볼 때 경솔한 판단을 내리고 있다. 지금의 예술을 이헌구는 '모데르니즘'이라고 부르고는, 그 예술을 이미 '진부한' '폐물'이 되었다고 한마디로 처단해버리는 것이다. 그는 '모데르니즘'의 발생을 다음과 같은 간단한 도식으로 설명하고 있다.

> 二十世紀 오늘의 브르죠아 인텔리겐챠-는 다만 浪漫的氣分에서 하잘 것도 업는 理想과 夢想의 世界에서 嗚咽咏歡함으로 일삼지 아니하고 그네들에 賦與된 最大의 武器-藝術, 機械, 에네르기-을 가지고 現代文化를 享樂하며 거기 陶碎되어 狂舞하는 것이다. 卽 國境과 民族을 超越한 現代機械文明-아메리카니즘에서 人生의 最大意義를 發見하랴는 것이다. 그리하여 文學은 尖端의 스피-드로 區區하고 煩嘖한 說明的 乃至 雄辯的 記述을 떠나 辛遠하고도 感覺的이며 直接的 表現을 가진 모데르니즘(近代主義)이 發生했다.

모더니즘을 퇴폐적인 부르주아 문학과 동일시하는 그 논의의 편리함도 편리함이거니와 현대 기계문명에서 최대 의의를 가진다고 모더니즘을 파악한 것은, 그 문명을 비판하고 나온 모더니즘 문학을 완전히 잘못 파악하고 있는 것이다.(이헌구가 설명하고 있는 모더니즘의 내용은 아마 미래주의와 혼동하여 말한 것이라 여겨진다.) 또한 그 모더니즘의 '넌센스'가 초현실주의를 일어나게 하였다는 것도 경솔한 설명이다. 그는 초현실주의를 재래의 모든 예술과 사회제도를 부정하려는 다다의 후신으로 보고 초현실주의 역시 현실부정 내지 도피적이라고 파

---

39) 위의 글, 71면.

악한다. 초현실주의의 시론을, 질서 있는 세계는 더 높고 더 넓은 세계이며, 정신과 관계없는 세계는 영원한 현실세계이고, 이상과 현실이 제한되는 현실은 절대의 현실이 아니기 때문에 현실의 파괴는 초현실주의의 정신에 일치된다고 정리하고 있다. 이렇게 요약한 초현실주의를 그는 말초적 첨단적 기계문명의 환몽세계라고 단언하고, 초현실주의 문학은 생활의 지반을 잃어버린 소시민의 몰락당하는 형상이 내재될 뿐이라고 혹평했다. 초현실주의는 한갓 이론적인 유희일 뿐이요 인생을 무목적적 환영세계로 유도할 뿐이며, 그래서 그들의 현실 부정은 실천에 있어서 하등 위력과 전율을 느끼게 하지 못하는 현실도피일 뿐이라는 것이다.

이헌구는 초현실주의의 시론을 설명할 때는 그것의 현실의 파괴를 이야기하면서, 그것을 평가할 때는 기계문명이라는 현실에 안주하여 환몽을 꿈꾼다는 식으로 논의를 전개한다. 이러한 비논리적인 논의는 모더니즘의 잘못된 이해 위에서 초현실주의를 모더니즘과 억지로 연결하려는 데서 나온다. 초현실주의의 반항과 행동정신을 상기하면, 그의 초현실주의 소개가 얼마나 오해에 근거하고 있는가 알 수 있다. 또한 그는 초현실주의 시인들이 "吾人은 無氣力한 久遠한 囚人이다. 창세기부터 사상적 인간들은 사물 존재의 諸條件앞에 또는 吾人의 행동의 한계 앞에 발뿌리를 채워가면서 각가지 절대적 절망을 맛보아 온 것"[40]이라면서 행동주의로 변모해 가고 있다고 기술한다. 이 또한 틀린 설명이다. 초현실주의자들 중 전향한 이들은 행동주의로 전향했다기보다는 마르크스주의로 전향했다.

이헌구는 계속해서 「佛蘭西의 三傾向」[41]에서 브르통의 초현실주의

---

40) 위의 글, 79면.
41) 이헌구, 「佛蘭西의 三傾向」, 조선일보, 1933. 5. 2.

제2선언(1929)을 취급하면서, 초현실주의는 "모든 人間의 行動을 沮止하는 精神的 壓迫에서 離脫하야 最高 自由의 關聯 속에서 吾人의 意識을 解族하야 새로운 完全한 人間 意識을 形成하자"며 자체 변혁을 일으키고, 새로운 정신적 혁명을 제창하고 있다고 소개한다. 그러나 역시 이헌구의 평가는 이전과 같이 비판적이다. "모든 정신적 압박의 축적인 潛在意識을 해방하려는 과도기의 反逆的인 인텔리겐챠아의 斷末魔的 정신행위"라는 것이다. 역시 「現代世界文壇總觀 - 超現實主義」[42]에서도 이헌구는 다음과 같이 말한다.

世界人의 生活이 不安과 焦燥 가운데 서 잇을 때 거기에서 明滅하는 文學現象은 한 개의 沈0라기 보단 오히려 거의 神經質的인 不安이다. 더욱이 佛文壇의 普遍的 現象은 소부르죠아지-와 인테리겐챠-의 生活表現을 그 潛在意識의 織物한 또는 全의 고민에서 規定짓고 있다. 그러므로 그는 現實에서 遊離하라는 또 이 不安한 精神的, 物質的 威壓에서 이탈하려는 超現實的 夢遊世界로 誘導된다.

이에 이헌구는 '필립 수포'의 작품을 소개하면서 초현실주의의 현실 도피적 면모를 구체적으로 소개하려고 했다.[43] 이헌구의 소개는 불문단의 전반적인 소개 속에서 초현실주의를 주요하게 취급하였지만, 초현실주의를 현실을 초월하려고 했다는 의미에서 소부르주아의 현실도

---

42) 이헌구, 「現代世界文壇總觀 - 超現實主義」, 동아일보, 1933. 6. 18.

43) 이외에도 1930년대 후반에 발표된 「大戰과 佛蘭西文學」(『조광』(1939. 11), 122-124 면)에서 이헌구는 초현실주의에 대해 논하지만, 「불란서문단 종횡관」에서 언급한 논의와 거의 같다. 다만 초현실주의가 부르주아 문학의 퇴폐적 산물이라는 문화사적 이해는 빼버렸다. 그것이 지나치게 기계적이고 불모의 논의임을 그도 알아차린 것 이리라. 하지만 초현실주의에 대한 전반적인 이해는 8년 전의 것에서 한걸음도 더 나아가지 못했다.

피라고 쉽게 규정내리고 있다. 그러나 초현실주의가 왜 사회현실에 대해 깊은 관심을 가지고 발언하려고 노력했는가, 브르통이 자신의 논리를 저버리지 않으면서도 공산당에 가입하여(비록 후에 탈당하지만) 사회혁명의 길에 동참하려고 했는가를 설명해내지 못하는 소개이다. 그가 초현실주의에 깊은 관심을 가지고 그들의 사상을 담은 글과 작품, 실천 동향을 파악했더라면 이러한 평가는 나오지 않았을 것이다. 이는 초현실주의에 대한 당시 서구나 일본의 통념을 통해 초현실주의를 파악하고 소개했기 때문이라고 생각된다.

해외문학파의 일원이었던 이헌구가 이러한 경솔한 발언을 한 이유가 무엇일까? 우선, 그의 전신태도가 지나치게 의욕적인데 있다. 그는 이하윤과 같이 단순히 소개하려는 차원을 넘어 유럽의 문학예술을 나름대로 비판하고 평가하면서 소개하려는 야심을 가지고 있었던 것이다. 그렇다면 그의 평가 잣대는 무엇인가? 그가 사용하는 논리는 속류 마르크스주의의 논리임을 짐작할 수 있는데, 사실 그는 임화의 해외문학파를 둘러싼 논쟁에 뛰어들면서 당시 대표적인 마르크스주의 문학 평론가 임화조차도 마르크스 이론을 잘 이해 못하는 비마르크스주의자라고 몰아세웠던 사람이다. 이러한 발언 뒤에는 자신이 마르크스주의를 잘 이해하고 있는 '마르크스주의자'라는 의미가 깔려 있다.[44] 그 자신감을 바탕으로, 마르크스주의를 도식으로 함부로 사용하여 외국 문예를 꼼꼼히 살피지 않은 채 한꺼번에 평가하려는 욕심에서 초현실주의에 대한 경솔한 판단이 나온 것이다.

초현실주의는 이헌구의 말대로 정신혁명을 꾀한 것이지만, 물질적인 현실을 관념 속에서 조작·해석하고 그 현실에 대한 관심을 도외시하

---

44) 김윤식, 『한국 근대 문예비평사 연구』(일지사, 1976), 145-147면 참조.

자는 관념론이 아니었다. 초현실주의자들은 예술의 영역이 과연 문명의 외피를 쓰며 야만적인 행위를 일삼은 인류사에 있어서 어떤 역할을 할 수 있는가를 고민하였던 것이고, 결국 예술에 적극적인 역할을 부여하게 되었다. 그것이 '혁명에 봉사하는'[45] 초현실주의 예술이었다. 초현실주의는 자본주의 문명에 대한 근본적 비판을 행하고자 했으며, 그들이 탐구하고자 했던 것은 자본주의적 합리화가 낳은 계산적 이성에 대항하여 그 이성이 억압하였던 무의식의 세계, 비계산적 의식이었다. 초현실주의의 정신은 현실도피가 아니라 배제되었던 현실의 탐구, 진실의 탐구였던 것이다.

당시 한국문단의 초현실주의에 대한 비판은 초현실주의가 노렸던 해방의 기획을 무시하거나 그에 대한 무지에서 나온 것이라고 할 수 있다. 홍효민도 이런 맥락에서 「行動主義文學의 理論과 實際」[46]에서 초현실주의를 비판하고 있다. 하지만 그는, 이헌구가 다분히 '초현실=현실도피=절망한 소부르주아'라는 단순 도식으로 초현실주의를 비판한 데 비해, 자신의 '행동주의'-페르낭데스의 행동주의를 소개하는 것이 그 글의 목적이다-라는 문학 논리 속에서 초현실주의를 현대문학이 극복해야 할 대상으로 다루었다. 그의 비판은 이헌구의 비판보다는 어느 정도 논리적이다. 그는 "反主知主義로서 슈르 레알리즘은 그의 主觀的 內容의 表現에 대해서도 一種의 必然의 論理에 從屬되는 것이라 할 수 있으나, 行動主義는 人性的 發展 중에서 瞬間, 瞬間 속의 創造 그의 創造에 參加하는 多分의 偶然的 動機를 認定하는 精神的 自由主義"[47]라

---

45) 브르통의 제2차선언 이후 초현실주의의 기관지 이름이 <혁명에 봉사하는 초현실주의>였다.
46) 홍효민, 「行動主義文學의 理論과 實際」, 『신동아』(1935. 9), 44-50면.
47) 위의 글, 48면.

면서 초현실주의는 현재 패배했다고 판정했다.

홍효민의 초현실주의 비판은 어느 정도 날카로운 데가 있다. 초현실
주의가 단순히 신경질적 불안에 따라 현실을 도피한다는 이헌구 식의
지적을 넘어서 하나의 학설-초현실주의가 이론적으로 프로이트의 학
설에 힘입고 있다고 옳게 설명하고 있다-에 힘입고 있다는 것, 즉 이론
적 근거가 있다는 것을 지적한 것은 옳은 판단이었다. 또한 일종의 유
물사관과 같은 결정론에 빠진다고도 지적하는데, 자동기술법을 생각
하면 그럴 법도 하다.[48]

그런데 인간 의식의 구조를 밝힌다는 것이 결정론에 빠진다는 것은 아
니다. 철학적 결정론은 일종의 숙명론이나 기계론으로 빠진다. 하지만
마르크스나 프로이트의 학설은 오히려 어떤 행위를 하는데 자신도 모르
는 어떤 구조에 이끌림을 당하면서도 자신이 자유롭게 행위를 결정하고
있다고 생각하는 오류를 반성할 수 있게 한다. 이는 좀 더 근본적인 자유
를 쟁취하는 데에 밑거름이 될 수 있는 가능성을 제공한다. 그리고 프로
이트의 학설은 결코 선험적인 결정론으로 현상을 설명하는 것이 아니라
여러 임상 경험을 통해 나온 이론이다. 초현실주의자들이 자동기술을 통
해서 자신들의 계산적 의식 없이 언어를 튀어나오게 한 것은, 합리성의
노예가 된 의식을 꿈이나 광기, 유머 등을 통해 무의식 세계와 합일시키
려는 시도를 한 것이다. 그렇다면 그들은 행동주의와는 다른 의미에서
자유를 쟁취하려고 한 시도라고 할 수 있다. 또한 초현실주의자들이 노
린 것은 근대적 주체관의 거부이다. 예술이 개인 주체의 창조를 통해 이
루어진다는 19세기 식의 예술관을 그들은 거부한다.[49]

---

48) "슈르레아리즘은 文化現象의 解釋에 잇어서 唯物史觀과 같이 人間性의 本質을 個
的 意識으로부터 떠러저서 (중략) 潛在意識, 또는 無意識과 같이 意識生活을 物質的
生理的 斷層으로 決定하랴고 한다." (위의 글, 47면.)

이런 오해에도 불구하고 홍효민은 자신의 문학론과 초현실주의 문학론을 논쟁시키면서 초현실주의와 관련하여 문학의 본질에 대한 좀 더 생산적인 논의를 할 수 있는 기반을 제공했다. 하지만 그는 초현실주의를 '사상이 없고', '유미주의에 의한 예술지상주의'에 불과하다고 경솔하게 초현실주의를 판단함으로써, 그 자신이 논의를 봉쇄시키고 말았다. 이러한 판단은 이헌구가 저질렀던 통속적인 판단이다. 홍효민이 이론적 근거로 삼았던 행동주의는 사실 초현실주의가 그렇게 '행동'을 통해 비난했던 부르주아 자유주의, 개인주의의 능동화(能動化)에 불과한 것일 수 있다. 또한 홍효민은 초현실주의가 행동주의에 밀려 문학사적 생명을 다한 것이라고 판단하는데, 이 또한 경솔한 판단이다. 행동주의는 오히려 문학사적 가치가 떨어진다. 후대의 예술과 사상에 미친 파장과 영향으로 비추어 볼 때, 행동주의는 초현실주의에 미치지 못한다. 자신이 받아들인 사상을 좀 더 높이 평가하기 위해 다른 사상(여기서는 초현실주의)을 무리하게 낮게 평가하는 예를 여기서 볼 수 있다.50)

1930년대 중반에 오면 좀 더 초현실주의를 실상에 맞게 소개하는 노력이 이루어진다. 노춘성(盧春城)은 「슈울레알리즘 詩論 - 近代詩의 革命」51)에서 초현실주의 발생 계보를 밝히고 있다. 그는 재래의 모든 문학의 가치와 존재를 부정하려는 무(無)의 에스프리 상태인 다다이즘에서 초현실주의가 형성되었으며, 이 사조는 제1차 대전 이후의 문학적

---

49) 초현실주의의 자동기술은 시인을 '자동계록장치'(「제1차 선언」, 쟈라, 브르통, 앞의 책, 135면.)로서 만드는 것이다. 제2차 선언에서도 브르통은 "우리는 재능이란 시혜물을 가지고 할 게 없다."라고 말하고 있다.(같은 책, 221면.)
50) 홍효민은 「行動主義 文學運動의 檢討」, 『조선문단』(1935. 7), 134-141면에서도 초현실주의를 논의하고 있으나 앞의 논문의 논지와 거의 같다.
51) 노춘성, 「슈울레알리즘 詩論-近代詩의 革命」, 『신인문학』(1936. 2), 55-9면.

특징을 분명히 보여주고 있는 '주의'라고 설명한다. 나아가 그는 이 초현실주의에는 다다이즘에서 출발한 브르통 등의 경향과 입체파에서 일어난 이반 골 등의 경향이 있다고 그 발생계보를 언급한 다음, 이 두 경향을 대조하여 초현실주의의 면모를 비교적 객관적으로 소개했다.

노춘성은 바셰나 로트레아몽의 말을 직접 인용하면서 초현실주의를 소개했다는 면에서 이전의 논자에 비해 초현실주의의 실상에 더 접근했다. 바셰나 로트레아몽은 브르통 등의 초현실주의자들에게 지대한 영향을 준 초현실주의의 선구자이다. 당대 초현실주의의 논자들보다는, 초현실주의의 선구자들의 정신을 검토함으로써 그는 초현실주의의 본질에 좀 더 가까이 다가갈 수 있었다. 자동기술법을 소개하면서 그는 다음과 같이 말한다.

> 無意識的인 것을 無意識的으로 쓴다는 것이다 (중략) 깨여서야 꿈을 그릴 수 잇다. 故로 無意識을 無意識的으로 쓴다는 것은 그 自身으로는 藝術活動은 되지 않으나 새로운 文學的 方法의 出發이란 理由로써 하나의 文學의 理論이 된다. 實際로는 새로운 秩序를 作成하기 위한 修辭法으로 不合理한 世界에서 새로운 것을 찾어낼 것이다.

초현실주의의 자동기술법이 의식과 무의식 간의 교호 속에서 경이와 해방의 길을 찾으려는 방법임을, 노춘성은 꿈꿀 때 꿈을 서술할 수 없다는 날카로운 관점을 통해 이해한다. 물론 그가 자동기술법을 문학적 방법, 수사법으로만 이해한 것은 초현실주의의 근본 사상을 이해하지 못했기 때문이지만, 오해하기 쉬운 자동기술법에 대해 나름대로의 이해력을 통해 틀리게 접근하지는 않았다.[52] 그러나 초현실주의의 "表

---

52) 브르통은 '제2차 선언'에서 자동기술법의 誤用으로 나타난 범작들의 위험을 지적

現對象은 人間의 心理的 內面活動이 全世界이다. 故로 슈울레알리즘은 그 表現方法의 超現實的 世界의 形態를 使用하였다는 것"[53]이라는 언급은, 뒤플레시스가 언급한 초현실주의와 현실 사이의 긴장을 무시한 것이다. 그리고 '표현방법의 초현실적 세계의 형태'라는 진술 또한 매우 모호하다고 지적할 수 있다.

이어서 노춘성은, 골의 '초현실'을 "抽象的인 낡은 觀念과 論理를 排除하고 새로운 藝術的材料로 現實을 組織한 것이다. 다시 말하면 現實을 超越한 形態로서 表現된 것이다."[54]라고 소개했다. 이에 의하면, 골은 아폴리네르가 생각한 초현실 개념, 즉 인류는 크거나 긴 다리로 자동차를 만들지 않고 바퀴로 자동차를 생각해냈다는 그 초현실 개념을 충실히 따르는 셈이 된다.[55] 또한 무의식적 심리 상태에 기초를 둔 브르통이나 아라공의 주장은 잠재의식의 상태를 표현의 대상으로 허용하기 때문에 역시 현실을 인정하는 것이라고 한다. 그러므로 양자는 새로운 수사학, 즉 표현방법이 초현실적이라는 데에 근사(近似)한 바가

하면서, 그러한 범작들을 생산하는 자들에 대해 "그들 대부분은 일반적으로 종이 위에 되는 대로 펜대를 굴리는 것으로 만족할 뿐 그 순간에 있어서 그들 내부에 어떤 일이 일어나고 있는지 전혀 관찰하지 않는다."라고 질타한다.(쟈라, 브르통, 앞의 책, 192면.). 또한 브르통은 자동기술법으로 쓴 시라고 하더라도, "의식이 개입한 흔적이 여전히 남아 있는데, 대개는 시로 다듬는다는 의미에서 그렇다."(마르셀 레몽, 김화영 역, 『프랑스 현대 시사』(문학과 지성사, 1984), 364면에서 재인용.)라고 1932년에 털어 놓는 바 있다. 위에서도 암시했지만 초현실주의 정신에서 볼 때 "자동현상이 궁극적 목적은 아니다. 그것은 자기 자신에 대한 인식의 도를 높여주고 그렇게 하여 자신의 행실을 수정하는 데 도움이 될 뿐이다."(이본느 뒤플레시스, 앞의 책, 137면.) 초현실주의=자동기술이라는 통념은 초현실주의의 본질을 이해하는데 도움이 되지 못한다.

53) 노춘성, 앞의 글, 57면.
54) 위의 글, 59면.
55) "인간이 보행을 모방하려고 하였을 때, 인간은 다리를 닮지 않은 바퀴를 만들었다. 이렇게 알지도 못하고, 초현실주의를 만들었다."라고 아폴리네르는 말한 바 있다. (김상태, 「초현실주의 시」, 『현대시사상』(고려원, 1995년 겨울호), 118면에서 재인용.

있다는 것이다. 나아가 초현실주의는 동경시단에서 결정적 역할을 하고 있으며, 한국에서도 추상적 관념과 논리를 버리고 새로운 예술재료로 시를 만들려고 하는 초현실주의 시인으로 김기림과 이상을 들면서 그는 초현실주의를 "想像의 自由解族이오, 文學上의 因襲打破 정신"이라고 요약해 놓았다.56)

노춘성의 글은 초현실주의의 정신 형성을 역사적 맥락에서 살펴보고 있다는 점에서 초현실주의의 실상을 좀 더 정확히 파악하고 있다. 특히 로트레아몽과 바셰의 글을 인용하면서 초현실주의의 기본 정신에 접근하려고 한 점은 1930년대 당시 초현실주의 이입과정에서 돋보이는 바가 있다. 또한 초현실주의자들의 발언을 직접 인용하면서 글을 전개시키고 있기 때문에 다른 글에 비해 상대적으로 객관성을 획득했다. 나아가 그는 '초현실=현실도피'라는 관점에서 벗어나 현실의 진실을 얻기 위한 방법, 수사학으로서의 '초현실'을 이야기했다. 이를 보면 노춘성은 초현실주의 정신 발생의 현실적 맥락과 초현실주의의 기획과 방법 등에 대해서 어느 정도의 이해를 가지고 있었음을 알 수 있다. 또한 한국 문단과 초현실주의를 연결하여 논의를 전개시켰다는 점에서 단순히 초현실주의를 소개해야 할 '서구의 사조'로 취급하지 않았으며, 한국 문단을 살피기 위해서는 초현실주의가 고찰되어야 한다는 점을 암시했다.

하지만 초현실주의의 기법을 하나의 문학적 기법으로, 또는 수사학으로 한정하여 논의의 초점을 맞춘 것은 초현실주의의 정신해방에 대해 노춘성이 이해하지 못했기 때문이라고 생각된다. 그의 글에서도 '상상의 해방'이라는 표현은 있으나 초현실주의의 상상의 해방이 왜 이성에서 벗어나는 정신 혁명인지, 이성에서의 탈출이 어떠한 시대적 역사

---

56) 노춘성, 같은 글, 59면.

적 배경에서 추진되었으며 당대에 대한 반항이 되었는지 논의하지는
못했다. 그렇기 때문에 초현실주의 논리의 정신혁명과 마르크스주의
자들의 사회혁명의 긴장관계에 대한 고찰이 노춘성의 글에서는 전혀
보이지 않는다. 즉 사회혁명에 이끌렸던 초현실주의의 궤적을 살피지
못했던 것도 이 글의 한계다. 해방에 대한 초현실주의의 열정이 조명되
지 않았다는 점은, 뒤에서도 언급하겠지만 한국 초현실주의 수용의 전
반적 특징이다.[57]

한편, 이생(李生)의 「海外文壇紹介 - 佛蘭西」[58]은 짤막한 글이지만
엘뤼아르에 대해 비교적 정확히 소개하고 있으며 그의 시가 번역되어
있다는 점이 특징적이다. 초현실주의 시의 번역은 이 글에서 처음 시도
되지 않았나 한다. 또한 브르통이 초현실주의가 공산주의와 서로 모순
되지 않는다고 주장했다는 사실도 소개하고 있어서 흥미롭다. 브르통
의 극도의 현실무시 혹은 초월적인 정신적 태도는, 유물론적 현실반항
에의 혁명적 명제와 모순되지 않는다는 것이다. 또한 이 글은 브르통의
신념이 시인의 행동적 논리를 심리적·내부적 충격에서 외부적인 사회
에 대한 과감한 태도로 찾는 데까지 이르면서 더욱 강렬해졌다고 설명
하고 있다. 초현실주의의 반항정신을 온전하게 소개한 글로는 이 글이
단편적이나마 주목할 만하다고 하겠다.

---

57) 그것은 일본 초현실주의의 영향 때문이라고도 생각된다. 일본 초현실주의는 정신
해방의 측면보다는 새로운 시론 확립을 위한 필요성에서 초현실주의를 수용했다
고 생각된다. 이 글의 4장 1절 참조.
58) 이생, 「海外文壇紹介-佛蘭西」, 『詩苑』(1935. 4), 40-41면.

4. 초현실주의 시론의 수용

이 장에서는 초현실주의를 이입하여 소개하는 데 그치는 것이 아니라 초현실주의의 시 이론을 나름대로 수용하여 자신의 시 이론으로 발전시킨 논자들의 논의들을 살펴본다. 그런데 일제 강점기 식민지 조선의 외국문학 수용은 일본 유학생 출신 문인에 의해 일본 문단을 거쳐서 이루어지는 경우가 많았다. 초현실주의의 수용 역시 일본의 초현실주의에 많은 영향을 받았을 것이라 추정된다. 이에 일본의 초현실주의를 간략히 소개하기로 한다.

1) 일본의 초현실주의

브르통이 1924년 초현실주의 제1선언을 발표한 다음 해인 1925년, 일본에서는 최초의 초현실주의 그룹이 구성된다. 그들은 잡지『문예탐미(文藝耽美)』를 통해 아라공, 엘뤼아르, 브르통 등의 시를 번역하고, 이 잡지에 우에다 토시오(上田敏雄), 우에다 타모츠(上田保), 키타조노 카츠에(北園克衛) 등의 작품이 발표된다. 1927년에는『문예탐미』그룹을 주축으로 해서『장미, 마술, 학설(薔薇, 魔術, 學說)』이 발행되어 초현실주의 시가 번역되고, 동년에는『향기 무성한 화부여(馥郁タル火夫ヨ)』가 출판되어 여기에 니시와키 준쟈부로오(西脇順三郎), 사토오 사쿠(佐藤朔), 우에다 타모츠 등의 글이 실린다. 1928년 여름, 이 두 그룹이 합류하여『의상의 태양(表裳の太陽)』을 발행, 그때까지 따로 존재해 있던 일본의 초현실주의자들이 한 장소에서 활동을 전개하게 된다. 그러나 1929년『의상의 태양』은 폐간된다. 이후 1930년 일본의 거의 모든 초현

실주의자들이 참여하여 『LE SURREALISME INTERNATIONAL』 제1
집을 간행한다. 한편 하루야마 유키오(春山行夫) 등에 의개 창간된 『시
와 시론(詩と詩論)』은 제4호에서 브르통의 초현실주의 제1선언을 번역
해 실었으며, 폐간될 때까지 계속해서 일본 초현실주의자들의 초현실
주의론과 프랑스의 초현실주의 시와 시론을 번역 게재해 나갔다. 그러
나 사토오 사쿠, 우에다 토시오 등은 초현실주의와 거리를 두기 시작한
다. 1930년 이후 니시와키 쥰자부로오, 키타조노 카츠에, 야마나카 치
루우(山中散生) 등에 의해 초현실주의 활동은 산발적으로 계속되었지
만 운동의 중심은 회화, 조형예술로 이동되고, 하나의 그룹으로서 초현
실주의 활동은 사실상 끝난다.59)

　　일본 초현실주의자들의 선언은 브르통의 「초현실주의 선언」이 번역
되어 발표되기 이전인 1927년 『장미, 마술, 학설』에 발표되었다. 이 선
언을 보면 일본의 초현실주의가 프랑스 초현실주의와 적지 않은 차이
를 지니고 있음을 알 수 있다.

　　　　우리들은 초현실주의에 있어서 예술욕망의 발달, 혹은 지각능력
　　의 발달을 구가謳歌했다. 우리들은 세례洗禮받았다. 지각의 제한을
　　받지 않고 지각을 통해 재료를 붙잡아 오는 기술을 받았다. 우리들
　　은 섭리에 의한 시적 작업(operation)을 인간으로부터 분리된 상태에
　　서 조립한다. 우리들은 대상의 한계를 규제하는 과학의 상태와 유사
　　하다고 느낀다. 우리들은 우울하지도 않고 쾌활하지도 않다. 인간이
　　란 것이 필요하지 않는 인간의 감각은 도에 맞게 엄격하다. 우리들
　　은 우리들의 시적 작업을 조립할 때 우리들에게 적합한 앙분昂奮을
　　느낀다. 우리들은 초현실주의를 계속한다. 우리들은 포화飽和의 덕

---

59) 木原孝一「SURREALISME 1924-1954」, 西脇順三郎,, 『超現實主義詩論』(荒地出版社,
　　1954), 150-151면., 鶴岡善久, 『日本超現實主義詩論』(思潮社, 1970), 16-18면 참조.

을 찬미한다.[60]

이들의 선언은 프랑스 초현실주의의 특징이라 할 잠재의식의 탐구,
이미지의 불꽃, 정신해방의 열렬하고도 비타협적인 기획, 이성에 대한
반발과 현 사회에 대한 반항에 대한 언급이 전혀 없다. 츠루오카 요시
히사(鶴岡善久)는 이를 다다와 같은 기성질서의 파괴행위가 일본에는
선행하지 않았기 때문이라고 한다. 물론 다다이즘이 일본에도 수용됐
지만, 일본의 다다에는 기성질서에 대한 해체 정신이 존재하지 않았다
는 것이다. "그들은 서구로부터 빨리 전달받았다. 다다 및 초현실주의
정신을, 단순히 그때까지의 상징파나 서정파의 시에 대한 부정의 촉매
제로서 받아들였다."[61] 일본의 다다·초현실주의 수용은, 제1차 세계대
전 이후 모든 합리와 제도에 대해 반항하면서 좀 더 고차원적인 삶의
발견을 꾀한 그 예술운동의 근본정신을 수용하기보다는, 당시 일본 시
단에 만연하고 있었던 상징파·서정파 시를 극복하려는 문학 내부의 필
요성에서 이루어졌던 것이다. 이러한 수용의 성격은 위의 선언이 시의
기술적인 면에 맞추어져 있다는 점을 보아도 알 수 있다.

그러나 미지의 세계를 몽롱한 시어로서 암시하려고 했던 상징파나
감정의 아름다운 유출을 생각했던 서정파에게는, 시가 하나의 작업의
산물, 우울하지도 쾌활하지도 않는 탈감정의 비인간적인 제작의 산물
임을 주장하는 일본 초현실주의 선언은 새롭고 놀라운 것이었다. 하지
만 그러한 시론은 초현실주의적 정신보다는 T. E. 흄의 신고전주의적
시론에 가까운 것이다. 시 제작의 비인격성은 유럽 초현실주의와 유사
한 면이 있기는 하지만, 유럽의 그들은 일본의 초현실주의자들처럼 제

---

60) 鶴岡善久, 위의 책, 19면에서 재인용.
61) 위의 책, 19-20면.

작의 기술을 강조하지는 않았다.[62]

　그런데 이러한 일본의 초현실주의 수용의 특성은 1930년대 들어서서 주지주의 문학론에 초현실주의가 흡수되는 결과를 낳는다. 초현실주의가 기존 시에 대한 새로운 대안으로 주장된 것이라면 초현실주의와는 다른 새로운 문학론이 나타나면 초현실주의 역시 그 새로운 문학론에 굴복하게 마련인 것이다. 사하라 코오이치(木原孝一)은 이렇게 말한다. "1920년대 말기에는 모든 것이 새로운 마력을 가지고 있었다. '새로운 정신'이라는 연(鉛)파이프를 통해, 문화적 낙차를 이용하여 새로운 것들이 계속해서 들어왔다. 초현실주의 역시 더 새로운 주지주의 캡슐 안으로 들어갔다."[63]

2) 김기림의 초현실주의 이해와 '방법적 초현실주의'

　김기림은 보통 영미 주지주의적 모더니즘을 수용하여 자신의 시와 시론을 전개해 나갔다고 평가받고 있다. 하지만 그의 『시론』을 읽어보면 영미계의 시론만큼 대륙계의 모더니즘에 많은 관심을 가지고 있었으며 그만큼 많은 언급을 하고 있음을 알 수 있다.[64] 그리고 모더니즘

---

62) 유럽 초현실주의와의 이러한 차이는 선언문을 발표할 당시의 일본 초현실주의가 브르통 류의 초현실주의보다는 이반 골 류의 초현실주의-사실 상 예술사적으로 초현실주의라고 할 수 없는-를 수용했기 때문에 생긴 것이 아닐까 짐작되기도 한다.

63) 木原孝一, 앞의 책, 152면. 그는 이러한 상황 속에서 세 부류의 초현실주의자가 나타나서 활약하게 되었다고 한다. 하나는 야마나카(山中)와 같은 부류로서 '생명의 혁명'에 비교적 충실한, 본질적인 초현실주의자로 남아있기를 원하는 사람들이다. 다른 하나는 키타조노(北園)와 같이 추상세계에 숙명이 있다는 부류로, 초현실주의를 시 기능 확충의 일종이라고 생각했다고 한다. 마지막 한 부류는 니시와키(西脇)가 대표하는데, 그는 "초현실주의는 외계의 보통 현실, 심리 세계의 보통 현실에 반대한다. 반대한다는 것은 대립한다는 것이지 부정한다는 것은 아니다."라고 썼다고 한다.(같은 책, 같은 면.)

을 결산하는 「모더니즘의 역사적 위치」(인문평론, 1939. 10)에서도, 김기림은 20세기 문학의 징후를 영국의 이미지스트, 프랑스의 입체파, 다다, 초현실파, 이태리의 미래파에서 구하고 있는 것이다.[65] 또한 김기림이 다다와 초현실주의의 영향을 받은 것으로 평가받는 이상에 대해 당시 우호적일 수 있었던 것은, 그가 다다나 초현실주의 같은 '대륙계 모더니즘'에 대해 당시로서는 상당한 수준의 인식을 갖고 있었기 때문이다.

김기림이 초현실주의에 대한 견해 표명을 처음으로 한 것은 그의 시 「초현실주의」(조선일보 1930. 9. 30.)에서부터다.

거리를 지나가면서 당신은 본일이 업습니까
가을 볏으로 짠 장삼을 둘르고
갈대 고깔을 뒷덜미에 부친 사람의
어진꾸리 노래를-
괴상한 춤맵씨를-
그는 千九百五十年最後의 市民-
佛蘭西革命의 末裔의 最後의 사람입니다
그의 눈은 「푸리즘」처럼 多角입니다.
世界는 꺽구로 採光되여 그의 白色의 「카메라」에 잡버집니다
                    (중략)
그는 차라리 여기서 호올로 서서
남들이 모르든 수상한노래에 맞추어
혼자서 그의 춤추기를 조와합니다.

---

64) 김기림 시론의 대륙계 래디컬 모더니즘과의 관계를 다룬 연구는 김유중, 「김기림 문학에 투영된 래디컬 모더니즘의 영향과 그 의미」, 『한국 모더니즘 문학의 세계관과 역사의식』(태학사, 1996)이 있다. 그는 김기림이 그의 시론에서 미래주의나 초현실주의를 수용하고 있음을 확인하면서 일본 초현실주의의 영향을 살피고 있다.
65) 김학동 편, 『김기림 전집 2』(심설당, 1988), 56면

(중략)

　그에게는 生活이 없습니다.
　사람들이 모-다 生活을 가지는 때
　우리들의 피에로도 쓸어집니다.66)

　이 시에는 초기 김기림의 초현실주의에 대한 생각이 명확히 드러난
다. 이 시에 따르면, 초현실주의자들은 자본주의 말기의 사라질 운명을
지닌 시민계급의 후예이다. 그들은 세계를 거꾸로 보면서 남들과 관계
를 끊고 '고독'하게 '예술행위'를 하는데, 생활이 없어서 쓰러질 '피에로'
에 불과하다. 그러나 초현실주의자들이 생활이 없다거나(그들은 사랑
이 생활을 건설해야 한다고 보았다.), 고독하게 홀로 있는 사람들은 아
니었다. 그들은 그룹을 만들었고 많은 해프닝을 벌였으며 많은 전시회
를 열었던 것이다. 또한 주관을 통해 거꾸로 세상을 본다는 점도 초현
실주의에 대한 온당한 평가가 아니다. 그들은 무의식과 욕망을 객관적
으로 여겼고, 예술행위에 있어서 주관의 의식작용을 미더워하지 않았
다. 다만, 그들이 시민계급 출신이라는 점은 맞는 평가이지만, 출신계
층으로 그들의 예술이 사라질 운명이라고 기계적으로 말할 수는 없다.
시민계급이 소멸할 운명일지라도 말이다. 즉 예술을 주창하거나 프로
예술을 주창하거나간에, 예술가 중에서 시민계급 출신이 아닌 자는 매
우 적다. 도리어 초현실주의 그룹은 공식화된 지식 자격증이라 할 학위
같은 것에 전혀 신경 쓰지 않았다. 초현실주의 그룹에는 어느 그룹보다
도 고등교육을 받지 않은 사람들이 쉽게 들어갈 수 있었다.67)

────────────

66) 김학동 편, 『김기림 전집 1』(심설당, 1988), 269면
67) 예를 들면, 브르통이 아꼈던 초현실주의자 로베르 데스노스는 중등교육도 받지 못
　한 사람이었고, 초현실주의의 정신을 가장 잘 구현한 건축을 지었다는 평을 듣는
　슈발은 우편배달부였다. (이건수, 「로베르 데스노스, 초현실주의의 총아」, 『외국문

이러한 김기림의 경솔한 초현실주의 이해는 초현실주의를 좀 더 이론적으로 논의한 글에서도 역시 눈에 띈다.「詩의 技術, 認識, 現實 등 제문제」(조선일보 1931.2. 11-14)는 시「슈르레아리즘」발표 이듬해에 발표된 시론이다. 김기림은, 초현실주의는 파괴 자체가 목적의 전부이며 행동의 전부인 다다이즘과는 다르다면서 이렇게 말하고 있다.

> 초현실주의는 단어와 단어 상호간의 충돌 반발 등 인공적 交互 작용에 의해서 생기는 일종의 의미의 분열을 추구했다. 거기서 어떠한 의외의 의미가 생긴다 하여도 거기 대하여는 시인의 아무 책임이 없다고 한다. 즉 시를 전연 무계획한 무의식의 발현으로서 이해하는 것이다. 그러나 시의 혁명이란 것은 '폼' 그것의 파괴에서 종결하는 것이 아니라 함은 이미 역설한 바이다. 시는 비유해 말하자면 항상 유기적 化合狀態의 전체로서 우리들의 감상 안계로 들어오는 것이다."[68]

여기서 김기림은 초현실주의의 이미지론[69]을 들어 초현실주의를 설명한다. 초현실주의 이미지론의 소개는 1931년 당시 이 글이 처음이었을 것이다. 문제는 김기림이 초현실주의의 이미지론을 '폼'의 파괴에 종결한 것으로서 부정적으로 파악하고 있다는 점이다. 그러나 초현실

학』(열음사, 1995년 가을), 104면, S. 알렉산드리안, 이대일 역, 『초현실주의 미술』(열화당, 1984), 196면 참조.)

68) 『김기림 전집 2』, 74면.

69) "한 줄기의 특수한 광채가 발휘되는 곳은 어떤 점에 있어서는 우연적인 두 단어가 접근되는 점에서이며 우리는 이 이미지의 광채에 대하여 지극히 민감하다. 이미지의 가치는 이렇게 해서 얻어진 불꽃의 아름다움에 의하여 좌우되는 것이며, 따라서 그것은 두 개의 전도체 사이에서 발생되는 전위차의 작용이라고도 할 수 있다. … 이 두 개의 단어는 이른바 초현실적이라고 불리워지는 활동에서 동시적으로 발생된다"(쟈라, 브르통, 앞의 책, 144면.)

주의는 형태의 파괴를 목적으로 하지 않았다. 뒤플레시스는 초현실주의의 시관에 대해 이렇게 말하고 있다.

> 시는 자동기술처럼 인간으로 하여금 새로운 세계를 엿보게 하고 그 새로운 세계의 여러 요소를 외부 세계의 여러 요소와 균형되게 한다. … 칸트 식의 미의 기준인 본질과 형태의 일치가 진정한 초현실주의적 시의 특징인 것이다."[70]

김기림은 초현실주의의 이미지론의 생산적 성격을 외면하고, 다다의 허무적 파괴정신을, 초현실주의 정신은 다다와는 다르다고 하면서도 다시 초현실주의 이미지론에 투사한다. 계속해서 김기림은, 선택작용을 하지 않고 어떠한 말과 말을 반발 충돌시키는 초현실주의자들을 "사체를 翻弄하는 고고학자가 되고 만다. '말'은 항상 목적 때문에 살 수 있"[71]다고 주장한다. 그러나 말이 어떤 수단으로 화하는 것에서 초현실주의자들이 혐오를 느꼈다는 것을 김기림은 놓치고 있다. 말이 목적 때문에 살 수 있다는 것, 어떤 목적을 '위해서' 있다는 언어관은 바로 초현실주의자들이 문제를 제기한 언어관이다. 말의 수단화에 대한 반대, 그것이 초현실주의 시인들의 전체 기획이었는지도 모른다.[72] 초현실주의가 자신의 언어관을 비판하고 있다는 점을 알지 못한 채, 그 언어관에 대한 비판에 반론을 제기하지 않은 상태로 그 언어관으로 초현실주의를 비판하는 것은 비판의 효력을 갖기 힘들다.

---

70) 이본느 뒤플레시스, 앞의 책, 77면.
71) 전집 2, 75면.
72) 브르통은 인간의 상상력을 개발하지 못하는, 그가 질색이라고 표현한 현실주의적 태도에 안주하는 근대 소설의 묘사적 문체를 비판했다. 묘사적 문체는 어떤 대상을 정확히 그리기 '위한' 수단으로 언어를 사용하는데, 묘사라는 목적의 수단으로서 언어는 상상력이라는 생명을 잃어버리게 된다는 것이다.

김기림은 「상아탑의 비극 – 싸포에서 초현실파까지」(동아일보 1931.7.30
- 8.9.)에서도 역시 비슷한 평가를 초현실주의에 내리고 있다. 하지만 앞
의 글보다는 좀 더 긍정적인 평가를 내리고 있기도 하다. "초현실주의
혁명도 결국은 다다의 자기 파괴 작용의 相續에 불과"하지만 "새로운
'포에시'에로 도달하려고 한 노력만은 긍정"하고 "세기의 한 '스틸'이기
를 기도"하는 것을 인정했다.[73] 하지만 그 포에지는 꿈속에 있는 것이
기에 현실에서 무엇을 기대한다는 것은 무의미해서 결국 그들은 자살
에 도달하고 말았다고 보았다. 그러나 초현실주의자들은 자살을 찬양
하지 않았다. 자살에 대해 부정하진 않았지만, 그들의 자살에 대한 태
도는 아라공이 말한 것처럼 "자살하려면 빨리하라. 그렇지 않으면 자살
을 하지 말라. 하여튼 너의 단말마적인 모습과 살아있는 시체를 이 세
상에서 끌고 다니는 것은 그만두기를 바란다. 그리고 그것이 눈에 띠면
무조건 너를 때려주고 싶다."[74]는 것이었다. 김기림은, 자본주의적 합
리성에 대한 초현실주의의 반항성을 알지 못했기 때문에 "꿈과 자살의
유혹에서 사회 혁명에-이것은 너무나 의외의 전환이다"[75]라고 의문을
제기할 수밖에 없었다.

　그런데 위의 글을 발표한 지 2년 후에 발표된 「'포에시'와 '모더니티'」
(신동아 1933.7.)에서는, 초현실주의에 대한 김기림의 견해가 긍정적으
로 바뀐다. 「상아탑의 비극」에서 근대시가 파산해버렸다는 진단을 내
린 바 있는 김기림은, 이 글에서는 그러한 진단이 결국 출구 없는 무책
임한 것에 불과하다는 것을 깨닫게 된 것 같다. 이 글에서 그는 다다, 원
시주의, 즉물주의, 초현실주의를 뒤섞어 자신의 입론에 동원하고 있다.

---

73) 위의 책, 316면.
74) 모리스 나도, 앞의 책, 141면에서 재인용.
75) 김기림, 앞의 책, 같은 면.

시는 한 개의 '엑스타시'의 發電體와 같은 것이다. 한 개의 '이미지'가 성립한다. 회화의 온갖 수사학은 '이미지'의 '엑스타시'를 향하여 유기적으로 戰慄한다. 그래서 시는 꿈의 표현이라는 말이 거짓말이 아니게 된다. 왜. 꿈은 불가능의 가능이다. 어떠한 시간적, 공간적 공존성도 비약도 여기서는 가능하니까.76)

이 글의 서두를 장식하는 '이미지' 시론은 바로 초현실주의에서 동원한 것이다. 이전의 초현실주의에 대한 김기림의 태도와는 백팔십도로 달라져서, 이제 그는 적극적으로 초현실주의 시론을 수용한다. 「상아탑의 비극」이 발표된 다음 해인 1932년에 김기림이 아무 평문도 발표하지 못했다는 것에 주목해보면, 이러한 태도 전환의 이유에 대해서 짐작해볼 수 있다. 김기림은 그 기간 동안에 현대의 시적 조류를 허무주의적으로 비판만 할 것이 아니라 새로운 시 건설을 위해 적극적으로 받아들여야 한다고 생각하게 되었던 것 같다. 그래서 자신이 비판했던 초현실주의 시론일지라도 자신의 시론에 적극적으로 도입한 것 아닐까.

그런데 김기림은 이 초현실주의 이미지론을 즉물주의와 연결한다. 즉 이미지즘의 고전주의적인, 즉 정적이고 추상적인 이미지론과 초현실주의의 이미지론을 연결하고 있는 것이다. "시인은 그의 '엑스타시'가 어떠한 인생의 공간적, 시간적 위치와 사건과 관련하고 있는가를 보여주어야 할 것이다. 그는 항상 卽物主義者가 아니면 안된다."77) 게다가 이러한 이미지 창조는 시작(詩作) 상에서 "가장 지적인 태도"78)라고 김기림은 말한다. 초현실주의의 반주지주의79)와 주지주의가 결합되고

---

76) 같은 책, 80면.
77) 같은 책, 같은 면.
78) 같은 책, 82면.
79) 초현실주의자들은 "의식을 집중해서 쓰는 쪽을 (최면상태의 시작보다) 훨씬 바람직하게 생각한다."라고 한 발레리에게 격분하여 그와 결별했다고 한다. 초현실주

있는 것이다.

어찌 되었든, 초현실주의를 자신의 시론 형성에 적극적으로 수용하려는 자세를 보인 김기림은, 이어 발표한 「현대시의 발전」(조선일보 1934, 7.12-22.)에서 초현실주의에 대한 더욱 의욕적인 수용태도를 보인다. 그 글은 '초현실주의 방법론'이란 부제를 달고 있고, 내용 또한 초현실주의에 대한 해설이다. 아마 1930년대 초현실주의에 대한 가장 체계적인 해설로 바로 이 글을 뽑을 수 있을 것이다. 이 글에서 김기림은, 새로운 시의 난해성은 새로운 시가 내세우는 정신과 표방하는 방법론을 파악해야만 이해될 수 있다고 설명한다. 그리고 현재 새로운 시는 대개 초현실주의를 표준점으로 한다면서 초현실주의에 대한 해설의 필요성을 이야기한다.

그런데 김기림이 관심을 두고 있었던 것은 초현실주의 정신이 아니라 그 방법론이었다. 불란서에서 초현실주의는 이미 역사상의 사건으로 화했고, 분열과 전향 등을 통해 새로운 발전 속으로 해소되고 있다고 김기림은 전제한다. 이를 전제로 초현실주의는 다다로부터 파괴적인 허무사상을 상속받았다면서, 그는 전후 구라파의 상태, 정신계의 곤혹과 불안에 대한 이해 없이 초현실주의를 이해할 수 없다고 올바르게 설명한다. 그런데 초현실주의가 다다와 구별되는 지점은 질서에의 의욕이라고 그는 주장한다. 그 의욕이 현대시의 방법론으로서 초현실주의를 낳았다는 것이다. 이에 그는 초현실주의를 살펴보아야 할 이유를 다음과 같이 말하고 있다.

정신운동으로서의 '슈르리얼리즘'은 이미 그 존재의 시대적, 사회

의자들은 당시 이렇게 외쳤다고 한다. "계획과 간계보다는 광란을 택하겠노라."(이본느 뒤플레시스, 앞의 책, 68면.)

적 근거를 잃어버렸다. 그러나 시의 방법론으로서의 '슈르리얼리즘'의 남긴 족적은 너무나 뚜렷하다. 그것을 그대로 답습하지는 않더라도 그것이 가르치고 있는 방향은 오늘날 새로운 시의 대부분 속에 발전하고 있다.80)

즉, 초현실주의 정신이 아니라 현대시를 이해하기 위한 초현실주의 방법론의 이해가 요긴하다고 김기림은 주장하고 있는 것이다. 그러나 김기림이 파악하는 것과는 달리, 초현실주의자들은 지성적인 질서에의 의욕을 갖고 있지 않았다. 그보다는 광란, 비합리성, 미친 사랑, 마술 등 예기치 못하는 광란의 상태에 있기를 원했다. 명철한 지성, 질서, 시의 구조화 등은 초현실주의자들이 질색하는 것이었다. 또한 초현실주의의 사상이 이미 지나간 사상이라고 단언하는 것도 당시에는 분명 오판이다. 초현실주의는 제2차 세계대전 후까지도, 비록 그 운동 세력은 약화되었더라도 그 근본정신을 잃지 않은 채 활동을 계속하였다. 그리고 초현실주의 방법론은 초현실주의의 해방 기획을 위한 수단에 불과한 것이지 특정한 선험적 방법이 아니다. 초현실주의의 정신과 방법을 분리하여 생각하고, 그 방법만 따로 적용시킨다면 그야말로 기교주의에 떨어지고 말 것이다.81) 초현실주의는 극단적인 형태주의라는 김기림의 규정82)도 잘못된 것이다. 삶을 고양시킨다는 자신의 목적을 달성

---

80) 김기림 전집 2, 323면.
81) 임화가 김기림을 형식논리적이라고 비판하면서 기교주의라고 몰아세운 것은 어느정도 일리가 있다.(임화, 앞의 글.) 그런데 임화는 김기림이 입체파, 다다, 초현실파를 혁명적 예술로 취급하며 시의 진화과정에 적극적인 선조로 모시려고 하고 있다고 비판하면서, 그러한 신흥예술은 급진적 소시민의 주관적 환상의 산물이라고 비판한다.(같은 글, 171면.) 이는 당시 일반적인 마르크스주의 문예학의 주장을 따르고 있는 것으로 보인다. 신흥 문예가 주관적 관념론이라고 비판하는 것은 당시 공식 마르크스주의의 상투적인 주장이었다. 현시점에 와서 봤을 때 이러한 관점은 그 비변증법성을 지적하기 위해서라도 비판당해야 할 것이다.

하기 위해서는 어떠한 형태도 문제되지 않는다는 점에서 초현실주의
는 형태주의와는 정반대라고 할 수 있다.[83]

그러나 김기림의 이 글이 나름대로의 의의를 가지는 것은 초현실주
의자들의 언어관에 대한 소개가 르베르디와 브르통의 이미지론을 어
느 정도 올바르게 그가 이해하고 있음을 보여주고 있다는 점[84], 또한
이상의 시와 초현실주의를 연결 지어 논한 점, 자신의 시에 사용된 초
현실주의 기법을 예로 든 점 등에 있다. 즉 초현실주의를 추상적으로만
논의한 것이 아니라 자기 나름대로 소화하여 이상과 같은 시인들의 시
의 특성을 밝히는 개념으로 쓰거나 하나의 창작방법론으로서 자신의
시 쓰기에 적용했다는 점에서 그 의의가 크다. 그러나 이상에 대한 그
의 평에 나타난 초현실주의에 대한 이해 역시 문제가 있다.

> 이상은 … 가장 뛰어난 '슈르리얼리즘'의 이해자다. … 그러나 이
> 시인은 '슈르리얼리즘'의 가장 현저한 방법성의 특색인 형태('폼')에
> 대한 추구 - 즉 가시적인 그리고 가청적인 언어의 외적 형태에는 얼

---

82) "시의 소재로서의 언어가 그 고유한 의미에 의하여 쓰여지는 것이 아니고 기호로
   서 쓰여지는 「슈르리얼리즘」은 가장 극단적인 형태주의임에 틀림이 없다."(『전집
   2』, 326면.)

83) 초현실주의를 형식주의적으로, 정신을 배제한 방법론으로 파악하고자 하는 김기
   림의 경향은 일본 문단의 초현실주의 파악과도 어느 정도 연관이 있을 것이라 생각
   된다. 위에서 논의했듯이 그들의 초현실성은 시적 작업을 비인간화 상태 속에서
   '조립'한다는 데 두었다. 이 조립, 제작이라는 관념이 김기림의 초현실주의의 이해
   에 침투한 것이 아닐까 생각된다.

84) "'슈르리얼리스트'는 언어가 가지고 있는 고유한 의미를 아주 무시한다. 그리고 언
   어의 인습적 법칙을 전혀 돌보지 않는다. 단어와 단어가 의미에 의하여 결합되는
   것이 아니고 단순히 기호로서 독립하여 쓰여진다. …'슈르리얼리스트'는 대상을 예
   상하지 않는다. 기호 자체가 기술됨으로써 전연 새로운 의미를 捻出하려는 것이다.
   즉 지극히 관계가 먼 단어와 단어를 결합 혹은 반발시킴으로써 지금까지 있어보지
   못한 또한 예상하지 아니하였던 돌연한 의미를 빚어낸다는 것이다." (위의 책,
   325-326면.)

마 비약적 시험을 하지 않고 그보다도 오히려 언어 자체에 내면적인 '에너지'를 포착하여 그곳에서 내면적 운동의 율동을 발견하려고 한 점에서 그 독창성이 있는가 한다.[85]

그러나 내면적인 에너지를 포착하여 내면적 운동의 율동을 발견하는 것이야 말로 초현실주의의 특색 아닌가?[86] 김기림이 말한 대로 이상은 김기림보다도 더 뛰어난 초현실주의의 이해자였을 것이다. 김기림이 자신의 시를 소개하는 대목도 흥미롭다. 자신의 시에서 각 행들을 이미지의 비약에 의해 몽따주하는 수법, 이미지가 이미지를 낳고, 그 이미지는 또 다른 이미지를 낳는 '연상의 비행'은 바로 초현실주의적 수법이라는 것이다. 그러나 그는 자신의 초현실주의 수용이 방법적인 것에 지나지 않는다고 말한다. 자기의 시는 어떤 주제에 의한 의미의 통일을 기했다는 것이다.[87] 여기서 김기림이 초현실주의를 철저히 방법으로만 이해하여, 자신의 시 창작에 적용하고 있다는 것을 확인할 수 있다. 이러한 김기림의 초현실주의 시론에 대해 '방법적 초현실주의'라고 이름붙일 수 있을 것이다. 시의 모더니티를 확보하기 위한 새로운 시 건설의 정신으로서 초현실주의를 내세운 것이 아니라 다만 방법으로서 초현실주의를 내세웠다는 점은, 시정신과 방법이 분리될 수 있음을 전제하고 있는 것이므로 임화가 지적했듯이 '형식 논리적'이라고 비

---

85) 위의 책, 329면.
86) 미국의 마르크스주의문학비평가인 프레데릭 제임슨은 자동기술법과 관련하여 다음과 같이 말한다. "브르똥도 프로이드처럼 정신을 … 일종의 끝없는 선율 내지 '그칠 줄 모르는 중얼거림'으로 보기 때문이다. … 초현실주의는 다름 아닌 무의식의 근원적인 연속성을 재구성하는 것을 목표로 한다."(프레드릭 제임슨, 여홍상, 김영희 역, 『변증법적 문학이론의 전개』(창작과 비평사, 1984), 107면.
87) 이 주장은 그의 전체시론과 연결되는데, 김기림의 전체시와 결합되는 초현실주의의 기법의 특성은 흥미로운 차후 연구 과제일 것이다.

판될 만하다.

임화와의 기교주의 논쟁 이후 전체시론을 주장하면서부터, 김기림은 초현실주의 및 유럽 모더니즘에 대한 본격적 논의를 점차 하지 않게 된다. 「시의 르네상스」(조선일보 1938. 4. 10), 「프로이트와 현대시」(인문평론 1939. 11) 등의 글에서 문화사적으로만 초현실주의의 의의를 살필 뿐, 초현실주의 시론은 자신의 시론 모색에서 제외된다. 「현대시의 발전」이 발표된 후 5년이 흐른 뒤에 「시의 르네상스」에서 김기림은 초현실주의에 대해 나름대로의 재평가를 시도한다. 이 글에서 그는 초현실주의가 현대의 지식계급의 고민을 가장 심각히 몸으로써 당했다고 말한다. 이는 초현실파의 병리학적 요소를 두고 판단한 것 같다. 그리고 초현실주의자들은 한 편은 행동의 세계로 달려가고 남은 일파만 이 종래의 고독을 지켜왔다고 한다. 고독, 초현실을 추구하던 사람들은 점점 더 고도의 초현실의 세계로 날아갔다면서 이를 적극적 도피로 보고 있다.[88]

그러나 초현실주의가 병리학적 요소를 이용하더라도 그것은 억압된 무의식을 해방시키려고 하는 의욕에 따른 것이며, 초현실주의가 행동과 비타협, 반항을 중시한다는 점을 김기림은 경시하고 있다. 초현실주의가 공산주의에 기운 것은 그 자체의 논리적 발전이었다. 공산당에로 완전히 전향하지 않은 그들을 고독에 빠진 절대적 현실도피라고 하는 것은 큰 오해이다. 공산당은 삶의 혁명, 의식의 혁명을 인정하지 않았기 때문에, 초현실주의자의 이념을 수호하는 자들은 공산당에 있을 수 없었다. 또한 초현실주의 잔류파는 소련에서 추방당한 트로츠키와 접촉하는 등, 계속 현실에 혁명적으로 개입하려고 하였다.

---

88) 위의 책, 124-125면.

또한 김기림은 「프로이트와 현대시」에서 현대문학 연구에 프로이트가 던진 빛을 높이 평가하면서 다시 초현실주의에 대해 언급하고 있다. "무의식의 세계를 단순히 묘사하는 것은 소박한 사실주의가 아닐까"라며 초현실주의를 은근히 비판하고는, 자신의 '제작으로서의 시' 이론에 입각하여 무의식의 세계를 의식화하고 '의미화'를 통해 이를 전달해야 한다고 주장한다. 하지만 관념과 관념의 충돌에 의한 새로운 이미지의 탄생이라는 르베르디의 이미지론의 의미를 프로이트의 꿈 이론이 밝혀줄 수 있다면서, 초현실주의 이미지론이 단순한 유희가 아님을 암시하고 있다.

김기림은 활동 초창기에는 초현실주의에 대한 비판적 시각을 보이다가, 현대시 건설에 대한 의욕을 보이면서부터는 초현실주의의 방법을 자신의 시 쓰기에 끌어 오려고 노력하였다. 하지만 기교주의 논쟁 속에서 임화의 비판을 받고 점차 전체시론을 구축하면서, 김기림의 논의에서 초현실주의 시론은 거의 사라진다. 다만, 문화사적으로 초현실주의를 언급할 뿐이요, 그 역사적 의의를 인정할 뿐이다. 전체시론 제창 이후에는, 김기림의 시론 형성에 초현실주의는 별 영향을 끼치지 못하는 것이다.

3) 이시우의 '絶緣하는 論理'

<3.4 문학> 동인은 처음부터 뚜렷하게 초현실주의를 표방하지는 않았다. 하지만 이상의 경우를 제외하고는 볼 수 없었던, 당시까지의 시적 통념에 반(反)하는 시들을 보여주었다.(하지만 이상만큼 나아가지는 못했다.) 그 문학 동인들은 『삼사문학』 창간호 권두에서, "새로운 예

술로의 힘찬 추구"를 주창[89]하면서 새로운 예술에의 의욕을 강하게 보여주었다. 권두 선언문은 "「34」는 1934의 「34」이며 하나 둘 셋 넷 …… 의 「34」다"라고 유머를 보여주기도 해서 현대적인 느낌을 주었다. 『삼사문학』은 1호부터 초현실주의적 시를 간간이 보여 왔다. 그러나 초현실주의를 확연히 표방한 시론이 나온 것은 제3집에 실린 이시우의 「絶緣하는 論理」에서다. 그런데 그가 초현실주의 시론을 내놓게 된 것은, 당시의 조선시단에 대한 비판적 인식을 다음과 같이 가지고 있었기 때문이다.

> 朝鮮에 잇어서의 自由詩의 全盛時代는 임이 自由詩의 頹廢時代를 懷胎하였고 소위 民衆詩, '푸로레타리아' 시에 의하야 低下된 詩가, 그 純粹性을 喪失한 代身에 그 商品價値를 獲得한 時代이기도 하였다. …· 民衆詩가 '푸로레타리아' 詩로 變化한 것을 우리는 詩의 進步라고 부를 수 잇을가. 思想으로서의 進步는 必然的으로 文學의 現實性인 超現實主義를 否定하고 自由詩를 拒絶하고 發生的인 '노래부를 수 있는 詩'에 까지 退化하는 運動이다.[90]

이시우는 자유시가 결국 민요시, 정형시로 전환되는 과정을 민중시, 프롤레타리아 시의 사상 우위성의 결과라면서, 시의 현실성인 초현실주의를 그 대안으로 주장한다. 그렇다면 그가 말하는 시의 현실성, 초현실주의란 무엇인가? 이시우는 "자연 그 자신의 절대의 세계, 완전의 세계의 가설이야말로, 완전의 자연, 절대의 자연"인데, 이것이 "'슐레아리즘'의 본체"[91]라고 말한다. 시는 시의 현실성-절대의 세계를 찾아야

---

89) 백수, 「삼사의 선언」, 『삼사문학』 창간호(1934. 9), 5면.
90) 李時雨, "絶緣하는 論理," 삼사문학(1935. 3), 9면.
91) 위의 글, 8면.

한다. 자유시가 자신의 개념을 찾지 못하고 아직도 형태 면에서 자신의 장르적 특성을 유지하기 때문에, 자유시의 이론에서는 산문시를 시라고 할 근거가 없게 된다.[92] 이시우는 시라는 것이 어떤 형태 면, 장르 면에서 찾아볼 수 있는 것이 아니라 '시성(詩性)-시의 현실성', 즉 포에지에서 찾아야 한다고 주장한다. 이 포에지의 실현은 어떻게 가능한가?

> 絶緣하는 語彙, 絶緣하는 '센텐스'. 絶緣하는 單數的 '이메이지'의 乘인 複數的. '이메이지'. 絶緣體와 絶緣體와의 秩序잇는 乘은 絶緣하지안은 優秀한 約數를 낳는다. 그리고 絶緣體와 絶緣體와의 距離에 正比例하는 Poesie Anecdote(시적 경이-인용자)의 空間(Baudelaire가 말한 神과 갓치 崇古한 無感覺 혹은 moi(자아-인용자)의 消滅). 이리하야 絶緣하는 論理에서 스스로 小說과의 絶緣은, '포에지이'의 純粹함은 實驗되는 것이다.

이시우는 '절연의 논리'를 통해 포에지는 실현된다고 주장한다. 이러한 시론은 니시와키 쥰자부로오의 초현실주의 이론에 영향 받은 것으로 보인다. 니시와키는 초현실주의의 인간해방 사상에 주목하기보다는 초현실주의의 시적 방법에서 포에지를 보려고 했다. 그래서 그는 프랑스의 초현실주의자들과는 다른 이론을 선보였던 것이다. 니시와키의 『초현실주의 시론』은 1929년에 초판이 출판되었다. 앞에서 인용한 니시와키의 1954년 판 책은 재판인데, 그 재판의 서문에서 니시와키는 다음과 같이 말하고 있다.

> 내가 아직 외국에 있을 때, 파리로부터 르베르디와 이반 골 등이 '초현실주의'라는 얇은 책자를 출판했다. 이것을 읽고 그 표어를 나

---

92) 위의 글, 12면.

로서는 처음 알게 되었던 것이다. 실은 보들레르가 말한, <문학의 두 개 요소는 초자연과 '이로니(Ironie)'>라는 말을 알고 있었기 때문에 이 시론의 제목을 '초자연'이라고 붙이려 했지만, 당시 신조어인 '초현실주의'라는 명칭을 그 당시 편집자가 선택하였다. 이 책의 요점은, 유럽인의 시론으로서 옛부터 말해지고 있는 <상반하는 것을 연결시켜 조화하는 것이 시의 본질이다.>라는 설을 소개한 것이다. 나는 지금까지 이 설을 믿는다. 시의 길은 멀다….

이 인용문에서 니시와키의 '초현실주의'가 프랑스의 초현실주의 운동과는 거리가 멀다는 점을 알 수 있다. 이 인용문은 그가 브르통이 받아들인 르베르디의 이미지론을 알고 있었으며 이반 골 등의 초현실주의 역시 알고 있었다는 점, 초현실주의를 브르통 등의 초현실주의 서적을 통해 받아들인 것은 아니라는 점, 보들레르의 이론에 더 관심을 가졌다는 점 등을 말해준다. 그가 말한 시의 본질은 브르통 등의 초현실주의로부터 받아들인 것이 아니라 보들레르의 시론 등에서 받아들였던 것이다. 그런데 이시우의 절연의 논리는 니시와키가 말한 '시의 본질'과 비슷하다. 또한 문학의 요소로 니시와키가 '초자연'을 언급하고 있는데 이는 이시우의 '완전의 자연'(초현실)을 연상시킨다. 당시 일본에서 초현실주의 시론에 대한 단행본으로 니시와키의 책이 유명했다는 점 등을 염두에 두면 이시우의 시론이 니시와키의 초현실주의 시론의 영향을 받았을 공산이 매우 크다.

더구나 브르통 등 프랑스 초현실주의자들은 포에지에 어떠한 선험적인 방법을 부여하려고 하지 않았다. 그들은 다른 현실을 발견하고 그들 앞에 놓여있는 합리성에 지배된 현실을 파괴하는 데에 도움이 되기만 하면 어떠한 방법이라도 사용했다. 자동기술법, 유머, 광증, 편집증적 비평 방법, 에로티즘, 초현실적 오브제, 초현실적 이미지[93] 등은 모두 포에지를 가진 것들이다. 포에지를 초현실적 이미지, 절연의 논리로만 생각하지는 않았던 것이다. 그들은 하나의 시학을 성립시키고자 한 것이 아니었다. 절연의 논리로 초현실주의적 시학을 세우려는 시도는 프랑스 초현실주의자들의 '삶을 바꾸어라'라는 랭보의 슬로건과 '세계를 변혁시켜라'라는 마르크스의 슬로건을 결합시키려고 했던 정신[94]과는 무관한 것이다.

이러한 프랑스 초현실주의자들과 이시우의 논리와의 차이는 그가 포에지를 "어떠한 새로운 秩序로서 헌 秩序를 破壞하는 것이 '포에지이'라고 하면 단지 破壞한다고하는 丁時적인 反抗의 態度로서만 破壞하는 直接의 精神에 의한 秩序의 破壞는, 往往 反'포에지이'가 된다."[95] 면서 질서를 내세우고 있는 데에서도 보인다. 이러한 논의는 일본 초현실주의의 '작업'에 대한 강조와 맞닿아 있으며 니시카와의 이론에도 영향을 받은 것이다. 그러나 앞에서 언급했듯이 초현실주의의 정신은 질서를 구한 것은 아니었다. 물론 그들이 아무렇게나 작품을 쓰면서 이것이 초현실주의 시라고 이야기하는 뻔뻔스러움을 지녔다는 것이 아니다(브르통도 이에 대해 비판한 바 있다). 초현실주의자들은 무질서, 비합리 속에서 인간 영혼의 깊은 비밀을 발견하고, 이를 인간 삶에 끌어들여 합리성의 그물, 이성의 그물로부터 인간의 삶을 탈출시키려고 했던 것이다.

이시우가 말한 "헌 方法論的인 秩序를 必要치 않게 된 새로운 方法論的인 秩序로의 主知"로서 초현실주의를 주장하고, "自由詩의 克服을 생

---

93) 초현실주의적 기법에 대해서는 이본느 뒤플레시스, 앞의 책 제 1장 초현실주의 기법 참조.
94) 알렉스 칼리니코스, 임상훈, 이동연 역, 『포스트모더니즘 비판』(성림, 1994), 42면 참조.
95) 이시우, 앞의 글, 11-12면.

각하는 것은, 歷史에서 歷史로 도라가는데 있다"라며 자유시를 공격하면서 '새로움'의 논리에 따라 그 소멸의 필연성을 주장한 것은, 역설적으로 이시우의 시론이 당시 한국문단에 큰 영향을 끼치지 못한 원인이라고도 생각할 수 있다. 일본 초현실주의는 자신이 내세운 것과 같은 논리에 의해 새로운 시론-주지주의-에 흡수되었다. 이미 김기림은 일본의 초현실주의를 흡수한 주지주의 시론에 영향 받아 시의 모더니티를 주장했다. 그렇기에 이시우의 초현실주의 시론이 '새로운 정신'의 구현으로서 여겨지기에는 너무 늦은 감이 있는 것이다.

비록 이시우의 초현실주의가 프랑스 초현실주의의 근본정신의 수용이 아니긴 하지만, 그러나 그의 「절연의 논리」는 당시로서는 뛰어난 초현실주의론이라고 평가할 수 있다. '초현실주의는 무엇이다'라는 소개 차원을 떠나 자신의 논리와 언어(절연이라는 자신만의 용어를 사용하고 있다)로 초현실주의를 재해석하고 자신의 시론을 표명했다는 것 자체가 적지 않은 의의를 가지고 있는 것이다. 게다가 그 논리의 골격이 꽤 단단하다. 포에지를 통해 시의 이론적인 문제를 해결하고 자유시의 한계를 뛰어넘으려고 한 점은, 김기림의 형식논리에서 벗어날 뿐 아니라 산문시의 시적 특질 해결에 많은 시사를 제공해줄 수 있다. 시학으로서 좀 더 발전시켰다면 시의 문제에 대해 새로이 접근하면서 많은 성과를 낼 수 있었던 시론이라고 판단된다.

그런데 이시우는 김기림의 시와 비평을 주된 비판 대상으로 삼았다. 김기림이 초현실주의에 대해서 당시에는 제법 해박한 인물이었음에도 불구하고 초현실주의를 비판하고 전체시론을 주창한 것에 대해 매우 불만을 가지고 있었던 것 같다. 『삼사문학』 4집(1935. 8)의 시평에서 이시우는 김기림의 『기상도』에 대해 "純粹藝術의 메카니즘과 不純粹

藝術의 메카니즘과의 키스는 스사로 포엠의 位置를 消滅시키고 必然的으로 레아리즘 以外의 길로 展開함을 許諾하지 않는다."96)라고 비판한다. 이러한 실제비평은 그의 시평 가치기준이 포에지가 구현된 '포엠'인지 아닌지에 있다는 것을 알 수 있게 한다. 그런데 이상의 「정식 I II III IV V VI」에 대해서는, 이 시를 단순하다고 말한다면 포에지의 열등한 향수라면서 높이 평가하고 있다.

박인기에 의하면, 이시우는 「SURREALISME」(삼사문학 5, 1936. 10)에서 김기림, 임화 등이 김기진의 에피고넨에 불과하다고 비판한다. 김기림의 전체주의 시론을 상식에 불과하다고 하고 언어의 건강성에 대한 임화의 주장은 언어의 생리를 지적한 데에 불과하다는 것이다. 이시우는 이 글에서 감성을 심리적으로 본다는 것은 한 개의 주지의 작용이어서 거기에는 반드시 질서가 있어야 한다고 보고, 그러므로 형태와 심리를 분리시켜 독립적으로 묘사할 줄 아는 것이 새로운 시인의 자격이라고 보았다는 것이다.97) 또한 이시우는 「과학의 형이상학」(청색지, 1938. 6)에서도 김기림을 逆說家라고 비판한다. 이 글에서 그는 형이상학과 과학을 분리하면서 과학의 우위성을 내세워 비평론과 시 이론의 과학화를 주장한 김기림에 대해 과학의 형이상학이라고 역설적으로 비판한다. 그리고 "批評은 眞實(絶代)를 發見하려고 하는 情神活動이며 形而上學의 바란스(勢力)"98)라며 형이상학을 옹호한다.

---

96) 이시우, 「詩評」, 『삼사문학』 제4집(1935. 8), 24면.
97) 박인기, 앞의 책, 188-189면.
98) 이시우, 「과학의 형이상학」, 『청색지』 1(1938. 6), 25면.

4) 윤곤강의 초현실주의 비판

윤곤강은 「시의 진화 – 시의 방법의 추구」(『동아일보』, 1939년 8.17-24)[99]에서 초현실주의에 대해 나름대로의 견해를 밝히고 이를 극복하려고 했다. 그는 이 글에서 이시우가 초현실주의에서 발견한 포에지론을 받아들인다. 윤곤강이 논의의 대상으로 삼은 초현실주의론은 대부분 이시우가 「절연의 논리」에서 전개한 이론과 유사하다.

윤곤강은 자유시가 해체되면서 현대시(순수 서정시 전반, 이미지즘, 표현주의, 다다이즘, 초현실주의, 모더니즘 전반을 통칭)가 등장하였다고 보면서, 자유시는 새로운 관념의 위치에 대한 자각을 갖지 못하고 외적 형식의 변모를 중요시했다고 비판한다. 그에 반해 초현실주의는 '시의 새로운 관념'에 대해 선견의 눈을 가졌다고 평가한다. 자유시는 의미의 확대를 낳았으나 그것을 운문 형식에 가두어 놓았다는 데에 그 딜레마가 있었는데, 산문에도 포에지가 있음을 자각하자 시의 진화가 이루어졌다는 것이다. "초현실주의가 자유시의 허망성을 가장 정열을 가지고 반발"했는데, "그들의 주장에 있어서는 시는 의미의 독립에 의한 창조"가 이루어지게 된다고 한다. 의미의 독립이란 "질서 없는 것을 질서 있게 하는 것(장 콕토)이요 그것은 주지의 힘으로써 이루어지는 것이니 의미는 주지적으로 다른 것으로부터 절연되어 새로운 의미를 가지게 되는 것"이라고 설명하면서, 거기에서 의미의 의미가 추구되며 의미가 주지의 힘을 빌려 새로운 의미를 낳는 곳에 포에지를 가진 산문까지를 포함하는 시가 탄생된다는 것이다.[100] 그래서 초현실주의는 시와 산문의 구별을 형태에서 찾지 않고 그 사고에서 찾는다고 한다. 시

---

99) 윤곤강, 『시와 진실』(한누리 미디어, 1996, 재판), 34-44면. (초판은 1948년에 나왔다)
100) 위의 글, 38면.

의 정신활동에 속하는 주지(포에지-시작(詩作) 행위)와 그것이 실제의 시작품으로 나타난 것이 포엠(시)이라고 초현실주의는 주장한다는 것이다.

이러한 초현실주의 해설은 이시우의 시론을 좀 더 잘 설명한 것이다. 앞에서 말했듯이, 이시우의 초현실주의 시론은 원래의 초현실주의 정신과는 다른 일본의 초현실주의 시론을 받아들인 것으로 판단된다. 윤곤강의 초현실주의 이해가 이시우의 그것과 같다면 그 역시 초현실주의의 본질을 일본의 초현실주의를 통해 오해하고 있다고 할 수 있다. 사실 그는 '쉬르'가 '애매한 상태로부터 완전히 무관한 제로인 대상을 표현하는 것'이라는 니시와키의 말을, 니시와키의 책인『초현실주의시론』에서 인용해 와 자신의 초현실주의 비판의 재료로 삼고 있다.101) 그리고 그는 장 꼭토의 발언을 초현실주의의 이해의 기반으로 삼고 있는데, 아폴리네르와 함께 장 콕토는 20세기의 새로운 프랑스 시 형성에 큰 역할을 담당하긴 하지만 초현실주의자는 아니었다.

초현실주의 이해에 오류가 보이기는 하지만, 윤곤강은 자신이 이해하고 있는 초현실주의의 의의를 인정하면서도 그것을 넘어서려고 하는 성실한 자세를 보여주고 있다. 윤곤강은 철학적 정신활동이 따로 있고 시적 정신활동이 따로 있는지 반문하면서 포에지가 방법보다 선행한다는 초현실주의 시를 비판한다. 방법이란 초현실주의에 있어서 단순히 수단이나 방법에 불과하게 된다는 것이다. 윤곤강은 이에 대해 다음과 같은 포에지론을 그 대안으로 제시한다.

눈앞의 현실적 사상 - 즉 형상세계로부터 받는 자극으로부터 발

---

101) 위의 글, 42면.

생한 소재가 형식에까지 발전하고, 그 형식을 통하지 않고서는 찾아
볼 수 없는 한 개의 '내용'을 제작하는 시적 프로세스를 우리는 포에
지라고 부르며, 현실의 사상에 눈을 감지 않고 에스프리도 레크니므
도 제2차적인 것으로 사고한다. 에스프리를 길러주는 것은 현실의
사상을 제외하고는 없으며, 현실의 사상의 감각을 떠나서는 얻어지
지 않는 까닭이다.[102]

객관을 무시하고 선험적인 포에지를 상정하는 초현실주의와는 달
리, 윤곤강은 객관적 사상이 없으면 포에지가 성립되지 않는다고 말한
다. 그에게는 객관적 사상을 형식에까지 끌어올리고 내용을 제작하는
'과정'이 포에지다. 이는 '포에지'를 시의 해명의 열쇠로 놓고 있다는 점
에서 이시우의 시론을 연장하는 것이지만, 현실의 사상을 일차적인 것
으로 못 박고 그 위에 정신과 내용의 제작 과정을 포에지로 개념 규정
함으로써 자칫 시가 현실과 동떨어진 것으로 인식되는 길을 이론적으
로 차단하려고 한 것이다.

윤곤강은 초현실주의 비판을 이시우와 일본 초현실주의에 대한 상
당한 이해를 통해 전개시키면서도 그 이론을 단순히 부정하려고 하지
는 않았다. 그는 이시우의 포에지론의 성과를 인정하면서도, 그 포에지
론을 유물론적으로 발전시키려고 하였다. 윤곤강의 시론은 비판 대상
에 대한 성실한 이해를 바탕으로, 그것을 비판하여 넘어서서 자신의 시
론을 가지려고 했다는 점에서 그 의의가 크다. 그의 시론은 단순히 선
행 시론을 부정하거나 수용하려고 한 것이 아니라, 비판적으로 발전시
키려고 한 소중한 시도를 보여준다.

---

102) 위의 글, 43면.

5. 결론

초현실주의의 사상은 결코 기법으로 환원될 수 없다. 그 사상은 인간 해방을 위한 모색에서 생성된 것이다. 그렇기 때문에 모든 정신적 물질적 억압에 대해 반대하고, 상상력과 욕망의 해방을 위해 여러 가지 예술적 수단을 사용하려고 했다. 그래서 초현실주의 운동은 매우 행동적이며 비타협적이고, 역사적인 사건들에 민감했다. 그만큼 그 운동의 궤적도 평탄치 못했다.

그러나 초현실주의의 한국적 수용은 이러한 초현실주의의 근본사상과 역사를 이해하지 못한 채 이루어졌다. 이입으로서의 초현실주의의 수용에서는 소개 논평자가 자신의 문학관으로 초현실주의를 재단하여 평가하는 경향이 있었다. 이러한 재단 비평은 초현실주의에 대한 통념-현재에도 계속되고 있는 통념-을 반복하거나 오해를 불러일으켜 왔다. 비록 초현실주의의 근본 사상을 소개하려는 글도 있었으나 단편적인 것에 그쳤다.

시인 자신의 시론을 형성하기 위해 초현실주의를 수용한 경우, 김기림처럼 초현실주의의 근본사상을 제거하고 '형식 논리적'으로 초현실주의를 기법과 방법론으로서만 수용하고자 하거나, 이시우와 윤곤강처럼 프랑스의 초현실주의의 정신과는 매우 이질적인 일본의 초현실주의 시론을 수용하고자 했다. 그러나 이시우의 경우는 비록 그의 시론이 일본의 초현실주의 시론을 수용하면서 다져진 것이라고 하더라도, 일본 초현실주의 시론이 함의하고 있는 것을 잘 이해하고 있었다고 여겨진다. 한편 윤곤강은 일본 초현실주의에 대한 어느 정도의 올바른 이해 위에서 그 초현실주의 시론을 극복하려고 했다. 반면 김기림의 경우, 일본 초현실주의보다는 브르통 등의 초현실주의 원류를 직접 다루었다는 점에서 이시우, 윤곤강과는 다른 수용사적인 의미를 지닌다.[103] 그러나 어떻게 수용했든 당시 초현실주의에 대한 이해와 그 이해를 바탕으로 한 시론은 초현실주의의 혁명적 성격과는 거리가 먼 것이었다. 그리고 이후의 한국 초현실주의 시론은 이러한 한계 위에서 전개되었다.

이 논문에서 행한 수용연구는 영향연구의 기반이 될 수 있으리라 생각된다. 이 연구의 후속 작업으로 1930년대 한국 시인들에 끼친 초현실주의의 영향을 밝혀야 할 것이다. 영향은 외래의 사조, 작품, 문학사상, 기법 등을 창작자 나름대로 자신의 창작에 불가결한 것으로 용해할 때 성립된다. 우선 초현실주의 시론을 수용했던 김기림과 이시우의 시에서 그 영향을 살펴볼 수 있을 것이다. 그러나 초현실주의에 영향 받았다는 증거자료는 없더라도, 이 글의 수용과정 연구를 통해 당시 시인들이 초현실주의의 영향을 받을 수 있는 가능성을 확인하였으므로, 여러 시인들의 시에 나타나는 초현실주의의 영향을 살펴볼 수 있을 것이다.

이에 대해 잠깐 언급하고 이 글을 마치고자 한다. 우선 이상은 김기림, 이시우의 수용과는 달리 무의식과 욕망에 시가 접촉하기를 추구한다는 점에서 초현실주의의 근본 사상에 더욱 접근했다고 생각된다. 또한 김용직이 서정주의 시 「화사」 분석을 통해 서정주 시에 나타나는 초현실주의의 영향을 밝힌 바 있는데, 서정주가 받은 초현실주의의 영향 양상은 다른 시인들의 그것과 어떤 차이점과 특수성이 있는지 살펴볼 필요가 있다. 서정주와 같은 시인부락 동인이었던 오장환의 초기 시 역

---

103) 이시우, 윤곤강의 경우를 볼 때 시론에 있어서 초현실주의의 수용 연구는 일본 초현실주의의 특색에 대한 연구와 병행해야 하리라 생각된다. 일본 초현실주의와 한국 초현실주의 수용에 대한 관계는 좀 더 고구가 필요하다.

시 초현실주의의 영향을 받은 것으로 판단된다. 특히 그의 장시『전쟁』
은 초현실주의 이미지론과 정치풍자를 결합했다고 여겨지는 바, 이에
대한 고찰의 필요를 느낀다. 이 시인들에 대한 초현실주의의 영향에 대
한 연구는 앞으로 수행해야 할 과제가 되겠다.

『삼대』,『태평천하』의
풍자에 대한 비교 연구

1. 서론

『삼대』(『조선일보』 1931.1.1.-9.27까지 215회 연재)와 『태평천하』
(『조광』 1938.1월-1938.9월까지 9회 연재)는 작가 염상섭과 채만식의
대표작일 뿐 아니라 식민지 시대 소설의 가장 큰 성과로 꼽히고 있는
작품들이다. 김현은 일찍이 『태평천하』에 대해서, "염상섭의 『삼대』
와 함께 식민지 시대에 쓰여진 가장 우수한 작품 중의 하나"[1]라고 고
평한 바 있는데, 이후 연구자들도 양 작품에 대한 이러한 평가에 대해
대체로 동의하는 것으로 보인다.

그런데 이 두 작품은 작가 염상섭과 채만식의 개성이 유감없이 발휘
된 독특한 작품이면서도, 한 가족에 초점을 맞추었다는 데 일치하고 있
다. 이재선은 그래서 이 두 소설을 김남천의 『대하』와 같이 묶어 가족
사 소설이라고 한 바 있다.[2] 하지만, "가족의 삶이나 가족의 역사를 소

---

1) 김윤식 · 김현, 『한국문학사』(민음사, 1973), 189면.

설화한다"3)는 논자 자신의 가족사 소설 개념에 비추어 보더라도 이는 좀 무리가 있는 규정이다. 유종호는 『삼대』가, "가족사 소설과 거리가 멀다는 것은 1년이란 짤막한 시간에서뿐만 아니라 조씨 일가의 가부장이요, … 경제력의 원천인 조의관의 내력이 분명치 않다는 점"을 들어 이재선의 논의에 대해 반대한다.4) 『태평천하』는 『삼대』보다 더 짧은 하루하고 반나절의 기간에 일어나는 사건들을 다루고 있다는 점에서 더욱 가족사 소설이라고 보기 힘들다5). 그렇다고 하더라도, 두 작품 모두 어떤 한시적 시간을 통해 한 가족의 단면을 보여줌으로써 그 시대의 핵심적인 무엇을 날카롭게 포착하여 보여주고 있다.

'핵심적인 무엇'이란 바로 '돈의 문제'다. 『삼대』의 참된 주제가 '돈의 힘', '돈의 믿음'에 놓여 있다고 주장한 연구자도 있는데6), 태평천하 역시 고리대금업자의 욕망과 행태를 정밀하게 관찰하는 소설이라는 점에서 『삼대』와 공통되는 점이 있다. 이 두 소설은 돈에 대한 욕망을 중심으로 이야기가 엮어진다. 그래서 두 소설이 대상으로 하고 있는 '가

---

2) 이재선, 『한국현대소설사』(홍성사, 1979), 375-388면 참조.
3) 위의 책, 376면.
4) 김윤식도 역시 『삼대』에 대해 가족사 소설이라고 규정하는 것에 반대한다. 『삼대』는 조의관-조상훈-조덕기라는 한 가족의 인물군만 중요한 것이 아니라, 김병화-홍경애-필순-장훈 이라는 인물군, 그리고 조상훈-매당집-김의경-최참봉-수원집-조의관으로 연결되는 인물군 역시 없어서는 안 되기 때문이라는 것이다.(김윤식, 『염상섭 연구』(서울대학교출판부, 1987), 574-582면)
5) 『태평천하』의 4장은 윤직원의 아버지 윤용규의 일생이 그려져 있다. 그런데 이 장은 전체 구성에서 하나의 에피소드로 생각될 정도의 분량만 차지하고 있다. 또한 이 장은 윤직원의 삶에 대한 하나의 이해 차원으로 삽입되어 있는 것으로, 삭제되더라도 전체 구성에만큼은 큰 하자는 없다. 물론 윤직원의 인간됨에 대한 이해를 위해서는 꼭 있어야 되는 장이긴 하다. 그런데 윤용규의 죽음에서 느껴지는 이 장의 비장미는 『태평천하』가 일관되게 가지고 있는 공격적인 풍자성을 약화시킨다. 이에 대해서는 나중에 다시 논의할 것이다.
6) 김윤식, 앞의 책, 560면.

족'은 유산계급 가족이다[7]. 무산계급의 가족을 그린다면 이때의 '돈'이란 주제는 욕망의 차원이라기보다는 삶을 지탱해가기 위한 본능의 차원에서 추구되는 것으로 그려질 수밖에 없다. 욕망이란 채울수록 결핍되는 것[8]이기에 돈에 대한 욕망을 보여주기 위해서는 유산계급을 그 대상으로 하여야 가능하다. 본능의 충족을 위해 돈을 갈구하기보다는 돈 자체에 끌려 돈을 갈구하는 것이 바로 돈에 대한 욕망이라 할 수 있기 때문이다. 그래서 돈의 힘과 돈에 대한 욕망을 그려 보이는 두 작품은 유산계급의 행태를 그 서술의 중심에 놓게 된다.『삼대』의 조의관 가족은 부재지주이며『태평천하』의 윤직원은 고리대금업자인 것이다.

그런데 두 작품은 또한 일대가 아니라 3대, 4대에 걸친 일가족의 행태를 그려내려 한다는 점에서도 공통점을 가진다. 두 작품은 돈의 저수지에서 흘러나온 돈에 의해 사람들이 어떻게 주체화되고 욕망을 가지며 행동하게 되는가를 보여준다. 자본주의 사회에서 돈이란 기표는 라캉적 의미에서 남근, 즉 욕망을 일으키는 대주체이며, 권력이기도 하다. 그 기표에 대한 다양한 방식의 욕망을 통해 한 사람의 인격, 주체는

---

7) 기왕의 연구들은『삼대』의 주역을 맡고 있는 조씨 일가를, 염상섭이 쓴 소설 연재 전의 '작자의 말'(조선일보, 1930. 12. 27. 28) 중 "삼대가 사는 중산계급의 한 가정을 그려보려 합니다. … 중산계급의 살림과 그들의 생각을 그리려는 것이 이 소설" 이라고 밝힌 것을 들어 중산계급으로 규정해 왔다. 이에 대해 유문선은 조의관의 재산분배 명세서와 1920년대 말-30년대 초 당시의 대지주 존재양태에 대한 연구를 근거로 하여 조씨 일문이 대지주 계급에 속한다는 반론을 적절하게 제기하였다.(유문선, 「식민지시대 대지주계급의 삶과 역사적 운명」,『민족문학사연구』창 간호(창작과비평사, 1991), 196-197면 참조)

8) "요구는 추상적인 것이요, 욕구는 구체적인 것이기에 그 차액은 늘 남아 연인을 외로움에 떨게 하고 결핍에 시달리게 하고 끝없이 욕망 속을 헤매이게 한다."(권택영, 「라캉의 욕망이론」, 자크 라캉, 권택영 편,『욕망이론』(문예출판사, 1994), 21면) 돈에 대한 사랑, 돈에 대한 욕망도 이렇게 볼 수 있을 것이다. 돈은 벌면 벌수록 돈에 대한 욕망은 채워지지 않고 더욱 강렬해진다.

만들어진다.

그런데 돈이란 기표는 다른 것과 교환되면서 흘러 다니는 역할을 자신의 본질로 삼고 있다. 일가족의 가부장인 조의관이나 윤직원은 모두 돈의 저수지라 할 수 있는데, 그들은 그 돈이란 기표를 저장하여 체현하고 있는 인물들이다. 그래서 그들은 돈을 얻기 위해서라면 각 인물들이 복종해야 하는 권력자이기도 하다. 하지만 돈이란 기표는 떠다녀야 한다. 즉 교환되어야 하는 것이 그 역할이자 본질인 것이다. 돈이 저수지에 들어오는 것도 '흘러' 들어오는 것이다. 또한 아무리 돈을 금고에 넣어두려 해도 돈은 흘러나가기 마련이다. 그것은 자본주의 사회가 경제적으로 뿐만 아니라 사회·문화적으로도 동적인 흐름의 사회이기 때문에, 돈을 벌기 위해서는 그 흐름에 맞추어야 하고 그 흐름에 맞추려면 돈은 지출될 수밖에 없기 때문이다. 조덕기의 유학비용이나 경찰서장을 시키기 위해 유학 보낸 윤종학의 유학비용 모두 돈을 지키기 위한 돈의 지출이라고 볼 수 있다. 또한 조상훈이나 윤직원의 아들 윤창식, 손자 윤종수는 술, 도박, 매춘 등 향락을 위해 가산을 탕진하고 있다. 이 또한 고여 있는 저수지의 물에 물꼬를 내어 자기 논에 물을 대듯이 돈을 빼 쓰고 있는 것이다.9)

돈에 대한 편집광적 집착을 첫 세대는 보여주었다. 이 세대는 돈의 위력을 너무도 잘 체험했기에, 그 돈을 사용하지 않고 모으는 데에 집착한다. 두 소설의 첫머리에서 잘 보여주고 있듯이, 갑부라고 할 윤직원은 인력거 삯마저 깎으려 들 정도로 인색하며, 조의관 역시 조덕기의 금침을 꾸리는 아범에게 그 이불 속에 비단 이불이 있는 것을 보고 그

---

9) 이는 차세대의 전적인 잘못이라고만 볼 수 없다. 그들은, 이념적 공백 상태에서 돈을 빨아들이려는 여러 속물 세력에 의해 꼬드김을 당한다. 돈을 중심으로 구축되는 사회 문화는 그들을 가만히 내버려두지 않는다.

것은 "내 낫세나 되어야 몸에 걸치는 것"이라며 꾸짖고 있다. 돈 한 푼이라도 허술하게 쓰지 않는 것이 이 세대의 특징이다.

하지만 차세대들은 고여 있는 돈의 저수지에 물꼬를 낸다. 이들 역시 돈의 위력을 향유하고 있지만 그 중요성은 깨닫지 못한다. 돈이란 기표는 그것을 가지면 욕망을 충족시켜줄 것이라는 환상을 제공해주기 때문에, 밑 빠진 독에 물 붓는 식으로 각종 향락에 돈을 쏟아 붓는다. 돈은 무엇과도 교환될 수 있다. 그래서 이들은 돈에 의해 교환되는 환락-술, 마약, 여자-을 통해 욕망이 충족되리라고 생각한다. 그러나 그 욕망의 충족은 불가능하다. 언제나 욕망은 다시 일어날 수밖에 없으며 그래서 돈 역시 계속 낭비될 수밖에 없다. 하지만 향락과 교환된다는 환상-욕망이 지금 충족되고 있다는 환상-에 의해 그들은 돈 아까운 줄 모른다. 이들은 돈을 너무 잘 쓰기 때문에 오히려 돈의 중요성을 몰각해가는 인물들이다. 첫 세대가 저장한 돈은 그대로 저장되어 있을 수 없다. 현세적 쾌락주의자들인 차세대가 이 저장된 부를 가만히 내버려 둘 수 없기에도 그렇다. 자본주의의 사회와 문화는, 저장되어 있는 돈을 빼내도록 향락문화에 물든 그들을 계속 부추긴다.

종학이나 덕기 같은 3세대는 조부나 부친 세대와는 달리, 윤리적 가치를 가지고 살려고 한다. 그런데 당시 가질 수 있는 윤리적 가치는 역설적이게도 부의 불평등의 척결이다. 종학이 사회주의자가 되고 덕기가 사회주의자의 '심퍼사이저'가 된다는 것은, 결국 자신들의 성장에 밑받침이 되었던 부의 축적을 가능케 해주었던 체제를 거부한다는 것을 뜻한다. 덕기는 그 체제에 반대하는 사회주의 운동에 부를 사용해 도우려고 한다. 종학 역시 사회주의자로서, 그가 계속 활동을 할 수 있었다면 사회주의 운동에 자신의 부를 이용하려고 하였을 것이다. 자본주의에 의해 만들어진 돈의 저수지는, 자본주의 사회가 또한 만들어낸 반정립-사회주의-에 유출된다는 역설이 생긴다. 사회주의의 발흥 역시 돈의 저수지에 물꼬를 내어 돈의 흐름을 강요하는 것이다.10)

각기 다른 사회, 문화적 배경 아래에서 성장한 세대들이 '저장된 돈'이란 기표를 둘러싸고 어떤 행태를 벌이는지, 그리고 그 행태가 어떠한 돈의 흐름을 만들어내고 어떠한 사람들과 접촉하게 하는지『삼대』와『태평천하』는 보여주고 있다. 두 작품은 이렇게 공통되는 주제를 가지고 있다. 하지만 이러한 공통되는 주제에도 불구하고, 두 작품은 매우 다른 작품이다. 그것은 예술적 형상화의 목표, 작가의 세계관과 형상화 방법이 다르기 때문이다. 이 두 작품 모두 식민지 시대 유산계급의 행태와 심리, 그리고 이에서 비롯되는 돈의 흐름을 비판적이면서 냉소적으로 보고 있음에도 불구하고,『삼대』는 돈의 흐름을 중심으로 모이는 여러 인물군들을 통해 하나의 전반적 시대상을 그리려고 하였다면,『태평천하』는 당대 시대상은 다만 암시되어 있을 뿐이지 한 가족에 대한 집요한 풍자에 서술의 초점이 맞추어져 있다. 김윤식이『염상섭 연구』에서 밝힌 바와 같이,『삼대』는 조의관 인물군, 김병화 인물군, 매당집 인물 군 등 다양한 계층과 사고를 하는 인물군을 통해 서사가 엮어진다. 이에 반해『태평천하』는, 윤직원과 그 아들, 며느리, 손자, 증손자 등 속물군만 등장한다.(종학은 전보 속의 인물로만 남고 작품 안에서 실제로 등장하지는 않는다)

본고는 두 작품이 돈이 일으키는 현상에서 당대의 '핵심'을 포착하려

---

10)『삼대』에서 보여주고 있는 사회주의자의 활동 역시 돈에 관련되는 한에서 그려지고 있다는 점이 주목된다. 병화와 덕기와의 만남도 '술값', '담배값'이라는 매개를 통해 이루어지고 있고, 피혁과 병화와의 만남에서는 활동자금 전달이 부각된다. 그리고 장훈과 병화와의 에피소드도 산해진 개업의 자금 출처를 둘러싼 것이었다.

고 하였음에도 불구하고 어떻게 각기 특수한 형상화를 만들어냈는지 비교 분석하여 그 의미를 찾으려고 한다. 이 작업을 위해서 양 작가가 공격하려고 한 대상에 대한 풍자를 비교 분석의 축으로 삼고자 한다. 그것은 두 작품이 모두 풍자를 구사하고 있어서 비교의 근거로 삼을 수 있으며, 나아가 두 작품이 가지고 있는 특유의 풍자 방식을 분석함으로써 염상섭, 채만식 두 작가의 문학적 개성뿐만 아니라 두 작품 각각의 특유한 특질도 드러낼 수 있으리라 기대할 수 있기 때문이다. 비교 분석은 대상이 되는 양 작품의 공통점을 추출하는 것뿐만 아니라, 도출된 공통점을 기반으로 양 작품 각각의 특수한 면을 밝히는 작업으로까지 진전되어야 한다. 왜냐하면 비교연구는 해당 작품의 고유성, 특수성과 그 가치를 자리매기는 작업으로 나아가지 않으면 무의미할 수 있기 때문이다. 그리고 비교 대상 작품의 차이점이 어떠한 사회적 의미와 예술적 의의를 가질 수 있는지 생각해보아야 할 것이다. 그래서 본고는 풍자를 중심으로 양 작품을 비교 분석하여 각 풍자의 작품 내적 의미와 그 효과를 찾아보고, 그것이 어떠한 시대적 의미를 갖는지도 생각해보려고 한다.

2.『삼대』, 개화기 세대의 위선에 대한 다성적 폭로

근래에『삼대』에 대해 새로운 접근 방법을 통한 가치평가가 시도되고 있다. 김종욱은 삼대에 대한 기왕의 논의가 조덕기와 작가 염상섭의 동일성을 전제로 하여 이루어졌다고 비판하고, 바흐찐이 도스토에프스키의 소설에서 발견한 '다성성의 세계'라는 관점으로 삼대의 소설을 보아야 할 것을 주장한 바 있다.11) 우한용도 담론을 통해『삼대』에 접

근하고 있으며12) 한승옥도『삼대』의 다성적 특질을 들어 고평하고 있
다.13) '다성성의 원리'는『삼대』에 접근하는 새로운 방법으로,『삼대』
의 가치평가에 새로운 방향을 제시하고 있어 주목되고 있다. 본고 역시
『삼대』가 가지고 있는 매력이 살아있는 인물들에 있으며, 이 인물들에
생동감을 주는 것은『삼대』특유의 다성성과 이에 기초한 섬세한 심리
묘사에 있다고 생각한다.

여기서 다성성에 대한 바흐찐의 생각을 잠시 논의해보기로 한다. 바
흐찐은 담론 자체가 상호 생성적이고 사회적인 행위라고 주장한다. 그
는 상호 생성적인 일상생활의 담론과 문학적 담론 간에 근본적 차이를
세워놓지 않는다. 즉, 문학 언어와 같은 것은 없다는 것이다. 하지만 생
활 속의 담론을 어떻게 다루는가 또는 생활 속의 담론과는 다소 다른
발화자의 자세를 갖는 담론이 있는가에 따라 담론이 나뉠 수 있다고 보
았다. 바흐찐에 따르면 전자는 예술적 산문의 특성이요, 후자는 시의
특성이다. 예술적 산문과 비예술적 산문에 대해서 바흐찐은 다음과 같
이 말하고 있다.

> 내적 대화화는 다소 정도 차는 있을지라도 언어적 삶의 모든 영
> 역에서 나타나는 현상이다. 그러나 비예술적 산문(일상적, 수사적,
> 학문적 산문 등)에서의 대화화가 보통 특별한 유형의 독자적 행위의
> 자격으로 일상적 대화 속에 자리잡거나 아니면 타인의 담론과 뒤섞
> 이고 논쟁함을 목적으로 하는 문법적 형식 속에 표현되는 반면, 예
> 술적 산문, 특히 소설 속의 대화화는 언어가 그 대상과 표현 수단을

---

11) 김종욱, 「관념의 예술적 묘사 가능성과 다성성의 원리」, 『민족문학사연구』 제5호
   (창작과비평사, 1994), 121-123면.
12) 우한용, 「삼대의 담론체계와 그 의미」, 김종균 편, 『염상섭 소설 연구』(국학자료
   원, 1999).
13) 한승옥, 「삼대의 다성적 특질」, 위의 책.

개념화하는 바로 그 과정 내부로부터 담론의 의미와 구문구조를 재구성하면서 침투해 들어간다. 여기서 대화적 상호지향성은 담론에 내부로부터 생기를 불어 넣어주면서 담론을 그 모든 측면으로부터 극화하는, 말하자면 담론 그 자체를 형성하는 하나의 사건인 것이다.14)

담론을 극화하여 보여주는 담론, 바흐찐에 따르면 이것이 소설의 특성이다. 그것은 삶 속의 담론 또는 담론의 삶을 극화하는 담론, 그래서 결국 삶을 극화하는 담론이다. 담론 자체가 대화적이라면, 이러한 담론을 극화하는 소설 장르 담론은 "담론의 의미와 구문구조의 재구성 자체" 속으로 대화적 상호지향성이 '침투'한다. 그것은 철저히 의식적으로 대화적 상호지향성을 염두에 두고 담론을 조직한다는 것을 말한다. 이러한 담론의 대화성 자체를 예술적으로 재구성한 소설이 바흐찐이 보기에 도스또예프스끼의 소설이다. 소설 속의 인물들이 담론의 대화적 성격을 잘 구현한 담론을 펼치기 위해서는, 그들 자체가 작가의 손에서 벗어난 자유로운 인간들이어야 한다. 도스또예프스키는 이러한 자유로운 인간들을 창조했다.

괴테의 프로메테우스처럼 도스또예프스끼는 말 못하는 노예들(제우스와 같이)을 창조하지 않았다. 그는 창조자와 동등한 입장에서 창조자에게 순응하지 않거나 때로는 반항조차 할 수 있는 자유로운 인간들을 만들어내었다. 독립적이며 융합하지 않는 다수의 목소리들과 의식들, 그리고 각기 완전한 가치를 띤 목소리들의 진정한 다성악은 실제로 도스또예프스끼 소설의 핵심적인 특성이 되고 있

---

14) 미하일 바흐찐, 전승희 외 옮김, 「소설 속의 담론」, 『장편소설과 민중언어』(창작과 비평사, 1988), 93면.

다. 그의 작품에서 전개되고 있는 것은 한 작가의 의식에 비친 단일한 객관적 세계에서의 여러 성격들과 운명이 아니라, 동등한 권리와 각자 자신의 세계를 가진 다수의 의식들이 각자 비융합성을 간직한 채로 어떤 사건의 통일체 속으로 결합하고 있는 과정이다. 도스또예프스끼의 주요한 주인공들은 실제로 예술가의 창조적 구상 속에서 작가가 하는 말의 객체가 될뿐더러 독자적이고 직접적으로 의미하는 말의 주체가 되기도 한다. 주인공의 말은 그런 연유로 인해 여기서는 인습적인 특수기능과 플롯 묘사적 기능 즉, 일상 생활적인 줄거리로 소진될 수 없을뿐더러 작가의 독자적인 사상적 입자의 표현 (바이런같이)으로서도 받아들여질 수 없다. 주인공의 의식은 타인의 의식으로 나타나 있으나, 동시에 그 의식은 대상화되어 있지 않고, 닫혀져 있지 않고, 작가 의식의 단순한 객체가 되고 있지 않다.15)

위의 인용문에서 지적한 도스또예프스끼 소설의 특성은 『삼대』의 특성과 유사하다고 할 수 있다. 세계관 상으로 의견 차이를 보여주고 있는 덕기와 병화는 서로 자신의 입장을 버리지 않는다. 덕기가 작가의 세계관을 보여주고 있고, 작가가 덕기를 통해 그 세계관을 관철하고자 하는 서사를 보여주려고 했다면 병화가 덕기에 수렴되는 식으로 소설이 전개되어야 했을 터이다. 하지만 두 친구의 의식은 끝까지 '융합'되지 않는다. 병화는 작가로부터 '독립'한 인물이기에 그렇다. 다른 인물들도 마찬가지다. 홍경애나 필순, 심지어 수원댁이나 창훈 같은 인간형들도 모두 독립적인 인간들이다. 하지만, 조의관의 죽음이나 산해진에서의 위장활동 등을 통해, 그리고 일검의 일제 검거를 통해 이들은 모두 사건에 연루되어 서로 얽혀든다. 이 사람들은 "어떤 사건의 통일체 속으로 결합"하는 것이다. 이들은 이때에도 작가의 인형, 즉 단순한 객

---

15) 미하일 바흐젠, 김근식 옮김, 『도스또예프스키 시학』(정음사, 1988), 11면.

체로서의 인물로서 기능하지 않고 살아있는 독립적 인간들로서 사건에 얽혀 행동한다. 그래서 작가의 화신이라고 여겨졌던 조덕기는 사실상 현실을 다각적으로 볼 수 있는 시점을 확보해놓는 장치, 즉 동정자(심퍼사이저)로서의 그를 "'작가의 눈'의 한 장치"로서 파악하는 논의도 가능하게 된다. 동정자는 하나의 '작벽'에 의해 등장하는 인물이라는 것이다.16)

하지만 이는 작가의 개입 없는 자연주의적 묘사로 빠지는 것은 아니며, 작가의 가치관 자체가 상대주의적이거나 허무주의적이어서 나타나는 현상인 것도 아니다. 루카치가 자연주의와 모더니즘을 비판할 때 모더니즘 작품에는 '원근감'과 '선택의 원리'가 없어서 "중요성의 등급이 없다"고 비판한 바 있는데17), 염상섭의 작품은 이러한 비판에서 벗어난다. 그의 작품은 자연주의적 세부 묘사 또는 그 역편향인 주관성의 세부묘사에 빠지지 않는다. 그는 등장인물들을 다성적 세계에 고유한 존재로서 창조하였지만, 또한 명확한 가치의식을 가지고 그 인물들의 행로를 서술하기도 한다. 그 명확한 가치의식은 풍자를 통해 드러난다.18)

풍자는 미학에서 희극적인 것의 한 범주이다. 희극적인 것은 "실제적인 것과 이상적인 것의 충돌 속에서 이상적인 것의 입장으로부터 실제적인 것이 부정되거나 비웃음 받거나 심판되거나 폭로되거나 거부되거나 비판되는데 있다."19) 풍자는 작가의 편에 이상적인 것이 성립되

---

16) 김동환, 「『삼대』와 낭만적 이로니」, 김종균 편, 앞의 책, 148-164면 참조.
17) 게오르그 루카치, 「모더니즘의 이데올로기」, 게오르그 루카치 외, 황석천 옮김, 『현대리얼리즘론』(열음사, 1986), 34-35면.
18) 『삼대』의 풍자소설적 특징은 별로 지적되지 않았다. 하지만 근래 한승옥에 의해 『삼대』의 풍자문학적 특질이 논의되었다.(한승옥, 앞의 글, 187-196 참조)
19) 모이세이 까간, 진중권 옮김, 『미학강의 I』(새길, 1989), 207면.

어 있지 않으면 불가능하다.『삼대』가 지니고 있는 풍자성은 이러한 이상적인 것이 작가에게 있다는 증거가 되며, 그 이상적인 것은 무엇이 중요하고 중요하지 않은가에 대한 '선택의 원리', 즉 '중요성의 등급'을 작가가 가지고 있다는 것을 나타낸다. 이 작품은 루카치적인 의미에서도 리얼리즘 작품인 것이다.

『삼대』에서 풍자의 대상은 주로 조상훈이다. 개화기 세대이자 종교운동가, 문화운동가인 조상훈이 주요 풍자대상이 되었다는 것은, 이 개화기 문화운동론자들에 대한 염상섭의 생각을 잘 말해준다. 이에 대해서는 많은 논자가 언급하였으니 중언하지 않겠다. 여기서 문제 삼고자 하는 것은 소설 구조 속 조상훈의 위상과 그가 풍자당하는 방식이다. 기왕의 논의에서는 조상훈의『삼대』속에서의 위상이 크게 주목받지 않았지만, 등장하는 분량 면에서나 구성에서 차지하는 위치로서나 그는 매우 중요한 인물이라고 볼 수 있다. 최근 김동환도 "조상훈은 인물들간의 관계를 중심으로 작품의 구조를 파악할 때 가장 중심부에 놓이는 인물이다. … 조의관, 필순의 부, 홍경애, 수원집 그룹, 김병화, 조덕기 등과 밀접한 관련을 맺으며 작품의 서두에서 종결부분까지 모든 일상적 일들에 관련되어 있다."라고 밝힌 바 있다.[20]

『삼대』의 3장「이튿날」에서 조상훈이 처음 등장하는데, 이때 조덕기의 눈을 통해 조상훈의 됨됨이가 서술된다. 제3세대의 눈으로 개화기 세대로서의 그를 평가하고 투시하는 것이다. 이 장면은 덕기와의 대화적 관계 속에 조상훈을 위치시키면서 덕기와 상훈의 면모를 동시에 짐작할 수 있게 한다. 덕기의 생각에 의하면, 조상훈은 과도기의 인물로서 시대적 불운아다.

---

20) 김동환, 앞의 논문, 161면.

자기 부친에게 잘못이 없다는 것은 아니나 그렇다고 남에 없는
위선자거나 악인은 아니다. … 어떤 동기라느니 보다도 이삼십년 전
시대의 신청년이 봉건사회를 뒷발길로 차버리고 나서려고 허비적
거릴 때에 누구나 그리 하였던 것과 같이 그도 젊은 지사로 나섰던
것이요, 또 그러노라면 정치적으로 길이 막힌 그들이 모여드는 교단
아래 밀려가서 무릎을 꿇었던 것이 오늘날의 종교 생활에 첫발길이
었던 것이다. 그것도 만일 그가 요샛말로 자기청산을 하고 어떤 시
기에 거기에서 발을 빼냈더라면 그가 사상적으로도 더 새로운 시대
에 나오게 되었을 것이요, 생활에 있어서도 자기의 성격대로 순조로
운 길을 나아가는 동시에 그러한 위선적 이중생활이나 이중성격 속
에서 헤매지는 않았을 것이다. … 어쨌든 부친은 봉건시대에서 지금
시대로 건너오는 외나무다리의 중턱에 선 것 같다고 생각하였다. …
따라서 그만치 사회적으로나 가정적으로나 또는 자기의 사상 내용
으로나 가장 불안정한 번민기에 있는 것이 사실이라고 보고 있다.

(상, 43-45면)[21]

봉건사회를 차버리고 나오려고 했던 개화기 세대들을 가로막은 것
은 바로 식민지 체제였다. 봉건사회 타파 운동은 정치적 운동이 그 핵
심이 되어야 한다. 하지만 일본 제국주의가 이미 한국에 들어앉아 기형
적 근대를 심어놓고 있었다. 그렇다면 이 세대들은 일본 제국주의에 대
항하여야 할 텐데 그렇게 하지도 못한다. 사실, 개화세대는 일본 세력
을 등에 엎고 세력을 확대할 수 있었기 때문이다. 개화세대가 정치운동
이 없는 근대화운동, 문화운동, 종교운동으로밖에 뜻을 펼치지 못하는
기형적 운동을 벌일 수밖에 없게 되면서 순수한 정치적 정열은 왜곡되
고 위선적이 된다. 이러한 왜곡과 위선은, 정치적 지향이 없는 근대화

---

21) 『삼대』의 인용은 1993년에 나온 창작과 비평사 판으로 한다. 이하 인용은 상하권
   여부와 면수만 본문에 표기한다.

운동이란 실상 식민지 지배체제를 측면에서 도와주는 데로 빠질 위험이 많기 때문에 나타난다. 그러나 '지금 시대'에 주역으로서 떠오르고 있는 차세대들은 정치적 변혁의 필요성과 식민체제 타도의 필요성을 명확히 의식하고 있다. 이는 반봉건적인 동시에 반제국주의적인 운동의 필요성이다. '지금 시대'란 반봉건과 반제국주의의 노선이 민족 운동의 미래로서 가시화되는 시대다. 병화와 같은 사회주의자나 덕기와 같은 동정자가 등장하는 세대인 것이다.

그러나 『삼대』는 이 제3세대만을 형상화하는 소설이 아니다. 작가에게는 무엇보다 조상훈 세대, 앞 세대와 뒷 세대를 매개하는 조상훈 세대의 형상화가 중요했다. 이 세대는 이념과 정신을 잃어버렸다. '불안정한 번민기'를 조상훈 같은 이는 극복하지 못했다. 결국 그의 기독교 이념은 위선의 탈이 된다. 조상훈은 철저히 현세적 쾌락을 쫓게 되며, 그래서 돈을 쫓게 된다. 이들 세대는 봉건적 사고방식에서 벗어나지만, 이 탈봉건 사고는 돈의 마력에 종속된다. 즉 그들은 새로운 이념을 만들어내지 못하고 쾌락에 정신과 몸을 맡겨버리는 탈이념 상태에 빠지고 마는 것이다. 하지만 이들 조상훈 세대는 '지금 시대'에도 막강한 영향력을 끼치고 있다는 데 그 문제성이 있다. 탈이념적인 상태에서의 돈에 대한 추구는, 『삼대』의 많은 장에 걸쳐 나타나 있듯이 자본주의 사회의 전형적인 욕망이다. 조상훈의 세대와 그와 연결되어 있는 김의경-매당집-최참봉-수원집과 같은 인물군들은 자본주의 사회의 전형적인 속물군이다. 조상훈은 소설 구조 상 그러한 인물들을 연결하는 매개항으로서, 그리고 앞세대와 후세대를 연결하는 매개항으로서 중요한 위치에 있다. 또한 그는 위선에 빠진 개화기 문화운동 세대의 전형이자 근대 자본주의 속물의 전형이라는 점에서도 중요한 형상화 대상이 된다.

조상훈에 대한 형상화는 철저히 풍자의 방법을 통해 행해진다. 풍자는 공격의 문학이다. 풍자가는 비윤리적이거나 시대에 뒤떨어져 진보를 가로막는 이들을 공격한다. 기독교 이념이라는 위선적인 가면을 걸치고 철저히 돈과 쾌락의 논리에 빠져 든 조상훈은 민족의 미래에 걸림돌이 될 인물이다. 작가의 입장에서 보면 민족의 미래를 위해 제거되어야 할 인물형으로서, 부정적인 형상화 대상으로 선택된 인물이다. 그는 사회 운동에 도움이 될 수 있는 덕기의 금고 속 재산을 가짜 형사까지 동원하여 자신의 환락을 위해 가로채려고 한다. 그러면서도 그는 자신의 체면을 지키려고 한다. 가짜 형사 노릇이 들통 나서 경찰서에 들어갔다가 덕기의 도움으로 나온 조상훈의 항변은 가관이다.

　　　　결국 예금통장도 눈에 안 띄어서 이용을 못하였다마는 그역 무작정하고 쓰자는 게 아니라 유리한 사업이 있기에 그 사업 하나를 사들이면 일이삭지내에 밑천을 뽑아내서 다시 보충을 해놓자는 것인데 그것이 바로 그 이튿날에 계약을 하기로 타협이 되고 보니 임시 낭패가 아니냐. 도대체 너 어머니만 그 극성을 부리지 않고 여자답게 내조의 덕이 있다든지 순편히 굴었더면 이런 욕이야 보았겠니?

　　　　　　　　　　　　　　　　　　　　　　　(하, 314-315면)

　　조상훈은 재산을 다 탕진할 뻔했는데도 경찰서에서 자신이 욕 본 것에 대해 아내를 나무라고 있다. 그리고 금고 속의 돈을 빼내는 것이 정당한 일이었다는 것처럼 이야기한다. 비굴하고 거짓된 조상훈의 모습이다. 풍자는 이러한 위선자를 공격하기에 적합하다.

　　　　풍자가는 더욱 철저히, 외관과 현실의 차이를 이용하여 특히 위선을 폭로할 수 있게 된다. 위선자의 피부는, 내놓고 악한 자보다 더

민감하다는 것은 주지의 사실이다. 악인은 숨길 것이 없지만 위선자
는 모든 것을 숨겨야 한다. 그의 모든 체면이 위태로운 것이다. 그는
속으로는 무시하거나 멸시하는 이상을 겉으로는 떠받드는 척해야
하는 것이다.[22]

조상훈에 대한 풍자는 바로 위와 같은 위선성에 맞추어져 있다. 그런
데 이 위선성은 나레이터가 폭로하는 것이 아니라 조상훈과 대립되는
인물군과의 대화에 의해 폭로된다. 조상훈 자신의 말과 그를 평가하는
인물들의 평가에 의해 폭로되는 것이다. 이는 『삼대』의 다성적 특질을
다시 확인하게 한다. "『삼대』의 등장인물들은 대부분 상대방을 평가하
는 주체일 뿐 아니라 상대방으로부터 평가받는 객체이기도"[23](김종욱,
앞의 글, 124) 한 대화적 관계에 있다. 이는 인물과 인물 사이의 관계 속
에서 풍자가 발휘된다는 것을 의미한다. 이러한 풍자는 더욱 생동적인
장면과 이해를 제공한다. 바흐찐에 따르면, "타인의 의식은 객체나 사
물처럼 관조하거나 분석하거나, 정의할 수 없다. 타인의 의식은 오로지
대화로만 접할 수가 있다. 타인의 의식에 관해 생각한다는 것은 그 의
식과 이야기를 나눈다는 것"[24]이기 때문이다. 이러한 실제의 대화성을
잘 살렸기에 『삼대』의 풍자는 생생함과 이에 따르는 통쾌함을 느끼게
한다.

조상훈을 풍자적으로 공격하는 사람은 김병화와 홍경애다. 김병화
와 홍경애는 『삼대』에서 가장 매력적이면서 생동하는 인물이다. 이런
인상을 받게 되는 것은, 이들이 위트, 조롱, 조소 등 풍부한 풍자의 어조
를 사용하기 때문이다. 병화와 경애는 이러한 어조를 덕기에게도 사용

22) 아서 폴라드, 송락헌 역, 『풍자』(서울대학교 출판부, 1979), 8면.
23) 김종욱, 앞의 논문, 124면.
24) 미하일 바흐찐, 『도스또예프스키 시학』, 102면.

하지만, 공격성이 있는 것은 아니다. 덕기와는 우호적인 관계를 계속 유지하면서, 병화의 경우 자존심이 상할 경우에 이러한 비꼬는 말을 사용한다. 게다가 『삼대』의 후반부에 들어서면, 덕기가 병화와 장훈과의 폭력 사태로 위기를 맞은 그들을 중심으로 도와주면서 우정을 재확인하기도 한다. 하지만 상훈에 대한 풍자적 어조는 다분히 조소(cynicism)에 가깝다. 조소는 환멸감에서 생기는 것으로 멸시의 칼날이 서 있다.25) 병화와 경애의 조상훈에 대한 공격은 기독교인으로서의 외관과 오입장이로서의 현실이라는 위선에 맞추어진다. 가령, 아래의 병화가 상훈을 조소하는 장면을 보자. 교인들이 모여 마작을 하며 술을 먹는 판에 병화가 합석을 하게 된다. 상훈은 병화에게 교인인 아버지에게 이제 그만 들어가라고 타이른다. 병화의 대답은 이렇다.

> "여기서처럼 술도 먹고 밥먹을 때 기도도 않고 하면 들어가도 좋죠만 집의 아버지는 아편중독에도 삼기가 넘으셨으니까요."
> 하고 픽 웃는다. 그네들은 종교를 아편이라고 부르는 버릇이었다.
> 병화의 말에 여러 사람은 무색하면서도 반항심이 부쩍 얼굴빛에 나타났다. 상훈이도 말이 꼭 막히고 말았다. 사실 그들은 집에서 처자와 밥상 받을 때에는 기도를 하나 지금 여기서는 기도할 것을 잊어버렸다. 청국 요리와 술에 대하여는 하느님이 기도를 면제하여준 것같이! 그러니만치 좌중은 병화를 요놈! 하고 흘겨보는 것이었다.
> "실례입니다만 여러분께서도 언제나 이렇게 노시면 자유스럽고 유쾌하고 평화스럽고 사람된 제대로 사는 맛을 보시겠지요. 시집가는 색시처럼 성적을 하고 눈을 감고 활옷을 버티어 입고 앉았으면 괴로우시겠지요?"
> 한잔 김에 병화는 이렇게 또 역습을 하여보았다.

---

25) 아서 폴라드, 앞의 책, 89-90면.

" 사람이 파탈을 하는 것도 어떤 경우에는 좋을지 모르지만 무상
시로 술이나 먹고 취생몽사로 헐개가 느즈러져서야 쓰겠나, 가다가
는 긴장한 정신과 생활에 안식을 주려고 이렇게 노는 것도 무방은
하지만……"
　　상훈이가 반대도 아니요 변명도 아닌 어릅어릅하는 수작을 하였다.

(상, 160-161면)

　　병화의 첫 번째 말은 종교 자체와 종교인의 위선을 교묘히 모두 꼬집
고 있다. 독실한 신자라 술을 먹거나 하지는 않는 아버지를 아편중독이
라 하여 종교 자체의 관념적 희롱의 성격을 꼬집으면서도, 신자인 척하
면서도 술을 마실 때에는 기도 같은 신자로서의 의무도 잊어버리는 상
훈네에 대해서도 동시에 비꼰 것이다. 그런데 이에 대해 맞받아치는 상
훈의 대답이 재미있다. 그 대답은 스스로 자기의 위선을 폭로하는 셈이
되기 때문이다. 도박과 술을 정신과 생활에 안식을 주기 위해, 즉 독실
한 신앙생활의 활력소가 되기 위해 한다는 것이 상훈의 대답이다. 이러
한 변명 방식은, 홍경애가 애를 배게 하고 김의경 같은 딸보다 어린 여
자를 첩으로 삼는 것을 정당화하는 방식이다. 그리고 이러한 정당화의
변명이 조상훈의 삶의 형식이다.
　　조상훈에게 가장 큰 피해를 입은 자인 홍경애는, 자신의 욕망을 고상
한 목적을 가진 것처럼 포장하는 조상훈의 변명 버릇을 잘 알고 있다.
경애와 상훈이 박커스에서 재회하면서 한바탕 싸움이 벌어진 후, 상훈
은 파출소에서 나온 경애를 둘의 이전 밀회장소였던 K호텔로 부른다.

　　상훈이는 으레 묵을 작정이면서도 시계를 공연히 들여다보고,
　　"늦었으니 묵기로 하지."
　　하고 경애를 쳐다본다.

"난 곧 갈테니 문은 걸지 마우."

경애가 옆에서 주의시켰으나,

"어쨌든 그렇게 준비를 해주게."

하고 상훈이는 눈짓을 했다.

하녀는 다 알아차렸다는 듯이 가버렸다.

"내가 잘 데가 없을까보아 부르셨군요? 오늘도 파출소에 가서 잘

까봐 애가 씌어 오셨군!"

하고 경애는 냉소를 한다.

(상, 194-195면)

경애는 상훈의 음흉함을 다 알고 있다. 경애와 자신 사이의 아이는
버렸으면서도, 자기를 다시 보자 새로운 정욕이 상훈에게 차올랐음을
그녀는 눈치 챈다. 나아가 그러한 정욕을 마치 경애를 위해 생각해주는
척 위장할 것도 역시 알고 있다. "파출소에 가서 잘까봐 애가 씌어 오셨
군!"이란 말은 조상훈의 위선적 습성을 미리 알고 꼬집는 말이다. 이 말
속에 조상훈의 위선적 성격과 경애의 상훈에 대한 인식, 그리고 그녀의
성격이 이중적으로 잘 드러나 있다.

이렇듯 병화, 경애, 그리고 상훈 자신 등의 다양한 목소리를 통해 드
러나는 풍자의 효과를 통해 『삼대』의 특징적인 풍자 방식을 볼 수 있
다. 『삼대』는 독특하고 다양한 목소리들의 '협-불협화음' 속에서 풍자
가 자연스레 드러난다. 그런데 경애나 병화의 입을 통해 조상훈에 대한
풍자가 드러난다는 것은 또 다른 의미를 가지고 있다. 여기서 풍자가는
경애나 병화가 되는데, "풍자가는 독자에게, 무엇이 중요하다고 확신시
킬 수 있는지 알아야"(폴라드, 앞의 책, 9)하며, "그가 하는 일의 가치,
그보다 더 그 필요성을 독자에게 설득"(같은 책, 93)해야 하고, 그가 "선
량한 성격을 가졌다고 느껴져야 한다"[26]고 할 때, 독자에게 경애나 병

화는 상훈보다 더 선하고 가치 있는 사람으로 받아들여져야 한다. 그래서 『삼대』는 그들이 선하고 가치 있는 이들임을 점차 드러내는 식으로 진행되고 있는 것이다.

『삼대』의 후반부로 올수록 병화, 경애, 필순이 활동하는 산해진이 소설의 주무대가 되는데, 이들의 비밀스런 사회주의 지하 활동과 이로 비롯되는 사건들에 독자는 더욱 흥미와 애정을 가지게 된다. 이러한 소설 전개로 인하여 이보영은 『삼대』를 다음과 같이 정치 소설로서 파악한다.

> 염상섭의 비판적 리얼리즘의 기초는 사회주의에의 공감임이 분명해진다. 바꿔 말하면 그 자신은 평소 민족주의자인 심퍼사이저 편이었다고 할지라도 그의 냉철한 현실감각과 역사의식으로 인하여 그 당시의 누구보다도 일제에 대하여 투쟁적이었던 사회주의자의 이념에 쏠렸던 것이요, 그 점에서 그의 도덕적 성실성이 입증된다.[27]

특히 경애는 조상훈에 대한 환멸과 동시에 병화와 가까워지면서 사회주의 비밀 활동을 통해 서로 동지 관계가 되는데, 이는 조상훈에 대한 풍자적 비판과 동시에 작가의 긍정적 가치-사회주의 활동과 생활-로의 지향을 보여준다. 이를 보면 조상훈에 대한 대화적 풍자는 경애나 병화의 변화를 촉진하는 것으로 작용하고 있음을 알 수 있다.[28] 부정적

---

26) 위의 책, 9, 93면.
27) 이보영, 「민족의식과 정치소설적 특징」, 김종균 편, 앞의 책, 32-33면.
28) 이런 면에서 "염상섭의 세계 속에 있는 인물들의 의식은 생성과 성장의 과정 속에 놓여있지 않다. 인물들의 의식은 형성되어가는 과정으로 나타나지 않고 소설적 전제로 주어지고 있다."(김종욱, 앞의 책, 125면)라는 지적은, 『삼대』의 다성적 성격을 강조하면서 이념간의 대립을 강조하기 위한 진술이지만 지나치다고 생각된다. 분명 인물들의 개성은 소설적 전제로서 주어졌지만, 또한 인물들은 다성적 공간 속에서 자신들의 개성을 기반으로 삼아 성장하는 것이다. 특히 그가 상정하는 긍정적

인물군과 긍정적 인물군을 매개해주는 조상훈의 소설 구조에서의 위상은, 그 매개항에 대한 긍정적 인물들의 부정 정신과 풍자를 촉발시킴으로써 그들의 긍정적 변화와 생성 역시 이루어질 수 있도록 해주는, 부정적인 촉매로 작용하기도 하는 것이다.

3.『태평천하』, 난장판으로서의 가족 관계

『태평천하』는 한국 소설사에서 독특한 소설로서 인정받고 있다. 특히 채만식 소설의 기조를 아이러니에 두고 "그이 소설의 아이러니는 그가 언제나 부정적 인물을 소설의 전면에 내세우고 긍정적 인물을 후면에 내세우거나, 희화화하는 데서 얻어진다. 부정적인 인물들은 긍정적 인물보다도 각별한 작자의 주목을 받고 있"[29]다는 평가는 부정적 인물을 통해 긍정적 세계관을 암시한다는 채만식 특유의 소설세계를 잘 말해준다. 또한 기법 또는 문체 측면에서 보면, 염상섭에서 박태원에 이르는 사실주의적 묘사 문장에서 벗어난 요설체 문장과 일견 무질서한 흐름에서 빚어지는 자연 발생적인 구어의 리듬, 판소리의 음악적 가락과 호흡 등을『태평천하』의 특징으로 꼽는 논자도 있다.[30]

───────────

인물들이 그렇다. 덕기는 소설의 끝에서 자기가 아버지와 같은 꼴이 되지 않는가라는 의심을 극복하고 필순이 모녀를 맡기로 결심하며, 필순이는 고문과 아버지를 잃는 고초를 당하지만 이러한 고초가 그녀를 변화시킬 것이라는 것은 충분히 추측할 수 있는 것이다.(사실,『삼대』의 후속편인『무화과』에서 필순의 轉身이라고 할 정애는 사회주의 운동가가 된다.) 작부 상태였던 경애와 룸펜 상태였던 병화 역시 서로 애정을 느끼면서 피혁의 돈을 가지고 생활과 사업을 진행하는 활기찬 모습으로 변모한다.

29) 김윤식, 김현, 앞의 책, 185면.
30) 천이두, 「프로메테우스의 언어들-채만식」, 『종합에의 의지』(일지사, 1974), 122-123면.

그런데 이러한 아이러니나 판소리체, 요설체, 구어체의 사용은 『태평천하』에서 하나의 목표를 두고 이루어진다. 바로 공격 대상에 대한 풍자가 그 목표이다. 『태평천하』는 아마도 한국문학에서 발표 당시까지 볼 수 없었던 가장 신랄한 풍자소설일 것이다. 그 풍자는 대상의 졸렬함과 어리석음을 계속 제시하며 비웃어준다. 대상이 부정적이라는 사실을 한 치도 부인할 수 없을 만큼, 풍자 대상에 대한 공격은 거세다. 여기서 "풍자는 아주 공공연히 투쟁성을 띠는 문학적 표현양식"[31]이라는 말을 확인하게 된다. 고리대금업자인 대상에 대한 부정성과 파멸을 완벽하게 보여주기 위해 채만식은 파국의 국면으로 서사를 이끈다.(그 파국이 오고 있다는 것을 윤직원은 잘 모르고 있다가 종학이 사회주의자로써 피검되었다는 소식을 듣고 감지한다. 여기서도 대상의 어리석음이 풍자된다.)

태평천하의 구성은, 한 연구자가 정리했듯이, 모두 15개장으로 되어 있다. 거의 반복적으로 그 장들은 인물소개나 풍경 묘사가 이루어진 뒤에 극적인 상황이 전개되면서 긴장이 고조되고, 그 긴장된 장면에 작가의 넋두리가 삽입되어 이완이 이루어지는 서술구조로 되어 있다.[32] 이러한 구성을 두고 "플롯의 유기적 완결성과는 거리가 먼, 회화적 에피소드의 나열, 무질서한 장면의 확대, 강조만으로 일관된 특이한 구성"[33]을 지적한 논자도 있다. 하지만 『태평천하』가 비록 플롯의 유기적 완결성을 노린 작품은 아니지만, 회화적 에피소드의 나열만으로 이루어졌다고는 볼 수 없다. 장면이 전개될수록 풍자의 도가 점점 짙어지

31) 게오르그 루카치, 「풍자의 문제」, 김혜원 편역, 『루카치 문학이론』(세계, 1990), 47면.
32) 송현호, 「채만식의 탈식민적 경향에 대한 고찰」, 『관악어문』 제17집(서울대학교 국어국문학과, 1992), 21면.
33) 민현기, 「『태평천하』의 작품구조와 작가정신」, 『한국현대소설과 민족현실』(문학과지성사, 1989), 256면.

기 때문이다. 장이 계속되면서 윤직원 일가의 인물군이 차례차례 등장하고, 이들의 행태를 통해 윤직원의 집안은 어떠한 긍정적 가치도 가지고 있지 않은, 그야말로 난장판의 집안이라는 것이 드러나는 것이다.[34]『태평천하』의 각 장 내용을 살펴보면 이러한 작품 구성이 드러날 것이다.

　제1장은 윤직원 영감의 인물에 대해 묘사하고는 윤직원 영감이 인력거꾼과 인력거 삯 문제로 실랑이를 벌이는 장면이 전개된다. 2장에서는 윤직원의 여가 선용에 대해 서술자가 이것저것 늘어놓다가, 명창대회 구경을 가면서 버스 요금을 내지 않으려는 윤직원과 여차장 사이에 벌어지는 사건이 제시된다. 3장에서는 동기인 춘심의 외모가 묘사되고, 공연장에서 하등권으로 상등석에 앉으려는 윤직원과 관리인이 언쟁하는 장면이 제시된다. 이렇게 1-3장에서는 윤직원의 구두쇠 근성과 인색함이 형상화되고 있다. 그런데 4장에서는 윤직원의 아버지 윤용규라는 인물의 이모조모를 소개하고, 윤용규가 화적들에게 살해당하는 사건이 서술된다. 이 4장은『태평천하』의 전체 구성에서 좀 이질적인 장이다. 비교적 긴 시간대에 걸친 윤직원의 아버지와 윤직원의 젊은 시절을 그리고 있는 이 4장을 제외하면,『태평천하』는 하루하고 반나절의 시간 사이에 일어나는 일들을 보여주고 있는 것이다. 또한 이 4장의 다음과 같은 장면은 풍자로 보기에는 무리가 있다.

　　윤두꺼비는 피에 물들어 참혹히 죽어 넘어진 부친의 시체를 안고

---

34) 우한용도『태평천하』의 작품구조에 대해 "『태평천하』는 윤직원의 욕망이 전체를 유기적으로 통합시켜 준다. 각 장은 전체의 사건구조에 유기적으로 통합되어 있는데, 그 통합의 원리는 윤직원의 욕망의 생성과 전개 그리고 그 결말이다. 다시 말하자면 윤직원 영감의 세속적이고 이기적인 욕망이 형성되는 과정과 그 수행 그리고 좌절의 구조"(우한용,『채만식 소설 담론의 시학』(개문사, 1992), 176면)라고 하여,『태평천하』가 '삽화의 나열구성'을 갖는다는 주장에 반대한다.

땅을 치면서

　　"이놈의 세상이 어느 날에 망하려느냐!"

　　고 통곡을 했습니다.

　　그리고 울음을 진정하고도, 불끈 일어서 이를 부드득 갈면서

　　"오냐, 우리만 빼놓고 다 망해라!"

　　고 부르짖었습니다. 이 또한 웅장한 절규이었습니다. 아울러 위
대한 선언이었고요.

(41면)[35]

　　"우리만 빼놓고 다 망해라"라는 이기적인 원색적 부르짖음에 대해
'웅장한 절규'라든가 '위대한' 선언이라는 둥의 비꼼이 가해지고 있지
만, 아버지가 죽어 통곡하고 있는 비극적 상황이 그 비꼼의 풍자적 웃
음을 가로막아 버린다. 그래서 4장의 이 장면에 대해 "여기에까지 풍자
를 가할 수는 없는 것이다. 비록 나레이터에 의해 간접화되기는 하였으
나 이 부분에 와서 작자와 등장인물 사이의 거리는 무너지고 만다"[36]
는 논평도 가해진 바 있었다. 이 작품이 풍자의 점층적인 고양을 노리
는 전체 구성을 가지고 있다면, 이 4장은 성공적으로 삽입된 것으로 보
이지 않는다. 하지만, 윤직원의 과거사를 보여줌으로써 그의 인간성이
어떻게 형성되었는가에 대한 중요한 정보를 알려주고 있어서 삭제할
수는 없는 장이다.

　　이 4장 이후 다시 '현재 시간'으로 돌아와 윤직원의 가족들이 소개되
기 시작한다. 5장에서는 윤씨 집안의 과부들을 소개하고 특히 며느리
고씨에 대해 서술한다. 6장에서는 며느리 고씨의 삶을 서술하다가 시

---

35) 여기서 인용한 텍스트는 『채만식 전집 3』(창작과 비평사, 1987)이다. 이하 『태평
　　천하』의 인용 면수는 괄호 안에 숫자로만 본문에 표기한다.

36) 최혜실, 「채만식 풍자소설 연구」, 『관악어문연구』 제11집(서울대학교 국어국문학
　　과, 1986), 242면.

아버지 윤직원으로부터 욕을 먹고 그녀가 손자 경손이에게 화풀이를 하는 장면을 제시한다. 이 5-6장에서 과부와 같은 며느리들과 딸 사이의 언쟁을 통해 윤직원 집안의 인물간의 관계가 비정상적이라는 것을 보여준다. 며느리들이 과부 아닌 과부, 첩에게 남편을 빼앗긴 과부라는 설정도 윤직원 일가의 퇴폐성을 보여주지만, 아들과 손자와 윤직원 사이의 돈을 둘러싼 싸움, 시아버지와 며느리들 사이의 상스러운 말싸움의 연쇄는 이 집안에 대해 환멸을 느끼게 한다. 이러한 관계를 채만식이 어떻게 풍자를 하는지 인용해본다.

"그놈이 호랭이나 화적보담두 더 무선 놈이라닝개! 천하 무선 놈이여!"

윤직원 영감은 늘 이렇게 아들을 무서운 놈으로 칩니다. 그러니 세상에 겁날 것이 없이 지나는 윤직원 영감을 힘으로도 아니요, 아귓심도 아니요, 총으로 아니면서 다만 압기로다가, 그러나마 극히 유순한 것인데, 그것 하나로다가 그저 꼼짝 못하게 할 수 있는 창식이는 미상불 호랑이나 화적보다 더 무서운 사람일밖에 없는 것입니다.

번번이 그렇게 윤직원 영감은 꼼짝도 못하고서는 할 수 없이, 한 단 소리가……

"돈 내누아라, 이놈아! …… 네 빚 물어준 돈 내누아!"

"제게 분재시켜 주실 데서 잡아 까지지요!"

창식은 종시 시치미를 떼고 앉아서 이렇게 대답을 합니다.

윤직원 영감은 그제는 아주 기가 탁 막혀서 씨근버근하다가

"뵈기 싫다, 이 잡어 뽑을 놈아!"

하고 고함을 치고는 돌아앉아 버립니다. 이래서 결국 윤직원 영감이 지고 마는 싸움은 싸움이라도, 한 달에 많으면 두세 번 적어서 한 번쯤은 으레껏 싸움을 해야 합니다.

(60면)

아들이 호랑이나 화적보다도 무섭다는 윤직원의 말은 하나의 비유인데, 여기서 주목되는 것은 분통이 터진다는 듯이 윤직원이 이 비유를 심각하게 사용함에 비해 나레이터는 이 비유에 대한 해설을 천연덕스럽게 하고 있다는 점이다. 나레이터의 이러한 천연덕스러운 설명은 윤직원의 감정에 독자가 빠지지 않으면서 그 대사 자체를 객관화해서 보게 하는 기능을 가진다.[37] 윤직원이 이미 철저히 부정적 인물로 소개된 상태이기 때문에 그 대사는 독자에게 조소를 일으킨다. 아들에게 돈 문제로 도적보다 더 무서운 놈이라고 말한다는 반인륜적 상황도 씁쓸한 웃음을 일으키지만, 그렇게 사람들을 우롱하던 윤직원의 가장 강한 적은 바로 가족 내부에 있다는 것도 통쾌한 웃음을 불러일으킨다. 그래서 나레이터가 윤직원을 놀리듯이 말을 받아 설명하면, 독자는 도리어 나레이터의 말을 더욱 믿고 받아들이게 된다.

『태평천하』에서 나레이터의 역할은 매우 중요하고도 독특하다. 여기서의 나레이터는 근대 소설이 요구하는 객관적인 서술이나 묘사를 하지 않고 독자에게 설명하고 이야기하는 나레이터이다. 옛날이야기를 들려주듯이 독자에게 경어체를 통해 다가가는 이 나레이터의 설

---

37) 나병철은 나레이터의 독특한 역할에 대해서 다음과 같은 논의를 펼친 바 있어 이 글에 중요한 참고가 되었다. "… 윤직원을 풍자하는 표현을 삽입함으로써 그에 대해 비판적 거리를 유지하고 있다. 따라서 독자는 생생하게 극화된 장면을 보면서 또한 화자의 비판적 언어를 듣게 되며 화자의 존재는 사라지지 않는다. 화자는 다른 한편으로 경어체와 구어체를 계속 사용하여 화자와 독자와의 유대관계를 지속시키는데, 이로써 독자 역시 장면에 몰입하지 않고 화자에게 공감하면서 윤직원에 대해 비판적 거리를 갖게 된다."(나병철, 『전환기의 근대문학』(두레시대, 1995), 214면.) 최혜실 역시 『태평천하』에서의 나레이터의 역할에 대해서 다음과 같이 논하고 있다. "나레이터가 전면에 드러나 이야기를 진행해 나감으로써 작가가 일단은 직접적으로 자신의 의사를 표출하지 않아도 소설이 성립할 수 있게 된다. 즉 함축된 작자와 등장인물 사이의 거리 유지 기제가 하나 더 생기는 것이다."(최혜실, 앞의 논문, 241면)

정38)은, 그러나 반근대적 기법이라고 생각할 수 없다. 독자들은 나레이터의 입담, 즉 천연덕스러운 말투로 교묘히 윤직원을 웃음거리로 만드는 입담에서 즐거움을 얻는다. 나레이터의 입담은 고리대금업자라는 근대적 인물에 대한 풍자를 능수능란하게 가하기 위해 사용되는 것이기에 근대적 소설의 기법이라고 보아야 할 것이다.

위의 인용문에서 나레이터는 윤직원의 말을 받아서 윤직원의 입장에서 이에 대한 해설을 붙인다. 이는 바흐찐이 말한 의사 객관적 동기부여의 한 예인데, 의사 객관적 동기부여는 겉으로는 작가에게 속한 듯이 보이지만 실상은 작중 인물 내지 주관적 신념체계 내에 놓여 있는 담론을 말한다.39) 이 대목은 이중의 꼬임이 있는데, 객관적인 이야기

---

38) 나병철은 앞의 책에서 경어체의 의미를 밝혀주고 있다. 이를 소개하면 다음과 같다. 『태평천하』는 윤직원의 신변에 관한 삽화들을 나열하는데 그치고 전체를 통합하는 서사적 구조 혹은 플롯을 갖고 있지 않다. 그렇기 때문에 작가는 판소리적 서술방식을 도입하여 풍자적 삽화를 장편으로까지 발전시키려고 한다. 판소리 극 같은 양상은 서사양식의 각 부분들을 현재화, 직접화시키는 성격을 띠며 각 부분들에 독립적인 흥미가 주어지게 만듦으로써 오히려 부분의 독자성이 강화되는 결과를 가져온다. 판소리의 서술은 청중과 화자(창자) 사이의 공동체 의식에 의한 강한 유대관계를 형성하는 가운데, 각 부분들로 분산된 청중의 주의력을 하나로 연결시키면서, 전체적인 진행이 오래도록 유지되게 한다. 『태평천하』는 이 서술방식을 도입하여 판소리적 서술상황이 지닌 분산된 삽화를 끌어모으는 힘을 이용하려는 것인데, 물론 『태평천하』 역시 서책의 형식이어서 화자와 독자 사이의 유대관계가 약화되고 각 삽화들이 분열될 위험을 안고 있다. 그래서 보완하는 서술이 필요한데 그것이 경어체의 종결어미 사용과 판소리적 구어체의 언어 사용이다. 이는 서책의 형식에서 잃어버린 화자의 인격적 요소를 부활시킴으로써 독자에게 접근하는 요인이 된다.(나병철, 앞의 책, 203-216면의 내용을 정리함.)
구어체와 경어체의 의미에 대한 뛰어난 설명이지만, 그러나 『태평천하』가 서사적 구조를 갖고 있지 않고 나열에 그친다는 전제에 대해서 본고는 반대한다. 하지만 경어체나 구어체가 독자에게 다가가 장면에 대한 주의력을 연결한다는 주장은 받아들일 수 있다. 또한 구어체와 경어체는 등장인물과 독자와의 거리를 유지하고 도리어 창자와 청중같이 나레이터와 독자 사이의 거리가 좁혀지면서 나레이터의 풍자를 더욱 잘 받아들이게 하는 효과를 가지고 있다고 생각된다.
39) 미하일 바흐찐, 「소설 속의 담론」, 116면. 이러한 면을 볼 때 이 소설이 나레이터의

전달인 척 하면서 윤직원의 관점을 옮겨온 것이 그 하나요, 아들을 화적보다 더 무서워해야 한다는 비정상적 상황이 윤직원의 관점으로 진지하게 객관화되어 제시될 때 유발되는 조소가 그 하나이다. 이는 나레이터의 담론을 교묘히 조직화하는데서 생겨나는 효과이다. 또한 위의 인용문 다음에 나오는 다음과 같은 대목은 독자를 끌어들이는 나레이터의 입심을 보여준다.

맨 웃어른 되는 윤직원 영감이 그렇게 싸움을 줄창치듯 하는가 하면, 일변 경손이는 태식이와 싸움을 합니다.

서울아씨는 올케 고씨와 싸움을 하고, 친정 조카며느리들과 싸움을 하고, 경손이와 싸움을 하고, 태식이와 싸움을 하고, 친정아버지와 싸움을 합니다.

고씨는 시아버지와 싸움을 하고, 며느리들과 싸움을 하고, 시누이와 싸움을 하고, 다니러 오는 아들과 싸움을 하고, 동대문 밖과 관철동의 시앗집엘 가끔 쫓아가서는 들부수고 싸움을 합니다.

그래서, 싸움 싸움 싸움, 사뭇 이 집안은 싸움을 근저당해놓고 씁니다.

(61면)

나레이터는 집안사람들의 싸움의 연쇄가 점층적으로 고리를 맺는다는 것을 반복법을 사용하여 보여주고 있다. 이러한 반복법은 문장에 리듬을 부여하면서 흥겨움을 느끼게 하며, 이 흥겨움은 이들의 답답하고

독백으로 소설이 진행된다고 하더라도 결코 독백적인 소설이 아니라고 볼 수 있다. 나레이터의 독백은 작가의 직접적 독백이 아니오, 대화 상황에 따라 풍자적 목적을 위해 조직화된 담론이기에 그렇다. 그래서 "『태평천하』는 작품 전체가 독백적인 발화로 되어 있는 한 편의 담론이라는 것이 양식적 특징"(우한용, 앞의 책, 183)이라는 주장은 등장인물의 발화 방식에만 초점을 둔 주장이라고 생각한다. 이 소설에서의 대화성은 나레이터의 발화 안에 녹아 있다고 보아야 할 것이다.

어리석은 싸움을 거리를 두고 마음껏 비웃을 수 있게 한다. 또한 "싸움을 근저당해놓고" 쓴다는, 경제적 용어를 사용한 야유는, 수전노인 윤직원의 '경제적 사고방식', 즉 생리적이라고 할 만큼 돈을 모든 것의 우위에 두고 사고하는 방식을 윤직원과 같은 유산계급의 생활용어로 비꼬는 것이다. 이러한 경제 용어는 소설 전체를 통해서 윤직원 일가를 야유 또는 조소하는 데 지속적으로 사용된다.

5-6장은 아들 창식이와 며느리, 손주 며느리, 딸 등이 등장하면서, 풍자의 대상이 윤직원에 국한되는 것이 아니라 가족 관계 전반으로 확산되는 것을 볼 수 있었다. 7-8장은 가족 관계를 넘어 윤직원이 치부하는 방법과 그의 이데올로기에 맞추어 풍자가 이루어진다. 이 장들에서 윤직원의 동업 하수인이라 할 올챙이가 등장하면서 윤직원의 부 축적 방식이 필연적으로 어떠한 정치적 이데올로기를 낳는지 드러난다. 7장에서는 올챙이에 대한 인물소개를 하고 윤직원과 올챙이가 고리대금 문제로 서로 수작을 부리는 장면이 나온다. 윤직원이 고리대금을 통해 치부를 한다는 것이 이 장면에서 잘 설명된다. 나레이터는 이를 이렇게 비꼬고 있다.

> 송도 말년에는 쇠가 쇠를 먹었다고 합니다. 그러던 게 지금은 다
> 세태가 바뀌고, 을축 갑자로 되는 세상이라서 그런 것도 아니겠지
> 만, 쇠가 쇠를 낳기로 마련이니, 그건 무슨 징조일는지요.
>
> (77면)

나레이터는 돈이 돈을 낳는 고리대금업을 나라의 붕괴 징조인 송도 말년의 괴변에 빗대어 나타냄으로써, 고리대금업이 망국의 징조임을 암시한다. 고리대금업이 사유재산권이라는 자본주의의 법률적 기본권

을 이용한 가장 악랄한 치부 수단이라고 한다면, 이러한 고리대금업이 양성할 수밖에 없는 자본주의는 결국 망하게 되리라는 암시를 하고 있는 것이다. 손자 종학의 사회주의 가담을 윤직원의 패가를 암시하는 상징적 사건으로 들고 있는 마지막 대목을 보면, 이러한 추측이 무리가 아닐 것이다.

8장에서는 올챙이가 윤직원에게 첩 소개를 은근히 떠보는 장면으로부터 자연스레 윤직원의 첩살림을 소개하는 장면이다. 윤직원의 부패한 생활상을 엿볼 수 있는 장면이다. 또한 현 '시국'인 중일전쟁에 대한 올챙이와의 천박한 대화는 윤직원의 사회의식과 정치적 이데올로기를 드러낸다. 특히 사회주의에 대한 그의 생리적 반발이 주목된다.

> "시방 지나를 치는 것도 다아 그것 때문이랍니다. 장개석이가, 즈이 망할 장본인 줄은 모르구서, 사회주의하는 아라사의 꼬임수에 넘어가지굴랑…… 똑 망할 장본이지요…… 영감님 말씀대로 온통 부랑당 속이 될테니깐두루……"
>
> "그렇지! 망허다뿐잉가?…… 허릴없이 옛날으 부랑당패 한참 드세던 죄선 뽄새가 되구 말 티닝개루……"
>
> "그러니깐 말하자면, 시방 지나가 아라사의 꼬임에 빠져서 정신을 못 채리구는 함부루 납뛰는 셈이죠. 그래서 그걸 가만 둬 둬선 청국 즈이두 망하려니와 동양이 통으루 불안하겠으니깐, 이건 이래서 안되겠다구 말씀이지요, 안되겠다구, 일본이 따들구 나서가지굴랑 지나를 정신을 채리게 하느라구, 이를테면 따구깨나 붙여가면서 훈계를 하는 게 이번 전쟁이랍니다!"
>
> <중략>
>
> "참 장헌 노릇이여! …… 아 이 사람아 글쎄, 시방 세상으 누가 무엇이 그리 답답히여서 그 노릇을 허구 있겄넝가? …… 자아 보소. 관리허며 순사를 우리 죄선으루 많이 내보내서, 그 숭악헌 부랑당놈들

을 말끔 소탕시켜 주구, 그리서 양민덜이 그 덕에 편히 살지를 않넝
가! 그러구 또, 이번에 그런 전쟁을 히여서 그 못된 놈의 사회주의를
막어내주니, 원 그렇게 고맙구 그렇게 장헐 디가 어디 있담 말잉
가…… 어 참, 끔찍이두 고맙구 장헌 노릇이네!…… 게 여보소, 이번
쌈에 일본은 갈디읎이 이기기넌 이기렷대잉?"

"그야 여부 없죠! 일본이 이기구말구요!"

"그럴 것이네. 워너니, 일본이 부국갱병허기루 천하 제일이라넌
디…… 어 참, 속이 다 후련허다."

(92-93면)

중일전쟁을 중국이 소련에 꼬드김을 당해서 일으켰다는 식의 올챙
이의 시국관도 조소의 대상이겠지만, '부랑당 패거리'인 사회주의를 치
기 위해 일본이 중국을 치고 있다는 말을 듣고 일본에 감사하며 일본이
꼭 이기기를 확인받으려는 윤직원의 모습은 조소뿐만 아니라 분노마
저 일어나게 한다. 윤직원이 이기주의자만이 아니라 반역사적 인물이
라는 점이 여기서 드러나는데, 이 대화에서도 윤직원의 어리석음과 도
착적인 현실 인식이 쓴 웃음을 자아내게 한다는 점에서 풍자는 소멸되
지 않는다. 또한 위의 대화에서 올챙이의 말을 통해 일본 군국주의의
궁극적인 전쟁 도발 이유가 반어적으로 드러나기도 한다. 실제로 일본
군부는 자신들의 중국 침략에 대해 '따구깨나 붙여가면서 훈계를' 한다
는 얼토당토하지 않는 구실을 붙이기도 했다.[40]

---

40) 전 상해 파견군 총사련관 마쯔이 이와네 대장은 중일전쟁의 본질을 "원래 일본과
중국 두 나라의 투쟁은 이른바 '아시아의 일가' 내에서의 형제 싸움으로서 …… 마
치 같은 집안의 형이 참고 참았는데도 불구하고 여전히 난폭한 행동을 그만두지 않
는 동생을 때린 것과 마찬가지로, 그를 미워하기 때문이 아니라 사랑하는 나머지
반성을 촉구하는 수단"이라고 말한 바 있다.(마루야마 마사오, 『현대정치의 사상과
행동』(한길사, 1997), 141면에서 재인용)

올챙이의 말에 대한 윤직원의 반응은 일본 제국주의의 식민지 경영이 어떤 의미를 갖는지 폭로한다. 일본 제국주의의 군국주의가 철저히 자본을 보호하고 사회주의 세력을 척결하려는데 그 목적이 있음이 반어적으로 드러나고 있는 것이다. 윤직원은 자신의 재산을 사회주의로부터 일제가 지켜주기에 일본의 순사에 존경심을 보내고 경찰행정에 돈을 쓰기도 한다. 그가 금전적 이익이 되지 않는 분야에 돈을 쓴다는 것은 매우 드문 일이다. "윤직원 영감은 그리하여 자기가 찬미하는, 가령 경찰행정 같은 그런 방면의 사업에다가 자진하여 무도장 건축비를 기부한다든지 하는 외에는 소위 민간측의 사업이나 구제에는 절대로 피천 한푼 내놓질 않는 주의요, 안할 사람"(184면)이기에 그렇다.

그가 '무도장 건축비' 등에 돈을 증여하는 것은 결코 이익에 반한 일이 아니다. 또한 깊이 손실 계산을 한 후 증여하는 것도 아니다. 그러한 경찰력이 계속 사회주의 '부랑당 패'를 막아주길 원하기 때문에 조금이라도 힘이 되라고 윤직원은 돈을 주는 보내는 것이다. 또한 그런 '부랑당 패'를 막아준 순사들에게 '순수한 감사의 마음'으로 주는 것이기도 하다. 윤직원 영감의 일제 야합은 당시 한국 자본가들의 필연적 행로를 보여주는 것인지도 모른다. 윤직원 같은 자산가는, 식민지 자본주의를 관철시키고 이를 제도화하고 보호하면서 부를 축적하고 유지할 수 있게 해주는 일제에 야합하도록 이끌리게 되어 있다. 위의 인용문은 일본 식민지 조선에서 윤직원과 같은 고리대금업자의 본질과 의미를 반어적으로 드러낸다. 그리고 일본 제국주의와 군국주의가 조선의 어떤 계급을 보호하는지, 이를 통한 일제의 정책목표가 무엇인지 당시의 엄혹한 검열망을 반어를 통해 벗어나면서 보여준다.

8장은 이렇듯 윤직원의 계급이 당시 식민지 시대에서 어떤 본질을 가지고 있는가를 폭로한다. 이러한 폭로를 거쳐 9장부터는 윤직원 일가 전체가 본격적으로 강도 높은 풍자의 대상이 된다. 후반부로 갈수록 높아지는 풍자의 정도 때문에 "기괴한 느낌마저 들게 한다"[41]고 말한 논자도 있을 정도다. 풍자가 너무나 신랄하고 비정상적인 것에 맞추어져 있어서 비현실적인 느낌마저 든다는 의미일 것이다. 그러나 '그로테스크한 것'은 풍자의 일면이기도 하다. 루카치는 다음과 같이 말하고 있다.

> 문학적으로 형상화된 환상적인 것, 그로테스크한 것은 바로 다음의 사실을 통해서, 현상의 감각적 관통력이 현상의 근저에 놓여 있는 본질의 공허성을 직접적으로 드러내고 거꾸로 그로테스크한 '비개연적인' 개별사실 속에서 동시에 전체 연관의 심오한 진리가 직접적으로 표현됨을 통해서 그 효과를 나타낸다.[42]

풍자의 통렬함이 비현실적이라는 느낌이 들 때, '현실의 공허함'이 역설적으로 풍자되면서 그 공허함을 만든 현실의 연관관계와 방향을 반어적으로 드러낼 수 있다는 의미다. 태평천하 역시 과장과 반어를 통과하면서 개별 사실 속의 연관 관계와 현실의 방향을 드러낸다고 평가할 수 있다.

9장에서는 대복이를 소개하고 그가 서울 아씨와 결혼하려고 하나 신분 문제로 갈등을 겪는 장면을 제시한다. 여기서는 윤직원의 충실한 하수인 대복이의 어리석은 면모가 야유의 대상이 된다. 하지만 대복이나 서울 아씨가 전체 구성상에서 큰 의미를 가지고 있지 않아 삽화처럼 끼

---

41) 최혜실, 앞의 책, 앞의 논문, 243면.
42) 게오르그 루카치, 앞의 글, 59면.

어 들어간 장이라는 인상을 준다. 10장에서는 윤직원의 여성편력을 늘어놓다가 윤직원이 춘심이를 추근거리는 장면을 제시한다. 11장에서는 사랑방과 안방의 풍경을 제시하다가 춘심이와 윤직원과 증손자 경손과의 삼각관계를 제시한다. 이렇듯 10장에서 11장까지는 늙은 윤직원의 연애 사건과 춘심이와의 에피소드가 추할 정도로 그려진다. 물론 여기서도 풍자는 살아있다. 그러나 이들 가족에 대한 풍자는 환멸감과 쓴 웃음을 자아내고, 분노까지 일으킨다. 특히 증손자 경손이와 춘심이의 관계는 증조부와 증손자가 같은 여자를 두고 희롱하는 퇴폐의 극을 보여주고 있다. 10장에서는, 동기(童伎)를 범하려다 실패한 윤직원이 시골에서 여자 아이를 불러올까 생각하는 장면이 나온다. 그 아이는 바로 윤직원의 땅에서 소작을 부쳐 먹는 농민의 딸이다. 이에 대해 나레이터는 다음과 같이 이야기한다.

> 작인들이야 제네가 싫고 싫지 않고는 문제가 아니요, 어린 딸은 말고서 아닐말로 늙어 쪼그라진 어미라도 가져다가 바치라는 영이고 보면, 여일히 거행하기는 해야 하게크롬 되질 않겠습니까.
> 진실로 그네는 큰 기쁨으로든지, 혹은 그 반대로 땅이 꺼지는 한숨을 쉬면서든지 어느 편이 되었던지 간에, 표면은 씨암탉 한 마리쯤 설이나 추석에 선사삼아 안고 오는 것과 진배없이 간단하게, 그네의 어린 딸 혹은 누이를 산 제수로 바치지 않질 못합니다.

(110면)

한 이기주의자이자 반역사적인 인물인 악덕 지주에 의해 농민들의 삶이 얼마나 비참하게 되고 있는지 이 이야기는 들려준다. 소작인의 비참한 실상은 어린 딸이나 누이를 씨암탉 하나 바치듯이 바쳐야만 하는 종속 관계에 놓여 있다. 그들은 지주의 명을 거역할 수 없다. 거역한다면 소작 붙일 땅마저 얻지 못하게 될 것이기 때문이다. 더구나 윤직원은 소작 주는 것을 적선이라고 보고 있어서[43] 소작권을 자기 마음대로 할 것이 틀림없다.

윤직원의 이러한 반민중적인 성격을 보여주면 보여줄수록 풍자는 거세지고, 소설은 윤직원의 추함을 집요하게 드러낸다. 윤직원이 시골에서 '애'를 데려오지 않은 이유는, 동기보다도 쓸모는 적은 그 '애'를 데려오면 차삯이나 모수발, 뒷갈무리 등으로 동기보다 돈이 더 들기 때문일 뿐이다. 윤직원의 추함은 성욕과 돈의 연관에서 드러난다. 윤직원은 철저히 여자들을 성욕의 대상으로만 보고 좀 더 '경제적'으로 취하려고 한다. 하지만 소설은 동기를 꾀려다 망신만 당하는 윤직원의 우스꽝스런 모습을 보여주면서 그를 조소의 대상으로 만든다.

나아가 어린 춘심이가 반지로 성을 흥정하는 장면에선 극도의 타락상을 보게 되며, 윤직원이 희롱하려던 춘심이를 증손자 경손이가 희롱하는 모습에서는 그야말로 '난장판'을 보게 된다. 나레이터는 환멸의 쓴웃음을 유발하는 이 상황을 더욱 비꼬면서 이렇게 말한다.

아무려나 이래서 조손 간에 계집애 하나를 가지고 동락을 하니 노소동락일시 분명하고, 겸하여 규모 집안다운 계집 소비절약이랄

---

43) 나레이터는 이렇게 말하고 있다. "지주가 소작인에게 토지를 소작으로 주는 것은 큰 선심이요, 따라서 그들을 구제하는 적선이라는 것이 윤직원 영감의 지론이던 것입니다. 윤직원 영감의 신경으로는 결코 무리가 아닙니다. 논이 나의 소유라는 결정적 주장도 크지만, 소작 경쟁이 언제고 심하여 논 한자리를 두고서 김서방 최서방 이서방 채서방 이렇게 여럿이, 제각기 얻어 부치려고 청을 대다가는 필경 그 중의 한 사람에게로 권리가 떨어지고 마는데, 김서방이나 혹은 이서방이나 또는 채서방이나에게로 줄 수 있는 논을 최서방 너를 준 것은 지주 된 내 뜻이니까, 더욱이나 내가 네게 적선을 한 것이 아니냐? …… 이것이 윤직원 영감의 소작권에 의한 자선 사업의 방법론입니다."(184면)

수도 있겠습니다.

   그렇지만, 소비절약은 좋을지 어떨지 몰라도, 안에서는 여자의
인구가 남아돌아가고(그래 한숨과 불평인데) 밖에서는 계집이 모자
라서 소비절약을 하고(그래 칠십 노옹이 예순다섯 살로 나이를 야바
위도 치고, 열다섯 살 먹은 애가 강짜도 하려고 하고) 아무래도 시체
의 용어를 빌어오면, 통제가 서지를 않아 물자배급에 체화와 품부족
이라는 슬픈 정상을 나타낸 게 아니랄 수 없겠습니다.

(145면)

   나레이터는 경제 시사용어를 사용하여 윤직원과 경손이의 춘심이에
대한 희롱을 기자처럼 논평하고 야유한다. 여기서 경제 시사용어를 사
용한 것은 이 상황에 대해 비꼼의 의미도 있지만, 윤직원 집안에서 남
자들의 방탕한 삶과 생과부가 된 며느리들의 삶을 대비하여 그 남자들
에 의해 여자들의 삶이 얼마나 비참하게 되었는가를 지적하는 의미도
된다. 나아가 경제 시사용어를 비정상적이고 비윤리적인 상황에 적용
함으로써 그런 용어의 통상적인 뜻을 파괴한다는 의미도 있다. 이 의미
는 중요한데, 그 시사용어들이 자본주의 경제 체제에서 사용되는 용어
이고, 그 용어의 의미를 파괴한다는 것은 그 용어들이 생겨 나오게 된
모태인 자본주의 체제를 비판한다는 의미를 가지기 때문이다. 즉, 작가
가 난장판의 상황에 대해 경제 시사용어를 사용한 것은 자본주의 경제
의 가치인 소비절약이나 자본주의 경제 현상의 하나인 체화와 물품 부
족은 이러한 난장판의 가족 관계에도 적용이 된다는 것, 다시 말하면
이러한 난장판은 자본주의 경제체제에서 비롯된 하나의 현상이라는
것을 암시하기 위한 것이다. 그것은 윤직원 일가의 남자들이 여자를 돈
으로 사서 성욕의 노리개로 만들기만을 생각하고 있는 것을 보아도 짐
작할 수 있다.

12장에서도 계속해서 성욕과 돈의 문제가 조명된다. 윤직원이 군수를 시키려는 맏손자 종수는 승진을 위한 상납을 핑계로 윤직원으로부터 돈을 뜯어내어 온갖 향락에 돈을 쓰는 인물이다. 그의 이러한 씀씀이를 이용하여 주위 사람들은 그에게 계속 사기를 친다. 이 장에서 병호는 종수로부터 1천7백 원을 사기치고, '여학생 오입'이라고 꾀어 종수를 뚜쟁이 집에 들여보낸다. 그러나 거기서 만난 이는 아버지의 둘째 첩 옥화였다. 그야말로 난장판이 계속되는 것이다. 13장에서는 윤주사의 큰 첩 집의 풍경이 묘사되다가, 마작을 하는 창식에게 동경에서 종학의 피검을 알리는 전보가 날아드는 장면이 전개된다. 하지만 마작에 정신이 없는 창식은 전보에 전혀 신경 쓰지 않는다. 도박판에서는 아들에 신경 쓸 겨를이 없다. 도박에 부모의 기본적인 윤리마저 저버리는 모습이다.

이렇게 윤직원 일가의 총체적인 비윤리성이 드러난 후 소설은 종반으로 넘어간다. 14장은 그 이튿날 아침이 시간적 배경이다. 이 장에서는 윤직원의 오줌 보안법(保眼法), 오줌 장복(長服)이 서술된다. 몸에만 좋다면 어린애 오줌도 사서 먹는 윤직원의 보신주의가 그려지는데, 어린애 오줌이 좋다는 미신에 끌려 오줌을 비벼대고 마셔대는 윤직원의 어리석은 모습은 역시 독자의 조소를 자아낸다. 나레이터는 윤직원이 오줌까지 마시면서 오래 살려고 하는 욕망을 진시황의 불로초에 대한 욕망과 비교한다.

절대로 영생불사…… 진시황과 같이 간절하게 영생불사를 하고 싶습니다.
윤직원 영감이 재산을 고이고이 지키면서 더욱 더욱 늘리고, 일변 양반을 만들어내고자 군수와 경찰서장을 양성하고 하는 것은, 진시황으로 치면 오랑캐를 막아 진나라를 보전하기 위해 만리장성을 쌓던 역사적이요 세계적인 그 토목사업과 다름없는 역사적인 정신적 토목사업입니다.

(174면)

하지만 이 만리장성이 허물어지고 있다는 것은 다음 장에서 알게 될 것이다. 위 장면의 시간까지 윤직원에겐 자신이 누리는 시대가 토목사업도 착착 진행되고 오랑캐-사회주의자-도 없는 태평천하라고 여긴다. 윤직원의 식구들도 이 평온한 아침을 맞이하고 있다. 그 평온함의 정체는 실상 이러하다.

태식이는 골목 구멍가게에 나가서 맘껏 오마께를 뽑고 사먹고 하니, 무사태평을 지나 오히려 행복이고.

경손이는 간밤에 춘심이로 더불어 랑데부를 하면서, 2원돈을 유흥하던 추억에 싸여 시방 학과에도 여념이 없는 중이고.

서울 아씨는 추월색을 일찌감치 들고 누웠으니, 오만 시름 다 잊었고……

(중략)

동소문 밖 xx 별장에서는 종수가 배반이 낭자한 요리상 앞에 기생들과 병호로 더불어 역시 태평몽이고……

옥화는 간밤의 일이 좀 걸리기는 하지만, 뭘 집 한 채와 패물과 또 현금으로 2, 3천원 몽똥그렸으니, 발설이 되어 윤주사와 떨어져도 그다지 섭섭할 건 없다고 안심이고.

윤주사도 도합 4천5백 원을 마작으로 폈으나 5천 원도 채 못 되는 것, 술 사먹은 폭만 대면 고만이라고 새벽녘에야 든 잠이 시방 한밤중이요, 자고 있으니까 동경서 온 그 전보의 사단도 걱정을 잊었고……

(175면)

여기에 묘사되고 있는 윤씨 일가의 사람들에서 정신이나 이념이라곤 찾아볼 수 없다. 다만 자신의 욕정과 유희에 이끌려 하고 싶어서 할 뿐이요, 돈을 사기당하거나 노름에서 잃어도 별 걱정 없이 무사태평하게 자고 있다. 한바탕 난장판을 벌여놓고도 아무 반성이 없을 수 있는 세상, 그리고 난장판을 계속 벌일 수 있는 세상, 즉 난장판이 거리낌 없이 용인되는 세상, 이것이 바로 윤직원이 말하는 태평천하임이 드러난다. 하지만 이 태평천하 안에서도 만리장성은 점차 금이 가고 있었다. 종수나 창식에 의해 하룻밤 사이에 "윤직원이 벌었다고 좋아하는 900여 원의 열 갑절 가까운 9천여 원이 날아"간 것이다. 그래서 "그것은 결국 옴팡장사요, 이를테면 만리장성의 한귀퉁이가 좀이 먹는 것이겠는데, 그러나 윤직원 영감이야 시방 그것을 알 턱이 없던 것"(181면)이다. 자신의 만리장성이 허물어지고 있다는 것을 안 것은 바로 종학이 사회주의자가 되어 피검되었다는 소식을 들으면서다.

15장에서는 윤직원이 종수를 점잖게 타이르다가 손자 종학이 경시청에 피검되었다는 전보를 받고 충격을 받게 되는 장면이 제시된다. 집안의 대들보로 키우려고 했던 종학이 사회주의로 피검되었다는 장면은, 윤직원이 이기주의와 보신주의에도 불구하고 결국 망하게 될 것이라는 암시이다. 윤지원은 자신이 그토록 증오해왔던 사회주의를 막아준 일본 경찰에 대해 고마움을 느꼈고 종학을 일본 경찰의 서장을 시키기 위해 돈 들여가면서 일본에 유학시켰다. 그런데 종학이 사회주의자가 되어 경찰에 구속되었다는 소식은, 윤직원이 결국 자기 돈으로 자기 무덤을 파고 있었다는 사실을 알려주는 것이었다. 그것은 식민지 자본주의가 자기 손으로 자기 무덤을 파는, 내면적 붕괴를 암시하는 것이라고 적극적으로 해석될 수도 있다.

지금까지 살펴본 바, 이 소설의 전개를 정리해본다. 이 소설은 윤직원의 인간됨에서부터 시작하여 '나만 빼고 전부 망해라'라는 윤직원의 인생철학의 성립을 거쳐 윤직원 일가의 서로 반목하는 관계를 보여주고, 윤직원의 치부방법과 이데올로기를 제시하면서 윤직원 같은 고리대금업자의 치부와 일본제국주의의 억압적 국가장치가 서로 공생관계에 있음을 드러낸다. 그리고 이러한 장면을 계기로 하여 풍자가 더욱 거세지면서 성을 둘러싼 가족 관계의 난장판 같은 이면을 드러내다가 결국 윤직원 집안의 부가 사상누각임을 암시하면서 끝을 맺는다.

손자나 아들의 축첩과 반윤리는 바로 윤직원의 행태를 모방한 것이라고 볼 수 있다.[44] 그러므로 윤직원 집안의 총체적 붕괴는 윤직원의 삶 자체가 만들어 놓은 덫에 의한 것이다. 또한 경찰서장을 시키고자 유학 보낸 손자가 사회주의자가 된다는 것 역시 윤직원이 구상한 계획 자체가 아이러니하게 집안을 붕괴시킨다는 의미를 가진다. 즉, 이 소설은 윤직원의 인간됨 또는 고리대금업자로서의 생리가 어떻게 필연적으로 아이러니한 붕괴를 가져오는가를 풍자적으로 보여준 작품이라 할 수 있다. 다시 말하면, 『태평천하』는 윤직원이 생각한 '태평천하'가 난장판의 비윤리 세계를 이면에 갖춘 세상이며, 결국 진나라가 멸망하듯이 윤직원의 세상 역시 무너질 것임을 보여주고 있는 것이다.

『태평천하』는 각 장마다 독립적으로 전개되면서, 각 장은 나레이터가 먼저 상황을 설명한 후 풍자적 장면을 제시하는 식으로 구성되어 있다. 하지만 각 장의 풍자의 도는 점점 심해지고 윤직원 및 일가의 부정성은 그 추함을 더해가면서 난장판으로 흘러간다. 그리고 소설은 윤직원 일가가 망할 것이라는 징조를 보이고 끝난다. 즉, 각 장은 독립되어

---

44) 우한용은 『태평천하』의 작중인물이 모방적이고 소모적인 삶을 영위한다는 게 한 특징이라 지적하고 있다.(우한용, 앞의 책, 208-215면 참조)

있지만 전체적으로 점층적 구조를 가지고 있는 것이다. 다시 말하면 장면이 상대적으로 독립적으로 전개되긴 하면서도, 소설은 점점 윤직원 일가에 대한 총체적 멸시를 불러일으키도록 흘러가면서 부정적 인물의 파멸로 이끌어 가는 파국적 전개를 보여준다. 그로써 소설은 그 파멸이 필연적임을 약하게나마 암시하는데, 이러한 암시를 해독하는 것은 독자의 몫으로 주어진다.

『태평천하』는 『삼대』와 같이 긍정적 인물이나 이념을 대비시켜 부정적 인물의 그 부정성을 드러내지 않는다. 이 소설은 윤직원 일가를 '정상성'으로부터의 일탈을 통해, 즉 그 일가가 기괴할 정도로 난장판에 빠져버리고 있음을 보여주면서 독자의 환멸을 유발하고 쓴웃음을 짓게 만드는 식으로 풍자가 이루어진다. 또한 소설의 모든 내용과 구성이 풍자의 점층적 심화를 위해 전개된다.[45] 이 소설은 완연히 풍자를 위한 소설이 되고 있는 것이다. 그래서 종학의 사회주의도 대비적인 의미로서의 긍정적 이념으로 등장하는 것이 아니라 윤직원 일가에 대한 결정적 타격을 위해, 즉 풍자의 절정을 위해 등장하는 것으로 보인다.

그래서 『태평천하』의 이러한 면에 대해 논자들은 "사회주의 국가에 대한 지식인의 비전이 없는 채로 타락한 사회를 상스럽고 타락한 사람으로만 풍자하려고 하였기 때문에 그 풍자는 수세에 몰린 악순환을 초래"[46]했다고 평가하거나 "『태평천하』는 부정의 대상만 드러내고 그것과 대비시켜 드러내야 하는 이상적인 세계는 드러나지 않는다. … 역사적 전망이 서지 않을 때 세태풍자는 구조성을 띠지 못함은 물론, 자기 풍자도 결국은 자신의 윤리성의 잠재로 말미암아 빈정거림에 머물고 만다. 이것이 『태평천하』의 풍자성이 갖는 한계"[47]라고 평가한다.

---

45) 4장이나 9장은 이런 면에서 흠이 되고 있다.
46) 이보영, 「출구없는 종말의식」, 『식민지시대 문학론』(필그림, 1984), 378면.

그러나 이는 다분히 『태평천하』 이후의 채만식의 작품세계가 니힐리즘에 빠져든다는 점을 염두에 두고 내린 결론이다. 물론 『태평천하』 이후 『냉동어』와 같은 작품이 니힐리즘적인 색채를 많이 띠고 있고, 결국 채만식의 작품세계가 친일문학으로까지 흘러간다는 것은 사실이다. 하지만 채만식의 다른 작품 경향을 가지고 『태평천하』 자체의 작품성을 평가할 수는 없다. 오히려 반대 이념이 등장하지 않음으로써, 풍자 대상의 부정성은 지양되거나 중화되지 않고 더욱 선명하게 부각된다고 할 수 있다. 그래서 이 소설은 부정성만이 신랄하게 드러나는 본격 풍자소설이 되는 것이다. 또한 『태평천하』는 인물들의 부정성을 당시 식민지 시대의 구조적 부정성과 연관시켜 드러내고 있기 때문에 진지함을 잃지 않는다. 이 소설은 비록 스쳐 지나가듯이 언급되어 있지만, 자산가와 일본 제국주의와의 밀착 및 이에 따른 민중들의 고초를 드러내주고 있다. 또한 이와 동시에 윤직원의 '태평천하'가 내부적 모순 때문에 필연적으로 몰락하고 말 것이라는 전망 역시 보여준다. 이 전망은 희미하게 감지되기 때문에 독자가 적극적으로 찾아야 발견할 수 있기는 하지만 말이다.

4. 결론

이 장에서는 『삼대』와 『태평천하』의 풍자 방식을 다시 정리하면서 그 방식의 작품 내적 의미와 그 의미의 시대적·사회적 의의를 결론 삼아 생각해보고자 한다.

---

47) 우한용, 앞의 책, 219면.

『삼대』에서는 대화적 원리를 통해 풍자가 이루어진다. 나레이터가 풍자 대상을 직접적으로 풍자한다기보다는 다른 작중 인물과의 대화를 통해 대상이 풍자된다. 나아가 풍자 대상은 자신의 말에 의해 자기 풍자되기도 한다. 풍자를 가하는 인물은 소설 속에서 풍자가가 되기 때문에 긍정적 인물로서 비추어져야 한다. 『삼대』에서 주요 풍자 대상은 조상훈이다. 그는 부정적 인물과 긍정적 인물 사이를 매개하는 인물이다. 병화와 경애는 조상훈에 대한 풍자를 통해 긍정적인 가치를 생성시키는 인물들이다.(병화나 경애와 관계 맺고 있는 필순이나 덕기와 같은 인물 또한 이들과 맞물려서 활동하면서 성숙해진다)

이에 『삼대』에서 풍자는 다양한 인물들이 긍정적으로 성숙하게 될 수 있는 계기를 제공해준다고 할 수 있다. 그런 면에서 『삼대』는 풍자가 소설의 전개에서 중요한 계기로 작용한다. 그러나 이 소설이 풍자를 목적으로 하는 소설이라고 말할 수는 없다. 풍자가 소설 구조상으로나 내용상으로 매우 중요한 기능을 하지만, 작가가 보여주려고 한 것은 결국 긍정적 인물들의 생성과 활동이기 때문이다. 이 소설에서 풍자 대상에 대한 공격과 풍자는 대상에 대한 파괴에만 그치는 것이 아니라 긍정적 인물의 생성의 계기로서도 중요한 의미를 갖는 것이다. 이 소설의 풍자는 인물들의 다성적 생성과 전개의 디딤돌로 기능한다.

『삼대』에서 공격 대상이자 풍자 대상은 개화기 세대의 위선이다. 그 이전 세대인 조의관 세대는 상대적으로 덜 풍자된다. 작가에게 그 세대가 주요 공격 대상이 되지 않을 수 있었던 것은, 당시 자산가 계급이 친일 세력이 되지 않을 수도 있으며, 더 적극적으로 생각하면 그 재력을 물려받은 새로운 세대가 사회주의 운동 또는 민족해방운동의 협력자금을 제공하는 역할을 할 수 있다는 작가의 희망 때문일 것이다. 그래서 작가는 작품 말미에서 조부가 모은 재력으로 양심적 사회운동가를 돕는 덕기와 같은 동정자에게 희망을 부여하려고 했다. 반면 작가가 공격하는 부정적 인물은, 그러한 재력을 갖고 있음에도 불구하고 길을 잃어버린 조상훈 세대이다. 이들은 역사의 진행을 통해 사라져야 할 인물들이다.

그러나 식민지 시대에서 자산의 유지란 결국 일제가 심어놓은 자본주의적 제도에 순응한다는 의미를 갖는다. 김윤식은, "덕기에 있어 제일 고마운 존재가 고등계였다는 사실은『삼대』전체를 통해 일관된 사상이다. 고등계든 총독부든 덕기의 재산을 깡그리 지켜줄 수 있는 존재이면 그 이상 정당한 것은 없는 셈이다. 이것이 곧 가치 중립성이고 제도적 장치로서의 자본주의다.", "조의관, 조상훈, 조덕기는 꼭 같은 수준이어서 우열은 없다. <사유재산의 신성불가침> 위에 선 이 사상을 지켜주고 보장하는 제도적 장치는 조선왕조, 총독부, 미군정, 이승만 정권 그 어느 것이나 동일한 것이다"[48]라고 날카롭게 지적한 바 있다. 자산을 사회주의를 위해 사용한다고 해도 자산의 소유가 가능한 것은 일본 제국주의가 확립해놓은 이데올로기적, 폭력적 국가 장치의 보호가 있기 때문이다. 결국 자산을 갖고 민족해방운동을 한다는 것은 이러한 장치를 인정하고 따르는 것을 전제로 한다. 하지만 이러한 한계나 판단 착오에도 불구하고, 아니 그러한 판단착오 때문에 도리어『삼대』라는 한국 소설에서 특유한, 다성적이면서도 생성적인 소설이 창작될 수 있었다.

덕기와 같은 이가 고민하게 될 이러한 민족 유산계급의 딜레마는『태평천하』에서는 찾아볼 수 없다.『태평천하』는 풍자 대상인 유산계급에

---

48) 김윤식, 앞의 책, 558, 561면.

대해 집요한 공격을 감행하면서, 결국은 그 대상이 멸망하고야 말 필연성을 찾아내고 있다. 이 소설의 풍자가 갖는 목표는 부정적 인물에 대한 공격에 전적으로 맞추어진다. 『태평천하』가 발표될 당시 조선은 더욱 곤란한 정세에 놓여 있었다. 중-일 전쟁을 계기로 일제는 조선을 병참기지화하면서 더욱 가혹하게 사상을 통제했다. 사회주의 운동은 박멸되다시피 되었다. 유산계급은 자신의 자산으로 민족해방운동을 돕는다는 조덕기와 같은 심퍼사이저 의식을 지속시킬 수 없었다. 도리어 '신체제'를 지원하는 등, 더욱 일제와의 야합으로 나아갔다. 조선 유산계급의 역사적 반동화가 짙어져 간 것이다.

이러한 상황에서 긍정적 인물을 대비시켜 부정적 인물을 비판하는 식의 『삼대』와 같은 풍자는 점점 더 어려워졌다. 이러한 정세 아래이기에, 몰역사적인 윤직원 일가의 반동성과 퇴폐성, 무지함을 과장하여 부각시키면서 집중 공격하는 전격적인 풍자 소설, 『태평천하』가 나오게 되었던 것이다. 어떤 논자의 지적대로, 긍정적 인물이 전무하기 때문에 이 작품은 더 나아갈 수 없는 한계를 가지고 있으며, 그래서 후속 작품에서 작가가 니힐리즘에 빠질 수밖에 없다고 말할 수도 있다. 하지만 뒤집어서 생각하면 바로 그러한 한계가 있기 때문에 한국 소설사 상 가장 신랄한, 그야말로 완연한 풍자소설이 탄생할 수 있었다. 이렇게 본다면 『삼대』와 『태평천하』는 시대적 한계 속에서, 아니 도리어 그 시대적 한계에 의해 각기 독특한 경지의 소설 세계를 펼쳐 보일 수 있었다고 말할 수 있겠다.

김남천의
발자크 수용에 대한 고찰

1. 서론

한 작가가 외국의 한 작가를 '적극적으로 수용'하고자 할 때에는 자신의 예술가적 요구에 의해서 외국의 작가를 변용하여 수용하게 된다. 작가가 작품을 쓸 때 주제를 어떻게 잡아야 할지, 예술적 기법을 어떻게 풀어나가야 할지 막막할 경우, 그는 다른 이의 작품에서 무엇인가를 배우려고 할 것이다. 수용은 그러한 욕구에 따라 변용되어 이루어진다. 이 글은 이러한 기본 인식 아래에서 김남천의 발자크 수용에 대해 고찰하려고 한다.

먼저 김남천의 문학적 생애를 간략히 살펴보기로 한다. 김남천은 1930년대 초, 프로문학의 볼세비키화 시기에 소장 평론가이자 소설가로 조선 문단에 등장한다. 하지만 그는 1931년 카프 제I차 검거 때 검거되어, 카프 문인 중 그만이 기소되어 실형을 선고받는다. 1933년 출옥 후 「조선중앙일보」 기자로 활동하다가 신문이 정간되자 그만둔다. 이후 최재서가 1939년 말『인문평론』을 창간하자 이 잡지에 편집장으로 취임하고, 소설 『대하』를 비롯하여 평론 「발자크론」 등을 발표한다. 해방 후 김남천은 임화와 함께 <조선문학건설본부>를 건설한다. 이 조직은 한효 등의 <조선프롤레타리아문학동맹>과 통합하여 <조선문학가동맹>으로 진화한다. 남한에서 공산주의자들에 대한 탄압이 심해지자 김남천은 1947년 경 월북한다. 그러나 북한에서 남로당 숙청사건으로 임화가 사형을 선고받아 처형당하고, 김남천은 15년을 선고받는다. 그 후엔 생사가 묘연하다고 한다.[1]

　김남천은 1939년에서 1940년을 거쳐 '발자크 연구' 4부작[2]을 인문평론에 연재하면서 발자크를 적극적으로 수용한다. 그 이전에도 발자크에 대한 김남천의 단편적 언급이 있었지만, 당시 프로문학 출신의 작가들이 언급하는 정도의 수준이었을 따름이었다. 즉 그는 당시 일본과 소련에서도 유명했던 엥겔스의 발자크에 대한 언급[3]을 통해, 즉 엥겔스의 발자크 이해라는 간접적 통로를 통해 발자크를 세계관에 대한 리얼리즘의 승리를 얻은 위대한 리얼리즘 작가라고만 추상적으로 이해하는 수준에 머물러 있었던 것이다. 하지만 1939-1940년에 이르면, 김남천은 이러한 피상적 수용에서 벗어나 직접 발자크를 읽으면서 연구하여 엥겔스의 발자크 평가를 체화하려고 하였다. 이러한 발자크의 적극적인 수용 자세는 앞으로 서술할 김남천 자신의 문학론의 돌파구를 찾

---

1) 이덕화, 『김남천 연구』(청하, 1991), 22-25면.
2) 1회-「고리오옹과 부성애 기타」(『인문평론』,1939. 10.), 2회-「성격과 편집광의 문제」(동,1939.12.), 3회-「관찰문학소론」(동, 1940. 4), 4회-「체험적인 것과 관찰적인 것」(동, 1940. 5.).
3) I.. 박산달, S. 꼬라브스키 엮음, 김대웅 역, 『마르크스, 엥겔스 문학예술론』(한울, 1988), 149-150면. 주지하다시피 엥겔스는, 발자크는 왕당파였지만 그의 예술에서는 자신의 선입견과 반대로 귀족의 몰락을 보았고 진정한 미래 인간을 오직 당대에서 찾아질 수 있는 곳에서만 보았다고 말했다. 즉 그는 발자크의 소설을 리얼리즘의 위대한 승리의 예로서 언급했다.

기 위해서 행해진 것이다. 어쨌든 수입된 개념을 가지고 별 반성 없이 작품을 재단하는 당시 일부 비평계의 태도를 벗어나서, 김남천은 서구 리얼리즘 작품을 직접 연구하여 개념을 육화하고 그 육화된 개념으로 비평을 행하려고 했다는 점에서 긍정적인 평가를 내릴 수 있다.

그런데 한 작가가 다른 작가를 적극적으로 수용한다고 하더라도, 수용되는 작가의 모든 것을 수용할 수는 없는 일이다. 그러므로 수용되는 작가의 어떤 부분만을 수용하게 된다. 수용하는 작가들이 동일한 작가 또는 작품을 수용하더라도, 수용하는 작가의 문학관과 수용의 의도, 태도, 방향, 그리고 수용 당시 사회의 수용 능력과 분위기 등에 의해 수용 부분과 내용은 수용하는 작가에 따라 각기 다를 수 있다. 김남천 역시 자신의 문학관을 바탕으로 발자크를 수용했으며, 발자크 소설에서 그가 주목한 부분은 발자크 소설의 모든 면이 아니라 당시 조선 문단의 상황에서 김남천 자신에게 중요하게 여겨지는 면이었다.

김남천의 발자크 수용은 두 가지 소설론을 이끌어 내었다. 그것은 '성격론'과 '관찰문학론'이다. 필자는 앞으로 이 수용경과를 정리해보고자 하는데, 이 글에서는 '전형-성격론'을 중심으로 김남천의 발자크 수용을 살펴보려고 한다. 김남천의 '관찰문학론'은 세계관과 창작방법이라는 난제를 안고 있는 것이다 세계관과 창작 방법의 문제는 1930년대 당시 소련 문학계에서 논쟁이 붙은 문제인데 이를 살펴보지 않고서는 김남천의 '관찰문학론'을 판단하여 평가하기 힘들다. 그래서 '관찰문학론'에 대한 논의는 다음 기회에 논하기로 하고, 이 논문에서는 그 문제를 '전형-성격론'과 연관되는 한에서만 다루기로 한다.

이 비교문학적인 논문이 '전형-성격론'을 논의의 중심으로 삼는 까닭은, 김남천이 발자크 수용을 통해 얻은 '성격론'을 바탕으로 작품을 창작해보았기 때문이기도 하다. 김남천은 자신의 문학론을 내놓으면, 그에 근거하여 소설을 창작하여 이론을 실천해 보이곤 했다.4) '성격론'도 마찬가지여서, 그는 이 '성격론'에 근거하여 「이리」, 「T일보사」 등의 소설을 발표했던 것이다. 그래서 김남천의 소설 작품과 그가 수용한 발자크의 작품을 비교함으로써, 김남천이 발자크를 어떻게 수용하고 체화했는지 그 실제를 좀 더 구체적으로 드러낼 수 있으리라고 생각하게 되었다. 즉 그 비교 작업은 발자크 수용의 이론과 실천을 '전형-성격론'을 중심으로 동시에 살펴볼 수 있는 기회를 주리라는 생각이 들었던 것이다. 그래서 이 글은 김남천의 발자크수용의 이론적 측면을 '전형-성격론'을 중심으로 살펴보고, 이 논의에 근거한 소설 「T일보사」와 김남천이 연구 대상으로 삼았던 발자크의 『고리오 영감』을 비교하면서 그가 과연 발자크를 올바로 수용했는지의 문제도 살펴보기로 하겠다. 김남천 자신의 한계나 시대적 한계에 의해서 발자크를 오독하거나 잘못 수용할 가능성도 있기 때문이다.

2. 김남천 문학론의 전개와
김남천의 발자크 수용에 대한 기존 논의들

김남천의 발자크 수용의 의미는 그의 문학론의 전개과정 속에서 보아야만 정당히 이해될 수 있다. 그는 전신자적 입장에서 발자크를 수용했다기보다 자신의 이론적·창작적 요구에 따라 발자크를 연구했다. 그

---

4) "'주장한 것과 떠나서 내가 작품을 제작한 것은 거의 한 번도 없었고 또 나의 주장이나 고백을 가지고 설명 못할 작품을 써본 적도 퍽 드물다'(김남천. 「兩刀流의 도장-내 작품을 해부함」, 『조광』, 1939. 7, 282면).

래서 그가 발자크 수용 당시 이론적으로 어떤 입장에 다다랐는지 살펴보아야 발자크 수용의 의미를 제대로 파악할 수 있다. 김남천 연구자들도 김남천의 발자크 수용을 그의 문학론의 전개과정 속에 위치시켜 파악했다. 그러므로 여기서 김남천의 문학론이 어떻게 전개되었는가를 간략히 살펴보기로 한다. 그리고 이와 관련하여 김남천 연구자들의 견해도 발자크 수용에 한정하여 간략히 살펴보려고 한다.

김남천의 비평 활동은 1933년 출감 후 1934년부터 본격화된다. 1933년-1934년엔 한국의 프로문단에서는 사회주의 리얼리즘 논의가 활발했는데, 김남천은 사회주의 사회인 소련에서 논의되었던 사회주의 리얼리즘을 식민지 한국에 직수입하는 것을 비판[5]하면서 비평 활동을 개시한다. 그러나 객관적인 정세로 인해 카프가 해산당하자 프로비평계는 조직을 통한 지도적 비평이 사라지게 되고, 사회주의 리얼리즘 논의도 시들해지게 된다. 이런 상황에서 구 카프 비평가들은 나름대로의 비평적 모색을 하게 되었고, 창작의 방향이 될 이론을 찾게 되었다. 김남천도 그중의 한 사람이었는데, 그가 혼돈의 문학계에 내건 창작이론은 '고발문학론'이었다.

고발문학론은 「고발정신과 작가-신창작이론의 구체화를 위하야」(「조선일보」 1937. 6. 1-5)에서 본격적으로 제시된다. 김남천은 이 글에서 카프작가가 소부르주아 출신임을 지적하고, "시민적인 혹은 소시민적인 자의성과 우유부단성을 그대로 가져다가 사상성 밑에 종속시키고 이 문학적 실천을 통하여 완전히 자기 자신의 고유한 유약성을 극복하려는 노력에 전심하지 않으면 안될 것"이라고 주장한다. 그는 지도비평이 사라지자 프로작가들이 그 계급적 한계를 보여주면서 개인화되고

---

5) 김남천, 「창작방법에 있어서의 전환의 문제」, 「형상」 1권 2호, 1934.3.

있으며, 이념적 동요와 자기 분열 등 집단성으로부터 소시민이 일탈하는 전형적인 현상이 현재 나타나고 있다고 판단한다. 그래서 소부르주아 작가들이 우선 해야 할 일은 자기의 계급적 한계성을 철저히 '자기 폭로'해야 한다는 것이다. 이러한 자기 고발-폭로-의 정신은 객관적 현실을 고발한다는 정신으로 이어지고, 리얼리즘 문학론으로 이어진다. 그는 고발문학의 정신을 다음과 같이 말하고 있다.

> 일체를 잔인하게 무자비하게 고발하는 정신 모든 것을 끝까지 追及하고. 그곳에서 영위되는 가지가지 생활의 뿌리채 파서 펼쳐보이는 정열-이것에 의하여 침체되고 퇴영한 프로문학은 한 개의 유파로서가 아니라, 시민문학의 뒤를 잇는 역사적인 존재로 자신을 擁建시킬 수 있다.6)

나아가 다른 글에서 김남천은, "고발문학이란 리얼리즘 문학이다… 객관적 진리의 반영, 이것은 고발문학의 입장 이외의 다른 것은 아니"7)라면서 고발문학을 리얼리즘과 직접 연결시킨다. 그런데 김남천이 이해하고 있는 리얼리즘은 아이디얼리즘과 구분되는 것이다. 그는 아이디얼리즘은 "주관적 관념에 의해 현실을 재단하려는 태도"이며, 리얼리즘은 "현실에 주관을 종속시키는 태도"8)라고 말하고 있다.

김남천의 자기고발론은 모랄론으로 발전한다. 그는 사회과학을 학습한 구 카프 비평가가 왜 자신의 기존 문학론을 가볍게 내던질 수 있는가9)에 대한 성찰을 성경에서의 유다와 베드로의 경우를 통해서 생각

---

6) 김남천. 「고발의 정신과 작가」, 「조선일보」 1937. 6.3.
7) 김남천, 「문학사와 문예비평-회의에 대한 해명」, [조선일보J 1937. 9.15.
8) 김남천, 「창작방법의 신국면 - 고발문학에 대한 재론」, 「조선일보」 1937. 7.13.
9) 박영희는 1934년에 백철은 1935년에 전향선언을 낸다.

한다.[10] 그는 작가에 있어서의 주체성은 국가, 사회, 민족 등 인류에 관한 사상과 신념의 문제가 여하한 것인가 하는 국면으로 제출되는 것이 아니라, 이러한 문제가 얼마나 작가 자신의 문제로서 호흡되고 얼마나 심정의 문제로 되는지에 따라 제기된다는 결론을 내린다. 즉 작가에게는 세계관이 주체를 통과하여야 하며 그것은 일신상의 모랄과 관계한다는 것이다.[11] 이는 '주체의 건립'[12] 문제이기도 하다.

그런데 김남천의 모랄은 자아탐구라는 의미라기보다는 '과학적 인식'에서 출발하는 것이다. 그 인식을 완전히 일신(一身) 상의 도덕으로 파악하는 것이 김남천의 '모랄'이다. 그런데 이 '모랄'만으로는 리얼리즘적 창작방법이 될 수는 없다. 객관세계에로 시선을 돌려야만 리얼리즘이 성립될 수 있는데, '모랄론'은 일신상의 진리만을 대상으로 하기 때문이다. 그래서 김남천은 과학적 진리가 체화된 '모랄'을 갖고 세상의 '모랄'-풍속-을 바라볼 것을 주장한다.[13] 이를 토대로 김남천은 현 문단의 소설 부진을 타개하기 위한 로만 개조를 주장한다.

김남천의 로만 개조론이 어느 정도 구체적으로 드러나는 글은 「현대 조선 소설의 이념」(「조선일보」 1938. 9.10-9.18)이라는 논문에서이다. 그는 이 글에서 "과학적 개념이나 세계관이 주체화되려면 도덕을 일신상 진리로써 파악하여 그것을 풍속 속으로 끌고 들어가야만 비로소 개념은 문학적 표상을 얻을 것"이라는 '모랄론-풍속론'을 전제로, 로만개조의 기본적 내용을 "모랄의 확립, 정황의 전형적 묘사, 생기발랄한 인

---

10) 김남천, 「유다적인 것과 문학 - 소시민 출신 작가의 최초의 모랄」, 「조선일보」 l937. 12.14-12.18.

11) 김윤식, 「한국 근대 문예비평사 연구」(일지사, 1976), 274면.

12) 김남천, 「유다적인 것과 문학」, 「조선일보」, l937. 12.18.

13) 김남천, 「일신 상 진리와 모랄 - 자기의 성찰과 개념의 주체화」, 「조선일보」 1938. 4.24 참조.

물의 창조, 지적 관심의 고양"이라고 밝혔다. 그리고 그는 이러한 기본적인 내용을 충족시키기 위한 구체적인 방안으로 가족사와 연대기 소설을 제시하였다. 이러한 로만 개조론을 바탕으로 실제 창작한 것이 장편 『대하』인데, 하지만 이 소설이 1) 심리의 현대화 2) 성격창조의 유약성 3) 풍속 현상의 극적 배치를 결점으로 가진다고 자기 평가한다.[14] 이러한 실제 창작의 결점을 극복하기 위하여 김남천은 발자크를 연구하게 되는 것이다.(「발자크 연구 노-트」 4부작) 발자크 연구를 통과하면서 그는 '성격론'과 주관의 배제를 지향하는 '관찰문학론'을 주장한다.

김남천의 발자크 수용은 위와 같은 문학론의 변천 아래에서 이루어졌다. 김남천 연구자들은 이러한 변천 선상에서 김남천의 「발자크 연구 노-트」 4부작을 다루었다. 강영주는 「발자크 연구 노-트」에서 논의되는 '성격론'을 임화와 최재서 등의 '전형론'과 비교하면서, 임화와 최재서가 적극적 주인공과 적극적 성격을 소설에서 구현해야 한다고 본 반면, 김남천은 「발자크 연구 노-트」를 통해 성격의 개념을 좀 더 완화한 기준으로 받아들일 것을 제안했다고 한다. 임화와 최재서 등의 성격론은 무리하게 적극적 주인공을 창조하라고 요구하는데, 이러한 요구는 전형화가 아닌 유형화로 전락하여 현실의 왜곡을 초래하고, 구성을 극의 미학에 준거함으로써 서사성을 구속하게 된다고 주장했다는 것이다. 강영주는 이러한 비판이 나름의 타당성을 가지고 있다고 평가한다. 그에 의하면, 최재서의 성격론은 일제의 군국주의로 전향하려는 그의 몸가짐의 일종인 것으로 파악되며, 임화의 성격론은 명목만을 달리한 사회주의 리얼리즘론이라고 판단되기 때문이다.[15] 그런데 임화의

---

14) 김남천, 「양도류의 도장」(『조광』, 1939. 7), 285면.

15) 강영주, 「1930년대 평단의 소설론」, 임형택, 최원식 편, 『한국근대문학사론』(한길사, 1982), 503-507면.

성격론을 사회주의 리얼리즘론이기 때문에 부정적으로 판단하는 것은 그 부정성의 논거가 아직 부족하다. 비판이 성립되기 위해선 사회주의 리얼리즘 자체를 비판해야 하는데, 이 논문에선 그러한 비판이 보이지 않는다.

우한용은 「발자크 수용에 관한 연구」라는 논문에서, 발자크 수용양상을 소개적인 수용과 이론적인 수용으로 나누고 이론적인 수용 항에서 김남천의 발자크 연구 노-트를 다루고 있다. 그리고 김남천이 「발자트 연구 노-트」을 쓸 즈음에 발표한 소설 「T일보사」에서는 성격을, 「낭비」에서는 리얼리즘을 살펴보면서 발자크 수용의 구체화 양상을 찾아보려고 하였다.16) 그러나 수용의 구체화 양상을 밝히려는 의도 때문인지 김남천의 두 작품과 발자크의 소설들의 유사성만 찾으려 했기 때문에 논리의 정합성에 무리가 따랐다고 판단된다. 필자가 보기엔 발자크의 소설과 김남천의 그 두 작품 사이엔 본질적인 상이점이 있다.

김윤식은 엥겔스의 '전형적 상황에서의 전형적 성격의 창조'라는 리얼리즘 규정을 이해하기 위해 김남천이 발자크를 철저히 읽고 연구하게 되었다면서 발자크 연구 노트의 핵심이 전형성 파악에 있다고 논했다. 그러나 그는 김남천이 편집광이나 악당이 자본주의가 낳은 전형적 성격임을 고찰하는 데까지는 나아가지 못했다고 보고, 자본주의 사회에서는 개인과 사회가 분리되므로 삶 속의 시가 소멸될 조건에 있다는 헤겔적인 시점이 김남천에게는 결여되어 있다고 논평했다. 그리고 김남천이 '전형'을 장편소설에서만 논의될 수 있는 '전체성' 개념과 연관짓지 못한 상태에서 단편 「이리」를 통해 전형적 성격을 만들어 보려고 했다면서, 이를 통해 볼 때 김남천의 '전형' 개념에 대한 이해도는 아직

---

16) 우한용, 「발자크 수용에 관한 연구」, 『비교문학』 제8집(한국 비교문학회, 1983. 12).

높지 않은 수준이라고 그는 판단했다. 하지만 김남천의 관찰문학론의 리얼리즘은 사상이나 이데올로기를 가질 수 없는 시대, 파시즘에 직면한 시대에서 상처입지 않고 문학을 할 수 있는 유일한 길이었다고 평가한다.[17] 이에 그는 김남천의 리얼리즘론이 적어도 "전형성의 검토에 이르렀다는 점에서 이른바 30년대 리얼리즘 가운데 가장 높은 봉우리에 해당된다."[18]고 고평했다. 그런데 김남천이 편집광이나 악당이 자본주의가 낳는 전형적 성격임을 고찰하는 데까지는 나아가지 못하고 있다는 김윤식의 판단은 김남천 글의 오독이라고 생각된다. 필자는 최유찬의 지적[19]대로 김남천이 편집광이나 악당을 전형적 성격으로 보았다고 생각한다. 그것은 앞으로 살펴볼 「노-트 2」에서 드러날 것이다.

정호웅은 발자크 연구 노트에 나타난 김남천의 전형개념이 "사회적 환경 또는 생활환경과 관련시켜 파악"했다면서 높이 평가한다.[20] 최유찬도 역시 김남천의 발자크 수용을 통한 '성격론'을 고찰한다. 그는 1930년대 리얼리즘을 변증법적 리얼리즘, 사회주의 리얼리즘, 비판적 리얼리즘으로 나누고 엥겔스의 발자크론에 기초를 둔 비판적 리얼리즘의 전범으로 김남천의 고발문학론을 든다. 그는 '전형론' 항목에서, 김남천의 발자크 수용을 통한 전형론이 악당과 편집광이라는 전형을

---

17) 김윤식, 「한국근대문학사상사」(한길사, 1984), 235-242면.
18) 위의 책, 241면.
19) 최유찬, 「1930년대 한국 리얼리즘론 연구」, 이선영 외 공저.『한국 근대 문학 비평사 연구』(세계사, 1989), 441-445 면 참조.
20) 정호웅, 「30년대 리얼리즘 문학의 한 양상」(『한국학보』45집, 1986년 겨울), 144면. 채호석은 정호웅의 이 논문에 대하여 "종전의 평론만을 다룸으로써 드러난 한계를 극복하기 위해 소설과 평론을 함께 논의함으로써, 김남천에 대한 전체적 조망을 시도하였으나 평론과 소설의 내적인 연관관계에 대한 해명이 부족하여 평론과 소설이 이분화되어 있는 양상을 드러낸다"(채호석, 「김남천 창작방법론 연구」(서울대 대학원. 1987}, 4면)고 논평한 바 있다.

그것이 산출한 사회 환경과 분리해서 생각할 수 없다는 것을 파악하고 있었다고 긍정적으로 평가한다.[21] 김남천이 "성격들이 상호관련 속에서 연출하는 행위가 사회의 운동 상태를 조성하며 그 운동이 올바로 인식되어 작품에 형상화될 때 역사적인 경향이 드러날 수 있다는 것"[22]을 파악하고 있었다는 것이다. 하지만 정호웅이나 최유찬이 보듯이 김남천의 전형성 파악이 과연 리얼리즘 이론에서 수준 높은 것이었는지는 의문이다. 이에 대해서는 앞으로 살펴 볼 것이다.

채호석은 작가의 세계관과 문학의 대상으로서의 현실 사이의 관계가 어떻게 드러나고 있는가를 기준으로 삼아 김남천의 창작방법론의 변화를 살펴보았다. 그러나 김남천은 이 관계를 올바르게 설정하지 못하여 결국 실패했다고 그는 결론짓는다. 그에 따르면 김남천이 실패할 수밖에 없었던 것은, '모랄론'에서 볼 수 있듯이 세계관과 현실을 고정적·기계적으로 이해하고 있었기 때문이다. 작가의 세계관과 현실은 모두 동적이라는 것, 그리고 상호 관련 속에서 변증법적으로 규정되어야 한다는 점을 몰각하고 있었다는 것이다.[23] 그는 앞의 논자들과는 달리 김남천에 부정적 평가를 내리고 있다. 그는 김남천에 대한 이러한 파악 속에서 김남천의 발자크 수용에서 나타나는 '전형론'을 살펴보고 있다. 김남천의 전형 파악에 대하여 그는, "그(김남천-인용자)에게 있어서 미르스끼가 말한 바 '사회적 힘의 본질'이 문제되지 않고 있으며 전형적 성격과 전형적 상황이 함께 논의되어야 한다는 점도 몰각하고 있다"[24]면서 부정적으로 평가한다. 관찰문학론에 대해서도 '탈사상의 문학'이

---

21) 최유찬, 앞의 책, 443면.
22) 위의 책, 441면.
23) 채호석, 앞의 논문, 85면.
24) 위의 논문, 66면.

라는 김윤식의 견해를 수용하면서, "한 인간에게 있어서 자기 자신의 존재를 거부하는 문학"이라는 부정적 평가25)를 내린다.

문영진도 김난천의 관찰문학론을 채호석과 마찬가지로 파악하면서 발자크와 비교하고 있다. 그는 김남천의 오해와는 달리 발자크의 문학은 '탈사상의 문학', '주체결여의 문학'이 아니라고 한다. 또한 그는 발자크 수용과 더불어 창작된 작품인 「이리」, 「T일보사」를 분석하면서, 김남천의 그 작품들이 1) 윤리가 거세된 세계를 보여주며, 2) 추상적 인간이 등장하고, 3) 파시즘의 한 징후인 영웅주의를 드러내고 있으며, 4) 정통적인 소설양식이 아닌 소설양식의 해체의 징후를 드러내 보인다는 점을 밝혀낸다. 그것은 그 소설들이 작가의 자아와 현실세계의 대결이 거세된 데에 따라 써진 것이며, 현실에서 패배한 작가의 자아의 욕망을 상상적인 공간에 펼쳐 보이는 데 근거하고 있다고 부정적으로 평가했다.26) 요컨대 김남천의 소설은 그의 리얼리즘에의 의욕에도 불구하고 자연주의 문학이라는 것이다. 그의 논문은 김남천의 소설과 비평을 상호 비교하면서 연구했다는 점에 강점을 지닌다. 발자크의 리얼리즘과 김남천이 "자신에게 필요한 것만 본"27) 발자크와의 차이점을 비교 고찰하고 있다는 점이 이전의 논문에서는 찾아볼 수 없는 점이다. 하지만 김남천의 '전형-성격론'에 대해선 발자크의 소설들과 비교 고찰하고 있지는 않다. 그밖에 이덕화는 김남천의 관찰문학론을 이데올로기의 도식과 세계관을 동일시하고 있음으로 해서 빚어진 오류라고 보고28) 채호석과 비슷한 견해를 보이고 있다.

---

25) 위의 논문, 70면.
26) 문영진, 「김남천의 해방전 소설 연구」(서울대 대학원, 1989), 54-61면.
27) 위의 논문, 55면.
28) 이덕화, 앞의 책, 137면.

3. 김남천의 발자크 수용과 '전형적 성격론'

김남천의 발자크에 대한 적극적 수용을 보여주는 「발자크 연구 노트」는, 4회에 걸쳐서 『인문평론』에 실렸다. 그 노트는 1회 「고리오옹과 부성애 기타」, 2회 「성격과 편집광의 문제」, 3회 「관찰문학소론」, 4회 「체험적인 것과 관찰적인 것」으로 구성되어 있다.

김남천이 첫 연구 노트를 발표한 시기는 그가 고발문학론-모랄론-풍속론을 거쳐 로만 개조론을 주장한 지 1년여 쯤 뒤이다. 로만개조론과 첫 연구 노트 사이의 기간에 특별한 문학론을 내놓지 않았음을 보면, 연구 노트는 로만개조론과 관련지어 생각하는 것이 옳을 것이다. 로만개조론은 위에서 대략적으로 살펴본 바 있다. 그런데 그가 제시한 로만개조의 '정황의 전형적 묘사'와 '생기발랄한 인물의 창조'는, 당시 잘 알려져 있었던 엥겔스의 '전형적 상황에서의 전형적 성격'이라는 리얼리즘론에 영향 받은 것으로 보인다. 엥겔스가 이러한 리얼리즘을 잘 구현한 작가로 발자크를 들고 있음도 당시 잘 알려져 있었다. 그렇다면 김남천이 자신의 로만개조론을 좀 더 구체화시키기 위해서 발자크에 대한 연구를 필요로 했다는 것은 능히 짐작할 수 있는 일이다. 또한 발자크는 이미 1922년에, 김안서에 의해 풍속사를 만들려는 작가로 단편적이나마 소개된 바 있었다.[29] 그래서 김남천이 풍속론을 펼칠 때에도 발자크를 이미 염두에 두고 있었을 것이다. 그리고 더 중요한 점은 로만개조론에 의해 써진 『대하』가 작가의 자기비판을 통해서도 알 수 있듯이 소설적으로 실패했다는 점이다. 그는 창작의 돌파구를 마련하기 위해서라도 발자크를 적극적으로 수용하려고 하였던 것이다.

---

29) 우한용, 앞의 논문, 70-74면 참조.

김남천은 연구 노트에서 발자크의 작품을 직접 논의해 들어간다. 그 논의는 외국 학자들의 발자크론에서 인용하는 부분이 많지만, 하나의 '연구 노트'이기에 그것은 충분히 인정할 수 있는 것이다. 그 노트를 긍정적으로 평가할 수 있는 점은, 심오하지만 매우 단편적인 엥겔스의 발자크론을 추상적으로 되풀이하는 것이 아니라 발자크의 작품을 김남천 자신이 직접 연구함으로써 리얼리즘을 밝혀보려는 자세이다. 그리고 발자크에의 직접적 접근이 그의 문학론을 좀 더 진전시키는 결과를 가져오는 성과도 올리게 되는 것이다. '연구 노트'를 간략히 소개하면서 그 진전의 경과를 살펴보기로 하겠다.

「연구 노-트 1」은 발자크의 『고리오 영감』에 대한 글이다. 그는 우선 자본주의 생산양식이 봉건적 사회질서를 파괴해버리고 있는 시기이자 낭만주의의 쇠퇴가 시작된 시기에 발자크의 시대적 배경이 놓여 있음을 들어 발자크의 리얼리즘이 자본주의의 전개와 밀접한 관련이 있음을 시사한다. 이어 세익스피어의 『리어왕』과 『고리오 영감』을 비교하면서 『고리오 영감』의 특성을 부성애와 불효의 배후에 언제나 화폐의 위력이 있음을 드러내고 당시 귀족사회나 시민상류계급의 허영에 찬 풍속생활-사교계-에 대한 면밀한 묘사에서 찾는다.[30] 여기서 김남천이 「고리오 영감」으로부터 자본주의의 산물인 화폐의 위력을 풍속의 면밀한 묘사를 통해 '형상적'으로 보여주는 리얼리즘의 위력을 배우고 있다는 것을 알 수 있다.

보다 중요한 글은 「노-트 2」다. 「노-트 2」는 『으제니 그랑데』에 대한 글이지만 풍속에 대해서라기보다 전형에 대한 그의 인식 발전이 나타나 있음이 특징적이다. 위에서도 언급한 「현대 조선소설의 이념」이

---

30) 김남천, 「<고리오 옹>과 부성애, 기타」(『인문평론』, 1939, 10), 89면.

라는 글에서, 김남천은 "적극적이고 긍정적인 인물을 설정하였느냐 혹은 못하였느냐가 그 소설을 때로는 긍정적 리얼리즘으로 갔느냐 부정적 리얼리즘으로 갔느냐 하는 것을 판정하는 관건이 될 수도 있다"[31]면서 채만식의 소설들이 긍정적 주인공을 형상화하는데 실패했다고 평가하여 긍정적 인물의 형상화를 작품 평가에 중요시하였음을 보여주었다. 하지만 「연구 노-트 2」에선『으제니 그랑데』의 편집광 펠릭스 그랑데와 같이 발자크의 <인간희곡>엔 편집광과 악당이 언제나 중요한 역을 맡는다는 것을 발견한다. 그는 여기서 '전형적 성격'이라는 것이 편집광이나 강렬성 등과는 하등의 모순도 가지지 않을 성질의 것이라고 판단내리고, 리얼리스트의 최대의 교훈을 "자본주의 사회에서 화폐의 위력과 그의 법칙을 폭로하는데 소설가는 청빈주의와 빈궁문학을 택하지 않았다"라는 데에, "발자크의 수법에 의하면 작가는 속물성을 비웃는 인간이 아니라 속물 그 자체를 강렬성에서 구현하고 있는 인물을 창조하는 것이 리얼리즘의 정칙"이라는 데에 두었다.[32]

「노-트 3」과 「노-트 4」는 관찰문학론으로 묶을 수 있는 글로, 「노-트 1」과 「노-트 2」처럼 작품의 직접적인 소개로 글을 이끌어나가지 않고 발자크 소설의 방법, 리얼리즘 논의 등을 고찰하면서 자신의 문학론을 새롭게 정비하는 글이다. 「노-트 3」은 장편소설에 대해 언급하고 있다. 그 글에서 김남천은 "단편소설과 사회(시대)를 정면으로 대질시킬 때 나의 노력은 언제나 실패하였다"[33]면서 묘사를 중심으로 하는 산문정신의 리얼리즘이 가능한 장르는 장편소설이라고 말하고 있다. 또한 그는 발자크가 "일견 아무 관계도 없어 보이는 다양성을 무수한 종합의

---

31) 김남천, 「현대 조선소설의 이념」(「조선일보」. 1938. 9. 14).
32) 김남천, 「성격과 편집광의 문제」(『인문평론』, 1939, 12), 83면.
33) 김남천, 「관찰문학소론」(『인문평론』, 1940. 4), 12면.

통일로서 제시하는"[34] 예술가의 사명을 다한 예라고 하여 발자크의 장편소설과 총체성의 관련성에 대해 어느 정도 인식하고 있음을 보여준다.

여기서 김남천은 발자크 소설의 특징을 다섯 가지로 제시한다. 그 중 주목을 끄는 것은 다섯 번째 특징으로, 김남천에 따르면 발자크는 몰아성과 객관성의 방법으로 "여하한 계급이나 신분의 인물도 창조할 수 있는 문학, 어떠한 사회와 인간의 생활과 마음의 세계에서도 자유자재로 들어가고 나오고 할 수 있는 문학"[35]을 창조했다고 한다.(발자크의 방법에 대한 이러한 지적은 바로「노-트 4」에서 개진될 관찰문학론의 내용이 된다.) 김남천은 이어서 발자크와 같이 "관찰자의 (작자의 주관의) 관찰의 대상에 대한 종속"이 될 때라야 거대한 인간사회의 역사적 축도를 기도하는 리얼리스트가 될 수 있다고 말한다. 여기서 김남천이 리얼리즘을 대상에 대한 작자 주관의 종속으로 정식화하여 파악하게 되었음을 볼 수 있다. 하지만 이러한 명제가 작자의 사상이나 세계관이 몰각되었다고 생각하는 자는 우매한 이해력이라고 하면서, 예상되는 비판에 대해 미리 방어한다.

그렇다면 작자의 세계관이 몰각되지 않은 상태에서 관찰자가 대상에 종속된다는 말은 무엇을 의미하는가?「노-트 4」는 그것을 리얼리즘 작가의 특수한 실천으로서의 '관찰'이라고 설명한다. 김남천은 작가를 두개의 유형으로 볼 수 있다고 한다. 하나는 체험형으로서 톨스토이나 『무정』의 이광수와 같은 작가이고, 다른 하나는 관찰형으로서 발자크나 『임꺽정』의 홍명희와 같은 작가다. 그에 따르면 체험형 작가는 예술이 삶을 위한 수단이 되어야 한다고 주장하며, 예술을 버려도 인간의

---

34) 위의 논문, 13면.
35) 위의 논문, 18면.

위대성이 남는 그러한 작가다. 이는 현실을 이상화하고 왜곡하는 문학적 태도다. 그러나 관찰형의 작가는 "자기를 허허히 가지고 대상에 몰입하여 투철한 통찰과 용서 없는 가혹한 관찰로서 사회의 전체를, 그 모순과 갈등과 길항과 기만의 相貌를 티끌하나 놓치지 않고 묘사해 보이는 가운데서 자기의 생존 이유를 발견하려 할"[36] 사람이다. 그 작가에게서 작품을 제거해 버렸을 때 그는 비루한 소시민이 되어버리며 그의 삶의 존재이유가 허물어져버린다.

김남천은 '관찰'을 설명하기 위해 발자크의 단편 「파치노 카네」의 서두를 자세히 인용하면서, "자기의 습관을 떠나는 것, 정신능력의 酩酊으로해서 자기로부터 다른 사람이 되는 것"이 관찰이라고 하고, 이에 '자기를 잊어버리고 시대의 가운데에 몰입하는 것'이란 브란데스의 평을 인용하고 있다.[37] 이러한 관찰이 중요한 것은, 관찰이 "환경정세의 묘사와 밀접한 관련이 있을 뿐만 아니라, 그것이 응당히 성격창조와 연결이 있다는 것"[38]이기 때문이다. 김남천은 이러한 논리에 따라 '자기고발 문학론'에 맞추어 쓴 「소년행」, 「무자리」를 자기비판한다. 그 소설의 주인공들이 현실을 인식하고 새로운 출발을 하도록 유도한 것은 현실을 주관적으로 왜곡했으며, 그래서 '일종의 체험적인 문학'이었던 자기고발문학은 관찰문학으로 변화되어야 했다는 것이다. 하지만 "자기고발-모랄론, 도덕론-풍속론-장편소설개조론-관찰문학론에 이르는 나의 문학행정은 나에게 있어서는 적어도 필연적인 과정"[39]이었기 때문에, 체험과 관찰이 대립되는 개념이라기보다 관찰적인 것 가운데 체

---

36) 김남천, 「체험적인 것과 관찰적인 것」(『인문평론』, 1940. 5), 42면.
37) 위의 논문, 47-48면.
38) 위의 논문, 48면.
39) 위의 논문, 50면.

험적인 것이 혈액의 한 덩어리로 되었을 것이라면서 자신의 고발문학론을 전면적으로 부정하진 않았다.

이상으로 김남천의 발자크 연구의 내용을 요약 소개했다. 필자는 위에서 언급한 대로 발자크 수용을 통한 김남천의 '전형-성격' 개념을 중심으로 논평을 시도하고자 한다. 김남천이 파악한 전형 개념에 대해서 최유찬이나 정호웅은 뛰어난 수준에 올라 있다고 보았던 반면, 김윤식이나 채호석은 부정적으로 평가했음을 앞에서 살펴본 바 있다. 김윤식은 김남천이 편집광이나 악당이 자본주의가 낳는 전형적 성격임을 고찰하는 데까지는 나아가지 못하고 있다고 보았다. 하지만 위의 '노-트 2'의 요약에서 드러나듯이, 김남천은 편집광이나 악당을 전형적 성격으로 보았다. 채호석의 비판은 김남천이 "전형적 성격과 전형적 상황이 함께 논의되어야 한다는 점도 몰각하고 있다"[40]라는 것이었다. 필자도 김남천이 몰각정도는 아니더라도 그 두 명제를 연관 지어 설명하지는 못했다고 판단한다.

필자의 생각으로는, 김남천은 전형적 상황이라는 엥겔스의 리얼리즘 명제의 한 축을 풍속묘사라는 광대한 범위의 개념으로 확대시켜버림으로써 리얼리즘의 긴장성을 해치고 있다. 그래서 김남천이 전형적 성격과 전형적 상황의 연관성을 찾지 못하게 된 것으로 생각되는데, 이는 그가 엥겔스의 '전형적 상황'이란 개념을 완전히 이해하지 못했기 때문이다. 그가 전형적 상황을 '풍속'이란 개념으로 확대한 것은 발자크가 소설로 풍속사를 썼다는 데에 자극을 받았기 때문일 것이다. 하지만 발자크가 풍속사를 계획했기 때문에 그의 작품이 리얼리즘의 걸작으로 평가받는 것은 아니다. 발자크가 풍속사를 계획했든 안했든 그의

---

40) 채호석, 앞의 논문, 66면.

작품이 당대의 상황을 정확하게 간파했기 때문에, 그리고 전형적 상황 속의 전형적 성격의 인물을 등장시켜 역사의 본질과 방향을 소설 속에 형상적으로 구현했기 때문에 평론가들에게 높이 평가받았던 것이다.

또한 발자크는 창작방법으로서 관찰만을 선택한 것은 아니다. 문예사가 아놀드 하우저는 발자크를 "관찰보다 비전이 강했던 문학적 예언자의 한사람"[41]이라고 말했다. 비전은 '주관'의 상상력을 통해 인생과 시대의 의미를 파악함으로써 얻을 수 있는 것이다. 그러나 김남천은 현실을 관찰하고 기록하여 방대한 보고서를 작성한다는 면에 더 비중을 두어 발자크를 파악했다. 그래서 주관의 객관으로의 몰입이라는 이론이 도출된 것일 테다.[42]

한편, 김남천은 「노트 2」에서 발자크의 인간관을 인간 성격이 종족, 환경, 시대에 의해 결정된다는 텐느의 인간관과 닮아있다고 봄으로써, 발자크의 장편 리얼리즘 작품 자체에 대한 논의에서 작가의 '관(觀)'에 대한 논의로 옮겨가는 위험성을 보여준다. 가령 김남천이 『으제니 그랑데』에서 그랑데 가(家)의 혈통이 성격을 형성시킨다는 발자크의 생각을 찾아낼 때 그 위험성이 나타난다. 즉 그러한 논의는 발자크의 리얼리즘 장편소설이 구현하는 의미를 발자크의 '사상'-김남천의 해석에

---

41) 아놀드 하우저, 염무웅, 백낙청 역, 『문학과 예술의 사회사 - 현대편』, (창작과 비평사, 1974), 59면.
42) 작가의 이상적인 열정에도 불구하고 리얼리즘을 달성하는 경우가 있는 것이다. 또한 부르주아 사회의 혼란한 현상 속에 움직이는 어떤 본질을 붙잡아서, 사회의 총체성을 회복시켜 서사를 전개하는 리얼리즘 장편소설의 형식 속에는, 이미 관찰을 넘어선 문학가의 이상주의적 열정이 녹아들어가 있다. 김남천은 관찰문학론이 작가의 사상이나 세계관이 몰각되지 않은 것이라고 했지만, 창작 방법에서 그러한 사상이나 세계관은 결정적인 것이 아니라고 보았음은 분명하다. 그러나 관찰한 것을 장편소설의 서사로 재구성하기 위해서는, 현실에 대한 부정이라든지 총체성에 대한 희구 등이 의식적으로든 무의식적으로든 그 작업에 작용하지 않으면 안 될 것이다.

의하면 '텐느의 결정론'-으로 환원, 축소시킨다는 위험이 있는 것이다. 엥겔스의 리얼리즘론에 따르면 작가가 결정론의 사상을 가지고 있더라도 작품이 진정히 리얼리즘을 구현하고 있다면 그 작품의 의미는 작가의 사상과 다르게 나타날 것이다. 김남천이 비록 엥겔스의 명제를 읽었다 하더라도 이렇게 엥겔스의 사상과 다른 견해를 가지게 되는 것은 흥미로운 일이다.

그리하여 김남천은 텐느의 발자크 해석에 의해 발자크의 소설 속 인물의 성격을 파악하게 된다. 텐느는 그의 「발자크론」에서 "발자크는 인간을 하나의 힘으로 간주하였다. 그래서 그는 강대한 힘을 이상으로 세웠다. … 힘이 자기 자신의 해가 되는 것을 방해하는 이성으로부터 탈각함과 동시에 다른 사람의 해가 되는 것을 방해하는 정의에도 개의하지 않는다는 자유스런 완전한 힘의 모습을 그린 것이다"[43]라고 말한다. 발자크가 이러한 '자유스런 완전한 힘'을 가진 사람으로 온갖 종류의 악당, 편집광을 그렸다는 것이다. 발자크의 인물을 이렇게 파악하는 것은 바로 김남천이 「노-트 2」에서 "발자크의 인간 희극 중에 출몰하는 수천의 인물 중에는 다른 무엇보다도 편집광과 악당이 언제나 주요한 역을 맡아 치르고 있다"[44]는 데에 주목한 것과 정확히 일치한다. 그런데 김남천은 이러한 인물을 "속물 그 자체를 강렬성에서 구현"[45]한 인물이라고 하면서, 바로 그들이 전형이라고 보고 있다. 그가 '강렬성' 운운한 것도 텐느가 발자크의 인물에서 파악한 '힘'과 상통한다.

그러나 김남천도 수용한 바 있는 리얼리즘 이론가 루카치에 의하면, 리얼리즘에서 전형적인 인물들이란 "개인적 성격을 통해 사회적인 갈

---

43) H 테에느, 유령 역, 「발자크론」, 『세계사상교양전집 5』(을유문화사, 1964), 424면.
44) 김남천, 「성격과 편집광의 문제」, 81면.
45) 위의 논문, 83면.

등을 읽을 수 있는 인물들"46)로서, 발자크는 "단 한명으로 한 집단이나 계층을 대표하여 그리는데 만족하지 않고 어떤 인물들 전체 집단에 의해 전형적인 인물을 그리려고 했"으며, "이런 집단들 속에서 발자크는 항상 가장 의식적이고 가장 두드러진 지적 인상을 지닌 중심인물을 선택했다"고 한다. 그리하여 "지적 인상의 묘사가 전형이라는 고도의 개념으로부터 비롯된다"47)는 것인데, 루카치는 김남천과는 달리 강렬성의 측면에서가 아니라 지적 인상과 전형을 연결시켜 사고하고 있음을 볼 수 있다.

중심인물이 지적인상을 지녀야 한다는 것은 중심인물의 세계관이 소설 속에서 서술되어야 한다는 것을 의미한다. "작중인물의 세계관의 표현이야말로 현실을 예술작품으로 재구성하는데 있어서 필수불가결의 요소를 이"루는데, 이때 세계관이란 "모든 개인의 심오한 개인적 경험이며 그의 내적 본성의 가장 독특한 표현일 뿐 아니라, 그가 살고 있는 시대의 보편적인 문제를 상징적인 방법으로 반영하는 이념의 총체"48)를 가리킨다. 루카치는, 이러한 세계관은 인물들이 단순히 그것을 '표명'하는 것을 통해 문학 작품에 드러나면 안 된다고 한다. 그러한 방법은 쉴러적 방법으로서, 그것은 다만 인물을 '시대정신의 대변자'로 만들어 버린다. 이에 반해, 마르크스의 지적대로 리얼리즘은 세익스피어적 방법을 취해야 한다. 세익스피어적인 방법은 다음과 같이 풍부하고 깊이 있는 예술적 반영이란 문제를 던진다.

---

46) 루카치, 「등장인물들의 지적인상」. 에른스트 피셔 외, 정겸임 편역, 『예술의 사회적 시각』(지양사, 1985), 56면.
47) 위의 논문, 57면.
48) 위의 논문, 49면.

현실의 풍부함이나 깊이는 인간 감정의 다양하고 투쟁적인 상호 작용에서 기인하는 것이다. 현실 속에서 인간의 행동은 서로 병행적으로 작용하는 것이 아니라, 찬성 혹은 반대의 형태로 나타나며 이러한 갈등의 양상이 각 개인의 삶과 발전의 근본을 이루는 것이다.

시작법의 근본적인 구성원리들은 모두 인간의 삶 그 자체의 보편적이고 필수적인 근본 형태들을 반영하고 있다. 인간의 삶에 내재한 복잡한 상호작용을 구체적으로 보여주는 축도이고, 갈등은 모순적인 상호작용의 근본 형태이며, 대귀법이나 대조법 등은 인간의 감정이 서로서로에게 찬반의 형태로 드러나는 것을 보여주기 위한 요소들인 것이다.[49]

그러므로 인물의 세계관을 통한 전형 창출은 갈등 속에서, 플롯 속에서 이루어져야 한다. 루카치의 이러한 생각은 김남천의 전형론보다 더 나아간 것이라 할 수 있다. 「발자크 연구 노트」에서 표명된 김남천의 전형론은, 그의 작품에 대한 비평가들의 비판에 대한 응답의 형식을 띤 것으로 다분히 방어적인 입장에서 제출된 것이었다. 김남천 작품의 인물들에 대한 비판은 최재서와 임화가 제기하였다.

김남천은 단편 「이리」에서도 「연구노트 2」에서 제기한 것과 비슷한 '성격론'을 표명한다. 이 작품 서두에서 그는 다음과 같이 말하고 있다.

악이든 선이든 간에, 세상을 송두리째 삼켜버릴 듯한 그러한 성격을 갖인 사람을 대하고 싶다. 반다시 피로한 신경이 파격적인 자극이거나, 충격이거나, 그러한 색다른 맛을 구하야 보고싶다는, 엽기적인 호기심에서 나오는 것만은 아닐게라고 생각하면서 나는 오랫동안 그러한 성격을 탐구하기에 내심으론 적지않은 노력을 거듭하야 보았다. 악의 아름다움, 혹은 선의 아름다움-그것보다도 악이

---

49) 위의 논문, 52-53면.

III부 한국 근대문학의 비교문학적 자장들 405

라던가 선이라던가, 그러한 「모랄」이 개입될 여지가 없도록 우선 강렬한 걷잡을수없는 성격의 매력-그렇게 나는 막연히 생각해보는 것이다.50)

그런데 최재서는 『성격에의 의욕』(『인문평론』, 1939. 10)이란 글에서 그의 소설에 대해 "순정한 의미의 성격 창조가 아니라, 바로 이 이야기를 전하는 신문 기자가 깔깔대며 말하듯이 '현대인의 피곤한 신경'이 그리는 한낮 환영"이라고 비판하고 있었다. 이어 최재서는 성격에 대해서 "도덕적 소재와 자주적 책임의 소재"라고 하여 "모랄의 주체가 아니고선 성격이란 이름에 해당하지 않는다"라며 자신의 성격론을 표명한다.51) 임화는 「최근 소설의 주인공」(『문장』, 1939. 9)에서, "소설은 어느 때나 인물의 예술"이어서 "자연과 장면과 스토리와 그 외의 모든 소설의 필요한 요소가 인물을 중심으로 배치된다"52)고 말하고는, 김남천의 풍속 소설, 특히 『대하』는 인물보다는 묘사에 치중하고 있다고 비판한다. 그리고 그는 "성격은 생활인이 아니라 창조자"이며 "성격만이 실로 소설을 자기중심으로 구성할 수 있는 주인공"53)이라며 자신의 '성격론'을 표명한다.

김남천의 「연구 노-트 2」는 이러한 비판에 맞서 쓰여진 글이었다.54)

---

50) 김남천, 「이리」(『조광』, 39. 6), 70면.
51) 최재서, 「성격에의 의욕」, 『최재서 평론집』(청운 출판사, 1961), 294면.
52) 임화, 「현대소설의 주인공」, 『문학의 논리』(서음출판사, 1989), 245면.
53) 위의 논문, 252-253면. 이러한 임화의 생각은 구성을 강조한다는 점에서 루카치의 생각과 일맥상통한다. 그러나 주인공을 적극적 창조자에 한정하는 것은 김남천의 비판 뿐 아니라 루카치의 비판을 받을 만한 것이다. 루카치는 "등장인물의 지적 인상은 그들의 견해가 언제나 옳고, 그들의 개인적인 세계관이 언제나 객관적 현실의 올바른 반영이라는 것을 의미하지 않는다"고 말한다.(루카치, 앞의 논문, 49-50면)
54) "임화씨의 『문장』 소재의 「주인공론」, 혹은 최재서씨의 「인문평론」 창간호의 「성격에의 의욕」 등의 評論策과 「로만개조론」 이래 작금 양년 간에 걸친 성격에 대한

리얼리즘 이론의 바탕을 마련해준 발자크 소설의 전형적인 인물들은 최재서나 임화가 말하는 모랄의 주체 또는 창조자로서의 인물이 아니라 자본주의 사회 특유의 악덕의 화신들이 많았다. 김남천은 이러한 인물들이 전형적 인물이 될 수 있음을 들어 임화나 최재서의 논리에 맞섰다. 김남천이 볼 때 이러한 인물들이 전형이 될 수 있었던 것은, 그들이 자본주의의 가장 본질적인 특징을 나타내고 있기 때문이다. 그래서 발자크 연구의 결론격인 「체험적인 것과 관찰적인 것」에서, 김남천은 임화나 최재서와 같이 운명이나 모랄을 강조하는 비평가들의 주장을 "「주인공, 성격, 사상」이라는 주관주의적 공식"이라고 배격한다. 그는 발자크 연구를 통해 이론화 하게 된 '성격론'을 가지고 자신을 비판한 비평가들의 논의를 비판할 수 있게 된 것이다.

그러나 앞에서 보았듯이 리얼리즘 이론은 인물의 사상성을 중시한다. 그리고 김남천 논리의 또 하나의 약점은, 임화가 강조한 소설의 구성을 발자크의 소설에서 탐구하지 않았다는 점에 있다. 리얼리즘에서 구성은 무척 중요하다. 이에 대해서는, 김남천이 발자크의 『고리오 영감』에 대해 글을 발표한 직후에 쓴 「T일보사」[55]와 바로 그 『고리오 영감』을 비교 고찰하면서 논하고자 한다. 「T일보사」는 『고리오 영감』에 많은 영향을 받았지만, 두 소설의 구성을 보면 많은 차이가 있음을 알 수 있다.

나의 창작적 실험 등에, 자료의 일단으로써 기어코자 하는 것도 이 노-트에 대한 나의 버릴수없는 소망이다."라고 밝히고 있다.(「성격과 편집광의 문제」, 80면)
55) 「<고리오 옹>과 부성애, 기타」는 1939년 10월에, 「T일보사」,는 1939년 11월에 『인문평론』에 발표되었다.

4. 『고리오영감』과 「T일보사」의 비교 고찰

『고리오영감』의 내용을 등장인물들을 중심으로 살펴보면 다음과 같다. 고리오 영감은 제면 업을 통해 제법 성공한 사람으로 두 딸이 있었다. 그는 두 딸을 귀부인으로 만들기 위해 있는 재산을 다 바치고 보께르 하숙집의 하숙인이 된다. 그의 두 딸은 레스모 백작부인과 누싱겐부인이다. 그녀들은 귀부인이 되는 데에 성공하나 당시 프랑스의 상류사회에서 쓰이는 돈을 감당하지 못해 아버지인 고리오 영감에게서 항상 돈을 얻어 쓰면서 살고 있다.

고리오 영감이 있는 하숙집엔 라스띠냑이라는 청년도 하숙하고 있었다. 그는 꼴레주 드 프랑스의 학생으로 농촌에서 상경한지 얼마 안된 사람이다. 그의 집안은 그다지 유복한 편이 아니었으나, 먼 친척으로 사교계에 어느 정도 이름을 날리는 보세앙 자작부인이 있다. 그래도 그의 집안은 귀족의 피가 흐르는 집안인 것이다. 라스띠냑은 출세하려는 야망에 불타는 청년이어서 프랑스 사교계에 입문하고자 한다. 그는 보세앙 자작부인과 연락이 닿아 그녀로부터 무도회에 초대받는다. 라스띠냑은 무도회에서 고리오의 딸인 레스모 백작부인과 춤을 추게 되는데, 그녀로부터 언제든지 다시 만날 수 있다는 말에 감동을 받는다. 레스모 부인은 매우 아름다웠기 때문에 라스띠냑은 그녀에게 많은 매력을 느꼈다.

그러나 무도회 이후 라스띠냑이 레스모 부인을 찾아갔을 때 홀대를 받아서, 그는 자존심에 상처를 입는다. 그는 보세앙 부인에게 출세하고 싶다는 뜻을 말하고는 도움을 청한다. 그녀는 레스모 부인의 동생인 누싱겐 부인을 만날 수 있도록 도움을 준다. 라스띠냑은 상류사회로 진출하기 위해서는 어느 정도의 체면유지를 위한 돈이 필요함을 깨닫고선, 고향집에 1200프랑의 돈을 요구하는 편지를 쓴다. 그리고 순진무구한 여동생들에게도 도움의 편지를 쓴다. 편지를 우체통에 넣을 때 어느 정도 망설였으나, 그는 '출세해야 한다'고 다짐하면서 기어이 편지를 고향집에 보낸다.

돈을 받은 라스띠냑은 사교계에 진출한다. 그는 누싱겐 부인을 유혹하는데 성공하고 그녀의 사랑을 받게 된다. 그녀는 누싱겐이 자신의 지참금까지 사업에 쓰려고 하였으므로 그를 더 이상 사랑하지 않고 있었다. 라스띠냑이 누싱겐 부인의 사랑을 받게 된 결정적인 계기는 100프랑의 돈으로 도박을 해서 그녀가 필요로 했던 6천 프랑을 구해준 일이었다. 한편 고리오의 딸들은 고리오가 귀족계급이 아니었기 때문에 돈이 필요하지 않으면 그를 찾아오지 않았다. 그래서 고리오는 라스띠냑을 통해서만 딸들의 소식을 들을 수 있었다. 딸들의 소식을 전해주는 라스띠냑을 고리오는 매우 좋아하게 되고, 라스띠냑도 고리오의 부성애에 감동하여 고리오를 훌륭한 사람으로 생각한다.

고리오와 라스띠냑이 숙박하고 있는 하숙집엔 보뜨랭이라는 수수께끼의 인물도 살고 있었다. 그는 라스띠냑의 출세욕을 간파하고는, 라스띠냑에게 "대포의 탄환처럼 쾅하고 이 인간집단에 뛰어들든가, 그렇지 않으면 페스트균처럼 잠입하든가 하는 길밖에 없어, 정직함같은 게 무슨 소용이 있는 줄 알아?"[56]라고 말하면서 파리를 살아가는 무자비한 방법을 일러주기도 한다. 라스띠냑은 그에게 불쾌감을 느낀다. 그러나 그는 라스띠냑이 상류사회 생활을 하면서 필요한 돈을 꾸어주기도 한다. 당장 필요한 돈이 없는 라스띠냑으로선 그 돈을 받을 수밖에 없었

---

56) 발자크, 『고리오영감 외』, 조홍식역, 『세계문학전집 9』(동서문화사, 1981), 463면.

다. 그리고 보뜨랭은 빅또린느와 결혼하면 필요한 돈을 얻을 수 있다면서 빅또린느를 유혹하라고 라스띠냑을 부추긴다.

빅또린느는 라스띠냑에게 연정을 은근히 품고 있는 처녀로 보께르 하숙집에 묶고 있었다. 그녀는 백만장자의 딸이지만, 아버지가 그녀의 죽은 어머니와 불화했기 때문에 그녀에게 유산을 한 푼도 남기지 않으려고 하고 있었다. 그래서 그는 빅또린느를 만나기조차 피하고 있는 중이었다. 그리고 그의 유산 모두를 빅또린느의 오빠에게 물려주려고 했다. 이러한 사정을 알고 있는 보뜨랭은 빅또린느의 오빠만 제거된다면 유산은 어쩔 수 없이 그녀에게 갈 수밖에 없다면서 라스띠냑이 그녀와 결혼할 것을 권했던 것이다. 상류사회 생활에 드는 돈 때문에 피곤함을 느끼고 있었던 라스띠냑은 그의 제안을 거부하면서도 은근히 그 제안에 끌리게 된다.

실제로 라스띠냑은 빅또린느와 가까와지고 하숙집 사람들은 라스띠냑이 빅또린느와 결혼하리라고 믿게 되기까지 한다. 보뜨랭은 빅또린느의 오빠를 교묘히 결투로 이끌어내어 살해한다. 그러나 경찰에 매수된 일부 하숙집 사람의 도움으로 경찰들이 보뜨랭을 체포하면서, 그는 원래 사형수였던 탈옥범임이 드러난다. 보뜨랭은 체포되면서 이렇게 말한다. "나는 법정이나 헌병이나 예산 같은 것들을 산더미처럼 안고 있는 정부를 상대로 나 혼자 싸우고 있다. 뿐만 아니라 그놈들을 내 손안에 넣고 있는 거란 말야!"[57]

한편 빅또린느와 가까워지고 있었던 라스띠냑은 누싱겐 부인이 자신을 사랑한다는 것을 확인하고는 감동하여 누싱겐 부인을 떠나지 않기로 결심한다. 고리오는 자신의 남은 돈을 털어 집을 하나 사고는 라

---

57) 위의 책, 536면.

스띠냑이 자신과 누싱겐 부인과 함께 그곳에서 살기를 원한다. 이를 받아들인 라스띠냑은 누싱겐부인, 고리오와 함께 이사 갈 채비를 차린다. 그때 레스모 부인이 12,000 프랑이 급히 필요하다며 고리오를 찾아온다. 하지만 그에겐 돈이 없다. 그러자 레스모부인과 누싱겐부인이 서로 언쟁을 하게 되고, 고리오는 마음의 상처를 받아 쓰러진다. 고리오가 쓰러져 있는 동안에 자매는 보세앙 부인이 주최한 무도회에 참석한다. 누싱겐 부인이 강력히 원해서 라스띠냑 역시 이 무도회에 참석한다. 보세앙 부인은 다줘다 후작이란 자를 사랑했는데, 후작은 다른 여자와 결혼해 버렸다. 이에 충격 받은 그녀는 이 무도회를 마지막으로 사교계를 떠나 시골로 내려간다. 그녀는 이 마지막 무도회에서 의연한 모습을 보여주어 라스띠냑을 감동시킨다.

한편 무도회가 진행되는 동안 고리오의 병은 악화되고, 결국 라스띠냑의 간호를 받다가 세상과 딸들을 원망하면서 임종을 맞는다. 딸들이 그의 임종 때에도 여러 이유를 들어(사실은 고리오로부터 이제 돈을 얻을 수 없음을 알고 갈 필요를 못 느꼈기 때문에) 찾아오지 않았기에 그는 절망과 고독 속에서 죽어갈 수밖에 없었다. 장례비도 라스띠냑의 주머니를 털어 간신히 치를 수 있었다. 두 딸들은 장례식 때 잠깐 들렸을 뿐, 심지어 그녀들은 마차에서 내리지도 않는다. 라스띠냑은 그녀들에게 환멸을 느끼고, 소설은 다음과 같이 심오하게 끝을 맺는다.

혼자 남은 라스띠냑은 천천히 걸어서 묘지의 근처 높은 곳에 올라가. 세느강의 양기슭을 따라 굽이굽이 가로 누워있는 빠리를 내려다보았다. 등불이 반짝이기 시작하고 있다. 그의 눈은 마치 물어뜯을 듯이, 방돔므 광장의 원주와 앵리드 호텔의 둥근 천장 사이 근처, 그가 들어가 보려고 했던 그 상류사회가 서식하고 있는 지역을 쏘아

보고 있다. 그는 꿀벌의 둥지처럼 윙윙거리는 소리를 내고 있는 그 세계에서 미리 그 벌꿀을 빨아먹으려는 듯한 시선을 던지면서 다음과 같은 말을 큰 소리로 내뱉었다.

「자아, 이번엔 너와 나의 대결이다!」

그리고 <사회>에 대한 최초의 도전적 행위로서, 라스띠냑은 누싱겐 부인과 더불어 만찬을 들기 위해서 떠났다.

라스띠냑은 고리오의 죽음을 통해 결국 고리오와 상반적인 성격의 인물인 보뜨랭의 가치관을 받아들이게 된 것이다. 발자크는 한 시골 출신 청년이 파리의 싸구려 하숙집과 상류사회라는 대조적 배경을 오가면서, 고리오와 그의 두 딸, 보뜨랭이라는 상반된 인물과 관계 맺으며 어떻게 세계관이 변모하게 되는지 그 과정을 그리고 있다. 그 과정은 라스띠냑의 호기심, 출세욕, 환멸, 후회, 주저함, 고민 등을 거치면서 생생하게 전개된다. 라스띠냑은 정적인 인물이 아니라 동적인 인물인 것이다.

이 소설에 나오는 인물들 중 보뜨랭은 프랑스 정부와 대결한다는 '의식'을 가진 사람이다. 그는 이 세상을 살아가는 데에 정직함 같은 것은 필요 없다는 '사상'을 가진 반항적 인간의 전형이다. 고리오는 매우 정념적인 인간이다. 그는 부성애를 대표한다. 그리고 고리오의 두 딸과 귀족들이 있다. 그들은 돈과 밀접히 연관된 삶을 살아가고 있다. 루카치는 『고리오 영감』에서 중요한 점은 라스띠냑이 그와 같은 여러 종류의 인간들, 그리고 여러 종류의 인간적 관계들과의 상호작용을 거쳐 발전하는 과정이라고 말한다.[58] 그것은 어떤 상황의 결과를 비교 대응하는 장면에서도 보이는 데, 예를 들면 라스띠냑이 보뜨랭과 부제앙 부인

---

58) 루카치, 이영욱 역, 『역사소설론』(거름, 1987), 183면.

의 사회관이 동일한 것을 보고 놀라는 장면이 그러한 장면이다. 루카치에 따르면 상황의 비교와 대응, 대조 등은 인간들 사이의 투쟁적인 관계를 반영하는 보편적인 시적 형식이다.[59] 이를 통해 등장 인물은 세계를 새로이 알아나가게 된다.

또한 루카치는 이 소설의 위대한 가치는 보뜨랭의 음모에 대해 고민하는 라스띠냑의 내적 갈등에 있다고 한다. 이 내적 갈등은 바로 나폴레옹의 몰락의 시대, 즉 왕정복고 시대의 모든 젊은이들이 괴로워했던 갈등과 정확히 일치한다는 것이다.[60] 루카치는 이러한『고리오 영감』의 독해를 토대로 전형에 대해 고찰한다. 그에 따르면 무엇인가가 전형적으로 된다는 것은, 어떤 비일상적인 상황에서 한 인물의 극단적인 행위가 전체적인 관점에서 복잡한 사회문제들의 가장 심오한 모순들을 표현할 때라고 한다. 극단적인 상황은 모순들의 가장 순수한 형태를 포함하고 있다. 전형적인 상황의 극단적인 성질은 모순으로 가득 찬 등장인물들의 가장 심오하고 궁극적인 요소들을 묘사하고자 하는 필요에서 기인한다. 이는 구성의 문제와 연결된다. 전형의 창조는 구성의 문제와 분리될 수 없다는 것이다. 어떤 인물이 전형적으로 되는 것은 다른 사람들과의 대조와 비교에 의해서다.[61] 프랑스의 한 소설사도『고리오 영감』이 복잡한 구조의 소설이며, 인물의 대조법에 의해 섬세하게 구성되어 있다고 해설하고 있다.[62]

그러나 김남천은『고리오 영감』의 연구에서 등장인물의 성격과 구성을 연관 지어 보지 못했다. 그 연구에서 인물의 성격은 라스띠냑에

---

59) 루카치,「등장인물들의 지적인상」, 60면.
60) 위의 논문, 59면.
61) 위의 논문, 58-59면.
62) 미셸 레몽, 김화영 역,『프랑스 현대 소설사』(열음사, 1991), 94-95면.

한해서 설명된다. 그는 라스띠냑이『고리오 영감』에서 가장 아름답게 묘사되고 있는 인물로서, 성공이 미덕이라고 생각하는 인물이라고 설명한다. 하지만 라스띠냑은 어느 정도 순정을 가지고 있어서 보뜨랭의 제안에 냉랭하게 반응했으나, 상류사회의 허영과 위선을 경험한 후 세상을 완전히 이해하고 자신의 위치를 찾음으로써 세상에 도전한다는 것이다. 구성에 대해서는 보뜨랭이 경찰에 잡히는 장면에서 모든 사건이 종합된다는 정도의 언급에 그쳤다. 김남천은 성격과 구성을 따로 분리하여 생각한 것이다.『고리오 영감』의 구성에 대한 탐구의 부족은,『고리오 영감』에 영향 받아 쓴「T일보사」의 밋밋한 구성으로 나타난다.

중편인「T일보사」는 다음과 같은 내용이다. 평안남도 산간지대에서 금융조합에 다니던 청년 김광세는 출세욕에 부추겨져 가산을 정리하여 서울로 와서 취직한다. 그는 초라한 신문사 건물 앞에서 출세의 제1보를 걸었다고 속으로 외치며 취직 면접에 임한다. 면접에서 같이 입사한 이남순이란 여자가 자신을 멸시하는 듯한 태도를 보이자 그는 자존심이 상한다. 그녀는 대학에서 영문학을 공부하고 학예부 기자로 취직한 것이었다. 그가 취직이 되어 월급 45원의 영업부 사원이 된다. 그는 에나멜 구두, 고급 양복, 백금 시계, 백금 인장(印章) 지환(指環)으로 몸치장을 하기 위해 무려 2천원이란 돈을 쓴다. 이는 자신을 면접한 부사장의 옷차림과 비슷한 옷차림을 하기 위해서다. 그는 이러한 사치스러운 옷차림으로 자신이 부사장과 같은 지위에 오르고 싶다는 욕망을 표현한 것이다.

그는 프랑스제 워터맨 만년필로 고향친구에게 '세계제패의 고등수학'을 논하면서 출세의 열망을 편지로 써 보낸다. 이 편지에서 세상에 대한 김광세의 인식이 드러난다. 그의 세계 제패를 위한 자본금은 고향에서 가지고 올라온 만원이었다. 그는 면접 때 초라한 자신의 복장에 대한 이남순의 멸시와 겉치장에 신경 쓰는 부사장을 보고는 "신문사란 곳도 다른 기업이나 영리회사와 다른 것이 없"[63]다고 인식하게 된다. 그리고 깨끗하고 아름다운 마음씨를 가진 어린 누이동생이 짜준 남빛 털장갑을 벗으면서, "아 부패한 도시를 나의 전장으로 생각하는 이상, 역시 그에 합당한 무장과 보호색이 필요하다[64]는 것을 인정하지 않을 수 없다고 생각한다. 그에게는 그가 산 2천 원어치의 장신구가 자신의 무장인 동시에 무기였다.

그런데 경영난에 시달리던 신문사가 부도가 난다. 김광세는 3천원을 선뜻 내놓아 부도 위기를 해결한다. 이로 인해 그는 입사 열흘 만에 편집국 지방 부장으로 승진한다. 그러나 그 지위에도 만족하지 못하여 늘 불만이던 김광세는, 증권에 손을 대어 큰돈을 손에 쥐게 된다. 마침 신문사 경영권이 다른 사람에게 넘어가는 것을 기회로, 그는 신문사를 인수하고 부사장에 취임한다. 자신을 멸시하던 이남순을 택시 옆자리에 태우고 부사장 취임 연회장으로 가면서, 그는 '아직도 나는 성공한 것이 아니다! 나는 겨우 T일보사를 정복하였을 뿐이다.'라고 생각하고는, 내년 겨울엔 누이동생이 준 남빛장갑을 껴볼까라고 생각해 보지만 아직 무장을 해제해선 안 된다면서 고개를 가로젓는다.

이렇게 끝나는 이 소설이 『고리오 영감』의 영향을 받은 건 분명하다. 주인공 김광세는 라스띠냑과 같이 출세욕에 사로잡힌 인물이다. 두 인물 모두 시골출신이고 나이 어린 순수한 누이동생을 두고 있으며 그 누이동생에게 미안한 마음을 갖는다.(김광세는 출세를 위해 누이동생이 짜준 장갑을 끼지 않고, 라스띠냑은 도움을 청하는 편지를 누이동생에

---

63) 김남천, 「T일보사」, 『인문평론』, 1939. 11, 154면.
64) 위의 글, 156면.

게 쓴다) 두 사람 다 속물적인 세상에 환멸을 느끼면서도 그 세상 속으로 들어가 세상을 정복하고자 한다. 위에서 인용한 『고리오 영감』의 마지막 장면과 김광세가 무장을 해제하지 않겠다는 「T일보사」의 마지막 장면은 이를 보여준다. 또한 두 작품 모두 돈이 사회 곳곳을 지배하고 있음을 문제 삼고 있으며, 두 주인공의 출세의 계기 역시 돈과 관련되어 있다.65)

그러나 두 작품의 이러한 유사성에도 불구하고 두 작품 사이에는 큰 차이가 있다. 두 작품의 유사성은 다분히 표면적인 데에 그치고 있는 것이다. 우선 주인공의 '성격'을 비교해보자. 김광세의 인간됨은 출세하려는 욕망밖에는 묘사되지 않는다. 라스띠냑처럼 심적 갈등을 가지고 있지 않은 인물인 것이다. 그래서 그의 성격에서 구체성을 느끼기는 힘들다. 그의 성격이 추상적이게 된 이유는 그의 주위에 그에게 고뇌를 끼치는 인물이 없기 때문이다. 라스띠냑 주위에는 고리오와 두 딸, 보뜨랭, 보세앙 부인 등, 그에게 심각한 영향을 끼치는 개성적인 인물들이 다수 있었다. 그들과의 관계 속에서 라스띠냑은 갈등하고, 세상에 실망하면서도 점점 세상을 알아가게 되는 것이다.

라스띠냑과 개성적인 인물들이 사건으로 엮이면서 『고리오 영감』의 구성은 복합적으로 긴장감 있게 전개된다. 하지만 김광세 주위엔 그와 필적할 만한 개성적인 인물이 없다. 그래서 그에게 변화를 주는 인물도 없다. 즉 소설은 김광세의 독백과 이 독백이 현실로 나타나는 과정을 보여주고 있을 뿐이다. 다만 이남순이 있다면 있을 뿐인데, 그녀는 김

---

65) 도도한 교양인 이남순이 부사장이 된 김광세에게 굴복하는 모습을 보이는 것과 마찬가지로 19세기 프랑스의 귀족도 돈이 없으면 어떤 일도 할 수 없다. 그리고 김광세는 주식투자하여 번 돈으로 신문사를 인수하여 부사장이 되며 라스띠냑은 도박으로 딴 6천 프랑으로 누싱겐 부인의 사랑을 얻는다.

광세에게 심적 변화를 일으키는 인물이라기보다는 그를 멸시하는 태도를 보임으로써 그에게 출세욕망을 부추기는 인물이다. 그녀의 오만한 태도는 김광세로 하여금 그녀를 정복대상으로 생각하게 만드는데, 이는 다만 그녀가 김광세의 욕망을 자극하는 배경 역할만 한다는 것을 의미한다. 이러한 개성적인 인물의 미비는 구성의 단조로움으로 나타난다. 소설은 김광세의 욕망이 너무나 손쉽게 성취되는 과정66)만 단선적으로 그려져 있는 것이다.

「T일보사」의 배경도 신문사와 그 주변으로 한정되어 있어서 단조롭다. 『고리오 영감』이 파리의 뒷골목 하숙집과 화려한 사교계를 대조시킴으로써, 보뜨랭과 고리오가 사는 세계를 통해 고리오의 두 딸이 사는 세계의 허위성을 폭로하는 효과를 가질 수 있었던 것과 비교하면 너무 단순하고 폐쇄적이다. 이를 보면, 김남천이 '전형적 상황'의 바탕을 마련하는 배경에 대해서 깊이 생각하지 않았다는 것을 알 수 있다.

5. 결어

김남천은 점점 혹독해져가는 식민지 말기의 상황 속에서 나름대로 자신의 문학론을 가지고 현실에 대응하고자 한 문인이었다. 그는 카프 해산 이후 자기고발-고발문학론, 모랄-풍속론, 로만개조론을 거쳐 자신이 창작한 장편소설 『대하』의 미비점을 숙고하고 당시 평단의 소설론

---

66) 문영진은 이 소설에 대해서, 주인공의 우위에 입각한 현실과의 대결이 이루어지는, 즉 자아가 세계의 형편을 고려하지 않고 자신의 의지를 마음먹은 대로 성취하는 민담의 세계에 접근하고 있다고 평가하고 있는데(문영진, 앞의 논문, 60면), 일리 있는 평가라고 생각된다. 이 「T일보사」는 소설의 차원에 있다기보다는 민담의 차원에 더 가까이 있다고 생각된다.

논쟁에 대응하기 위해 발자크를 주체적으로 연구했다. 이는 외래 이론을 별 반성 없이 수용하는 당대 평단의 일부 풍조에 비해 매우 고무적인 일이라 평가할 수 있다. 그러나 발자크 수용이 과연 어떠한 성과를 낳았는지 살펴보아야 할 일이다.

김남천은 그가 연구한 발자크로부터 '전형-성격론'과 '관찰문학론'을 도출한다. 전자인 '전형-성격론'에 대해 김남천 연구자들 중에는 리얼리즘 이론에 도달한 것이라고 높이 평가하는 이도 있는 반면 리얼리즘 이론에 미치지 못한다고 평가하는 논자도 있었다. 필자는 리얼리즘 이론가인 루카치의 '전형론'과 김남천의 '전형론-성격론'을 대비해본 결과, 후자의 입장으로 결론을 내리게 되었다. 김남천의 '전형-성격론'에서는 전형을 인물의 정념적인 성격, 즉 강렬한 성격에서 찾았던 데 반해 루카치는 의지적이고도 사고하는 인간(햄릿에서 볼 수 있듯이)을 전형으로 파악했다.

김남천의 전형론의 또 다른 약점은 전형창출이 다른 성격들과의 비교와 대조 속에서 달성될 수 있음을 보지 못했다는 점에 있다. 즉 구성의 문제와 성격의 문제를 연관시켜 보지 못했던 것이다. 그것은 그의 '『고리오 영감』론'에서 명백히 나타난다. 하지만 루카치는 『고리오 영감』에서 인물들의 비교와 대조를 통해 이루어지는 구성 속에서 라스띠냑이라는 인물의 고뇌, 변모 등이 구체적으로 드러날 수 있었다고 한다. 그리고 이를 통해 라스띠냑이라는 전형이 창출될 수 있었다는 것이다. 이에 따르면 전형의 창출은 구성과 불가분의 관계를 가지고 있다.

김남천의 구성에 대한 인식부족은 그의 소설 「T일보사」에 부정적인 영향을 끼친다. 김남천은 그 소설에서 김광세라는 출세주의자를 통해 라스띠냑과 같은 성격을 창조하려고 한 것으로 보인다. 그래서 그는 『

고리오 영감』과 여러 유사한 상황 설정을 하고 있다. 그러나 개성적인 인물이 김광세 주위에 없었기 때문에 역동적인 구성이 마련될 수 없었다. 결국 김광세라는 인물은 전형성을 띤다기보다는, 의지가 바로 세상에 실현되는 민담의 영웅처럼 추상적인 인물로 나타나게 되었다.

이 글은 김남천이 발자크를 올바로 수용하지 못한 것으로 결론을 내리게 되었지만, 그렇다고 그의 노력을 폄하하고자 하는 것은 아니다. 그는 당시 널리 알려진 엥겔스의 권위 있는 리얼리즘론을 한국에서 창작되는 작품에 무비판적으로 적용하는 태도에 비판적이었다. 리얼리즘 이론에 대한 김남천의 접근은 남과 달랐다. 엥겔스의 리얼리즘론이 근거하고 있는 발자크의 작품을 직접 읽고 연구함으로써, 그 이론의 진의를 구체적으로 인식하고자 했다. 더구나 그는 그렇게 육화된 인식을 직접 창작으로 실현하려고까지 했던, 치열한 문학인이었던 것이다. 비록 그 발자크 수용의 결과가 실패로 나타났다 하더라도, 발자크 소설을 직접 탐구하여 소설론을 도출하고 그 소설론을 육화하여 소설 창작으로 실현하고자 한 그 문학 정신은 마땅히 높이 평가되어야 할 것이다.

이상 시문학의 미적근대성과
한국 근대문학의 자장들

| 초판 1쇄 인쇄일 | 2022년 4월 20일 |
| 초판 1쇄 발행일 | 2022년 4월 30일 |

지은이	이성혁
펴낸이	한선희
편집/디자인	우정민 우민지 김보선
마케팅	정찬용 정구형
영업관리	한선희 정진이
책임편집	정구형
인쇄처	으뜸사
펴낸곳	국학자료원 새미(주)
	등록일 2005 03 15 제25100-2005-000008호
	경기도 고양시 일산동구 중앙로 1261번길 79 하이베라스 405호
	Tel 442-4623 Fax 6499-3082
	www.kookhak.co.kr
	kookhak2001@hanmail.net

| ISBN | 979-11-6797-012-1 *93810 |
| 가격 | 29,000원 |